张炜文存

插图珍藏版 15 散文

从沙龙到小屋

山东教育出版社
SHANDONG EDUCATION PRESS

前 言

从二十世纪七十年代尝试写作到今天,张炜创作发表了大约一千五百万字的作品,这还不包括他亲手毁掉的约四百万字的少作。就体量而言,现当代的严肃作家几乎无人可出其右者。这些文字至广大而尽精微,有宏阔的视野和抱负,也有对人性与存在最幽微处的洞察和发掘。张炜不但代表齐鲁文学的高度,也一直屹立在中国文学的高原。鉴于此,我们请张炜先生编选了这套颇能代表其个人创作实绩的文丛,也希望它能成为引领读者深入张炜丰茂的文学世界的一个精要读本。

阅读张炜,并不是一件轻松的事情。

四十余年来,张炜切实参与了新时期文学的进程,且在每个时段均留下具有范本意义的作品,如《古船》《九月寓言》《你在高原》《融入野地》等代表作无一不被允为中国当代文学的经典。有意味的是,除了在二十世纪九十年代前期以忧愤的态度参与过人文主义精神的讨论,在更多的时间里,他与所谓的文学热点和流行话题自觉保持着距离,他的创作也很难被妥帖地归类到某一文学思潮和概念之下。比如,在一些文学史中,《古船》是反思文学的集大成之作,在另一些文学史中,它是改革文学的扛鼎之作,还有一些文学史则将其放入寻根文学的专章中讨论。事实上,张炜对庞大之物近乎偏执的关怀,他那些让人战栗的道德诘问,他交织着时代的迫力、灵魂创伤与人类苦难的文字所彰显出来的写作的德性和思想性都决定了他不会是一个文坛的"弄潮儿",恰恰相反,他常常是潮流化写作的反动者。可是,当我们以文学史的眼光回头打量他所置身的文学时代,又会讶异地发现,原来有那么多重要的文学话题,张炜在它们成为热点之前便已做出实践或洞见。比如,批评界一度称许新历史主义写作,尤其推重以个人史、家族史取代阶级史和革命史的写作范式,在批评家们罗列出一通九十年代的重要文本之后,蓦地发现发表于一九八六年的《古船》已经几乎包孕了这个写作范式所有可能的向度,并且以家族史和阶级史并举的方式避免了新历史主义容易滋生的意义偏失。又如,近年来批评界强调发掘中国本土的叙事资源,激活汉语传统美学的意义,而多年来张炜持续与古老而灵性不散的齐文化和更古老的神话传统对话,他在演讲中说过:"怪力乱神基本上是文学的巨资。"他在《〈楚辞〉笔记》《也说李白与杜甫》等诠解古代经典的散文中所表现出与前贤思接千载的会心以及借此获得的启悟,在《外省书》中对史传记人方式的创造性化用,也显见他对本土文学传统的倚重。再如,新世纪的底层文学蔚为壮观,欲迷人眼,当批评界顺着"底层"的概念前溯时,即会注意到张炜很早之前即有这样的提醒:"一个作家心灵的指针要永远指向生活在最底层的人们。"甚至有时,张炜会因创作上的前瞻意识让他的作品陈义过高而逾越出时代的理解和逻辑框架,导致外界严重的错位式的误读,如对其"道德理想主义"的标签化概括,以及连带的反现代性的保守立场的质疑等,在我看来,即属此例。

关注张炜的人都知道,《九月寓言》发表后,他一直承受着来自标榜启蒙现代性立场人士的非议，认为他的作品存在着一个善恶、正邪、大地伦理与现代文明的二元结构，并以对后者的弃绝将自己变成一个与潮流逆势的具有强烈乌托邦气质的不合时宜者。张炜对此决不妥协，他把道德力量视作一个写作者才华和人格构建的关键部分，依旧以近于独战的姿态横对失范的科技理性和物质欲望。阅读张炜的这些文字，常常让人想到二十世纪思想史和文学史上被划归到文化保守主义阵营的那些名字，学衡派、新儒家、杜亚泉、梁漱溟、梁实秋……他们在历史潮汐的进退中也一度被时人视为逆流而生的卫道士，是螳臂当车的文化反动势力，但当后来的人们跳出时代的烟云却发现，他们的探求和思索与西方近现代以来尤其是启蒙迷思被世界大战轰毁之后兴起的新人文主义思潮遥相呼应，他们代表的是对人类中心主义和工具理性万能论进行自我反省与批判的另一现代性路径，是参与现代性对话的建设性思维，也是与主导性的历史行为和历史观念相对峙的必不可少的制衡力量。当代西方最重要的伦理学家麦金太尔在他的《德性之后》中曾提出一个重要的问题：谁来为失去形而上学品质的现代人的精神立法，或者说，在德性被放逐的时代还有没有对个人而言的至善的目标？他如此质问道："道德行为者从传统道德的外在权威中解放出来的代价是，新的自律行为者可以不受外在神的律法、自然目的论或等级制度的权威的约束来表达自己的主张，但问题在于，其他人为什么应该听从他的意见呢？"他认为当代人深陷一种"情感主义"的道德迷思中，走出这种迷思的根本在于为当代人重建德性，而"德性必定被理解为这样的品质：将不仅维持使我们获得实践的内在利益，而且也将使我们能够克服我们所遭遇的伤害、危险、诱惑和涣散，从而在对相关类型的善的追求上支撑我们，并且还将把不断增长的自我认识和对善的认识充实我们。"我们以为，张炜的"道德理想主义"也应在此意义上理解。他捍卫君子固穷的价值观、严守义利有别的守成文化立场其实是对上述现代人文主义思路的自觉传承，其间固然有接续"斯文"、承袭道统的传统天命意识，亦有在终极关怀的层面重建现代人的意义世界的激进实践意图。他坚守民间的姿态也绝非像某些批判者说的那样是蹈入了老旧道德的泥淖，这些批判者被时代困陷的局限让他们忽略或者说失察了张炜站在全人类立场的超越意识和存在意识。而且，张炜这一信念几乎在他写作之初就建立起来，它当然经过一个不断磨砺和成熟的过程，但并不像一些批评者描述的那样存在着一个从八十年代张炜到九十年代张炜的急遽转型。我们分明可以在老得、隋抱朴和宁伽之间看到一条贯通的精神的丝缕。我们也不应忘记，《你在高原》的写作所经历了漫长的二十二年，没有持之以恒的心力和不为世移的信念，这样一部描写五十年代生人意志、情感和命运的百科全书式的大书不会完成。

　　明乎此，我们也就不难理解为什么张炜的写作不能被简约地归类了，他的写作对应的并非时代，而是时间。他不存在趋时的问题，自然也就无法被时代利诱或者绑架；他能预知文学的热点，只是因为他内心有对文学恒常价值笃定的判断。也因此，我们以为，出于表达的权宜，人们可以用一些约定俗成的语汇来评价张炜其人其文，但必须警惕这些语汇对其文学世界丰富性的缩减。比如我们一再提到的"民间"。因为参照物的不同，"民间"至少有两重意涵，它既可以指与庙堂相对的知识分子的价值寄居地,亦可指与精英文化相对的大众化的文化生成空间。张炜的民间立场中和了这两种意义的理解,同时又对二者抱有清醒的审视。四十余年中,他像一个真正的地质工作者一样不断漫游在以其故地为中心辐射开的莽野林间,并反复倾诉这种"在民间"的行旅之于写作的滋养,因为这种跋涉不但是对民间的亲历和发掘,还构成与庙堂那种案牍之劳的有效区隔,是逃逸体制化和职业化写作伤害的最有效的方式,漫游让他的写作与那些想象民间的写作之间划开了一道鸿沟。与此同时,他赞美民间的苍茫与混沌,颂扬民间热辣活泼的不驯顺的生命热力,但并不以为这是可以豁免民间藏污纳垢的理由,事实上他也从未搁置对民间之恶的揭示和批判——把张炜的民间简略成浪漫的乡愁或野地的生趣显然是失当的。

同样,我们也应当小心在时下生态写作的浪潮里,对张炜写作呈现出的生态伦理观念的简单追认。的确,他二十年前在《寻找野地》等作品中对大地之灵踪的追觅放之今日依旧是不可掩其光彩的,而他笔下还有那么多多姿多彩、栩栩如生的动物形象,有那么多对自然魅性的倾心书写,但仅以生态立场来解读他的这些作品是远远不够的。他写有情的生灵万物,写悲悯的山河大地,会让人想起《猎人笔记》《鱼王》《白鲸》《草原》《白轮船》,也会让人想起楚辞和诗经里那些精魂不散的草木花树,他以对自然的敬畏尝试建立连接"宇宙的神性"的可能。而且他并没有像很多生态写作者习惯的那样,因为要质疑人类中心主义的僭妄,便把人排除在自然万有之外,在他笔下,我们总能找到一个辽远的人,一个因为自然而获得性灵延展的人,用里尔克的话说,这是一个

"沉潜在万物的伟大的静息中"的人,他"不再是在他的同类中保持平衡的伙伴,也不再是那样的人,为了他而有晨昏和远近。他有如一个物置身于万物之中,无限地单独,一切物与人的结合都退至共同的深处,那里浸润着一切生长者的根"。某种意义上说,张炜文学世界的开阔和深邃来源于他对自然理解的开阔和深邃,来自于他作为野地之子深扎在大地中的根须。

阅读张炜的难度即在于习惯妥协和随顺的我们与一颗灼热的、忧虑的、高远的心灵对话的难度。"伟大的心魂有如崇山峻岭,风雨吹荡它,云翳包围它,但人们在那里呼吸时,比别处更自由更有力。……我不说普通的人类都能在高峰上生存。但一年一度他们应上去顶礼。在那里,他们可以变换一下肺中的呼吸,与脉管中的血流。在那里,他们将感到更迫近永恒。以后,他们再回到人生的广原,心中充满了日常战斗的勇气。"这是罗曼·罗兰在《米开朗琪罗传》的结尾部分谈到的,阅读张炜,我们会有庶几近似的感受。

本卷导读

本辑主要收录了张炜的读书札记、"独语"体散文和忆旧散文。

张炜坚信真正的作家总会在文字中传达出坚定的声音，就像他所欣赏的鲁迅，在《再思鲁迅》《荒漠之爱——夜读鲁迅》中，他赞扬鲁迅永远保持着坚韧和清醒的品格，永不妥协，一直是一个"韧性的反抗者，一个清醒的战士"。在他眼中，一个真正的艺术家或思想家一定是执拗坚定的，尽管社会的转型与变迁可能会改变人们的生活方式和参与社会的方式，但是有韧性有信仰的艺术家们，有着恒常的操守和笃定的品德，不会随着社会的变化而尾随、背叛，不会颠覆乃至放弃内心的操守，他们永远是独立不倚的。这种执拗与坚守，也是一个精神守望者和有文学责任心的人的文学情愫。他厌恶那些故作惊人之语的胡扯、落入时代窠臼的泛泛之辞、单薄而质木无文的文字。

辑中的独语散文以坦诚的方式，直面自己内心的焦虑、彷徨、忧惧和痛苦，将自己灵魂深处的隐秘展现出来，展示了一个理想主义者在忧愤、苦闷及孤独中仍执着追求的情志，这些情感与志趣总能发人深省，让人沉思。

那些缅怀文学大师、回忆故朋友人的随笔感人肺腑。在与友人的午夜对话中，在陌生的地方独居的日子里，探访名人作家故居的过程中，他总会从平凡的事物、普通的生活现象里，开掘出精神层面的深意，关怀生命中那些巨大的事物，思考生存和生命的意义。他告诉我们，无论个人的力量是多么微不足道，也应该坚持永恒的向上，努力思索和创造。

那些缅怀文学大师、回忆故朋友人的随笔感人肺腑，借着这些伟人挥发不尽的、强大的生命力，张炜充分地表现着自己对生命终极意义的执拗探索，对人生"纯粹性"的不懈追求。在与友人的午夜对话中，在陌生的地方独居的日子里，探访名人作家故居的过程中，他总会从平凡的事物、普通的生活现象里，开掘出精神层面的深意，关怀生命中那些巨大的事物，思考生存和生命的意义。他在《青春的印记》中说"五四"给人们最大的启示，就是无论个人力量是多么的微不足道，我们也应该坚持永恒的向上，努力思索和创造，探索终极隐秘。而作为真正的文学家，就要永远保持一颗质朴而崇高的心灵，努力使文学在它原来的那条关怀、博大、向上、无畏、悲悯的道路上前行。张炜的这些文字守着自己的内心的刻度，与平庸和软弱划清界限，生机勃勃，满溢智慧与思想的芬芳。

目 录

1　前　言
7　本卷导读

1　让我寻找
4　沉默悟彻
6　大师的排斥力
9　关怀巨大的事物
12　尊　长

13　午夜采访
14　水手夫人
18　娇　小
20　艾草香
23　土人笔记
25　绝交书
27　浪子泣血
30　逃亡者

34	流浪的荒原之草	109	忆想那个春天
37	固执的爱	114	逼　近
39	弟子三千	118	艰辛和收获
42	古人的三位妻子	123	华师大之夜
46	爱的寄托	127	友　谊
		131	我的自语打扰了你
53	**纯美的注视**	135	规避和寻找
57	**青春的印记**	139	从高原到天堂
		142	回答自己
59	**冬天的阅读**	146	簇拥和掩藏的九月
59	里尔克，里尔克	149	你的生命之光
64	爱的浪迹	153	理　解
69	木车的激情	156	不倦的水
74	思念和隐秘	159	大地的引力
77	诗人的命数	162	浪漫的时代
81	牵　挂	166	怜　悯
85	山凹之月	169	你在不为人知的田园中
89	耕作的诗人	173	一个梦想
94	误　解	176	秭归的精灵
98	梦中的铁路	179	理性与浪漫
102	污浊的旋流	183	稷下之梦
106	在复旦	187	人与事

191　古河之声
194　纯　粹
198　从热烈到温煦
201　在激流中
205　东方的水潭
208　土与籽
212　抚　摸
215　奇　遇
219　奔　腾
222　南方的水
225　无为而有为之书
229　无望的爱
232　炉　火
236　永恒的向上

240　**域外作家小记**

240　索尔·贝娄
241　米兰·昆德拉
242　略　萨
243　厄普代克
244　海明威
246　福克纳

246　尤瑟纳尔
247　屠格涅夫
248　陀思妥耶夫斯基
249　列夫·托尔斯泰
250　兰　波
251　普鲁斯特
252　叶　芝
253　哈　代
254　毛　姆
255　萨　特
256　加西亚·马尔克斯
257　阿斯图里亚斯
258　博尔赫斯
259　阿克萨科夫
260　紫式部
261　亚马多
262　乔伊斯
263　卡夫卡
264　艾特玛托夫
265　阿斯塔菲耶夫
266　聂鲁达
267　劳伦斯

268	普希金	285	托马斯·曼
268	高尔基	286	米斯特拉尔
269	泰戈尔	287	斯坦培克
270	契诃夫	288	舍伍德·安德森
271	歌德		
272	马雅可夫斯基	289	**风雨北郊路**
273	雨果		——悼冯中一先生
274	巴尔扎克	293	**诗　人**
275	阿勃拉莫夫	294	**荒漠之爱**
275	茨威格		——夜读鲁迅
276	莱蒙托夫	294	痛与喊
277	马克·吐温	296	"今夜周围是这么寂静"
278	西蒙	298	"宠犬"
278	波特	300	"五"与"七"
279	川端康成	303	貌似"民魂"
280	伍尔夫	304	卑怯者的愤火
281	杰克·伦敦	307	倒楣的责任
282	欧·亨利	308	"老调子"与阔人富翁
282	汉姆生	310	更无顾惜青春
283	艾略特	312	饱人饿人之爱
283	怀特	314	沦肌浃髓之毒
284	索因卡	316	不掩于墨

317	不仅仅是冷嘲	358	有理的压迫
319	精神的丝缕	360	本 分
321	好像……	361	打诨的角色
323	天才与泥土	363	不置一辞
325	依靠与凌蔑	365	谋隐与沦落
327	纯 谨	367	帮闲的文采
329	不绝之淬	369	"不配"与恐惧
330	余下的只是卑怯	372	师道与目前之益
332	沙漠中	375	"非真勇也"
334	干儿的严厉	376	"没有说清的必要"
336	"有效"与"有限"	378	不悟……
338	蔚蓝的野草	380	使命与战叫
340	力学和化学的方法		
341	同一营垒中人	**383**	**走出梦呓**
343	厨房与筵席		
345	怯者的愤怒	**386**	**阅读的烦恼**
347	小铃铎		——关于25部作品的札记
348	时间的流驶	386	L.B的文本
351	渺茫的悲苦	388	M.K的矫揉造作
352	沙上之塔	390	失去天真的孩子
355	"天地大戏场"	391	意淫者
356	吟罢低眉	393	匆忙的媚俗

396	落 入	429	**八位作家待过的地方**
397	可爱、不幸	430	苏东坡之波
399	不再失去的自由	432	歌德之勺
400	与生命等值	435	爱默生礼帽
402	丑	438	佐藤春夫馆
403	查无劳迹	441	艾略特之杯
405	色盲之哀	443	梭罗木屋
407	蓬蓬与谦谦	448	蒲松龄之道
408	质木无文	451	惠特曼的摇床
410	安静赞		
411	怀 疑	456	**远逝的风景**
413	封 闭		——读域外现代画家小记
416	率性的D.L	456	怀 斯
417	大玩家	458	雷诺阿
419	干 净	460	卢 梭
420	永恒的自语	462	高 更
422	暗 伤	466	马蒂斯
424	思想的表达	467	达 利
425	没有一句诗	470	列 宾
		472	米 勒
427	**流动的短章**	474	杜 菲
		476	梵 高

479	马奈	532	蔡斯
482	莫奈	534	恩斯特
484	勃拉克	537	卡萨特
487	柯罗		
488	德加	540	白驹过隙
491	康定斯基		
493	毕加索	546	经典小记二题
496	塞尚	546	《诗歌会消亡吗？》
499	蒙德里安	546	《荷篠丈人》
501	夏加尔		
502	米罗	548	再思鲁迅
504	蒙克	557	从沙龙到小屋
506	莫迪利阿尼		
509	劳特累克	561	品咂时光的声音
512	克利		——读日本散文小记
514	库尔贝	561	枕草子
517	康斯太布尔	562	方丈记
519	大卫	564	阴翳礼赞
522	透纳	565	和泉式部日记
524	德拉克洛瓦	567	蜻蛉日记
527	弗洛伊德	568	紫式部日记
530	毕沙罗	571	更级日记

573　徒然草

574　奥州小道

576　北越雪谱

578　断肠亭记

579　千曲川速写

580　自然与人生

583　那个时代的名著

586　纯良的面容

　　——回忆罗伯特·鲍曼

让我寻找

又一次向朋友推荐了一批书，说你一定要读、一定要读。接上就是脸红：我自己也没有读全这些书。不过我心里清楚推荐的时候没有什么炫耀的意思，这是肯定的。

那些书是太重要了，我认为不读不行。好像真是个明白人。

虽然没读，但早晚读它——心里总把希望寄托在早晚上。其实早晚都会有别的事情。

这种情形使我不安，因为它反映了一个人的重大缺陷。由此我联想到更多的方面，认为绝不仅仅是懒惰和拖沓。那样就太简单了。

我觉得现在越来越缺乏一些执拗坚定的人。自己似乎也在凑合着什么，对所从事的事业做到"好像爱"也就行了。可大家又分明是越来越忙，越来越累，好像什么都不甘落后。我不理解一个很棒的作家或学者同时又可以是一个外交家、一个商人、一个在生活的细枝末节处都表现出独到才能的奇人。

风习是众人一块儿制造的，一个人敢于在匆促忙乱的人群面前背过身去，是要付出重大代价的。他最后还要投入这个人群。这很容易形成一种恶性循环。一个人在人群里疲惫地往前走着，当突然想起了什么最重要的事情时，才无可奈何地大声呼喊：我没有时间！

我没有时间！

时间哪去了呢？支配时间的又是谁？

我怎么也想不明白。我只知道应该属于每个人自己的那点儿时间，被一种看不见的力量、以奇特的方式——或许像征收所得税一样，给征收走了。

的确是这样，荒废学业之风愈来愈重地侵蚀着我们。谁也没有时间去硬碰硬地抓住学问。"好像有学问"的人多，"真正有学问"的人少。盘一盘库存，自己真可怜。文章的好坏是相比较而存在的，做人也是一样。没有好文章，不高明的文章也可能出眼；大家都匆匆忙忙，一个人稍稍放慢了脚步就显得无比从容。

那些治学严谨、心比天高的智者，我们胸中的导师，历史上的和生活中的，又怎样呢？他们得到了多少谅解？我们又容忍和尊重了多少智慧？在这里，让我为他们默默地怀念或者祝福吧。

人生来就是要面对一个世界的，他的探索行为是自然而然地发生的。一个人站在原野上可以望到很远很远，但进入闹市，一转脸就是楼房和别人的眼色。你失去了远望天地的机会，就不得不关心眼下的情景。可是你与生俱来的责任却不知不觉卸在了一边。人们就是这样离开了最严肃的探索，淡忘了生活的目的。

所以我感到自己忽略的不单单是一些书。即使仅仅是一些书，那么书又是什么？

置身于潮流之中，被一种惯性推拥着，需要多大的坚韧和倔强才能挣脱出来。我认为一个搞创作的人应该具有那样的雄心和力量。也许害怕自己天性软弱，我常常暗想：让我寻找一个执拗坚定的人吧，请让我与你同行。

一九八三年三月六日

沉默悟彻

人的性格不一样，人生活着，也为了不断理解人。理解别人难，理解自己就容易吗？一点也不容易。人们都害怕孤独，总想和朋友在一起。这就像夜间赶路，希望有个伴。

当我一人独处的时候，常常觉得这很好。这种毫不陌生的心境也像一切事物一样，有一个来源。它支持和健全了我的创作，使我变得可以忍受和善于忍受了。困苦和欢乐似乎都不值得推敲，有意义的只是沉默地悟彻——尽管这是不可能的。

尽快地学会一个人过一份生活也许比什么都重要。小时候的林子寂寥极了，林子里人不多，有时进来个砍柴的，我觉得很有意思，眼睛长时间地盯着他。后来走出林子上学了，一下子接触那么多人，不知怎样才好。

因为从很远的地方搬到这里独居，理解当地人难，当地人理解我们也难。我早一些知道了什么生活才叫更难更累。当地人看我的眼神有些特别。这样长了，互相少看一些也就是了。可是什么都可以回避，唯独目光不能。我刚刚背起书包从街道上走过时，心里是多么慌乱啊。如果有个陌生的汉子站在屋檐下开我一个玩笑，我就受不了。就这样慌乱、局促不安，内心里的一点什么却在慢慢地滋长。和别人交谈的机会少了，和自己交谈的机会也就多了。我很早就学会了跟自己交谈。

我始终怀念着一个没有见过的人。他在我心中神秘而且高大。我会一直尊敬他、羡慕他。他有一个好名声，智慧、博学。他去世了，却把那么多的书留下来。我直到现在读书时还常常想到他。他是什么样的，不知道。他与我一同翻动书页，沉默寡言。知识都在奇怪的幻想里藏着，用多少就跟他借来多少。他与我构成了一个世界，里面充满了无声的对谈，充满了魔术。在这个空间里，一个生命决定了另一个生命的性质。有时当嘟嘟一个冰凉的红木健身球滚过来，问是谁的？回答他的。一部多么神奇的活动着的历史啊。无限的猜测弥漫了我的四周。

　　我曾愚蠢地认为，我读书是最多的。这种误解多少会使我产生一种自豪感，这种感觉后来也常常出现。这种感觉、这种得意，往往是会转化为写作欲的。记得从很早开始，在发表作品之前，有人就指责我那些奇奇怪怪的联想。

　　我自己并不觉得这些联想有什么奇怪。因为这些只是我跟自己交谈的内容的十分之几。一个人躺在那儿琢磨事情也是很有意思的，琢磨来琢磨去，以此抵挡孤独。有话跟朋友、跟好多的朋友谈当然很好，但哪有那么多好朋友。当我自觉这样的朋友多起来时，也就放弃了自我交谈的机会了。于是，那样的联想没有了，永远地失去了。不需要指责了，因为一切已成为过去，我与那个人构成的世界变得模糊不清，多多少少像一幅褪了颜色的照片。

　　应该有一方适合艺术家生长壮大的天地。它不在任何地方，它只在我们心中。

一九八六年

大师的排斥力

奇怪的是，我从大师们的作品中一再感觉到了一种力，即一种天然的排斥力——对作品中属于技艺部分的排斥。这种排斥无时不在、非常执拗又非常自然，像是在不自觉间完成的。

这是为什么？精湛的技艺，独到的运筹，这一切不该是孜孜以求的吗？不是一个真正的艺术家才可能具备的吗？这让人费解和迷茫。

可我的确感到了那种排斥的力量。

也许正因为这样，他们的作品在本质上才是质朴的。我特别要强调"本质"二字。他们的作品无论在形式上走多么远，你都能够感受到一种自然和朴素。他们的形式只是一种必然结果。如果一部作品最触目的是它的技艺部分，是与内容明显可以分割的，那么这显然是一部赝品。模仿的东西往往是这样。

艺术是崇高玄妙的神思，这一部分不可以学习和传授；而唯有技艺部分才能转手。这是匠人的工作。我们盲目地进入了一个首肯匠人的时期。这种现象是一个匆忙紊乱的年代的副产品，是艺术领域中的粗俗和浅陋。生命力愈旺盛，那种排斥力就愈强，他的创造就愈质朴。反过来就是误解；而长久地陷于误解，就会变态，产生心理倾斜，以至于在质朴的作品面前反倒无力进入。

在那些缠绵无力的东西面前,在一片嗲声嗲气的效仿之中,有谁能站起来歌唱,像一条好汉那样的直截了当,那样的真诚——以此来确立一种崭新的文学品格呢?

一个作家的跋涉能力最终才决定了他的先锋性质。伪先锋派的致命之伤在于他根本就没曾跨入跋涉者的行列。不去自觉地承担这个世界上一部分责任,怎么能存有那样的奢望呢?同样的道理是,从来没有进入理性就不存在走出理性,也不存在反理性的问题。由于我们的土壤以及季节气候与欧美是截然不同的,我们这儿生长出的先锋派如果与欧美有着相同的气味和色泽,那么其中必然有诈。

一个艺术家沦为匠人之后的情形是各种各样的。一类匠人作为手艺人也是劣质的。弄虚作假,设计较少劳动换来巨大收益的圈套,藐视劳动本身;而另一类匠人则可以在一定的层次上去尊重,他们热爱着一门手艺,讲究起职业的尊严,常常聚拢一起切磋技艺。他们的作品没有产生诗情,但他们的举止却产生了诗意。当这种以技会友的情景频频发生时,从外部看上去倒是非常迷人的。神秘而庄重的面容,自然形成的权威性,看上去好似游历于南南北北的大侠。让我们向大侠致以外部的敬意。因为他们至少以自己的执拗和献身精神,通过不算轻松的劳动,使一门技艺升华了,获得了或多或少的超行当的意味。

大概也正因为如此,这后一类匠人才是更具危害性的。艺术面临着崭新的侵蚀,要抵御同化。诗人和匠人有时是最难区别的,如果新来的匠人又是神采飞扬的,那就更容易混淆。

但再好的匠人也不是诗人。

由于特殊的原因，我们曾经有很长时间对不起手艺人。好的手艺人几乎绝迹。于是当一个匠人出现，尤其是身怀绝技的匠人走近了时，大家就禁不住欢呼起来。

真正强大的艺术家可以在一片绝好的匠人包围下而坦然处之。因为他们巨大的心灵里早已包容了匠人的智慧。他是独立不倚的，一辈子热衷于本色的歌唱。

我有时很矛盾。我真希望他们的这股排斥力更少一些才好。后来我才发现这是做不到的。如上所说，它是不自觉的；其次，它的来路深远，或许潜在肉体的最深处。它跟艺术家的生命力一样长久，将伴随他走过一生。当这种排斥力渐渐淡弱下来时，我相信艺术的火焰也即将熄灭。

好像是这样。

一九八六年

关怀巨大的事物

有人呼唤人格的力量,它呼唤得来吗?我有所谓的这种力量吗?我长期以来深深为之痛苦,虽然我自认为并不比那些好人更差。我的卑微只存在于我自己可以理解的范畴。当越来越多的人谈论人格的时候,难道值得警觉的时刻不是一丝丝挪近了吗?我发现它正在化为一句俗语,虽然最初也发自圣贤。作家已经被什么东西生硬地、隐隐地伤害了。

我想人格的力量最终还是表现在关怀巨大的事物上。只有无私的人才会将一腔心血花费在探索终极隐秘上。只要有了那样一颗心,就可以做出各种曲折的表达。可以是勇敢,是为艺术的献身精神,是维护圣洁,是倔强,是绝不移动的坚守,等等。在生活中,他不可能不去关心宗教、生态、政治诸问题。他对嘲笑这种精神的人不置一词。嘲笑者常常询问起艺术在现实中的结果和作用等等。

可探讨艺术的作用是白费力气。试想当今天的一切都消失了——连最坚硬最显赫的一切也化为尘埃的那一天,艺术可能仍然存在——面对这样的永恒怎么可以轻言作用呢?我们无法看清艺术在生活中的作用,正像我们无法看清自己的眼睫毛一样。它离开心灵的窗户实在是太近了。

人们还常常谈论"好人"。普普通通的、没经过生活的碱水和盐水洗炼的好人可算太多了。他们在巨大的选择面前必然缺乏基本能力——

而为人的一生总要面临为数不多的那么几次重大选择。奇怪的是看上去还算拙讷老实的好人，在生活中也容易与一个地方最黑暗的势力站在一起。那似乎是不自觉的、是一种血液中的奇怪力量诱导了他。

　　生活流动得太快，一切都在变化；可生活又显得太复杂太漫长。任何坚硬的东西都在被磨损和风蚀。一个作家应该艰难地迎接这一切，去多少地挽回一些东西。如今像笃信宗教一样地生活的人微乎其微，我们当中缺少优秀分子。宗教精神是永存的。现在奇怪的是从事精神生活的这一大部分人居然可以没有禁忌，没有名节感；如果有谁不合时宜地再提出人应该有自己的操守，那他会被严重地嘲笑。

　　其实除了天性浅薄的一部分之外，人在心中大约都坚持了一个刻度。不过有的更严格、更深刻罢了。那条界限是碰不得的，不容侵犯。也许人的自信心、力量、荣誉感等等，都来自这条界限。心中没有刻度的艺术家是不存在的。即便一个糟糕的诗人也不愿唱违心的歌。这就又一次让我想起了两个字：操守。

　　值得追念的是一九五七、一九六七这几个年头里永不屈服的一些艺术家。他们为数不多，不像人们想象的那么多。他们有的死去了。面对着极度的愚昧和丑恶，他们表现得多么出色。因为他们长期以来关怀的总是一些最重大的问题，那本身就需要不同寻常的力气和勇敢。摆在面前的气节问题，在他们眼里通俗易懂，简直没有什么可犹豫的。那种风范会永存人间。

　　在今天沾染恶习也许更容易一些。懒散的生活、无人管束无人指责的荒唐的涂抹，这一切都能毁掉心灵。我相信一个作家虽然什么都可以写，但他总会让人透过文字的栅栏倾听到一个坚定的声音,总会挂记着苍穹中遥远缥缈的星光。

一九八六年

尊 长

　　一株枝叶无比茂密的大李子树、一株不知长了多少年的大山楂树，分别做了这片园林的尊长。园里有各种各样的树，比如樱桃、苹果、枣树、杏树、桃树、无花果树、核桃等等。它们的模样与脾性当然都不同，所处的位置也不同。它们在北风呼啸的冬天，在炎热的夏天的姿态，都相差很远。大李子树春天开出一团团银白色的小花，浓烈的气味笼罩了一切，招引了无数的蜂蝶。它们的小花瓣如此紧密地挤在一起，成为一个不可破解的谜。这么多的蜂蝶都是从哪儿涌来的？它们与大李子树达成了一种什么关系？这都是需要花费很长时间去琢磨的。可是有一个事实已经是不言自明的了：它，还有那株威风凛凛的大山楂树，是作为两位尊长而存在的。

　　我长久地仰望着它们。我想我这会儿也成了一株树——一棵普普通通的、纤弱瘦小的树。

一九八八年三月八日

午夜采访

海边上有一座茅屋,茅屋里有我一个奇怪的朋友。朋友有一个不好的习惯,就是直到午夜还不睡觉。他常常一整夜地吸烟、喝水、沉思、兴奋,与朋友讲话,这样一直熬到黎明时分。

夜里我到他那儿去。我深夜离开他之后,就剩下了他一个人。我不知道他什么时候睡觉,因为我在早晨、下午、上午,在任何一个时光里,都可以看到他在茅屋前的土地上弓腰干着什么。

他的年纪大了。他是一位从遥远之地回到故土的、古怪可爱的老人了。他是一位歌手,写了很多歌。这些歌有的就像我们所熟悉的那些长长短短的句子,排列在纸上;有的却是一句连一句,在纸页上连成密密麻麻一片。

他写的许多歌我都读过。我们的话题更多的时候是停留在它们上面。

他的眉毛白了,头发稀疏。他不停地咳嗽,但仍然不能放弃那个黑色烟斗。他在屋里走动,腰使劲弓着;人很高,很瘦,让人想起一匹跋涉千里的老马。出于对一种职业的警觉,他一开始不愿和我交谈许多。可能是过于孤独和寂寞,也可能因为我们相处久了,我已使他放心:后来的午夜聊天就越来越随意。

我们谈了很多,我随后把他讲过的所有话都记下来。这样我算有点违背承诺,因为我差不多又变成了一个采访者。就是这样。可是我没有办法。

水手夫人

他告诉我:许多人都把它当成一本隐喻的书。他这样说时用力眯起双眼。这会儿看得出,他因为这部书而多少有点得意。夜色里,我极想看清他的这副漫长脸。没用,他那儿的光线太暗了。锅台上的一盘煮花生已经被我们吃得差不多了,浓茶正在一个熬中药用的瓦罐里滚动。茶汁越来越浓。我们喝的是一种煎茶,但我们不往里放盐,而宁可放糖。他说这一手是在草原上学来的。他告诉我地气变了,喝的东西就要改变,比如说在这海边茅屋,你最好不要往煎茶里放盐。这里离海太近了。在这里吃的一切东西,他相信都有一种浑然不觉的盐味。

当时他认为自己正写一部庄严的书,庄严到了一生都要倚仗它的地步。身上的每一根神经几乎都绷得紧紧,像进入了临战状态。他说自己当时已经二十七八岁了,他这二十七八岁的年纪和一般人可不同。别人会说那不过只是一个青年,而他自己却觉得至少已经进入了中年。这是因为他走过的路坎坷漫远。从很小时候起,他就一个人浪迹天涯,遇到过各种各样的巧妙故事,与各种各样的人物打过交道,好几次死里逃生。

他告诉:在边地,他至少有过几十个生死与共的异性和同性朋友。说到各种朋友,他都会谈上许多,比如说他在十六七岁上那些死去活来的恋爱。那时候他身边没有一个亲人,总是依赖自己的朋友。他看重这些友谊,对爱情的看重更是可想而知。

他在一个长得雪白的乡村小学教师的屋子里整整藏了两年多。那时候他白天外出打工,到了夜晚就偷偷潜到她那儿去。这样竟然没人知道。那里可真是穷乡僻壤。因为职业的关系吧,她到镇上或城里开会,就为他买来借来各种各样的书,他就如饥似渴地读。他一夜一夜搂抱着她,告诉她:她给予的他永远也忘不了。她总鼓励他。后来他离开了她。"那可真是一个悲剧啊!"他感叹着。

究竟为什么,他不愿讲。

又往前流浪。一个山村代销店的女售货员,还有一个水手的妻子,都先后收留过他。她们都给了他很多的、各种各样的营养。那个代销员把店里许多好吃的东西都给他吃了,以至于几个月结算下来大大地亏损。

那个水手的妻子,比他足足要大上二十多岁,可是他们狂热地爱着。水手留下的这个小巢,被他尽情地享用了。院子里有一棵无花果,每到了夏秋天,他就贪婪地吞食不停。但他抓紧一切时间读书,写东西。水手的老婆是一个三十六七岁的妇人,美丽,长着火红的脸膛,微微发黄的浓发。她简直是用全部身心去爱护他、教导他。她告诉了他好多人生的隐秘、丈夫的故事、她公爹,以及她父亲、祖父,很多的故事。这一切故事有的是第一、二次国内革命战争时期的,还有的是租界的故事。有的血淋淋、惊心动魄,感人肺腑。他全把它们记录下来。

水手的妻子恳求他留在这里不要走,他就问:"那么水手怎么办呢?"她说:"他么,怎么都可以。"

就这样,他与她有了一个孩子。后来,那孩子又夭折了。

这是一个疯狂故事,他说一定要在未来把它写下来。现在是不行了,不合乎时代。我听到这儿,怀疑地看着他弓下的脊背、衰老的脸膛。我想他在有生之年能够完成这一杰作吗?我这时才明白了他那部书的名字,还有它里面很多关于航行的情节和细节是怎么来的。我想这一切都得益于一位水手夫人。我没有再问。

由于这部书写了很多非常感人的事情,所以麻烦不断。不断有人制造一些材料,甚至想把他送到法庭上。他不在乎。他说:"我经历了多少。我只差没有死去。我还怕什么?"

那本书我读过不知多少次,封面陈旧了。那是印得很差的一本书。不过此书已有很多版本。直到现在,它还常常是一些人的热门话题。

夜色里,我盯着他铿铿发亮的眼睛,突然问了一句:"那个水手夫人呢?"

他看着漆黑的窗户。"我不知结果如何,"他没有讲下去。停了一刻又说:"这本书的扉页上原本有一句话:'献给……',可惜被编辑割掉了。那个年代不时兴写上这样的话。这只是个人情感的尽情流露,他们不愿分享。他们没有这个兴趣。我只好把一切都装在心里。"

他告诉我:从流浪地赶回来,到了一个闹市,在那里找到了一个安歇的机会。他住在一个临街小屋里,开始在纸上倾吐了。他几乎一口气就把这部书写完了。写完的时候他才发现自己快到三十岁了,浑身打了个冷战。他用一件旧衣服把这一大叠稿子、各种颜色的纸张胡乱包裹起来,外面又用绳子捆了几道,就背着它去找省城的一个朋友。

就是那个朋友和他一块儿到了一个大都市。这样，这部稿子才艰难问世。

显而易见，这部书稿改变了他的命运，使他多少成了一个有名的人物。在这样的时刻，他想念更多的是在边地流浪的岁月，是那一个个同性异性朋友。他怀念他们。由于这部书稿，他再不能重复那样的生活了。

但后来他还是抬腿离开了闹市。他想追赶昔日的脚步，追回那样的岁月。晚了，一切都晚了，岁月也会变得陈旧。那些朋友几乎没有一个像他原来想象的那样。他们不是衰老、死亡、到别的地方去了，就是面目全非。

我一直想问问那个水手夫人的故事，特别是那个水手的命运。他一句不答。我不问，他却又告诉出一个细节。

——当他最后与她分别的时候，曾请求她原谅自己；他会永远感谢她给予的一切：衣食的温暖、悲怆的故事，还有她的全部。他想说对不起她。水手夫人说："这你就错了。我只打谱跟你过上一年，可是你在我怀里过了三年。我该感谢的是你！如果没有你，我死了也就白死了。现在行了，我值了。"她一遍又一遍吻他，他整个头发和脸颊都被她弄湿了。他们这样搂抱着，整整一天一夜，饭也没吃。

这就是他们分手时的情景。驼背歌手对我说：他要歌颂她一生。"后来我又遇到很多人，可是没有一个能取代她。从她那儿离开，我才发觉自己真正地长大了。是她让我提前进入了中年，变成了一个懂事的人。这部书稿也使我挣了很多钱，我把这些钱如数寄给了她，可是又被全部退回：查无此人。"

娇 小

  这是一部薄薄的书，没有引起更多的人注意。但是我却被里面奇特的情节所吸引。我总觉得它与歌手的经历非常贴近。果然，一谈到它，驼背歌手的两眼烁烁发亮。他告诉我，其实这里面有两个故事：隐藏了一个，表达了一个。它所表达的，正是它所隐藏的。

  他吸着烟斗，还没有吸尽就磕了，重新装上烟末。我看出他很不安。

  他说："有一年上，就是从边地走开的第一年里……"他诉说为什么要离开那个流浪之地：那时他离开了水手夫人，大约是半年之后吧，一个偶然的机会，他认识了一个恶棍和他的女友。"这小子用当地唯一的一辆大摩托带上她，在大街上横冲直撞，让许多人非常气愤。那个小女孩美妙到了不可思议的地步，小巧玲珑，比我后来结识的所有女孩都要妖冶、小巧，对人百依百顺。那个男子则像个大黄蜂一样紧紧地叮住她，谁想找个机会跟女孩说句话简直是太难了。那个家伙叫'沙'。真的，他就像风中卷动的黄沙，落下来就是遍地一片，变成沙漠、沙原。就是这一场漫天飞舞的沙，让我好好搏斗了一番。它飞到了我的眼里，头发中。要让我战胜这场狂沙，必得倾尽全力。没有办法，我太爱她了。这是一场来到中年的爱，我可懂得珍惜，懂得拼死一搏的意义。

  "她几乎是一眼就看中了我。她后来告诉，我乱哄哄的头发像火焰，当我转脸看她的时候，两眼都冒火。她说她从来没有看到这么一个怪人，如此瘦削，正恶狠狠地爱着一个人。她没法把我忘记。我们俩就这样手牵手地在月光下走起来。有一天我们走到一座废弃的古庙里，在里面把该说的话全部说完。我们做了个决定：逃跑，跑很远很远，跑到沙尘再也飞不起来的地方。我们要跑到海上，海的另一边。

"就这样，我们在河湾那儿买通了一个老人，他用一只小船把我们运到了一个海岛。在海岛上我们又雇了一只更大的船，穿越海峡去了东北。最后我们到了一片林子里。到了这儿才知道：这是一个谁也管不着的天外世界，它比边地还要荒凉十倍。在这儿，她真正成了我的小妻子。

"我们搭了一座林中小屋，像当地人一样，设法搞来了一杆枪。当然在这些日子里我们都怀念大海的另一面，因为那是家乡嘛。在当地，我交往了一个脸色彤红的年轻猎人，他英俊、勇敢，与我们成了生死之交。可是你知道，我们对世界上任何东西都有办法，就是对爱情没有办法。多不幸，我的小妻子爱上了这位年青猎人。这对我真是一个报应。我知道死期也许真的来到了。她一离开我，我就会死去。她真的离开了我，我也真的差一点死去。

"后来，我的这位朋友一次猎熊，被熊爪抓破了胸膛，死去了。我的小妻子又回到了我的身边。在这片深山老林里，她离了男人没法活下去。我没有责备她，只带着死了一半的心和她过下来。我们一起埋葬了她的那个英勇情人。是我亲手安葬了他，给他垒了一座好坟。在坟的旁边还栽了一株最好的青冈木。就为了这一段记忆，我想写一部书。那时候就埋下了这个种子。

"我的小妻子死于难产，死在一条船上。我想她是跟了情人的灵魂走了。我非常惋惜，这时候已经不会流泪了。就这样，我一个人回到了家乡，身无分文。我心里只留下了一个悲惨故事，正想寻空儿把它写下来。

很可惜,出于自尊和其他原因,我没有写出自己与那个年轻猎人的瓜葛。我只是把他当成一个朋友,记下了友谊。实际上他夺去了我一半的生命。从那以后我就成了一个半死不活的人了。我做下的所有事情都是剩下的这一半生命在做,所以我后来干什么都丢三落四的……

"我爱那个非常小巧的、愿穿一身红衣服的、像小孩子似的女孩。可惜她没有了,再也没有了。有些非常美、非常小的女性,往往在品格上都是经不住推敲的。可是没有办法,世上的好汉往往都爱这种经不住推敲的女人。这是人类的一个悲剧。不仅如此,那些能够描画几笔的情种们,还往往忘情地去歌颂她们,就像我一样。我的这部书很少有人看到,这也未必不是一件好事。我的朋友,只有你看到了它,并且引起了好奇。可见你是个非同一般的人……你愿意听一首小诗吗?"

我问是什么小诗?他说是一首西班牙民歌。他将它读了一遍,又抄给我。这首小诗是这样的:

"小巧女人多妩媚／此理简明好通晓／凡物玲珑且娇小／铭记心中难忘掉。"

他赠我小诗之后,就伏在了一个地方。他一动不动,像死了一样。

艾草香

令我惊奇的是,他还写了这样一些歌:像清水一样纯净。如果不了解这个人的经历,也就不会感到惊奇。可是现在我却有点不安了。我像看一个奇异的魔怪一样看着眼前的这个人:瘦骨嶙峋的驼背歌手。他在屋子里一瘸一拐地走,但是两条腿却没有毛病。可能是被沉重的心事或其他什么所压迫,他有时总要像瘸子一样拐来拐去。这只有我,非常熟悉他的朋友,才不会对这种步态感到怪异。

他说从东北回来了,回到了流浪之前的那个海滨。他该好好计划一下自己的岁月了。他说没有办法,他非常地爱诗、爱歌、爱手中的笔和纸。这与他在那些年里所受的致命教育有关。"太可怕了!有些东西一旦在你心里扎下根来,你就再也不能拔掉。你必须让它生长,在你周身每一块骨骼、肌肉、血脉、心肺里爬上蔓子。这种缠绕啊,捆绑一生,让你再也不能解脱。你信不信?"

我没法回答。

在这些日子里,他开始好好整理自己的思绪、经历,考虑做点什么。像一个历尽沧桑的老人一样,他怀念过去的一切。他想起了更小的时候,到边地之前的一些经历,想起了伴他度过童年的那条河。他不停地回忆,记录,写下关于它们的故事。

童年友谊,那些老人,姑娘,童年伙伴。一个人对付悲凄的最好办法就是多想一下更早时候的事,最好能把它们记下来、唱出来,每记下一首、唱出一首,就像喝了一杯酒一样。他的心会短暂地得到一点甜美。这时候他就可以睡一个安稳觉了。

"那几天,我几乎天天都在做这种事情,回忆的事情,记录的事情。我记了满满三大本子,它们当中最好的,即被城里的朋友看中。他竟然把它们印出来。有意思的是,我小时候的一个伙伴,她在一个烟草公司里工作，看到了其中一篇，认定书中的那个女孩就是她。有一次她去城里开会，从那儿打听到了我的住处，千里迢迢找来，带了好多酒和其他东西。她特别带了劲儿很大、很贵的一种烤烟。她怎么知道我喜欢这种烟呢？没有这种烟，我就宁可吸现在的苦烟斗。就那样，我们一边吃东西、吸烟，一边在一块儿玩，不知不觉天就黑了。她临走的时候告诉我，她最怀念的就是小时候的事，深深感谢我把它写下来……要分手，就是分不了。我们握手，握了一会儿就走开了。我送她，走了一会儿又停下，又握手。后来，她的身体倚到了我的身上。我们俩不停地接吻。你知道那时候我年纪大了，对接吻没有多少兴趣。可她正好相反。我好好看了看她，发现她四十多岁了，长得并不显老，方方正正的身体和面庞，两个肩膀啊，像男人一样平坦。我两只大手压在她的肩膀上，晃动了一会儿。我盯着她非常美丽的大眼睛。这双眼睛像处子一样忽闪不停。她告诉她现在都是一个处长了。我说这我倒不管。她说那个处经常接触一些外国人，而且经常到国外去。这就使我明白了她的好烟是从哪里来的了。拉拉杂杂，两人在月亮地说了很久。她真要离开了。她离开之后我才突然发觉：她在我身上留下了很浓重的一股艾子草香味。我非常喜欢艾草的香味，这可能是我在荒原上流落惯了的缘故。奇怪的是，我这一生从来没有遇到过身上有这种气味的女人。她走了，我们再也没有见面，到现在都没有。就因为她，我觉得我的这一部专门回忆的书是合算的。看看吧，这些记录唤起了一个人多么强烈的共鸣。她能挣脱一切世俗羁绊，走这么远的路来送我礼物，来与我接吻，还给我身上留下这么多艾草的香味。这多么不容易啊！"

土人笔记

面前这个瘦削不堪的歌手写了很多歌,一叠子厚厚薄薄。我最看重的是这样一本:写一个秋天里的古怪故事,一帮流浪汉的故事。

这部书不仅让我喜欢,而且许多人甚至认为,这个故事抵得上他所有的狂唱。他们这种看法有点夸张,但我宁可同意。

我不知道他是怎样记录和讲述了这样一个故事的,看上去简直是狂放不羁的痴唱。

我试着问起它的前后经过。一开始他不作声,后来给自己倒了一杯浓浓的煎茶,一饮而尽。他紧紧握住我的手,过了一会儿又颓丧地坐下。他大口喘息、大口吸烟。他像刚刚舒出一口气,说再也找不到那样的故事了……就因为这种失望和绝望的情绪,他才急剧衰老下来。它像一块石头一样挡住了他的出路,没法往前了。

这使我突然明白过来:原来他自己也同样看重这个故事。这哪里是歌是书,这其实是一卷野人痴语。一个人只要不能抛弃世俗欢乐,各种各样的诱惑,就不会有那样的歌唱。只有一个深知人生奥秘,又纯粹得像水洗过一样的人,才会有那样的歌唱。

我想问清它的年代。我想这肯定是他从水手夫人那儿走开之后的事儿。他的回答与我的判断完全一致。他说为了纪念夫人,就写了一首长歌。这才使他得以喘息。但也让他感到了强烈的不满足。他觉得仅有这样的纪念是远远不够的。因为他还有好多至今仍在边地的异性朋友。

"记录整个边地,而不是哪一个人,这才是最为重要的啊。"他张大嘴巴感叹着，露出了满口漆黑的牙齿。他的舌头有点臃肿，在黑色牙齿之间跳动，让我感到了一阵同情的悲哀。

他使劲咳嗽、咳弯了腰，止息之后又望着窗户："在边地那些日子，可真是一些要命的日子。没有它就没有现在的我。我在那儿活过来、长起来，弄清了很多事哩。这一切都没法改变。我想我该有一部真正的书来纪念这一切：它很大，它不是一个人，它是边地。它使我再生、使我返回。我的灵魂说话了：'俺哪，返回！'如果不这样做，这灵魂就会干瘪、悬空，最后我就变成一个空心人。这是一个使我再生的伟大计划啊，怎么办呢？就因为这个，为了做好这个，我才离开了闹市，离开了村镇。后来还是不行，我又搬到海边林子里，自己搭了一座茅屋住下。因为在边地流浪的时候经常听到一些狗吠，所以又养了一只狗。我养了鸡、养了鹅，这样半夜闭上眼，听到它们嘈杂，就像回到了边地。我想象着那里的稼禾、林木、各种各样的朋友，想着在他们身边的夜晚。我的头发长得很长，胡须也不刮。我吃最简单的饭食，只沉在那样的一种岁月里。我完全脱离了眼前这个时代，忘记了它，只回到自己的时光。我觉得连喝的水都是水手夫人为我倒的；我吃的糖果、米饭，都是那个代销点的姑娘为我偷来的。还有，我想着那个脸色苍白的小学教师，我们的山盟海誓。我在那时候遇到的许多古怪朋友：亲爱的朋友、无私忘我的朋友。我们之间所有的故事都被我从头滤过了一遍。在这样的时刻，我就摸黑写下了一些纸片，白天一看字迹重叠。它们大大小小，最后堆成了一大簸箩。这个簸箩是我白天搓烟叶、晒烟末用的，现在把那些烟末倒在一张大纸上，而改用它盛这些纸片。最后再也盛不下的时候，我就开始把它们拼贴在几张大报纸上，涂抹改写，最后又重新誊抄。

"那些零零散散的故事完整了，连成一片了，我才舒了一口气。最后我背上它们到闹市，去找那些朋友，让他们看。他们看了都大吃一惊，说这是怎样的怪物啊，土里土气又……它是一部土人笔记。

"我这时候一下瘫在地上。不是因为激动，而是因为我长期以来吃着最简陋的食物，又与世隔绝，身体的能量全部耗尽了。那天我被朋友送到医院，在那里住下了。

"从医院里出来的第二天，我一下想起了茅屋。那里有我的狗，有我的鸡鸭。我发疯一般跑去。心想：坏了，它们都该饿死了。就这样，我日夜兼程赶回了茅屋。一看：鸡剩下了几只，狗挣脱了链子——它肯定是在绝望的一刻挣脱。两只鹅都死了，猪也死了。这就是我犯下的大罪。

"我对不起它们。"

绝交书

歌手有一个短章，很短，不足万字，可是下笔犀利。它简直不是用墨写成的，而是用刀子刻成的。字里行间那些自责真是句句沉重、入木三分，我读时毛发都竖起来了。有好几次，我甚至认为这个短章就是写给我的。当然我知道不是这样。另几位朋友读了，也觉得这是写给他们的。这都是误解。

就带着这样的疑问，继续自己的采访。

他否认那些具体指认。他说这不过是一个人进入老年之后的心绪。他连连叹息：站在这片孤地上望去，前面是苍茫一片，找不到朋友，看不到故友。他们都离他而去了。不仅如此，这些人中的一部分现在正做着可怕的事情：尾随蛮强，伸出臭烘烘的舌头。这与当年上路时的约定正好相反。他们害怕贫困，向权贵摇尾乞怜。就因为这个，他一次又一次拒绝了他们，从不到他们那里去。

他离开了他们，也离开了人群，回到了一座茅屋。他觉得他们没有直接伤害自己，可有时又觉得正是他们操刀执矛，深深刺入了自己的心窝。

他视他们为晚辈，稚童，只有自己才是一个苍老的人。是的，他们永远都长不大。他们不仅是一些无知的孩子，而且还是一些可耻的后代。他们不敢有个人立场，不敢说一句真话。就为了追求一点点私欲，变卖了一切。

就带着这种孤愤，他写出了一些绝交的文字。就是这样。他向他们告别。

他说："我在一生的浪迹当中犯过各种各样的错误，可是我没有背叛。我心存怀念，深刻检讨；我有羞愧，同时我有正义；我不敢尾随、诬陷。我拥有这爱，回报这爱，尽我所能。

"眼看几个朋友在这个时节里做出了不齿之事。我留恋友谊，可是我无法认其为友。

"其中有一个极坏的家伙，竟然欺辱自己千里寻来的老母。欺侮母亲的人如同粪土。而我的一两个所谓'朋友'，就为了一点私欲，竟奉粪土为楷模。

"当年物质匮乏，精肉难买，他们就从他那儿领取肉票。一个真正的人宁可一辈子吞咽粗糠，也不能去接受那张二指宽的纸条。这是个分流和归属的时代，时候到了。我觉得我的茅屋正在散发出一种光荣的气息。

"是的，我有这样的自豪感。我脚踏的这片土地尽管荒芜，却是坚实，它没有陷落。所以我可以从这里拉圆我的弓。我没有做错。我已经这么老了，还怕什么，有什么可患得患失！要说羞愧，我总觉得对不起边地，对不起流浪的岁月。

"现在我已没有别的选择。你听我半夜里吭吭咳嗽，人快不行了。我还有什么选择呢？我也许很快就要死了，死在谁也不知晓的地方。或许那一天，身边连一个为我捧土埋丘的人都没有……"

他说到这里声音低落。我很难过。

浪子泣血

如果我没有说错的话，那么这部厚厚的书稿是歌手最长、最庄重的一部著作。不仅是它的长度，而是他绘制的这幅画卷中所囊括的不同时代的众多人物、泅浸的心血，都可以称为面前这个人的一次长途跋涉。这当然是精神的跋涉。

关于它，我的朋友似乎不愿过多地谈论什么。我想它涉及到了自身隐秘，比如说他的亲人。浓浓的煎茶喝过一杯又一杯，时针已划过午夜。我们将用沉默迎来黎明。

今夜星辰如此明亮，银河极为清晰：它果真在这个时刻绽着寒浪吗？我长久伏在窗前，倾听野外露水滴答之音。煎茶的炉火还在不停地响，特异的茶香充斥了整个茅屋。

我不知道歌手身边是否真有那种九死一生的英雄；还有，那个浪迹天涯的、让人入迷的骑士？既然得不到回答，我就不能过多询问。

后来，他用低沉柔软的声音讲起了一个人。慢慢地，我听出那是他的亲人了。是啊，一个人只有讲起自己的亲人，才会使用这种口气。讲完了一个，又讲另一个。他并不指明这些人与自己的关系。我明白，这只能来自先人在世时的回述。一首长歌，可以看成是歌手在完成先人嘱托。

这部书起码对于他是不可取代的。它占有极特殊的位置。它需要更长久的时间去生长。是的，如果是一部好书，总要随着时间的延续伸展枝干和叶芽，这几乎没有个例外。一部艺术品所跳动着的活鲜的灵魂，总是与它所遭逢的时代冲撞、交汇，从而滋生出崭新的东西。

他像害冷一样吸着烟斗，两手紧紧抱着肩膀。他说那些日子里，有好几次他觉得再也不能忍受了，不能忍受这种生活。而在任何时期，当一支笔在纸上挪动的时候，都是辛苦伴随幸福。唯有这一次，实在是一种煎熬。他没法沉浸到自己正讲述的这个故事里去。有好几次，他觉得即将被这个故事所散发出来的炽热和滚烫给耗干了汁水。他就要因为这个故事、为触犯人生的禁忌，而宿命般地死亡。

他一个人在茅屋里度过了冬天和夏天。一年四季浸在自己的血脉中。深夜，他就吸着这个烟斗，喝着这样的煎茶。有好几次他都觉得自己行将死亡。那时，将没有一个人知道浪迹天涯的歌手就倒在这片荒原上。

他害怕留在荒原上的是半部书稿、残片短章,是风雨吹打下的枯叶纸片。就因为害怕这个结局,他咬住了牙关,不停地工作,通宵达旦。那时他骨瘦如柴,比现在还要瘦得多。

他说到这儿,瞪了我一眼。我想不出这个人如果再瘦下去会是什么样子?他说当时他躺在床上,翻身时都能听到自己骨节相撞的声音,就像铁环、枯木和树枝。"那时候食物简单极了,为了不使食物变馊,我就烙了很多锅饼。锅饼,生葱,姜,咸豆子。就是这些东西打发一日三餐。有一天,我到最近的一个地方去买面条,路上遇到的第一个人就被我吓跑了。他看见了我破旧的衣衫、芜乱的头发,还有深陷在眼眶里的眼睛;我走路摇摇摆摆,随时都要跌倒的样子……就是这些把他给吓住了。他号叫一声,一头扎进了路旁的灌木丛。

"总之,那个时候没有一个人相信我还会活上一个星期。可是我挺过来了。这部书稿写得真苦。写完之后,我躺在炕上呻吟不停,大睡了几天几夜,几乎没有吃饭。醒来时捏几枚咸豆子吞下,喝几口水。不知多少天过去,我喘着、带着一身冷汗爬起,小心翼翼煮一锅粥,又吃了一点儿烂面条。一点一点恢复,觉得身上有一点力气的时候,就背上它,锁了茅屋,到最近的一个镇子找邮局去了。

"在那儿,我把书稿打好包裹。

"你看,就是这样。"

他搓着干燥的两手,全身抖得更厉害了。

我记起这首长歌中还夹杂一些互不连贯的怪歌。它是以歌手们惯有的节奏和热情唱出来的。可是它们更像一些隐语和谜语。我刚想就此问点什么，他却到隔壁翻找起来。

他抱出一个很大的像枕头模样的东西。我原以为里面装了很多麦草、谷糠之类。歌手提起来，像拿一个口袋那样甩动两下。带子扎起，他把带子解开，伸手从里面掏出一把一把的纸片。天哪，这些纸片写满了长长短短的句子。

我赶紧把它们捧起，拿到桤灯旁边。我明白了，它们有的就是在那部书稿中出现过的。

他说无论在任何时候，他都不能中止这样的歌唱。他把歌声记下、刻下，装入口袋，装得满满，再找一条口袋……而当他讲述故事时，无论正在讲一些什么故事，其中也仍旧要响彻这样的歌唱。它们总是相互环绕、依靠，就像一些藤蔓总要环绕着一棵大树的枝茎往上缠绕一样。我问他担心不担心那些议论，比如说他们提出的质询：为什么一边唱这些不成调子的歌，一边写出这么一个庄重的故事？

他瞪大了那双深陷在眼眶里的眼睛，好像在问：你忘了我是什么人？你忘记了我曾浪迹天涯？我除了歌唱还会做什么？难道你让我变成一个哑巴吗？

我垂下头，一口又一口喝着苦苦的煎茶。

逃亡者

一本薄薄的小书，字数不足十万。它写了一个孤儿，一个在悲惨年代里远走他乡的孤儿,去东北、踏南山,这样一个孤儿的故事。它写逃婚,写一个人为了心爱的女人,在寂寞凄凉的山野里度过的难忘岁月。那种特异的幸福让人垂泪,让人感激得泪花闪闪。

总觉得这是驼背诗人自己的故事。

可是他身边好像又没有那样一位姑娘。我总想证实什么:如果她不是虚拟的,那么她现在的下落呢?

我这样问起,他一个劲儿摇头。他说这是在大山里遇到的一位朋友的故事。他原想为朋友写下一部传记,结果只写了这么一个片断。

驼背诗人遇到这个朋友的时候,正好是他们双双对对从一个海边平原上逃出来。姑娘叛离了自己的亲人,他则远离了岳父:一个当地头人。那是个罕见的凶神恶煞。两人当时住在山间一座最简陋的小草棚里,它尚不能遮风避雨,到处都是窟窿。这个双腿长长的小伙子用草和泥巴把小窝重新抹糊了一遍,就这样安顿下来。在这儿,他靠过人的聪明、热情和厚道,赢得了这个荒凉山村的信赖。他们接纳了他,让他在这儿藏身。奇怪的是在当年,非常严密的民兵组织也没有驱赶他们,没有盘问他们,两个外地人竟然在这儿过起了热汤热水的生活。

这些都在书中有过详细的描述。我最难忘记的是书中那个"小妻子"。

他说:"我从前给你讲过,我喜欢非常小巧的女人。她就是这样的姑娘:个子不高,圆圆乎乎的。可是她比我以前所遇到的那个姑娘要壮一点儿。她们俩比较起来,只有那双眼睛是一样的。不过朋友妻子的一双眼眉比我那位要浓一点。这使她看上去显得有力又拗气,更能够经受粗砺生活。谁能想得到,她有那样一个父亲,他是那个平原上的一个地头蛇，一跺脚整个村庄都要发颤。眼前却是多么温软的一个女子，多情，脸色红红的，特别是双唇，有点厚，往上翻着，好像随时都准备亲吻。她黑白分明的眼睛看着你，让你的双手不知放哪儿才好。

"说实话，我非常羡慕这位朋友，同时也非常钦佩他。我不知道他究竟用什么办法把她从那个魔鬼旁边抢走。当然他这一生注定了会是坎坎坷坷、躲躲藏藏的。只要那个魔鬼不死，他就不可能返回自己的家乡。

"可是即便这样，他也仍然还是不幸中的万幸。想想看，他这一跑就拥有了这么好的一个女人！我只一眼就看出来了，她会好好照顾他一辈子，让他越活越值得。在深夜，我们拉呱儿，一块儿嚼了半笸箩炒花生。这都是他那个可爱的女人为他弄的。她不吃，只坐在旁边看我们两个吃。小女人刚刚离开座位，朋友就愤愤地握着拳头对我讲：他这一生所要做的最重要的一件事，就是杀了那个岳父。但他有时又觉得很难做到这一点，因为这一来就会严重地伤害妻子。'我到底怎么办呢？'他问我。我说我也不知道……朋友听到这儿站起来，在屋里来回踱步。

"我明白这是一种仇恨，不可化解。岳父也不行。人哪，只要有血性，就不可能违背自己的内心。可是他又那么爱他的妻子，要知道他要杀掉的就是妻子的父亲。这完全像一部传奇里的事儿，可又是真的，因为它就在眼前。我知道这可不是闹着玩的。我的眼睛和耳朵都没有骗我。

"我的这位朋友当年刚刚二十六七岁，长着一双粗胳膊，双腿像铁柱子一般，眼睛英气俊美，头发像马鬃，油亮闪光，在灯苗下跳动。他的额头四四方方，整个人都透着一股彪悍。我完全相信他有一天会完成复仇的计划。可是也正如他自己所说：也许这事儿一辈子都不能完成。

"那肯定是一个真正的恶魔。我相信,因为我自己也有那样的经历。我就不止一次遇到类似的恶魔,他们死有余辜。说起他们,不是'仇恨'两个字就能概括心中那股恶冤的。可是魔鬼却生出了这么好的一个女儿,这也是实际情况。

"他告诉,在这个恶魔和那几个猪狗不如的同伙手中,这些年断送了不止十个可爱的生命。因此他的复仇不仅是为自己、为自己的父母、兄弟姐妹,最重要的还有其他人。你看就是这种巨大的恨伴着对小妻子的巨大的爱,它们都同样真实。

"我们俩正讲着,她回来了。她那双热辣辣的、使所有人都会莫名羞愧的美目看看我,又看看男人。她给他加了一件衣服。

"就这样一连许多天,我夜晚都到他们家吃一点炒花生,喝一碗稀粥。他们的生活简单极了,白天无论做多么重的活,晚上都是这么随便的晚餐。我把自己找到的食物也携到这里来,因为我相信她的手会做得更香甜。有一段时间我们仨几乎成了一家人,过得非常之好。他们真心欢迎我,觉得我的命运与他们有些相似。我跟他们讲了许多自己的事,很容易就获得了共鸣。

"后来,一个大雨天,雷声隆隆的深夜,我的这位朋友突然出现了。他全身都被淋得透湿。我知道一准是出了什么事儿。果真不假。他说坏了,那个恶魔身边的狗腿子不知为什么来山里蹿开了,发现了他的藏身之地。他必须在这个夜晚就逃走。我问他逃到哪里?他说没有别的办法了,只有远走高飞,到东北,到更远的、谁也不知道的深山老林里去……

"就这样,他走了。

"这些年出于想念,加上好奇、友谊、愤怒和感激,我非常不安地把他们的故事写了下来。

"它打动了一些人。不过更多的读者却不认为这是一个真实的故事,不认为真有这样的苦难。还有,他们都不信人世间真有这样可爱的姑娘和勇敢的男人——你呢?你相信我吗?你相信这个故事吗?"

我点点头:"不仅相信,而且还一度认为它是你自己的故事。"

他咳嗽着,又深吸一口烟斗:"不。我说过了,这是朋友的故事。"

"那个朋友现在在哪?"

"不知道。我到他们老家看过,那儿的人都说他们回来过,可是又走了,再也没有音讯。在这个动荡年头,他们到底能去哪儿?"

他抬头望着外面:"那条大河西岸就是他们的家乡。那是一个挺好的村庄,那个恶魔早死了。他患了胃癌。这时他们如果归来,会有一段很好的日月等着呢。他们现在大约都有五十多岁了,嗯,该是这把年纪。如果他们回来我就会知道,因为我常常到河西去走一走。不知为什么,我常常要到河西去走一走……"

流浪的荒原之草

我一直不明白的是,在他这把年纪,还会有那样忘情的、变声变调的痴唱。他有一首长歌,直看得我魂不守舍。慢慢沉浸,最后不能自已。我不敢说这是他最好的歌,但可以说这是最能打动我的一首歌。它拨动心弦，让人按捺不住。望着这位朋友的满脸皱纹、颀长的身躯，驼下的脊背，我不能不暗自感叹。

他说：人到了这把年纪往往都缄口不语了。其实呢，并非一定要停止歌唱。这把年纪的人只不过是多几声叹息罢了。叹息之声延长了，也就是一首歌。我不太明白。

"我一个人睡不着，就常常从头回顾一生：怎样离开故土，怎样在边地流浪，到东北，一次又一次的遭逢、各种友谊，特别是那些持续了一生的友谊……

"我怎么能够忘记？到了晚年，发现自己这一辈子欠别人的太多了，欠他们和她们的太多。这就到了偿还的时候。可是我又一无所有。我没有家室、没有儿女，也没有财产，两手空空，只有书几本。我拿什么去偿还呢？我得说，我只有拿出自己最珍贵的东西去偿还了。可是又有谁相信这是最珍贵的呢？我只有一颗心、一支笔，我用心写下的不是忏悔，而是呕心一哭。我愿意随着这歌唱往前，就这么去了罢！我知道已经到了最后时刻，我在用这首长歌做最后的偿还。我跟自己的心算账。我害怕一觉睡去不再醒来，那样就糟了，那就糊糊涂涂地结束了。那样一来我连最后报答的机会都没有了。我可不能像那些二百五歌手一样，一边写一边哭；我几乎没掉一滴眼泪。我的心很硬。我的心已经像我的手，磨出了老茧。

"不过你相信，我只有在这个时刻，才有真正的大欢欣和大悲苦。我这辈子啊，摔下过深崖，九死一生。我生还了，所以我又重温往日欢乐。我说过我怀念她们（他们），是她们给了我生命。她们将我挽救。我像一个即将溺死的人,是她们把我搭救起来,拖到岸上,抹去了浑身的污泥,喂下水饭。她们给我换一身崭新的衣裳,让我像个人样儿再往前走。

"这是怎样了不起的母性之手啊!我想她们是我的爱人,有时又像我的母亲。因为只有母亲才会这样疼怜和体贴自己的孩子,才这样对待一个生命。我的这首长歌是自责、感激、不安,还有或多或少的困惑。困惑在于:我欠了她们那么多,她们为什么从不向我索还?她们是上帝专门派来的搭救者吗?那么我有什么功德?我算得上一个圣徒吗?上帝为什么如此地怜惜我?我只知道自己是个一文不名的孤儿,一个地地道道的流浪汉。我在大地上无望地来往,赤着双脚,秋末冬初的寒霜把脚皲裂,满地淌血。是我一如既往的痛苦跋涉感动了上苍吗?上苍又是什么模样?我从来没有和上苍打过交道。老天,让我感激谁去?

"就怀着这一类困惑,我写下了这首长歌。有人试图从这里寻到一些惯常歌手所使用过的字眼,没有。这里连美妙的句子都没有,它们尤其不够奇巧,只是蓬头垢面的一些痴唱。有些人不知道它产生的状态,所以就不会理解它。

"我写给自己的心灵,舍得花费。蹩脚歌手最后只能求助于此。我与另一些人不同,我不唱歌就会半死,就会因为亏心而枯萎。有人听了这话也许以为是虚张声势,言过其实,是可笑。随他们去好了。我的朋友,你相信这些话吗?"

夜色深重,我看不清他的眼睛。但我相信他的话。我知道,任何人都没有可能在这么长的失声失调的歌唱中隐下自己的灵魂。

这是我们相伴的第几个夜晚?我知道,我就为了这次长谈才来到这片荒原。我心里常常要把他当成一个圣徒,尽管他从来只认自己是个孤儿、流浪者、荒原之草。

固执的爱

长期以来我对他的一部分文字都感到不安。我不习惯于这种方式:如此赤裸,毫不掩饰,而且,时有难奈的急切。

我甚至有些不喜欢。

当然我也曾在这些文字面前被打动,甚至产生过类似羞愧的某种感觉,但最终还是有些不解和不安。

我不知道这个惯于自语的、只在偏僻一角注视世界的人,为什么会这样。也许这种做法别有意义,也许另有他意。可是这与他惯有的姿态和方式简直大相径庭。

他在旅途上陷入了一场又一场辩论。这究竟是福是祸还很难说。这是诗人的坎,是率性和直接,是尽意挥发和自然流畅,是倥偬自如,是一贯的行色?

有时候有人与他同行。尽管最后这些人总要不约而同地离去。在热闹的城市和偏僻的乡镇,都有人困住驼背诗人,不让他走,不让他上路。有人甚至一边设法使其滞留,一边假惺惺地给他盘缠。他们想与之展开辩论,试图寻一些破绽。这样做的目的是为了把他的自制力耗垮,让他再不能上路。当然这是从坏的方面设想。从好的方面来讲,他们当中也不乏求知者，不乏拗气汉。他们想从他身上获得共鸣。

他用低沉的口气回忆和总结旅途上发生的一些口角，一些事情："我从来认为，人的一生只有两种事情是最值得的。一种是爱——好好地爱，爱你所爱，永不背叛；再就是倾诉——说真话，说出你对这个世界的真实看法。这其实也是一种互相诉说、互相安慰和互相启迪。没有这样的诉说，人的心灵之花就会枯败，面前的世界就会停滞。

"我觉得我一生都在做这两种事：好好地爱，好好地倾诉。我的话不是什么深奥的玄机，而是最普通的道理。可是这些普通的道理由于总是交还一点真实，所以也并非是可有可无的。"

灶火上的煎茶噜噜响，我往里加了一点冷水。这时候他突然蹲在了炕上。由于他的个子本来就高、就瘦，这次用力地往下弓着看我，模样像一只斗鸡。他用食指指着我说："当时我被很多人包围在那儿，没有办法；他们挡住了我，人太多了，嘈杂声把什么都盖住了，我就蹦在了一张桌子上。这样我就可以俯视。我不断地讲，把我一路看到的、想到的，一路上的所思所想都毫无保留地告诉了他们。我觉得无论这观点与他们有什么不同，或者是冒犯了他们，但有一点他们是不会误解的，这就是：我本是一片好意。我并不想说服他们，我只想告诉他们；而且我更渴望他们把一路上看到的也告诉我。可惜这样的人很少。我发现，很少有人像我一样，把自己的真心毫无保留地坦露给别人。他们只满足于待在暗处，想看个热闹，想找个什么机会，捡个什么便宜；总之，他们不算是一些善良的人。我的好多想法今天看来也许片面，也许不够准确；但我勇于坦露自己的真诚和勇气，这在今天仍然珍贵。我不愿改变这些。就像对待我的昨天一样,我尊重它们。如果我为此而发出叹息,那只能说明我已衰老,来日无多了;像有些老人一样,勇气减弱了。这可不是什么好事。你看我这两只手,疙疙瘩瘩,满是筋脉和老茧。这样一双颤抖的手还能抓住多少真理呢?可我又能因为这衰老、这手,就放弃了我的责任、我的关切、我对这个世界的一片好意吗?如果说我过去的那些爱没有错,那么以前我这两只年轻的手也没有错。人哪,需要勇气、真实,需要为正义一搏一呼的冲荡气。如果一个人年纪轻轻就学会了四面讨巧,这样的人一辈子也不会有出息。

"在夜晚,你没来的那些夜晚,我一个人就不断地重复这些想法。我想得头疼。我爱的人这会儿或在天边,或已远离了我,或已死去;而有一两个人至今还在为我疯迷。这就是我为人的罪过。在许多人眼里,我不是一个正常的人。所以她们才疯迷。但我能肯定,很少有人像我一样,能如此固执地爱,一爱到底。"

弟子三千

我问他:"有人传说你像当年的孔子一样,有'弟子三千';而且,在这个现代社会里,你还很不人道地用异端邪说把他们引到了一片玉米林,在那里进行着原始耕种,守一口土井,养几只奶羊,过着相当可怕和简陋的生活。你们日出而做,日落而息。有很多时候,弟子们围在一棵杏树下,听你言说。这实际上是布道。你在把他们领向一个遥远的邪路。"

他把桅灯挪近了，这使我看到了一副定定的眼神、青铜似的脸庞。这张脸啊，由于过分瘦小，肌肉绷紧，皮肤毫无光泽。只是深刻的皱纹那儿总是渗露着难言的隐秘。这张脸如此地吸引我，竟让我一时忘了要说什么。

他这样盯了一会儿，突然使劲瘪着嘴角，一只手抖着去摸茶碗。我把碗往前推了推。他端起茶碗却不愿喝一口，重新放下。他看着煎茶罐子冒出的白气，长叹一声。

他说那是一生里最幸福、也是最寂寞的一个时期了。说到幸福，那是因为他一辈子很少获得这样的清静，与这么好的一些朋友待在一起。他说不是他把他们领到一个僻地，而是他投入到了他们中间。那时候他像一个打工者，每天做活、吃饭，几乎从不索取报酬。他只是和他们一块儿劳动。那是他们的土地，而他当时真是上无片瓦、下无立锥之地。

"那时候和现在还不同，我连一座茅屋也没有，连一个小院子也没有，没有自己的一棵树。当时的幸福就是无产者的幸福，无牵无挂，没有一个亲人，只有朋友。和朋友在一起畅所欲言，谈我这一生，我经历的事情，他们也谈自己的故事。他们有时把我的故事记下来。我不认为我比他们谈得更多。说到不幸，是因为我刚刚失去很多，由于一路的跋涉，死去了那么多的故友和挚爱；我不得不离开长期生活的那个城市；我心爱的人已经离开了，不是背叛，而是对我难以忍受。我觉得这是完全可以理解的，正像有时候我也难以忍受别人一样。幸好她没有为我生下一个孩子，如果这样，我该不知如何是好。

"那一天我把她送走了，我送她上路之后，回到那个空空荡荡的小窝，立刻觉得如此冷清。小屋里真空啊，一说话嗡嗡响。一种痛不欲生的情绪差一点把我毁掉。我在屋角寻到最后一袋方便面，就着冷水嚼完，同时一个念头也在心里生成：我得走了，我再也不回这座城市了。

"就这样我走开了。当年我五十三岁，够老的了。因为我和别人不同，我这五十三年走过的路太远，吞下的辛苦太多，所以看上去就像一个年近七十的人，头发稀疏，该白的白了，不该白的就秃了。我照了照镜子，发现右眼角那儿有一道深纹，简直像被刀子划过一样。真倒霉。有这样皱纹的人肯定是倒过大霉的。我背着一个小包裹四处奔走，又像当年在边地、我成家以前过的那种自由自在的生活了。

"当时和现在一样，已经允许打工，任何一个村庄都不会像过去那样，把来到的生人盘问来盘问去了。这样我就可以凭汗水获得自己的吃食。开始，我在一个果园里做活，后来那个果园的老板欺负一些女工，我打折了他的鼻梁就逃走了。

"我唯一后悔的是没有把那些女工也领走，我担心走开之后她们要继续受苦。我没有解救她们，大概只为她们惹下了更多麻烦。这就是我这个人一辈子做事不利索的方面。但我很痛快地逃跑了，跑到很远，跑到了一个好伙计开的农场里。我说他是个好伙计，是因为他老实、忠厚，凭力气吃饭。他对打工者从不另眼相看，和他们吃一样的食物、住一样的地方。现在这样的老板是多么少啊。就在那里，我找到了真正的家。而且，后来才知道，他那么爱好艺术，爱好思索和辩论。在他的身边，我常常出言无忌，一开口就走火。我大概说了很多不稳妥的话。还好，朋友们从不怪罪我……

"我这个人有一种癖,'交流癖'。我愿意跟远处的人、那些认识和不认识的人交谈。这未必是一种坏习惯。我的话常常招来各种各样的赞许和谩骂,这些都在预料之内。至于说他们说我率'弟子三千'长途跋涉,到了一个偏僻之地不毛之地,这都是非常可笑的,是无稽之谈。他们如果看看我这个衰老的样子,孤单的样子,就会原谅我。当然,他们的原谅我一点都不稀罕,它们对我屁用都没有。"

他说到这里停止了。我想起了什么,又问:"还有谣传,说你跟女弟子之间还有一手。你真有那样的女弟子吗?"

这回他哈哈大笑,把手指骨节掰响了:"我们打工者当中真有女的,有年轻姑娘;但更多的还是一些上年纪的女人,她们老得都和我差不多了。我们之间很要好。你知道,你现在总该知道,我是一个多情的人,所谓的'情种'。可是很简单,当时我们可没有什么,就是说我们还没有产生出什么故事。因为我的女友刚刚从身边走开,我再也不愿寻找那样的懊恼了。我的心情已经凉下来,只有怀念的份儿,而没有再一次从头开始的愿望了。从那时到现在都一样,我没有心情再找一个老伴儿,更没有去找一位'女弟子'。当然我有时心里很爱她们,只是这种爱已经和过去不同了。我不愿老成一个荒唐的老人,真的。"

古人的三位妻子

他曾将心比心地写过一位古人。

那个奇妙的人物离现在几千年了,可是他固执地想让他活下来。那个古人的神情、举止、语气,真的如在眼前。那是一次长长的迁徙,整个故事是一部史诗,是一部大传奇。我从来没有看到有人写过这个故事。他怎样将目光投向了这段历史,这在我看来有点奇怪。

这个"背叛"故国、告别故土的故事落在他的手中,即焕发出别一种色彩。我问他是否去过那个古人的流放之地?他斜着眼看了我一下。我明白了,"流放"这个词用得不准确。

严格讲这不是流放。可是对于自己的故土而言,又是一次流放,自我流放。

这是一个背叛皇权、最终又不得不走向称帝之路的悲惨故事。一个充满智慧的古怪人物,来到一片蛮荒之地,重新开拓设计他的江河、山脉、宫殿、神阙,确是一个不大不小的难题。整个过程足以刺激读者的兴趣,而且它严格依据了正史,有的地方似乎也掺入了野史。那个古代人物的心灵与作者如此靠近,但又那么不同。我想如果让这位驼背诗人取代令他入迷的古代人物,他是否也会像那个人物一样,做出一番足够大的、惊天动地的事业?

那个古人有三任妻子。她们都是光彩夺人的形象,同时也是与主人公关系至为奇特的人物。一位是端庄高大的原配:他们真心相爱,都出身贵族。这种爱没有什么虚饰。他们应该有生离死别的情节。果然,后来的分离让人垂泪。那是真切动人的情感。对第一任妻子的怀念,在这部书中占有很重要的篇章。由于没有任何重聚的可能和希望,作为一个即将走向皇位的人,心绪该是何等复杂。他还需要新的女人。于是这个女人就出现了。与前一个不同，她长得非常纤细，小巧，而且是一个极为泼辣的、和他一起来到流放之地的女子。他比她年长四十多岁。在书中，她与他非同凡响的结合得到了特殊的镂刻。许多地方令人泪水潸潸。我觉得这需要一种人生经历。

我不由得想起了那些关于诗人的种种传闻……

我喝了一碗煎茶。在这静谧的边地夜晚，一切心理阻障都被打碎，我敢于毫无顾忌地询问一切。我从他晚年的生活谈起，问他是否准备这样独身一人度过余生，是否准备寻找自己的爱情——为本来就曲折浪漫的生活接续一个相应的结尾？

他毫不犹豫地摇头。他说自己已没有那样的权力。"你既然看过那首忏悔的长歌，就应该明白我再也没有那样的念头了。非常有意思的是，这部写古代人物的书让一个少女看了——她就像书中写的那样，是一个泼辣而羞涩的少女；她把自己当成了当年那个孩子。她推崇那样的志趣，不远千里，背着一个花布包袱，历尽曲折找到了这个寒冷的地方。她很是直截了当。她的泼辣劲儿也完全够了。她说，她的一生都要献给老师。我当时看着她低下的头，注意到了她后脖颈上那发黄的、非常柔软的一层茸毛。她多像一个温驯的小羊。我说：'孩子，你还是个孩子，你对我什么也不了解，你会厌恶我这把年纪的。'小羊抬起头，眼睛红了，因为痛苦和难过而口吃：'先生，我的老师，我什么也不需要知道，其实我什么都知道了。我把你的一切，让人厌恶和难堪的方面都想到了。我一点也不怕，所以我也就赶来了。每个人都有自己的一辈子，一辈子和一辈子比较起来都差不多，无论贫穷还是富贵。我是为自己的一辈子才来找你的,你不要赶我走开。'听听,这些话多像个过来人说的。我一辈子想起来都会吃惊。"

他说到这儿抬起了皮肤松弛的长颈,一下下搔着喉结,好像唯有那儿奇痒难受。他搔着,眯着眼,使劲皱着鼻子,咳嗽着。这使我看到了他那双鼻孔又大又难看。

"是的,我觉得那个女孩子真是有点鬼迷心窍",他搔了一会儿说,"我告诉她一定会后悔的,她说她就为这'后悔'而来,她热爱那种'后悔',她将和我一块儿把那种'后悔'彻底埋葬。天哪!像做梦一样……"他叹息。

我在微弱的光线下又看到了顺着鼻子两侧流下的锃亮的两道长泪。

"多么傻的孩子。那时我由于痛惜、爱怜和一种说不出的答谢之情,伸手按在了她毛茸茸的颈部。我一下一下抚摸,感受小羊才有的温暖。我说:'孩子,这是铁定不行的,你走吧,一定走。'就这样,我们还是分手了。结果许多年里我都不得不怀念她。就这样,我往前设想,设想我跟她在一起的那个夜晚。我把这个夜晚的怀念一寸一寸都写到了书中。"

我难以遏制自己的好奇,问:"那么他的第三任妻子呢?"

我之所以这样问,是因为那是一个更为奇特的女人:一个异族女子,她的年纪同样比主人公少四十多岁。而这时的主人公是一个马上就要称帝的人。像上一次一样,他的婚姻是不自主的,是为了社稷江山,为了与当地土人的结盟。新婚之夜,令人难忘的是那个异族少女面对衰老的新郎发出的第一声惊呼。她把他当成了一个"老小孩",为他擦去鼻涕和口水。那是个让人同情的场面。这个年老的新郎，在几天内就要登基的皇帝，当他用颤抖的手抚摸自己的新娘时，连一声叹息都没有。他看到的是奇特的异族少女：满身竟覆盖着一层绒毛。这使他想起了故乡的桃子。

他在我的询问中苦笑，说完全没有类似的经历。那些场景到底来自哪里？只能说来自梦境。就在那时，一个晚上他做了一个梦，梦中身边躺卧着一个少女，浑身毛茸茸的。她使他想起了一种动物。他抚摸她，感觉着手底的滑润和温暖。这一夜他睡得非常香甜，醒来后还仍然能感到身边那股微微的暖香气。

这个梦境让他久久不忘。他要叙说那种特异的感受……

爱的寄托

作为一个有些古怪的、背离了世俗潮流的歌手，他自己独居僻地，有多少痛苦，我们不得而知。我不知为什么常常为他感到一点惋惜和难过。我甚至想该有人不断地给他一些安慰。凭我的感觉，他活在人世的时间不会太长了，三年？五年？我甚至有这样的预感：当我明天奔到他的茅屋时，屋子里一片漆黑，那盏桅灯再也没人点亮，叫人不应——我也丝毫不会惊讶。是的，在他这样的年纪，他需要的是安慰、欢乐，是晚年的那种满足感和成就感，而不是过多的阔论，不是引他谈出一些不愉快的经历。

可是在我们这些不眠的长夜,他却一次又一次地提到另一些情节。有一部书,我们的话题还从来没有触及;但我心里承认那是我最喜欢的书之一。我认为眼前的这位朋友如果没有这部书,就会大大地减弱魅力。我知道,有人曾恶狠狠地诅咒过这部书。可是让我感到惊讶的是,书中并没有什么令人难堪的事情,更多的倒是温柔和诚恳……这到底是为什么?是什么东西触怒了他们,使他们不能忍受和承受?

这完全是一个时代里不约而同的某种禁忌被触犯。他们不能承受,是因为他们心灵的质地不行。

一个时代里的人会有共同的禁忌吗?通过他们的共同反应,我终于明白会有的。同时也让我相信:一位真正的诗人只有在一生中触犯过几次这样的禁忌,才无愧于诗人的称号。

在这些夜晚,我的朋友可能由于连续的激动、彻夜的交谈而变得越来越疲惫了。他不得不长时间仰靠床上,用又小又薄的被子盖住下肢。那个小小的被子我总觉得可爱极了,它只搭到小腹那儿。就这样,他仍然在抽烟、喝茶、与我对话。当我说起心里的一些想法时,他幸福地笑了。他说那些责难对他来说太好了,这只能加重他的思念。"要知道,我是为思念才写的啊。"

我站起来,声音略大一点:"可是有人指出,你是因为激愤才写的。"

他鼻子哼了一声,把头扭到墙的那一边。他像自语,又像在小声咕哝:"是啊,激愤,不思念怎么能激愤?那些日子,我有多么想念,他们就不知道了。我特别想念,一颗心变得从来也没有这样软。我觉得只有一个老人才有这样柔软的心肠哩。可奇怪的是,许多人都把我当成了一个毛头小伙子，好斗、偏激、不问青红皂白。这终于使我明白了：在这个年头，有人与其说是不允许别人激愤，倒不如说是不允许别人思念。一个人可不能如此深情地缅怀和想念——如果谁这样做了，谁就会引起各种各样的说不清的嫉恨。是的，是嫉恨。因为他们守不住自己的爱，他们不曾获取那么美好的拥有，所以才要嫉恨。他们自己不曾这样怀念，也不允许别人这样怀念。

"只有这种思念、盼望和诉说，才能把内心深处的隐秘倾倒出来。这在平时都是藏得深深的。我有这个勇气，因为我活不了多久了。我是说照这样的活法，活不了多久了。如果我的肉体不是很快死去，那么另一个'我'也会很快死去。既然这样，我为什么不好好地说一说应该说的话呢？我可不能让它们积在心里，那会把我压个半死。如果每个人都怀着再生的愿望和勇气去写作，那么我想，这个世界上骗人的文字就会去掉多半。"

他说到这里有些燥热地把被子翻开，跳下炕去。他把茅屋的门打开，蹲在门口。一股凉气涌进，我打了个寒战。他一动不动，像个石雕，烟斗握在手里，盯着外面。这时一阵虫鸣传过，他的头颅侧过去，用力捕捉细碎的虫鸣。

"就是这样的夜晚，一样的夜晚；就在这个小屋，这个灶前。你看地方没变，夜晚也没变，可是我却变了。我承认我现在写不出那样的文字了。嗯。"

我说："你怀念的就是她吗？"

他转过脸："谁？"

"书中的那个人。"

"那不是一个人,那是数个人,许多许多,讲不清哩……"

"你是个'泛爱主义者'吗?"

"是的,泛爱,永远爱着许多人。如果你注意到,你就会发现我不仅在写女性,而且还写了男性。我把小伙子才有的勇敢和帅气,都付予了她。你看,是这样,我是'泛爱'的。我在她们身上寄托了许多,这让我的心思有了去处。我再也不至于无路可逃了。当一个无路可逃的人可真痛苦。有些人就希望我这样,在黑夜里团团转,无处可去、无路可逃,最后痛苦而死、焦躁而死。我没有,我给自己开了一线生路。我想这就是他们愤怒的原因。不是我愤怒了,而是有人愤怒了。他们不会理解我,他们不会理解:我的爱也包括了他们,也是他们的一部分。有人把我的文字当成了独身者的呓语,也许是的。我不知道现在做一个心灵和形式上的独身者有多么困难。没有人敢于做。他们总是一群一群的,挤在一起;至少也要两三个人待在一块儿,抵挡这夜色,这漫天蒙地的喧嚣。可是这样他们就变得强大了吗?他们内心里失去了依据,又用什么去抵挡恐惧呢?"

"可是有人说你不应该把自己独身的观念强加于人。"

"我强加了吗?"

"他们是指你的语气。"

"我的肯定的语气吗?谁能剥夺我的这种语气?我有采取一种语气的权力和自由。我如果对事物不能够肯定,如果永远只是用试探的、商榷的口气,那么我肯定就是一个骗子。我认为应该肯定、应该坚定的时刻，就要真实地使用一种语气。这有什么罪过？只有那些骗子才王顾左右而言他。当我有了这样的语气的时候，别人也可以用同样的语气、或完全不同的语气来表达自己。我可以不同意他们的表达，但我不会把他们所选择的语气视为大逆不道。他们太狭隘太霸道了。他们连别人的语气也要限制，他们的规定太多，他们所谓的'游戏规则'太多。是的，他们惯于'游戏'，他们一辈子都在'游戏'。当我表示不愿在'游戏'中死亡的时候，他们就对我再也不客气了。"

他这样盯了一会儿夜色，说下去："不瞒你讲，也就在那些日子里，我失去了几个最好的朋友。他们死得都很惨，都出乎我的预料。那时候我才觉得自己是真正孤单的，真的变成了一个人。我再听不到他们的声音，接不到他们一封信。我知道在活着的这个世界上，在天地之间，再也找不加回他们了。失去了就是失去了，不可能再造。怎么办呢？不允许我激愤吗？不允许一个如此孤单的人去想念朋友吗？深深地想念和一般的想念区别有多大，你会看得出的。我的朋友都是一些好人，却为一些不值得的事情死去了。我觉得现在是最需要他们的时候，可是他们被这个世界拒绝了。只有我最熟悉他们，我觉得他们像我一样，心里的爱很多。他们常常把这爱分给周围的人，就这样为别人服务了一生、劳累了一生，最后却无声地倒下，连一点起码的公正也没有赚下。我觉得他们的形象可以凝聚为一个异性——因为只有一个美好的女性才能拿来概括他们。他们的目光凝聚到一起就变成了一个最美的女性——女性明亮的眼睛。他们的头发、他们的形体，一切都可以归纳为一个女性。

"我同时也回忆了这一生所爱过的所有女人，尽可能从她们身上寻找那些最不能忘怀的方面。她们的眼色、头发、身躯，特别是她们的性格。她们那种柔软的、同时又是刚毅的心肠，是这些使我一次又一次从死亡的边缘挣脱回来。她们给我饮食，把我衰弱的生命照料得强壮起来，能够重新行走。我一次又一次从乙地奔到甲地，那是我浪漫不息的驿站。能让我不感激吗？不怀念吗？既然如此，那么我就可以反问一句：究竟是什么、是谁使我们失去了这一切？这一问，就产生了所谓的'激愤'。是的，在那些夜晚，我真想变成一个恶鬼揪住那些骗子的头发，把他们埋葬在世界上最肮脏的地方。这没有什么不好，我反正快死了，我说过这时候的我不能不讲一点真话。"

他蹲在那儿讲这些的时候，连连咳嗽，还发出莫名其妙的咔嚓咔嚓的树枝折断的声音。这种声音像从胸腔深处发出来的，让人害怕。有好几次我蹲到他的跟前，他又挥挥手把我赶开。我重新坐到煎茶的水罐前。扑扑冒出的白气让人心里非常高兴，给人安逸和幸福。

他长久地闭上眼睛："我的好朋友，我们经过这几个夜晚的谈话，总算彼此了解了一点。我也许很快就能回到你的地方去，也许你再一次返回这个茅屋，就找不到我了。因为我知道这里也不是最后的落脚点。到底哪里才是，那得看看我的年纪再说。你看不到我，就可以翻翻我的书，有我的书陪伴着你。你如果觉得它们都是胡言乱语，那你就把它们扔到一边去罢，最好是扔到海里。我的书在海里被波浪拍打，这才使我高兴。作为一个歌手，我唱了一辈子，我的歌声被记下来，又装订成册页，这是有福了。可是它们真的保存在纸张中？不是的，它们只能保存在我的身躯内、我的心里。它们装订成一册一册，不过是为了让我和朋友抚摸起来方便。其实无论怎么样,它们存在就是存在,我离开了,也不过是把它们带到了另一个世界。我说过我这一辈子只好好地做过两件事:一是爱,一是倾诉。这两点对一个人来说,很重要……"

一九八八年四月十日

纯美的注视

自七十年代末中国的艺术获得再生以来,艺术家们历经了极为独特的一个过程。这期间有复苏的亢奋,也有忧郁和消沉,甚至包括了神话般的传奇。当我们脚步匆促地跨入九十年代的初冬之门,环顾往昔的朋友时,竟默默地压住了一个惊叹,仅此而已。前面是未曾踏过的一层薄霜。你收紧了背囊走过去。

挚爱和幻想、沉迷和热情,都无一例外地带来了误解和不切实际的期待。没有那么多的斑斓,也没有那么多的同志和战友,冬日终于送予了一个冷静。这对于一副燃烧着诗情的心胸、对于渴念和急切的双目,的的确确是太重要了。

作为一个艺术家,他是在茫茫的跋涉之途上仍然存在的人。我注视着他尘埃中的身影,相信他永远不会消逝。不久以前我们还期待着一条通衢大道的浩浩荡荡,现在看这种纯稚的想念多么虚妄。他一人向前走去,享受着那份孤独与骄傲。他的背影传递了一种讯息,安慰了众多的关切。

我们只是默默遥视,却无法伴你同行。

他是如此地独特而真实,以至让人感到了稍稍的陌生。他让人强烈地认定他只是他自己,是"这一个"。而通常在大街上、在所谓的"知识界",我们看到的面孔都似曾相识。

有时，我们对于真正的奇迹也可能熟视无睹。无一例外的平庸、虚张声势的引诱，早已磨掉了我们仅有的一丝好奇心。艺术和精神之域的荒芜与堕落是这样的普遍，已经来不及痛心。所以当他出现在视野之中，当他在那条道路上摇动着颀长的身影时，也并未使多少人惊讶。不过真实总会显露，才华必将展示，我们于是结识了一个熠熠生辉的名字，走进了他不同凡响的艺术世界。

时代的步履有时是轻快而紊乱的，狂喜往往与巨痛接踵而至，刚刚苏醒又迎接了迷茫；绝望和呻吟，祈求和追念，一块儿积压在敏感脆弱的神经上。越来越多的"艺术家"前来告别了，这并不可怕。可怕的是同时告别了一个质朴而坚定的人生。就在这样非同一般的时刻里，我曾留意了一下他的眼睛：一如既往地专注，并且流露着独特的坦然，内心的纯美。

这双眼睛在悄悄启示：对于任何一个真正的艺术家而言，他的时代来临了。

因为他已经别无选择，他走到了一个唯有依仗心灵的年代。这样的机会并非是经常逢遇的，它在一拨又一拨人面前溜掉了，但有人却可以伸手将其抓住。抓住它就是抓住了自己的历史。他已步入中年，他在这样的年纪里越来越能感悟到人生的诗意。像儿童一样满目新鲜，像老农一样终日劳作，就凭着这一份毫不掺假的淳朴，一步一步走向了辉煌。

他的艺术的魅力当然来自他这个人的魅力。与他在一起，你会发现生活原来仍然兴味盎然；作为一个人，他的不易重复的"内容"、冲动的真切和幻想的烂漫，都能让人时时感受一种人性的深度。他的勇敢是具体的，他的刚直和正义也罗列在生活之中。他把这一切都凝入了诗章。

我常常在他的作品面前压抑着激动。我只是默默感觉它传递出的复杂而单纯的精神。真实的理解仅仅还一个无言，我无法阐述一个生命、一个飞跃的精灵。但我确信我可以与之沟通，用目光抚摸纸页上的润泽。

即便是萧条之季，艺术界也仍旧拥挤不堪。由于诗的境界需要心领神遇，所以这儿也极易混迹。招摇的骗子衣冠楚楚，只无法掩去笔下的粗鄙。对于一部分人而言，具有残酷意味的是艺术需要才华，还需要一种道德基础。有的隐匿下来叮蛀艺术之树；有的逃窜了，却依然留下一丝狐臭。正是在如此的情势之下，我愿意给予真诚和艺术双重的赞美。

我相信这样的历史：喧嚣遮不住沉默，夜色里闪烁着目光。在恍惚和盲从的潮流里，人的心性仍在追寻原则。

我由此面对他和他的笔声声自问：我听到了什么、看到了什么？我接受了什么、又为什么而怦然心动？当然不仅是灵性与才情，也不仅是色彩。它让我难以诠释。好像技术性的深刻已经消解，一片斑斓也在远逝。逼近了的只是人的力量与自尊、他的不屈的证明之心、对美的忘我的追求探问。他似乎在求得一次理解，去包含人生的全部奥义……对于他和我而言，原来这会儿美是一种原则。

在诸种艺术之中，诗同样极易与凡俗融合又极易与之隔膜。当它褪掉了血性时，也就流入了凡俗。诗人仅仅是使用语言的战士。所以从战士的角度去揣摩，就不难读到他的纯粹和痴迷、他的燃烧的激情。

我一次次地展开他的书，并深深地知道：我展开的是一个战士心灵的长卷……

一九九二年十二月十六日

青春的印记

"五四"作为青春的印记,已经牢牢地镶嵌在了历史中。

每一代人都不可避免地与他们所处的时代构成了一种关系,但不能忘记的是,他们同时又是一个时代的创造者。时代是可塑的。被一个时期的潮流所推拥、所裹挟,从不值得称道。一个人的力量无论多么微小,都应该去推动或引导潮流,而不是相反。人的主要特征是思索,因为没有思索就没有创造。执拗地探求、勇敢和无畏——这就是"五四"给我们的永恒启示。

"五四"是一代新人在精神上飞快成长的一个机缘,也是一个结果。从历史上可以发现,当灵魂的声音逐渐消失的时候,也就不可挽回地告别了一个大时代。

一个民族跨入蓬勃向上的进程之后,总是充满了理性色彩,同时又会高高扬起理想的旗帜。他们当中最惹人注目的是谁?是青年,是虽然老迈却仍然葆有青春的那些人!

在今天,磨得灼热滚烫的商品经济之河应该化为全部健康生活的一部分,它应该被驯服;当我们的心灵之堤被冲决的时刻,一切都会被淹没、被涤荡,留下一片狼藉。

"五四"那一幕在漫漫岁月中是短暂的,但却留下了不绝的回声。

事实上，不同的心灵会拥有一个不同的"五四"：当年的这种多元之声对于一个民族来说是太重要了，太不可或缺了。我们既然处于变革之期，那就首先革掉目光短浅、唯世俗物利是图的劣根，开放远大的视野、展开奔腾的想象吧。我们活着，因而我们就充满了责任。我们既不能用言论、更不能用行动，绘制渺小而卑琐的历史境界。

这样，我们终将在告别精神贫穷的前提下，告别物质贫穷。

一九九三年四月二十九日

冬天的阅读

在倍感孤单的寒冷中,听到悬挂的冰凌跌落的脆响,听到风声,就更加渴望和求助于一种阅读……

阅读是沉吟和对话,与自己,与他人,与这个世界和未来……

里尔克,里尔克

谁能理解他和他所创造的世界。

这是在地球的某个角落里寂寞着、激动着、热爱着的一个人。一个比他更年轻的诗人收到他那著名的十封信*之后写道:"一个伟大的人、旷百世而一遇的人说话的地方,小人物必须沉默。"

是的,我们都是一些应该沉默的人。可是我们不能够,因为我们偶尔也像里尔克一样寂寞。冬天里的寂寞,春天里的惆怅和秋天里的伤感,就像当年加在里尔克身上一样,也会加在我们身上。

随着落叶的卷动,寒冷来临。屋檐上的冰凌被呼啸的北风扫在地上,像玻璃一样碎成杂屑。我们真的、实实在在地触摸到了那种寂寥。一个

---

* 《给青年诗人的十封信》,里尔克著,三联书店一九九四年出版。

在旅途上疲惫已极,却不得不遥望没有尽头的土路,悄坐一块青石休憩……

在里尔克的世界里,在他的自语之中,出现频率最高的两个词汇是"寂寞"和"爱"。他认为寂寞是美的,因此人应该寂寞,必须寂寞。他认为爱是最美好的,同时又是最艰难、最高和最后完成的事情。所以他说一个年轻人是不应该急匆匆去爱的,因为他需要学习,需要懂得很多之后,才能够完成这最后的壮举。里尔克把爱看得那么神圣。只有这种爱,这温柔和煦的目光扫过时空,扫过遥远的世界的时候,一个人才能够证明自己是活着的——这个特异的生命,这个多病的自小孱弱的陆军生,在一种不可思议的欢乐和沉寂之中爱着、思索着。

他的呢喃留给了极为遥远和荒凉的一个世界,以至于在几十年、几百年之后的另一个角落里,还会溅起轻轻的回响。

后人因为他的存在而神往和沮丧,热烈和绝望。一个完美的人,一个抑郁和温柔的人,一个懂得爱的人,你的思想让人翻来覆去地阅读;你的思想像美丽的丝线一样将人缠裹。

雨夜,听着北风,低吟你的诗句,抵挡袭上心头的什么。许多痛苦退远了,温柔像远方的海波一样推拥过来,覆盖过来。

……想起苏联另一位类似的诗人,帕斯捷尔纳克,还有那个美丽的命运多劫的女诗人茨维塔耶娃——他们三个人的美丽过往和难忘的友谊。他们互相爱着。他们都是深深懂得爱的人,可爱的人,自我怜悯和自我骄傲的人。他们也懂得自豪,他们常常沉思和寂寞。

光彩四溢的诗人在著名的十封信中对另一个更年轻的诗人说:"亲爱

的先生,你要爱你的寂寞。"天哪,我们什么时候听过这样要命的字眼,这样特殊的劝慰啊。

他接着写道:"负担它那悠扬的怨诉给你带来的痛苦。你说,你身边的都同你疏远了,其实这正是你的周围扩大的开始。如果你的亲近都离远了,那么你的旷远已经在星空下开展得很广大;你要为你的成长欢喜……"

我们不知道还有什么比身边的人同我们的疏远更能引起自身的磨损和痛苦。可是里尔克却说,"这正是你的周围扩大的开始"。我们的亲近离远了,可是我们的"旷远已经在星空下开展得很广大",是"值得欢喜"的一种成长。这是何等自信的理解。这种真正的、不容动摇的自尊,这种由于长久地守护善良而引发的感慨和自豪,并不是很多人所能拥有、所能理解的。

在里尔克看来,那些离开的人都是一些"落在后面的人"。怎样对待他们?他说:"要好好对待那些落在后面的人们。在他们面前你要稳定自若,不要用你的怀疑苦恼他们,也不要用你的信心和欢悦惊吓他们,这是他们所不能了解的。"是的,他们不能了解,这也是他们离去的一个原因。面对这种离去,一个人有时候难免顾虑重重、充满矛盾。我们只有听从里尔克的劝解,才会稍许安定一些。

他接着又鼓励我们:"要同他们寻找出一种简单而诚挚的和谐。这种谐和任凭你自己将来怎样转变,都无须更改。要爱惜他们那种生疏方式的生活,要谅解那些进入老境的人们;他们对于你所信任的孤独是畏惧的。"

二〇一四年在奥地利作家之家

一个对人类多么体贴入微的人才能有这样的理解；对人，对世界，对生活——这个时世还会有谁对他人能够这样地体贴入微？我们很少看到，也很难看到。

他拥有了自己所信任的孤独，而又愿意谅解那些畏惧这同一种孤独的人。对于那些"进入老境"的人，畏惧的人，那些在诗人看来过着一种"生疏"生活的人，他都愿意与他们"谐和"。可以设想，世上无论有多少种美丽的因素，都是从这种谅解与谐和之中产生的。

里尔克对世界和人生，对爱和寂寞这种种人生最大问题的思索之时，才刚刚三十左右岁。可是一种惊人的思维，独特的思路，特别的温柔和极度的内向，超常的敏感，一种饱满充实，都已生成，并从这呢喃之中透露出来。这几乎是一个奇迹。这不能不让我们想到生命质地的不同，天才与庸人的不同，特立独行者与世俗凡人的不同。

曾经在哪里看过里尔克的一个头部雕像。美丽的五官棱角分明，完全像一个圣者。是的，他是在这黑暗中默默远行的、不可多得的一个圣者。远行者和圣者的思维总向宇宙的远方升华，进入不可企及的高度和缥缈。他太爱我们了，所以他要离去。他的爱太广大了，所以他的灵魂要离去。

可是当有人因他的吟唱劳而无功而发出讪笑、惊讶和感慨的时候，他的脸上又会闪烁出怜悯的笑容。

一个诗人在繁忙的思索中，在艰辛的劳作中，竟然可以如此对待比他更为年轻更为稚嫩的人，向他详细地诉说这一类极为费解又极为需要的话语。世上有些原理，关于爱和寂寞的原理，是不可不加以深思并到处传达的；可是这需要多么崇高的心灵，多么安静的灵魂，多么清晰的思路；总而言之，需要多少关怀的力量、爱的力量。

他是一个永不失望的失望者，永不寂寞的寂寞者。就因为世界上出现了一个里尔克，就因为我们认识了他，我们就不该再对生活失望，不该对空气中袭来的一切感到绝望和无告。我们在任何时候，对我们的后来人、对拥挤的人流，都可以说上一句：我们曾经有过一个里尔克。

诗人，以及所有健康的人、向上的人，他们怎么会孤独。

在他的呢喃低语之中，我们会生出一种共享的幸福。

爱的浪迹

一个人为什么而流浪——这里指躯体的流浪和灵魂的流浪……没有尽头的游荡，曲折艰难的历程，这一切都缘何而生？听不到确切的回答，听不到无欺的回答。

如果说人生就是一场流浪，这一点都不过分。人无法回避走向一片苍茫、不知终点和尽头的那样一种感觉。生命的全部奥秘就囊括在这种奇妙的流浪之中。这或许是凄凉而美好的。它给人带来了真正的痛苦和真正的欢乐，唯独很少伤感。伤感常常是不属于流浪者的。

德国诗人黑塞对自己的流浪有过一段真实的记录。他回忆，他曾经常去一家饭店里聚会——这回忆是他背上背囊，在山村旅行的路途上开始的。他承认他常常去那儿，是因为那个饭店里"有一个年轻的女子在座"。他这样描绘她："浅金色的头发，两颊红晕。"他说："我同她没说一句话。

你啊,天使!看着她既是享受,又是痛苦。我在那整整一个小时里是多么爱她!我又成了十八岁的青年。"*

值得注意的是"那整整一小时"几个字。这是一个单位时间——仅在那时候,黑塞是那么爱她。而这爱与这旅途有什么关系?黑塞写道:"这一切刹那间又都历历在目,美丽的、浅金色头发的快活的女子。我记不起你叫什么名字了。我爱过你一个钟头。今天在这阳光下的山村小道旁,我又爱了你一个钟头。谁也比不上我那么爱你,谁也不曾像我那样给予你那么多的权力,不受制约的权力。"

诗人有着那么具体的执着、真实可感的"一个钟头"的爱恋。可是这一个钟头的爱恋,由于发生在一个真正多情和能够爱的生命身上,就可以无限地闪回和延长,可以化为他浪迹山村的动力,成为一点可以追忆的、不为世人所知的隐秘。他爱着,深深地爱着,品咂着那种爱,并不需要其他人去理解。

那个被深深缅怀的少女,两颊红晕的少女,他甚至不知道她的名字,不知道她的年龄,也不知道她的出身,她来自何方。他仅仅知道她坐在那儿,他见过她,但没有和她说过一句话……在他那"只为爱本身而去爱着"的这一类人那儿,也许仅有这些也就足够了。他可以从诸种美好的事物当中寻找到同一种灵魂和生命。这才是他爱的本质。

他写道,"在这没有尽头的流浪当中,终于明白了这个世界上所有角落里活动着的流浪者,各式各样的流浪者,实质上都不过是在渴望着一次艳遇。"

---

* 见散文《村庄》,黑塞著。

一九八七年在德国参观教堂

大胆而真实的假设使人怦然心动。遇到什么？遇到一个美好、一个真实、一点感激、一点怀念和一次沉湎……在他看来，一个流浪者"最得心应手的就是，恰恰为了爱的愿望不能实现而去培育爱的愿望"，他们正在把"本该属于女人的那种爱"，"分给村庄和山峦、湖泊和峡谷，分给路旁儿童、桥头的乞丐、牧场上的牛，以及鸟儿与蝴蝶。我们把爱同对象分开，我们只需要爱本身就足够了。一如我们在流浪中从不寻找目的地，而仅仅享受着流浪本身——永远在途中。"

迄今为止，我们很少看到像黑塞一样把这种爱与流浪之间的奇特关系，如此准确地剖析和镂刻。至此，我们完全理解了那种不倦的探索——人类所有的不倦的探索，究竟源于哪里。它们原来不是源于恨，而是源于爱。如果爱和恨——其实爱和恨是同一个东西——它们源于这里，而不是源于其他，不是源于其他的欲望。他们爱，他们寻找，他们才不倦。他们的爱太广泛、太深厚、太多，装得太满，于是就溢出，就不得不分布给这个世界上的其他——像黑塞一样分布给儿童、桥头的乞丐、植物和动物。这种爱是无所不在的，目光所及，心灵所及，他都可以将其分布出去。

黑塞在这里说自己"属于轻浮之人之列"，因为他爱的只是"爱本身"。他说他自己可以被谴责为"不忠实"——这些"不忠实者"啊，这些流浪者啊，都天性如此。但也正因为他们爱的只是"爱本身"，所以才有可能把爱同对象分开。他们只需要"爱本身"就足够了。所以他说，他在流浪中从不寻找目的地，而仅仅是享受流浪本身。他只存在于旅途之中，他不想知道那个脸颊红晕的年轻女子的名字，而且不想培育那种具体的爱。因为那女子不是他所爱的目的,而只是他的推动之力。他必然地、常常地要把这具体的爱送掉,"送给路旁的花,酒杯里的闪闪阳光,教堂钟楼的红色圆顶"。所以他可以"造谣般地宣布":"我热恋着这个世界。"

他在旅途中不停地思念和梦见那位金发女子,疯狂般地热恋着她。我们为此而受到了感动。

这样的一个人,一个美好的人,他把由土地而滋生的真实的生命,挥发得如此感人。在这样的生命面前,我们只能感到自卑,感到生命力的孱弱和无力。我们不能够像这个生命一样地欢呼——"为了她,我感谢上帝——因为她活着,因为我可以见到她。为了她,我将写一首歌,并且用红葡萄酒灌醉我自己"。

最可贵最真实的是,这瞬间的激动、热恋,都能长长地闪回,与他漫长的寻找和流浪的一生贴合在一起。她不会消失,是的,他用葡萄酒灌醉了自己。他想写一首歌,这一首歌将无限绵长,无限悠远,一直可以唱到生命的终点。

这就是真实的爱,这就是爱的奥秘。

我们在今天不断可以看到那些卑视流浪的人。由于他们自己没有勇气去流浪,没有被一种爱力所推动,所以既没有身躯的流浪,又没有精神的流浪。他们在一个被物欲折磨的角落里苟延残喘。也因为庸俗的寂寞的嫉妒,他们要截断所有流浪者的去路。他们以此来发泄自己的憎恨,把仇恨的诅咒散布在气流之中,让它们织成一张羁绊之网,包围所有的流浪者(爱者)。

有一天,当诗人脸上皱纹密布,白发丛生;当岁月的手无情地摧残了他的面容的时候,我们从他的目光里,仍将看到许多热烈美好的闪回。是的,人走到了进一步的完美,脸上的皱纹尽刻着旅途上美好的故事。它们是种种记载,是一首又一首长诗。它们是因为那"一个钟头"而产生的那首诗的延长和续写。这首诗还将写下去,直到诗人自己在尘寰中消失。

当人类第一次有了流浪的渴念,懂得为什么而流浪的时候,大概人类才真正懂得从动物群落里脱颖而出。流浪者迈出的第一步,也就是向着人类自己的方向所迸发的第一步。从某种意义上说,那些能够去为爱而爱的人,才是真正的人,才能够动手驱除狼藉,创造出自己的完美:完美的自我的世界、人的世界。旅途上的人应该是多情的,人应该行进在旅途上。人是流浪者,而不是其他。

在这个寒冷的冬天,我们倍加珍视这刚刚获得的启迪。我们想说,风雪、严寒、披凌挂雪的山岭,都不能阻隔流浪者思维的触觉和流血的双脚。他翻山越岭走向远方,去迎接那一片灿烂的春阳。爱是无以名状的,一如旅途的遥无目的、茫茫苍苍。爱因此而变得开阔、无敌,变得无所不在和没有尽头。这就是"仅仅是因为爱而爱"的人生。

严冬里,爱是无所不在的阳光。

木车的激情

在现代旅行中,我们常常因为交通工具的不够迅捷而焦躁和苦恼。

我们祈盼乘坐的车辆眨眼之间就到达目的地，幻想它能像闪电一样穿越莽野。我们有时甚至为最现代的旅行交通工具——飞机——感到焦急，比如说为机场的长长滞留、耽搁，感到愠怒和不安。

我们总是那么急于从甲地到乙地，总是有那么多事情要做。现代人太忙了。可是我们为什么而忙？我们的行程真的那么紧迫？我们的事务真的那么重大？可以设想，如果现代交通工具变成了一辆马车或牛车，我们只能坐在吱吱纽纽的木车上，在辽阔的原野大地上往复奔走，又会是一种什么心情？

那时候我们大概要拒绝旅行，而尽可能多地待在自己的那个小窝里了。

我们碌碌奔波，催促我们行动的激情是那样脆弱和渺小。我们怎么能够想象几千年前，有一位思想者就乘坐着一辆缓慢的牛车或马车，在大地上往复奔走。

是的，他为了自己的思想，为了自己的理念而不知疲倦，并这样终其一生。

他就是我们所熟悉的古代哲人孔子，还有他的一群弟子。他们都是一些为思想而激动的不知疲倦者。我们不妨把这些人的一生、把这一切，称为"木车的激情"。

由于车速是极其缓慢的，里程是极其艰难的，因而我们今天更有理由说，他的激情才更为强大、更值得信赖。

枯叶铺地，北风呼啸。在冬天，那个哲人也不能舍弃自己的旅程。这在越来越聪明的现代人眼里是不可思议不可理解的。一位不可理喻的执着者，让世界感到畏惧了。这是怎样的一种人生，在今天真的颇费猜度。

"政治"这两个字在现代或许已经变质。我们现代人几乎仅仅可以从那辘辘的木车声中，听到"政治"的真正含意，领略它的本质。它那时候是人、旅途、木车，是面对土地的求索，是这样的不知疲倦。原来在古代，"政治"和"诗"是合二为一的。一切失去了政治的诗都带有几分虚假气。伟大的孔子正是将这二者合而为一，才让后人生出了永久的崇敬。他不倦地向各个阶层诉说他的思考，他的思想，他对这个世界的观察，他探索到的各种各样的原理。无论如何，这都是令人至为尊敬的。作为一位布道者，一个启蒙者，一个诗人，大概这个世界上没有几个人能够与他比肩。因此人们可以承认他是前者（布道和启蒙者），而不愿承认他是后者（诗人）。

可是，现代人在这个寒冷的冬天，在北风击碎冰凌的时刻，真的不能从辘辘的马车声中，听到和看到孔子那一腔燃烧的诗情吗？

这是一首长长的、写在大地上的诗，是人类的诗，是可以从东方播散到西方的长卷。它就像高空的彩虹一样，横跨万里，放射出璀璨的光辉。

我们相信，一本《论语》只是微薄的纪念，只是简短的记录，它那真正的、更为渊博的思想，的确是由车轮和双足镌刻在大地上的。它们化在了历史的尘埃之中，需要无数的后人在气流和土末里感觉和辨析，去接受它们的渗透和感染。

现代人对于一个古代的思想家、诗人的继承和求索，也远没有尽头。他身上凝聚了人类的所有奥秘，是人类的一粒元素，一粒种子，一个遗弃在几千年前的土壤里、不断萌发的生命之籽。一代又一代人因为他而自豪过了，但还远远不够。

有多少自豪是盲目的？有多少自豪是不自觉的？我们不知道。一个人只有在冬天，特别是在长夜里抚摸、吟哦着那个伟大的诗人所留下的这薄薄一卷，才会真正感觉到一点什么。

它会焕发和刺激起现代人不绝的激情。它存在着，并不遥远，就在手边。它需要我们站起来，需要我们透过狭窄的窗洞，去遥望前几个世纪和后几个世纪。无数的人这样遥望，才能接连起永生的希望。舍此，将没有任何出路。

现代的嬉戏者和嘲讽者是羞于谈论孔子的。他们即便诅咒和诽谤那个不倦的哲人，也找不到一点辛辣有力的言辞。他们更多的时候是一些失败者和自卑者。

卑微者的诅咒恰恰是被诅咒者的光荣。无论对于历史，对于现代，原理完全一样。当年那个智者受到了无数污浊的包围。可是这污浊却不能够有效地涂到他的脸上和身上，因为他的本质就是纯洁的、高贵的，不被污浊所污染。

那个颠簸的木车，把激情撒播在中国大地上。他成了中国乃至整个东方的骄傲，也成了整个人类的骄傲。他的行为表明了人类在某个方面的认识和耐力。他可以指示我们走向多么遥远。他有怎样光辉的言行。这是一项真正的奥林匹克纪录。他不仅属于古代，更属于现代和未来。

对于这样一位伟大的言者和行者做一鉴定，我们也许是无能为力的。可是我们很容易就会发现，这起码不是人类的瞬间激情所能够继承和完成的。他抓住了更本质的东西。他是这样的一种生命，所以他才能走向未知的远途，才能够驾驭颠簸的木车：乘载那么多思想，驶进茫茫历史长河之中，驶进一片灿烂之中。

今天，在偏远的农村、山区和平原，我们偶尔还可以看到一驾木车，被一个高大的动物牵引；那当然行驶得极为缓慢了——今天我们无论如何难以设想，可以乘坐它到远方去，做极为急切极为重要的事情。政治、抱负，伟大卓越的思想，怎么可以和缓慢爬行的木车联结在一起？

遥想那个古人的身影，我们似乎会明白一点什么。

原来只有激情，只有它所击打出的思想的闪电，才可以超越一切交通工具的迅捷，使一切现代传播工具相形见绌。思想才是真正迅捷的，阔大无边的，可以笼罩整个宇宙。激光、无线电波甚至都很难拥有这样的速度和力量。

当我们人类不断地将自己的智力和激情变为现代科技，变为非常具体的器械和工具的时候，我们也常常会忽略了它的源头，忽略了它们正是来自人类共同的心灵——这样一个基本而重要的事实。无论怎样现代的工具都不能取代心灵的性质。抽掉了心灵，一切都无从谈起。在那个伟大的心灵面前，即便是缓缓爬行的木车，也不能阻断万丈激情。激情的燃烧可以使他穷尽一切艰难险阻，可以穿越十万大山。枯竭而渺小的现代人即便拥有了火车，有了飞船，有了一切的一切，也并不能阻止眼前的危机。

也许当我们现代人懂得一遍又一遍怀念木车的激情的时候，才会走向自己的觉悟。

思念和隐秘

　　一个人在安静下来的时候会发现，他这一生要同时面对"短暂"和"漫长"。这是一对多么巨大的矛盾，可是不可避免地交织了人的一生。这种矛盾使他焦灼和痛苦，而且难以自拔，不得挽救。到后来，他或许可以寻到一种自我搭救的方式，比如获得自己的隐秘，造成自己的思念。

　　是的，这是他自己的方法，也是人类的方法。它有时是行之有效的，于是不断发生，不断延续。它真的是属于我们人类的生存的方法。

　　所有人都在自己的空间和时间里存在。他们来去匆匆，各自获得了一份安宁和安慰。他们不愿舍弃自己的东西，却愿获得许多额外的援助。这就是一场流动不息的生活所包含的奥秘，任何人都不能游离于这个奥秘之外。

　　在这同一时刻里，他在寒冷之中，你却在温暖的南国；他在水边，你在山脉；他在干旱的大漠，你在温煦的湖泊之畔——在那个美丽的湖畔……你忙碌着，悄悄奔走，迈动着不大的步伐。

　　他还记得你的微笑，善良的微笑。你是否从来如此，他不得而知。可他说，他觉得你那细小的牙齿在启开的双唇之间，显得那样美丽……类似的思念给了你，给了他，给了我们所有的人。他不能够理解你正在忍受的生活。他认为这是一种忍受，可是这世界上又有多少人能够理解别人的忍受？忍受和安度、欢欣的忙碌，它们之间到底有多少区别？我们不知道。只有这美好的永恒的劳动，给人以最大的安慰。我们找到了生活的根据，也找到了一个出发的通道。人生的路口就在劳动的双手之间，在汗水和茧花之间。我们看到了前进的溪流,看到了旅途的果实:它怎样被滋润,被采摘,被收藏。

我们正在阅读自己所钟情的这一切,它们使人着迷,使人猜想,使我们和很遥远的那个心灵对话。他不知道它对于你是否同样重要……从那一刻开始,你就消失了。他可以使你重新出现。可他觉得那是无聊而稚拙的。他在自己的角落遥望着,思想着。多么美丽而安静的人生。你那光润的额头上永远顶着一片清朗的天空,你深邃而凹陷的双目,正茫然执拗地看着这个世界。那是一双精明而无知的眼睛,也是一双迷人的眼睛。它吸引了很多隐秘,也吸住了许多光阴。你不是在成全自己,而是为了成全别人,成全那些你从来都不曾知道的生命。很多寂寥的人,因你而变得丰富和幸福。他们不愿把这些告诉你,他们在自己的仰望之中走得越来越远,步伐坚定,心情美好。

八十年代初的一个上午,交通车、黄河、北郊……好像是一个初春,冻土开始融化,燕子飞来飞去,没有冰,只有春水……那以后他将消失,无论你怎样询问,都没有回音。他从来不说那个容易混淆的要命的字眼。是的,它可以融化,可以囊括很多琐屑;它是一切柔情的生命和光泽。即便在这个冬天,在呼啸的风中,一个人也将依靠着它。

腾的蒸汽,推动自己的活塞,让它奔腾,焕发出轰鸣和力量。可是那个灼热的种子很可能在遥远地平线的那一端,不过它的确存在着,并无时无刻不在准备着萌发。

当他打起背囊离开时,选择了一个像现在差不多的冬天。结果他在那个真正孤独的地方生活了很久。那里离你更加遥远了,遥远得你从来都没有听说过它。在那个小小的空间里,他把背囊放在一个角落中,从此开始了另一种生活。

这种跋涉是困苦而欢愉的。对于一个人,他大概不会有更多的机会了。太好了。默默的守望之中,他反而可以离隐秘更加亲近,也可以由此把人生变得更加安详。他不需要他人理解这一过折和变故,也不希望在有一天让你那双惊心动魄的目光扫到这个角落。这是他自己的角落,他怀抱着自己的温暖和隐秘劳动。也许你在轻轻呼唤着。那莫名的呼唤充塞了所有空间。可是这呼唤他也充耳不闻。它本来就应该落在一个空洞的地方。在那个深渊里,他看见迷人的吉祥草翻涌着升腾起来,长满崖壁。它们开放得何等绚丽。它们诱惑了所有的人,却唯独让他驻足遥望。他没有走向近前,只在远方盯视着。他看到红色的云彩在它的上方轻轻流动,落日就从那儿滑过。一天结束了,夜晚来临了。

在这往复不止的长夜之中,他感觉着自己的安逸和幸福。他的呓语像海潮一样时急时缓,但没有终止,没有停息。它就这样继续下去,一直到另一个人来继承它,捧走它。

在河边丛林,在一棵摇摆的小蓟的花朵旁边,他似乎看到了你的笑容。这平静的笑容再一次感动了他,引起诸多怀念。他不由得要向你讲叙这半生的流浪和长夜的煎熬、不倦的阅读、无头无尾的对话和诉说……他想让你倾听,当然这不能够。好像在冥冥之中许多东西都已确定了——这种宿命的猜测已经多次将他打动,摇撼,让其心向往之……

假如一切如此,也就变得可以理解,可以容忍了。

两个人好像一起走到了一个分水岭上,然后各自沿着自己的方向往前,都是下波,是溪水奔流的方向。后来他们走到了自己的河边,随着流逝的水,汇入了茫茫之海。那里的阔大淹没了他们,各自回头,都寻不到对方的声音和踪影。这很好。这样的沉默和怀念才真正美好。有多少人能够享受这种美好?正因为这美好,人们才变得善良,变得能够宽容也能够识别"宽容"。

感谢这温暖的夜晚吧,感谢这寂寞中、北风呼啸中的温暖吧!

诗人的命数

我们甚至愿意相信,他们总是被一种神秘的东西所决定着,不可更变。经过或短暂或漫长的燃烧,有的爆出闪电般的炽亮,有的发出长久的红光;最后的灰烬撒落在大地上,留下墨痕。这墨痕曲曲折折,指引着后来者,让他们一遍又一遍在奇迹面前发出惊叹,目瞪口呆。

诗人们简直囊括了人类所有的奇迹,是无法诠释、无法破解之谜。

当我们说到天才的时候,常常要想到法国的少年诗人兰波。他仅仅十岁就能用法文流畅地写作,十五岁的拉丁文诗作就获得了科学院颁发的头奖。这时他的作品已经显示出相当娴熟的技巧。他创作的旺盛期到来的时候,也仅仅十六七岁。

这是一个何等奇特的、不宁的生命。

十六岁那年夏天,普法战争爆发。兰波卖掉仅有的几本值钱的书,换成了车票,要亲自去巴黎,目睹第二帝国的战败。可是由于违章强行坐车，他在巴黎车站被扣押。后来经过朋友的解救才脱身返回家乡。仅仅过了几天，他又徒步旅行去了比利时。他想到报馆工作，最后还是失望而归。这一年他写了那么多诗，有歌颂起义者的，有为穷人的苦难而写的，还有对教会的诅咒，对战争的抗议；但最多的是对远游的渴望——有一首诗的名字就叫"我的流浪"。

著名的巴黎公社起义爆发时，兰波真像一个流浪儿一样在国民自卫军中，在人民群众之中。他这样生活了半个月，写出了抗议和赞颂的诗章，高呼："我是受苦的人，叛逆的人！"

他称自己为"通灵者"，写下了一些神秘难测的、无法猜度的诗章。它们是任何一个诗人都不能不为之动容、感到阵阵惊讶的神奇之作。一个少年的笔触伸进了人类灵魂深处、伸进了最隐晦的角落，摹绘出一条变幻莫测的彩色河流。这河流后来滋润了万千生灵。从东方到西方，人们都对一个光芒万丈的少年诗人感到由衷的惊叹和敬仰。

后来者看着他的画像，在他那不可思议的额头上行着自己的注目礼。他们要把一份心情转告给朋友，转告那一刻的慨叹和激动。

寒冷的风中传导着兰波那不朽的铿锵之音，人们仿佛仍能看见他那细长的双腿在冰凉的大地上跋涉。

他十几岁时再次来到了巴黎，找到了当时的著名诗人魏尔伦。他们生活在一起。也许这段日子影响了他的一生，也许这种畸形的爱恋只能属于兰波这样的人。他为此写下了许多诗章。两位诗人已经难分难离，互相追逐，又互相抛弃。

一八七三年七月，在比利时首都布鲁塞尔，当这个神奇的少年诗人再一次决定同魏尔伦分手时,魏尔伦一气之下拔枪击伤了他的手腕……而后他或者蛰居家中,或者旅居英国、德国、瑞士、意大利,学习了至少七种以上的语言。他把自己所经历的各种各样的风波、长旅、苦闷、矛盾,各种各样的折磨、一个受苦受难的形象,都加以真诚的描述……这些描述完成之后,他也就完全终止了自己的写作。

他那颗不宁的心灵又指引他走入了全新的途程——冒险家之旅。他与诗歌诀别时,仅仅二十一岁。他的写作生涯只有六年,却留下了那么多不可思议的、脍炙人口的诗章。

兰波在荷兰参加了殖民军,不久又开了小差。第二年在汉堡一个马戏团里当翻译,随团去了瑞典和丹麦。几经劫难之后,他又到塞浦路斯,为岛上的总督建造宫殿。而后到瑞典,在皮货公司和咖啡公司任职。接下去的一年多时间里,他甚至远去非洲,在一些无人地带从事勘察,并且向地理学会呈递报告。一八八七年,他做起了武器生意,还组织了一支商队,从欧洲贩来枪支倒卖给阿比西尼亚的统治者……就在这时,他左边的膝盖上生了一个肿瘤。

不得已,兰波在当年暮春回到了自己的国家。

在马赛,他截去了宝贵的右腿。但这并未阻止他的厄运。就在这一年的初冬,兰波在马赛死去。天才的诗人只活了三十七岁。

他留下的诗章的一部分却一直堆放在地窖里,直到一九〇一年才被人发现。一个神秘的、惊天动地的诗人,好像不可能活得更长久了。他来去匆匆,遗下的诗作留在了地窖里。

像所有人一样,他也经历了自己人生的四季。不过他的春夏秋冬都那么短促，在他所独有的四季里，却有着惊人的收获。他把伟大的人生浓缩了，把浩瀚的大地、山脉、河流和荒漠，都一起在心灵中浓缩了。

他探幽入微，一眼即看到人生长旅中那可怕的险峻和迷人的绚烂。他那灰蓝色的眼睛让人感到现代天空的隐晦莫测，他那蓬松的头发让人想到青春的火焰在撩动不停。

同样是在法兰西的土地上，还摇动着另一个更为伟岸和不可思议的身影。他也是一个诗人——伟大的雨果。这同样是一个强盛、奇伟的生命，活了八十三岁。比较兰波而言，他拥有漫长的一生，尽情地挥发了自己的生命，写出了数量惊人的诗歌和其他作品，绘下了波澜壮阔的河流。除了他大量的小说和戏剧之外，仅散文就写下了七百余万言，诗歌一万余行。

他这一生历经了那么多的风雨，那么多的爱、追逐和遗弃，受过那么多来自王室的恩赐和优厚的俸禄，却又经历了那么多的围捕、游荡；他流亡国外长达十九年之久。流亡期间，他先后定居在比利时的布鲁塞尔和大西洋的英属泽西岛、盖纳西岛等，从未终止写作。

一八七〇年，雨果结束了长期的流亡生活回到巴黎时，受到了人民的热烈欢迎。普法战争爆发之后，他持反对态度；但普鲁士军队侵入法国、围困巴黎时，他又以高昂的爱国主义热情投入斗争，发表演说，并报名参加国民自卫军，捐款铸造大炮。

巴黎公社起义时，他表示了极大的同情和更多的不理解。但刽子手对失败的公社社员进行屠杀的时候，他却挺身而出，将自己的住所辟为他们的避难所，并为被判罪的公社社员辩护……

就在去世的前两年,他还写下了那么多诗章,写下了戏剧、政论集,一口气完成了四部诗集。他的生命似乎是不会熄灭的、永恒的、熊熊燃烧的火焰。他的笔点石成金,所向披靡。有人把他比喻为"奥林匹斯山神"。

就像所有神秘的、不可思议的天才一样,他拥有巨大的爱力。他有具体的爱、抽象的爱,有对整个世界的无穷无尽的眷恋。

比起兰波,他的生命太长久了——他们的诗章同样地永恒,他们的命数却差异巨大。

他们都是人类星空中耀眼的亮点、恒星、永不熄灭的光。

牵 挂

呼啸的北风中,我仿佛看到你们挤在一起,瑟瑟抖动。可是我又没法去支援你们……

深夜,你们自己抱着寒冷的躯体,却要像我一样牵挂远方的亲人。午夜里,我一次次醒来,走出去。我裹紧了衣服,看着天上闪烁的星斗,知道在那一边,在大地的那一边,还有一些不眠的眼睛。我属于他们,他们属于我……在目光与目光的交接中,相隔着一片开阔的大地,大地上还有另一些不眠的眼睛,它们也分别属于不同的人,也在相互遥望。这就是各种各样牵挂的目光交织了大地,像巨网一样密密麻麻。

牵挂的世界,不眠的夜晚。就是这目光在不停地穿梭、交流,把空气磨得灼热,渐渐迎来一轮太阳。就是这目光,使土地变暖,季节转换,使严冬终将过去。人的牵挂迎来一个春天，迎来鲜花，迎来遍地绿草和各种各样的蜂蝶小鸟，让动物开始欢唱，河水奔腾远去。

可是人在温暖的季节里，又会怀上另一种牵挂。

雪白的头发、花白的头发，婴儿光洁如苹果的脸，老人布满了皱纹的脸，颜色黯淡的脸，忧虑的眼神，急切的目光……一切都汇拢在这个夜晚、在我的面前，它们闪烁不息，让人不安。

为什么会这样？思绪和目光的奇怪连接、奇怪的挂念。我知道这种折磨或许也是一种幸福，一旦它在某一天突然失去，那才是真正的不幸……

回想着我奔走时经过的那些密密麻麻的山村、与我有各种各样交往的人……他们的痛苦和欢乐此刻都离我那么遥远，我无法分担，也无力承受。特别是我不能够帮助他们缓解劳累和哀痛。可怕的磨损仍在不停地加到他们身上。

那一年冬天我又看到了他们。式样老旧的衣服，被北风吹裂了的手足和粗糙的面部肌肤。我想起了很多往事。年轻的时候，我曾经跟在他们身边，一起登四周的山，听故事……一转眼就是十年、二十年。山河依旧，人却变得如此衰萎。

他们说我没有令其失望。可是他们却让我如此痛楚。我遮掩着自己的心情，转过无力的目光。那种感觉一直把我引到这个寒夜，留下空荡荡的苍白的牵挂。

他们是无辜的，正像许多人的无辜一样。这个世界上真正"有辜"的又有多少？这寒冷、这北风、这冬夜，它们才是有辜的吧？

一切都将处于忏悔之中。我听见远方的溪水汩汩流动,知道它们是由幸福和痛苦的泪水交织而成的。两种泪水总掺在一起,流个不停,流进苦涩的海洋。

……你曾经连夜跋涉几十里山路去看望我。因为你听到了不祥的消息。见了我,你大喜过望,却不善表达,肥厚的嘴唇甚至说不出一句连贯的话。可是你的目光却告诉了我一切。

再不敢回想那些岁月。我离开了,离开了很久。令人难以置信的是,我一次也没有回到你们身边,可是那个春天,你却从很远的山里赶来看我。你被汗碱渍得几片雪白的帽檐上,有几绺银发伸出来……

这个世界上也许仅有一部分人才有那么多的牵挂,他们被分扯着,难以举步。他们在疲劳中倒向路边,直到最后一刻留给别人的还是牵挂。收下这牵挂的只会是与他们相似的人——同一类人,他们在这个世界上延续不断,生生不息。他们耕作、劳动,睁着一双无望而热情的眼睛。无数个像眼下一样寒冷的时刻,正是他们在瑟瑟抖抖,遥想着远方的人:亲人、友人,各种各样弱小的人。

……我不知道你为什么要回到故地。你走得太匆促了,不听劝告。你太瘦小,也许弱小的身躯急需到故地去寻一个依托。可是就像我预计的那样,故地有时会同样寒冷,你的厄运进一步加重,而不是减轻。

你离开的那个早晨是个秋末,一年中最后的一场雨把落叶打在街头。踏着落叶送你。简陋的行装,小小的、破了边角的皮箱。我们一块儿提着、抬着,赶到了车站。就这样,你永远地离开了这座城市,回到了一片说不上是自己的或是别人的土地上。

后来就是各种不祥的消息——精神失常，住院、治疗，各种各样的传说。你失神的或湛亮的眼睛我都见过。你曾领着美丽的妻子到我的旅居地去。那是你少有的一段快乐的日子。你很平静、也很幸福。我们一块儿做饭。

后来，就是我所见过的那个美丽的人背弃了你。这个消息传来时，我知道有什么可怕的日子快来了。

你又一次神经错乱，不可遏制的疯迷。一切会很快结束。一天深夜，你从四层楼上跳下，想寻一个干净利落的归宿。结果没有。摔碎了左胯骨，有了一个加倍苦痛的下半生。

亲人只能帮你一部分，友谊也挽救不了你。你的巨大的才能对此也无济于事。你正在度过一段可怕的、漫长无告的岁月。

这个夜晚，我似乎听见你在欢乐地吟唱。那欢乐的歌声掩饰着什么，我已经从中听得明白。我怀念着我们在一起的时光。那时我们常常散步到南山、到郊外、到水库边。你为我绘过一幅肖像，我把它印在了一本书的扉页上。你给我的所有书信，我都完好无损地保留着，但很少打开看，任它们蒙上一层灰尘。所能做的，我似乎已全做过了。你或许让我看到了人生的缩影，无论怎样变幻，发生怎样的变奏，都是同一支曲子。你值得让所有人同情，你却深深地同情着所有人。你是一个讲不完的故事，就在我的心里、我的血液中，我的亲人之间。你不是我的亲人，可你似乎又是一个离我最近的人。

旅途中，我见过很多非常瘦弱、非常衰老的人，他们给我留下了难以磨灭的印象。他们都在这个寒夜里浮现出自己或漠然、或欢欣、或痛苦的面容。我惊异于自己的是，我只一眼就记住了他们。

为什么要让我看到这一切？我不知道。为什么要让我走进这时光的河流？为什么要让我忍受光和水的沐浴？我不知道。我只知道自己不幸而又有幸。因为我与你们处于同一片星光之下，是你们使我奔走，使我痛苦，使我爱恋，使我无望地惆怅和叹息。也正是因为这无法忘怀的种种纪念，我才没有滑落……

山凹之月

不知多少次，夜晚，当我抬头看到这个山凹……山凹上方正升起一轮晶莹的明月，它的四周、它的上方，就是那清澈湛蓝的夜空，宝石一样的星星；一丝风也没有，清清的，冷冷的。

我心中常常蓦然一动，闪电一样的感激从心上划过。于是我再也不能平静，伫立那儿，看着这山凹，这月，这清水洗过似的天空。

——简直是一丝不差的移植，从远方将整个的一个山凹，不，将整个的一幅夜色和图画，移植到了这座城市的东南方，它靠近我现在的居所。我觉得这是上帝对我的莫大恩惠，是我难以报答的恩典。或许是神灵怕我遗忘了什么，给我启示和点拨，它告诉我：你在艰难时日里曾长久地凝视着这样一座山凹，每天都要迎着它走去……

是的，二十年前的流浪之途上，有一个小山村把我收留下来。我后来在一个山间作坊里找到了一份工作，得以免除饥寒交迫的生活。我做夜班，每天夜晚从居所走出，涉过村中那条小河，登上岸，一抬头就看到了这样的山凹——它上面是刚升起不久的月亮，是一天繁星。

山间作坊就在山凹下边，山半坡上。

多少年过去了，山凹之月在我心中却是永不消失的图画。我记得是这幅图画搭救了我，挽救了我不幸的少年……后来，直到几年之后，我才翻过那座山凹，走上了人生的另一里程。但我心中，作坊里的嘈杂、幸福的欢笑，就像离它不远的小河一样，永远喧腾和流动。我与他们的友谊，我们一起的故事，一生难忘。

我将记住自己是一个被搭救者，一个刚刚找到居所的流浪少年，头发满是灰尘、脏乱不堪，是朴实无华的山里人收留了我。

记得这个苦命的作坊烧了两次大火。

第一次大火烧得可怕，屋顶全部燃成了红色，不停地往下落着红色火球。作坊的东西刚刚抢出一半，火势逼人。他们再不敢扑进燃烧的作坊了。那时我突然想到作坊是我的命，就像自己的肉体被点燃了一样，我不顾一切地腾跳起来，独自冲了进去。我在唰唰下落的火炭中跑动，背上、脚上，到处都挨了燃烧的东西。可是我对灼痛浑然不觉，只拼命向外抢。紧接着，更多的人也跟我扑进了火海之中……

事过很久之后，我抚着身上的伤疤，似乎觉得难以置信。但我心里再清楚不过：这个山村、这个作坊，真的是我一生的恩情，是生命所系，我维护它真的就像维护自己的肉体……

第二次大火，我恰巧出门不在。回来后才知道，就像第一场大火一样，那些救火者在半夜里呼号着，勇敢无比，把燃烧的物品、甚至是汽油桶拼抢出来。

有一个四十多岁的山村妇女，为了抢出一团熊熊燃烧的胶线，竟然一路抓牢了这个炽亮的火球，一口气跑到小河边，把它投入水中。结果她整整一条手臂都烧坏了。

那是一个夏天，我刚赶回来就去了医院。看着她躺在床上痛苦的样子，那烧得卷曲痉挛的手臂，我的泪水无论如何也忍不住……

这就是我们的作坊，这就是那个山凹下的真实故事。

很久了，我到更远的远方去了，再也没有回到那个山村。我越来越没有勇气回到那个山凹，心里装满了对它的亏欠。

面对此地的山凹之月，心情难以表述。类似的感触太多了。在我人生的旅途上，感念、恐惧、亏欠和怜惜，常常纠缠着，交错一起……我知道它们对于我多么重要，它们唤起忆想，触目惊心。

我不愿诉说，不愿回首。因为它不可忍受。

亏欠，幸福，报答，追寻，我自己深深知道它们意味着什么。我明白更好和更重要的，是叮嘱自己，是能够在这山凹之月面前感到惶恐和惊怵，是那闪电般的感觉还能回到心上——我将因此而不会毁损。

人的一生会留下许多残缺、很多不能完成的篇章。也许我在一个段落的中间就会止步不前，就会长久地休息。可是，我只想在充分的自我把握之中，悄然地结束……

作坊里有一个两眼漆黑的姑娘。她神秘地出现在小小的山村。她不太像土生土长的人，可又的确是从那儿出生的。那张苍白、没有血色的脸，瀑布一样的黑发，特别是那双又圆又亮的、浓黑浓黑的双目，都使人惊讶又费解。她突然地出现，又突兀地消失。我还目击了其他的故事，生的故事、死亡的故事，荒唐的故事和欢愉的故事。

那么多喜剧和悲剧在那个山凹下发生了。

我最后离开时简直是逃脱一般。美丽而苦难的山地装满了恐惧。我不敢更久地逗留，我必须逃开。

至此，我又重新恢复了一个流浪者的形象——一路奔波，奔向远方。

无论我走到哪里，山凹上方那轮像水洗过一样的月亮都随我移动。我走向山区、平原、城市、农村，走向海滨，走向城市的郊外，它都凝视着我，跟住了我。它似乎在提醒我从哪里来，让我一如从前，像过去一样，没有一丝一毫的改变。我只可以长高、变老，身上增添皱纹和年轮，但不可以在内部、在灵魂深处有一丝一毫的变质。

我知道城郊山凹之月从哪里来，我由它的来路即可以找到自己的来路；我循它在苍穹划过的痕迹就可以找到自己的往日踪迹。

每个人都曾经披星戴月。于是人才可以记得起他的过去。他会努力地追忆许久以前的那轮明月、那一天星斗。他终于有一天会恍然大悟：就是这同一轮月亮、同一天星斗，随着他移动到西，移动到东，随着他从出生到死亡……他原来在领受宇宙之神不变的目光。

…………

那一天我仿佛听到了呼唤，一颗心都要急得跳出。没有别的选择，只有向着北方，我的出生地奔跑。

我不顾一切地奔跑。头发被风吹乱了，衣服被荆棘划破了，鞋子脱落了，可是都没有停止。翻山越岭向北，一直向北。月亮升起来，很快跟住了我——它大概不愿让我一个人孤寂地赶这么远的山路。

它伴随我飞一样来到了平原,来到了海边荒原。

我回到了亲人身边。是长长的呼唤把我牵引回来,我没有白来一场。

这一次长长的奔跑让我至今回想起来就要感激得流泪。我像孤儿似的从东到西、从南到北,游荡不止。漫游之路上只有月亮陪伴我。我停留它亦停留;我飞奔它亦飞奔;我痛苦,它就流下大滴的泪珠。

今天今夜,我来到了这个城郊,却站在了昨日的山凹之下。

山凹上方还是它,在那儿注视我。

耕作的诗人

俄国画家列宾给托尔斯泰画了一幅耕作图。它长久地吸引了我,让我想象那个杰出的老人、他与土地须臾不可分离的关系。也许这是一个伟大诗人与庸常写作者的最本质、最重要的区别。

有了这种区别,不同的写作者之间也就有了深不可测的壕沟。

在一个房间里专注于自己的所谓艺术和思想的人,可能不太理解一个耕作的诗人。对于他,稿纸和土地一样,笔和犁一样。于是他的稿纸就相当于一片田原,可以种植,可以催发鲜花、浇灌出果实。在这不息的劳作之中,他寻求着最大的真实,焕发出一个人的全部激情。离开了这些,一切都无从谈起。

在诗人的最重要的几部文学著作之间的长长间隔里,我们都不难发现他怎样匍匐到土地上,与庄园里的农民,特别是孩子和农妇们打成一片,割草、缝鞋子、编识字课本、收割、种植……他做他们所做的一切,身心与土地紧密结合。这对于他,并非完全是刻意如此,而是一个自然而然的过程,他只能如此。他就是这样的一个生命。他在它们中间。他可以融化在它们之中,融化在泥土之中。

我们现在可以看到诗人在亚斯纳亚·波利亚纳树林中那个简朴的坟墓。那是他最后的归宿。安静的树林、坟墓,都在默默昭示着什么,复述一个朴实而伟大的故事。这个故事不可能属于别人,因为这个世界上仅有一个角落,埋葬着一个耕作的诗人。

托尔斯泰的故事差不多等于大地的故事。他是一个贵族,后来却越来越离不开土地。于是他的情感就更为朴实和扎实,精神与身体一样健康。这就启示我们:仅仅是为了保持这种健康,一个写作者也必须投于平凡琐碎的日常劳动,这是不可偏废的重要工作。而当时另一些写作者所犯的一个致命错误,就是将这种日常的劳作与写作绝然分开。偶有一点劳作,也像贵族对待乡下的粗粮一样,带出一份好奇和喜悦。今天,也恰是这种可恶的姿态阻止我们走向深刻,走向更深广和更辉煌的艺术世界。我们只能在一些纤弱和虚假的制作中越滑越远,最后不可救药。

一个人只有被淳朴的劳动完全遮盖,完全溶解的时候;只有在劳作的间隙,在喘息的时刻,仰望外部世界,那极大的陌生和惊讶阵阵袭来的时刻,才有可能捕捉到什么,才有深深的感悟,才有非凡的发现。这种状态能够支持和滋养他饱满的诗情,给予他真正的创造力和判断力。舍此,便没有任何大激动,人的激动。

托尔斯泰的鼻孔嗅满了青草和泥土的气息，两耳惯于倾听鸟雀以及树木的喧哗，马的喷嚏，还有其他四蹄动物在草丛里奔走的声音。黎明的空气中隐隐传来了田野的声息，空中连夜赶路的鸟儿发出悄然叹息，还有远方的歌手、农妇的呼唤、打鱼人令人费解的长叫……他眯着眼睛望向遥远的田野，苍茫中费力地辨识着农庄里走来的那个黑黢黢的高大汉子，还有他身旁的人：那个孩子、那个妇人。晨雾中，淡淡的光影里闪出了一头牛、一只狗、一群欢跳的麻雀。有人担来了马奶，原来是头上包着白巾的老妇人用木勺敲响了酸奶桶，她小心的充满溺爱的咕哝声引起了他的注意。他转过身，脚下那双粗大的皮靴踩在地上，踩出深深的凹痕；他胸前飘荡着白白的胡须。他站在那儿，一手掐腰……

就是这同一副装束和打扮，他迎接过另一些诗人。他们都是俄罗斯大地上最杰出的诗人——契诃夫、屠格涅夫等。他称赞过他们，同时也心存疑惑。当然，他们与他不尽相同，也许他们还比不上他的博大和质朴，尽管他们也是那么杰出——历史同样没有遗忘他们。但比起托尔斯泰，他们却更多地徘徊在贵族的客厅、在钢琴旁、在沙龙、在剧场、在往返欧洲的漫长旅途中。他们身上的土末没有这位伯爵多，身上的打扮也远比这位伯爵时髦了些。这位伯爵的后半生主要是在田园、在土地上度过的。

他的去世也令人难忘。那也是一个触目惊心的故事。

深夜，老人乘一辆马车，抛却了自己的庄园，要奔到更遥远更苍茫的那片土地上去，与贫穷的人生活在一起。他仅仅走到了一个乡间小站就躺倒了。寒冷的车站上，一个伟大的生命临近了最后一刻。

这一刻向我们诠释了诗人的一生。

二〇〇七年十二月赴俄罗斯访问合影

突然的出走和平凡的劳动，还有与妻子的频繁争吵……就连这些争吵也绝不是一般的夫妻口角，它们正透露出他们对于大地的不同态度，对于死亡的态度、艺术的态度，人生的真实与虚假……关于这一切的巨大分歧。

他与她判断上的差异，在她这儿是如此地不可理解。是的，她从伯爵的角度，从普通诗人的角度去理解自己的丈夫。而她的丈夫却愿意从土地、从人民的角度，从草、树木、牲口，从飞来荡去的鸟雀，从眼前的日落日出、满天星斗、草尖上的露珠，从孩子的欢声笑语，从一切最微小、最平凡、最切近的事物上去理解自己的诗、自己这一生和未来的、即将踏上的那一片陌土。她可能仍算得上一位贤淑而高贵的妻子，只因为他太伟大——太平凡了——平凡得让人不可理解，所以也深邃得让人不可理解。

这种真正的质朴没有任何一个诗人能够重复，能够像他那样经过生活中的长久发酵而散发出真正的芬芳。而有些诗人，甚至是同时期的一些优秀诗人，都因为或多或少的职业意味而在他面前感到自卑。要丢掉这种自卑，需要的或许不仅仅是勇气，也不仅仅是能力，而是一种能够融解的心灵。心灵融解在大地上，像大地一样厚实和博大，就永远不会消失。也许很少有人能够做到，因为没有谁能像耕作一样写下自己的诗行，没有谁能够始终如一地走进自己的耕作之中。

误 解

如果作为个体会产生误解，作出荒谬的判断，那么作为群体呢？一个民族？一个时代？遥远的历史？或许也都有可能。

多么可怕的误解。对自己、对他人，对土地，对一个艺术的精灵，对一个莫名其妙的艺术家……

出于对误解无所不至无所不在的恐惧，人们有时感到那么宽慰，又那么绝望。宽慰使一切都归于虚无，于是可以做自己认定的一切。有时一个人只需为自己做下去。这是一种特别不负责任、又特别具有责任感的一种觉悟和行为。比如在艺术界，如果不是一己的误解，那么就会发现，我们曾经不止一次地看到一个非常糟糕的、不成熟或者干脆是"半生"的艺术家，一度代表了自己的时代和民族。

由于语言和土地的差异，一块土地上的人很难理解另一块土地上的人。他们的巨大隔膜，就靠艺术无形的、奇妙的手指去沟通和连接。可是有时候我们握住的却是一双无比糟糕的、冰凉而颤抖的手。你不能讨厌，因为你对这一切还在误解的笼罩之下，毫无察觉。你误以为这就是那块土地上长出来的一个器官，它原本就是这样，本来就是这样。

我们都错了，无论是时代，还是历史；无论是小到一个个体，还是大到一个民族。我们错得抽象而具体。

那种源于本土的喧嚣，有时真的可以混淆一切，遮盖真正的见解，割断发自土地的悟性之根。一切都处于荒唐之中。"好像如此""差不多如此""大概如此""只能是这样"，等等类似的判断毁掉了最重要的见解，使我们错过了每个时代里仅有一次的机会。我们往往把并非优秀的东西奉献出来，而且做得极其殷勤、认真。我们甚至认为自己是非常恭敬而纯洁的。出于各种各样的需要，感觉上的需要，心理上的需要，情感上的需要，而在不知不觉中做了折衷。我们生命的一部分回到了平庸，于是我们作出了致命的误断。

也许只有隐蔽在角落里的某一个生命，他以超常的领悟和不受打扰的孤立姿态，或可使自己避免这种致命的错误。他或有可能看得清楚，将其视为一场又一场闹剧。但他也并非愿意随时伸出自己的手指；更多的时候，他只会抱以理解的微笑。在他那儿，一切都归入了谅解，一切都在充分的知觉和把握之中。于是我们就在这一类的宽宥和容忍里，进一步走入了一场荒唐的戏嬉。

而从另一方面讲，一个智者的大声呐喊和喃喃自语，也大多是无济于事的。他既引不起我们的注意，又不能干扰我们的戏嬉。他没有力量阻挠我们，更没有神力来启迪我们。我们就是我们，我们就属于这个时代。这个时代的命数就体现在我们——群体之中。

如果比起古代，比起十九世纪初叶，我们现代人已经更加没有耐心和能力去发掘层层掩埋的果实了。由于现代讯息携带和惊扰了各种各样的灰埃，它们曾几经累叠，积累到不可言喻的厚度，芜杂和枝蔓进一步遮去了地表。当我们开始挖掘的时候，首先要把这一切——全部覆盖之物拂开。这是相当困难的。

掩埋着的美好果实是存在的，肯定存在。它们在那里默默地等你取走，等你拂去上面的泥土，让我们看到它活鲜的生命、动人的容颜、优良的品质。我们脚踏的这块泥土当中总是埋有这样的果实；遥远的不为人知的那些角落里，也当埋有这种果实。这种掩埋是多么冷酷无情，又是多么令人绝望。

我们有时候没有能力分辨一个艺术家的粗鲁、无所顾忌，一种不加修饰的野蛮和一个艺术家巨大的强盛的生命力——他在这种生命力的推动之下或可产生种种失常的、稍稍孟浪的行为——这二者之间的关系和区别。我们有时真的难以分辨。一个真正的诗人的矜持和一个平庸之辈的拙讷，还有潇洒与戏嬉，深沉与枯竭，天真烂漫与浅薄可笑，开阔的眼界与芜杂的思维，真正的见解与刻意的偏激，回归的朴素与苍白的见识，未来的代表与无聊的冲动，革命者与破坏者，理性与保守，科学与愚昧，开拓与愚蛮，甚至是专制的保卫者和来自底层的反抗者……它们之间的种种区别和界限也将会模糊不清。

在这个飞速旋转的星体上，有许多的确给搞乱了。我们没有时间，没有精力，更没有耐心和悟性去做我们亟须完成的、极为重要的一切。既然如此，我们还怎么能够判断这片土地上所出现的各式各样的精神的代表、五花八门的歌手呢？不错，我们常常被打动。可是这种被打动的持久和深度却是大不一样。出于各种各样的原因，我们记住了喜而忘记了悲，记住了今天而忘记了昨天，记住了眼下而忘记了悠远。

不幸的是，这种种谬误和遗失恰恰都在伤及我们这块土地、这个民族。

在层层误解的包裹之下，真正的智者和诗人会被折伤。他们大多数时间里不得不收敛起自己的热情和希望，走入最为朴素的劳动。他们再也不愿惊扰周围的世界和他人。也正是在这种沉默当中，他们才能走向更深远更阔大的个人世界，走进自己的内心，走入自己的灵魂。

这对于完成他们自己，对于再现他们全部的艺术，是一种必要和必需。可令人尴尬的是，我们将愈加不能辨识他们。

这就是群体和时代将要接受的指责。

当我们追究责任的时候，就像我们平时谈论过失一样，总不愿把它归于更多的人，尤其不敢把它归于漫长的时间、种族之类抽象和庞大之物。但真实的情况是，最巨大的错误和不幸往往就发生在它们身上。在某个时空之中，这种情形确在发生。由于我们没有勇气说出这种真实，所以就把我们的误失代代相传，把我们恍惚中所认准的假象当作事实本身，传给下一代，再下一代……

就出于以上的恐惧，我们在安定下来的时刻，在这个冬天，常常冥思苦想，尽可能地寻找自己的见解。我们想抛弃所有的教科书、所有现成的文字，只用自己的心灵去发现，并进而用自己的声音去传递。也许我们的声音是弱小的，弱小得根本不需要倾听。可是我们的希望还仍然没有泯灭。我们并且希望用自己的声音去打动更多的人，寻找更多的人，让我们达成共识，去开掘和传导。

也许这不会劳而无功，也许这又是人类悲剧的一少部分。

所有堂而皇之的选择，所有专家气十足的选择，都往往包裹着最大的荒唐和荒谬。这种现象，只要后人打开历史的折页，就会看得一清二楚。

可是那些隐蔽在角落里、根本得不到任何记载、失去了任何比较机缘的人与言、心与事，我们又如何判断？如何认识？

好像已无可能。一切都没有可能，就像我们窗前破碎的那些冰凌，当日出之时，它将融化并渗入泥土——那么除了目击者之外，又有谁能够说出它们从生成到破碎，再到融化的全部状态和过程？不可能，完全不可能。

这就是遗忘。误解就是遗忘的开始，开始又促使了这种误解。

这就是我们感到恐惧的全部原因，这就是联结着我们"终极关怀"的一种判断。

梦中的铁路

那片平原显得太遥远了，远得不可企及……渴望着飞翔、滑动，渴望在更短的时间内，飞到母亲身边。

有什么力量和机缘能使我在这个夜晚，在北风消失的时刻，能迅速地返回那片平原，坐在母亲的面前，在那个稍稍陈旧的木桌前……

这是梦中的渴求。它或许不难做到，因为从这个城市到母亲那儿仅仅隔开了不足一千华里。

好像在五十年代中期，就有一个伟大人物端量着地图上的这段距离，用一支铅笔在纸上描画过：他说要在这个区间修一条铁路，单轨铁路。可是一连串的荒唐岁月把这位伟人的计划全部耽搁了，他自己大概也忘掉了，没有那个牵挂了。

在那里，我有一位母亲。

不只是母亲，还有母亲般的一片平原；那片沃土、海洋、无数的动植物，它们都是我心中的牵挂。我需要那里的空气，那里的河流和海洋。我的生命就从那儿滋生，我既需要从那里出发，又需要一次次的返回。我必须在这一段距离中寻找着自己的世界。可是我不能够飞翔，甚至不能够沿着两道铁轨滑动。

多少年一晃而过，这期间希望有了，又消失了。后来又是希望。我不知道这种循环往复还会延长多久。我没有这种创造和决定的力量，可又似乎没有必要指望他人。我在崎岖的道路上颠簸辗转，一次次回到那片灼热的土地。

没有人能够理解土地与土地之间的差异和奥秘，也不会有人对它们做出更多的解释。对它们、对他和她，对我的亲人和朋友，没人能够想象我这无尽的怀念。别人不知道当有人失去这些的时候，会跌入怎样难以承受的悲恸。那才是非常可怕的一天。就为了阻止那一天，他不由得要在近处盯视，守护，就像一个看护原野的人一样，总在那片土地上来回徘徊。

没有尽头的徘徊，牵肠挂肚、愁肠百结，一切潜在人心深处。它们藏在了心中，又被一支纤细的犁铧埋进土里。种种与人生一样漫长的耕作不会停息，只要生命尚存，就会继续。

梦中有两道锃亮的铁轨伸进了那片平原……

这不是一种懒惰和软弱的依赖，而是随时发作的冲动和焦虑所催生的梦境。让那两道闪亮的铁轨早些伸展和生长吧。

很小的时候，在外祖母的童话里，我似乎就看到了这两道锃亮的铁轨。后来长大了，走进了山区和城市，又走进了做梦也想不到的远方，童话就消失了，铁轨也就消失了。

那片平原的边缘就是海洋，那儿有美丽的码头和轮船。在很远的过去轮船就通航了。可惜我的居所却伸入了陆地。这个居所不能在水上漂移。这是多大的遗憾。迁居已不可能，一切都宿命般地规定了。各种各样的尝试都有过，最终归于失败。这种不可解脱的矛盾，时时涌动的不安，缠绕了陆地上的儿子。

我发现那些微不足道的小地方都有了锃亮的两道铁轨。沿着这铁轨滑向东，滑向西，有趣而无聊。感激这种滑动，感激这种陆地的飞翔。可有时那一阵连一阵的铿锵之声只能激起人更大的焦思。

母亲般的平原自己完全有能力筑起一条或更多条铁轨。我们如果真的失去了那样的能力，就只能是一些恶棍作孽的结果。仿佛魔鬼把一根吸管伸进了富饶的平原，正贪婪地吸取。他们把她的血脉抽得干枯了。母亲般的平原为了维护自己的生命，就得倾尽全力滋生，以便供养自己越来越多的孩子。她变得越来越贫瘠，形容枯槁，满面皱纹。她再也没有力气担负或托举自己的两道锃亮的铁轨了。

那些自私而贪婪的恶棍，为了自己，丧尽天良地从平原上攫取越来越多的东西，把它们送到远处，以便享用恩赐。他们是一些可厌的动物，一些背叛者，一些注定了要灭亡和疯狂的、可耻的生命。

我甚至担心在未来的一天，在某种外力帮助我的母亲平原铺设这两道铁轨的时候，是否也会出于其他用心。我担心除了那一根粗大的吸管之外，又有人将通过这两条铁轨运走她结出的果实、她开出的鲜花。那样她就有了双重的悲哀。

我站在这儿为你祈祷。我盯视着一片夜色,又看到了你那双慈爱的眼睛,你的白发,你伸出的颤抖的手——这双手透过一片遥远,抚着我的头发和肩膀……我感觉着这双手,它比过去更温热、更柔软。

我想按住这双手,把它捧在脸上。可是寒冷的风、夜气,它们很快把它掩去了,抽走了……

我明白,只有在你的身边,我才会有更好的歌唱。我的自语、倾诉、回告,都将变得更为切实和可亲,真实而动人。一旦离开了你,我将变得孱弱无力,苟延残喘。

我的飞翔滑动的渴望,无数次将我蛊惑。我甚至幻想变成一只鸟,最好是一只鹰,在不为人知的午夜,翱翔于空中。我以我的高度和自由,去获得一种骄傲。

到那时候,人将获得永生,自由的永生。

我害怕错失作为一个人的最后机会。这恐惧伴随我,使我阵阵寒冷。冰凌又一次掉下,发出清脆的回响。它又一次破碎,晶莹的破碎,美丽的破碎……记起小时候,小茅屋的檐下就悬挂着无数这样的冰凌,它们也在风中摇动;当风大起来时,它们就发出叮叮咚咚的声音;每有冰凌跌下,我们立刻箭一般飞跑出去,拣到手里,摇动着。你害怕冻伤了我的手,阻止我。可我还是把它紧紧地攥在手里,直到它化为水汁。我的手在冬天总是冻伤,还有耳朵、面颊……这就是那片寒冷的、风沙四起的荒原的回赠。我在灌木丛和沙丘那儿奔跑,不止一次掉进雪窟。我在那里呐喊春天,等待太阳融化冰雪,等待原野一片碧绿——那时候我的欢乐无边无际……

随着一次又一次绿色覆盖荒原，我心中有什么给点燃了。是母亲的手给点燃的。春天将无比的温柔注入了心间。这温柔在我心中萌发、成长，最后遍布周身。那温柔的网络包裹了我的生命。我有无数的感激要从喉咙倾吐而出。这一切都因为母亲，因为母亲般的平原。

为了答谢和回报，人总要把无穷无尽的感激撒向四方。人需要飞翔，需要滑动，需要以心的速度来往于他所理解的这个时间和空间。

当然，它只存在于梦中。

污浊的旋流

污浊并不总是静止和沉淀，也并不总是汪在一个地方、笼罩在一个地方。当它获得了一种推力，就可以运动、甚至可以旋转。这时候它就不仅有笼罩的能力，而且还有卷裹的能力，卷裹它所接触的一切——落叶、植物、绿色，甚至其他的生命……

任何时候都有污浊，但它们大抵是静止的。它们由于自己的颜色和性质而聚集一起，这是自然而然的。它们不太让人恐怖，而更多是让人厌恶和躲避。可是在一些特殊的时世，情形就往往不是这样。当有什么需要这污浊的时候，就会让它移动、旋转，就会给以推力和搅动——这个过程很像鲁迅先生所谈过的"沉渣的泛起"。

先生说沉渣在任何时候都有，可是它大抵是沉淀在底下的。而一旦某种运动的激流荡过时，沉渣就会借力泛起，浮上表层。

泛起的"沉渣",随着激流荡动冲撞,害处就要大得多。污浊也是这样。

在严寒的天气里,当污浊在一个地方聚集,寒冷的光泽中望过去是分外可怕的。可是这污浊如果正在旋转,正在冲荡,正在发生凶猛的卷裹呢?

一个真正的人对待这污浊不仅是回避,而且还应有抵抗——首先是回避,而后是回避不得,最后才是力所能及的抵抗。那些美好的青年无比牵挂抵抗者,他们甚至这样写道:"我要离你远一些了,正因为我特别信任你。我怕你突然地转向,令我失望。那时候我就一无所有了……"读着这些话,让人一阵感动,同时也想到了污浊的旋动和卷裹是何等强大。这些美好的青年不仅害怕自己,而且害怕他们生命中的榜样突然转向。

这个时代的人,不知该怎样对待这种委婉而又严厉的规劝。他将不知自己做错了什么或是即将做错什么。他只知道危机是存在的。但他需要的依托不是别人,而是自己的良知自己的血脉——如果从血管里流出的都是血,那么他将不会担心它会有另一种颜色和气味。他将觉得自己可以信任。

今天残存着各种各样的机会,也掺杂着各种各样的混乱和污垢。在这个时刻,人接受着检验,人在目击、识别,也在自我注视。人不仅仅是一个评判者和谴责者,还应该是一个自省者和忏悔者——失去了后者,一个人将也不可能永久地站立。

在这污浊里,人要始终如一地保持着一种清洁。这是异常困难的。可是唯其困难才更为光荣。他会希望越来越多的、比他更年轻的、离他更遥远的青年发出尖厉的叮嘱。他们会使人心跳和脸红,让他更多地记住自己是从哪儿来、到哪儿去，记住他自己永远不变的目标和不断攀登的山路。这崎岖之路应该伴他一生。如果松懈下来或者掉转方向，那就形同死亡。

如果这是自欺的谎话和大言，那么他愿一直地讲下去，讲它一生，让其与生命合而为一，让它渗入血脉。

各种各样的构陷和无耻，已经见得太多。凶险的设计，卑劣的诅咒，早已不算陌生。这种似曾相识的时刻、手段、机缘，好像在上个世纪里，在更早的时世，已经层出不穷了。原来人们的遭逢只是一次次雷同，仅此而已。

为什么要如此？漫长的冬夜，不会消失的冷酷……可是它难以把一切都葬送。

在冬天，在寒冷的北风里，人无论怎样颤抖，都有一个信念不会改变，那就是春天必要来临。在融化的春水面前，再次回顾严冬时节，就会是另一番情怀。

他走了很远，踏上了旅途。有时候是一个人，只肩负了一副背囊，背囊里装满了自己的东西。为了预防饥饿，他需要这背囊。为了一块儿抵御寂寞和不测，有时他也需要同伴和战友。他走开了，寻找了。他找到了自己的居所，自己的归宿。

但即便如此，追逐还没有停止。这大概是战士的命数，或许也应该是光荣的一部分。我们不是常常梦想这种光荣吗？我们不是常常追求这种考验吗？它们如今来临了，它们就在面前。

人应该交出顽强的证明。这种证明在人类社会当中已经被接受了千百次。可是还仍将接受下去。它是有意义的。它的意义就在于无数次的怀念、虚妄、无望和痛苦，在于它的没有完成，在于人的生活仍在继续。这继续的理由就是痛苦的代价，就是没有终结的、绝望中的希望。

他自信，也明白良好的愿望不需要报答。有时动机真的胜过一切。那滩污浊时不时用"可能出现的结果"来质询别人的动机。可是他们的动机直接就透着阴暗。我们会相信污浊的动机可以产生甘美的果实吗？它不会属于善良的人类，它只会蕴藏了毒汁。

人类要享用自然甘果，就得守护大地，警惕魔鬼留下一片狼藉。

魔鬼就是一群没有生路，没有明天的人。他们从来不在乎结果。魔鬼也会装模作样地、狂妄地质询人类的"动机"。魔鬼说到底都是一些胆小鬼，他们恐惧于自己的虚弱，因此就需要污浊的围拢和保护。

如果一个人心里的污汁变得越来越浓时，就渐渐与污浊混为一体了。他们曾经是茁壮成长、蓬勃向上的。可是当垂死的恶意充斥了心扉时，就会变为另一种人。他们变为扼杀者和欺骗者，投入魔鬼的怀抱。这绝不是当代童话，而是不断上演的、时代的活剧。

顽强的生命，蓬勃生长的生命，总是有勇气把自己交给真实，也总是有勇气维持日常的劳作，并且从不吝惜汗水。能够这样坚持下去、能够把自己的生命抵押给最朴素不过的劳动者，就是一个不欺的人、一个美好的人。他会与无所不包的美好自然融为一体。无论是他在劳作之中，还是在劳作之后；无论是他的生命正在茁壮成长的时刻，还是衰萎熄灭的最后光阴，脸上都始终流动着温煦的笑容。他最后将融于土地，融于自然，与之不再分离。

当面对那旋转的污浊,当进入恐惧和规避的时刻,最好的办法还是弯下腰,重新归于劳作。只有劳动会给人以强大的安慰,它来自心灵的安宁、来自永远挥洒不尽的向上的激情,来自自信和自尊。只有那些不齿的邪欲,才会帮助污浊——通过人的内心去帮助它——这才是一个人真正的哀伤。

在复旦

她大概是华东大地上最重要的一所学府了。人们走进它的怀抱,满怀尊敬。我想它具有深邃庄严的内容,也相信真正深邃和庄严的东西,都伴随着最大的真实和美好。一个人以这样的心情走近了它,才会有自己的理解。

比起它,一个人大概是肤浅的。可是人应该寻找与它的总体精神相一致的东西。一个人应该像它一样充满善意,应该溶解在其中。如果一个人没有这样的自信,就该远远离开。

朋友的邀请,使我们有一次聚会、有一些感兴趣的话题。这里有点空空荡荡,同时也有点忙忙碌碌。

雨天,可爱的年轻朋友撑着雨伞,把我接到一间宽敞的教室。我看到了熟悉的眼睛。这里曾经举行过很多讨论、接待过不同的客人。那些人曾经使人失望或是兴奋过。那些人有时未能满足一些起码的期待。雨哗哗下着,与室内的声音融为一体。这儿有许多熟悉和陌生的朋友,我们在文字和倾诉中进一步相识。人处于世纪末，总会有一些特殊的友谊和信赖。

　　想到这些，心中陡增感慨。它们难以表述。未来之路曲折而遥远，未来需要多么坚韧的生命。

　　这是一个美好的上午。共同的话题使我们忘记了疲劳和时间。我们都有着过多的期望。我们都关注着这个世界的声音，那些动人的、或者并不令人信任的文字。人应该在一片目光中感到稍稍的不安。

　　雨下个不停。

　　……我想着那片平原、雨中的一切、经受冲洗的动植物，我此刻与它们的距离、心理上的距离……它们也在淋雨吗？

　　我知道人类——起码是有一部分人，总是试图与自然万物沟通——那是一种感激的心情；他们与之相互尊重、平等相待。我们应该依赖它们，指望它们，依靠它们的支援来度过艰难的岁月——在未来我们当然非常渴望它们的帮助。动物和植物对于我们，不是一般意义上的生物。这当然不是指一个人艺术追求上的需要，不是指倾诉的需要，而是生命底层的渴求——这或许有点言重了，但它是真实的。

　　……一片闪烁的眸子，难以区分。青春、明天、希望，它们常常从大学里成长。我的一些文字或许不应该使美好的大学失望。我不会疲惫，但我知道在生命的旅途上，原本没有什么奇迹的，它依靠的只是一种真诚和不畏艰难的信念，一份追求完美的执拗。这更多的不是表现为一种能力，而是一种品质。人一旦缺失了一种品格和质地，就完全没有前进和再生的希望。

在这所著名的学府，在这个热烈的教室，我进一步感到和想到，一个新鲜的、正在渴望前进或已经在前进的旅途上的生命，多么需要一种信念，坚毅的信念。与以往不同的是，现在的精神之路更崎岖、更艰难了。我们行走在差不多的旅程上，但有时又不尽相同——偶尔也会背道而驰。这些曲折之路正在大地上交织成网，它们指示着不同的人生轨迹。未来的考验对于我们同样复杂、同样频繁，我们都可能面临着差不多的诱惑。种种誓言、慷慨的话语，都代替不了事实。背叛，在这个时代是极有可能发生的。

背叛是可耻的，但背叛有时又是不可避免的，就像先于它出现的苟且不可避免一样。背叛不是对某个具体的人而言，背叛的分量常常是因为它面对了时代、真实、道义等等最基本最沉重的命题……

时间很快地流逝。当我走得很远的时候，再回头望这所学府，会产生很多感慨。那里有很多学者，师长和同学；那里也是一个世界，并且与四周的世界血脉相通。一切都可以顺着那些血脉，进入它的肌体。

在紊乱而匆忙的精神之域，我接受了许多鼓励和支援。这愈加让我感到一份沉重，道路的长远起伏，还有其他……

我觉得自己已经走过了遥远之路。我的跋涉又像刚刚开始。未知的一切似乎皆在把握之中，又像永远面对着一片苍茫。我曾经被自己的坎坷所吸引。因为我可以藐视我的表达、我的艺术，可是从来未敢藐视我所经历的坎坷——这种坎坷不是一般的困惑，而是精神的艰难历程。记录下的仅仅是一部分，而且是一小部分。我像盯视一个陌生的灵魂似的，从中寻找共鸣。

这所对我来说显得有点古老的学府，让我感到分外亲近。奇怪的是那些经历浅近的院校，那些大楼簇新、树木还未来得及茂长的学府，却常常让我感到一些生疏。我需要经历、需要古老、需要积累、需要潜在的智慧，这大概就是我对于复旦的特殊情感。

这样年代久远的学府我还到过几个，它们往往让我感到特别的、类似的亲近。这里可以让我焕发出很多冥思，获得一种深层的感动。我从那些陈旧的建筑里，从或多或少的关于它们的谈论之中，感悟到一种精神的激励。这种精神不会泯灭，它或许就藏在这曲折的走廊、这各种颜色的建筑间隙之中。一种漫长的、不会消失的精神作用着这里的人，也作用着每一个走进它怀抱中的人。这是一种健康的治疗，是一种启迪。我觉得一个在大地上行走的人来到这儿，即可以微微地感到大地怎样在此凝结出一种精神、它们二者之间又怎样互为表里。

只有靠一点浅薄的知识和书本堆成的某些所谓学术机构，才会背离大地的精神。它们丝毫也没有大地的博大，她的兼容并蓄的气度。

匆匆而来，又匆匆而去。我们在雨中分离。

我只把心中的祝福留给了这座学府。

忆想那个春天

在模仿、拥挤，吵杂和喧嚣之地，一切美好的东西都将很快被俗化，都将在不断的重复和仿制之中，失去它原有的意义。

一九九九年参加海南岛笔会

我一度很乐意参加"笔会"。那是艺术的吸引，友谊的吸引。一些友谊和智慧的重逢，总是令人感动。在当年，那是很内向、很融洽的聚会。名曰"笔会"，真是再好也没有的命名。因为的确是笔与笔在相会。那种特别的安静和相逢感，会使人的精神更为健康，心灵更加充实，一颗诗心扑扑跳动，变得更加敏悟。

八十年代初的那个海滨笔会，是我参加的许多聚会里印象最深的一次。笔会开始时是在一个简朴的海边招待所，而后又转移到一个规模不大的海岛，时间近月。那个笔会集体活动和交流的时间大约占去一半，每人自己安静写作、思考的时间很充裕。没有什么标新立异，更没有什么乖张之举，大家的热情和探索都非常真切。作家分别来自草原、京城、高原，其中有文坛老手，也有刚出道的新秀。

十几年过去，时过境迁，风气流转，时代发生了如此惊人的变化，文坛已经不可想象。当年参加笔会者也各奔东西，有的不仅脱离了自己的艺术，而且背道而驰。当年的朋友今天扔掉了一支笔，这无论如何还多少有点令人惋惜；但更值得惋惜的是其他——因为一个人完全可以不扔掉自己的笔，却有可能扔掉更重要的东西。

每逢回忆起昨天的笔会就想到了自己这十几年的历程，这风风雨雨。许多人都会叹息坎坷无限，生诸多感慨。尽管一支笔没有松脱，但直到今天仍懂得珍惜，懂得自询，仍能够冷静和清醒，能够有起码立场者，也并非易事。

更多的时候，我们并不这样自嘱自叮，也走不到追忆总结的十字路口。当年活泼的青春，现在已成熟沉静，分别做了父亲和母亲；有的要相当劳累地应付日常生活，疲惫不堪。可贵的是他们仍在写作，在为自己的精神、为人类的明天而激动不已。是的，他们关怀的那一切正被越来越多的人所舍弃和漠视。可是他们仍在牵挂。就像当年笔会举办之地的那一片可爱的春水，仍然是那么温柔多情，那么亲切和不知疲倦……

仅仅过了十几年，世上的许多已经面目全非。时光的水流淹没了那么多岛屿，腐蚀了那么多岩壁，它们不见了，仿佛无影无踪了。

昔日造化变幻的奇迹常常令我惊讶，可是如今，更多的时候是被另一些东西所惊讶。升迁、沉沦、消失、出没、淹息和搏击，这一切就近在眼前，在视野之内交替出现。它们已经让人无语。

后来我又参加了一些笔会，还有以笔会为名举办的各种旅游活动。我有过自己的愉快和收获，有令人难忘的友谊。可是遗在心头的，总是比不上那个海滨笔会的美丽。我在其他一些场合遇到了当年在一起的人——他们竟也像我一样，不约而同地发出类似的感叹。

不同的时期，不同的年代，差异到底在哪里？它们的区别大约是本质性的，它们所以才让人如此铭记。我觉得是有什么东西腐蚀了我们，它何止是一两次美好的聚会。

各种聚会仍在举行下去，其中不少是"艺术家"的聚会，"诗人"的聚会，或者仅仅是"爱好者"的聚会。星转斗移，时风依旧，聚会是不会终了的。

可是它们的气味变了，性质变了，它们再也没有那么多的魅力了。越来越多的艺术家在设法拒绝和回避这种所谓的聚会。这种聚会虽然说不上比这个时世上的其他各种各样的聚会更庸劣，但也不能说比其他的聚会更儒雅。它们有大致相似的气味和色泽，甚至是同样令人惧怕。混迹的骗子、"会油子""二丑",接踵入会,很快使人兴致全无,以至疲惫异常。

聚会作为一个社会场所,就像在其他任何地方一样,有美好感人的一切,可也往往被另一些东西破坏和抵消掉。人们仍将珍存友谊,友谊是美好的。更不难看到秀丽的自然风光、文物古迹,可它们更多被那拥挤的人流、被这个时世所特有的商业气流给污染得一团糟。

看到你微微发胖的、多少有些虚肿的面容,不愿再说什么。我不知道你这些年所经历的全部,但自己也往往可以作为其他生命的说明和参照。那时候我还年轻,好像一切才刚刚开始……只一转眼的工夫,就到了今天。

你却变得英姿勃发、也更为严肃了。你好像有很多奏效的方略,处处得心应手,令人羡慕。不过我们的心离得很远。

在这忙碌的生活当中,一些人失去了许多,像被激流冲决和卷走了,他们正抵消着我们的快乐,增添着我们的痛苦。有时害怕询问故友。远远近近,再没有那么多感人的话语了,没有那么多动人的篇章……它们像是随着时光一块儿流逝了。

如果我们能够重新浸润到那个春天的水流里该有多好。这当然只是一种幻想。

记得那天,一艘船把我们载到一片碧绿的海洋深阔处,让人兴奋。我们要去那个海岛。有人晕船,但特别坚强地克制住自己的呕吐和眩晕。风浪渐渐大起来,巨涌像山峦一样排列。那是一次难忘的航程,许多人搞得很狼狈。但今天回忆起来,谁不神往,谁不愿重新拥有那样的一次漫游。

时至今日我们终于明白，更为危险的航程刚刚开始。无论是精神还是物质的海洋，隐含的旋涡与暗礁都令人悚栗。

我们将顽强地寻找人类最美丽的珍藏——它们被掩埋于地下，掩埋于时间的尘埃。我们现在所做的就是拂开尘埃，去寻求那原有的光亮——它们仍在那儿闪烁。

看来关于那个春天的忆想，只是一点微不足道的怀念，近似于无病呻吟——也是有病呻吟——我们都病了。起码是肉体的衰败和心性的迟钝。于是人总需要一点呻吟，这呻吟是一个人的低语，它可以伴人回顾总结自己的岁月。作为一个人，探索了，劳动了，默默祈求了，也就无愧了。他所能做的，就是想方设法使自己不变质，不沿似曾相识的那个陈旧轨道滑下去。这也很难。

那是笔会的春天，也是写作和友谊的春天。那种感觉笼罩了一个写作者，留恋于那种感觉，会是很好的。参加那种聚会的人应该是幸福的。能够常常忆想那个春天的人，也会感到幸福。

逼 近

你往前走去，越来越远。很多人呼唤你，你像充耳不闻。你走进了。

于是你理所当然地迎来了一切，无法规避，无法拒绝。也没有退路，对你而言不存在撤退之路。你只能往前。于是你感到了，有什么在逼近……

它们逼近了，却看不到形影，听不到声息。也就在这无形无影、无声无息之中，一切将被吞噬。

这是无数次重复的场景，几乎没有例外。

它们在逼近，从四面八方紧紧收缩、围拢。你寻过道路，四处张望，可是未曾想到退缩——其实也来不及退缩。

为什么不能尾随不能逃窜？为什么不能乞求？

就因为"不能"。

人的一生忍受这种逼近的恐惧，就酿造了一种坚韧的生命。对于命运而言，它是悲壮和炫示，是最后的怜悯，是迎接，是祭献。

夜越来越深，风声又在加大。他听到了海浪声，它们扑在沙岸上，碎裂，退去，然后重新卷扑……可以想象这冬夜的海面上该怎样寒冷。苍茫的海，寒雾、水溅、潮汐，无边无际。风时急时缓。如果有一只船，仅仅是一只船，它微弱的灯火即将熄灭，在大海的深处，在不辨方位的墨黑一色中，那将是怎样的情形。四下看不到光亮，头顶没有星辰，黎明离它尚为遥远……这只船将驶向何方？这只船在想些什么？寒夜里的船，它会感到有什么在逼近吗？

它从驶向海洋的那一刻，就想过这样的经历。

它启航了，命运之旅也就开始了。一点一点开始，走向一个必定不会变更的地方。它并不是为了去经历，可是它必然要遭逢，要有一场际遇。一条不懂得及时折回港湾的船最终只有一个结局，那就是被风浪拍折，被礁石粉碎，或在腐蚀中瓦解。可是一条能够按时回返港湾的船呢？它又会有另一种命运吗？

再也没有比一只勇于远航的船更为骄傲的了。

黎明来临，风会息去，浪涛暂时会变得平缓。再也没有比一条航过午夜的船、挣扎之后的船、被抹上一道霞光的船再令人振奋的了。这时它可以看到蔚蓝色的水面上，那些成群游动的鱼，水藻，远处的海岛，天上的白云。水鸟从船头掠过，这远航的伴侣，穿过黑夜和风暴迎来的诗意。一切终于让它来享用了。

可是接下去它仍然要经历那些并不温柔的夜，风暴之夜。它仍然无法回避一个最终的结局。这是注定了的、命运之旅的终端。

它把一个无声无息的故事留在大海深处。目击这一切的只有水流、游鱼、海藻和礁石。

他站在彼岸，用臆想和感悟之手，抚摸你湿漉漉的伤痕斑驳的躯体。他想象各种各样施加于你的磨损和啮咬，只为你而悲伤。

你被抚摸的躯体微微颤抖，是对另一个生命的回应。他因你而骄傲，因为你是他的感知之船，正给予一个陌路人少有的恩惠和启迪。他只有通过你，才能感受大海和远航、腥咸的水和疯狂的浪。他不会永远站在彼岸了。他要开始那场奔走，去领受那种逼迫和围拢的感觉。

他曾经目睹过一条船的破裂，看着风暴怎样把它打碎。在它被几千年的咸水渍透了的木板上，已经有了道道触礁的裂痕。瓦解的一天到来了，最后它竟没有发出轰然一响。它是慢慢碎裂的。它沉没了。他曾为这条船送行。

一只船消失了，又有了一只船——新的远航者。永远不能禁止。在风雨中，在视野中，它们行进着，船头顶起波浪，驶向远方。

一条这样的船是没有什么固定的航道的，它们走向的是自己的苍茫和未知之地。它们有开辟的光荣，是探路者。

而另一些船，那些在呐喊中开出的一条又一条船，它们形成了队伍，前呼后拥，帆影相叠——却不是他所寻找和崇敬的船。

夜越来越深，寒冷将电源断掉，他不得不备起蜡烛。闪跳的烛光里，他两手抄起，伏在桌上。这是一座孤屋，一座在莽野上的孤屋。他一个人待在这孤屋之中，一瞬间竟不知自己从何而来，又为什么待在这黑夜里，睁着一双难眠的眼睛。这儿已没有一丝暖气，土炕里的炭火已熄……原野上的人将这所孤屋遗弃，他把它拾到了。可是只有在这个时刻拾到一座孤屋的人，才能够和这座孤屋一块儿享受夜色之美，迎接这莽野上四处围拢的无穷无尽的声息。这声息从空中，海洋，甚至是从地下，一丝丝渗流而出。

惨厉的长嚎从平原那一端传来，如此凄冷。风吹落叶在土地上滑动，发出了野兽长爪扫地之声。屋角的背囊里只有一件老旧的武器，但结实坚硬，沉重笨拙。它是他唯一的武器。这武器一直跟随他，伴他在这样的莽原孤屋里操持自己的生活。

每个夜晚他都在领受这逼近的什么。这不是幻觉，因为他看过了各种各样的真实记录。

它们记录了一场又一场搏杀。有人在血泊中挺立。

这证明了寒夜中的人并非孱弱和无聊、并非伤感。有人经受的是真正的冬天，真正的夜色，正像他在经受真正的莽原，真正的孤屋。

他将在此居住下去，领受下去。他知道到了那一天，大风会动手拆毁它——他奋力护卫也终将失去，那么他就将徒步走向赤裸的荒原，一直到走穿漫漫无边的长夜……

艰辛和收获

在二十多年的时间里，我大约写了一百多个短篇。它们甚至就像我的文学日记，记下了我在不同时段里的不同冲动和想念、倾向和爱好。比起我的其他文字，它们显现出另一种具体和真实。

我出版的最早一个短篇小说好像是七三年写成的。那时我刚刚十六七岁。短篇对于我好像是困难的文学样式，也是可爱的、有诱惑力的文学样式。我总是愿意以此实现某一个梦想；我在某一个时期的特殊感悟、接受的启示，最好不过的就是选择一个短篇小说来加以表达。这也是很幸福的事情，它很像一场小小的试验。如果说一般的日记尚不能记录那么复杂的内心体验、猜想和领悟的话，那么用这种形式该是最好的办法。它是艺术的片断、心情和丝绦的片断，是借助形象、意境等等加以蕴藏和传递的一种独特表达。

飞过的一个灵感可以被抓住，豁然洞开的想法可以被贯彻。它们像卡片、片断、散页。也正因为它短小，它才显得那么灵动和随意。可是由于它更为需要技巧、需要精雕细刻的功力，所以它可以费去一个写作者最为宝贵的东西。它短小，但它是一个比较完整的独立世界。它被赋予了生命，可以独立行走，离开母体，到陌生的世界去游荡。比起那些长篇来，它显得简单了些，可是它有时牵扯和埋藏的东西却丰富而繁杂。

它与长篇一样连接在共同的母体上，携带着同样的基因和密码。

在那个海边，在那个茅屋，我尝试着写出第一个短篇。当然它们失败了——或许对于我也并非是失败，只是它们失散了。再后来我又离开，一个人到更远的地方，携带着那么多的短小篇章在半岛山地和城市走来荡去。

今天我甚至能够回想起那一次次长夜诵读，那种发表般的快乐，那种得到了极大奖赏的他人赞许。这也构成了我奔走的动力，成为我急于写作和完成的动力。当然最终的吸引还不止这些——不仅是爱好、兴趣，甚至也不是明晰的目的——那种源于更深处的激情才是艰辛的生活所不能磨损的。它是人生至为特殊的要求，是接连不息的冲动。我觉得最美好的东西可以在这种尝试中得以接近，它才是人的希望，是我命中难以分割的一部分。

也许就是这样的原因，我的短篇很少有吸引人的故事。一开始我就不满足于讲述一个故事。我发现在平原、在林子里，以及后来的山区和城市，都可以遇到很多讲述精彩故事的人。他们可以是青年，是老年；可以是男人，是女人。他们讲述的故事是万分吸引人的，吸引一群又一群的人，让他们彻夜围坐。我也曾经倾听过——既然如此，我就没有必要再去设计故事了。我发现自己不是一个故事能手。故事在我看来更多的是一种技艺，一种技术。而这些对我的吸引都是表面的。我对技术性的东西一开始就没有表现出过多的热情。

我知道是说不清的渴求才使我倾诉不停。这种倾诉更多是面对自己。发表可能只是一种惯性，它很难影响到我记录和倾诉的性质。正因为有

一九八九年冬天在
龙口小屋中

了这阶段性的记录和宣泄，我的艰辛和欢乐，各种各样的收获，似乎都存有一个表象，一个结果。这种循环似乎是很有意思的、也不尽为自己理解的事情。

显而易见我并没有鄙视故事，没有贬低它的意义。我对一切技术性的试验始终抱有极大的兴趣。但我却常常被另一些更有力的手拽回了。它让我回到灵魂上——一切稍稍离开了灵魂、离开了那种根本性的吸引，都会让我淡远、撤离，不由自主地走开。

在这一百多篇记录中，每一篇都可以把它还原到一个具体的环境里去。有的沾上了海的腥咸，有的回响着丛林的呼鸣，有的震动着大山的回响，辉映出沟壑的曲折；而有的更多地充填了大城市的浮华和嘈杂，以及装满了拥挤的人流；还有的映现了极为不安的灵魂的渴求，它在一个小小空间里的遥想和注视——没有比它们对我更为切近和真实的了。它们对于我好像越来越变得直接，越来越变得透明，越来越无欺，越来越不是职业上的操作和玩赏了——我已不再允许自己这样。我觉得它们应该是离我最近的，近在心中、灵魂之中。如果不是这样的感受，它们就会离我远一些，以至最后离去。这会让我难过。

有一段时间，我的很多短篇都超出了一万字。因为那个时候我精力饱满，感觉良好。这种良好是指我的创作状态。"创作"是很好的字眼，可是对于一个写作者而言，有时也是一个坏字眼。"创作"的一个"作"字，或多或少地透露出一点职业的无聊。

很感谢那个时期很快就过去了。那时写下了被人赞许的几个短章。至今我也不能否定它们，它们饱满而充实，从语言，到布局，有时难以挑剔。它们使我脱去了昨天的稚气，又没有了后来的直率。它们是比较典型意义的短篇，特别对我而言是这样。

后来就有所变化了。我的感悟、我的即将滑走的片断，我都想用这种形式去凝固。它们在单位时间里非常真实，更有了流动和记录的性质。我想这是一个人感到了匆促的脚步之后才有的一种记录，它更少"创作"的痕迹，更少职业意味。它们果然直率多了。它们更多的不是被用来欣赏，不是为了消遣，而主要是自己的。那么我会幻想有很多读者吗？不，它们将越来越离我远去。可是我将获得更为坚实的读者，他们也许少而可信。那是一些像我一样，逐渐感到了生命之匆促的人。是这样的一些人——他们走近了我。

我的那些欢欣和艰辛，他们可以从字里行间读到。他们会越来越多地读到。这是我一个阶段的收获和结果。我现在甚至没有办法把任何一个短篇写得更长，它还没有超过一万字我就疲惫了。不是精力上的疲惫感，而是心理上的。没有多少话可讲，讲不了那么多。要说的似乎早就说尽——不是在别的篇章中说尽了，而是在正写的这个短篇中写尽了。是的，聪慧的读者，深刻的读者，他们只需要从只言片语中就会读出很多。我觉得我只能这样表达，没有其他办法。

也许在接下来的岁月里，我的心情会发生一些变动，有另一些变化。那时候我会重新变得饶舌吗？它如果在讲述一些我自己的或是别人的故事，如果讲述的方法变了，心绪变了，人在这个阶段的性质也就变了。可是有一点我敢肯定，大约我还会写出很多的短篇，它们会罗列在我不同的人生阶段上，记录和辉映，展现我的生命。它们会继续下去。也许我还会收获一百或更多的短篇。我爱惜它们，它们收在我的手边，我的书中。它们时常让我拿起来抚摸，让我从中不断地有所发现——原来那个时刻，那个阶段，很多年以前，我曾对这样的一些事情耿耿于怀，津津有味。我看到了自己的过去，也安慰了自己的生活。

很多人曾像我一样在大地上走来荡去。他们或许翻到这些篇章，叹息一声，如此而已。它们——我的文字，对于这个世界是微不足道的；而它们对于我却是不朽的，无论它们多么粗陋。

华师大之夜

一场风雪之后，来到沪上。这里又是奇怪的寒流。这里甚至比北方更冷。

刚刚开过一个讨论会*。感谢朋友们为作品付出的辛苦，他们的阅读。精神的聚会已经不多了。或许很多，但我觉得不多了。

一个智慧而正直的华师大教授让弟子来接我。那里有很多年青学者、博士生。

寒冷的冬夜，他们已经在我的住处等了一会儿。路上很拥挤。我从一个聚会上匆匆赶回，接我的人已经在客房里等待了。

这个夜晚星光不亮，路灯微弱地闪烁，车子驶进沪上这所有名的学府。黑影里我觉得树木葱茏，那些常青植物很多。好像有一个落满了枯叶的

---

* 一九九五年十二月六日，由上海文艺出版社、文汇报等四单位召开《家族》讨论会。

浊湖。踏过桥，进入中文大楼。果然来晚了。可爱的朋友在这儿已经等了半个小时。当时我不知道将在这个热烈的场面里度过三个多小时。

教授主持了这场对话讨论会。

这里产生过不止一位优秀的作家和学者。特别是学者，他们曾经发起了关于"人文精神"的讨论，在中国知识界激起了极大反响。

上次来沪，计划中到华师大参加座谈。后来因为别的聚会而耽搁，至为遗憾。这里需要我领略和感受的东西很多。我读过很多这里的优秀学者所写出的有力篇章，从心里感谢和尊敬他们。

他们的纯洁的眼睛，表明了他们的纯粹的心灵。

讨论中更多的还是关于《家族》，关于"人文精神"、理想主义，关于近来各种各样的声音、莫名其妙的理论。

从一个寂寞之地来到这儿，时觉新鲜。在那里，没有电视，也没有花花色色的报刊。那里关于文化文学之类的传闻很少。只是到了一个拥挤的省会、到了沪上，才能听到这么多的声音。

我需要听到这声音。

我想把自己那个角落里默默劳作的一份心情带给这个东方都市的朋友。他们在这里学习、工作，有着完全不同于我的一些经历。这是一个最好的交流之夜和安慰之夜。无论一个人有多么复杂的心绪，我想我这个期望和愿望都不会落空。因为这是一所美好的大学，它培养了自己的卓越学者，它正从这里送给世界一个重要的声音。这声音很少有一个正直的人会说它是无足轻重的、无聊的。它让人尊重，让人静思，让人满腔热情和兴致勃勃。应该走进他们中间，有幸地参加他们的讨论。

他们绝大多数是比我更年轻的人，比我年纪更大者大概不过十位。有的提问是出乎意料的，表现着独特的见解；但他们都非常诚恳。我觉得这声音会把我引入新思考。在这里，在他乡异地，我都会继续这思考。

一九九三年的秋天，山东四高校曾经为我举办过一个"文学周"。轮流下来历时近一个月。那时我听到了一些年轻的声音，各种各样的声音，包括具有挑战性的声音。九三年的秋天我不会忘记。那是一个非常特殊的时期。九三年总给我留下独特的印象。我甚至写了一篇短短的文章，叫作《九三年的操守》。我觉得一个人在九三年里应该有声音，应该有自己的训诫，应该是非常谨慎的。我觉得一个写作者，一个精神之路上的探求者，思索者，正遇到了空前的考验。这考验已经过去两年了。回头看，我并不觉得在这种考验面前完全失败了。我多少应是一个胜者，哪怕是险胜。我走过来了。不知对其他人是否如此？起码对于我，九三年是非常重要的……

在华师大之夜，我很容易又想起九三年的那些场合。白天和夜晚，友好的、挑战的、善意的、嘲讽的，各种各样的质询都有意义，都让人记住。

这个夜晚是润湿的、温暖的。友谊的温暖、交流和倾谈的温暖，驱散了四周的寒冷。在沪上，我常常感受到很多的友谊和信赖。从这个学府走出来的人，有很多将是我的同行者，大约也会有很多将与我走着完全不同的道路。这都是自然而然的。但这个夜晚会在心中凝固，对我而言尤其是这样。他们的友谊会伴我走远。

聚会结束，我的朋友甚至一直把我送到住处。天很冷，可是我心里

一九九三年在山东大学"张炜文学周"

感到了很大的温暖。

我是一个懂得和能够深藏记忆的人。我最难忘怀的就是真挚的友谊，热烈的气氛，真诚的话语它们一旦发生，我就难以忘掉了。

我觉得这个夜晚从某些方面讲超过了前一天的"《家族》讨论会"。因为这儿更热烈更无忌也更内向；还有，这儿是一个夜晚，我们一起用精神之光驱走了黑暗，这儿很明亮。

我离开校园时想，到了春天，这里将变得更加美丽，茂密的植物会长得更好。

友 谊

真正的友谊是来不及的哀伤。

人们最不陌生的就是友谊所带来的安慰、交流、依托、信赖、精神的资助，等等。可是人们很少想到就是这一切阻止着什么。它是什么？它是与生俱来的、也是生命后来所附加的一切哀伤、哀痛。

正由于有了友谊，这一切都被阻止了，来不及顾忌了。这就是友谊的本质。能让人忘掉哀伤、让人不再顾及哀伤的友谊，才真正动人。

友谊不需要考验。有人常常提到"经受了考验"的友谊那只是一种平常的通俗的想法。友谊和生命一样，是自然的事情。友谊不需要寻找，它天然地存在。友谊甚至不需要珍惜，也因为它是一种天然的存在这是人对于友谊的一种觉悟。友谊甚至不需要建立，不需要在摩擦和经历中去巩固和增长。它的数值是不变的,无论意识与否,它都天然地存在于它应该存在的地方。

有的友谊让人感到陌生,但它存在着。有的友谊让人感到很熟悉,但是它终将失去。如果说到考验,随时都有对于它的考验。可是这种考验真的有意义吗?

人们对于友谊的误解,对于人和人的关系的误解,总是常常发生。但是误解也难以伤害本质,友谊是靠一种极其美妙的东西连接的,人类不可能对它有更深的认识和理解,它是神秘难测的。友谊有时候以非常明朗的、通俗的面目出现,可是更多的时候它又是难以解释、非常晦涩,充满了奥秘。友谊存在于宿命之中,属于神秘的范畴。既然这个世界上有一些不可改造的生命存在,那么就允许有一些不可更改的友谊存在。

友谊和爱情常常混在一起。是倾慕,是留恋和想念,是真诚的叠印和延长,是没有连接在一起的肌体和思想,是交汇的河流,是同一片海洋。假如我伤害了你,我希望它没有触动到友谊的本质。我在猝不及防的时刻让你产生了误解、或者正好相反……我觉得自己在这个时候也不必显得无助和无望。

可是更多的时候不是这样。更多的时候,比如说我们所看到的那一切,它们与友谊无关。简单极了,因为他们之间从来也没有友谊,所以当他们谈论到友谊、谈到因为误解而造成的伤害时,细想起来显得特别勉强和可笑。在世俗物欲的驱使下,靠拢和走近,只是一些为了捕猎而临时凑到一起的、随时都能因为猎物的缘故而发生火拼的猎人。这怎么能称为友谊?

在大洋的此岸和彼岸有两个人，他们也许一生都没有见面，可是他们有友谊。他们的呼吸随同他们的思想，在一个遥远的空间里传递流动，彼此感知、感激、思念和需要。必要时，他们援助的手臂可以伸过大洋，一个可以在另一个的保护下进入安眠。

一个卑微的人可以有幸和另一个杰出的人生活在同一个时代，甚至生活在相距并不遥远的邮票大的地方；可是卑微的人是没有勇气到杰出的人那里去寻找友谊的，因为友谊不可以寻找。卑微的人只会仇视、嫉妒甚至是诋毁，他诋毁的口实就是对方不懂得友谊，或者是破坏了他们曾经有过的友谊。这是十足的误解、十足的错误，因为他们之间压根就不会有友谊。

杰出的人只会委屈地注视着生命，他与所有的生命都结成了某种特殊的关系，他爱他们，因为都是生命。他需要所有人的友谊，从不拒绝友谊。他始终如一地维护着，但由于宿命的神秘的关系，他与那些卑微者不可能存在一起，虽然他丝毫也不会理解这其中的缘故。这对于他不是一种误解，而是因为杰出的人物所共有的那种笼罩一切的爱心，是因为充斥着他的目光与外在事物之间的一层浓雾遮蔽了他的判断，是它所造成的。他对于各种指斥是绝对不会理解的。这种不能理解实际上也是最深刻的理解，因为他的迷茫是从生命与生命的关系之间产生的。至于一个生命怎样遭到了扭曲，走到了如此值得同情和怜悯的可怕境地，那又被极其复杂的某种关系所制约，也不是他所探讨和理解的范畴。

一个杰出的人大概一生都不会明白，他也许无需那么多的友谊，因为原本就没有那么多的友谊。这是冷酷的事实，但它不可更动地存在于人生的奥秘之中。

因为他的爱太多了，他广泛地挥洒着自己的爱。他不愿对某一个个体表现出过分的自私，培植出一种变质的、浓稠的、同时又是一种畸形的爱，即所谓的"友谊"。当另一些个体未获得这种满足时，就会相向为仇，伸出诋毁的爪子，去扫动、去惊扰。

两个人可能默默地互相注视了几十年，一个却很少走近另一个，很少去打扰他；很可能还有着轻微的斥责或劝诫，甚至有义正词严的指责；但是他们的缘分是永恒和固有的。他们直到最后分手的时候，也还会被深刻的友谊所连接。这样的例子不胜枚举。在人类智慧群星的银河里，这样的友谊尤其不会陌生。

那些"同伙"之间的情分也许是动人的，可它们与友谊无关。同伙的故事是关于名利世俗、关于攫取、掠夺、争抢的故事。他们所谓的"义气"不值一文。"义"字一旦有了"气"，那么它就变得廉价和低俗了。"义"必须与"正"字连在一起，构成"正义"。单独的一个"义"字也是非常值得尊崇的，行"义"或者不"义"，都关系到深刻的原则。而"义气"两个字往往让人想到江湖、哥们儿之类。

是的，今天我们不得不仔细地辨析不同的词汇所包含的不同内容、它们之间或严密或微小的差异。

在一些懂得人生的悲悯、不断地为形而上的东西所感动所感召的最优秀的人类那儿，他对友谊的理解往往令人感动地苛刻。他们所珍视的是不需要珍视的友谊，也是不需要寻找的友谊。

是的，我们有时候的确需要小心翼翼地维护它。不过"它"又是什么？在这种维护之中会是小心地照料，是渴望已久的回报。于是当回报一时没有到来的时候，对方就会感到微微的、或愈来愈重的伤害。这种伤害感是会化为愤怒的。是的，因为一开始他们之间大概就不会存在友谊故意培植的友谊是不值得信赖的。不同的人，不同的类，那种"友谊"的连接之须是多么脆弱。连接之须是多么脆弱。

我的自语打扰了你

我对你的惊讶感到不安，我对你的目光也感到不安。因为你的判断，是我未曾预料的。起码在这之前，我一无所知。

几十年来，我只是如此地劳作，这是我的幸运。或许是我的自语打扰了你。这是我对你和你的朋友之歉。回想更多的是你和你的朋友对我的信赖、援助，以至于在今天稍稍让我吃惊起来。

我无论说自己怎么感谢和感激，都不能掩去内心的那一丝不安和许多惊讶。我所要表达的已经超出了我的理解。我曾想，我应该化为你们目光中的一个人或者另一个人。如果是这样，"他"与我又有什么关系呢？不过在你们的企盼里包含着美好的东西，所以我才尊重你们的期盼和愿望。

可是我又只能进行着我的自语。这种自语是不会改变的，就像我的生命已经难以从旧有的轨道上移动一样。它是生成的，而不是被嫁接的。是的，仅仅如此。我不知道除此而外我还应该做些什么。我不知道我的"愤怒"在八十年代初期和中期为什么没有惊扰这个世界。是我提高了自己的声音,变自语为呼唤,还是我一开始就是在用这种嗓音自语?

我也听到了自己战栗的呼唤。可是这些呼唤从一开始就是面向一个木然混沌的——世界——自我的。

为了将自己唤醒——因为我要赶路——我一边走一边呼喊。这样我才不至于因为困意十足而跌到崖下。还有,这种自我呼唤、自我需要的声音,也是对一个生命的疗救。这个生命在我体内,它随时都有死去、熄灭和枯萎的危险。就这一点而言,我是自私和胆怯的。

我认真地翻看了自语的痕迹、那些记录,发现我如上的判断并没有错。是的,我有时候常常用到"恨"这个字,那是由于我太"爱"了。我太爱了,我怕有人侵犯这种爱,侵犯我所看过和经历过的一切美好。当我看到之后,我就要勇敢地使用"恨"这个字。有时候它们是银币的两面,"爱"和"恨"写在了同一枚银币的两面。

我想,如果有一只海鸥往前赶路,它要穿过水波,到它所梦想的那个岛屿上去——它一路只是奋飞和发出它自己的声音;那么当它的四周布满了群鸥的时候,它拍动翅膀的声音,它发出的自语,是不会被其他所注意、也不会被埋怨的,当然也很难得到赞许。它一直地向前飞去,一直向着它一开始所决定的那个目的飞去,它的节奏,它的呼叫一如开始。但是当群鸥回返或者是四散而去的时候,它拍动的双翅和它的声音就显得有点突兀,有点独特了。这只海鸥如果没有疲累,那么它需要多好的体力;它如果不被那些惊扰者所吓退,它又需要多么勇敢。可是它又没有选择的余地,它只能向前飞去。它如果落下来也找不到陆地,浪涌和水溅会把它吞没。它只有向前飞去。

我想，作为一只鸥鸟，它是有权选择、有权飞向自己的岛屿的。作为一个人，他也是有权自语的。这是他最后的权利。自语是应该被允许的。由于自语而引起的打扰，则是另一些事情。他如果停止了自语，也等于结束了自己的生命。被打扰者本来是待在自己的角落里，别人走近了，倾听了。可是这自语无论怎样尖利，都存在于自己的声音半径之中。被打扰者走入了这个半径，才能捕捉到这声音。如果自语者孟浪地穿越另一些生命的角落，介入另一些半径，那么他就该自责了。自责是痛苦的。自责比反省还要痛苦。自责之后应该有忏悔。可是啊，盲目而热情的歌手啊，不停地自语的歌手啊，匆匆赶路的歌手啊，你真的需要那么多的原谅和同情吗？

我常常这样设问，翻动自己的日历。我的不安和羞怯很快被我的勇气扫尽了。我自信的是，我倾吐的都是爱的絮语。它们是值得珍惜和可以珍惜的。正是基于这样的判断和理解，我才要继续发出自己的声音。

在这个行路的时刻，我发现我不是在自我倾听和叮嘱的过程中感到满足和陶醉，更多的却是其他。"其他"是什么？不知道。但它们出现了。

我不需要那么多的宽容，也不需要换上一副宽容的心情来挽救自己。再也没有比真诚的、一如既往的行为更重要的了。不要强力地改变自己，不要被善良的诱导和恶意的威胁所移动。这些都不重要。最完美的东西被粉碎的时刻，也仍然完美。只应该追求完美，永远地追求，这就足够了。

我相信在宽阔的道路上，追求完美的人并不感到拥挤，并没有无数的人在坚持这种追求。这是需要付出全部的生命和热情、全部的激动的。懈怠是可能发生的，可是懈怠之后焕发出来的，还仍然是那不可更动的追求完美的信念。

一种完美出现了，否定了；再出现，再消失……这就是形而上的召唤和吸引，使人永不疲惫地往前追赶。这个过程只能无限地趋向完美。只要不忘记这个初衷，只要保持这份生命的圣洁，只要护住它的源泉，接下去即将发生的一切也就无所顾忌了。最终的结果似乎是可以预料的。既然如此，我们就没有必要时常地叹息。

我可能对你的目光不发一言，但是我没有漠视，我记住了。太阳的光辉给我注入的能量，让我在这个冬夜里抵抗过去，等待春天。春天，我将随着欢快的河流，走向自己的平原。在那里，我将获得真正的力量。

是的，这种回归感和出发感交织一起，使我奔走了几十年，而且还将奔走下去。这对于我是一种无可奈何的事情，对于其他人也是一种无可奈何的事情。我说过，最完美的东西在粉碎了的那一刻将愈加完美。这是我的信念，是那片土地告诉我的信念。我将维护这个信念，就像维护那些弱者和穷人。它永远使我感激，永远像朴素的穷人——我从他们之中找到了具体的爱，也找到了抽象的爱；我热烈地结合着二者，并用呢喃之声告诉午夜……

规避和寻找

那些不安的浪子留下了许多疑问，而平常人是不愿去探究这些疑问的。它们存在着，而且这种存在愈来愈显豁。

古往今来，总有一些人在大地上游荡不息，像在寻找自己前世遗失的居所似的。他们是诗人、旅人，一个个多得不可胜数。他们当中包含了一大批杰出的人物，真正的智者；这一部分人仿佛压根就不知道安居的乐趣，不知道一个生命托放在这个世界上的某个角落是多么重要，不知道这同时也构成了幸福的源泉。

在浪迹的颠簸之中，生命必会感到特异的痛苦。这是不言而喻的。生命在颠簸中有快感，有欢愉；可是生命也难以经受长久的磨损。仅从这个角度看，这种浪迹也该引起我们探究的极大兴趣。

我相信他们真正的居所只存在于他们的心中。他们就被这种心灵的感召所吸引，奔走不停。那实在是一种寻找。

可能寻找也首先为了规避。因为害怕各种各样的打扰和伤害，所以只能规避。

从乙地到甲地，从此岸到彼岸，只是一个逃离的过程。是的，毫不夸张地说，有时候诗人是一次又一次的逃离。彼岸有过一个美好的吸引吗？是的，他正为这吸引而去。正是这奔波的过程包含着规避，包含了舍弃和丢弃。丢弃和舍弃也是一种规避。

拒绝了，遗失了，忘记了，远离了——不断如此，循环往复。如果不是这样，我们就很难设想那个早夭的法国天才诗人兰波，为什么小小的年纪，竟有那么多神秘而热烈的歌唱？为什么在少年时期竟一次又一次到远方，到陌生之地，到壮怀激烈的场所？他渴望奉献、寻找、预知和参与。他有时参与了，有时又仅仅是一个旁观者。他找到了自己的所爱，畸形的爱，变态的爱，但这些当时也的确都是他的爱，是他的寻找。对他的这一切行为以及后果的指责和剖析，可以留下很多感慨甚至教训，但这都属于我们，而不属于兰波。

我们不可能知道，一个真实的兰波当时的心境，他那颗灵魂是怎样激越地跳动。因为我们不是兰波，我们不是那个特异的生命。多么好啊，当时的兰波，当时的荒唐，当时的冲动，当时的热情，当时的畸形以及其中的完美。我们不需要冒天下之大不韪去歌颂那种畸形之恋，可是我们现在更多地看到的却是那种忘我的痴迷的寻找，那种令一个生命永远不能够安分的、强大而特异的动力。动力推动着他的双腿、他的眼睛，让他永远不倦地张望和奔波。

他们的爱很难具体，他们在具体的爱上停留得总是非常短暂。抽象的爱，有时是形而上的爱，牢牢地勾住了他们的魂魄。他们规避的是什么？绝不仅仅是人生当中无法抵御和防范的丑陋；还有其他，其他一切生的琐屑和困苦。然而，这种规避却换来了加倍的困苦。但无论如何，浪子不可能回头。

大概没有一个当代诗人遇到比兰波更大的旅途摧折了，他开始险些被枪杀，继而失去了一条腿；他二十一岁就放弃了为之神迷的诗歌。最后他被这种流浪所折磨，奄奄一息，在不到四十岁的青春年华就葬送了自己。

这是一次绚丽的燃烧，美好的毁灭。

平庸的人是不会理解这种规避和寻找的。他不属于世俗的眼睛。当我们在心里对整个诗人的行踪、对他的业绩感到巨大惊讶的时候，我们不得不注视着自己的自卑。这是一种令人绝望的自卑，没有勇气，更准确一点说没有那样的血性。我们可以一遍又一遍挽留兰波一类人物，可是我们只能听到他们固执的拒绝：不，绝不。

大地遍是鲜花，这么多的可爱；这么多丰饶的物质，他不爱；他抽身而去，渐渐地，颀长的身影被浓雾遮去。他那女孩似的浓密而油亮的长发在风中吹动，像火焰在朝霞中燃烧，很快留下了一个光点。最后他消失了。

等他回返之时，已经是一个倒地的生命了。

兰波永远是个孩子，可爱的孩子。因为他以孩子般的纯洁和冒险，走完了自己的人生旅程。我在所知甚少的这个天才的身上，找到了那么多令人激动的东西。它们像五彩矿石，从黑夜中开采出来，收在手边。我为此久久地激动，一次又一次抚摸这些矿石。我试图从它们当中看到当代人似乎拥有过的一点元素。这是非常困难的。一个凡俗和平庸者不必存有这样的奢望。可是我们在自卑中又有着真正的不甘。

我们比兰波活得长久，可是我们觉得这种长久是不值得谈论的。所庆幸的是我们走到了中年，还没有为中年而自豪、而麻木。这也仅仅是我们自己残存的一丝希望了。

由兰波，又可以想到了另一个贵族——那个高大俊美、温文尔雅的屠格涅夫，一个离我们稍稍近一点的俄罗斯人。他美妙的篇章像他的人生一样打动过我们。他长期旅居欧洲，为了自己的心爱活了下半生。他很少返回祖国，最后就倒在让他向往的那个人的定居之地。他甚至把他的居所建在了爱人的庭院里。使我费解的是另一个人对他的忍耐和友善。这大概才是我们现代人所乐于谈论的那种"宽容"吧。这种理解和原谅真正具有人性的深度。可惜它既不能重复，又不能转借和模仿。对于所有的人都是这样。它只属于特殊时空里的特殊生命。当我们赞美它的时候，找不到言辞；当我们谴责它的时候，更是荒谬。

我们同时还能想到那些游历一生的中国古代诗人。他们的游荡据说是为了山水之乐——我对此表示极大的怀疑。美好的山水，美好的自然，那种不可理解的感召，无时不在的诱惑的魅力，我们当代人也不难察觉。可是它们可以让一个敏锐的诗人不停地奔走，却是另一回事了。那需要多么巨大的热情、恒定的追求和痴迷的爱恋。他们的行走、吟唱，留下了自己的声音和痕迹……可这果真就是目的吗？他们内心激烈燃烧的那个核到底是什么？

无论如何，任何的人类社会里都有着共同的规避和寻找。是的，我们认为古人的游荡之中同样有告别、跳窜、分离、厌恶、躲闪，是这诸种复杂因素合在一起。只有这些，才构成他们的全部理由。他们的一生因变得颠簸曲折而美丽，他们的一言一行都幻化为诗，谱写为歌。

所有的不安都是源于生命深处的，他们是一些自觉的漂泊者，流浪者。仅仅拥有一次的生命，应该是激动的，他为这个基本的冷酷事实而激动。其余的就好理解了。没有这激动和觉悟，无论在生活的细节上多么精明，都最终是一个麻木者，蒙昧者，一个不可解脱和超越的人。

杰出的生命是能够超越的，无论他活得多么短暂，多么贫穷和富有，都不能阻止他的这种超越。人具有了超越的能力才不会羞愧，才能够最终与一般的动物作一区别。超越是一种悟力，也是一种激情，它们二者的结合将创造人类世界的真正奇迹，创造永恒和永生。

从高原到天堂

你说你从高原而来，那是一个贫寒之地。你带着无限的懊恼和留恋，诉说着来路。我觉得这真是一个奇迹。

很久了，你的故事给我很多的忆想。那一次有名的欢聚，被好多人讴歌和记录过了。我从没为它写下什么，可是我也不能忘记。

那儿离黄河的源头很近，这儿离黄河的终点很近。从源头到终点，从昨天到今天。后来你离开了高原，到天堂去了，那个对你来说形同地狱的天堂。

你这场流浪，朋友发出了赞许和宽慰。可又隐隐让人感到它的不祥。一路的舞动和欢歌，跳跃般的舞蹈，可以代表你的人生。这是一个舞动的精灵，一个幻觉般的美丽。然后我们把它画下来，记录下来，在这种舞姿之下，为那么多的痛苦而伤感。

一幅幅画贴在墙壁上，吸引了那么多的目光。很多人索取这些画，你都不愿赐予。是的，它们属于这个墙壁，属于这个湖畔。

栅栏，响彻牧歌的漫坡地，你尽情地奔跑，不知疲倦。你的朗朗笑声，震动着白色的云朵和类似的羊群；马和猎犬都在太阳下散着锃亮的光。草地上的鲜花像你的眼睛一样闪烁。这种天真烂漫掩去了多少屈辱和辛酸。这种掩遮从今天到昨天，很可能还到未来。

我愿意为你编织一个特别的故事；我和你的朋友都在故事里这样祝福。可是它不能够取代其他。我们做过了自己该做的事情。我们不仅仅是为美好的明天而祈祷。你强大而又孱弱，你在后来终于明白你不可能拥有那个美丽的湖，你可能最终属于一片坚硬而崇高的山峦。

我把这些联想藏在沉默中。十年过去了，你证明着我的猜想。

我找出很多美好的画册，要为它们写下一点什么。我想在这些画册的背面应该绘下天堂般的欢乐。我将使用朴素的文字。朋友们告诉我越朴素越好。在这白色的信笺上，我轻轻勾画和涂抹；我觉得我的表达是这么言不及义，这么微妙而复杂；但是我应该把一切都涂抹出来。我应该将文字化成声响，化成音符，在一些粗鲁而可爱的笑声里，把它交付出来。

我觉得我从这一天开始变得成熟、安定，变得比以往任何时候都能够忍受。我很宁静。我即将衰老，从一颗心开始；用宁静换来的衰老。在恶毒的诽谤面前，我觉得我真的无动于衷；在热烈的赞美面前，我感到了自己的平静。这一切都来之不易；这一切都来自高原。有人说高原是一个象征，它是精神的高原。是的，精神的高原。你也是一个象征，你是象征中的舞蹈。可是这虚幻的象征却有真实的痛苦。它们之间究竟是由一条什么样的线所联接，我至今都不能回答。

你的匆匆来去，从高原到湖滨的奔波，是这样痛苦神伤。那种回告的声音伴随着抽咽，让人感到阵阵疼痛。无法漠视这抽泣之声，这啜饮之声。因为我真的看到了那个永远不会消失的高原影像。我曾经一次又一次歌颂过这高原。可是突然间在一个早晨，这高原开始摇动，崩裂。原来它们是冰凌和雪粉凝成的，它们徒有山的形状。

最真实的岩壁凸露了。好的，在太阳下它重新放出黛青色的光辉。这就是融解了冰雪披挂的高原了。那么我重新的景仰和跋涉又要开始。我也会从高原到湖边，到平原，到自己的城市，到最平凡最庸常的生活中，去迎送自己的日月。我想告诉你一个真实而平凡的故事，告诉你劳动与舞蹈的关系。跳跃和欢歌属于我们，劳动和磨损也属于我们。我们教儿童牙牙学语，我们播下种子，管理苗圃，浇灌鲜花，收割稼禾，这一切就是日常的生活。

不知有多少人还像我一样记得那次漫长的聚会。聚会围绕着一条河，我们沿着河畔欢歌；多么热闹，多么红火，南南北北的客人汇聚一起。那些场景他们记得吗？他们如果不记得，他们怎会成为同路和朋友？

我是这样地不能遗忘。我的不能遗忘使我很累。我感激，我答谢，无头无尾。我永远地感激下去。可是我又不愿惊扰别人。我为高原而感激，我为自己而呻吟。这样我变得坚强。九死一生，炼狱，折磨，挣脱，走过来又走过去，走向很远。我很寂寞，不，一点也不寂寞；我很孤独，不，一点也不孤独。我在你的理解之中，而你又是什么？是幻化的高原，是并不存在的雪莲，是舞蹈和歌声，是旋律，是精灵般的红色衣装？在湖滨墙壁上的美丽画卷，即将被收藏，它们将装在一个善良人的箱子里，完好无损地保存到生命的终点。

我愿你那鼓鼓的额头里，装下的全是流水般的清澈和滑润。那个奔波的夏天，那个可爱的初秋，那个纪念，那个祈祷。我回想起那次聚会所经历的宗教般的情感。真的，在我们所不理解的那个世界里，产生了不灭的记忆，这也就足够了。未来的岁月是藐视痛苦的岁月，是不会惊讶的岁月。人们将记住这美好的一切，尽管这"人们"会是不大的群落，可这是真实的。

当岁月用无情的手摧残了你的容颜、高原一般的清丽和庄严时，你只是走向了另一种完美。一切都是可以预料的。精神的高原，舞蹈、歌声、诗章、川流不息的四季、友谊和爱……

回答自己

人有时是巧言善辩的，可是却不见得在任何时候都能够回答自己。不，在很多时候，在冷静的、个人的时刻里，他是不能给自己一个圆满回答的。这才是人的尴尬。

人总要面临生活中各式各样的自责和误解，它们当然事出有因。面对这一切，一个人或许不需要解释；但是他总要回答自己。

我们看到了一个智者在铺天盖地而来的攻讦面前没有反唇相讥，甚至没有一丝动作。相反我们看到他在加紧做自己的事情；也就是说各种各样的打扰甚至是阻挠，都没能破坏他劳作的心情和惯有的专注神态。这是多么美好的事情。

我们仿佛看到了他那双青筋暴起的、被劳动磨损了的大手，在那儿有力地、节奏分明地活动。他的目光偶尔抬起，看到的是远方，是辽阔的原野。他那思索的神情一会儿又垂到了眼前。

有时候他从他的居地走出，在周边的丛林里踱步。他满怀欣喜地、略有惊讶地看着枝头上的一只小鸟，向它点头微笑。它不理解，飞开了。他重新往前走去。在一蓬碧绿可爱的马兰面前，他又蹲下，伸出粗糙而温热的手，去抚弄它的叶片。长长的叶片大概让他想起了年轻时候恋人的秀发，他的嘴唇轻轻地颤抖了一下。他最后去触动那几朵蓝紫色的马兰花。他惊讶地张开嘴巴，久久不能合拢。看着这形状特异的花，他好像咕噜了几句什么，又站起来，恋恋不舍地往前走去。洁白的流沙在丛林的缝隙里凝滞，掩埋了一丛绿草。他伸手挖开，把它们从中解救出来。

有时候他微闭双目，倒剪双手仰起脸，鼻翼翕动，似乎在嗅什么。那些不快、那些尖辣和无聊的言辞在脑中一掠而过，消失得无影无踪。他理一理鬓发。花白的鬓发在阳光下泛亮，几道深皱好像正顺着额角向两边延长。

他在自己的空间里劳作、思索，发出很多叮咛、劝阻和意味深长的喟叹，还有那些只有很少几个人才能听懂的不安的呓语。这一切既是送走的，又是收在手边的。他把它们留给未来，留给现在，留给自己亲爱的、令他不知所言的时代，也留给了自己。这一切就是对自己的回答。

一个智者，一个不断走向衰老的、对生命的命数具有充分把握能力的人，甚至已经不必对自己专门作出回答。他的回答分布和流散在所有的劳动之中，在他迈出的每一步之中，在他对自然和时间的问候之中。

有人在他面前感到或多或少的愧疚，因为他们没有他这样的安然和沉着，缺乏他那样的一副身躯——他们在不安中频繁地回答自己。他们觉得这就是自己与智者的区别。

可是，他们并没有用尖利的、有时甚至是苛刻的话语去惊扰他人。这是一个人在这样成熟的年龄所能尽力做到的，仅此而已。他们不愿打扰别人，也不愿被别人所打扰。他们只在一个安静的角落里做自己的事情，做自己能够理解和心愿的事情。他们并没有像有人所想象的那样生活——那种生活完全不属于他们。更有甚者，把想象当成了事实，认为有人"在前呼后拥的热闹之中，却发生了奇怪的底层的声音"——他试图从这种反差中找出虚假和尴尬。对不起，没有这种尴尬，因为压根就没有这种"前呼后拥"的繁华和热闹。

你从来没有走进这个角落，这块热土。谁也不知道你想象的依据，还有你常常让人感动的话语，如今是如何泛滥和武断起来的。它有可能造成的伤害并不是别人，而是你自己的敏感和善良之心。

当然这也许并非是无聊的，它是一种提醒，并非善意的提醒。重要的还是能够回答自己。这让人不得不从头总结，从八年以前甚或是更早的时候。他身边没有那么多无聊的人，呼与拥是他所讨厌的。他既不需要他人这样，更不愿自己这样。他有自己底层的友谊，真挚的情感，这一切才给他精神上的滋养和思想上的援助。

他不得不离开另一些人给他规定的生活轨道，离得远而又远。他不得不无声地告诫自己与另一些人的区别。你认为他能够容忍，能够随从，能够融洽。这是你，不是他。他不能够。

他甚至没有起码的你所理解的那种日常保障。他只享用自己的安静和应有的贫寒、清苦。可是也只有如此，才得以亲近泥土、自然、美好的野地花朵和果实。他在这种生活中感到了真正的流畅和自然。可能他比过去更加消瘦，病痛一次又一次地折磨他，但是另一种愉快却足以弥补它们了。

他有时候很想在这里与你共同漫步，一起走向原野，在这辰星闪耀的宽阔之夜，能够一起畅谈、回顾过去在一起摇摇摆摆的岁月——你的胖胖的圆脸让他觉得有趣而可爱。

可是经历了更多的烦琐之后，他的一颗心多少有点冷和累。他不愿因为解释而邀请，也不愿为了说明而行动。能够误解的人就是能够远离的人，能够归来的人就是能够欢聚的人。

他已经步入了中年，何必那么冲动。他的这些回答是因为面对着自己的友谊。是的，友谊使很多的匆忙、伤感和痛苦都来不及了，可是有时又来得及自我回答。他并不愿把自己的生活描绘得多么奇特，但他完全明白，也并没有许多的人愿意重复他这样的生活。在他们看来，这是不可忍受的，他们不能忍受这种自由的欢乐和底层的幸福。

他如果不能回到自己的生活里来，才会感到绝望。在这里，在自然之中，在世俗的幕布一层层遮盖起来的最自然的原野上，他呼吸着，生存着。

你说你在一个又一个的场所之间游荡、奔走，这是你的自由。而他却要待在一个冷静之地；偶尔他也要突破这种冷寂，可是这种突破的力量也来自这片土地。难道你希望他头发蓬乱，穿上破衣烂衫，像一个乞丐一样去战栗地呼告，去乞求，去讨饭，去创造一个当代神经质的神话吗？他没有那么刻意打扮自己的兴趣，而只是真实地回到自己的生活之中。

这一段自语也该收束了。呼啸的北风远比他的声音大得多。

簇拥和掩藏的九月

在茫茫的、凄冷的冬天，怀想最多和最为向往的，就是一片生机的九月了。

九月到处碧绿，果实累累，一片丰硕。那是怎样的季节，这个季节凝聚了人类所有的目的和希望，它甚至掩藏了人类的屈辱和苦难。即便是一次欠收的九月，也比其他季节要有希望得多。

我觉得我的许多时刻——我是指那些不能忍受的时刻，都被九月茂长的绿色给轻轻掩藏了。是的，它遮去了我的另一面，遮去了我的悲伤、苍凉和痛苦。在那越来越浓烈的九月的香气里，我只能健康地微笑。我伸手采摘果实，与劳动的人群一起奔波，一起忙碌，累着，聊着，进入安睡。这是人最好的日月。

我曾经为九月谱写了一首长歌。我在这声音里更多地想到了那片大地和原野，沉浸其中，掩藏其中，簇拥其中。我觉得这是富丽的大地，它繁多的收获所给予的一个恩惠，无论过了多久，无论有多少人对它遗忘，我都不会有什么沮丧和不安。因为我知道九月的富足和真实。

收获的兴奋是不能抵消的。我走在九月大地上的那种感觉，直到现在也觉得真实可触。它们更少虚假和做作,它来自我的心灵,来自我周边的泥土、蓬蓬的绿草、无边的丛林和大片的谷地,它是从此产生出来的。它被歌声和汗水浸泡过,被田野上愉快的打闹、追逐、欢叫和尽情的舞蹈所滋润。仅此一点,我应在这首长歌的韵节中行走和吟哦。

是的,这是一种好的状态。我应该向往和珍惜,让它安慰我后来的歌唱、后来的记叙和自语。

在九月里,有时我的情绪仍然变幻不定,仍然在流浪和奔走,甚至会离开那片原野。我自己劳作的季节和大自然的九月不能完全合拍,它们并非迈着同样的步伐。九月也许一闪而过。我等待九月,也许还要等上一年,那就是另一个九月了。结果我差不多等来了五个相同的季节,才结束了自己的长歌。回头看去,我只看见九月的丰硕,土地上流动的香喷喷的丰收的雾幔,再也没有其他了。这个季节独有的金色和绿色把一切都遮掩起来。我愿这样。

一个弱小和稚嫩的生命在成熟的季节里会感到充实和安全。我发现自己所有的吟哦、记录、叮嘱,都常常沿着秋天的水流,大致和着它的节奏。人生既是一场奔波,又是一场收获,收获各种各样的果实。

寻找自己的九月,这其中的故事太多了。悲惨的、欢欣的、浪漫的,甚至是令人羞愧的故事,充斥了心灵的大地和天空。如果原野能够给人以神秘的力量,那么原野里奉献出的九月的果实就是最好的参照。它给植物以力量,也会给其他的动物——比如说人——以力量。我亲眼看到鸟雀、野兔、猫和狗及其他四蹄动物,在这个季节里怎样肥胖起来。它们的双羽、皮毛,都变得光亮闪闪,远比其他季节里和顺得多、滑润得多、好看得多。

　　这实在是一年里最重要的一个月份。由于这个季节是气蕴饱满的，所以人在歌唱、在回应这个季节的时候，也应该是气蕴饱满的。这个时刻的悲伤应该是短暂的，黯然神伤不会持久，要有希望，有精神，有盼望，有爱恋。

　　我的这首九月长歌至少对于我是非常重要的。我可能写出很多在规模上、在气度上、在打动人心的力量上超过它的另一首长歌，但是它们却不能取代它、它对于我的生命的本质联接。

　　我在这个季节里变得比往日纯粹，简直有些天真烂漫。一种完全的充盈的劳作和收获感布满了我的全身，我心灵的每一个空间。这种劳作给人更多的不是疲累，而是欢欣和自足，是一种感谢和欣悦的倾诉。

　　那些同样是感知着大地恩典的人，首先听到了我的吟唱。他们接受了，把它收在身边，视为知己。这让我分外感谢。这是我从异地送给他乡的礼物。大地和大地尽管差异很大，但它们都是大地，都是生母。它们都是奔跑着许多生命、茂长着很多植物的一片广袤的泥土。

　　我说过，我仅是大地上的一个发声器官，是众多器官之一。只要走上田野，就会发现许多类似的器官。它们对于土地和世界有着自己完整的、与其他迥然有同的表述。它们是平等的。我不能代表它们，只深知是它们的同类。

　　由于有了这个茂盛的、鲜花灿烂的、浓香四溢的、果实累累的季节，所以其他季节都被遮掩了。这遮掩是非常美好的。那些贫困、捉襟见肘、吝啬和凄凉，都退得非常遥远，再不属于我们。

让我们更多地把目光凝聚在这个温暖的九月吧,因为它给人以特殊的安逸和富足。关于九月的认识,关于它的每一章每一节,我都会珍视。我只拥有自己的记述,虽然它并非完美无缺,可它散发着那个岁月里的青生气息,是一个可以多方诠释的故事,等于随手可触的泥土,泥土上滋生的茅草、树木、动物和人。当有一天我远离了那片土地,我也会根据自己的记录去寻找和回忆。它是我的旅行地图,是我回返的坐标,它将牵引我的躯体和情感。

你的生命之光

伟大的法国诗人雨果被罗曼·罗兰描写为具有偷盗宙斯闪电的普罗米修斯一般的巨人。而另一位法国的重要传记作家莫洛亚则把雨果称作"奥林匹斯山神"。

这个伟大人物一生经历的事件,他的人生航船被时代风暴几次打折桅杆险些沉没的经历,恐怕极少有另一个人可以与之相比。即便是早期,他就有着不可言喻的痛苦经历:妻子的失节、朋友的背叛、攻讦、误解,一切常人难以渡过的危难和人生关节;但比起他后来漫长的异国他乡的流浪、比起其他艰苦卓绝的斗争,简直又算不了什么。

他一生矛盾重重,既谨慎俭约,又慷慨大度;他曾经是一个纯洁的青年、模范的家长,可是在暮年又变成了一个热烈的、能够爱的老人;他由一个王朝复辟主义者演变成了波拿巴主义者,再后来又变成了共和国的爱国主义者；他本身是一个资产者，可是在一般的资产者眼里又是一个大逆不道的人。

真正的浪漫主义诗人都是不自觉的，是生命的一种自然而然的挥洒。面对这个伟大的、百年不遇的诗人，许多诗人都显得过于弱小与单薄了。正像传记作家所指出的，在作家的生活中，"浪漫与现实、个人主义与牺牲精神、热衷于奇迹与迷恋于小节、骑士般的爱情与庸俗的猎奇，奇妙地交织在一起""伟大的诗人与务实的资产者和睦相处"……可见，一个伟大人物往往处于一种极端的矛盾和畸形的结合之中。

不言而喻，他的一生爱了很多女人。他非常爱她们，钟情于她们，这里面虽不乏猎奇、狂迷的追逐；可我们不得不说，他更爱的还是自由的精神，是美好的艺术，是他用心汁煎熬出来的结晶。他更爱真理、爱真实。

面对他长达万行的热烈燃烧的诗句，他的近千万言的散文、杂著，以及卷帙浩繁的长篇巨著，打动人心、夺人魂魄的戏剧，使任何人都不能漠视他的存在，不能不惊异于这个伟大的创造的奇迹。他一个人的创造比得上几万个普通人的劳作。这是一个特别耐得住磨损、在坎坷和苦难的煎煮中愈加坚毅的生命奇迹。

在他委婉而别致的歌唱中，在他精巧的诗句和短小的辞章里，都可以感受那种令人陶醉的温情，领略特别的绚烂和绮丽；如果打开他的长篇巨著，又可以看到一支如椽巨笔怎样描绘场面宏大的战争画卷。他的狂风雨般成吨成吨倾泻而下的大匠的语言，轰炸着疲惫和麻木的人类心灵。他站在那个时代的山巅之上，锐利的目光穿越了当代的尘埃，抵达了未来，直逼熙熙攘攘的现代主义的十字路口。这是不可思议不可言喻、深藏在千年历史中的一个硬核，一个等待化解的奇迹。

当我们谈到人的强盛的生命力，很容易想到成吉思汗、拿破仑，还有征服冰川极地的探险者，一些在生死场上拼挣的百折不挠的战将。但我们理所当然的还要想到雨果、巴尔扎克、托尔斯泰、歌德这一类在精神的漫游和探索中永不疲倦、豪情万丈的独特生命。他们的行为构成了一部部传奇，生命之光照彻了茫茫的精神空间。这个空间像宇宙一样无边无际，有无数旋转的星体。可是那些炽热燃烧、溅射着巨大能量的星体似乎散发着永恒的光。

他们都是同一类生命，都有着难以消失的青春。当他们的生命完结的时候，好像是仅仅回到了青春的另一个段落。是的，他们是永生的，他们遗留下的每一个短章，都迸发着青春的活力，都具有奇大的魅力。这不灭的绚丽和光彩点缀着我们人类的长河。我们人类的历史由于他们的存在而变得激流回转、千姿百态，出现了真正的奇观。

在他们那里，任何艰难险阻都不在话下，他们可以轻轻地移动躯体将它粉碎。他可以不加修饰地倾泻和记录。那种极其自由、放松和强大的表述，使一切精巧的匠人都要望而生畏。

我们常常在现代主义魔法般的创作面前感到困惑，感到自愧不如。可是当我们面对着一个更放松、更流畅的自然而然的诗人的时候，我们对于现代主义的赞叹和惊讶就要大打折扣了。两种生命处于两个历史空间之中，可是生命和生命之间尚可以比较。比如雨果，无论如何他是我们所能观望的诸多高峰之中最高的山峰之一，不可逾越。峰巅连接着白云，当风雨来临的时候，他却不沾一丝雨滴。

他那剧烈而曲折的炽热之爱既是对整个人类、整个异性，又是对一片具体的土地、一个具体的人。很少有人能达到那种爱的浓度，创造那种爱的奇迹。他勇于献出自己、粉碎自己，也理所当然地得到了应有的回报。他在危难中逃窜，被自己的爱人所救，即对她忠贞不渝。这些爱的奇遇，传奇般的情节，也是对时代伟人的最好注脚。平凡的人是不会拥有这种奇遇的；如果说这些奇遇寻到了伟大的人物，还不如说伟大的人物神奇而惊险的灵魂，在很早以前就开始锻造这一情节的链环。

他的戏剧作品只是他全部作品中微小的一部分。他以全部人生、全部历史而不仅仅是以一个法兰西作为自己的舞台。他以自己为主人公，演出了一出多么狂放的戏剧。观众也是长长的历史和人类。人类将在长达几个世纪和更加漫长的时光中，为他的杰出表演、为他朴实而真诚的表演，报以热烈掌声。掌声消逝了，身影却又一次出现。他在天穹的背景上时隐时现，威严的目光、和善的目光，不时地投向大地。那些狂妄的政客，那些攫取了权力和财富的傲慢者，在他的目击下变得如此渺小。

不是诗人因为他的存在而自豪，而是人类因为他的存在而自豪。人类的所有行为，创造性行为，在本质上都是一样的。它们与生命的关系都是一样的。所以他的劳动和歌唱，可以代表人类生命最本质的激情，可以代表一切。

理 解

从照片上看，她是一个安详的、足智多谋的老太太。她历尽沧桑，在临近终点的时候如此平静坦然。是的，她走了很遥远的路，年届高龄，荣誉像山峦一样堆在双肩，她却并非脚步踉跄。

在法兰西学院，她是唯一的女院士。她的作品不像一个女性写出来的，而显现着男性的热烈刚毅和确凿无疑的口气。她曾经长时间与女友生活在一起，在海岛，在远方。她很少在自己的故国生活。她习惯于从远处回视这片热土，孕育自己的激情，从古老的传说之中，从东方，获取她艺术和思想的养料。她甚至写到了中国，写到了秦王朝，写到了东方一位杰出的天才画家，怎样在专制的残暴君主面前绘出了真实的山水和船，并乘风而去。这个绝妙的想象代表了她对东方的说不尽的好奇和特异神秘的想象。她的想象是有根据的，东方神秘主义强烈地感染了她。她以一个西方人的目光遥视着东方的尘埃。

她写了很多历史故事，对一些伟大人物或者是奇特人物，有过深入的、设身处地的理解。为了这些理解，她写下了洋洋几十万言，有的还成了畅销书。可是用我们的眼光来看，它们不可能畅销。那是对历史人物探幽入微的描摹，是不求甚解的、浮躁的读者所不能忍受的。他们不会把它当作美好的精神食粮。可奇怪的是在法国、在欧洲，它的确很合一般读者的口味。这又使我不解。

不停游走的尤瑟纳尔，不会疲倦的尤瑟纳尔，真是一个谜。

从所能看到的一些作品中，如今我们一点也看不到她的惶惑、忧郁和倦意。她的笔下总是充满了强力，充满了那样的一种从容。从关于她的文字中，我们可以知道她有自己的欢悦，自己的奇遇，有她作为一个人应该得到的全部安逸；有成就感、荣誉感，有对她这样一位杰出女性的应有的滋润。

在平庸的现代评论者眼里，一些小说家因为没有固守在自己的叙事性作品领域内，总使其表示出极大的遗憾。可是用这种偏狭短浅的目光去看尤瑟纳尔其人，我们就会发现，叙事的栅栏只能管束住一些弱小的生命，而真正强悍的生命只会踏破这些栅栏。他们是奔腾不息的骏马，可以驰上无边的原野，甚至登上山巅。他们不会以平庸的评论者所固守的尺度和范围去开展自己生命的舞蹈。

尤瑟纳尔写了很多非叙事性作品。她带着自己愤怒的声音，梦幻般的自语，在美洲，在东方，都留下了足迹。她的笔则触摸到了更遥远的古代。这是一个不会停止的旅行者。她居住在荒山岛，在不同的大学里任教讲学，甚至在纽约郊区的一所中学任教。一会儿到巴黎，一会儿到奥地利，一会儿又到美国去过冬，到荷兰和希腊去旅行。她在美国住了十一年之久。当她从广播里听到巴黎沦陷的消息，感到世界末日的来临，与好友抱头痛哭。她在荒山岛上一直居住到第二次世界大战结束，并且在那儿获得了这个美好的消息。她到瑞士居住，在那儿得知自己一部历史小说获得了巨大成功。英国、斯堪的纳维亚半岛，都有她的居所；她到法国北方旅行，去比利时参观母亲童年时期的旧址，再到德国度过夏天，到荷兰居住，而后回荒山岛——加拿大讲学——意大利居住——葡萄牙和西班牙等地旅行……这个时期她写出了自己悲喜剧形式的作品。

在美国南部黑人居住地,她参与了反对种族歧视的斗争;就在那个夏天,她到了苏联、巴尔干、冰岛等地。之后又到波兰、捷克、奥地利、意大利北部……但她仍然要返回荒山岛。

她一生获得了那么多的奖赏、那么多的荣誉;她没有获得诺贝尔奖,大概也是一个令诺贝尔奖感到遗憾的一件事情。

她一生未婚,但并非一个人居住。她拥有自己美好的爱情。她对爱、对人生,都有独特的理解,所以也就有着奇特的实践。她获得了自己的欢乐,就像写出了自己的无与伦比的作品一样,我们只有理解和尊敬。她的名字使很多男性作家、使一些拼搏好手望而生畏。她在法国被称为"不朽者"。大概在很长一段时间里,她都会是一个"不朽者"。

我们期待着自己的民族在现在或者是不太遥远的将来,能出现一个类似的人物。我们是指这样的一位女性,有尤瑟纳尔般的强力、博大、放松和自由,有她那样的自信和自主,没有什么力量可以伤害和磨损她。她自己茁壮地生长和成熟,完成自己。真正的艺术是没有性别的,眼前的老人就是一个最好的说明。但是读者的眼睛会看到她的性别,会从性别的区分中寻到自己特异的尊敬。

在不凡的伟人行迹面前,我们愿意理解一切;在那些卑微者平庸者面前,我们愿意怀疑一切。无限的理解和绝对的怀疑,就是我们的态度。因为有时候那些特异的人物的确是不可理解的。我们就在这不可理解中获得了宽泛的理解。他们的行为不仅使我们敬仰,而且使我们愉快,真正来自生命深层的愉快。我们看到的是整个人类的奇迹,是我们人类在奋勇拼搏和攀登之中所能触摸到的极限。这极限由于那些杰出的个体而不断地扩展，他们增大和拓宽了我们人类生存的空间。他们保持了记录，人性的、探索的、想象的，各种各样的记录。这些记录是我们人类倾尽一切努力对世界作出全面证明的过程中所发生的，是用生命的汁水标记的，用整个生命刻下的。这些标记将永远不能销蚀，永远在人类的历史长河中熠熠生辉。人类将为自己而自豪。

不倦的水

总难忘这样的场景：干旱的地垄不见一丝水汽，庄稼的叶片垂下来，太阳烤了一天。暮色来临，绿色的叶片还没能在夜气里舒展。土地多渴，它们需要水。车水的人到远处去了，到更需要水的地方去了。这里只有等待他们归来之后，才有可能让一点珍贵的水濡湿这焦干的土末。这里需要解救，这是一个角落，它不是大片的土地。可是角落也会干渴。

等啊等啊，天完全黑下来，第一颗星星出现了。车水的人大概被第一颗星星所牵引，来到水井旁。很深很深的井。上面有一架老式辘轳，发出吱纽纽的声音。水斗被扳来扳去。水斗里的水溅声是世界上最美妙的声音。可惜水井离那片稼禾还有一段距离，一条弯曲的水道顺着茅屋后墙绕过来。

水道也是干渴的，它吃进了许多水。首先是它饱吮一顿，然后才舍得把水送给这边的庄稼。那水流，晶莹晶莹的水流，在灰暗的夜色里闪着光，吃力地往前蠕动。水道洗了半截，后来又是一寸一寸往前——好不容易才走到田里，一个地垄一个地垄开始喂水。半夜，甚至是一整夜的时间才能浇上一半地垄，剩下的只有再经历一整天烤晒了。那多么可怕。

他想象自己就是那个没有来得及浇灌、苦苦等待的干旱庄稼。他是一株烟草、一株玉米。他伏到井上，发现水在很深很远的底层，像一面镜子。它映出了他，不甚清晰。那是一面安在地层深处的镜子。他还扳不动辘轳，水斗也被取走了。在这干旱的季节，只有很深的井才有水。他当时误以为这是一口取之不竭的水井，但后来干旱的季节过去了一半，才知道平原上很多的水井都干涸了，连机井也干涸了。这使他害怕起来。

这口砖井打在了特殊的水脉上，它总算还有水，尽管这水离地表越来越远。

在记忆中，这是一口多么珍贵、多么清澈的水井。它供很多人饮用，供一大片土地浇灌。他不记得后来饮用过比它更甜更清洌的井水了——无论怎样的自来水都远远比不上它的清澈和甘甜。他觉得拥有这口井的人，应该是聪慧而美丽的。果然如此，他看到了那些以这口井为生的人，都比其他地方的人要完美许多。多少人在这里汲取，多少树木、稼禾和土壤被它滋润。它像不知疲倦一样。有时候，他偶尔想到了它干涸的那一天，就感到了一种深深的悲哀和恐惧。因为在他看来这是不可能的，这像末日。它被不断地汲取，在地下，它正一点一点汇聚和渗流，然后又等待新的汲取。大地奉献了这个甘泉，这个甘泉表现了最大的慈爱和无私。

到后来，当他去了远方，经历了许多，特别是走进了自己的写作生涯之后，回忆起这口井的时候，才有了更多的理解，有了新的联想。

一个作家和一口水井、一个泉是那么相似。干涸了的泉很多很多，它成了一个令人同情的废墟。泉可以因为各种各样的变故而突然中止；慢慢干涸，被汲取干净，变得空洞、干燥，那是非常悲凉的事情。是的，很多这样的泉，它们由于离地表或太浅、或远离了地下的潜流和水脉……

有像母亲一样的不倦的泉，这泉被无限地汲取，不停地浇灌——靠它的滋润，我们看到了一片蓬勃和葱绿。不停地汲取，在深夜、在凌晨、在烛光下，我们看到了汲取的身影。由于它连接着土地深处，那些看不见的脉系和支流在这儿汇集，每时每刻都在汇集。这储藏的过程是缓慢的，看不见的。因为它的生命就是水、是流动，是随着时间而延长的鲜活，所以它永远是这样。

同是一个泉中流出的水，每时每刻都是新的，是生命的一个过程，一个阶段。时间在流动，水也在流动，这些似曾相识的水连结着很长的生长。它似乎没有个终止。联接地脉的水和泉就是这样，人们不必感到惊诧。惊诧于一个泉的不倦奔流，等于惊诧大地的力量、生殖的力量、收获的力量。

泉水只是大地呈现给我们的一个隐秘的窗口，我们通过它打捞的，是无限的生命的奥妙。一眼泉水也许代表了很多我们无法理解的深邃，只要它与大地融为一体，只要它是大地上生长出来、开掘出来的，那么就会有不息的奔流。

一个作家有自己的高产期、也有自己非常艰难的滞留期。这是他自己的不同阶段，不同色彩；是他这个生命不同的侧面和季节。他会遇到自己的干旱时期，也会有自己涨水的日子。在自然天籁不停地发出歌唱的时刻,他会以自己骋驰的饱满的水头扑向他眷恋的土壤。当他的肌体被不断地磨损,回到了苍老的晚年,那么由于它的水脉还强烈地涌动和渗出,也仍然还不能干涸。泉的四壁在不断地剥落,时光想摧毁它,拆掉它,让它坍塌。最后的一天真的不远了。可是它那蓄起的激情仍然不能消失,那简直是在不停地涌动和渗流之间结束了自己的一生……即便在最后一刻,他也仍在奉献自己仅有的一滴水。这滴水汇入了涓涓细流;这水流是戛然而止的——就此,大地接受了他一生的馈赠。

大地的引力

精神是向上的一棵树。

一开始它可以笔直地往上,长得很高很大,成为一个巨大的存在。杰出的人物就是一棵思想的巨树,他是向上的、挺立的;他永远不会在地表爬行、蔓延和匍匐前行。它始终是向上的。

土地培植出不同的生命,那些龌龊、阴暗和渺小者,精神就没有向上冲腾的力量。他们始终像甲虫一样在土地上蠕蠕而行,留下紊乱的痕迹。而巨人的精神腾向高空,与空阔对话、与雄鹰为伴,与来去荡动的气流和雷霆、云彩星月过往。

大地作为精神的生母,它有巨大的鼓舞力和感召力,它仍然对向上的精神有一种不可逾越的引力。这种引力会使一个蓬勃向上的、越升越高的精神之树发生弯曲。

是的，任何伟大向上的精神都不是垂直的。但是它却不会轻易倒向土地。倒塌之时就是死亡之时。它又不会沿着地表像甲虫那样爬行，它要向上。尽管精神之树会有弧度、有倾斜，但它始终是努力向上的，奔向空阔的。也正因为这独立向上的精神在大地的引力下会发生倾斜，所以无论多么强大的精神也都需要支撑——这会延缓它倒塌的时日。

精神之树的崩裂与倒塌，在一个真正的人那里，就是躯体的倒塌和崩裂。他愿意使自己的生命在那一刻走向结束，因为肉体和灵魂紧密结合了。但越是强大独立、长得苗壮的精神，就越是缺少支撑——他身边的那些也许还弱小和纤细，不能与之构成支撑。这就是精神的悲剧。

鲁迅在当年很难找到一个同等量级的对话者，先生的痛苦可以预料。他是在黑夜里"荷戟独彷徨"的人，他说自己又像一个在荒漠上大声呼喊得不到回应的人。我们就此情景可以看到精神之树长得很高，而由于自身的重量，由于大地的引力，它正艰难地挣脱弯曲与倾斜的命运；可巨大的引力总要扳折它，使其倒塌……先生用力地支撑、向上。

这个时候如果出现一些有力的同行者，一些与之对话者，先生就有了强力的支撑。

先生当年的对话者极少。一些人离他非常遥远，很难对话，很难听到回音。而另一些人干脆就是一些中伤者和砍伐者。在这个巨大精神之树的四周有一些可爱的小草，它们奉献出自己的露滴，甚至是巨大的热情，蒸腾的水汽，来润泽先生，支持先生。先生看着它们，一脸的慈祥和温厚。他把满腔热情和希望告诉它们，用自己的身影为它们遮住风寒和毒日。可是这些小草，还有它们当中长起的一些纤细乔木，终于不能够伸长手臂去撑住。巨大的、倾斜的、被大地所吸引的精神之树，独立顶起那种难言的沉重。他又不能停止生长，一刻也不能；他要向上，停止向上的一天也就是僵化和死亡的一天。可以设想，如果有了支撑者，那么他就稳定多了；如果出现了众多的支撑者，那么它们在相互的依靠和援助中就可以更为稳定地在思想的高空里坚持许久。

在那个黑暗时世，在险恶的人兽丛林里，是极少有这样的乐观的。在这片奇特的土地上总是演出着类似的悲剧，没有终止，一幕一幕，何曾相似。

比起先生的茁壮和强力，其他一些向上的精神也就孱弱细小得多了。但令人敬仰和钦佩的是，他们在这土地的一以贯之的巨大吸力之下，还仍然向上，仍然企图茁长，迎向一个空阔。

但可以预料，他们独立支撑的时间会更短，他们迎来的支援也将更少。一个接一个的精神之树在倾斜、愈加倾斜，最后是不甘屈服地轰然倒塌……

这倒塌之声甚至都很微弱，激不起什么回响。只有听觉敏锐的人睁大了一双惊惧的眼睛，在深夜爬起，迎着发出瓦解和倒塌的那个方向，静静地出神，久久不能安眠。在北方、在南方，在四面八方的夜色里，不断传来这种倒塌之声。即便是夜晚跌落的冰凌、寒风，也不能将这声音遮掩。

大地的引力使一切都归入它的怀抱，将其溶解、腐蚀，最后又滋生出新的生命。这些生命各有自己不可回避的选择，有的向上、有的向下。向下的很快化为腐朽；向上的呈现出一片生机——但只有继续向上才能成为一棵直立的大树。而大地有一种不可更改的引力，它会让其弯曲，呈现出自己的坡度。

再出现一些茂长的、类似的树吧，让它们也构成相互的支援和支撑。那将是多么壮观……这恐怕只是一个美好的梦想。

大地的引力是不变的，它滋润出的生命却是不同的，有的那么茁壮，有的那么弱小。永远挂着凄凉微笑的，是那一片绿草；当冬天来临的时候，它的绿色就会褪尽，更为短暂的生命也就结束了。可是它毕竟为大地留下过一片绿色，用它的微笑支援过高空的大树。

不幸的消息接二连三地传来，他们都是杰出的人，难能可贵的人；是一些在这个时代里最为需要的生命、声音、思想、精神——可是他们都化为一缕轻烟飘去了，终于将自己的梦想汇入了高空云层。在梦想里他们是展翅飞渡的雄鹰——可是有谁知道这个时代里已经发生和正在发生的永久的悲悼呢？

浪漫的时代

任何一个时代里都会有一些极浪漫的人。他们四处游走，为自己的心灵，为这个特异而复杂的、变化着的世界而激动和歌唱。他们的吟哦之声或被记录下来，或播撒在广袤的田野和熙熙攘攘的街巷。可能由于这些生命性质的不同，机缘的不同，他们的歌唱有的得以存留，有的则很快遗失和消散了，不留一点痕迹。

在我们人类的历史上，大概还没有任何一个时期像盛唐那样，留下了那么多的声音。通过这声音，我们似乎可以遥测到那个时代浪漫的实质，它所固有的斑斓色彩和绚丽耀目的色泽。我们往往更多地回想起在人们口口相传、在浩繁的文字记录中所闪现的那些繁华和富丽，它的雍容大度、宽厚和广博，却很少想到那整整一个时代的浪漫。

一个时代生存着那么多杰出的人物，他们严峻而专注的目光、痛苦而深邃的心灵，永久地感动着不同的民族。他们的天真浪漫、超绝的幻想、万丈才情，在长达几个世纪里让人惊愕。

马上浮现到我们脑际的有伟大的浪漫诗人李白，现实主义诗人杜甫，还有所谓的山水田园诗人孟浩然、王维，边塞诗人高适、岑参、王昌龄、李颀，有新乐府运动的主将白居易。除此而外，还有韩愈、柳宗元；从孟郊、贾岛到李贺，再到杜牧、李商隐；从初唐到中唐、晚唐……盛唐时代出现了那么多的诗人、散文家、通俗文学作家、民间歌谣的记录者和传播者，真是花团锦簇，繁荣空前，诗风绝后。

每个诗人都留下了自己独一无二的故事，他们的道路迥异、命运不同，但都痴迷于有韵之章。这种音韵是那个时代、是他们所处的土地山河所给予的。如果说那是一个物质空前丰富的时代，那么那个时代里也有战乱、饥馑和动荡。诗人们也并非是一些饱食终日、高官厚禄、浑身裹满绫罗绸缎的饱人。他们当中的最著名者，甚至有贫困潦倒、衣食不足、四处漂泊者。他们的歌声就在这漂泊之中，在饥寒的袭扰之下，而变得更为感人，更为铿锵。

历史上，那种独特的、顽强保持着一份精神生活的欲望和能力，与富裕的物质的时代几乎没有什么直接的联系。我们感慨的只是生命本身——他们那么集中地聚汇到一个时代，用同一种方式表现和安放自己的灵魂。他们在自己精神的田园里培育和耕耘，留下了显豁的声迹。在千篇一律的生存的困顿之中，他们就以这不可思议的群体的呈现，展露了一个浪漫的世纪。事实证明，再没有任何一个时代产生出那么杰出的一个群体，浩浩荡荡，声震四野，如同号角，如同奔涌的马群和跌宕的江河。他们就是用这种磅礴的气势，送走了整整一个时代——它逝去了，再未复返。

如同今夜的寒风一样，那个时代也有这样凄凉的令人恐怖的夜晚，有这伸手不见五指的墨色，有这雷鸣一样的震撼大地的涛声——碧水成堆成堆地聚拢，撞击到礁石上，黑色里可以想象它们粉碎的屑沫……就在类似的不断重复的自然背景之下，有人却留下了珠玉一般的文字。

我们的民族因为有了那一段绝妙的、晶莹的镶嵌而自豪和骄傲。

一个时代丰盈的物质、剧烈的追逐和囤积是会扼杀浪漫诗情的。这是一个巨大的不幸，也存下了诸多质疑。如果说唐代的宽袍长袖更不利于野地奔波的话，那么当代人似乎可以走得更远。如果说当时的木船和牛车只会不可忍受地爬行，发出欸乃之声，吱纽的叫声，那么现代的交通工具是可以把我们驮载到理想之地。

可悲的是一切恰恰相反。

原来人灵的生命之中一旦缺少了浪漫的情怀，一切外在的帮助都无济于事。一颗被麻木和污染了的灵魂才是无可补救的。古人的美好的明晰的目光似乎直投向今天，投向我们。在他们平静而温厚的笑容里，我们显得有点悲惨可怜,简直是衣衫褴褛。脸上没有一点儿红润、苍白而消瘦的当代人,已经完全与他们失去了对话的能力和竞走的能力。我们不仅在体力上远逊于他们,而且我们已经没有能力谱写出美丽的动人的当代韵节了。

可以设想一下,在很久以前的那个春天,土地的颜色、山脉的颜色,还有这一切之上所茂长的春草、鲜花、肥硕的叶片以及溶化的冰水,绿色的河流、海洋、鸥鸟、猫与犬、草兔,一切的植物和动物——我们完全知道它们今天有了哪一些改变;可生活在它们当中的人类却发生着更为巨大的变化——从衣着到肉体,从目光到心灵。他们甚至不会吟唱了,恐惧畏缩了。发生这一切的奥秘到底在哪里?又是什么催化了这些变故?

难忘那一天——可能是个早晨,大诗人李白登上舟船,刚要挥动槁桨,就听到岸上有人踏着节拍,为他唱起了送别的歌声。大诗人于是感叹道:"桃花潭水深千尺,不及汪伦送我情。"桃花潭、汪沦踏出的节拍、昂扬的歌声,那美好长旅的开端,深深地吸引着我。那是怎样的倾诉、怎样的情怀和怎样的生活。

今天到哪里寻找这样的友谊、这样浪漫的人生?那个不断踏动着节拍、啊啊大唱的汪伦又是怎样一个人?怎样的装束?还有,他的年纪?一个人竟能用那样的方式送走自己的友人……

这咏唱了几千年的诗句,人们已经烂熟于心,对它所有可能含蕴的那种青春动人的质地却大大地忽略了,这就是"熟视无睹"。人们不再去想象"岸上踏歌声"是从怎样的一片土地上、由怎样的一种人才能做得出来。

从这再平凡不过的送别之中，我们看到了人类的变化（蜕化），看到了世俗人心的变化。我们永远为那样的情景所迷醉，向往着，但已经难以回返。我们的躯体和灵魂被当代无形的世俗之锁给固定了，难以举步。我们只能透过千年风烟遥望那个浪漫的时代，只是不尽的喟叹和感慨。

怜悯

人在许久的憎恶之后如果回不到怜悯，这种憎恶至少是多余的。它甚至会使自己通过肤浅之路而走向偏狭和无聊。

发生在人群中生活中的一切恶意、一切不齿的伎俩，都应触发人的怜悯。怜悯不同于宽容，没有怜悯之心的人也没有什么资格去谈宽容。如果没有爱，不会被纯美的东西所打动，不会为此激动、燃烧和献出，而只有忌恨和恐惧，在漫长的生活里也就不会拥有宽容。心灵上的贫寒、自卑、挣扎和物欲的折磨永远伴随着、缠绕着，那多可怕。这种缠绕有时也会产生出一些小欢欣，但那是卑微者的快乐——同样值得怜悯。

午夜的宁静可以教给人许多许多，可以让人想到辽远开阔的往昔、循环往复的时光、川流不息的人群、逝去者和后来者。它就像安静的漫漫的夜色一样，追寻着自己的朝夕。在这样的循环中，人类也只有求助于爱、真正的爱。要爱得非常真实、非常具体，要对生命感到亲近，要尽可能多地去爱护和珍惜。

在一些小欢欣之中可以看出某种无奈，在抚摸伤痛的同时却会看到一种绝望。这是让人垂泪的情景。

任何刁钻狡猾的盘算，都像拙劣的儿童游戏。这一切可以交织成罪恶，可以呈现出令人发指的凶残。善的巨手或许能够将其扼住和平息。但这往往只是停留在想象里。恰恰在无头无尾的追逐之中，真正的怜悯扩大开来，渐渐笼罩了自己——自己微小的生命也在这怜悯之中，但它不会祈求宽容——来自他人的宽容。因为在这未知的无法遥测的广漠世界里，自己的命运既无法期待，也无法预知。

这怜悯由他人到自身。怜悯的根源原来来自星河，来自未知的苍茫。他不得不求助于梦境，求助于浪漫的想象。对于善的想象，是浪漫的一部分；善的力量、善的根源、善的结果和来路，都是它的组成部分。借助于这种想象，人在提升自己，达到前所未有的高度。这就是他最后的愿望，他的奢求了。这种奢求渐渐会化为非常具体的行动。他同情和帮助一切弱小和衰老，在他的能力所及的范围内，辅助他们、安慰他们、浇灌他们和指引他们。在一株木槿、一株缬草面前，在一只猫咪和一只小羊面前，他都同样和善地微笑。他注视着它们，那目光是如此的纯粹、无欺。他感到万分遗憾的是与它们之间失去了共同的语言，他与它们只可以用神色相互交流，那么他如何表达自己的知遇和友爱呢？

种种困惑、阻隔的尴尬不断发生在生命之间。他如何能不对这种境况感到怜悯呢？这怜悯之心是神灵所赐予的。有了这样的心情，生命就不会变得卑劣，就不会堕入无底的深渊。只在那个没有尽头的黑暗里，生命才会感到真正的恐惧。还好，知性的曙光一次又一次照亮了大地，人类就在这光泽中往前行走。他们在阡陌之中寻到了曲折的小路，然后又奔向山巅，踏上坦途。

只有在精神的高原，在至高的山巅之上，他们才可以看到大地的局部，那里生满了棘藜或开遍了鲜花。有的地方汪起了一片黑色的龌龊和肮脏，而有的地方却泛动着清洁的水流，茂长着碧绿的蒲草；铃兰花开得那么美丽，还有卷丹和葱绿的节节草。一些形体丑陋的生物绞拧一起，疯狂争夺。有的在黄色硬块的诱惑下匍匐在地，沾满污浊，死亡的深渊离它只有咫尺。

一切都要结束了。当地表的雾幔蒸腾起来时，这些都将消失。

他很想走进大地的局部，走近它们身边，用不同的方式送去共同的心愿，可是来不及了。他只有无限的感慨，怜悯着。他与其他人完全一样，处于共同的时代，穿着共同的衣装，甚至操着共同的语言。这恰恰是隐秘之极的，是意味深长的安排——正是这一切才遮去了人与人之间巨大的差异。他可以将自己隐入群体之中，用共同的语言来掩去心中的怜悯。

他的沮丧和悲伤只在很少的一段时间内出现，这时候他才是不幸的。绝望一旦攫取了他，他就要费力地挣脱。这种自我挣扎，一次又一次使人精疲力尽——他即将衰老，肉体已经感到了疲乏；只有灵魂之河还生气勃勃、不甘屈服，有时甚至是很强悍的样子。可是这灵魂将失去寄居的肉体。

他偶尔会明白自己是被指派来的，是被善的手掌和知的手掌给委托来的。他有一个不自觉的、早已存在的使命，在催促、启迪和感召。每逢有了这样的觉悟，他就感动得泪水涟涟，不能自已。他用悄声细语表述着自己的感激和坚硬的决心。是的，如此这般地做下去，期待下去和呼唤下去。他不期望得到回应，但是他却不能销蚀其他的希望。即便是石沉大海般的沉默，他也不会愧疚。

他做着、怜悯着，因为他明白他自己首先就是一个被怜悯的生命。这种恩惠是一辈子也难以报答的，爱和感激都缘此而生。

就为了这个觉悟，他要百折不挠，献出自己，献出自己的全部。

你在不为人知的田园中

原野融化了你，绿色遮没了你。你在不为人知的田园中……

那时你还是一个蹒跚于树荫下的孩子，手举果实，脚沾泥土，微笑和惊讶着，看着所有的陌生人。这是一个生命走出的最初一截路。

类似的图画仿佛在很多地方都看到过。

仅仅是三十多年的时间，一切竟发生了如此巨大的变化。每个人都不得不接受自己的荣辱，接受那一无所知、无法预测的命运。重新见到你，简直不知该说什么。寒冷的雨夜，温暖的秋天，丰硕的果园，一起奔波的记忆……在清水奔涌的渠边捉鱼，一条黄狗毛色像金子，迎着跑来。你说它有真切可感的笑容。它跑到玻璃缸前，看看里面仅有的一条小鱼，又抬头看看我们。

园艺场的机井旁，四周开满了千层菊，浓烈的药香一阵阵扑进鼻孔。你在这儿交给我一本书，那是法国人写的一本难懂的读物。

那时我们是一对没有性别的伙伴。

当你的头发变得乌亮柔长的时候,就开始脸红了。乌黑的眼睛闪烁着,的确让人想起夜里的星辰。我们一起到那个不远的小村,在卸了辕马的木车旁徘徊。月亮白净可爱,四周没有一点风。好像是一个秋末,地上铺满莹光。不远处牲口的咀嚼声、喷嚏声,异常清晰。有一个人,好像从村子一端拖拖拉拉走来,咳嗽,吸烟,远远闪着一明一灭的炭火。另一边,辗盘的那一边又出现两个黑影,他们搀扶着。你说哑巴老婆病了。他们一直往前走去。果然,一会儿传来了呻吟声。赤脚医生拉亮了屋里的灯,明晃晃的窗子被树影遮去一半。

这些场景已经在脑海里凝固。你就是那月光、那深夜静止不动的榆树,还有那若有若无的、秋末香甜清洌的气息。火烫的额头可以抵御寒冷。你从未有过瑟瑟发抖的时刻。即便在呼啸的北风里,也仍能看到你热汗涔涔、容光焕发的模样。

几乎没有分别的记忆。在那个混乱而匆忙的时刻,什么都难以顾及。我想,人们如果再从容一点,那会编织出多少相互重复的、甜蜜而古朴的故事。

彼此没有任何消息,真的遗忘了。在遥远的大山的那一边,某一个夜晚,被周遭的狗猛烈的吵叫惊醒了的孤独旅人,搓搓眼睛,看看窗外星空,突然疑惑起这是在那个园艺场,在一片碧绿杨树下的房舍旁。

你像一匹健壮的毛色闪亮的小马,闪动一双又大又亮的眼睛。多么健壮,油光光的躯体,长长的腿,多么适合在原野上跳跃和奔跑。你只是温驯地站立,身上的热气烘烤着,如此温暖,像一片春阳。

这种感觉,这些故事和怀念,大概属于一切自然而淳朴的旅人。无论何时何方,它们都一再地闪现,涌出和演变人们仿佛能在俄罗斯的故事中,在欧洲人的传奇中,也看到类似的感慨喟叹。

这种重叠和重复连缀起真实的人生。它太美好又太平凡,因而也太值得珍视。所以人经过漫长曲折的道路之后,仍然要走到这种回忆之中。它是无可逃脱的、包罗一切的情感之泥。在它之上播种心灵之籽,看着它抽出碧绿的叶芽。

可是后来的故事就有些离奇。这离奇如果不是出现在书本中,不是在拙劣或技巧的编造中,也就更为惊心动魄。

一个偶然的机会听到了你的名字。可是这名字却是和一个强盗的名字连在一起的。这使我身上一战。二者之间巨大的反差,出人意料的结合和追随,让我惊恐不已。我想有时间会搞明白这一切的。

一次漫长的跋涉,我又接近了那片土地。后来几乎是很偶然的、毫不费力的,我在一个场合见到你和那个人一起出现了。

我只是草草地看了你一眼,就转而端量那个强盗。

这是一个不折不扣的男人:高大、黝黑,挽着裤角,一双野性的眼睛,两道剑眉,头发很短,脸上有刀痕,有牵拉得很厉害的肌肉。他的嘴角之上全是倔强和蛮横。无论女人一旁怎样亲切地叙述和介绍,他的脸上仍然没有一丝笑容。我看到他的腰上垂挂着一把带皮套的匕首。那对逼人的目光盯得人难受。还没容我得出一个完整的印象,他就把你拽走了。

再见到他们就不容易了。关于他们的消息很多,都是断断续续,依靠连缀才可以完整。

原来那个强盗有一段时间毫无顾忌地打家劫舍,进出了几次拘留所,治安人员竟与他结成了朋友，他可以更加胆大妄为。四周的工区、园艺场、林场、村庄，都像臣民一样迎候他。人们常常看到他狠狠地揍自己的妻子，把她打得遍体鳞伤、死去活来。

这个强盗不知从哪儿搞来一匹枣红马，把她撂在马背上，鞭打快马，在林间小路和宽广的柏油路上同样急驰。轿车、卡车驶来时，他故意让马蹄放得迟缓，在阵阵的鸣笛声中横着来回溜达。到最后驾车的人才明白遇到了谁。他哈哈大笑，打一下马，驮着自己的妻子扬长而去。

最后一次见到你，正逢你那个心爱的强盗触犯了更严厉的刑法。这一次他大约要经过十多年才能回到身边。可是你一往情深地等待他。

你隐入了一片田园。我在朋友的指点下，有一天找到了它。

我惊讶地看着这天底下最美丽的一片田园。各种树木都修剪得极为精心，沟渠、田垄、边边角角，都修砌得笔直、平坦、光滑。那是个秋天，桃子、葡萄、苹果都结出了丰硕的果实，气味颜色实在诱人。主人就是这位健康的、被太阳晒得发黑的三十多岁的妇人。你用粗糙的手端出刚刚摘下的水果给我们几个客人，笑容告诉我们，你有多么柔软的心肠。大概由于过分的孤独和思念，你的额上添了一道浅浅的皱纹。一只蜷毛狗匍匐在脚边，吐出半截舌头，看看主人，又看看客人。

有人不合时宜地问起了那个强盗，你长叹一声："他不算好，可别人更坏。"

"别人是谁？"

你笑笑："都一样。"

一个梦想

……这个梦想不是后来,不是在年复一年的忧烦之中萌发的,而是滋生于许久以前。梦之根扎在童年或是更早的时候。

他想拥有一片田园,在海边,最好离他的出生地——那个小城不远。它应该是一片淳朴的土地,筑着洁净的田埂。秋天,落叶在田垄里被风轻轻驱赶。春天,修剪下的果树枝条被一匝一匝捆起,归拢在园子一角。有一座很小的、可与整个田园和谐相处的茅屋;有一眼清澈旺盛的井水;有狗和猫、牛羊。他将善待它们。它们也会像挚友和伙伴一样理解他。让他来侍弄这样一片田园吧。他在这里劳动、流汗、迎接自己的客人。当他忍不住要写点什么的时候,就找出纸和笔。还有,他将在这里阅读自己最喜欢的书籍,与遥远时空中的那个人对话。

对于他而言,没有比这个再健康、再正常、再诱人的境地了。

有人为它奋斗了几十年,倾尽全力,难以实现。为什么?不知道。人生的羁绊太多了,所以它只能成为梦想。梦想是美好的,梦想一旦实现之后,或许又要被新的梦想所替代。有的梦可以做得很长,一个实现的梦境也可以存在很长,但不会难以消逝。

未来田园的篱笆上生出的豆角才是最青嫩最美丽的。那儿开放的芍药花和宝铎草,将是世界上任何一片土壤都难以生出的芬芳。它们是人的深爱。它们像恋人美丽的异性,存在于那片田园、那片干净的泥土。客人与挚友、可以倾心交谈的人,都会找到一个最好的去处。当然,它在一块大陆的边缘,地球的一角。没有生人、不速之客会摸到类似的地方。

在这里，人可以抵挡双重的侵犯。如果说人对这个世界负有自己的责任的话，那么作为一个生命，用心地耕耘了一片土地，也就足够了。或许一个人还有机会做更多的事情——但他只要不是人类当中的懒汉就足够了。慵懒、掠夺，这才是人生的虚空，是退却。人的选择是自由的，这里也是一个岗位。别人有什么理由来否定他人的梦想、用自己的岗位来否定和贬损他人的岗位呢？别人凭什么说这是一种退却呢？有人认为有意义的生活、真理，都待在自己那个拥挤的街巷、散发着汗味的小小空间……

有人告诉，当年他的一笔交易差点成功。当时他觉得它尽管有不尽完美之处，但毕竟还是接近了一个梦想。他正将一只脚伸进了它的边缘。长长的争执、细细的计划，最后都在致命的损伤面前流产了。这是第几次失败？他说不记得了。如今已经找不到一块未受侵犯之地。谁是它的主人？不知道。主人在彷徨、疑惑，自以为是地做了几天主人，而后才发现这命运仍掌握在一个更大的手掌之中。他的土地随时都可以从脚下抽走。平坦的一个田园随时都可以被揉碎，被掘出一片凹陷。

在一块冲撞漂移的、破碎不堪的陆地上，人到哪里寻找这片田园？任何人都不愿把所有的温情爱意投注在一片极不可靠的土地上，不愿冒随时失去的危险。有时在朝不保夕的威胁之中，人难以怀抱自己的心爱，只得远远离开。

我们发现那些有机会获得这种幸福、侍奉着一片茂盛的田园的人，他们与我们都有个区别。他们正从田园上榨取，而并非期待着与之长久厮守；他们并不准备把自己的命运交还给它……

一个人长久地跋涉、奔波，从一个地方到另一个地方。无数的朋友帮助过他，但希望还是落空了。尽管有各种各样的原因，但那个基本的原因从来未变，那就是找不到能够决定一块土地命运的人。有时候机缘似乎出现了，但后来发现仍是一个虚幻。

一个人缺少了这样一片田园，无论走到哪里都像在流浪。

有些得意的流浪者已经忘记了人生凄凉，客居异乡，在危楼里饱食终日。长此以往，怎能不误解眼前这个世界？他站不到一个支点上与这个广大的世界对话。他没有自己的立足之地。这片田园抽象而又具体。它不是一般人眼中的观光之地、安静之地和玩赏之地，而是劳动之地、生存之地。人的生计与它化为一体，人的呼吸也与之化为一体。人为它的收获而庆幸，为它的窘迫而焦虑。施肥、浇水、收获自己的果实，播种、收割、饲养……这些日常的琐碎就是按时的功课，不可中断。它有自己的季节，它不会将人等待。

旅人走在途中，走在通向那个海滨、那片秋风习习的田园之路。这不仅是一种感觉，而是一种真实的行走。这条路本来只有一千多公里，可是我们发现自己走了二十年；或许时间还要延长。旅人很固执，一定要走到那里。他将在真实的田园中使生命得到焕发和充实。也许在那里，他才能得到最后的圆满，带着真正的微笑安顿下自己。

那时候，他的激动将变得具体而深沉，他的欣悦也将变得具体而真实。他将友善地接待每一个人，与他们分享自己的幸福：安怡的生活、内心里收获的这一切。

秭归的精灵

大地上有一线流转的水,它绕过山脉往南,往东,驮载舟船、水藻和人的灵魂。生命之水,无穷无尽的想象和怀念。

无数次吟唱你的诗句,在瑰丽而神奇的思想面前陶醉和钦敬。想象你肃穆和忧伤的面容、风中拂动的袍袖,你怎样抵御严寒、怎样抛洒和排遣自己的焦虑。可是很少想到能够走近你,因为你是不容任何凡夫俗子挨近的那种灵魂。

是这奇特的山脉、郁郁葱葱的林木,特别是这些流转的水,滋生了一个独一无二的精灵。你是它的发声器官、吟唱器官。

终于来到秭归,看到了你如真似幻的墓地,从那个小小的方洞里,窥见了朱红色的棺木。在墓地临近的长江水岸,又看到了龙舟,一排一排,拢在一起。再有不久就是所谓的端午节,就是抛洒粽子、龙舟竞赛的日子了。这片土地上的人用充满诗意的举止,用这个节日来怀念和自娱。

而那个悲伤的、忧郁的、浪漫的诗的精灵,却飞翔到遥远的云端。他在虚无缥缈之间俯视这片不断变幻的土地。这是故地吗?这是他的坟墓吗?这里埋葬了什么?埋葬了一个久远的希望,还是绵绵不绝的浪漫?

这只有那只在云端上歌唱不止的百灵才能够回答。"长太息以掩涕兮,哀民生之多艰"。这声音比这流转的水还要长,永远不会干涸和消失。它化为潮汐和星月的晖光,伴随长流不息的生命。追随那个精灵的有无边的忧伤和神奇的想象。在这之前和这之后,都没有任何一个诗人抒发过这样的情怀,没有过这样精妙和鲜烈的比喻。在那首著名的长诗里,他把绚丽的兰草、菌桂，甚至是薜荔的花蕊披挂在身，又将木兰摇摇欲坠的露滴、秋菊的花瓣，作为朝夕的餐饮。是的，只有这样的衣着披挂和这样的饮食，才配得上那颗洁净透明的、芬芳的灵魂。

吟唱你的诗句，忍不住双泪长流。似乎看到了那摇摇欲坠的芬芳的晶莹怎样渗流和滋润。在这无所不能的惊泣鬼神的吟唱之声里，人类拥有了一次意想不到的致命炫耀。

这个精灵在俯视一片土地的时候，或许会有彻底的陌生感、一种特别的凄凉，让他不忍再看。可是他又不能离去，不能消逝，不能割舍。他属于秭归，属于这一线流转的水。

可这到底是哪里？是秭归吗？秭归又是哪里？那红色的棺木、刺眼的朱红，那拢在一起的龙舟，那各种各样的题词，嬉笑的、怪模怪样的、打扮怪异的游客，这一切又来自何方？为何生成？

精灵带着双倍的叹息和难以言喻的悲伤，浮在云端。不知多少凡夫俗子对他发出了放肆的议论，指责他孤芳自赏。是的，无论在当时还是后世，他都是真正的"孤芳"。在山河大地，在人类的群星之中，他才是一个伟大的奥秘。他用自己的喃喃自语抵御了千万年的嘈杂喧嚣。

令人费解的是，那么多悲哀忧虑，深重牵挂，为什么就不能遏止和阻断那海阔天空的想象，遮去那使人迷醉的、弥漫在天地之间的芬芳？

不能设想在辽阔的北方能产生这样的歌咏、这样的奇迹、这样的神采。请悟读一方崭新的山水，大江之侧的秭归吧。这重叠陡峭和碧绿的山脉在许久之前雾气愈浓，猿声不止，也更为神秘幽远。可以设想那此起彼伏的凄凉而悠长的招魂之声。这儿没有北方的铿锵，却有南方的诡秘和委婉哀怨、多疑和怀念……

诗人诞生于南方的贵族之家，却经历了长长的流放，走入了民间。非凡的素养和宽阔的见识使他更有能力感知真实和理解苦难，进一步取得了代表底层的资格。他是底层的代言人，底层的发声器官。他作为一个生命留下的，只是精神，而不是烦琐的细节；是本质，而不是表象；是他向上的、创造的、劳动的品质，而不是浅薄庸碌的浮层。怒其不幸，哀其不争，永远是一切底层代表者的基本精神状态。他因这种向上的精神而高贵，因情怀、气度、资质而高贵，而不是因为贵族的血脉。我们可能设问：血脉是何物？它又源之何方？我们只能说，它源于绵长不断的水流、膏脂一样肥沃的泥土以及土地的骨骼——重叠的山峦；源于无边的云霭、冉冉升起的太阳。总之，是滋润万物和一切生命的自然天地。

这不是虚幻的假设，而是生命的真实。是的，自然天地间包含囊括了高贵的生命，也有卑下龌龊。只要是一个生命，就必然在它的空间里汲取，并任其吐纳，不会有一个例外。

就是这样一个空前绝后的精灵，人民却没有因为他的飞扬和凌空舞蹈而弃绝厌恶。他们只为他而自豪，并且将他各种各样的故事讲叙下去，让他永远存活心中……

这就是关于一个精灵、关于秭归、关于这一线流转的水的故事。在苍寒的水域，在山风的呼啸声里，我们可以想象诗人艰难的跋涉。他可以衣衫褴褛，吞食粗糙的食物；他可以像耕农和樵夫一样贫寒，但内在的思绪、心情却迥然不同。他就是这样一个卓然不群、辉映千古的人物。他追问天地万物，它的来路和去路，质询不绝。这可以让我们明白伟大的人物必有伟大的关怀,而失却了这种关怀,就没有任何根据去代表底层;既代表不了昨天,又代表不了明天;就会因自己的庸常和平俗而隐化于屑末,埋葬于沙尘。

诗人只能出产于流动的水、不倦的水,沿着山隙漫流、淹没、远去……与之相对的即是愈来愈远的海洋。海洋阔大缈远,无论是今天还是明天,大海都给人这样的感觉。最现代的交通工具也不能使人类丧失这样的感觉——而在远古,海洋对于人类更为迷惘和深缈。

南方的水,流转不绝的水,它诞生了一个精灵……

理性与浪漫

后人常常追述那将近三百年的历史——中国历史上一个大变革的时代,产生了空前光辉灿烂的文化的时代。一个民族几千年来的文化发展和学术思想都深受这三百年的影响。它具有真正的划时代的意义。

这就是从春秋后期到战国。

这片土地上何时出现过这么多的思想家、政治家、军事家和杰出的学者?他们来自各个阶层、各个阶级、各个社会集团。"言治乱之事,以干世主";到处游说讲学,弘扬自己的思想和政治主张;相互论战,派别林立,即所谓"诸子蜂起,百家争鸣"。他们是一个时期人类才华的全面凸显,是人类所具有的巨大关怀能力的全面展现。他们留下的深邃的思想、灿烂的辞章,像山河日月一样永恒。这些辞章有的雍容和顺、迂徐含蓄；有的灵活善譬、气势充沛；有的奇气袭人、想象丰富；有的层次清晰、论断缜密；有的锋利峭刻、说理透辟，阅其文如闻其声，如观其貌。

我们相信那种巨大的激情，不可淹没的理性，正为朴实而开阔的一个时代所独有。他们更为自信，更拥有抱负和畅想力。为了实现这抱负，他们可以跋山涉水，远去他国，宣示自己的见识和主张。

我们仿佛可以看到茫茫大地上往复奔走的诸子们，他们风尘仆仆的身影；身背行囊、面色肃穆，风尘掩不去眉宇间的勃勃生气。各种各样的危难艰辛，都像脚下的土块一样被他们踏碎踢飞；一次又一次的挫折、坎坷、难以言说的磨难，都不能将其吓退。披星戴月，车骑舟船，甚至是饥寒交迫，九死一生。忍让、屈辱、思念、离异，各种各样的人生遭际，都不能使其宏大的志向有一丝改变。

无论从哪个方面讲，这样的一种民族气象都是令人深深自豪的。拥有这样的历史的民族是不可能毁灭的，而参与制造了这样历史的诸子们，也领受了永不泯灭的光荣。他们的言辞和行迹都同样不朽，他们留给后人瞻仰的高大而匆忙的身影，也同样不朽。

当时，无论是出身卑微者还是高贵者，都可以在同一场合辩论；都可以辞锋锐利、言之凿凿；都可以展放自己的一腔豪迈；都可以闪烁动人的眸子。他们试图使自己洪亮的声音直达耳郭与心灵，进而化作日常具体，造福于土地，恩泽于民众。他们既是夸夸其谈者，又是讲究实践者。他们可以同时是一个时期一个民族的智慧之星、才子、学人，又是武士、重臣和旅人；今日直言于庙堂，明日浪迹于天涯。

只有那些从不苟且偷安者才有这样的潇洒、这样毅然决然的气魄。一个充分掌握了自己生命意义的人，才有如此的坦然和果断。

从一片土地到另一片土地，从一个国家到另一个国家，不倦的寻找、说服、宣示、辩论，目标和信念不可更移。这样的人生充满理性，这样的行迹又浸透了浪漫。诸子的足迹经纬罗织了丰饶的大地，绚烂的言辞写就了纸帛和历史。从历史上看，只有在一个民族处于竞争和发展的生气勃勃的时代，才会窥见这一类身影。

应该研究滋生这些奇特生命的土地。土地与土地之间尚存在着差异。当时严酷竞争的现实是，无理性则丧失，则毁灭；无达观则萎靡则衰败。正是这样一种规定性的力量在左右和驱使，诸子百家也就各言一家之理，各展一技之长。没有统一的理法，没有不变的规范。各种约束都消失了，远退了。在共同的机缘面前，它们生长、交替和更迭。

我们所能看到的这些记录很可能只是当时繁华绚烂当中的短短数页，还远不能再现那个盛况空前的时代。可即便如此，也让我们得以窥见盛大的历史舞台上，那一幕幕惊心动魄的政治经济以及文化艺术的精彩演示。

一个时代逝去了，再不复见那汪洋恣肆、风诡云谲；也再不见雄辩和鼓动、充沛的气势、强烈的情感、"沛然莫之能御"的雄风；不见了折理辩难、坚硬的逻辑、朴素的辞章、透彻的思想……在人类历史的长河中，它像一朵鲜花一样灿烂地开放过，然后凋落了。落英遍地，归于时代的泥土。旷阔苍茫的大地，再也没有了他们的身影——诸子的身影。而且他们的气质、才情、行为，都无法效仿。

在几千年后的今天，对他们的模仿会落下不可思议的笑柄。那无异于一场梦呓、精神疾患、狂徒、不知天高地厚者……但当年也就是这样一些"不合时宜"的人物，创造了整整一个时代。那个时代就人性、政治和生活的本质意义而言，都达到了难以言喻的高度。大抵今天再没有一个人能像他们那样，将一己的生命、情趣和利益与宏伟的抱负、开阔的山河融为一体；既不能像他们那样潇洒练达，也不能像他们一样真实勇敢。

我们可以从历史中结识这样一批人。他们用自己的言行把"人"字写在了山川大地上。当代人的浪漫，比起他们来就要大打折扣了。这个火箭和电子集成块的时代已经使诸多事物改变了质地和颜色。从严格意义上讲，我们今天已经没有了诗。我们生活在一个丧失了诗情的世界上。因此我们也将逐渐丧失理性和浪漫。这种估价是非常悲哀的，可是这种悲哀由于并非夸张，而显得愈加沉重和不幸。

我们于是开始怀念那些行色匆匆、口沫飞溅、手掌翻动的辩士们，未敢嘲笑。我们将好好倾听几千年前的声音，窥视厚厚的历史幕布后面那些陌生的身影。

为什么真正的诗意和浪漫常常是凝聚在青铜和生铁的时代？为什么当我们人类具有了更大的发射力、倾听力，即拥有更为现代的科学技能的今天，反而丧失了那种率直、真切和伟大的力量呢？

我们正在遗失和忘记。尽管我们有着更为详尽的、了不起的记载能力，但我们正在遗失和忘记。

这种不幸将不仅属于一代和两代，而是属于未来。

这种不幸属于整个的人类。

稷下之梦

这是出现在齐鲁大地上，文化和学术史上光辉灿烂的一页。不仅是齐鲁，而且整个的中国政治、学术和文化的历史，都因为这一页的翻开而感到欣慰和自豪。它引人想象，给予整个民族的精神活动以极大激励，并影响和塑造了我们的民族。

历史上，齐国稷门下的稷下学宫，终于成为不朽，成为人类文明史上一座永不倒塌的纪念碑。

当年在齐国都城临淄西门即稷门外，建立了"稷下学宫"，召来文学游说之士数千人，任其讲学议论。最著名的学者有淳于髡、邹衍、田骈、接子、慎到、宋钘、尹文、环渊、田巴、鲁仲连、荀况和孟轲等近八十人。他们一律被列入上大夫，给予优厚的待遇，受到极大的尊宠。稷下学宫在战国时代是各派学者汇聚的一个中心。稷下学宫的百家争鸣、名人荟萃的盛况从齐桓公田午开始，一直到齐王建时，前后历史约有一百四十年之久。这种巨大的存在不能不说是中国学术史和精神史上的一个奇迹。

稷下学宫的建立是以政治、经济和文化的全面繁荣和自信为基础的。当时的齐国是整个中华文化经济的中心，而齐都临淄是中国最繁华的大都市之一。在当时，几乎所有的著名人物都到过稷下学宫游访和讲学。稷下学宫的文学游说之士通常被称作为"稷下学派"。

稷下诸子之学并不是一个统一的学术派别，而是自春秋以来多种学术派别的集合体。他们不仅来自不同的国度，而且来自不同的阶级阶层。他们各自隶属于那个阶层和派别，是思想和精神的代表。政治见解、思想主张、理论体系、价值观念和思维方式，相距很大。当时的儒、墨、道、法、名、阴阳、小说、纵横、农家等各派著名人物，都曾经登上稷下的政治学术舞台，宣传自己的思想，合奏了一曲百家争鸣的交响乐章。但无论什么学派，都热衷于"作书刺世"，一个"刺"字标明了他们强烈的知识分子性，同时也折射出那个时代宽容大度的思想政治环境，一种可以茂长学术和艺术的参天大树的丰沃土壤。只有这种土壤才可以发掘和浇灌，以至最后的生长和收获。贫瘠的土地是无法承受这种发掘、冲涮和浇灌的。

稷下学者们研究政治、经济、哲学、历史、教育、道德理论、文学艺术、逻辑学、美学、法学以及天文、地理、历数、医学，讨论天人、心物、知行、阴阳、动静、道气、道法、礼法、义利、名实、王霸、法先王与法后王、人性的善恶、形神等等问题。他们除了研究社会的现实，还要反思漫长的人类历史，描绘社会的未来蓝图。这是何等开阔的文化视野，何等深邃严整的思想体系。

自夏商以来，各地的政治经济发展极不平衡，生态气候、地理环境及其他方面的差异甚多，形成了齐、鲁、荆楚、秦、晋、吴越等各具特色的地域性文化。从《史记》《汉书》的记载当中，我们可以看到不同地域的巨大差别。当时对齐国的记载是这样的："齐带山海，膏壤千里，宜桑麻，人民多文采布帛鱼盐。临淄亦海岱之间一都会也。其俗宽缓阔达，而足智，好议论。地重，难动摇，怯于众斗，勇于持刺，故多劫人都，大国之风也。"

一个"宽缓阔达"，正准确而传神地描述了当时的精神状态、社会环境、风尚习俗。整个社会的特质被凸现了。一个政治集团、一个文化集团的自信，必定来自一片土地的自信，没有这种自信就决不会出现"宽缓阔达"。当时由奴隶制向封建制过渡，处于所谓的社会的大变动之中。激烈的兼并战争已经打破了列国的分野。各国各地区的政治、经济、军事各方面的关系，不同地域间的文化交流空前频繁，正向着融合与统一的方向发展，而稷下学宫则成了这个时期多种文化交流融汇的中心。"我可以不同意你的观点，但我要坚决维护你发言的权利"——这一规则实际上正是稷下学宫最基本的原则之一。尽管诸子都可以直接向权力者建议、讽谏，但是他们并没有利用这种自由和这种机会来构陷，起码没有这样的记载。这是一种基本的、也是一种伟大的现象。这样的风尚和品格才无愧于一个伟大的时代。伟大时代的精神和艺术就是在这样的气度和品格面前结出了丰硕之果。无论阶级、阶层、政治倾向与文化心理结构、思维方式等等各方面的差异何等巨大，矛盾何等突出，自己的理论中心向何方偏移，有着怎样的学术动机和目的，但一种"多元"的思想和文化格局一直没有因为其他原因而受到影响，真正算得上平等共存。统治者在不同的历史时期和历史阶段，面对着不同的现实问题，对诸子学术的取舍和选择利用仍然会有所侧重。但各家各派在学术上却具有平等地位，更不妨碍他们自己的自由探索、开展争鸣的权利。

正是在稷下学宫，存在着当时整个中华思想界最激烈的学术争论和思想交锋。人的文化视野处于最开阔的阶段，人的精神也最为振奋，思维能力也至为强大。稷下学者几乎个个能言善辩。淳于髡与孟轲争论何者为"礼"，孟轲与宋钘说"义"谈"利"，儿说与稷下学人辩论"白马非马"，田巴与稷下学子辨析"离坚白，合同异"；荀况驳斥孟轲的"性善"论，批判宋钘，攻击慎到、田骈，揭露诸子之学的理论缺陷；而邹衍则批驳儒墨的"中国即天下"的思想，揭露诡辩学家们的逻辑错误。鲁仲连则痛责田巴的辩说"华而不实"，等等。

在文字记载当中，稷下学子的辩才可谓空前绝后。那的确是一个学术和艺术的黄金时代。而只有这样的时代才能遭遇和集结如此之多的顶尖人物。伟大人物和伟大时代从来都是并行不悖的。他们支持了一个时代，创造了一个时代；而一个时代也容纳和滋生了这样一些伟大的灵魂。史书上曾记载长于辩论的田巴，说他"辩于稷下，日服千人"——一天可以使一千个辩手膺服，真是不可思议。我们就此似乎可以看到一个居高临下、雄辩滔滔的智者。

在稷下学宫大概很难听到指斥对方狂妄、大言不惭等等责难，即便有这样的指责，也很难成立，因为那是一个挥洒大言、倡扬大言、置辩通理的场所和时代。那的确是一个伟大的时代，是一个被一再颂扬的"宽缓阔达"的时代。

那样的时代是没有长于构陷的智识小人的立足之地的。那样一个时代，关于它的一切记录，都是科学和艺术的一个庆幸、一个梦想。伟大的梦想来自伟大的人类，伟大的人类可以创造伟大的时代。

人类正因为有着强大的记忆能力，她才变得高贵和不朽。

这个梦是会常常做起的，它标示了人类的光荣。

人与事

帕斯捷尔纳克。凝视着你那双有些特异的眼睛、长长的眼角，还有你曾经被人誉为"像骏马一般修长"的脸庞——上面凝聚了人类的全部睿智、坚定、仁慈和灵性。读着你的《人与事》，内向的、喃喃自语般的文字，为你而吟唱和哭泣。

这是来自我们邻近的一块土地上的伟大歌手、精灵；来自你的声音，你的不可思议的诗句。你与同一个时代最卓越的歌手们动人的友谊、幻想、惆怅，都深深地打动着我们。我们自认为在这样寒冷的冬夜可以遥望，走近，可以接受你高贵的灵魂，为它所打动和启迪。

你诞生在一个剧烈变动的历史时期，一个人类从未有过的试验期和冲决期。这个时代既是伟大的，又是匆忙的；既是勇敢泼辣的，又是无知渺小的。它催生了一大批卓越的、伟大而勇敢的人物，又扼杀和盲目驱逐了一大批人类的精英、真正的天才、旷百世而一遇的神奇人物。你一开始就处于被驱逐和被掩埋的边缘，可是你像一棵不甘屈服的楸树一样顽强，存活下来。你不能终止自己的歌唱，正像不能终止自己的爱情和友谊。

你出身于一个高贵的家庭，有着艺术家的血脉。你的父亲曾经为托尔斯泰作过画。你那样动情地、如实地描述着托尔斯泰的面容、举止，这使人想到一个人的来路可以多么深远地影响他的一生、他的学术性质以及他为人的原则，甚至是他的品格和操守。他可以带着先人的因子、他们的风尚走入自己的时代。这种特质也会影响和感染这个时代。无论那种感染力是多么微小，多么不易察觉，它也仍然是存在的。

你以自己的纯粹标示和记载了自己。你的苦恼和惆怅是纯粹的人的苦恼和惆怅，你的友谊和爱情、你自己的伦理观，也是一个纯粹的人所同时具有的。你拥有自己的真实——正是这一点，在久远的今天，在漫长的地域之外，还可以深刻地打动我们，使我们想念和缅怀。我们因为你一次又一次地陷入激动，寻找着自己在这个世纪末的希望和欢乐。这种想象使我们感到幸福、从和安定。寒风和舞动的冰凌都不能剥夺的温暖才是真正的温暖。

当你回忆幼年时期，你这样写道："幼年的感受是由各种惊恐和赞叹的因素组成的""与叫花子、女香客来往，与社会渣滓及他们的遭遇为邻，还有附近的林荫路上的歇斯底里的现象，这一切使我过早地产生了对妇女的胆战心惊的、无以名状的、终生难忘的怜悯。对双亲的怜悯我更是无法忍受，因为他们要先我而死。并且为了使他们能够摆脱地狱之苦，我必须完成某种极其光明的、空前的事业……"

我想，这一段文字可以引起所有仍具有人的感受能力者的深深战栗和震动，并且永志不忘。这才是真正的人类的情怀，一个敏慧的、正常的人的情怀。于是我们明白了，一个人何以伟大、卓越和不屈。在极其幼小的年龄里，他却产生了对妇女的"胆战心惊的、无以名状的、终生难忘的怜悯"。还有，"对双亲的怜悯"使他更"无法忍受"，因为帕斯捷尔纳克明白了他们要先于他而死亡。他是一个有神论者,当时他想到为了他的双亲能够摆脱地狱之火,自己所应做出的巨大努力——那就是完成、必须完成某种光明的、空前的事业。天哪!这是怎样的童年、童年的思想、童年的抱负。

作为一个东方人,我们尽力去想象,想象"极其光明和空前"几个字所能包括的全部内容。我们被震撼了。我们非常感动。我们在想,我们所投入的留恋和全部事业是不是"极其光明的、空前的"。对于我们个人而言,它应该是这样。因为它光明,极其光明,所以就必须是没有污垢的、关于精神的、关于道德的、关于永恒的。这种努力的确是极其光明的。说到"空前",这里是指我们的努力方向,强烈的个性标记。它们是空前的,它们是独一无二的,不能够代替的。有了这种自信,无论是帕斯捷尔纳克还是一切与他的心灵相通的智识者,都应该感到欣慰。在这里,污杂、苟且,还有其他,都当远退、消失和被击败。它们应该被击败。无论它们可以换来多少世俗的愉悦,它们都应该被击败。

帕斯捷尔纳克记载了他幼年接触的音乐家、画家、伟大的思想家、文学家。他记着他三四岁时候的哭声,演奏者,躺在帷幕后边的情景,还有妈妈吻他的额头、怎样哄他,把他抱到外面去见客人;他怎样看见客厅,客厅里烟雾缥缈,烛光闪动。烛光照耀下的小提琴和大提琴,它们闪亮的红色木板,大钢琴显得乌黑,男人的长礼服也显得乌黑;妇女们穿着连衣裙,露着肩膀……就是那样的一个夜晚他看到了伟大的托尔斯泰,看到了他本人!他写道:"这个夜晚像一道分界线横在我没有记忆能力的幼年时期和我后来的少年时期之间。"

这个有幸的人与一个时代最伟大的思想和艺术家会面了。这种会面对于一个生命有着何等奇怪的影响力和制约力。有着这种经历的人是不应该沉沦和平庸的，事实证明后来也果然如此。

在他长大之后，在无数的奖赏、巨大的荣誉和同样巨大的灾难一块儿降临的时候，他没有被压垮。他以自己特殊的方式生存了。他得到了诺贝尔文学奖，可是却不得不被迫放弃，因为那个国度里的权力人物不允许他去领取。他甚至面临着被枪决和被驱逐的危险。可也就在这个关键时刻，最高权力者又对那些野蛮人说道："不允许动他，他是上帝派来的人。"

还有一次，电话铃突然响了，帕斯捷尔纳克抓起电话，那一边又传来了那个人的声音……

他于是得以活下来。在最艰难的时刻，在最寂寞最不能忍受的时刻，厄运将他团团围拢。但即便如此，他还仍然居住在作家艺术家之村，住在那座完好的别墅里。他没有进劳改农场，没有被流放，也没有被折磨致死。

这不由得让我们想到了专制与暴君之间仍然有层次之别。在伟大的文化、思想和哲学的丰厚的沃土之上，与贫瘠之地的智者的遭遇仍然还有一些天壤之别。这使我们欣慰、感慨、喟叹，同时也使我们明白了伟大的俄罗斯文学、伟大的俄罗斯艺术，为什么有着难以消逝的余韵。它甚至可以在苏联时期也发出了强烈的回响，产生了一大批质量决不低劣的艺术家和艺术品。

人与事，事与人，至此才让人明白，灵魂是不朽的，精神是不朽的。

古河之声

　　大地上有许多干涸的河流，它们只剩下躯干，而没有了血液；它们只留下了形貌，让我们追念昨天，想象当年的滔滔不息。

　　时光的尘埃掩没了另一些古河道，使我们连枯干的躯体也不得相见。我们无以考据，也无以感怀。只有在午夜，在寂然无声的一个人的时刻，尚可以倾听古河之声——隐隐的，若有若无的鸣响，流入心的深处。

　　古河是万水之源，是文明的潮汐，是劳动、艺术、创造的源头。现代人无论如何应该倾听古河之声。

　　在人类的记录工具不断更迭创新，从鹅毛笔到钢笔圆珠笔再到机械打字机和电脑打字设备、声控打字机……种种迅速的、目不暇接的、简直无从想象的演化和进化当中，人类同时也在经历着极大的进步和极大的退步。

　　一种难以预料的丧失使我们变得苍白而空虚。我们渐渐丧失了一部分咏唱的能力、喟叹的能力，不得不过多地依赖纸张、集成电路；我们甚至不愿意面对着纸页去涂抹和记录，更不愿像古人那样在物体上费力地刻画心得与思想……

　　自然万物左右于古人的灵魂。他们目击了，感动了，欢欣、伤感、各种各样的情绪，就在窄窄的木条和竹简、甚至是砖石上刻记下来。这是一种笨拙的、费时费工费心的、然而却是更为深刻难忘的记录。生命用刻写的方式印在了坚实牢固、可感可触的物体之上。这种物体是坚硬的，被我们后来人很好地保管了、贮藏了。我们搬动它们，展放开来，寻找昨日的事迹、声息，关于史实和烦琐日常事迹的记录，特别是思想和情感的记录。

这是一个令人惊叹的事实，可是它们都属于很久以前了。

与此相反的是，一些源于土地、源于劳动的喟叹和歌唱，要穿过很多曲折、变形、扭曲，最后才进入我们的记录；它或许已经失去了原有的色泽和气味，再也没有了那种实感，没有了那种凝练和张力，变得平庸、程式化和显而易见的凡俗气。这可以使我们造成极大的误识。精神的触觉不再敏锐，创造的思维不再活鲜。这种无所不在的、陈陈相因的浸染使我们走向创作的末路。

如果我们要依赖典籍的记载去寻觅古老的声音的话，那么它在哪里？那美妙绝伦的歌唱和吟咏在哪里？

于是不得不想到我们的第一部诗歌总集《诗经》。

它们大多是劳动者的直抒胸臆，是真实的生命之声，绝少加以修饰的大地的器官发出的声音，是古人留给我们的一份宝贵遗产。只是由于时光的关系，它们才蒙上了一层古典的色泽，有点令人生畏。它们已被经典化、庙堂化。

那些由劳动者、卑微者吼出的声音，各种各样的声音，包括不平的呼喊、艾怨、嘲讽甚至诅咒，还有恐惧和颤抖，都在猝不及防的时刻变成了"经典"。这或许可以看成艺术的力量、生命的力量。生命化为声响和墨汁行使着它们的权力、它难以抵御的伟大力量。这种力量是任何其他力量——比如说暴政和专制的力量、甚至是遗忘的魔法——都不能够摧折和毁灭的。至此我们又一次理解了艺术与生命奥秘之间的奇特联系，它们的异形同性。艺术的自豪原来就是人类的自豪、生命的自豪。我们依赖艺术、歌颂艺术、寻找艺术，原来只是敬畏生命，只是在寻找生命永恒力量的本身。这一点也不成其为难解的奥义，而是非常淳朴的一个原理。

"坎坎伐檀兮，置之河之干兮，不稼不穑，胡取禾三百廛兮？不狩不猎，胡瞻尔庭有悬特兮？""七月流火，九月授衣""九月筑场圃，十月纳禾稼""二之日凿冰冲冲，三之日纳于凌阴"，这仿佛从地壳深处传来的极为幽远而真切的声音，如同古河之涛。这流动的水，不逝的水，这千流百转的现代之水的源头，就是这样让我们感知着，产生出最大的激动，焕发着最大的畅想。是的，它是艺术和创造的源头。它使后来的其他艺术，所谓的"千古杰作"都黯然失色。它凝结着大地的隐秘，是后来者难以比拟的。

一个人独自倾听的时刻，是最有可能获得颖悟的。在这里，那些充满哲思和另一种魅力的域外艺术难以获得同等地位。因为我们的血脉里流动着古河之水，它们来自同一源泉，是从同一地母的心中奔涌而出的。

是的，这是具有血缘深度的、不绝的激情。我们也许无可选择。这种感动才是更为真实的、无可置疑的。那些催人泪下的奴隶之歌，那些令人神往的远古场景，绝望与挣扎，控诉与祈祷，欣悦与呼号，已经在我们人类精神和艺术的历史上永不消失。它们特别的意象，动人的声气，亲切的口吻；一种凭想象、知觉和悟力几乎毫不费力就可以触摸到的扑扑的人类心跳……这一切都夺人魂魄，让人不知所之。这是人类有可能发出的最感人的声音了。它于是不朽，它于是让现代人倾尽全力地加以模仿一二。

因为它是遥远的河流，联结着远古大地，所以那种神奇的密码存在于我们当中，就像无所不在的种子、因子，分散在现代的所有生命里。它分裂、生长，产生新的变异；从现代艺术中，无论如何也仍可找到它。

它又像一尊难以移动、力大无穷的精神的巨人，可以打败一切的敌手，现代的、未来的，来自其他方向的；纤巧的，诡计多端的，执掌现代技艺的……一切一切的生命都必须仰视它。

古河之声隐隐而来，无边地细碎。从深夜到拂晓，汇成了浩浩潮声，漫卷了黎明，覆盖了一切，充溢了大地。我们屏息静气，侧耳倾听，到后来整个心灵都被它鼓点般的敲击给震动起来。我们不得不因为过分的感激而伸出双手，拥抱这涉过午夜而来的遥远的传导。

纯 粹

不仅是世纪末，也许从更早起，我们就陷入了一场误解：越来越相信依靠机智、甚至是某种狡猾，可以取得空前的成功。这确是一个人人都急于比试机智的时刻，而忘记了它命定的限数。

于是越来越乐于嘲笑纯粹的人与事，对待一切率直、真实、完美与朴素，避之唯恐不及。起码的一点修养和自律也被看作迂腐，看作整个时代、特别是现代精神所摈弃的某种变质之物。

这种可怕的误解将把人指引到一个非常荒唐和严酷的角落。在那里，我们将因寒冷而中止和丧失全部创造和想象的能力。一切绚丽、烂漫、无比美好的精神和现世之果，都将与我们无缘。我们留下的会是更多的痛苦。这些痛苦甚至排斥我们的觉悟，因为时过境迁，一切都有点来不及了。

时光如同逝水。我们只存在于特定的时刻和地段，流失了，即不再复返。新的时代不属于我们，而属于我们的昨天却又不被我们所把握。现实生活只使我们寻觅所谓的成功榜样。其实这种榜样是不存在的。它是我们的臆造之物。

有人认为乖巧、方便、省力的捷径，在任何时候都会存在，在精神之域、世俗之域，都同样存在。其实这是真正的误识。在创造、劳动、精神之域，捷径是不可信赖的。它们既不能通向博大，又不能通向永恒。

人类健康的心灵始终是真诚的、严整的、不欺的，仅靠这一份永远不变的信念和操守，才能走进完美的人生。比如说可以嘲笑托尔斯泰的迂腐倔强，可以恐惧于鲁迅的执拗偏激，总之当代人都可以做得比他们乖巧十倍，但就是永远别想走近这些伟大的心灵一步。

这就是无望而无情的规律，只可惜在世俗世界里往往不被察觉。

可是它们在时光的长河里变得相当显赫。那种巨大的缺失会像山凹一样裸露在田野上，使人在遥远处一眼就能加以辨认。时光和历史是不欺的。在物质主义泛滥的时代，一种纯粹的精神、真诚的生命，虽然时常会受到遏制和磨损，但也唯有这样的时代，这种不可多得的品格才会熠熠生辉。它们照射的可能只是一个角落，可是这个明亮的角落将永远被人记住，并且成为指引的方向。

北斗在夜空里并非是最为显著的亮点，可由于它坚定的立场、不可更移的方向，终于显示出永恒的博大。这是时间和经验告诉人类的，是时间给予我们的参照。正因为那些移动和变幻频繁多见，北斗才显出了它纯粹的力量。时间老人给予的锐利之目，使迟钝者变得锋利。如今再没有任何人怀疑北斗的指示价值。

一个人走向自己的责任，这是一种至为淳朴的要求。也就是这种基本的向往，才将一个人的心灵引向了高贵。高贵不是脱离和傲然，而是走入和融化，是贴近泥土的结果。向真向善，即不可为而为之；拒绝诱惑、嬉戏、流俗和毁坏，就是守住向真向善的品格。这当然异常艰难。因为这不是一个时段、一个年头、几个日月里所要坚守的东西，而是一生的信念。在纯粹的人看来，只要违背了这种原则，都在拒绝之列；只要背弃了这种心愿，都在抗斥之列。

相信自己和他人的劳动，相信道德的力量，它的相对恒定性，它在生活中的最高意义，它的可建筑性和可维护性；相信在充满消磨和困苦的人生之途上，善是可以有所作为的——它是我们唯一的希望和生存的理由；相信理性之光可以照亮前进的道路，可以驱除邪恶和魔障——以这种目标为生存信念的人才算是一个纯粹的人，一个不欺的人。

伟大的德国哲学家康德说："有两件事物我愈是思考愈觉神奇，心中也愈充满敬畏，那就是我头顶上的星空与我内心的道德准则。"

是的，高贵的精神会有自己的源头和自己的源流，它们不会在一个时世里突然消失。它们也不会融入苇丛、草原和泥淖。它们穿过层层山脉可以出现在另一片开阔的草原上。它们终有一天会汇成巨流，一泻千里。而在有些时候,它们的确是会被什么遮掩和阻碍的。尘屑会遮掩它们,吸吮它们,它们不得不变成涓涓细流。太阳也会蒸发它们,但它们终会凝成水汽、露滴,重新降落下来,汇聚一起并来一次冲决。

邪恶之水也将汇聚,它们也有自己的源流。它们也在流动、腐蚀、围拢和侵犯。它们灭绝生命和毁灭创造。它们将因为淹掉明天,而变得不可原谅。因为劳动使生命不灭,所以劳动永恒。所有朴实的劳动者,那些在大地上匍匐的、无数劳作的生命,都在支持和汇聚着自己的河流,使其从涓涓细流变成汪洋之海。这海洋有潮汐,有起落,移动着,形成了这个星体上最壮观的存在。

劳动的力量,真实的力量,就是纯粹的力量。当生命回到了劳动和创造本身,也就回到了纯粹;当离开了它们,也就失去了那种品质。人类是永远也不可以告别劳动的。很多乖巧者试图与它脱离和隔绝,但由于失去了一种基本依托,很快就变得软弱和贫瘠,最后无一例外地走向了衰败,难以为继。

人类可以接受伤损、牺牲,甚至是劳而无功的结果,但最终还是不可放弃劳动。人类具有理性、知性,具有从此岸到彼岸的穿越与抵达的决心;这种决心是生命诞生的那一刻所赋予的,它给予生命以力量和顽强。它支持着信念,支持着人类所拥有的坚毅之举、前进的勇气、永不丧失的向往。

人类的纯粹与污浊的搏斗将永远进行下去。在人类存活的全部历史当中,纯粹是人必胜的根据。

从热烈到温煦

在那个遥远之地,在你的书房,抚摸这书桌、这漆布封面的图书,走在你印下了无数脚印的空间里,感受着阵阵惊讶。

一种难言的神秘敬畏之感像电流一样涌遍全身。

你是狂飙运动的先锋人物,热烈的歌唱传到东方。一种多么痴情的吟唱。我们相信这是强盛的生命之流对一个人的推拥。那种不倦的探索、对世界隐秘不可遏止的好奇心、追逐诗与真的强烈愿望,裹卷了你的全部。

少年维特的烦恼、疯迷和痴情,最好地概括和象征了那个时期的诗人。不仅是对艺术,对政治、科学,几乎在人类所涉足的所有领域,你都表现出了巨大的热情,呈现了过人的能力。

强大的责任心与强盛的生命力总是紧密合一,不可分离。博大的爱力也并非所有人都会拥有,而只能是人类当中最优秀的一部分才始终保有。这种能力不会消失,只在生命中的不同阶段呈现不同的特征。那种像海浪一样涌起、裹卷一切的气势,即是一切生命力强大者的特征。

这种力量表现在对待异性以及对待社会生活的所有方面。它很容易就化为勇敢、探寻的执拗、追求的彻底性和坚定性。在这一场漫长的奔走之中,它的全程充满了激动人心的片断,留下了有力的足迹。可是在最初骏马般的奔腾和最后的冲刺之间,又有着怎样的差异、怎样惊人的一致性,却令人深长思之。

他那些火烫的文字,像河流一样滔滔不息的吟哦,以及他耗费几十年时光专注于一部主要作品的那种可怕的韧性和毅力,都同样令人不可思议。也许它们都来自同一源头,来自一个独特生命的不可猜测和预计的那种能量和活力。

在相距不远的同一片土地上,后来又诞生了黑塞。这个渐渐着迷于东方哲学的老人,出生在炎热的七月,结果一生都像七月般火热。他情感真挚,富于幻想,留下了许多滚热烫人的文字。他的爱充溢了每一章、每一节。

有人把黑塞视为一个终生忧郁的诗人,但我们却把他看成一个一生都在热烈燃烧的诗人。追求完美和真理的信念支持他奔波了一生、呼号了一生、思念了一生,也幻想了一生。像一切杰出的人物一样,他不知疲倦,直至终点。

就是这个忧郁的诗人,在一九一四年第一次世界大战爆发的时候,一次次地奔赴泊尔尼参加和平运动。他因为呼吁人道和理性,严重地触怒了统治阶层。他们将其诬为叛国者。就在这种强大的压力之下,孤立的处境之中,家庭又走向了崩溃。诗人的精神遭受了极大打击。但即便此刻,他却仍能战胜内心的危机,写下许多美好的诗章。

他们那种冲决一切的激情简直是难以磨损也难以改变的。就是这旋转的喷涌的激情,把他们送达了一个至真至美的、酣畅淋漓的境界。这种境界被无数人所追求,却极少有人如愿以偿。生活中,难言的磨难加在了他们身上,而且格外敏感的生命在接受这些的同时,要经受比常人多出数倍的痛苦。他们招致的磨难本来就比常人多。但这一切都未能阻止他们心中那激荡之水,未能阻止其喷涌流淌、一泻千里的气势——最终绕过生命的崖坎,穿过重峦叠嶂,流向更为开阔之地,浇灌出一片迷人的葱绿、炫目的绚烂。

像所有生命一样，他们从诞生到成长，经历了成年、中年，最后白霜护住额头，毛发疏衰，皱纹叠生，目光里有了更多的沉重、宽容和谅解——他们不约而同地从热烈走向了温煦。

内在的生命之火仍在熊熊燃烧，这从他们临近晚年的那些诗章中可以看得出来。"温煦"只是外形，"热烈"才是内核。他们可以沉湎于更深处，追溯到更久远。他们可以远比先前更为沉着和宽泛地追究生命中的一切隐秘，可以玩味和盯视内心里滋生的一切、它的全部。他们的爱会变得更为阔大和深远。

他七十一岁所经历的那场爱情，那场自我燃烧、两手颤抖、被反复记录和议论过的爱情，恰为这个走向晚年的生命作了最好的注解。这是一场具体而抽象的爱，甚至表现出原初的那种纯稚。当这场爱不得不在形式上中止的时候，却又突出地再现了一位老人的温煦。温煦最终包裹了冲决一切的情感冲荡。

而另一位老人，却在后来愈来愈迷恋于东方的哲学。另一种智慧伴他寻找生命的永恒，他在更为从容达观的思绪中进行着一以贯之的探索，整个生命之诗在晚年书写了极为重要的一章。这与歌德几乎是完全相似的。

没有青年的热烈，就没有晚年的温煦；没有炽热的内核，就没有温煦的外表。这种温煦绝对不是生命力退缩的一个表征，而是它的深邃绵长。

一个如此平静的老人，双眼为何能够闪烁那么火热的光芒？一个如此和善的老人，为什么会有那么激烈而勇敢的言辞？他为何如此地执着、坚守、毫不退却，直到最后——最后的最后？他为何而勇敢？为何而奋不顾身？那满头银丝，那美丽的闪烁，连同他的目光一样，使人敬仰中又掺上了稍稍的惊讶。

是的，这是整个人类当中最不可思议的存在，是人类向冥冥之中发出的一个证明——证明其不朽与自尊……

纵观他们的一生，就是考察一条长长的生命的巨流，考察它流淌的长度、冲决的力量以及翻卷不息、奔腾涌动的浪花。从这晚年的温煦往上追溯，很快就会找到一个激烈燃烧、豪情万丈的诗人。这种火烈的燃烧，这种勇敢和勇气，是进入萎靡时代的那些小气偏狭的艺人、文字匠们所万万不可理解的：这些人往往在很早的时候就开始进入一种小心翼翼的规避，互相比试小脑的机智、圆滑、混世的乖巧。残弱暗淡的生命难以燃烧。豪情不属于他们，勇气不属于他们，冲荡不属于他们。他们总是过早地拾起了"宽容""达观""谅解"等等美好的字眼，来掩饰自己的怯弱和不磊落。他们总也弄不明白——"宽容""达观""谅解"这一切，也必须由勇气和激情化成——它们仅是同物异形，是生命的不同阶段。

一个从来没有过热烈、勇敢和执拗的生命，怎么会走到真正的宽容和温煦之中、走到真正的谅解之中呢。

在激流中

在瑟瑟发抖的冬天，在寻找自己规避之所的时刻，人们有时愿意用想象来满足自己。但北风呼啸，严寒覆盖一切，人们已经没有可能走上街头，走向梦想之地。即便是想象力也似乎在萎缩。我们不可能让幻想攀上应有的高巅，而一味地低回、惆怅、忧虑。

一部分人生活在温暖而安静的水潭中，在水藻和荻草的遮蔽下，躲闪着光与影，寻觅自己的食物，规避一切伤害。他们尽可能缓缓地移动，在四周圆润的卵石和白色的流沙间，安放自己养肥的躯体。

而另一些人却愿将自己的生命置于冲荡的激流之中。只有在这种狂放和淘洗之间，他们才能感到生的快乐。那是一份冒险、勇气和经历的快乐。丧失了这种快乐，他们会觉得虽生犹死。

令人不可思议的是，海明威可以身先士卒，冲锋在解放巴黎的前线，可以去西班牙、侦察敌人潜艇，一次又一次经历飞机失事，死里逃生，全身留下数不清的疤痕……他并非不珍惜自己的生命，也并非在用生命去作冒险的抵押，反倒是充满了生的自信。他的爱恨强烈而明朗，常常在许多领域表现出令东方人战栗的那种率直、果决和峻厉。

另一些美国作家如杰克·伦敦、马克·吐温，也有类似的特征。他们几乎都有自己的传奇、令人难以置信的人生情节。他们都曾把生命放置悬崖，体验险绝的经历。这是一种倾尽全力的奔波和拼争。他们都竭尽所能地参与了自己所遭逢的时代，深深地投入了那些巨大的事件。对于一个生命而言，它已经没有第二次机会了。

除了生活的经历，还有纯粹文学的经历。这二者不可剥离。他们都像对待生命一样对待自己的文学，全力以赴。那是生命在经受的另一场冲涮，另一种激流。在这有声有色的搏杀之中，他们痛苦、欢畅，灵魂接受巨大的欣悦和刺激，获得了人生最大的快感、酣畅淋漓的磨损和诗意的抒发。这一场人生豪情，使他们一次又一次变得容光焕发。他们在庸人倒下之地高高站立，而且大步向前。他们像不断燃烧和旋转的星体，在运动中获得永恒，在炽燃中发出光芒。

不仅是男性作家，像乔治·桑、尤瑟纳尔等，也都有过惊人的历险、使人咋舌的场景。她们敢于把自己的灵与肉投放到跌宕之中。这当然不仅是一种风格，而是生命的性质所决定的。奔走、呼号、参与、奋不顾身，就是诗人的一生。他们留下来的文字、全部的咏唱，只是这场大抒发和大行动的一章一节，是他们心灵波动的记录。歌颂牺牲、殉道，是他们全部思想中一个永恒的主题。

他们起码不怕那些字眼。他们的整个过程就是对那些字眼的一场实践。就领受着这种人类的光荣，他们不屈不挠地走完了全程。

作为一个诗人，他们是历史上全部传奇人物中的一种。他们统属于一个家族，有着同一种色彩、同一种行为方式，甚至是差不多的人生经验。他们在极为曲折的旅程中摇动着令人震惊的身影。他们当然是一些不安分的生命。世界的一大部分从来都是由这些不能安分的生命所维护和创造的。失去了他们，世界就会窒息，就会显得没有声光气息，陷入一片黑暗。是他们的不停旋转和燃烧，给我们人类送来了维持生命所必需的光和热。他们是高空的闪电，是迎着阳光茂长的高大植物，是丛林之中最绚丽的花朵，是河流之中最长的波浪，是海洋之中涌动不止的高潮，是宇宙的水手，是波涌中耸立的岛屿，是狂暴天气里冲上浪巅的鸥鸟，是高空里的鹰，是旷野里的唢呐、奔驰的骏马。

历史选择了他们,他们走进了历史。

世界上很少有一个母亲愿把爱子推入激流。可世界上又没有一个母亲会不为激流中的孩子感到自豪。她热泪盈眶地盯视着那个风波中的身影,喃喃自语地告诫自己:他是由她生出的。生命一旦脱离了母体,就由不得她了。他从起点走向终点,漫长之路要自己完成。更多的时候,他脱离了她的视野。

母亲善良的用意并不是孩子胆怯和安居的理由。为了维护母亲,为了报答善良,他们只有投入到激流中。这场可怕然而又让人精神倍增的冲荡,会使人的生命变得更加顽强。

一场不知终点的出发开始了。奔走吧,鼓起勇气吧,尽管狂风怒吼,尘土扑面,沙子和枯叶一块儿扫来,可真正的人还仍然奋不顾身。这是为人类最好的儿女准备的,他们虽不一定个个孔武过人、身躯高大,却无一例外地具有一颗不屈之心。只要这颗心在跳动,他们就会一如既往。

危难时有发生,战友不断倒下。来不及掩埋,来不及告别。行进中耗失了力量,风沙和雨水灌满了背囊。但也只有向前。在世纪更迭的褶缝里,混浊的水、汹涌的水、吞噬一切的水、纵横交织的水,全部加在了人的身上。

这简直是一场可怕的跋涉。可是唯有这样的跋涉才能证明自己。

最后他可以说:我投入了激流之中。

为了什么?为了真实的爱,为了报答那善良的抚慰,那一场哺育。从诞生到现在,再到明天,这一场报答遥遥无期。它需要一个人舍上一切,献出一切。它没有尽头、循环往复……

东方的水潭

……告别海洋和大河，寻找一个安静而温暖的水潭。畏惧冲击，畏惧风浪，向往生的安怡。那些在奔腾的激流里翻跃冲撞的生命，让其何等不能理解。他们甚至不愿去观望和对比。他们只以自己特有的心智来作出抉择。

这样的水潭只在东方，由老庄等几个古人开始挖掘，至今已成规模。

在这样的水潭里，人可以悠然自得，享受养生的快乐；那种非常符合性格与体力的适当劳动，也只是操练和养生的一部分。一切都在东方的和谐里运行，让时光在这运行里缓缓流驶。一种特别的舒畅和欢乐，伴着哲学上的振振有词，从精神和物质两个方面给以滋养。他们可以长生，可以优雅，可以宽袍长袖地潇洒。只要进入这样的水潭，就没有什么不可以玩味。他们甚至像玩鸟一样玩弄学术和艺术，而且把这一切等同于滋味深长的老酒。

这是一种传统，代代不绝。在它熏陶腌制下的"智识者"终于变成了同一副面孔。据说他们的勇敢和睿智更多地藏在一种讥讽和嬉戏之中，据说这是整个人类的最高智慧、最卓越的表现。这种智慧既无可替代，又无可超越；它甚至可以化为人生伦理，深植"沃土"。

面对崩溃、毁灭、污浊，甚至是重重苦难，他们都可以无动于衷。据说那种巨大的"宽容"是最了不起的人类遗产之一。在多舛的人生之途上，这样的水潭也许真的可以自救和救他，可以自觉和觉人，可以滋润和缓解，可以浸泡——当然更可以腐蚀。只要不是掘毁它，让它流动，那么它就从来不会冲决。它可以吸引越来越多的旅人，让其投入当中，饮下这深深的、由于许久没有流动而变得越来越浓稠的水。

这样的水潭由于最终不是成为一处景致和点缀，不能像镜子一样掩映天空的流云、岸旁的山树花草；由于不能更新，不能纳入新的水系和溪流，所以早已腐臭。一团腐臭的水，一团藏污纳垢的水，就这样汪着。

但它能唤起旅人的诸多回忆，让其自觉不自觉地饮用它靠近它。狂风也只能让其扬起一些水花，而不能使之彻底荡动。一种空前的、永久的安宁和安全感笼罩着，使其感到欣喜和满足。

这样的水潭只存在于东方，在山岳之下的凹地。这片特殊的地形地貌，流失了的水土，极适合于这样的贮藏。绿色没有了，它们在一个世纪前的一场涌动中被扫平荡掉；高丘也没有了，它们同样丧失在那一场巨大的动荡之中。在这片无绿无碍的地洼里，也就蓄起了这样一个长达几个世纪的水潭。

在疲累和焦渴中，旅人一步也不想往前了。前方漫漫无边，一片昏暗的光色下，隐藏着风暴和冰雪。他怯于投入，可又不愿止步。回首就是那片水潭，它在那儿引诱。走向回路还是……？前方流云一片，更远的前方又是什么？他听到了海浪扑扑卷动，大河隐隐冲涮——它从北风里传递过来。它们是另一种引诱。可水潭里的水生动物，它们咕咕的召唤声，像夜话般的自语和相互安慰之声，又传递着另一种甜蜜。远方高山下垂挂的瀑布，飞溅的水沫凌空而起。那里有参天大树，搏击的鹰隼，有在云端上环绕的高歌，有狂放的大言，有英姿勃发的旅人，有感人肺腑的呼唤。

他终于放弃了这个水潭,忍着渴裂双唇的痛苦离开了它。暮色中,他看见闪耀的一片磷光,发现垂挂的芦苇叶片一片焦枯。他知道那是水中蕴含的某种毒素弄伤了它。

他的田园里有一个水潭,可水潭却不是全部的田园。如果他的田园全部化为了水潭,他就宁可放弃,作一次永生的漂泊。失去了家园,他将没有庇护,没有驻足的驿站,甚至没有同行,没有生的安慰。可即便如此,他的衣衫和肌肤也不愿染上水潭的腐味。他既不愿领受潭中水族的光荣,也不愿借助它的声势。他只是一个孤独的旅人,一个流浪者,一个用双足去亲近大地、寻找明天的人。

他发现那片田园并没有因为这个水潭而变得风光宜人,变得润湿和适合万物生长,而是恰恰相反。一团团久蓄而变质的水侵蚀了肥沃的土地。它流动之处,寸草不生,一片凄凉。而由于它的凝聚和侵染,一片土地更加干涸。河流阻断,溪水不见,芬芳扑鼻的合欢树、缬草、雏菊,都不见了踪影。记忆中高高的白杨,它滑润的淡青色的皮肤让人梦牵魂绕……如今这一切都消失了。

大地上应该有一些开掘者。他们应该给土地引入活水,让它流动,欢歌,激起雪白的水溅,最终奔向大海。

一个封闭的水湾只有腐朽的明天。而人的渴望、千千万万的渴望,却可以汇聚成一道冲决一切的大河。海洋何等阔大,辉映着天空。它连接着神秘的陆地和远方。它的浩瀚无可比拟。它有美丽的静止,有绸缎一样的柔软,有午后太阳拂照下的温柔。可是它也有狂暴和愤怒,有粉碎一切的力量。它可以撕毁时代的岩壁,可以淹没无数的峰峦;它才是真正的伟大和不朽。它既有伟大的孤独和自在，又有手携四洲的能力。它就是世界，伟大的未知和伟大的未来。

究竟有谁身负开掘的使命、引入活水的使命？

我们相信，他们将是这个世纪里最为光荣的人。他们出现过，可是又被笼罩了。他们正在地平线上向我们走来，世纪的寒风又卷走了身影。他们走成的路已难寻踪迹。只有那声音还在隐约响彻、震撼。

腐臭的水潭终将过去。人类的太阳在照耀，它将因为蒸腾而僵死。它拒绝河流，拒绝活水，拒绝接纳和奔涌，所以必有如此结局。

土与籽

无数的形影和目光在流动、飘忽，来去、消失，降临、重合，无影无踪了。可是这一切会在心中留下痕迹，使之不能忘怀。陌生的，熟悉的，似曾相识的，都在脑际交叠、重合……人已来不及叹息和感慨。这一切想来是如此奇特，令人惊心动魄。尽管它们更多地化作日常的琐屑和凡俗，可是在这深夜，在一个人的时刻，当人凝视夜色，悄思考量之时，又会怦然心动。

它们是这样不同，迥然不同。同一片泥土，同一片苍穹之下，闪烁的星斗之下，竟然映照着这么多不同的生命。

它曾经使人陷入深深的困惑和不解；当试图使自己笃定时，又感到了许多宽慰。无法直抒的柔情，难以传呼的同伴，没法携手的挚友，不能继续的旅伴——看着你新添的美丽白发,一阵感激。我们觉得这是为我而生,为他而生,为这个时代而生。美丽的白发,不可替代的银光闪闪的丝绦,由最美丽的精神凝结而成。可以爱它。目光久久地盯视它。

同一片泥土却抛下了不同的种子,它们也终于结出了不同的果实——幼小时都是绿色的,叶片也难以区别。在阳光和雨水的滋润下,在自然的生长中,只有时间会将它们鉴别。有的笔直向上,有的匍匐在地,有的爬行,有的直立,有的扭曲——比如白杨和地衣草,比如杉树和葎草。人们常常惊异于同一片土地生长出这么多差异巨大的生物,却忽略了基本的追究:土与籽的关系。

他们忘记了不同的籽必定结出不同的果,外力所能够改变的仅仅是微小的一部分,而不可改变的却是它的实质。它可以因为干旱、气候以及种种摧折而死亡,但却不可以长成其他生物。它可以由于种种恶劣的外部条件而瘦弱和矮小,可是却不会变成其他的生命。

一株白杨在风沙的吹打下枯死,可是它的枝茎仍然直立;绿色的汁水被一点点耗干,可是它的躯干却仍旧坚实。一株黄色的地衣草由于巧妙地攀附和吸吮而变得葱嫩、肥胖,可它仍然只是缠绕,只是匍匐和爬行。它难以独立向上,这是它的属性。

我们的悲哀在于没有能力鉴别土与籽的关系,没有能力区分不同的籽与不同的结局、它们所拥有的不同未来。在同一片精神的苍穹下,同一片精神的土壤下,仍然生长着不同的植株。同样的阳光雨露,同样的大自然的饲喂,它们却各自奔向自己的明天,寻找和靠拢着自己的终结,简直是别无选择。这就是命定。

在渠畔上，在一片湿润的疏松的土壤上，一株青杨和一株狗尾草同时萌发。它们都伸出绿色的、娇嫩的、小小的叶片，仔细辨认都分不出它们有什么不同。它们相挨着，亲昵地偎在一起，像一对孪生兄弟。它们一块儿享受着阳光和渠畔上丰富的腐殖土。充足的营养、流动的活泉，都催促它们快些长大。它们没有辜负这一切，真的飞快成长了。

后来，也就是那个春天逐渐走向深入的时候，它们的区别越来越大了。狗尾草的茎杆终于长出了一厘米，而那株青杨的幼苗却身姿挺拔。它尽管比那株狗尾草高不了几寸，可是那枝干似乎已经有点模样了。它的绿叶没有狗尾草的叶片长，可是更厚，叶子背面有一层泛白的毛茸，娇嫩的桃形叶在风中摆动。

它们之间大概也在用诧异的目光互相端量，再也不像过去那样亲密细语、紧紧相挨了。它们各自扭过身躯，尽可能地间离一点。它们由于性质的不同而不能够联结手臂，不能合拢。

春天继续深入，接着又是火热的夏天。当然后来就是寒冷的冬天了。狗尾草结籽并过早地收获，也走完了自己的终点。而青杨树才刚刚度过第一个华年。它又长出一尺多高。它的枝干又变粗了，叶片更为展放。秋天既过，它注视着同伴的枯萎，怀上无限的怜悯。严酷的冬天来临了，它第一次经受风寒，咬住牙关。风雪把它的叶片渐渐撕碎，又打落在地。它严肃地注视这一切。渠水封住，可爱的歌唱停息了。它要孤独地挨过这个冬季，息声敛气地等待春天。四周的草，那些比狗尾草还要矮小的苫草、节节草，都一片枯黄，没有一点绿色。而它自己还仍然执拗地把绿色蓄在了表皮。

后来是一个又一个春天，许多许多的春天，接连不断。它令人难以置信地长得越来越壮、越来越高，后来简直要去抚弄高空的白云。它长得笔直笔直，英俊高大。远方的人手指它说："看，那棵高大的青杨！"

在这片荒漠上，我们寻找着那株青杨。我们知道：它不会生长在茂密之地。密集的只能是芜草，顶多是灌木，而不会是挺拔的大树。在原野上，当它的身影出现的时候，我们为它的英姿而迷醉，甚至感到了微微的自豪。它不是我们，但令我们心向往之。它的直立和向上的气质吸引着，使我们无法把目光转向他方。

它具有真正的魅力。它是旅人的指路航标。它的绿荫可以使他得到真正的安慰。他可以依靠它，甚至可以与之倾谈。那些按照一些固定的季节被不断地播种和收获的植物都在它的脚下，散发着浓烈的、诱人的气味，但它们永远不会像它这样粗茁高大，也不可能像它这样坚实和执拗。它倔强独立的性格永远是生命的参照，是原野的骄傲。对比那些被不断收获的植物，它是一个奇迹，是不知来自何方的一粒种子。它不是由人抛下的，也不是为了收获而点播的。它是最自然不过的生长。它的存在只属于这片大地，还有白云和高空、飞翔的鸟儿，以及美好的黎明和黄昏。太阳总要格外多情地映照它的身躯。

青杨树，我们不能拥有你，可是我们愿把你植入心中，让你在其间生长……

抚 摸

后来，他的双目失明了。

他不得不更多地依靠抚摸。触角告诉心灵，心灵感知广漠。那种探触、小心翼翼、仔细辨别，正好契合了他这个特异的生命。与其他诗人不同的是，这种触摸其实从很早以前就开始了；也就是说，他几乎这样进行了一生。

远在双目炯炯有神的时候，他对于这个世界的认识也依赖于这种抚摸。他所经过之处，万事万物都印遍了指纹。他温煦地猜测和照料自己的世界，既抚摸身外的事物，又抚摸自己的内心。即便是阳光灿烂的日子，他也仍然依赖自己的手指去触碰和探询。

有很长时间，他在图书馆里工作。四壁尽是叠起的书籍，他抚摸着它们，感知着扑扑的脉动。那些陌生而又熟悉的远远近近的生命，像星辰一样缀在夜空，一颗一颗，闪着光束。他的手指碰到了这些垂挂下来的光束，感受它的光滑与冰凉。他的手指切割着这光束，又任其淋漓，如同春雨浇洒万物，渗入黝黑的泥土。太阳升起的时刻，草芒上的晶莹在缓缓蒸腾，弥漫大地。

与这些繁密的星辰对话是再有趣不过的事了，他闭上眼睛就可以看到对方射来的温暖的目光。这目光在他的身上划过，缠绕徘徊，久久不忍离去。

人类的星辰，智慧的星辰，永不消失的旋转的星辰。日月西去之时，它们就变得一片茂密，像原野之花，像海面上的水浪，一层层翻卷。多么辽阔、活跃、奔腾，一片生命的激越和灿烂。

其他的诗人只是瞭望——走向大地，登上山巅，在开阔的视野下，一切尽收眼底。他们会望得更远、宽广，可是却没有抚摸般的亲近和熨帖，没有那一丝一丝的感知。那种具体的、带着体温的挨近也许被我们过分地赞扬了；可是我们真正激赏的，却总是那些瞭望和奔走的诗人，是那种粗犷而奔放的歌唱。我们有时是、常常是，忽略了居于一隅、伸开十指抚摸这个世界的诗人。

于是我们的视野里缺少了那种极度内向的、极度自我的、面向自己的语言家和守护者。我们被触目的风景所吸引：大而无当的渲染，不负责任的倾泻。我们找不到生命的激扬与轻率冲动之间的区别。好像一切都差不多，都同样喧嚣、浮躁。我们无力识别那些诌媚和跟从，那些对世俗时尚完全没有自尊的称颂——盲目而愚蠢的激动以及丝毫不顾及明天的、痴狂的呓语和情感的夸张……这一切充塞了我们的精神空间。

到哪儿寻找一个安静的角落、一个自尊而沉默的诗人？

他们似乎都规避了这个时代，自甘做一个背时的人物，躲在一些不为人知的角落里，在那里编织自己的锦绣。

即使是那些驰骋万里、名垂史册的歌手，也有自己颤抖的、温柔的、充满安慰的抚摸的手指。他们无论怎样还具有感受时光之流从指缝间缓缓流过的细微；也正是这种特征，他们才拥有了一个丰富而曲折的情感世界。

生命和时光的隐秘有时真的要用十指去滤出。内心的贮藏太多，要撑破和流溢之时，他们才会开始自己的倾吐，来一次酣畅淋漓的宣泄。

那是一种烂漫天真之歌，痛苦欢乐之歌，是穿破精神雾霭的明亮尖利的闪电。他们于是成为一代浪漫的歌手，传奇的精灵。

他与他们也许真的不同。他只是默默燃烧，微露光点，烘托着自己的温馨。在不可理解的重叠而繁复的思缕中，在那层层积累的记忆的尘埃中，他不倦地开拓。这劳作只在自己的感知和把握之中，没人能够替代，也没人能够目击。他只是在进行自己独一无二的工作。

他把所遭逢的那些事物关节拆卸数遍，凭触角去梳理它们，组合它们。在更为安静的时刻，他生出自己的幻想。这幻想可以飞出藏身的窄小角落，去寻找绿地和草原。它们获得了一次解放、自由往来和咏唱，结交百灵、彩云和狂放不羁的河流。

它们沿着河流走向海洋。海天一色之处是他的诗心投向之处。那一线混沌包容了一切。他伸开十指，仿佛抚摸到了芬芳的彩云。

没有谁比他更能沉迷于一片墨香。这密集的、叠成的神奇之物，这沉重而又轻灵的、散发着灵魂气息的纸页，为何如此微妙？那些漂荡或驻留的灵魂来自四面八方，有的飞过了大洋彼岸，甚至是出自丛林和大山褶缝；有的直接从幽深的隧道钻出；它们还源于神圣的教地、山匪出没之地、金光闪耀的皇宫、烁烁天堂、未知的恐怖之地、淫荡之地、喧哗之地和死寂之地……如今全被收拢一处，在同一个空间里栖息或徘徊……它们的灵寄于形，码在架子上，堆在木箱里，连墙角地板也叠起许多……他把世纪的尘埃轻轻拂去，微闭双目，鼻翼轻轻翕动，嗅着它们劣质烟草似的气味，开始了抚摸。

这有点像东方医学宝库中至为重要的"号脉"术一样，先是搭上手指；

然后轻按，感觉脉跳。跳动的节奏、力度，一一捕捉……脉流连接那个遥远的、梦中曾经出现过的生命。

远方有颗灵魂，它生出了这节奏，这一鼓一跳的生动。

需要照料和感觉的后来者和陌生者太多了。它们简直堆得越来越高，越来越密，簇拥着，使他深陷其中，不得挣脱。他伸长双臂，十指战栗，不停地抚摸，就像午夜走入了丛林。

好一座茂密的丛林。他跌跌撞撞，举步艰难，不停地辨别、感知。他愈走愈深，愈走愈远，从丛林的一端深入了腹地，还在继续往前。结果痴迷忘返，与这片浩瀚结为了一体。

他成为一个会移动的、喃喃自语的、它们之中的一棵。

他组成着人类的丛林，化入了茂长的灵魂。

奇 遇

在这次长旅的开端想见到你，可是无暇寻找。只是那样想过。

这个寒冷的夜晚，不知为什么就决定去那个场所。毫无预料地，你也去了。于是我们有了一次奇遇。

就像在旅行开端时想过的一样，一次既令人愉快、又多少有点惊奇的平凡而独特的相逢。

……与一个人、一群人，友人、厌恶者甚至是一个时代一片土地，都会有类似的遭逢。是命运让他们遭遇。人的幸福与不幸都是一场奇遇。

既然遭逢了就不能回避。他必得接受这全部：美好的与不美好的。

人所能奉献给他人和世界的，只有忠诚和勇敢。带着一个有价值的生命所理应具有的那份诚恳走近，走近容纳他的这个时空，当是不会变更的心意。大约不应再埋怨汹涌而来的恶，因为他甚至来不及去赞扬和簇拥差不多同样多的善。

它们就是这样交织重叠，让人痛苦欣悦。我是谁？来自哪里？走在旅程的哪一端？午夜，北风呼啸的午夜，他不由得一次又一次盯视这内心泛起的质询。

他想起了很早时候，还有前不久一场又一场的遭遇、重逢、感觉和判断。它们都是那样地不可思议，又是那样平凡。它们是一次又一次的巧合，也像一次又一次的固有设定。有时候它让人感到瞬乎即逝的、毫无意义的，有时也让人感到这是命运当中凝固的块垒。时光的运河在缓缓地、有条不紊地运行。抱怨还不如接受——接受也非消极，因为接受当中就包蕴了全部热情、全部真实和全部能力。人应该有感动，有愤怒，有欢欣，有跳跃，有拼死一争，有热泪流淌——这一切才是人的全部。

如果拒绝了其中的一部分，那么也就拒绝了全部的真实。

为什么要痛苦忧伤？为什么要沉吟不停？为什么要歌唱不止？为什么要泪水涟涟？为什么要白发糊上双鬓额头？为什么目光中沉淀了那么多的黄沙？为什么要举步维艰？

因为时光，因为这一场场遭逢、这一次次奇遇。神秘的世界每时每刻都在生发滋长，而对于一个人，却是一生仅有一次的奇遇。

想到了这一点、这个领悟，人不由得心中一动。珍惜生命，珍惜这唯一的一次吧。一切都是唯一的一次，一切都要付出生命的热情、人的真诚。缺少了这种淳朴的念想和感悟，那就会终生遗憾。

让人感激的是那无尽的灵感和动人的友谊，那让人沉湎的无数情感世界。是的，美好的诗意与之完全等同，它们只是同灵异体，是抽象和具体之别，是想象和现实之别，是身躯与精神之别。星辰、月光、泥土、鲜花，都那么具体；可是它们都可以引出无数的幻想。

人与人是一次遭逢，一次奇遇。爱你们，也爱与你们联结一起的全部痛苦和忧虑。爱你，也爱无数的坎坷、艰辛和折磨。

一个人既然没有权力拒绝，那么就满心欢悦地承受吧。像一株萱草承受露滴，像一片干土迎接水流——他将得到滋润和灌溉，将因此而变得生气勃勃。白发、皱纹、已经不能展放的眉头，都是生命的一次遭逢，一次奇遇。它给予了我们，它不再离去；它变得更加浓稠、芬芳和苦涩。

好啊，未来的一切，依次展开的人生；好啊，这就是人的一切，命中注定要携手共进的一切。

……那一天谈得何等愉快，无拘无束。我们都惊叹于这次奇遇，并以人的敏悟抓住了。

你是大地和时光孕育的一个精灵，你是汹涌河流之中的一颗彩色石子，你是栽在他乡异土上的一株杨树，在我完全没有预料的那个空间里，喷吐自己的芬芳。

如果时光和周围的世界给了你恶习，那么让晶莹的水流洗去它吧。如果我同样具有这些尘埃，那么也让我在一场酣畅淋漓的春雨之中痛快地洗濯吧。让我们都变得生气勃勃、洁净挺拔。

踏上新的旅途，背囊被轻轻负起。它们囊括着它所包容的一切。

夜深了，茶香缭绕，寒冷的风把窗子吹响。炉火噜噜，暗红色的火苗从缝隙中闪烁。夜色、车声、风声、人的喧哗，一块儿远逝。在这闹市，一夜寒冷驱逐了喧哗。多么好的、寒冷而又温暖的夜晚，多么好的、安静隔离的空间。

我们谈了很多。广漠的世界怎么谈得尽。它们留在前边，留在背后，留在了无数的日月中。

每人都有一些自我惊讶的神奇发现。在一些美妙的时刻里，我们总是激动不已。送走这些激动，又会感到惆怅；回味时才滋味悠长——像老酒，像一颗甜蜜的秋桃。

一个走入中年的人和即将告别中年的人，似乎会比过去平静得多。什么也不能代替时光的教诲，它像不易察觉的黄金屑末堆积在心灵中，沉甸甸金灿灿，只等待感悟之手把它们发掘。它们是无尽的，仍在堆积，直到把人压得难以移动，脚步踉跄，最后倒塌在泥土上，迎来一次彻底的融入。

岁月之河继续流淌，时光的瀚海漫漫无边。你走开了，他走开了，人们走开了。后继者绵绵不断，他和他们都来到了。他们所遭逢的将是另一段河流，不同的漩涡和水流，自己的光和影。一个个特定的时空，风雨来临，雨露洒下，阳光同样微笑，月亮同样皎洁，那一片荻草仍然按时吐放自己的缨花，古河道则仍然干涸。

一片崭新的、密密麻麻的水网悄然笼罩大地，似乎告别了一个干旱的时代——一切都是陈旧的，一切又都是崭新的。

奔 腾

原野上，一匹奔腾的骏马……

刚开始它迎向太阳，沐浴霞光。白云和漫漫长路衬托得它更为俊美。

当它的鬃毛和长尾蒙上一层灰尘、全身汗水淋漓的时候，太阳正好移到了当空。烈日将一切灼焦。滚烫的风里摇动的植物、龟裂的大地……

暮色里仍在踏踏狂奔的，是一匹瘦骨嶙峋的老马。它用力催动自己的步伐，昂起头颅。夜风欲息，鬃毛再不能在光色中像火焰一样撩动了。

苍茫中，四周的绿色全部溶解、隐去。只有星星闪现空中。

人们只凭这踏踏的马蹄声，判断有一匹马在野地里奔跑。

是什么让你无休止地奔波，不能停息？你仰天发出嘶鸣，那是你的回答吗？可是这长啸也无法诠释，你留给自然的那些回响也令人费解。它大概是你不停奔腾中伴随的声息，如同留给自己的歌唱。

奔腾的骏马！由缓缓而行到飞驰而去的、踏踏不止的奔波之旅啊，永远向前，直到一切消失……

为什么要奔腾？设问那永无干涸的长河，它的滚滚流动：为什么要奔涌？为什么要无休无止地汇向海洋？设问那个黎明喷薄而出的朝阳：为什么总要升上高空、穿过层层雾霭、普照大地？设问这潮起潮落的海洋：为什么这样滔滔无际，泛起一片银光，或是咆哮，耸荡起一片如山的波涌——不停地扑向海边，又不断地碎成雪白的、丈把高的浪花？

没有回答。它们都不能够停止，只是继续着，只是按照上帝所赋予它们的动力和节奏，无休止地运动下去。

万物有灵，有自己的命数。这是生命之谜，是潜在底层的灵魂的焦灼。这一切迫使它们运动和磨损，永无休止地变幻和造化。时光可以剥蚀山脉，让其化为浮尘和土壤，时光可以改变一切。时光在运动和旋转中改变生命。这绚丽的悲剧，伟大的毁灭，整个过程弥散出无与伦比的美。

　　骏马必要奔腾。它不会在污浊的泥潭里匍匐、咀嚼。骏马应该倒在原野之上，或者是洁白的雪崖之上、裸露的岩石之上。当它倒下的时刻，它的头颅也仍然指向前方——成为原野上行进的一个伟大标记。

　　那个秋天，寒风乍一吹起，田野流转着沉甸甸的香气。一匹浑身挂带着伤痕的马踏踏而去，迎着秋风、向着南方——那是一片黛色的山峦。

　　它冲破层层罗网，身上留下割伤，淌着鲜血。可这一场挣脱和奔突令其何等愉快。它不倦而无畏，掠过的尽是诅咒与惊恐。

　　有人断言它不久即会因干渴倒在泥沟、因莽撞冲上断崖。它将摔得皮开肉绽，最后被山里的食肉动物啃成一堆白骨。

　　骏马嘶鸣着，往前驰骋。许久以前，还是它身陷罗网的时刻，它就遥望南方那一片黛蓝色的山了。那是何等美丽的一片。它期待那里遍布山花，阵阵鸟语使人迷醉。那是无限的幻想之梦。

　　那时它还被绞索缚住，四周栽满铁藜。它不知这正是一匹鲜活强悍的生命所要经历的磨难，只是一味企盼遥想。

　　那必定离去的一念在鼓励它，冲撞心扉。

　　它甚至想象山阳坡上，有一片灿烂的卷丹花，河谷上有英武的钢松、无边的嫩草、丰美的食物，还有在阳光下泛亮的活泉……

　　一场永不停歇的挣脱开始了。百折不挠，直至成功。

向南的高地越来越陡，山势险峻。它浑身淌满了汗水，每一根毛发都在欣悦和激愤中浸湿，四蹄扬起的尘埃又将其糊住。它周身发痒，寒风吹起瑟瑟发抖。可是那片闪着光泽的卷丹花、美丽的钢松，都在诱惑鼓舞。它看到了命运的微笑。

午夜，月亮和它一起飞奔；饥渴了，喝一口浑浊的泥浆，啃一点草叶。一刻不停地往前。踏踏马蹄伴着高空的雁鸣——那是另一些奔波不息的生命。视野里有什么鬼火在闪烁，一些发蓝的眼睛……那是狼，以及其他食肉动物。它们甚至发出了阴笑，咯咯的笑声使夜晚变得更为可怖。

整整花费了一个季节，它才走穿这片大山。

它站在山阳坡上，看到了河谷，但没有看到红色的卷丹花和一排排的钢松。在苦涩的水潭旁，它勉强地饮用了。它的毛发因为被越来越冷的山风吹扫，脱落了很多。它甚至有点倦怠。每天，当东方的太阳喷薄而出的那一刻，它的神情就为之一震；看到那一天繁星，它就感到一丝莫名的温情暖意。泪水涟涟，它想起了自己的母亲。

跑啊跑啊，更南方，一片雾霭下闪灼的蔚蓝，化为它梦寐以求之所、潜伏和生长之地。

力量像汩汩流泉，又一次冲腾奔涌。

涉过河水时，汹涌的水流险些把它冲走。它奋力挥动四蹄，胜了。登上彼岸，全身的污垢也被洗涤了——此时太阳升上半空，周身给照得灿亮。那新鲜的毛色证明了它青春勃发的生力，那甩动的长鬃显示着它永未丧失的希望。它昂首长啸，声震河谷……

两岸的植物、动物，所有的生灵，都惊奇注视。它们呼出的惊叹与它的嘶鸣混在一起，激荡四野。一排落叶松在行注目礼，美丽的叶片垂下，给奔波的精灵以宝贵馈赠。

只有希冀，没有终点；只有远途，没有退路。它奔着，永无休息。

一片又一片土地飞跃了，跨越了。那个美丽的传说，那个奇异的梦幻，那个落在童心里的种子，这一切所催生的那片绚丽终未出现。它渐渐明白只有奔腾——这奔腾本身就是一片绚丽，一个希冀，一个未知，那才是终点的终点。

它走过了一个季节，又穿越了另一个季节，扬天长啸，美鬃燃燃撩动……

为什么不能停歇？为什么不愿止步？它只记住了内心里最纯美最准确的判断。它只为了终点的终点、一切的一切——奔腾……

南方的水

浅而细、悠而长的南方之水，流动着，蜿蜒而去，不绝如缕。它像黑亮的长发，温柔的目光，洁白的面容；像暖融融的微笑，像她的眸子、含蓄而委婉的问候。

南方的水，涓涓细流，滑润之水，滋养生命的水，始终如一的水，永不疲倦的水。南方的水，汇拢了万千小溪，渐成一条宽阔的大江，负载舟舸、运送木排、携走沙石、塑造陆地。

南方江河由柔韧之水综合而成。它们决定了它的性质、它的历史、它的来路，也造就了它的终点。

这儿尽是温暖的季节，蓬蓬的绿色。南方挽留了旅人。他走进你的怀抱，让南方的水流抚过身躯。一片温暖使人难以回报，他甚至不敢在此久留。他知道很远的路程在等待。你洗去他浑身的泥垢，脱落一路风尘。他转身注视你，南方。他不知该向你倾诉什么，只默默掩住了感激和惊叹。

他不得不惊叹这美好的造就、神奇的时光、不可多得的怜惜。你把怜惜交给了旅人，交给了一场无边的磨损。这磨损也将使你变得苍老，变得浑浊。陪伴旅人的，是你哭泣般的流动。你的哭泣之声让人想起很多往事。

悠长陈旧的往昔，贯穿了所有故事。明天仍将如此继续。

离开了你的洗礼之畔，心中泛起阵阵思念。这思念不可阻止，难以中断。当他回到出生地——那个寒冷刚烈的北方时，思念就愈加浓烈。北方的河流是季节河，汛期滔滔不休，冲涮石块，挟向大海。可是枯水季节只剩一线细流，甚至终将干掉，只裸露出焦干的河床。它从南部山地挟来的卵石生生抛在半路。此地离大海甚远，可是却被抛置，迎送烈日寒风。

北方的海闪着墨绿的颜色，像生铁和钢。它充满了硬度：撞在岩石上，岩石开裂，或留下创痕。它把整道岩壁给劈下一半；它有时像火药一样轰击半座山峰。它把航船打碎，把陆地吞没；在一个疯狂的夜晚，它毁掉了整个港湾。只在风平浪静的某个下午，它才温柔起来，变成绸缎般的柔软细腻。美极了、开阔极了，令人神往。

可是你不敢想象它暴烈的、咆哮的时刻。

南方和北方，命运之中两片不同的陆地，他在心中将其悄悄缝合，感觉统一和连接的博大。对土地和江河的塑造同样需要南方和北方之水，需要它们的滋润和负载、它们滔滔不止的涤荡与洗涮之力。离开北方的时候含着屈辱和思念，抹去男儿的泪水。离开南方的时候挂带着更大的思念，把一片伤感甩到身后，埋入土中。

在北方的寒夜里，他有时听到的不是滔滔大海的轰鸣，而是南方涓涓的细流。

你不倦地流。在这午夜，你仍然在流，目光催动旅人的步伐。伸手即可触摸你柔发一样的长流，也记住你那潺潺的声音。

就是这不倦的流动，让人想到了一个风风火火的身影。这是一种追赶。

在童年，他感到最为迷惑和惊讶的一个图景，就是蓝天上那排成"一"字和"人"字的大雁。它们无一例外地从北方飞向南方。北方不远就是一片大海，它们是从海的那一边飞来。多么了不起的神奇生命！它们整齐划一，歌唱着，不可思议地、勇敢地飞越了大海，飞向自己的梦想之地——南方。

他多想随它们一起去寻找那片温暖，那片躲避寒冷的热土。

那时他尚不知自己的将来，但那歌唱前行的雁群却是最好的指引。它们飞去之地当是他的向往之地——那里到底有什么？那里将使大雁获得什么？是什么使其如此着迷、执拗和不倦？

旅人今天明白了，原来是你在这里流动。在这片土地上，你经过的是这样一片林木山脉……

今天他终要离去。不能在此驻足，也是他的悲哀。你流动吧，不要发出哭泣般的声音。你看，午夜的月光下，你闪动着多么明亮的眸子。你应该欢笑，可是却发出了呜咽。这个世界上的悲伤已经太多了……

它伴随你往前，你也送它一程。

南方的水，执拗而长久的水。你的品质与性格将永远使旅人着迷。

你注入了旅人的心中。

无为而有为之书

我们相信，人世间必有一批沉默清寂的诗人。

他们的吟哦和记录好像纯粹为了自己的心灵，为寻一种安慰，是生命得以温暖的炉火。他们吟唱，除此而外再没有更多企图。如此结下的果实必有另一种甘美。他们的吟哦和抒发几乎是"无为"的，但却因此留下了一部或数部"有为"之书。

这些书对于诗的历史和人的历史，都产生了广泛而巨大的影响，它们甚至参与塑造了历史，而不仅仅是开辟了诗的长河。

想到了日本女作家紫式部，一个奇异的东方天才。现在已无法得知她如何写下这样一部奇怪的、包罗万象的、无比缠绵的美丽之书，只是享受了她栽种的果实、那部长长的《源氏物语》。

那种华丽如丝绸、绚烂如彩虹的巨幅长卷，就是她生命奥秘的终括。在坎坷而庸碌的宫廷生活中，她究竟花费了多少时日、寻找了什么机会才书写出这部长达百万言的巨著？这种记录和描摹肯定使她获得了空前的快乐。就为了这快乐、这抒发、这暗自叹息、这极为纯粹的诗人行为，她成全了自己。

　　她生活在工整的、忧郁的文字之中，着迷于琴棋书画之间。在和歌与汉诗的簇围下，她成为我们所熟知的那一类温煦娴淑、天资非凡的才女。火热的情感、美好的想象、无尽的心愿，都化为这记录和讲叙。对于生活，特别是日常生活的玩味，在她看来是何等重要，简直须臾不可间离。它们使她安静、从容；使她增加了微笑、谅解和达观。她不由得要去追溯时代奥秘，从惊心动魄的历史推演未来、可能有的和已经产生的巨大变迁之迹。她也不得不多少沉浸在这无尽的缠绵之中——那些贵族公子、女子、皇室里俊美的异性，他们之间充满悲欢的过往；她的揶揄、会心的微笑、长长的叹息，我们现在完全听得到；她的美好心灵、劝慰、深切同情，我们也都看得到；巨大的遗憾，对情感世界的不圆满所发出的惋惜之声，也那么清晰可闻。

　　她那个现实世界的生活也许是没有多少魅力的，可在充满了人性和烟火气的情感世界里，却无一例外是魅力无穷的。她抓住了它，咀嚼吟味，让人久久感动。

　　日本是东方一个奇怪岛国，那怪异和神秘既不同于中国，又不同于印度。那种特别的阴柔、奇幻，古怪的种族、融合了众多文化的岛上风俗、阴森悠长的往昔，都深深吸引着我们。收进书中那些说不完的爱恋、沉沦、冲动，亘古至今的欲望，结构着一曲奇特而平凡的生活。书中不乏刀光剑影、沧桑巨变的记述。可是这记述的间隙又被一些难以改变的男欢女爱所充填。记录不厌其烦，玩赏饶有兴致，在不断重复的一个个场景中，滋生出无限意味。无边的欢爱，无数的短诗：它或出自白居易，或出自日本和歌。书中仅引用的白居易诗大约就有一百多处。第一帖中即引用《长恨歌》，使人马上捕捉到那种悲凄哀婉的基调。

只有一个女子的记录才会如此细腻多情、娓娓道来。在人生的寒夜，这该是最好的读物。它的平缓丰富、斑驳陆离、宫廷生活，都使之产生出奇妙的吸引力、难以摆脱的磁性。书写者的初衷也许非常简单：她想必没有现代人的企图，声名利禄何等遥远。她起码没想将这一叠文字凝成一方敲门的砖块。

写作仅是她生命的一部分，她的生活，她灵魂的安慰。

一部无为而有为之书就这样完成了，以至成为一种不朽。在文字的、精神的历史上，几乎所有的"无为"之书都闪射着夺人的光芒。它们是那样不可取代。一个纯粹的人，守住了一种品格的人，才会留下这样的文字。动机与结果就发生着这样微妙的联结。

这会深深启迪我们：任何一个诗人，后人仍然还是没法离开他的品格和资质去谈论他的吟哦。我们或许可以嘲笑"为自己而吟哦"这个提法，可是那些淳美的诗人难道不是在"为自己"吗？他发出了声音，这只是他灵魂的回响。这是他生命之舞的伴奏，他将在这伴奏中走完自己的全部旅程。他可以咏唱大千世界，可以指点万物，但这一切都将淹没于他的灵魂之水中。

世界上只要存在着无为而有为之书，那么就必定存在着有为而无为之书。博大的目的，攻讦的强烈和喉舌的锋利，也同样可以锻造出刚劲有力之歌。但这也必须是一个纯粹的诗人所为。苟且和投机者即便依仗才华，也未必能写下有为之书——想象会被强烈的主观愿望给压迫，天才的火花被窒息，自然之声由于用力屏气而失声走调、嘶哑变质……

多么不可思议的长篇巨著，伟大历史和风俗的画卷。人情世故、自然景物，何等真实生动。宫廷中的行幸、游猎、饮宴、画展、诗会、午乐、讲经、礼佛以及花花色色的庆典，都讲述得惟妙惟肖，让人有身临其境之慨。我们仿佛看到了百花盛开的春季、满目凄凉的秋天、凛冽的北风、风雪狂作的冬日、繁花树木、高山大川、鸟禽虫鱼、黄昏、正午、清晨，一切都在眼前闪回、跃动。一个作者要有多么强烈的人生趣味，怎样丰富的情怀，才会有如此动人的记录和如此迷人的吟唱。我们相信，作为一个纤纤女子，紫式部即便在艺术形式本身大概也无意惊动世人，无意争夺名头，无意开创什么、标志什么。她在这些方面也同样是"无为"的。可也就是这种"无为"，却留下了一部结构严谨、情节曲折的大书。

全书共分三大部，五十四帖，百万余字。故事情节从开头到结尾共经历了四代天皇、七十余年。它规模庞大、场面隆重，堪称辉煌巨著。在结构上，各帖的相对独立性与全书的统一达到了完美的结合。全篇是散文与韵文的结合、长篇与短篇的结合。每一帖看去都是独立的短篇，但又绝不是一部短篇的汇集。从全书的角度看，它们和谐统一，属于一个艺术整体。整个篇章那么通俗优美、绵密细致、含蓄光润，像一块泛着润泽的紫玉，令人爱不释手。

它在日本文学史和世界文学史上占有重要一页。也许在整个十一世纪初的世界文学之林，很难有哪一部书可以与之匹敌。它产生的影响是如此深远，缠绵的柔情和浓郁的抒情气息，几乎影响了后世所有的日本文学。

它是东方一块瑰宝。

无望的爱

也许有一种非常美好的情感，它来自无望的爱。

那是一种坚持、遥视、自我注视……为了这种情感，他将把自己的内心世界修葺得无比完美。他在日夜不停地滋生一种温柔，那涓涓细流不停地流淌、浇灌、滋润——为了那个想念、那个不能到达却每时每刻都在抚摸着的心愿。那是一道永远不能抵达之岸。这一世俗尺度所无法测量的距离囊括了一切的美好和诗意。这种距离感不是一个凡夫俗子随便即可拥有的。也许一个人就在这种无望之中，催生和焕发出人性当中最有希望的部分。这种爱并非抽象，它那么具体。可是具体当中又融化了那么多美好的综合。

她的一举一动都留在了他的视野里、他的心窗内。他们之间不通讯息，没有联系；可是她的所有行踪都牵动他的视线。一种独特而和谐的完美旋律，在他的灵魂深处奏起。

为了她，他对这个世界充满了感激。这感激那么深长、久远，回味不尽。他想到了自己的童年，试图从很早以前寻找这依恋的根须。那数不清的童年记忆、童话般的环境，都帮助他诠释眼前这不可思议的奇迹。

她的身影、甚至是若有若无的呼吸之声,都让他隐隐地感到和看到。

就为了接近和实现,以至于忘掉这美好的心愿,不停地劳作;他可以奋不顾身。他所有的自语都弥散着无法言喻的美。他歌咏生命的活力、它的来路与归宿、它的难言的隐秘、它的青春的光彩。

人类有时也寄希望于"无望之爱"——这微妙不可言喻的情愫。这是人生中的一次远航,一次面向遥远之地的奇特航行。这航行也因为那奇特的目的而变得生气勃勃、情绪饱满、有声有色。这种爱怜由无声之声加以表述,混合着纯粹的稚想、淡淡的哀愁,和一丝过来人的恳切与淳朴。人们挨近着那种美好的感觉,内心里的交谈和倾诉日夜不息,诗意升华游动,空中的五彩云霞负载了浮升的灵魂——他企图在这更为开阔的俯视中看到她繁忙、勇捷、无畏而美丽的身影。

那高高挽起的发髻啊,那多情而刚毅的目光啊,那传奇般的行踪啊。

诗人叶芝一直热恋着爱尔兰那个英勇的女人毛特·岗,直到脸上刻满了皱纹,仍在为爱而吟唱。这是一场漫长的、锲而不舍的内心的追赶。他把自己的声音送达她的耳廓,她用奇特的方式回应了他。他那几句令人潸然泪下的吟咏使世人永志不忘。"为这无望的爱饶恕我吧。/我虽已年满四十八岁,/却无儿无女,两手空空,仅有书一本……"

谁来饶恕?诗人从来都不是一个被饶恕者被怜悯者。后人只会从这吟唱里听到至为淳美的灵魂之声。这是人类所能滋生的最为美好的情感。这种完美的、自我修葺的心愿可以击败一切丑恶,可以抵御一切毁谤、坎坷和艰辛。这种不朽的情感才可以使人类永生。渺小的生物热衷于贪婪的攫取,在如愿以偿的咀嚼中获得苟活的满足,没有能力也没有勇气经历那种陡峭的情感经历,没有那样的韧性、情怀和魄力。任何贪婪只是一场失败,一场永远不可再生的腐朽之物。

他们的身影都消逝了,可是他们的行踪长镌在了大地上。

大地——多少人,多少咏唱,多少记录,让人眼花缭乱,却远没有他们的魅力。

我们不可能知道更多的关于他们的故事了,只凝视这几行关于爱的、无望的吟唱。一颗灵魂散发出独特的芬芳,它不同于茉莉、幽兰和丁香的浓烈。这芬芳的气息让人深深地沉浸和战栗,最终也难以飘逝。看着他沉重的面容,还有那双直到最后也不会混浊的眼睛——它在注视后来者、未曾谋面者,传达着自己的深爱,送来上一个世纪的关怀。

我们应该握住他温热的手掌,让他牵引我们,让我们感知它的柔软。是这双柔软的、独一无二的手,抚摸过那个世纪的炽热和忧愁。

我们至今仍在倾听。他的声音在大洋两岸响起,送来一片新的光明。在闹市和荒凉之境,特别是在那条河旁,当豌豆花儿如期开放,我们又有机会在花椒树下展放那一本薄薄诗集的时候,立刻又感受了那对目光的抚摸。真正的爱是无边的。

曾经有一位北中国学生在信中直言袒露:她久久凝视着诗人的相片,在那开阔的额头印上了自己的亲吻——辽阔的土地上有这样的女孩!爱是一种能力。请不要伤害这种情感,不要惊扰它。

这也是一种无望的爱。

它显得纯粹,有着坚实的、晶莹的质地。我们差不多能够想象那种情形,那种无始无终的循环往复的情感。它傲然地飞翔、游动、寻找。

它们将在人的未知之地,在神奇的角落里悄悄会合。

我们仿佛看到了诗人伸出的那双温暖的手掌,正抚摸大洋彼岸二十世纪里一个稚嫩的孩子。他们都因为一场无望的爱而泪水涟涟、双唇颤抖。他们都没有出声,都使用目光和手掌。他们在承受和接受。

多么美好,生命的奥秘,生命的力量。它的全部都被这一则两不相干的故事给悄悄包容了。它可以是叶芝,是毛特·岗,是东北阔土上那个美丽女孩,也可以是其他,是星斗和兰花,是彩云……

炉 火

冬夜,听不到炉火噜噜燎动之声。那是多么好的声音,它甚至可以驱走心中的严寒……

仍能想起无数个那样的夜晚,炉火旁,我们的不停阅读。几个人屏息静气,一杯热茶,一点跃动的灯火,就是最为幸福的时刻。大家从遥远之地汇集一起,有的甚至跋涉了一百多里。他们在阅读别人的或是自己的东西;或倾听,或热烈辩论。常有人泪花闪闪。

那是个贫寒岁月。朋友们除了一副背囊,一腔热情,几乎一无所有。他们大多是一些流浪者,一些年纪轻轻的流浪汉。他们在山地和平原奔走、劳动,过着清苦的生活。但他们都有阅读的习惯,甚至还有写作的习惯——挤在油灯下,炉火旁,就有了一场精神会餐。他们也许是稚嫩的,他们还多么年轻。可是他们身上却闪烁着自尊的光芒。他们比那些为另一些东西而奔波的油头粉面者要高贵十倍。他们当时衣衫破旧,头发脏乱,脸上带着灰尘,脚上和手上还留着劳作留下的创伤,粗浊的山地和外省口音也无法掩去真知灼见,并使这场辩论显得特别激烈,他们的纯美见解没有被记录,却可以被记忆。

许多年过去了,当年那些年轻的身影都四散离去。有的再寻不到,成为昨天;只有那一幕幕,如在眼前。

今天再没有那样的炉火了,没有那样的聚会,那样的痴情、那样浪漫和纯粹的情怀。真的难以寻觅。

我们点起这样的炉火,因为无比怀念那些时刻。它是一段青春,消失了即不能回返。可是那个场景却可以重造,不仅在记忆中,而且在现实中。

昨日不再卑微渺小,因为它有沉重的关怀。我们当年有幸参与了倾听了,看到了炉火动人的燃烧。那一片温暖让人永志不忘。

如今在乡间,在闹市,在中心,在边陲,哪里还可以找到那样的炉火?那是过时的风尚、是陈迹……首先是心中的炉火熄灭了。人们在为另一些东西所激动,为原始的欲望而奔波。他们丢失了当年的背囊。

在世纪之交的喧嚣中,唯独失却了炉火。我们从那些动人的记载中可以发现,在十九世纪的俄罗斯,在那片与我们毗邻的土地上,一大批杰出的人物,像东方某个时期的一些人物所面临的状态一样。在社会的转折期,在世纪的交汇期,他们当中有贵族,也有贫儿;有艺术家、音乐家、思想家,也有哲学家和科学家。他们的壁炉正熊熊燃烧,炉火旁纵论天下,通宵达旦。那是为真理和艺术奔走相告的一种激情。炉火像他们的豪情一样烈焰腾腾。伟大的心灵在跳动，他们用双手迎来一个思辨的时代。他们开拓了伟大的视野，传播了诗与真，在整个人类的思想和艺术史上占有光辉一页。

最初这声音只在炉火旁，在一个角落；但由于它闪烁着真的光芒，终于越过斗室，走向苍穹，化作滚滚雷鸣，如闪电照亮天际。

那片土地上的思想艺术之火正像我们后来所了解的那样，成为燎原之势。它给东方和西方同时造成了震撼。那些杰出人物的高大身影，已经不会倒塌。

不仅是对炉火的憧憬，而是追求真实、追求人生大境界的本能，使一批又一批人接近了那燃烧的火焰。

人有精力充盈、火力四射的青年时代。在那个时期，他们往往有着美好而壮丽的举动。

记得十几年前那个春天的夜晚，一拨年轻人聚集在一个场所，交流自己的阅读和崭新的见解——言辞愈来愈激烈，气氛愈来愈火爆，春寒一扫而光。他们个个热汗涔涔，头发冒着白汽。炉火燃起，停电之后又点上蜡烛。再后来，那狭窄的室内空间已经有碍于激烈冲撞的思想了。他们先后走出，走到郊外山上。

在山上那层层开凿的台阶上，他们坐成一排；有时站立，挥动手臂展开辩论……那都是关于人生、哲学、艺术，关于古代和今天，关于切近我们生活的历史，关于未来的想象和推论……那些纯洁而深刻的思想与他们的年龄或不相称；他们唇边刚刚生成一层茸毛，睫毛微翘，星光下闪烁一片明亮的眸子。

一种毫无邪气、毫无私欲的论辩激烈进行，每天都有越来越多的年轻伙伴奔赴郊外这座山。

辩论持续了很久。这是一场蔓延了半座城市、一座大山的辩论。那些谈锋犀利、知识渊博的年轻人都在黄昏刚刚消失的时刻赶到山上。一场辩论中的胜者站在了台阶最高处，败者则退下山来。胜者要接受一波又一波的挑战。他们真诚、执拗，为真理不甘屈服。他们当中的最杰出者，最后或者可以称为"不败者"的，只剩下了五人。

当年那场令人神往的大辩论如在眼前，或许永生不会终了。它像巨石投入水中，波纹荡到遥远。这声音来自我们民族精神的深远贮藏，它使人想到春秋战国时期奔走天下、纵论时事的诸子；想起提出"百家争鸣"的稷下学宫；想起那些互不谦让、口齿锋利、"日服千人"之士。

物质主义盛行的时刻是远没有那样的气势的。一种无所不在的萎靡只会把人的精神向下导引，进入尘埃。

人没有能力向上仰望开阔的星空，没有能力与宇宙间的那种响亮久远的声音对话。每当个人心中的炉火渐渐熄灭之时，就是无比寒冷的精神冬季降临之日。这种寒冷将使人不堪忍受。当有人怀念炉火之时，往往已为时过晚了。

但火种总会贮藏在一些特殊的角落，它们远未熄灭。它们即便是在最寒冷的时候还仍然在那儿默默地燃烧，酿成一小片炽烈。

那是心中的火，不灭的火，是生命之火。没有什么力量可以绞杀生命的火种。正是这火种，最终给人类带来光明。

生命之光即是永恒之光。

永恒的向上

在人类无法言喻的漫长坎坷之中，在我们经验内外的一切困苦之中，只有向上的精神可以使人自救。这也许是人类的精神空间中唯一的永恒和深刻。人类在脱离蒙昧之后的那一天就被逼上了失望的悬崖，逼上了一个尽头。人类已经没有退路，于是只有向上，只有这永久的、永不颓丧的提醒和飞跃，使自己生上双翅。

任何这样的努力都在显示着人的自尊和不可辱没。那些经历了一生坎坷和无尽求索的垂垂老者，低垂的额头上压着白雪，没有人比他们更懂得时光的奥妙和终点的隐秘。可是他们仍然没有放弃求索的热情，没有放弃上帝赋予他们的这个神圣权力。他们仍然在追求向上的永恒，把这种智慧的光、伦理的光传递下去。这种伟大的传递时常被黄口小儿的嬉戏所嘲弄，可是他们终因本质的伟大和深刻而得到确立。这是生活的本质、是至高至上的道德准则所确立的。机智的嬉戏者比起他们，的确是一些处在"初级阶段"的稚儿，是一些没有迈出蒙昧之门的"看透者"，一些貌似聪明、实际上是愚不可诲的劣质生。他们之间无法对话，正分别走向人类精神历史的两个方向，即向上和向下。向下则把人类引向永难解脱的苦难之中，这苦难才是至为黑暗、至为寒冷的无底深渊。

任何使人类精神脱离了理性悟彻、脱离了寻找和探求的积极的通道，都是一种不道德的、丧失了良知的行为。向上即严肃的追求，它必定贯彻着充满分析的理性之声。它反对虚伪和蒙昧，欺骗和蛮横，狭隘与专制，反对堵塞言路和思路的野蛮力量。

真正的理想主义是宽容而自由的，不是某种僵死的教条和规范；它是一种善、一种生命的真实。它必服从于这种真实，循着这指引前进。

人类只要想生存下去，也就没有权力使自己变得冷漠。思想、心情、物质、环境，一切的方面都给予温暖的关怀，才是现代生活的一个基本准则。随着知的拓展，深重的苦难感也会同时拓展；而最强大的抵御力量——我们的勇气，也只能来自向上的精神。

就是它的引导与提升，才使我们不致因为恐惧的颤抖而加速滑落。那种滑落将无以挽救。

我们的确看过一些美好的积累。这些积累是异常艰难和缓慢的，是花费了无数人的心血、漫长的时间、不可思议的劳作，才建立起来堆积起来的。而我们向下滑落时，却可以在短时间内耗去大量积累。这种积累属于我们全体人类，而不属于某一个社会集团、某一个阶级和阶层。所以维护这种积累成为一切人类、一切渴望向上的生命、期待安全和健康的人类共同的责任。人类有责任和权力对滑落伸出指斥的手指——这也是永远不变的道德原则。

真正的现代主义运动的历史上，也仍然洋溢着向上的精神，吹拂着清新的气息。真正的现代主义以前所未有的宽容、博大和自由的精神，囊括了一切积极的探求，寻找了更多形式上的通路。它对于当代人的滑落给予了无情的抨击，那种挽救的努力至为动人。这种努力虽包括了辛辣的讽刺、嘲弄，以及颓丧外表下所遮掩的那颗火烈感激的心情；由于生命质地本身的坚实、紧密，它的确在以前所未有的方式作着向上的努力。

现代主义仍然拒绝魔鬼的声音，仍然拒绝毁坏者和丑恶者的灵魂。

这不仅是诗人的自信、艺术家的自信,也不仅是道德家的自信,而且还是人类本身的自信,是时间的自信。

我们离开了这种自信,就会离开我们的判断和我们的逻辑。

春天河水就要融化,河畔上的李子树银亮的花朵就要吐放,蝴蝶和蜜蜂就要飞来;大雁向北,港口解冻,柳莺四下翻飞。这种自然的秩序即包含了诸多美好,传播着真理——自然与生命的基本法则,预示了希望。在这无言的真和诗的围拢之下,人类的确应该是美好的。这种美好应该被自然而然地追求、贯彻和维护。向上的人类必须是善良的,向上就是一种善良。而只有善良才能够维护生命的永恒。

……打开书页,一次又一次沉迷其中。我们发现上几个世纪留下来的声音仍然是这么鲜活动人。原来自高自尊的声音只有一个,那就是向上,是善。这一场没有退路的、永久的精神的攀援,原来从未停止。它偶尔在某个时刻出现小小曲折,可是在更长的时间之绠上,这种曲折简直微不足道。

你从来没有怀疑过,你告诉我们,你是这般的自信、从容和坚毅。当代人应该再一次温习你的声音,他们的耳畔应该响彻着你的坚定的声音。这是人类的春风。它每年都抚开坚硬的冰块,让溪水潺潺流动。这声音既不是自欺,又不是欺世。它那么淳朴和真实,它不过表明了人类所应该具有的无所畏惧、勇气、向前和自尊的那种信念。

我们将在这种精神的质询下走进我们的时代,到达另一个时代。我们寻找未来的生命。我们联结他们,牵起他们的手。我们接受了最好的预祝,也要把自己的预祝传递下去。这种小心翼翼的维护和分离的徘徊,只是昨天的接续。我们做过的一切或许都非常平凡，不值得骄傲和自豪；可是我们就依靠这平凡的劳作，阻止了自身的滑落。

不止一次听到有人嘲笑你的精神。有人把它界定为"陈旧的理想主义"。不，向上的精神永远是新鲜的，永远不会蒙上尘埃。这种精神会蜕化。蜕化的精神走向变异，走向死亡。它只能是滑落的另一种方式。

在难以辨析的思想的交织之中，在茂长的历史和现代的精神丛林里，最终只可以分为"向上"和"向下"两种。回避了这一判断原则，转而"聪明"的界定，都会流于蜕变，会走入伪善而离开真善，会弄出丧失科学之学术，发出恐惧战栗之声，丧失悲悯的人类情怀。令人担心的世纪末……既不懂得浪漫，又不懂得永恒，只沦为忙于跟从的呓语者。

只要太阳还在升起，人类只能随之向上。

一九九三年九月

域外作家小记

我们这一代作者有机会接触这么多外国作家作品，当然是很大的福分。读得多了，会不断地鉴别和比较，对其中的一部分，就留下了难以磨灭的印象。这些印象大多是很早以前的，再说它有多大价值？它会准确吗？我深知把这些写给你是十分冒险的，不过我也知道，一个写作者如果过分怀疑自己的悟力，也只得放弃写作了。

索尔·贝娄[*]

他的书在中国出版较多。我最喜欢的有《洪堡的礼物》和《赫索格》。我一直感到奇怪的是，当代作者很少议论这位了不起的作家。我几乎没有读过比他更幽默更机智的作家了——他用这一切稍稍遮掩着心底深切的悲凉和怜悯。

他的这方面的巨大才能，使得其他专事调侃、用嘲弄的笔风描叙当代生活的作家顿失光彩。他让人想到这方面的其他作家都是轻量级的。

---

[*] 索尔·贝娄（1915—2005）美国作家。生于加拿大，父母是俄国的犹太人。代表作为长篇小说《赫索格》《洪堡的礼物》。一九七六年获诺贝尔文学奖。

人性中最曲折最隐秘的部分也难以逃脱他的眼睛。这是一双万里挑一的眼睛——穿透力、视角、目光的性质……一切方面都是那样卓越。

他的著作给人丰富华丽的感觉。这绝不仅仅是形式问题，而是它所包含的内容给人的感想和联想。

他的思维常常到达最为偏僻的一些角落，令人叹为观止。他最好的几本书都让人觉得细致坚密，容量极大，几乎可以无数次地重读而不致烦腻。

《更多的人死于心碎》是他最近的一本书，幽默和机智似乎一如既往。不过细读下来，还是可以隐隐地感到活力降低了，它没有了鼎盛期的那种巨大的蓬勃的生力。

贝娄的作品由于仅仅止于悲凉的心情、无望的冷嘲，缺少某种坚定性，所以也稍稍缺少了一种"伟大感"。

米兰·昆德拉*

他的书短时间内在中国几乎全印出来了，而且在西方也红得又透又快，是个奇迹。他不是一个通俗作家，可是书的印数有时像通俗作家一样大。

我认为他的几本书中，最好的是《玩笑》。其次是《生命中不能承受之轻》。后一本书把他的拿手好戏推到了一个高峰。其余的只是在重复和演变，像后来的《不朽》，已经写得相当吃力。尽管作者依旧做出

---

* 米兰·昆德拉（1929— ），捷克作家。当过工人、爵士乐手，后致力于文学和电影。一九七五年移居法国。代表作为《生命中不能承受之轻》，八十年代以来在国际文坛上有重要影响。

一副悠闲的、从容不迫的解说和镂刻的姿态，但捉襟见肘和敷衍的感觉仍较明显。它使人想到一个人在用力挤下几滴水。

最令人称道的当是《玩笑》——几大块结结实实，真实有力，弥散出无法言喻的美。它是作者情感世界中最成熟最稳定的一次倾诉。《生命中不能承受之轻》虽不如它那么有力、内向和扎实，但仍然写得才华横溢。这是典型的欧洲作家的杰作，它不会出现在东方作家手中。它是逻辑的、分析的。而东方作家绝不会以分析见长。

米兰·昆德拉是一个信得过的、极为特色的作家。这又一次证明了：无论一个作家有多么深刻的思想、多么曲折的表达，只要总体上看属于特色感很强的作家，就仍然具有和接近某种通俗性；社会读书界在接受一个特色作家时，远比接受一个苍然浑厚的作家容易。

略　萨[*]

他在中国当代的命运有点像米兰·昆德拉，属于最幸运的几位外国作家之一。同样幸运的还有马尔克斯。

略萨最好的书是《绿房子》和《胡莉娅姨妈和作家》。他自己最喜欢《世界末日之战》，可能因为它写得最用力。作家写这本书的心情不一般，稍稍严整一些、庄重一些，像一切创作大作品的作家一样。不过《世

---

* 略萨（1936—　），秘鲁作家。曾先后在巴黎、伦敦、巴塞罗那等地侨居。十六岁开始文学创作，二十六岁发表《城市与狗》，一举成名。代表作为《绿房子》《胡莉娅姨妈和作家》等。他被视为拉美现代文学代表之一。二〇一〇年获诺贝尔文学奖。

界末日之战》还不算典型的大作品,尽管它也有那样的色调、规模和主题。略萨是不正经的,一正经就影响了才华的发挥。

前两部书就是他的人格和才华、艺术趣味诸因素结合得最好的作品了,综合看效果好得多。一个作家在漫长的写作生涯中难得表现出略萨那样的放松感和随意性,而且始终保持一种技术上的实验兴趣。虽然有些实验并非是高难度的,但探索的热情一直鼓涨着。这种热情同时也在激发他巨大的创造力。

《绿房子》像作者的其他作品一样,结构上颇费心思。但它们给人和谐一致的感觉,并不芜杂。《胡莉娅姨妈和作家》也是这样。如果作者在写作、在全篇的实现过程中心弦稍一松懈,再机巧的结构也不会带来好的效果。真正的艺术品总是生命激情的一次释放,当然会排斥一切技巧性的东西——除非是激情的火焰将其他阻碍全部熔化。

我印象中的其他几部书就没有这两部书好。有时候略萨给人太随意太松弛的感觉,还多少有些草率——我是指作为一个作家在写作时并没有特别的、深深的感动。

厄普代克[*]

他的作品译过来的主要有《兔子》系列,有《成双成对》等。与这

---

[*] 厄普代克(1932—2009),美国作家。一九五四年毕业于哈佛大学。代表作为《兔子,跑吧》《兔子回来了》《半人半马》等长篇小说。他的短篇小说也独具一格。

些作品相类似的主题在欧美作家中并不罕见。他的突出当然只能靠自己对美国一个局部的独特把握，靠一己的才华。他写出了具体，因而也绝不重复。

将他与索尔·贝娄做一比较最合适不过。他们所表现的历史时期不尽相同，但也相差不远。主人公的属性也差不太多。而且他与贝娄的艺术趣味相去并不遥远，比如说不如海明威和福克纳、伍尔夫与曼斯菲尔德离那么远。比较中我们会发现，厄普代克写得太松了，阅读中给人的艺术刺激没有贝娄频繁和深刻。包含的东西少了一些，似乎不够紧密。

还有，它们经不住重复阅读，这也是他与贝娄的区别。

海明威[*]

他最让我羡慕的作品有一部长篇《丧钟为谁而鸣》、一部中篇《老人与海》，再就是十几个短篇。西方有不少评论者将《永别了，武器》作为他的长篇代表作。

在那部写西班牙战争中一次炸桥行动的长篇中，他一切过人的技能都得到了尽情发挥，给人炉火纯青的感觉。整部书写得一点也不吃力，

---

[*] 海明威（1899—1961），美国作家。早期以"迷惘的一代"的代表著称。风格独特，文体简洁，在世界文坛很有影响。代表作为《丧钟为谁而鸣》《永别了，武器》《老人与海》等。一九五四年获诺贝尔文学奖。一九六一年七月二日开枪自杀。

作者始终掌握着艺术上的主动权，自信而又坚定。这部书有强大的张力，像作家其他的成功作品一样，很收敛，却有着巨大的内力从中生出。

《老人与海》何等单纯。这是一个壮心不已的艺术家在创作生命接近终点时的最后一次突围。它大概凝聚了作家一生中的全部经验——艺术和人生方面的经验。它像一首长诗，一曲长歌，在读者心头引起了深深的共鸣。

他的短篇不像其他作家写得那么即兴和轻松，所以每一篇都很沉，包含了无尽的内容。

所有人都说他的语言是简约的，是电报式；他经营出很多的"艺术空白"，这是显而易见的。但我同时又觉得他写了很多自己过分感兴趣、一般读者却不一定感兴趣的场景和意思——这时的海明威很饶舌。我们之所以可以忍受，是因为他的强烈的"海明威式的热情"感染了我们。他常常是自我感觉非常良好的——在生活中、在写作中。这也显得单纯可爱。

他所处的那个时代，古典主义的影响还是颇大的，所以他仍然借用了一种强大的余韵。这也是海明威在现代主义实验中多得一分的缘故。他远比后来的某些现代派作家庄重和大气。他富于冒险，可是也非常精明，无论在日常生活中还是在艺术创作中。

他身上有很多油彩，这也帮助了他声名远扬。比起他的实际成就，他的名声也许显得太大了些。

福克纳 *

福克纳的作品数量比海明威多，质量大约也均衡稳定——除了明显的、故意的敷衍之外，作为一个作家，他看起来并不特别凸显某一篇某一部，虽然也有特别好的，像《喧哗与骚动》《我弥留之际》和《熊》等。

写作对于他而言，更像是不可缺少的日常劳作，可以长时间地坚持下来。他的作品很内在，因而也更能经受时间的挥发。他很孤独，所以他从写作中汲取的快乐是至为重要的。这也是一切真正的艺术家的共同特征。为了抵挡人生的永恒的烦恼，他在一个角落里咀嚼、倾诉，喃喃之声后来惊动了世界。

作为一个人，他没有像海明威一样留下那么多耸人听闻的故事，但却创造了一个更为复杂的世界。他有趣，沉默，含蓄，比海明威在世时打扰的人少。

尤瑟纳尔 **

她有点像男性作家，作品中洋溢着另一种气息。她的作品可不仅仅具有细腻柔婉等女性作家的特征，而是充满了洒脱爽快感。几乎不存在什么心理方面的障碍，笔锋锐利畅达。正像她对话集的名字（《开阔的

---

* 福克纳(1897—1962)，美国作家，是一位庄园主的儿子。初期写作得到作家舍伍德·安德森的帮助。代表作为《喧哗与骚动》。他擅用意识流和时序颠倒、象征隐喻等手法，对世界文坛有较大影响。一九四九年获诺贝尔文学奖。

** 尤瑟纳尔（1903—1987），法国作家。十六岁即以长诗《幻想国》获得泰戈尔好评。二次大战后移居美国。一九八〇年当选为法兰西学院建院三百四十年间第一位女院士。代表作为《阿德里安回忆录》《苦炼》等。

眼界》)一样,她的视野太辽阔了,关心的事物繁杂而丰富。

有一些女性作家是重要的,她们常常以自己纯洁的或极为特殊的创作而使人赞叹,让人难以忘记。有的甚至非常勇敢,比如勇闯禁区——人性的政治的宗教的历史的。但其中的多数大致上仍然可爱而单薄。尤瑟纳尔却不仅仅如此。给人这种感觉的大概不是创作的数量问题,也不是创作的风格问题,而更多的是视野,是文笔的力度。

她销量最大的是长篇小说《阿德里安回忆录》。但我们从中并未看出有多少讨好读者的地方。同样是取得了巨大成功的《苦炼》,也显示了作家非同一般的严谨态度、丰富的知识和分析的能力。

她的境界、关怀的事物,都超出了我们经验中的女性作家。

屠格涅夫[*]

他在中国的影响一度超过了陀思妥耶夫斯基。他作品的气质符合大多数中国人——特别是上一茬中国人——的欣赏口味。难以掩饰的俄罗斯贵族气、典雅绚丽的文笔,这一切都让有教养和渴望有教养的读者感到受用。要读好书就得找屠格涅夫那一类的书,人们似乎达成了这种共识。他不如托尔斯泰厚重和伟大,可是也因为没有那么强烈的哲学意味和宗教气息而更易接受。

他多情而善良,但只会被人民喜爱而不可能化为人民的一员。他的

---

[*] 屠格涅夫(1818—1883),俄国作家。生于贵族家庭,目睹母亲虐待农奴,深恨农奴制。早期作品《猎人笔记》获得广泛影响,后写有多部中长篇小说,如《木木》《前夜》《父与子》等,均产生广泛影响,在世界文坛享有很高声望。

艺术是有良心的贵族的艺术。他的巨大才华会令一代又一代人钦羡不已，无论有多少人随着风气的转移而轻率褒贬，他的艺术价值是不会改变的。他所表现的美是真实的、不变的。

对他的误解、某种偏激的损伤是会经常发生的，这也是贵族气的艺术家最容易遇到的。连曼斯菲尔德这样杰出的人物都忍不住叹息，说屠格涅夫"多么虚伪！多么造作"！——没有一点吗？有那么一点，但只是一点点而已。

真正的人民作家、被苦难浸过并专注于表现苦难、深深地理解苦难的作家，才会彻底抛弃和消除那"一点点造作"。对于屠格涅夫而言，他一辈子也洗不尽"铅华"。不过这也好。

他的《白净草原》《歌手》等短篇写得棒极了，真是浑然天成。它们有不灭的美，在这种美面前，一个诚实的人总会感动的，会发出无条件的赞美，无论他信仰什么、有什么不同的审美倾向。

他的长篇不如短篇，而他的后期作品又不如前期。《猎人笔记》也许是最真实有力、最能代表作家艺术成就的作品？

陀思妥耶夫斯基[*]

像托尔斯泰一样，他是文学世界中难以超越的高峰。一个真正的巨

---

[*] 陀思妥耶夫斯基（1821—1881），俄国作家。生于医生之家。父亲因虐待农奴，被农奴打死。初期翻译巴尔扎克的小说，后创作了许多杰出作品，如《被欺凌与被侮辱的》《死屋手记》《罪与罚》《卡拉玛卓夫兄弟》等，对世界文坛有重大影响，被视为"现代派"的鼻祖。

人最好能像他一样，那么真挚、纯洁、深邃，又是那么充满了矛盾、犹疑和晦涩。他太不幸了，一生中度过了不少拮据期和病疼期。可是这些都没能阻止他成为一位大师，而且还援助了他。这真是奇迹。与托尔斯泰和屠格涅夫、普希金一起，他成为对中国影响最大的四位俄罗斯作家之一。这个备受煎熬的灵魂影响了那么多的心灵，他的博大和慈爱与偏执和冷酷一样显著触目。

小市民不会喜欢他。他的作品不是为一些肤浅而无聊的人写的。他有时也并非不想写消遣的作品，只是他的一颗心太沉了，从这颗心中产生出的一切终于无法消遣。

与托尔斯泰一样，他在《卡拉玛卓夫兄弟》等作品中有那么多直接的诉说和辩解，直接面对着灵魂问题，剖示使人战栗。在这种真正的人的激动面前，我们不由得要一再地感到自己的渺小、平庸和微不足道。

列夫·托尔斯泰[*]

我始终相信，他是赢得作家的尊敬最多的一个作家。没有一个人敢于用轻薄的口吻谈论他，没有一个当代艺术家不去仰视他。他的天才、难以企及的技巧，比较起他的伟大人格，似乎都是可以略而不谈的因素了。没

---

[*] 列夫·托尔斯泰（1828-1910），俄国作家、社会活动家。他先以文学扬名天下，其代表作《战争与和平》《安娜·卡列尼娜》被视为不朽之作，对世界文坛影响巨大。后热心于平民教育和社会进步事业，强调道德的完善，提出"不以恶抗恶"的托尔斯泰主义，被奉为道德的楷模，民族精神的领袖。晚年作品《复活》是一部反映其精神轨迹的杰作。

有人敢于断言自己比他更爱人、爱劳动者，比他更为仇恨贫困和苦痛、蒙昧。

他的作品多得不可胜数，又由于都是从那颗扑扑跳动的伟大心灵中滋生出来的，所以一旦让我们从中加以比较和鉴别时，就不由得使人分外胆怯，涌起阵阵袭来的羞愧。它们都由生命之丝紧紧相联，不可分割，不可剥离，真正成为一个博大的整体。于是他的一部长篇巨制和一篇短文同样伟大。

我们在现代作家的机智和领悟面前发出惊叹时，最好忘掉托尔斯泰。因为一想到他，现代作家的那些光华就要受到不可思议的损失。在他面前，聪明和睿智都显得不太必要，也似乎有些多余了。

他是"伟大"的代名词。

他多么偏激，可是他多么真诚。在这种大写的人的真实面前，我们第一次想到了伟大的作家原来都是超越了自己的艺术的。而那些创造了现代艺术的辉煌的作家们，总是被自己的艺术所淹没，这同样是一种不幸。

兰 波[*]

他让人想到一种奇迹。天才和艺术的成熟，它的展现，总需要起码的时间和过程。而兰波似乎把这一切都省略掉了。读他十几岁的诗作，人人都会对天才产生一种深刻的神秘感。遥遥感知着那个奇特的、也许

---

[*] 兰波（1854—1891），法国诗人。由于父母不知，自幼悒郁寡欢。十六岁起常外出流浪，与著名诗人魏尔伦交往亲密，后发生冲突，被魏尔伦打伤。一八七六年参加荷兰殖民武装到爪哇服役，后曾参加贩卖军火。其诗作现存一百四十首左右，主要为十六至十九岁所作。

几百年才会出现一个的灵魂，想象着人生的全部奥秘和美好——人的无穷无尽的创造能力——无法不陷于深深的感动。

他的作品很少，译过来的又是一部分。我们怎样领略这个早熟的诗人？魏尔伦曾经这样描绘这个了不起的少年："这个人是高大魁梧的，几乎是运动员般的敏捷矫健，脸像被放逐的天使那样，完全是椭圆形的，一头乱蓬蓬的栗色头发，眼睛则属于那种令人不安的浅蓝色。"

像很多真正的天才人物一样，难以言喻的强大生命力使其狂躁不安，在大地上来复奔走，毫不怜惜地折腾着自己。他做过好多种职业，经商、当兵，最后又早早夭折。我特别搞不明白一个诗人是怎样经商的，因为我恐惧今天的商人。

普鲁斯特 *

在现代艺术的代表性作家中，难得使用"伟大"这个词汇。是说不清的禁忌阻止了我们，使我们从不轻易地说他们当中谁是"伟大的"。但我们可以经常地说他们是绝妙的、天才的，等等。可是面对着普鲁斯特，我们却常常要表现出某种慷慨。

普鲁斯特的《追忆逝水年华》，大概可以说成前无古人后无来者的书。

---

* 普鲁斯特（1871—1922），法国作家。自幼患哮喘病，终生为病魔所苦，并因此而死。三十六岁起因病不再外出，闭门写作。代表作为《追忆逝水年华》，构思写作长达十六年，其中后三部是作者去世后出版的。该书被奉为现代派的经典，改变了对小说的传统观念，革新了小说的题材和写作技巧，超越时空概念的潜意识成为小说的中心。

几乎看不到借鉴，也看不到模仿——所有的模仿都不会成功。再也找不到比他更为自信从容、旁若无人的精神巨人了。他只在自己的世界中遨游，这差不多就是一个生命的全部意义。在中外古今的作家中，谁具有如此的极端色彩？

这不仅是一种实验，不，这完全不是实验——他将自己仅有一次的生命如数地押在了一部长长的著作上、一场无声无响的劳作上。他没有渴望与这种劳作精神相去甚远的酬谢和犒赏，无论它来自哪个方向，他都全无兴趣。

就是这种罕见之至的纯粹性，才使一部长卷具有某种无从想象的洁净和丰富华丽感。

作为一个生命，他那种独特的、细致入微的感知是任何人都无法重复、都要叹为观止的。我们常常在普鲁斯特惊人的发现和描叙面前感叹：人哪，像他这样敏感多情，才不枉为一个人！

我们不知何时失去了这些——一个人至为宝贵的东西，它们永远地失去了……

叶 芝[*]

我想象着他的内心世界、特别是他的情感生活，还有他作为一个艺

---

[*] 叶芝（1865—1939），爱尔兰诗人、剧作家。生于一个画师家庭。代表作有抒情诗《白鸟》《世界的玫瑰》《盘旋的楼梯》《拜占庭》诗剧《心愿之乡》《胡里痕的凯瑟琳》等。一九二三年获诺贝尔文学奖。

术家的日常状态。文字的栅栏不断地阻碍我走近,我只能透过那些缝隙去注视他衰老的身影。我看到的是一个永远不会忘记的生动面庞,他的开阔的微凸的额头。

他反对抽象的说教,而主张从感性生活的深处汲取艺术形象。他超人的想象力、真挚动人的渴求,都一再地打动我。他作为一个诗人的全部生活,那么真实而内在。他曾在长达十五年的时间里追求爱慕着一个女人,她就是毕生献身于民族自治运动的爱尔兰女活动家毛特·岗。叶芝的这些诗句令人热泪潸潸:"为那无望的热爱宽恕我吧/我虽已年过四十九岁/却无儿无女,两手空空,仅有书一本……"

仅仅是这几句简单的吟唱,就可以打开我们全部的想象,让我们去翘首遥望。

哈 代[*]

今天看,他那些长篇小说所描叙的故事都不太新鲜了。可以想象在当时也不见得会是什么传奇。可是它们却有一股神秘的力量不能消失,即便经过了遥远的传递也还是存在。的确,极少有一个作家会像哈代一样常读常新,经得起一代又一代人的咀嚼。那些看似陈旧的、被多次讲述过的故事,竟能在刚刚成长起来的一荐读者中找到知音;它可以不断

---

[*] 哈代(1840—1928),英国诗人、小说家。其父是石匠,一生住在农村,爱好音乐,对哈代有重要影响。哈代二十六岁开始文学创作,代表作为《德伯家的苔丝》《无名的裘德》。他在英国文学史上占有重要地位。

变幻，闪耀出新的光彩。

有一种作品会随着时间的延续而生长，这一类作品总是极少的。一般而言，时过境迁，作家当年的感动会变得老旧，至多是有一些古董气让人留恋。它们不可能继续向外生长，长出新的东西。它甚至不具有弹性，在外力的作用下也不会增加长度和宽度。

而哈代以《苔丝》为代表的长篇小说既有迷人的古典气，又会随着时光而新生。我想象它的奥秘——可能仅仅因为他是一个感悟力特别、并且又十分强大的人。他能让笔下的一丝一缕都根植于土地，从中一点一点长出，而且让其永远都不离开那块不大的原土。这样风雨飘摇之后，一个个季节度过，新的一茬收获还会重新来临。我想他在当时绝不追求时新，而是自主性特别强的一个作家，坚持从脚踏的土地上发现永恒的诗意。大地的斑斓被他重现了，这种色彩浓烈充盈，永远不会被岁月冲淡。面对这样的巨幅画卷，我不由得想起密茨凯维支的诗句："好一片田野，／五谷为之着色！……"

毛 姆[*]

他的作品很好读——但好读的却不是他最好的作品。他很理解大众读者，尽可能写得机巧，这自然损伤了自己的艺术。他如果不这样做呢？

---

[*] 毛姆（1874—1965），英国小说家、戏剧家。自幼父母相继去世。曾学医，后创作剧本，获得较大反响。代表作为长篇小说《人性的枷锁》和《月亮和六便士》，短篇小说也颇具特色。

以他的才力会成为第一流的艺术家吗?

《月亮和六便士》是雅俗共赏的书,却并不让艺术家过分地挑剔。在这本书中,他对艺术家和他们的劳作有透彻的理解,这种理解本身就让人感动。

但是真正令人刮目相看的,大概还是他更长的一部书:《人性的枷锁》。他写这部书时不太渴望世俗意义上的成功,而是想好好地写写自己。他很少在过去的写作中表现过如此的淳朴,如此的沉着。当然也显得琐细、冗长,特别是用今天的眼光看。但只要耐住性子读完就会发现,它是庄重沉稳的、有深度的。这部书越往后越好。它写得太长了,艺术上多少有些平庸气。好像老牛拉车,尽管缓慢,但毕竟负载的东西很多。

比起以前那些机灵的短篇,他的一二部好长篇使其稍稍超越了自己。

萨 特[*]

他一直主张介入和干预,贴近现实,所以一度很对中国作家的口味。不过比起一般作家来,他还是一个哲学家,活得更真实,有一副称得上天才的不凡的头脑。大概一个作家有了这样的本钱,然后再力主干预生活,就显得更可信更有价值,会焕发出新的光彩。

他的戏剧比小说更为成功,我想这是因为他作为一个外向的艺术家

---

[*] 萨特(1905—1980),法国作家、哲学家。幼年丧父。二战中他应征入伍,曾被德军俘虏,获释后参加地下抵抗运动。他是法国战后重要文学流派存在主义的倡导者。代表作为小说《恶心》、剧本《群蝇》等。一九六四年瑞典文学院决定授予他诺贝尔文学奖,被他谢绝。

和社会活动家，戏剧这种形式更合适一些，更容易直接面对广大民众。他们是他特殊需要的。

他有极高的艺术才能吗？这往往令人怀疑。他是一个综合体：艺术的，哲学的，社会学的，诸方面的综合。他最突出的方面或许不是才华，而是敏感与聪慧，是介入社会生活的巨大勇气和激情，是一份真实有力的人生。

这就构成了他的艺术品格，使其提升到了一个新的层面上。

萨特比任何作家哲学家都更具有"当代性"。理解他离不开那个时代，他是与时代紧紧结合和互助的思想艺术巨人。我们也许难以独立考察他的学术和艺术成就，因为这种独立剖析会弄伤了他的思想和艺术肌体。他是那个季节里茂长的一棵枝叶浓密的大树，旁边还长有差不多的另一株树：波伏瓦，即被他称为"河狸"的非凡女人。

加西亚·马尔克斯[*]

在短时间内风靡了中国，他的确是迷人的，新时期十年中的影响超过了所有外国作家。他经营那个世界的独特性令人梦牵魂绕。他最让人着迷的作品除了一些中短篇，就是《百年孤独》和《霍乱时期的爱情》。后一部书是获得诺贝尔奖之后的创作，这就让人感到奇怪：他在那个大

---

[*] 加西亚·马尔克斯（1927—2014），哥伦比亚作家。生于医生家庭。代表作为《百年孤独》《家长的没落》《霍乱时期的爱情》等。以魔幻现实主义手法著称，八十年代来在世界文坛有重大影响。一九八二年获诺贝尔文学奖。

奖之后仍然能够沉下心来写出一部真正的杰作。这种现象几乎是罕见的。

一个作家的所有好作品、真正有魔力的作品往往都是在刻苦奋斗中、在压抑的气氛中写出来的。一旦缺少了这种环境，一个人就失去了力量。而在马尔克斯那儿，这个神话被打破了。这是他特别令人钦佩的方面之一。

他的作品太迷人，太有趣。他感动人的，并非是某种人格的力量，不是他的心灵。他是伟大的匠人，但不是伟大的诗人。始终站在他前方那座山巅上的，大概是托尔斯泰一族。

他是一个非常非常奇怪的生命。这种人在一个民族里是绝不会出现太多的。他古怪的程度完全比得上美国的贝娄，虽然他们之间差异甚大。

阿斯图里亚斯 *

我读过的《总统先生》和其他一些中短篇，都没有特别惊讶的感觉。但《玉米人》一书却能彻底征服读者。书的前三分之一写得特别好，从《查洛·戈多伊上校》一章完成之后，就松弛了。前三分之一有难以抵御的磁力，牢牢地将人吸住。

我们一般这样认为：一部书有一半写松了，失了心力，那么整部书都不会是优秀的。可是到了《玉米人》这儿就不适用了。因为这是一部奇书，因为它的前三分之一写得太好了，简直如有神助。

---

* 阿斯图里亚斯（1899—1974），危地马拉作家。父亲是一位法官，母亲是小学教员。两次被迫侨居、流亡国外，多次担任外交官。代表作为《总统先生》《玉米人》。一九六七年获诺贝尔文学奖。

我们可以想象那片怪异的土地以及它孕育出的一种文化。尽管这一切都是陌生的,可是由于作家把这些传递得准确逼真,我们把握起来有时真是得心应手。在我所读过的众多的拉美小说中,《玉米人》前三分之一的篇幅给予的,已经超过了其他拉美作品的总和。

我觉得阿斯图里亚斯是正宗的拉美作家。

他有点像东方作家,只以神遇而不以目视,伸手一抓全是事物的精髓,完全靠土地气脉的推动来行文走笔。当他稍稍偏离了这种感觉时,就只有依靠一开始形成的那种推力的惯性了——于是我们就看到了松弛的、维持下来的三分之二。这当然是可惜的。

博尔赫斯[*]

这是教导小说家的人,而不能用来指导诗人。他是一本大书,但不是一个足踏大地的行吟者。他热衷于迷宫,在穿行中获得了极大的乐趣。他是依靠读书、修养和知识获得成功的一个范例。他总是出色地操作,并在其间掩藏了小小的激动。

他常常使一些匠人望而生畏。他关心人的状况,也关心人的灵魂,但比起他的操作和实验来说,那种兴趣毕竟小多了。

---

[*] 博尔赫斯(1899-1986),阿根廷诗人、小说家。生于一个有英国血统的医生家庭。童年受英国家庭教师教育,读了大量欧美文学名著。一战后随家移居欧洲,就读于剑桥大学。一九二一年回阿根廷,在图书馆工作,同时进行文学创作。一九四一年出版短篇小说集《交叉小径的花园》,以其超现实主义的表现手法赢得世界声誉。曾任国立图书馆馆长。

他的作品让人想起庄重的深棕色，甚至是稍有恐怖感的黑色。一种檀香木的气味从中散发出来，使人在迷茫中滋生奇特的尊重，小心翼翼地走入其间。

读他的作品很磨性子，很累。娱悦只在长长的苦涩之后，像饮一种老茶。

阿克萨科夫 *

这位俄罗斯的老作家开始写作时很老了，又写一些老式地主生活，所以是十分老旧的。但是读他的《家庭纪事》却会兴味盎然。他根据目击和记忆，准确地写出往昔，极少夸张和虚构。他运用的艺术手法，在今天看几乎没动什么脑筋。也就是这些老方法使他在当时和今后都获得了成功。这又一次证明了形式本身的确是第二位的。他丝毫也不具备实验意义，但却让人着迷。

俄罗斯大地的辽阔，与土地相依为命的农民、乡村风情、激烈的不可调和的冲突，都被异常有力地勾画出来。我们甚至想象不出一个作家舍弃了这副笔墨会获得成功。

由此我们会联想，一个作家如果不是特别有内容，那么他哪怕稍稍疏远了形式本身的探索，也就失去了很多的价值；但如果他是一个经历和经验丰富到了极点的人，"怎么写"的问题就不那么紧迫了。

---

* 阿克萨科夫（1791—1859），俄国作家。生于贵族家庭，曾任书刊检查官。代表作为《家庭纪事》《巴格罗夫孙子的童年》，均具有自传和回忆录性质。

紫式部 *

《源氏物语》的中国读者有多少？谁也不知道。它好像待在一个文学的壁龛中，只让人礼拜而不必研读。它属于早已退出了时新的老年人，属于注重体面的上一茬读书人。其实它一旦回到青年读者手中，他们就会大受裨益。

它的奇异的质地、叙说的节奏、非凡的才情、华丽的色彩，一切都让人惊诧。这是日本很久以前的一块紫玉，闪着古典的光泽。它其中写到的一些出身高贵的男女，接触之后就要交换一二首诗——中国古诗或日本俳句。这种令人入迷的生活，与现代社会的生存状态反差何其巨大，因而也相映成趣。

它很容易使我们想到《红楼梦》和《三国演义》，但绝想不到《水浒传》《西游记》。像贾宝玉林妹妹那样缠绵，却更像三国争斗那样的氛围。宫廷生活总是特别吸引人，如果一个记录者对那一切烂熟于心，同时又不厌其烦地讲叙，局外人就会看重这些故事。这样自然而然产生的韵致和情趣色调，就必定不同凡响。局外人无论有多么高深的修养、多么大的才能，也难以写出那一类作品。

这是一部很益于养生的书。读着这样的文字，可以使心情很快平和下来，不再浮躁。我们得以面对一个拉近了的古代，对比人类千年不变的一些因素，比如亲情暖意、爱与被爱等，来理解人类生活中的真实和

---

* 紫式部（约978—1015），日本古代女作家。出身书香门第，自幼随父学汉诗，尤爱白居易的诗。曾在宫廷中任职。代表作长篇小说《源氏物语》是日本古典文学的高峰，内容庞杂，行文典雅，笔意缠绵，表现出鲜明的日本民族气质。

美好、它的永久的意义。

这样的书永远值得读。它的意趣连绵无尽,会永世长存。它的柔情爱意、安稳如一的风度,会轻而易举地战胜令人眼花缭乱的现代艺术。也许我过分偏爱古老的东方艺术了。

亚马多[*]

他是一位能干的职业写作者,把一切感兴趣的东西都化为了文字,构成了一个非常庞大的阵容。他的《加布里埃拉》说明他有职业写作者那样的热情和精力、非同常人的巨大制作能力,却并不安于一般的制作。他的这部代表性作品写得诗情荡漾,散发着"丁香花"的气息。有他这样随意的心态,再加上过人的才华,才会写出一部声情并茂、内在结构非常严谨的长篇小说。

整个故事像流动的活水,时而汪成水潭,时而冲涮而下,发出清脆的回响。作家并不珍惜笔墨,舍得使用文字,浪费中又有节简。他很不同于惜墨如金的另一个拉美作家马尔克斯,倒有点像洒脱的略萨。他们的长处很相似,弱点也相似。我仿佛看到他在使用一支粗长大笔,而不是那种纤巧的绣花针。他写作是很痛快的,大概很少有迟滞不前的状态。

他的思路和文字都十分流畅,读者接受起来也很方便。可是这样畅

---

[*] 亚马多(1912—2001),巴西作家。十九岁发表处女作。因参加巴西共产党活动数度入狱、流亡国外。代表作为《加布里埃拉》。

达的水流始终没有淹掉精细的思维、巧妙的运筹。这就使他能从根本上区别于那些过分通俗的作家,也区别于那些比较平庸的作家。

如果全部地、仔仔细细地阅读亚马多的作品,大概也有点划不来。

乔伊斯[*]

他是作家当中走得最远、不允许重复的艺术家。他像普鲁斯特一样写得魅心魅意、特别专注,也一样孤注一掷。一个东方作家好好研修乔伊斯,就会发现西方作家在从另一个角度、以另一种方式走进了深刻的分析。他的那些所谓意识流动、潜意识的连缀,与东方人运用感觉含混而传神地抓住本质的方式仍然区别甚大。

乔伊斯是一个很讲理性和科学的作家,所以东方作家从相反的角度理解他并学习他,就难得要领。乔伊斯烦琐而不神秘,而东方作家的艺术,比如中国、印度和日本的艺术,有时神秘到超出了分析的范畴。我理解中的乔伊斯,不认为他是不可分析的。所以那些愈来愈多的西方研究者才可以兴味盎然——失去了分析的基础,他们就无从下手。

中国作家或研究者如果运用西方习惯了的武器来对待中国艺术,比如说对待《红楼梦》,一定会走入肤浅。"红学"是品的学问,而不是

---

[*] 乔伊斯(1882—1941),爱尔兰作家。曾多年在意大利等国旅居,以教授英语为主。一九二〇年定居巴黎,专事写作。代表作为《青年艺术家的肖像》《尤利西斯》,广泛运用意识流手法,被称为现代派小说的先驱。晚年失明后,创作又一部力作《为芬根守灵》。

什么供人考据和解剖的实验。考与剖不是主要的。而对待《尤利西斯》就可以。

他这样的作家不会多也不必多。这点有些像劳伦斯和博尔赫斯。

卡夫卡 *

他的作品不多。但我们从文学史上却难以找到像他这样完整的、简洁的作家。他对现代主义的不可替代的贡献，使不少人把他归于了大师级——这肯定会让固执的东方作家感到茫然。因为我们这儿，"大师"是一个高耸伟岸的概念，有着相当固定的标准和色彩。

其实在卡夫卡这儿，是否"大师"已经不那么重要了，因为他从一开始就完全无视"大师"们的传统。这真是少见的一类生命的感悟，那么新奇又那么淳朴——我们常常发现新奇的东西往往是不那么淳朴的，所以有时那些独特性是要大打折扣的。而卡夫卡能够真实地生活在他的想象中，想象激动了他也指导了他。他在想象中获得和汲取了现实世界中绝无仅有的一份健康。

他的想象从那只有名的大甲虫（《变形记》）开始，被千万人议论开去。那一次想象的结果是显豁凸露的，所以不求甚解的大众读者也可以津津

---

* 卡夫卡（1883—1924），奥地利作家。生于犹太家庭，父亲是百货商人。一生写了三部长篇，均未完成，还有多部中短篇小说，均极精彩。生前发表作品极少，遗嘱朋友焚毁所有作品，但朋友反而整理出版了他的所有著作，其中《城堡》《变形记》《地洞》等对后世文学有重大影响。他被视为现代派小说的先驱。

有词谈个不休。在我看来,最能代表他的特异思维的,倒不一定是那一篇和那一类。比如他的另外的文字,长篇,或者是那封写给爸爸的著名的长信,就重要得多。

卡夫卡的一切,主要是内容而非形式。一些从形式上入手借鉴的,必然得个皮毛。他是一个不灭的、特别的灵魂。这个灵魂永远训诫和启示着人类。

艾特玛托夫 *

他是这些年在中国影响最大的苏联作家。他的那些好作品会长久地让中国读者记住,而在其他作家那儿,要做到这一点却很难。我特别重视的是他的《白轮船》之前的作品。那些中短篇使作者耗去了心力,使用了更真实的情感。它们看不出得意的作家惯有的一丝飘忽感和聪明机智,而是沉下来的心跳之声。这些作品中显现的人的自尊会让人记住。

哪怕是写红苹果的一篇恋爱故事,短短的,读过也难以忘怀。故事与主题之类看来并不那么重要,重要的是字里行间留下的痕迹。它如果是质朴的、援助弱者的,那么它起码会是好的。如果除此之外还有同样多的挚爱、不屈的声音,就会令人倍加珍视。

---

* 艾特玛托夫(1928—2008),苏联吉尔吉斯作家。一九三七年父亲被突然镇压,他随母返回故乡,从一名干部子弟变为山乡少年。他的中篇小说《查密莉亚》《白轮船》等获得广泛声誉,长篇小说《一日长于百年》开创了新的写作方式。

他后来的作品写得并不草率，像《断头台》等。他忙着加入世界性的、很重大的一些讨论，比如环境、专制与人性、宗教……这些都让人看重——但可惜的是字里行间的某些痕迹在消失。那是一份压抑的人生刻画下来的，只有它散发出的能量才不可思议。这是神秘之所在，一旦失去了，再高的技巧和开阔的视野之类都无法弥补。

在这方面，任何作家都没有例外。有些中国当代作家曾写出了简洁而真挚感人的、生气勃勃的作品；可是后来当他（她）影响更大了，生存状况得到根本改善之后，那些沉沉的真挚的东西就像热汽下的冰一样化掉了。他们无论写怎样的悲剧、怎样低沉的调子，也都无济于事。不感人了——不深深地打动人了。

阿斯塔菲耶夫 *

他主要引人注目的是《鱼王》。这其实是一部中短篇集——作者以长篇的形式出版，就显得冗长芜杂了一些。这是一部极少见的好作品之一，曾是新时期里对中国作家构成了较大影响力的一本书。

整部书像一曲长长的吟唱。长久的、在夜色中不能消失的叹息、对悲剧结局深深的恐惧和探究，都使人感到这是一部杰作。它的主题指向绝不新奇新鲜，中外作家都写过不少类似的东西。但问题是它的色调、

---

* 阿斯塔菲耶夫（1924—2001），苏联作家。生于农民之家，童年曾四处流浪，卫国战争中受重伤。二十七岁开始写作，代表作为《牧童与牧女》《鱼王》等。

它难以淹没的音韵。俄罗斯文学的伟大传统强有力地援助了它，它继续了它的余音，让其在冻土带上久久环绕。

这是社会主义国家所能产生的最好的诗篇了，他的诗章留有当代深刻明晰的印记，摩擦也是枉然。这样的诗意底气充盈，不像某些好看的泡沫，只浮在水流之上。

聂鲁达 *

他始终是热情灼人的一位歌手，越到后来，他越是懂得把热情倾泻到民众中。民众和政治都支持了他，但民众并不等于政治。这期间或多或少的虚荣在损害他，因为他过分地相信了诗与民众的关系。那种关系可以写成诗，但它并不结实。他着重地谈到西班牙战士为印他的诗集，在战地上自制纸浆，原料包括带血的戎装和敌人的旗帜……虽然这是一种"真实"，但也太具体了。

马尔克斯把他比喻成一个点石成金的神，我当然同意。尽管这样，点石而成的金，与直接开采出来的金还是有所不同。我更喜欢后者。比如《二十首情诗和一首绝望的歌》，是他名声大振的第一首长诗，也是一生的杰作。它是开采的金子，是不朽的。多少人反复诵读而热泪盈眶，

---

* 聂鲁达(1904—1973)，智利诗人。早年丧母，父亲是铁路工人。曾任大使，并当选为国会议员，加入智利共产党，后因政局之变，流亡国外六年。成名作为《二十首情诗和一首绝望的歌》，代表作为《诗歌总集》。一九七一年获诺贝尔文学奖。

它激动了不同肤色不同时代的人。它的魔力甚至经过了东方人的翻译也不会失掉。后来的聂鲁达有了魔法，他常常把石块点成金子，所以有时不免疲惫，落下一些半金半石的东西。

我相信他投入政治和民众的热情同样是巨大的生命力化成的。但是这种热情有时化为诗，有时没有。

他那么豪放——诗人式的豪放。多少人只学到了他的豪放，而没有学到他的天才。这有点像海明威，多少人学到了他的狂放粗鲁豪饮爱欲，却没有学到他的诚恳和献身精神。

劳伦斯[*]

他写性的奥秘的小说，首先给人一种洁净和纯粹感。他书生气很重，像个科学工作者一样严肃地实验。他沉入其中，专注到一般人望而生畏的地步。他是因为相信自己的劳动而获得成功的一个范例，当然还有他的天才。他在一条荒芜的小径上倾注了极大的兴趣。

这就影响了世界上的很多作家，特别是可以写性的新时期后的中国作家。不过他做的事情，与他的纯粹和他的才能都非常匹配，这一点别人要重复也很难。他专注的方面，与小市民的兴趣是背道而驰的。

---

[*] 劳伦斯（1885–1930），英国作家。生于矿工家庭，当过屠户会计、厂商雇员、小学教师，曾在国外漂泊十多年。代表作为《虹》《查泰莱夫人的情人》等。后一部作品他在去世前重病中三易其稿写成，其中写性爱的章节引起争议。

普希金*

他有点像中国唐朝的李白，更像个仙人，而不像我们所熟悉的现实中的一代又一代人。这种神奇感，来自他的无数超乎常规和经验的天才创造。可李白是古人，很久很遥远，而普希金只是沙皇时期的一位诗人。

他这样的诗人有谁能够稍稍接近呢？拜伦吗？拜伦也风流倜傥，才华横溢。普希金的诗总有最奇妙的发现——当我们被这种发现的辐射所击中时，总是浑身一战，久久凝视篇章。

他下笔如有神授，一泻千里也毫无疏失。这样的诗人仿佛不是"天才加刻苦"这样惯常的公式所能概括的，而像是苍穹中一块闪亮的金石落在了人间。

高尔基**

没有一个苏俄作家像他那样荣耀，在中国落地生根。他一度成为天才和革命的代名词。后来中国作家、特别是当代作家才敢于正面凝视他。

---

* 普希金（1799—1837），俄国诗人，俄国近代文学的奠基者和俄罗斯文学语言的创建者。生于贵族家庭。学生时代就诗名远扬，其抒情诗风靡一时。其代表作叙事诗《茨冈》《叶甫盖尼·奥涅金》被视为世界文学的经典之作。他的小说、戏剧、文论、散文作品也具有很高水平。死于决斗。

** 高尔基（1868—1936），苏联作家。早年丧父，十一岁即离家谋生，做过各种苦工，参加政治活动。完全靠自学写作，二十四岁发表作品，三十岁即成为欧洲驰名作家。后参与俄国共产党的活动，成为苏联文学的代表人物。主要作品为《童年》等三部回忆录、《母亲》《克里木·萨姆金的一生》等，中短篇小说，戏剧创作也十分杰出，享有世界声誉。

他不久以前是不可能被挑剔了,但后来又被急躁的年轻人过分地挑剔了。

其实无论如何他还是一位大师。他让人熟悉了俄国的流浪汉小说,正像以前熟悉美国的马克·吐温一样。高尔基的流浪汉小说写得无与伦比。他很早的那些短篇多么坚实有力,差不多篇篇掷地有声。

到后来,他忙于记下心中的一切,事无巨细地记,篇幅也越来越长。那些纯粹的诗开始离开了笔端。像一切作家一样,他有时对新生事物也表现出过分的、并不成熟的热情。这既使他变得更为重要和更为勇敢,也使他的精神、他的创造力受到了考验和损害。

我读他那些文论和小说戏剧,常常涌起深深的崇敬之情。他是跨越两个时代的大师——做这样的大师可真难,不仅更需要才华,而且更需要人格的力度。

泰戈尔[*]

像中国一位画家为他作那幅肖像给人的感觉一样,他的作品也是仙风道骨。精灵一般的老人,天生多情也天生富贵。他的神奇联想让西方人惊诧,而且有人模仿也成功了。

他真是印度一位老智者、老歌手。他心中的一切都化为了歌;他眼

---

[*] 泰戈尔(1861—1941),印度诗人、作家、艺术家、社会活动家。父亲是哲学家和宗教改革者,大哥是诗人、哲学者,五哥是音乐家、剧作家,姐姐是小说家。泰戈尔以诗闻名,一生发表大量诗作,因诗集《吉檀迦利》获一九一三年诺贝尔文学奖,但他的短篇小说及长篇小说也十分著名,他还热心于办教育,并创作了一千五百多幅画,谱写了大量歌曲。

前的一切都供他吟诵。时光之水流过他的心头，再一次流出就成了芬芳的液体。

时代风云变幻不停，艺术的偶像也挪来动去。可是没有谁想更动泰戈尔的位置——他身上有一种难以测知的神力在护佑他，就像印度的瑜伽功法一样。那种古老文明国度的精华雨露滋养了一位身穿红袍的白须老人，老人永远神采奕奕。

契诃夫 [*]

托尔斯泰赞叹他为"完美的人"。他的艺术也少见地完美。短篇小说的规范杰作，在他这儿得到了确立。他的艺术像他这个人一样洁净、纯粹。即便是创作历史更漫长、成就更大的人，在他的严谨和忠诚面前都会感到羞愧。一个几乎不受时风影响、永远被人喜爱的作家，也许就需要像他一样，从里往外地真实和完美。任何时候都不要失去优雅的风度，永远保持和流露着最良好的教养。

除了文学创作之外，他还有一份同样具有强烈道德感的职业，那就是治病救人的医生。

我相信在艺术手法不断翻新的今天或以后，在越来越浮躁的现代人

---

[*] 契诃夫（1860—1904），俄国小说家、戏剧家。祖父是赎身农奴，父亲曾开杂货铺，后破产。契诃夫很早就独立谋生，一边当家庭教师一边求学，毕业于医学系，行医。以短篇小说著称于世，追求崇高理想，关于社会进步，其作品影响世界文坛。剧作亦影响深远。

之中，那些读者仍然会找到他，并发出由衷的赞叹。比起他同时代的某些现代主义作家，他似乎没有什么烦琐冗长。于是一个既不喜欢现代艺术又对老式创作手法有些厌烦的读者，就会去读契诃夫。

歌 德[*]

他是西方引以为荣的文学家和思想家，一度人们还把他看成了重要的科学家。有人把他与荷马相提并论，将他比作莎士比亚。他离我们要近得多，因而就不可避免地产生争议。人们习惯上总是愿意承认更遥远更陌生的事物，比如东方人承认西方人，中国人承认外国人，今天的人承认古代的人。

他有着许多伟大人物才有的耐心和自制力，并不轻易转移自己认为重要的那些兴趣。比如说他能长时期坚持自然科学方面的观察实验，花费六十年的时光写作《浮士德》。在文学的灿烂星空中，他是一颗恒星。

任何时世里都有一些老派的保守人物，他们一般都是些年长的人。他们的看法有时足以对年轻一代构成刺激，引起一片急躁的否定。可是他们的声音中往往掺有非常重要的提醒，含有真理性。这些人物也大致是经历了狂热和激进的青年时代，那时他们的热情曾像火焰一样烧灼。

---

[*] 歌德（1749—1832），德国诗人，同时研究自然科学，参与政治活动，在世界文坛占有重要地位。代表作为诗剧《浮士德》，被视为欧洲四大文学名著之一。另外，他还以各种体裁写了大量文学作品，比如《歌德自传》、著名的小说《少年维特之烦恼》等。

像歌德就是恰当的一例。

他的生命力何等旺盛,这不仅表现在他的长寿上,而且还表现在他不倦的创作中。从《少年维特的烦恼》到《浮士德》的最后完成,经历了多少时代风云,他却依然在为心中的激动而吟唱。那个因爱而死去活来的少年,到了七十多岁的高龄,也仍然为爱浑身滚烫,两手抖动——这才是令人羡慕的生命。

马雅可夫斯基[*]

他很像后来的聂鲁达,似乎能随意地把什么都变成诗。他善于把句子排成美丽的图案,既可看又可读。他在特定时刻里的一些冲动,处于其他时空中的人是难以理解的。他的那些冲动是真实的、美的、深刻的,所以仍然能够传得遥远而不失其音色。一提到阶梯时,中国读者立刻会想到他,同时也想到苏联,想起"老大哥"时代。

他太偏激了,去世时只有三四十岁,作为一个永远年轻的诗人形象保留下来——这样的诗人在过去和现在都有。他们的偏激像旋风一样强劲,没有多少人都够适应。每个时代都会娇惯这种偏激,特别是开始——只是到了后来人们才往往对这种偏激表现出过分的严厉。他们渐渐忽略

---

[*] 马雅可夫斯基(1893—1930),苏联诗人。父亲是林务官。十五岁加入共产党。曾学绘画。十九岁开始写诗,追求新奇的语言。二十五岁后改变诗风,写了大量革命诗篇,传颂一时。代表作为《穿裤子的云》《列宁》等,并创作了剧本《臭虫》《澡堂》。一九三〇年四月十四日自杀。

了它的纯洁和可爱——孩子般的可爱。这样一直要等到更远的将来，有人才开始怀念那些可爱的人，怀念他们存在时的光景。

他最好的诗是前期的，而不是新作迭出的后期。随着令人惊讶的巨大热情的涌动，他不停地歌颂和鞭笞新的事物和新的时代，当然主要是高声礼赞——人们从中渐渐听出了一种尖利利的声音。

雨　果 *

关于这位伟大的作家谈论得足够多了，可是在新时期中却越来越少地提到他。他是一位飞翔的天才，当大多数人还在地上行走的时候，他已在高空翱翔。只要谈起他，很少有人会使用不恭的口气。他在一个时代里，因为身影过于巨大，几乎挡住了所有的视线。

他的那些不朽的篇章映照出一条波澜壮阔的生命河流。在逝去的上一个世纪中，没有几个诗人能够伴他行走。

他独自登上了阿尔卑斯山巅，于是只能让人遥遥地仰望，而难以亲近了。越是经历了漫长的时光，后辈作家们越是有着这样的感觉。在他的轰然不绝的回响中，我们有点无可奈何和不知所措。他的艺术是强者的艺术，虽然他的作品充满了人道主义精神。他遵循的是老式的浪漫主

---

* 雨果（1802—1885），法国作家。父亲是拿破仑部下的将军。雨果一生创作了大量诗歌、剧本、小说，被公认为浪漫主义运动的领袖。他热情投身革命运动，关心社会进步，曾流亡国外十九年。其代表作为《悲惨世界》《巴黎圣母院》《九三年》。死后法国为其举行国葬。

义传统，现代艺术的后来者极少从中得到他们所需要的灵感。当我们站在二十世纪末的土地上，试图屏息静气地倾听那位大师内心深处的某种隐秘之声时，突然发觉那个比宇宙还要开阔的胸襟有些空旷，太辽远也太博大——除非我们有着超人的听力，不然就是一片模糊。

巴尔扎克*

他写了很多精力充沛的书，使用了锋利的解剖刀。关于那个时代的人心与金钱的奥秘，他烂熟于心。至今没有人在这些方面能够超越他。但在今天的很多艺术家眼里，也许他有点过分地关心钱了。

就因为这种关心，使他的作品失去了很多色彩，显得有些单调。没有一个相同量级的现实主义作家会像他那样一再地重复自己，会像他那样老旧得如此之快。

也许关心政治经济学和社会学的人会兴味盎然地阅读他的书，但二十世纪以来的作家们大约不会把更多的时间花费在上面。

我们面对他的全部著作，常常渴望找到更多的诗意。可惜他对这些并不在意。像写人与狮子的奇特关系的《沙漠里的爱情》一类，在他的创作中占得比重太小了。

---

* 巴尔扎克（1799—1850），法国作家。很小就被送到乡村寄养，童年生活十分痛苦。二十岁决定专职写作，发表多部作品，但毫无反响，后改行从事出版、印刷工作，均以亏损告终。二十九岁时重新投身写作，此后不到二十年间，创作了九十一部小说，其代表作《高老头》仅写了三天三夜。后来他把自己的作品统一于《人间喜剧》名下，勾画出整个法国场景。他在世界文坛占有重要地位。

阿勃拉莫夫 *

他的四卷本《普里亚斯林一家》大获成功，其中最让我感动的只是第一部。后面几部可能作者没有守住心力，只有情节在发展，已经没有崭新的情绪生成。

一个作家能够写出那样的一本书，也就应当无有愧疚了。对于土地的真切感悟、对于母亲的一片忠诚，让我久久难忘。人的顽强、人性的美好与残酷、大自然的绚丽与酷烈，都表达得淋漓尽致。我因为这部书而记住了一位苏联作家的名字，认为他是能够举起一部巨著的人。

令人奇怪的是，无论在中国还是在外国，那些仿佛早已写出了什么了不起的著作的人，却从来也没有真正重要的作品问世。他们的名声是非常可疑的。

茨威格 **

他的作品太吸引人，太漂亮也太巧妙，好得让人嫉妒。他的小说都可以被读者牢牢记住，都有极为用心的设计，但绝不是市面上的读物。"雅

---

* 阿勃拉莫夫（1920-1983），苏联作家，评论家。主要作品有长篇三部曲《普里亚斯林一家》，该作曾获一九七五年度苏联国家奖金。另有短篇小说集《木马》，中篇小说《阿里卡》等。

** 茨威格（1881-1942），奥地利作家。生于犹太工厂主家庭。二十三岁任报社编辑，曾游历世界。早年从事文学翻译，一九一九年后埋头于创作。二战中流亡英国，后到达巴西。其主要成就在传记文学和小说方面。代表作为《焦躁的心》《象棋的故事》《一个女子一生中的二十四小时》等。一九四二年二月二十三日与妻子一起自杀。

俗共赏"的评价对于他是真正适用的。

他描写一个恋爱中的女人、一个赌徒的手，都是绝妙的。那种独到的观察和天才的表达，达到了使人怦然心动的地步。

我们觉得他有大师的力量，但没有那样的色调和特质。比如说他还不够苍浑和博大，比如说他没有一生专注地表达某种思想，没有形成自己的哲学。但我们可以走近他、喜欢他、学习他，在很多方面奉他为楷模。

他能把引人入胜的故事写得很典雅。他并不想让自己的作品在气质上接近平民，但大众读者却非常喜欢它们。

莱蒙托夫[*]

他的诗和小说都达到了一个高峰，虽然写作生涯比较短暂。他与普希金、拜伦、裴多菲、叶赛宁和雪莱有些相似，即同样具有超人的才情又同样地不幸。他逝去得太早了。他留下的光彩四射的篇章永远照耀着世人，将有一代又一代人享用它的甘美。

我反复咀嚼他的作品。像《当代英雄》中那个盲童和走私女人的故事，谁读了都会留在心中一辈子。

像他一类奇怪的生命常引人作各种想象：他是怎么吸取各种知识以

---

[*] 莱蒙托夫（1814—1841），俄国诗人。父亲是退役军官。十四岁开始写诗，十九岁已写出了大部分代表诗作，如《一八三一年六月十一日》等。普希金决斗而死后，他写了《诗人之死》，因此被流放。他的代表作为长篇小说《当代英雄》、长诗《童僧》《恶魔》。一八四一年七月二十七日在决斗中被害。他被公认为普希金的继承者，对俄国文学有重大影响。

形成自己的技巧？生活究竟用什么方式恩惠了他？还有，在任何一个时代里，难道都隐隐藏下了类似的非凡人物吗？为什么他的杰出诗章可以永葆青翠欲滴的新鲜感？

马克·吐温[*]

海明威把他誉为"美国文学之父"，这不仅说明美国的历史短暂，还标明了他的伟大的难以超越的地位。在阅读中我们一再地感到他那些著作流露着一种特别的芬芳。它们的美是更自然也是更永久的。

民间文学给一位作家的滋养起到了某种至为关键的作用。并非随便一个作家就能得到这种滋养——哪怕他来自民间。有的作家有一种奇怪的排斥力，使其难以吸收他很容易接触的一些民间营养。

马克·吐温的魅力很大程度上倚仗了民间文学的力量。这种不可战胜的力量使一个作家永不褪色，同时又构成了众多作家的源头。他讲的关于密西西比的故事，哈克·贝利芬的故事，并没有什么现代作家感兴趣的色彩，可是由于保有一种原生的美，也就没有任何人能够小视。

他的书即便流传到很远的地方，人们也不会因为陌生而拒绝它。一片土地与另一片土地沟通起来是非常方便的。而仅仅依靠书本推导复制的东西，有时干燥晦涩得丝毫不可亲近。

---

[*] 马克·吐温（1835—1910），美国作家。父亲是乡村律师和店主。吐温曾做过排字工人、舵手。以写幽默作品著称。代表作为《汤姆·索亚历险记》和《哈克贝利·索恩历险记》，后者被誉为"美国文学的起源"。

西 蒙*

这位法国新小说派的代表性作家,对于正在热衷于试验的中国作家当然是重要的。我承认阅读他非常吃力,但仍能够捕捉到他的弦内弦外之音。如果我没有误解的话,他当具有很高的技巧和修养,而且是一个耐得住性子的人。他有极大的勇气。

另一位作家,也是新小说派的重要人物——萨洛特——从形式上看就好读得多。西蒙的形式太重要了,他是艺术把艺术家逼到绝路之后,奋力挣扎的一位好汉。我们未来的文学史家也许将用充满同情和怜悯的眼光看着他。

他因为自己的求索而损失的东西很多,有些损失又是致命的。他有时不得不损失掉内容。

波 特**

她写得很少,可是从事文学的时间又很长。她一生只写了一部长篇、二十个短篇和不足十部中篇。可是她写下的每一部每一篇都不容忽视。

---

* 西蒙(1913—2005),法国作家。曾从名师学画。二战参加骑兵团作战,被俘后逃脱。战后他回故乡,一边经营葡萄种植园,一边从事写作。作品多以战争为题材,写作中受福克纳、加缪影响很深。代表作为《佛兰德公路》。

** 波特(1890—1980),美国女作家。十六岁从修女学校出走,当过记者、演员、歌手、编辑、教员,后专门从事写作。三十岁始发表作品。以中短篇小说著称,唯一的长篇小说是《愚人船》,创作跨度二十多年。

她忠于自己的艺术，非常看重自己的感悟。我们总是为她的严谨，为她对艺术深深的投入和巨大的、非凡的艺术成就而充满敬意。

从过去到现在，我们觉得像她一样让人敬重的艺术家并不是特别多。她专注于每一篇每一部，尽力把它写得完美，写得合乎自己苛刻的要求。为此她甚至牺牲了自己的幸福。《灰色马，灰色的骑手》《老人》《绳》等小说，都让人对其超绝的技巧感到钦佩。

她是海明威那个时代里又一位不朽的小说家，这个时期给人留下了最深刻印象的还有福克纳等。

川端康成*

他是我们东方的一位旁若无人的探索者，十分懂得用什么办法去征服西方人。他的《古都》《雪国》《千只鹤》及《伊豆的舞女》一批作品，都引人入迷。它们像岛国上的真丝织品，细细的，人们唯恐用力接触时会损伤了它。他强烈地显示着维护着自己很得意的那一切，缓慢地咀嚼享用，并不怕别人议论。他知道生命的奥秘——自己的和别人的。

比起那些强悍的男人，他显得有点手无缚鸡之力。可是由于他敏感

---

* 川端康成（1899—1972），日本作家。自幼失去父母。二十二岁发表小说即引起文坛重视。以短篇小说《伊豆的舞女》成名。在艺术上，他受现代派影响，在思想上，又深受佛教禅宗和虚无主义影响。代表作为《雪国》《千只鹤》《古都》。一九六八年获诺贝尔文学奖。一九七二年自杀。

而细腻地猜悟着、把玩着，直逼人性的深处，尽情地在日本文化的海洋中遨游，所以没人觉得他是一个弱者。他另有一种强大，这就是他借助的文化的力量、他瘦小的身躯中包含的自信力。

不过他毕竟只局限在那样的一种境界中，先是清美——正是这种清美使他不朽——接上就有点腻了。

伍尔夫[*]

她有点像离自己很近的女作家曼斯菲尔德，诞生在一个折磨人的时代里，心比天高。她目睹了经济萧条、战乱，特别是被现实主义大师们搞到了尽头的艺术。

只有她那么争强好胜、同时又有一副奇特头脑的人才会搞出那样一批实验品。它们是《达罗卫夫人》和《到灯塔去》等小说。这是给力求上进的艺术学徒和有闲的成功者看的，并不奢望送给整个社会。但它们却成了那个世纪艺术家交出的一份值得珍惜的礼物。

她探索着这个世界，同时也入迷地探索着自己头脑中的秘密。这种交织一起的艰难而寂寞的工作耗损了她的神经。她不断地追寻一种绝对的真实和完美，并且在一条至为偏僻的小路上开拓。她把自己的

---

[*] 伍尔夫(1880—1941)，英国女作家。生于文学世家。早年写书评，与许多作家如亨利·詹姆斯、艾略特交往密切。她的主要成就是小说创作，擅用意识流手法，代表作为《到灯塔去》《海浪》《达罗卫夫人》等。一九四一年三月二十八日自杀。

全部都祭了艺术。

杰克·伦敦 *

除了一段短暂而又巨大的成功之外，他一直都在挣扎，从未屈服。贫困使他成为一个独特的人，他懂得一个生存在下层的人要用什么去获得自尊，要付出怎样的力气。也许从来没有一个作家能把人的拼搏写得那么生动逼真。他的作品是关于弱者的说明和强者的炫示，是傲立于世的宣言。

他最杰出的作品是一些短篇，再加上《荒野的呼唤》。《雪虎》在前一个写狗的中篇的高度上稍稍跌落了一下，多少失去了一点神秘莫测的力量。

他特别令人敬佩之处还在于，所有作品——无论是成名前或成名后——都看不出作者曾为自己的出身而羞愧。他坚定地代表着自己的出身，有着从不打算遮掩的自豪与傲慢、仇视与抵触。这些特质，既不是出身于中产阶级的海明威和福克纳所具备的，也不是那些以贫困为耻辱的另一些倒霉汉敢表达的。

---

* 杰克·伦敦（1876—1916），美国作家。父亲是破产农民。从幼年起就卖报、卸货，十四岁进工厂当童工，十五岁干非法捕捞买卖，后当水手，还曾冒险淘金。他完全靠自学写作，获得世界声誉。代表作为《荒野的呼唤》、《马丁·伊登》《热爱生命》等。一九一六年十一月二十二日自杀。

欧·亨利[*]

他对不少短篇小说作家产生了长久的影响,也的确写出了为数不少的好作品,当然是短篇。他有匠人的耐性,同时又具有诗人的情怀。他的作品是技巧十足的,却又因为自己真切的激动而避免了另一种浮浅。他与大多数技巧型的作家不同,他能深深地感动。

无论如何,他只是一个机智的、非常聪慧的大文人。

汉姆生[**]

他像哈代一样执着一样厚重,凭着对那片土地的感激打动了一代又一代的读者;他的魅力同样不会随着风气的变换而失掉。《大地的成长》是按照古老秩序排列构筑的,也是展示一种古老的情感。人们会在一些最基本的发现上长久地驻留,从中找到一些未曾变更过的感念。这就是永恒的诗意。

随着时间的推移,他的作品像他着力描叙的土地一样,不断有新的东西滋长出来。他确立的一切:情感、故事、人物,比其他那些机智灵巧的作家要持久得多。

---

[*] 欧·亨利(1862—1910),美国短篇小说家。父亲是医生。亨利曾做过多种工作,后涉嫌被捕,在狱中开始写作,出狱后专职写作。共创作短篇三百多篇,轰动一时,如《麦琪的礼物》《警察与赞美诗》等,被公认为短篇名手。

[**] 汉姆生(1859—1952),挪威作家。生于贫苦农民家庭,十五岁起独立谋生。曾两度流落美国。他提倡心理文学,代表作为《牧羊神》《大地的成长》等。一九二〇年获诺贝尔文学奖。因拥护纳粹一九四五年被捕,后因病获释。

任何时候，那些擅长于讲叙老故事和"平淡"故事的人，都往往蕴藏着强大的力量。

艾略特 *

他在众多的诗人中总是独占一份光荣。他的超人的气魄、瑰丽斑驳的想象、芜杂而和谐的意绪，都让一代代人视为神奇并诠释不尽。他像一个独行大侠一样，风卷残云般地从大地上掠过，让后来人望而生畏。

重复他是非常危险的，也是不可能的。他写出了大气磅礴的《荒原》，又写出了《四个四重奏》。他的劳作和实现的结果向我们昭示了一个人到底能够做些什么，并让我们更加忠于理想。

怀 特 **

他是澳洲的多产作家。他之前我们极少注意那块土地上的诗人。他

---

* 艾略特（1888—1965），英国诗人、批评家。出生于美国。先祖是英国人，祖父创办华盛顿大学，后任校长。母亲是诗人。一九一四年起定居英国。代表作为《荒原》，是他的成名作，被誉为现代派诗歌的里程碑，还有《四个四重奏》，被认为是他创作的顶峰。一九四八年获诺贝尔文学奖。

** 怀特（1912—1990），澳大利亚小说家、剧作家。生于英国，二战中曾就职于情报部门。一九四八年回澳大利亚定居。其成名作是小说《人类之树》，代表作为《风暴眼》。一九七三年获诺贝尔文学奖。

那些大部头的书里，故事应有尽有，而且写得极为放肆。比如《风暴眼》等书，作者并不顾虑什么，甚至也不担心篇幅太长。结果它们真的有了这些倾向。

怀特很倔强，越是后来越显示了这样的性格。那些好的艺术家，在经历了一切之后，剩下的最后一件珍宝就是倔强。而那些没出息的所谓艺术家，只能越来越乖巧、越来越懂事。

索因卡[*]

使我难忘的是他的剧本《森林舞蹈》。他的戏剧比他的小说《痴心与浊水》等更好。它以令人惊奇的丰富多彩、深深植根于民族沃土的非凡气质征服了我们。我因此感到，艺术家要倾听土地的声音必须屏息静气——当然对于读者也是这样。

许多单薄的作品主要就是没有传递出土地的声音。土地没有卑贱的，而感受土地的心灵却有卑劣和高贵之分。索因卡在那个戏剧中充分表达了他对一片陆地的敬重、和面对生母般的情感。

他的作品如此频繁地出现鬼魂之类而不使人厌烦。这很奇怪。鬼魂的参与其实是一种假设和言喻，这在古今中外的作品中、特别是在

---

[*] 索因卡（1934— ），尼日利亚剧作家、诗人、小说家。在英国攻读文学，毕业后在伦敦皇家剧院从事戏剧工作，一九六〇年回国。他把西方戏剧艺术与非洲传统音乐、舞蹈等结合在一起。后期作品表现手法荒诞。代表作为剧本《路》和长篇小说《痴心与浊水》。一九八六年获诺贝尔文学奖。

拉美作家手中反复磨擦过,已经提不起人的胃口。索因卡却成功地找到了一条鬼魂来往的通道,所以它们出现得再多、再疯狂,都显得自然贴切。

托马斯·曼[*]

这是一个使很多天才黯然失色的伟大作家。他在令人难以想象的青年时代就写出了皇皇巨著:《布登勃洛克一家》。后来这部书成了一些家族小说的楷模,是那个时候传下来的真正的经典。比起它来,那些现代主义的经典就显得太牵强、太寒酸了。它具有经典作品才有的庄重感和相应的规模、超人一等的气质。

更令人惊讶的是他后来一连串的杰作。一个强大的生命有着怎样的创造力、不倦的热情,在他身上得到了最充分的表现。

他甚至写出了《死于威尼斯》这样的作品,这进一步说明了他是一个超越时代的作家。作品中特异的品质与思维、无比纯粹的艺术格调,都能引发别人无穷的想象。

所有的现代主义作家几乎都有隔膜的痛苦、寂寞的孤单,以及由于历史的短浅和某种缺乏根柢造成的担心,总之都有着程度不同的苦恼——

---

[*] 托马斯·曼(1875—1955),德国作家。父亲为巨商,母亲有葡萄牙血统。二十六岁发表《布登勃洛克一家》,一举成名,被视为世界文学中的经典之作。二战前因反对纳粹,被迫流亡国外,一九三八年迁居美国。晚年移居瑞士。其代表作还有《魔山》。一九二九年获诺贝尔文学奖。

如果能够更多地听到上一个时代大师们的回声，那将会使他们感到特别的幸福。而《死于威尼斯》一篇正好满足了他们的期望。

米斯特拉尔*

那些专注于某一种题材和主题的作家，极少获得她这样的地位和荣誉。她差不多一生只歌颂爱、爱情。人人都触摸得到的那个大主题在她这儿变得很实在又很新鲜。它甚至在一开始是非常具体的，这种具体性带来了单纯的美，并使她一直坚持到底，她于是获得了极大的成功。

一个作家在捕捉那些真实而具体的诗意时，并非是十分容易的。因为他们很快就会变质，成为很抽象很色彩化的东西。于是作家有可能因此而变得庸常。

米斯特拉尔难能可贵的，是她一直执着于看到感到哀过痛过也痴过的这种情感，一生不再忘怀。这种执着本身就是最好的诗。这种情感的性质属于人类亘古不变的那一部分，最受人尊重和厚待。

二十世纪末最缺乏的就是这种情感。反映到艺术上，就是这种艺术家的绝迹。现在开始的是一场更复杂更含混、更无所适从的痛苦。

---

* 米斯特拉尔（1889—1957），智利女诗人。早年独立谋生。十四岁开始发表诗作。后从事教育工作，曾任中学校长。还曾任智利驻国外领事。代表作为诗集《有刺的树》。一九四五年获诺贝尔文学奖。

斯坦培克 *

现实主义创作在他那里接近了尾声。我们可以在他身边发现一大批杰出的现代艺术实践者，如帕索斯、海明威和斯泰因等。他们及所处的时代不可能不影响斯坦培克这样的实力派作家。我最喜欢的作品是他的《托蒂亚盆地》（一译《煎饼坪》）和《罐头厂街》。他的产生了极大反响的长篇《愤怒的葡萄》写得结实有力，沉郁凝重，囊括了广阔的社会生活场景，有扎扎实实和极其有趣的人物，有无可取代和没法忽视的当代性。这一切都使人不得不极大地重视。它特别像一曲正剧，这也是让人看重的原因。

但前两个中篇深刻的幽默感、自然天成的流畅、对人性宛若无意的有力揭示，都最好地表现了他的才能和艺术倾向。他的其他作品很难达到这样的高度。这也使他稍稍脱离了现实主义，有了别一种色彩。

他是始终可信的、严谨的作家。即便到了《伊甸之东》和《烦恼的冬天》这样的阶段，也仍然保持着那种严肃工整；即便是写《战地随笔》这样的短章，也仍然充满了绝妙的思维。

---

* 斯坦贝克（1902–1968），美国作家。生于工厂主家庭。成年后修过路，丈量过田亩，捕过鱼。代表作为长篇小说《愤怒的葡萄》及中篇小说《托蒂亚盆地》《罐头厂街》《珍珠》等。一九六二年获诺贝尔文学奖。

舍伍德·安德森[*]

他在中国读者中最有影响的是《小城畸人》。这是一部互有连接的短篇小说集。它可以反复阅读,意味深长。这样精致而博远的作品,在文坛上从来少见。它甚至使人想到,一个作家一生只要写出一部这样的书,也就足以流传、足以无悔了。

时间的浪头大概难以淹没这本薄薄的书。

作为一个真正的艺术家,他从不放纵自己的情感。他似乎只对充分把握了的事物感兴趣,并对其再三品咂。他对人的探索达到了入迷的程度,始终专注于某种悟想。这些作品所表现出的洞察力,表达上的准确性,都让人吃惊。比起他的两个学生兼朋友——海明威和福克纳来,他显得节俭多了,谨慎多了,城府更深。《小城畸人》可以作为文学的教科书。而某些巨著却难以担当这样的重任。

一九九四年二月

---

[*] 舍伍德·安德森(1876—1941),美国作家。最著名的是他的短篇小说。代表作品为《小城畸人》(另译《俄亥俄州瓦恩思堡镇》)。其他作品还有《兄弟之死》《讲故事者的故事》等。海明威和福克纳都受过他的影响。

风雨北郊路
——悼冯中一先生

我与朋友从上海匆匆赶回,为了最后看一眼冯先生。我来上海的前一天还收到过他的信和书,而今却赶来与他永远地分别。但我已来不及发出什么人生的感慨,甚至也来不及惊讶。时代改变了我,使我变得更能理解和忍受。我就这样一路忍着回来了,洗了一把脸,又奔赴北郊,去告别冯先生。

吊唁厅外的广场上,那么多人站在雨地里。他们当中有的我熟悉,有的好像从未见过。好多人是从外地、从千里之外赶来的。这场雨直下了三天,还在下个不停。真正不幸的时刻,天常常落雨,这次也没有例外。雨滴打湿了胸前的白花。

……

人们乘车而来,又乘车而去。好像寂寂的北郊,只有我撑着一把漆黑的雨伞,一个人走回家去。这是一条从未走过的路,它从闹市延伸出来,直伸到北郊一座安静的山下。朋友让我随车走,我谢绝了。我只想一个人走一走。

从一九八〇年听冯先生讲文学算起,我认识先生至今已有十四年了。十四年中,我们常常在一些会议上见,并在七年多的时间里共处于省作协主席团。但我不能说与先生有很多密切的交往，比如促膝长谈等。我是一个晚辈和学生，我读他的书，景仰他的人格，吸收他的力量，遥遥地注视他的一双善良的眼睛。在这双眼睛面前，我常常有很多话要说，但总是欲言又止，见面时紧紧地握一下手，传递着一种又平凡又独特的友谊，感知着同志式的温暖。

他的手温暖过我的手，这使我今天一想起来就有些受不住。哀乐声中，我从他身旁走过时，首先想到的是那只曾紧紧握过的手。这一瞬间我才突然意识到：再也没有那样的一只手了。

我们还将失去很多只手。一只手就是一份援助。一个知识分子的手与劳动人民的手是完全一样的，它非常之美。我谨向先生回一声：我作为一个学生、一个踏入文学界知识界的晚辈，一定要好好爱护自己的手，决不让它沾染污浊。

我非常明白，说出这样一句话是很容易的，要做到却难而又难。等到雨过天晴，一个人应该有勇气把它伸到太阳光下，仔细看一看——仅仅如此也就足够了。

先生生前给我的每个电话、每一封信，都充满了对文学事业的珍爱与焦思。他不停地叹息、也不倦地努力。在一个物欲张扬的时刻，一位诚信勤恳的老人却做了精神的代表，谁能说这不需要一点勇气呢？

我始终相信，善良和正直是最具有力量的。它最终不可战胜。在告别厅前的广场上，在淅淅沥沥的雨丝下，在沉默的人群中，你真的感觉不到这种力量？时间会告诉人们一切。人们也不会那么简单地淡忘。人们将记住很多。

先生献身的事业是不朽的。先生熔铸在事业之中,也是织入齐鲁文化之锦的一条粗韧的纤维,它永不折断。

先生是在一个特殊的时刻担任省作协主席的,我相信这是多年来组织上和作家们一次最好的选择之一了。作为一个德高望重的文学前辈、著名教授、文评家,他理所当然地赢得了学术和艺术意义上的广泛尊敬和信任;而更为难得的,还是他人格的力量——在学界艺术界,最终决定一个人在自己的事业上能否走远、能否走进他自己应有的辉煌的,从来都是人格的力量。如果说目前文学一隅的颓败和荒谬有点令人心冷的话,那么先生身上投射出的人格光辉,却极大地温暖着别人。

一个七十多岁的文学前辈,在他生命的最后一程上,最忧虑的是这份事业的前途、是正义和理想。为了繁荣齐鲁文坛,他真是绞尽了脑汁。他亲笔写下一份份文学规划的征求意见稿,复印多份一一寄出。我读着他写下的这些文字,心里一阵阵烫痛。我宁可相信这是一些没有地址的信。真的会有人收下它吗?真的能有人收下它吗?

先生在给我的最后一封信,即我去上海开会的前一天(十一月十日)收到的信中嘱我:"请多珍重,盼多联系。"

由于急着出发,我没有来得及与先生联系。我原想回来后打个电话,约个时间去看望先生,并在路上约了朋友同去。

说到"珍重",现在的许多人是太懂得"珍重"自己了;唯有先生还挂记着别人,甚至是我这样一个晚辈。

我从未走过远达北郊山下的这条路……雨一直下个不停,轻轻地下,风又把它吹散了。我身边不止一次有汽车飞驰而过,泥水溅了我一身。

我一边走一边想，觉得这条路太短了。

"盼多联系……盼多联系……"我后来不停地默念着先生给我的最后一句话，直到眼前一片模糊……

一九九四年十一月十八日

诗 人

　　诗人是令人敬仰的文学前辈,是永远屹立在风雨文坛的高大身躯。他是精神的执火者,是最纯粹的人,是一个不败者。长期以来,极少有人在思想上、在道德激情方面,曾像他那样赐我以巨大力量。

　　我从他的诗章中,始终感受着火一样的热烈。一个人能像他那样不倦地歌唱,为正义和爱不停地奔走呼告,就是一个奇迹,是人类不曾屈服和至尊至贵的有力证明。

　　我不是一个合格的诗人。但我一直试图与他的诗心相通。我努力将自己刻下的字字句句点燃,让其在燃烧中流动。我明白诗人这样做了,并成为世纪的歌手、提醒者、目击者和某种证词提供者。我们将因为与他同行而骄傲。

　　我就是这样理解诗和诗人的。欢畅的岁月、坎坷的经历,甚至是腥风凄雨,都不能销蚀和改变一个人内心的纯洁。他远离了浊流,成为一代清洁的榜样。他的热情和感动,他胸中翻腾的黄河和长江,都源于一颗质朴而崇高的心灵。

一九九五年五月二十八日

荒漠之爱
——夜读鲁迅

痛与喊

《"好政府主义"》（一九三〇年，《二心集》）

梁实秋认为"有智识的人"，"他们的责任不仅仅是冷讥热嘲地发表一点'不满于现状'的杂感而已，他们应该更进一步地诚诚恳恳地去求一个积极医治'现状'的药方"。

好像非常有道理。因为这毕竟是要求一个智识者"诚诚恳恳"，而且还要"积极医治"。

要医治就要有"药方"，他开出的"药方"是"好政府主义"。

他不同意批判"主义"是担心伤及"政府"。"主义"可以不要，"政府"终须要的。所以才有他的"好政府主义"。

但是当时有人连"政府"也不想要。于是他们成为另一种"智识"者，他们在本质上完全区别于梁实秋一类。

苦难的民众与"智识者"并不想要当时的政府。"作家"和"学者"梁实秋不属于苦难民众，所以他仍然葆有一种"诚恳"。抱着这种"诚恳"，当然不能与当时的民众对话，也不能与另一种"智识者"对话。

"智识"者是批判的；伪"智识"反对批判。

"智识"者是抗争的；伪"智识"者反对抗争。

伪"智识"者往往挖空心思解释和诠释世俗的合理或必然，顶多也只是让人去弥补和顺从。

鲁迅指出："其实是，指摘一种主义的理由和缺点，或因此而生的弊病，虽然并非某一主义者，原也无所不可的。有如被压榨得痛了，就要喊，原不必在想出更好的主义之前，就定要咬住牙关。"

这"痛"的"喊"，有人听来是非常刺耳的。可是没有办法，只要有"痛"，总会有"喊"。诚如先生所说，"原不必在想出更好的主义之前，就定要咬住牙关。"都"咬住了牙关"，就成了一个无声的世界。无声，多么可怕与可悲。

真正的智识者是会感到"痛"的,也会与民众一起,因"痛"而"喊"——直到喊破了喉咙。

有人也许来自民众，但他最后还是站到了民众的对立面。无论多么华美的辞章、多么巧妙的言辞，都无法掩去背叛。辨别他们的方法很多，其中最重要一条，就是看其有无"痛"感、能否因"痛"而"喊"。

除了"诚恳"和"积极"之外,有时他们还会做做鬼脸、做做"第三种人"，即玩艺术和玩文化。

"今夜周围是这么寂静"

《写在〈坟〉后面》（一九二六年，《坟》）

先生的杂文集《坟》马上就要印出——写好了题记，寄走不满二十天……"今夜周围是这么寂静，屋后面的山脚下腾起野烧的微光；南普陀寺还在做牵丝傀儡戏，时时传来锣鼓声，每一间隔中，就更加显得寂静。电灯自然是辉煌着，但不知怎地忽有淡淡的哀愁来袭击我的心……"

从未读过如此动人的文字。我感知着先生周围的夜色、那种超乎寻常的寂静。《坟》一集的缀语，后来人应该读上一生。为什么要写作、为什么要结集，先生在此说得再分明没有。这是伟大的真实、诚恳、朴素和坚定。但朴素和诚恳愈加强化了战斗者的坚韧，而不是相反。

先生回忆以往的文字形成原因，说："但我并无喷泉一般的思想，伟大华美的文章，既没有主义要宣传，也不想发起一种什么运动。不过我曾经尝得，失望无论大小，是一种苦味，所以几年以来，有人希望我动动笔的，只要意见不很相反，我的力量能够支撑，就总要勉力写几句东西，给来者一些极微末的欢喜。人生多苦辛，而人们有时却极容易得到安慰，又何必惜一点笔墨，给多尝些孤独的悲哀呢？"

先生的真挚与善良令人垂泪。为了"给来者一些极微末的欢喜"，他只要"力量能够支撑"，就要拿起笔来。他一生写出了多少叮嘱、启示、劝慰、警醒。对于苦难人生、弱小阶层，他是食草产奶的牛。对于强暴和罪恶，他全身锻得如同一把匕首。他没有什么幻想，对敌人永远横眉冷对；可是在这个"寂静"的"今夜"，先生的思绪却一次次在"来者"

的"人生"上缠绕徘徊，一腔柔情。

寂静的夜，如水一样流逝的光阴，先生回忆和总结着自己的写作生涯。

一个真正的人、智识者，不能缺少这样的夜。但今天的智识者，又有多少人拥有这自剖和追思之夜？这样自叮和坚定、理性和明晰之夜？

没有这样的夜，就很难说是一个真正的智识者、也不必奢谈"思想""哲学"和"艺术"之类……

先生总结自己即将出世的这本书："倘若硬要说出好处来，那么，其中所介绍的几个诗人的事，或者还不妨一看；最末的论'费厄泼赖'这一篇，也许可供参考罢，因为这虽然不是我的血所写，却是见了我的同辈和比我年幼的青年们的血而写的。"

先生在此自荐了两篇：介绍几个诗人——那是关于十九世纪欧洲八个具有反抗精神和爱国主义思想的诗人；"费厄泼赖"——人所周知，那是何等酣畅淋漓的一次控诉和揭露！

先生的柔情与爱，在此被反衬得熠熠生辉。他说之所以印行这本书，有一个目的，也是为了让"憎恶我的文字的东西得到一点呕吐，""——我自己知道，我并不大度，那些东西因我的文字而呕吐，我也很高兴的。"

先生"并不大度"，而自古至今，一切自诩为"大度"者，却多半是些"睚眦必报"之徒。

一个真正的人民作家往往有战士的品格。他的结集，是因为"当呼吸还在时，只要是自己的，我有时却也喜欢将陈迹收存起来，明知不值一文，总不能绝无眷恋"。先生眷恋的正是生命的刻痕。"不值一文"是自谦。

"我的确时时解剖别人,然而更多的是更无情面地解剖我自己,发表一点,酷爱温暖的人物已经觉得冷酷了,如果全露出我的血肉来,末路正不知要到怎样。我有时也想就此驱除旁人,到那时还不唾弃我的,即使是枭蛇鬼怪,也是我的朋友,这才真是我的朋友。倘使这个也没有,则就是我一个人也行。"

我想这是永不消灭的语言。仅有这样一番语言,也足见鲁迅之伟大了。这样的语言应该永远刻在一切自称为"知识分子"的心扉之上。

那些"酷爱温暖的人物"是些什么人?

他们实在不如"枭蛇鬼怪"。

"则就是我一个人也行"——不畏惧于"一个人"的结局,才算得真正的战士。

也就在这篇文章里,先生宣告:"偏要使所谓正人君子也者之流多不舒服几天,所以自己便特地留几片铁甲在身上,站着,给他们的世界上多有一点缺陷,到我自己厌倦了,要脱掉了的时候为止。"

先生至死没有厌倦,这是人人都知道的。

"宠犬"

《"民族主义文学"的任务和运命》(一九三一年,《二心集》)

先生开篇即指出:"殖民政策是一定保护,养育流氓的。从帝国主义的眼睛看来,惟有他们是最要紧的奴才,有用的鹰犬,能尽殖民地人民非尽不可的任务……"

先生处于"殖民政策"实施的中国。其实所有专制者都"一定保护,养育流氓的"。这毋庸置疑。

"所以,这流氓,是殖民地上洋大人的宠儿,——不,宠犬,其地位虽在主人之下,但总在别的被统治者之上的。"先生接着指出,当时的上海"也不会不在这例子里"。"在文艺界,竟也出现了'拜老头'的'文学家'"——"但这不过是一个最露骨的事实。其实是,即使并非帮友,他们所谓'文艺家'的许多人,是一向在尽'宠犬'的职分的,虽然所标的口号,种种不同,艺术至上主义呀,国粹主义呀,民族主义呀,为人类的艺术呀……"

"那些宠犬派文学……比起侦探,巡捕,刽子手们的显著的勋劳来,却还有很多的逊色。这缘故,就因为他们还只在叫,未行直接的咬,""久以沉沉浮浮的流尸,本来散见于各处的,但经风浪一吹,就漂集一处,形成一个堆积,又因为各个本身的腐烂,就发出较浓厚的恶臭来了。"

"这'叫'和'恶臭'有能够较为远闻的特色,于帝国主义是有益的,这叫做'为王前驱',所以流尸文学仍将与流氓政治同在。"

先生又指出:那些所谓的"文艺家",自欺欺人,"用种种美名来掩饰,曰高逸,曰放达(用新式话来说就是'颓废'),画的是裸女,静物,死,写的是花月,圣地,失眠,酒,女人。"

其实这些"高逸""放达"者,是极易与"宠犬"们集合一起的。

中国社会当时处于大转折的前夜。先生说"风浪"已兴,这"风浪"即是当时无产阶级的勃兴。在转折和混乱时期,在所谓的"多元"时期,一个知识分子必须经受考验。他将不得不接受鉴别和归属。

统治者也许至少拥有两种犬。一种是"狞犬",性猛,凶厉粗暴,其作用自不必说。另一种是"宠犬",可赏玩,可麻痹路人,可对主人做假怒状,旋即摇尾乞怜。人们往往对"宠犬"失去警惕。其实"宠犬"除了护主而外,尚给予主人精神上的慰藉,这又远非"狞犬"所能比的。所以主人总是厚厚施恩予"宠犬",让居功自傲的"狞犬"愤愤然以至于心灰意冷。

"狞犬"常常对"宠犬"狂咬,但这仅是犬种之争,路人对这种内讧过分关心是大可不必的。"狞犬"对"宠犬"的恶声厉吠,颇能引起路人对"宠犬"的同情,结果在关键时刻会受到"宠犬"更大的折伤。

既然专制的主子一定保护和养育流氓,那么流氓对主子也就非常重要,成其为重要的"一翼"。

"五"与"七"

《死》(一九三六年,《且介亭杂文末编》)

先生此文写出仅一月余即去世了。这个题目当然不是偶然的。先生的身体越来越差,常常一病不起,"连报纸也拿不动","无力谈语,无力看书"。先生的确是感到了那个大限。所以这是一篇极重要的文章,可视为奋斗一生的战士最后的叮嘱。

先生一息尚存,战斗不止。就在逝世前十天,还写了《关于太炎先生二三事》。

在《死》中，先生引了重病时留下的遗嘱。这当然是留给亲属的。但我却宁愿视为留给所有后来者的。遗嘱共七条。让人心上震栗、继而永不再忘的，是"五"与"七"：

"五，孩子长大，倘无才能，可寻点小事情过活，万不可去做空头文学家或美术家。"

"七，损着别人牙眼，却反对报复，主张宽容的人，万勿和他接近。"

我认为一个知识分子乃至一个人，记住了这"五"与"七"，一生都会受用不尽。这是先生一生的血泪心汁所浇铸的，至为宝贵。后来者如果遗忘，如果再须从头索起，那真是太悲惨了。

在先生看来，之所以"空头文学家或美术家""万不可去做"，就因为他们往往是最无聊甚至是最无耻的一类，实际上也是最可怜的一类。在生活中行骗或采取不择手段，对艺术和艺术家造成极大损害的，往往也是这拨人。他们不怕麻烦，趋炎附势，艺术上是个"空头"，钻营起来却是实干。

在外行们看来，再也没有比"空头文学家"更像"文学家"的了，也再没有比"空头美术家"更像"美术家"的了。他们为了推销自己，可以使用各种方法，绝谈不上什么操守和禁忌，而且有外行们极熟悉的一套话语系统。所以他们的存在是以损害艺术和艺术家为前提的。这就是为什么不能对其"宽容"的原因。

对他们的姑息、"宽容"、忍耐，就是对艺术的伤害。对他们只有一个合理的、得当的办法，那就是"揭露之"，而绝不能与之合作。

先生在世时受害最多的就是这一类。先生的深恶痛绝自有其充分的理由。而先生同时也知道，作为出身于文学家庭的一代，是极易选择"文学艺术"的。所以他宁可让其"寻点小事情过活"，也不让他们挂"艺术家"的空头。先生怕他们涉足无耻。

至于第"七"，是先生血泪凝成的经验，更是永恒的真理。"反对报复"和主张"宽容"，本该是至受赞扬的好意与美德。也正因为如此，反极易用来遮掩罪恶和龌龊。

正因为如此，敢于公开提倡"痛打落水狗"和"不宽容"的人，才需要更大的勇气、也必定有更充分的理由。像鲁迅先生，则是"见了我的同辈和比我年幼的青年们的血"太多了的缘故。

这血为什么有人一直视而不见？是他们太健忘了，还是本来就心怀鬼胎、本身就是一个"鹰犬"？

那些因不义而致富的中产阶级是极易打出"宽容"的旗帜的。他们"不痛"，所以从来厌恶鲁迅先生"压榨得痛了，就要喊"的这种话。

他们谈"宽容"，目的只是为了"帮闲"以至"帮凶"，至少为了"损别人的牙眼"。

而公然提倡"不宽容"的，即便苛刻，也苛刻得磊落，苛刻得有勇气。

生活和历史将会证明和说明，不是先生太"苛刻"，而是敌人逼得太近、太紧和太无耻。在"鹰犬"们赶尽杀绝的狞厉之下，"不宽容"又算什么？

所以先生说："对那些主张宽容的家伙，万勿和他接近。"

貌似"民魂"

《学界的三魂》（一九二六年，《华盖集续编》）

先生说的"三魂"是："官魂""匪魂""民魂"。"又因为我的见闻很偏隘，所以未敢悉指中国全社会，只好缩而小之曰'学界'。"

"所以中国的国魂里大概总有这两种魂：官魂和匪魂。"而缺少的、值得宝贵的却是"民魂"。匪得胜可以称帝，"又称反对他的为匪了"。"社会诸色人等"，"受了官的恩惠时候则艳羡官僚，受了官的剥削时候便同情匪类。"所以先生指出：

"惟有民魂是值得宝贵的，惟有他发扬起来，中国才有真进步。"

但是这里有个鉴别和界定的困难。"在乌烟瘴气之中，有官之所谓'匪'和民之所谓匪；有官之所谓'民'和民之所谓民；有官以为'匪'而其实是真的国民，有官以为'民'而其实是衙役和马弁。所以貌似'民魂'的，有时仍不免为'官魂'，这是鉴别魂灵者所应该十分注意的。"

先生在谈中国的魂魄，又特指了学界。这当然有深意在。"学人"和"艺术家""文学家"是特别善于挟"民魂"以行其道的，无论是挞伐异类，还是觅集帮友，都要做类似的标榜。骨子里取悦和跟从尚唯恐不及，表白中却将"民魂"中掺上了"匪"气，以此壮大其"民"之"魂魄"。

"学界"的"衙役和马弁"在失意的时候就捡起"民魂"的帽子自戴，得意的时候又不安于做"衙役和马弁"，而急于还一身"官魂"。

先生指出"自从……上了……大任之后，学界里就官气弥漫，顺我者'通'，逆我者'匪'，官腔官话的余气，至今还没有完。"

一个"学界"人士是否真有"民魂",不必看其说了什么,标榜了什么,而要看其做了什么。急上之所急,也不过是尽了"衙役和马弁"之义务,与"民魂"和"匪魂"都无干。不过为了需要,"衙役"之流也可以对上做做鬼脸,甚至以转为"匪魂"相威胁。但最终上边要收复他也容易得很。

　　最难的是"鉴别魂灵",是对那些"貌似民魂"者有个透析。

卑怯者的愤火

《杂忆》(一九二五年,《坟》)

　　先生从拜伦的诗多为青年所爱读谈起,指出他"之所以比较的为中国人所知,还有别一原因,就是他的助希腊独立。时当清的末年,在一部分中国青年的心中,革命思潮正盛,凡有叫喊复仇和反抗的,便容易惹起感应。"但先生又指出,另有一些复仇诗人,虽然正负盛名,我们却不大注意。一部分人却专门搜集明末遗民的著作,满人残暴的记录,输入中国,希望激起旧恨的复活。

　　但结果呢?"待到革命起来,就大体而言,复仇思想可是减退了"。"不再有残酷的报复",因为"又服了'文明'的药。"

　　这种"文明药"只对宿敌和强敌有益。对于弱者就完全不适用了。因为号召复仇激起的愤火还在,所以如先生所说:"仍不能不寻一个发泄的地方,这地方,就是眼见得比他们更弱的人民,无论是同胞或是异族。"

多么可悲。

先生一针见血写道："我觉得中国人所蕴蓄的怨愤已经够多了，自然是受强者的蹂躏所致的。但他们却不很向强者反抗，而反在弱者身上发泄，兵和匪不相争，无枪的百姓却并受兵匪之苦，就是最近便的证据。再露骨地说，怕还可以证明这些人的卑怯。卑怯的人，即使有万丈的愤火，除弱草以外，又能烧掉甚么呢？"

先生提出了"卑怯的愤火"。这是先生深邃的发现。

卑劣的、卑微的、怯懦的，这样一类卑下胆怯的生物，他们的愤火其实就是流氓无产者的愤火。引出的结果就是对无辜百姓的暴行，是瞎起哄，是盲目无知的叫嚣，是做一些令专制者微微皱眉的大笑。

面对真正的敌人，他们倒是"宽容"得很，"文明"得很，一会儿"洋文明"，一会儿"国粹"。洋文明是"费厄泼赖"，国粹是"和为贵"。

在此先生有一段入木三分的剖析——"不知道我的性质特别坏，还是脱不出往昔的环境的影响之故，我总觉得复仇是不足为奇的，虽然也并不想诬无抵抗主义者为无人格。但有时也想：报复，谁来裁判，怎能公平呢？便又立刻自答：自己裁判，自己执行；既没有上帝来支持，人便不妨以目偿头，也不妨以头偿目。有时也觉得宽恕是美德，但立刻也疑心这话是怯汉所发明，因为他没有报复的勇气；或者倒是卑怯的坏人所创造，因为他贻害于人而怕人来报复，便骗以宽恕的美名。"

"自己裁判，自己执行！"先生在此信赖的仅是理性和良知，而不是什么宽恕之道。

先生指出报复是需要真正勇气的，是必须有战士品格的，不然既有可能燃起卑怯者的愤火，又有可能跌入某些宽恕的泥潭。

面对着善的死敌、真的死敌，江洋大盗，悍吏与酷衙，那些曾大肆叫嚣、不停地挽动衣袖的卑怯者却不吭一声。他们规避尚且不及。之后才是等待和寻找，寻一个既可以发泄愤火、又不至于伤及自身的地方。那个地方大半站着抗争的弱者、因病而喊的灵魂，或直接就是善和美本身。他们一有机会就杀将过去，狞厉非常，尔后再宣讲"勇气"和"责任"，宣讲"宽容"。

先生痛切地写道："……我根据上述的理由，更进一步而希望于点火的青年的，是对于群众，在引起他们的公愤之余，还须设法注入深沉的勇气，当鼓舞他们的感情的时候，还须竭力启发明白的理性；而且还得偏重于勇气和理性，从此继续地训练许多年。这声音，自然断乎不及大叫宣战杀贼的大而闳，但我以为却是更紧要而更艰难伟大的工作。"

这种伟大的、独具穿透力的目光，理应击打起中华大地的尘土。可惜历史的倾向几乎依旧。我们热衷于类似"大叫宣战杀贼"的"大而闳"的运动太多了，不断有忽然的转向，却绝少贯彻一种勇气和理性。一忽儿"洋文明"，一忽儿"国粹"，放弃的却是"更紧要更艰难伟大的工作"。

"还须注入深沉的勇气"，"还须竭力启发明白的理性"——我们将永记取先生的话，尤其是身处某一种潮流之中时。

倒楣的责任

《沙》（一九三三年，《南腔北调集》）

被指责的永远是"小民"，而非大小统治者。读书人也学了这个逻辑，慨叹中国人是"一盘散沙"。对中国无法可想，于是"将倒楣的责任，归之于大家。其实这是冤枉了大部分中国人的。"

先生这样为"小民"一辩："小民虽然不学，见事也许不明，但知道关于本身利害时，何尝不会团结。先前有跪香，民变，造反；现在也还有请愿之类。他们的像沙，是被统治者'治'成功的，用文言来说，就是'治绩'。"

"那么，中国就没有沙么？有是有的，但并非小民，而是大小统治者。"

一语中的。大小统治者"都是自私自利的沙"！他们只为自己，大约不会改变的，因此而成一片沙漠。

不团结的责任从来要到处抛撒。团结就是力量，就是胜利，不团结就是破坏胜利，所以这责任就必得落实到一些人身上。统治者先把被统治者"治"成一粒粒的"沙"，然后再把倒楣的责任强加上去。

古往今来不少人遵循了这逻辑，也接受了这启发。

劳动者——无论是精神的探求者还是物质的创造者，常常地也必然地被"治"而成"沙"，并且永久地背负着"一盘散沙""不团结"的恶名。"治"者卑劣的毒计、龌龊的心态，反而总是得到了隐藏。

"治"者坐看"沙"们一粒粒分开，或互相攻讦，或互相躲闪排斥，是非常满意的。他们极满足于自己的"治绩"。

劳动者由于天然的纯洁性，性质上的同一，要团结是很容易也很自然的。"治"者对付他们的办法就是从中择取劣者，加以委培；或者干脆找一棍棒插于其间，既用来训诫，又用来搅动，何愁他们不粒粒成"沙"？

　　成了"沙"的一天，一切都好办了。

　　这样，倒楣的责任有了去处，剥夺和奴役也方便到了极点。

"老调子"与阔人富翁
《老调子已经唱完》（一九二七年，《集外集拾遗》）

　　先生发现了一个现象："凡称赞中国旧文化的，多是住在租界或安稳地方的富人，因为他们有钱，没有受到国内战争的痛苦，所以发出这样的赞赏来。"

　　"五四"之后的新文化运动就是要抛弃"老调子"，给中国以革新的精神。奇特之处在于，当时无论是保守势力的代表人物，还是一些买办文人，都一起提倡"整理国故"。他们服饰不同，中西两极，却惊人地齐声唱起"老调子"。

　　"中国的文化，都是侍奉主子的文化，是用很多的人的痛苦换来的。无论中国人，外国人，凡是称赞中国文化的，都只是以主子自居的一部分。"先生是在一个特定历史时期——文化和政治的转折时期说这番话的。

　　这种"中国文化"说到底是一种"既得者"的文化，只要是业已"成功"者，获得"清闲"的阔人、有闲阶级，脱离了劳苦阶层的人物，是必定喜欢这种文化的。他们只有唱"老调子",而不必在乎这样一种冷酷的事实:这种老调子已经不止一次地把中国唱完。他们是"既得者",于是不再关心未来。未来是怎样的?先生指出:"殊不知将来他们的子孙,营业要比现在的苦人更其贱,去开的矿洞,也要比现在的苦人更其深"。

"唱老调子"者有一个共同的特点,即在动荡激烈的文化思想和精神格局之下,一定热心于让智识者,特别是青年智识者退缩于专业的壳内,绝不介入,绝不抗争,关上屋门。这美其名曰"自救"。

"老调子"唱起来是很舒服的,对于统治者不仅安全、舒适,而且富有滋养。就这样唱着,"唱到租界去,唱到外国去。"

当时因不义而致富的中产阶级,是提倡"老调子"的主力。他们最主张守住"学人本分",好好地做自己的"中产阶级"。这种"本分"守住了,别人——低层人的"本分"也就守得住了。"受苦"就是低层人的"本分"。

可是拒绝"老调子"的人,"拒绝"就是他们的"本分";而战士者,"战斗"则是他们的"本分"。善于讲"费厄泼赖"者,也该容忍别人——哪怕是异类——的"本分"罢!

不仅是着长衫者喜欢老调子,西装革履者也喜欢老调子。殊途同归的内在原因是什么?极其耐人寻味。

先生说:"这怎么办呢?我想,第一,是先请他们从洋楼,卧室,书房里踱出来,看一看身边怎么样,再看一看社会怎么样,世界怎么样。"

他们肯出来吗?大概不会。因为"唱老调子的先生们又要说":"跨出房门,是危险的。"

阔人富翁，以及正做此梦的一类，哪怕是平民的儿子，也极易认同"老调子"，有滋有味地学着玩起了"文化"和"文学"，并且常常将这封为唯一的"正路"。

更无顾惜青春

《答有恒先生》（一九二七年，《而已集》）

先生无比痛楚地承认，他有"一种妄想破灭了"。这"妄想"是什么？即是对青年常存的希望和期望。他原先以为杀戮青年的，压迫青年的，大概总是老人。所以先生说："这种老人渐渐死去，中国总可以比较地有生气"。后来的事实却无情地粉碎了先生的预计，给了先生极大的打击。同是青年，在严酷和不那么严酷的环境中，有人却那么卑鄙地跟从、造谣，甚至是告密、陷害，让鲜血流淌遍地。

先生痛苦而愤慨地写道："现在我知道不然了，杀戮青年的，似乎倒大概是青年，而且对于别个的不能再造的生命的青春，更无顾惜。"

这儿应该睁大了眼睛去看的，有"大概""别个""不能再造""更无顾惜"几处字词。"大概"在此可不是"大约"的近义词，不是"可能"之类的模模糊糊，而是"大抵""一般"之意。在一个时刻，杀戮青年的总是青年，因为他们更有暴勇，更无顾及，更听从召唤。"别个"也不仅是"别的""其他"和"另一些"之意，而是和"异类""异端""异己"等词相类。他们要灭绝、要杀戮的，总是"别个"；他们对于任何污浊都可以容忍，但对于思想的精神的信仰的"异端"，是绝不手软的。"不能再造"不仅指生命的不可重复性，而且指"青春"的珍贵；更指这"别个"青春的不可再造。这勇敢热烈、无私无畏的青年在中国本来就少而又少，为了培育这一类青春，中国这块土地花了无数心血、整整等候了几个世纪。这样的生命中华民族是牺牲不起的。也正是在这一庄严悲壮的意义上，先生使用了"不能再造"几个字。"更无顾惜"的重点在于一个"更"字。"无顾惜"是一般的，而"更无顾惜"就大有缘故了。这里面有仇恨、有对"异端"的惧怕，但更多的，却是一种"嫉恨"。"嫉恨"比一般的恨要强力一些，因为"恨"中有"嫉"，此"恨"就深刻而独到，且恨力绵长。年纪轻轻却有了一种垂死感，对于蓬勃的、热心于变革的青春，总是非常嫉妒。他们恨不能让这一类青春之火快些熄灭、即刻无光，而只留下自己半死不活、散布着恶气燃烧下去。

先生从一个长者的心情出发，先是怜惜青年、爱护青年，苦口婆心地引导青年，后来终于从这一般的爱惜之中发现了什么。这是淡淡的或浓浓的血痕对先生的刺伤和提醒。

人的性质之不同，原因非常复杂。它源于不同的经历，更源于不同的血脉。人的血液中缺少或增加了某种因子，就决定了命运。

年龄、青春，有时实在是不足为据。像先生那样永远的锐气、永远的青春，难道能以年龄来论据吗？而有人小小年纪，在生活的大染缸中乖巧无比，机灵到足以让黄鼬羞颜，主人一暗示，这边做得力气十足。这样的青年绝无清洁可言，在关键时刻是不会"更""顾惜""别个"青春的。

先生谈到那些年轻的生命，有一个令人心酸和哀伤的比喻："醉虾"。这是中国南方一道名菜，将虾用酒醉掉，活吃，虾入口时越鲜活，吃者越高兴畅快。所以先生发现自己也是"做这醉虾的帮手"——为什么？因为先生说自己的呐喊与文章反而"弄清了老实而不幸的青年的脑子和弄敏了人的感觉"，这就使他们在敌人的折磨和杀戮中格外痛苦，也就等于更加"鲜活"。先生写道："憎恶他的人们赏玩这较灵的苦痛，得到格外的享乐。我有一种设想，以为无论讨赤军，讨革命军，倘捕到敌党的有智识的如学生之类，一定特别加刑，甚于对工人或其他无智识者。为什么呢，因为他可以看见更锐敏微细的痛苦和表情，得到特别的愉快。"

　　先生对敌人、对人性中丑恶的部分，真是再清楚不过了。先生要唤起沉睡的心灵，又害怕使"醉虾"在被吃时更为"鲜活"。先生就忍着这种两难之痛。

　　这才是真正的大悲悯、大善良。先生这种心地，比起那些"得了一副中庸的脸"的人，比起那些喧嚷"费厄泼赖"者，不知要宽容和善良多少倍。

饱人饿人之爱

　　　　　　　　　　《文艺与革命》（一九二八年，《三闲集》）

　　"我不是批评家，因此也不是艺术家，因为现在要做一个什么家，总非自己或熟人兼做批评不可，没有一伙，是不行的……"

先生这番话竟然是在六十多年前说的。今天谈起来，仿佛仍能看到先生那不屑的、厌恶的目光。他又一次一语中的。

有了"一伙"，相互维护和吹捧，或借他手攻伐异己，极能引起一点快意——渺小文人的快意。这种维护、苟且、小机巧，说到底只能毁掉自己的艺术。他们不信艺术的命数，幻想在热闹和蒙骗中占住和沾住什么。他们不仅蒙骗自己的时代，蒙骗不求甚解的读者，还特别想蒙骗外国人——让外国人睁眼瞎似的议论自己的所谓"艺术"，以获得更大满足，仿佛这就真的"成功"了。他们想得太简单。这种"心想事成"是不会发生的。时光老人可以轻而易举地戳掉纸糊的巍峨。

先生指出那一伙只是一些"饱人"，指出他们对"饿人"之爱的虚伪。他们害怕提到"斗争"二字，而喜欢提到"超时代"。先生不客气地指斥："超时代其实就是逃避，倘自己没有正视现实的勇气，又要挂革命的招牌，便自觉不自觉地必然地要走入那一条路的。""斗争呢，我倒以为是对的。人被压迫了，为什么不斗争？正人君子者流深怕这一着，于是大骂'偏激'之可恶，以为人人应该相爱，现在被一班坏东西教坏了。他们饱人大约是爱饿人的，但饿人却不爱饱人，黄巢时候，人相食，饿人尚且不爱饿人，这实在无须斗争文学作怪，我是不相信文艺的旋乾转坤的力量的……"

"饱人"无论如何不会体味底层的苦痛。他们害怕，于是更拒绝睁了眼来看世界。别人睁了眼，他们就厌恶。"睁了眼"，就必然站在"饿人"一边。"饱人"连"饿人"的反抗都不允许，这才是真正的"可恶"。

先生谈到"饱人"与"饿人"的关系，使用了一个极为精彩的词汇："大约"——"饱人大约是爱饿人的"。那是从"饱人"厌恶"偏激"、反对"斗争文学"的态度上推算的。既然如此，那总有个"大约"之爱……吧？其实"饱人"之"饱"，正是建立在"饿人"之"饿"上的。这种尖锐的指斥今天必会引起一片抗议批判之声，但却是真理。

有没有不曾背弃正义的"饱人"？有。但绝不会是如上谈论的那种"饱人"。"饱人"是无罪的，但对"饿人"发出狺狺之声，就开始有罪了。

"饱人"的所谓"艺术"，从根上讲是中空的、无聊的。但他们有时也做出一副"激进"状，急于挂出吓人的招牌。先生说得好："招牌是挂了，却只在吹嘘同伙的文章，而对于目前的暴力和黑暗不敢正视。"

那点儿"激进"不过是"鬼脸"之一种，是"二丑艺术"，骨子里总还是相当乖巧的。

沦肌浃髓之毒

《我还不能"带住"》（一九二六年，《华盖集续编》）

无论在怎样艰难的时刻，无论是怎样的情形，以绅士的面孔出现会是非常合算的。这样既体面，又中庸，满面微笑，显得十分有教养，"大肚能容容天下难容之事"，总算赚了一副"大家"模样。

可惜这样的"绅士"大多是伪装出来的。即便是真"绅士"，那副面孔也值得怀疑。

当时文坛上的争执当然并没有那么超然，而正值当时中国的一个黑暗时世，离先生发表这篇文章较近的，就有国立北京女子师范大学的学潮事件等等。这些争执的性质决没有某些"绅士"们说得那样简单而无聊，仅仅是"混斗"。他们说："让我们对着混斗的双方猛喝一声，带住！"而先生立即回应："我还不能'带住'！"

绅士们说争执的几方都是大学教授，这样闹下去要失了体统，丢了"负有指导青年重责的前辈"的丑；这样下去学生就不相信了，不耐烦了，等等。

先生面对这一不怀好意的责难和劝慰问道："'负有指导青年重责的前辈'，有这么多的丑可丢，有那么多的丑怕丢么？用绅士服将'丑'层层包裹，装着好面孔，就是教授，就是青年的导师么？"先生接着说道："中国的青年不要高帽皮袍，装腔作势的导师；要并无伪饰，——倘没有，也得少有伪饰的导师。倘有戴着假面，以导师自居的，就得叫他除下来，否则，便将它撕下来，互相撕下来。撕得鲜血淋漓，臭架子打得粉碎，然后可以谈话。这时候，即使只值半文钱，却是真价值；即使丑得要使人'恶心'，却是真面目。"

真是痛快淋漓。我极少读到这样有力、有理，这样彻底而无畏的话。这样的话才透着真正的理性的分析，没有"绅士"的虚怯，却长存战士的庄严。

有人为了使用那个假面，怕这伪饰真的给撕下，于是就居高临下地发出嘲讽，或冷冷的诬陷，把艰辛而庄严的斗争说成是"混斗"。无谓的斗，"狗咬狗两嘴毛"，哪一方都没有真事儿，都是逞强好胜或争名争利之徒——这一来就只剩下评说者自身的伟大和傲岸了——其实骨子里极可能是更为渺小的利势者流。

诬陷双方是"混斗",绝大多数是因为自己卑怯。正因为自身的不磊落,所以才恐惧于辩论的环境。斗争和分析、剖示,这一切都让他们不安。此外,这一类人也往往不具介于严肃斗争的思想境界和精神高度,缺少那样的高贵品格。他们的肆意贬损是可以理解的。事实上,在重大的、时代性的争执当中,那些貌似"超然"的第三者并不耐久。他们将很快以各种方式站到丑恶势力一边,完成从"帮闲"到"帮凶"的一个过程。这时他们终于不仅仅是个"评说家",不仅仅是个"看客",不仅仅发发"清议"了,而是直接地、毫不掩饰地参与。历史曾一再地验证过这一点。

在这样一个国度,做个暂时的"看客",做个待利的"渔翁",的确不失为百试不爽的良策。可以没有激愤、没有良知、没有责任,但万万不可没有良策,这就是一部分国人的心术。先生说得透僻:"我正因为生在东方,而且生在中国,所以'中庸''稳妥'的余毒,还沦肌浃髓……"

先生将"中庸"和"稳妥"称之为"毒"。是的,它们在这样一个国度里,更多的时候的确是毒力大发。

不掩于墨

<blockquote>《无花的蔷薇之二》(一九二六年,《华盖集续编》)</blockquote>

先生说段祺瑞政府治下的三月十八日是"最黑暗的一天"。"血不但不掩于墨写的谎语,不醉于墨写的挽歌;威力也压它不住,因为它已

经骗不过,打不死了。"

先生在这一天里写道:"中国要和爱国者的灭亡一同灭亡。屠杀者虽然因为积有金资,可以比较长久地养育子孙,然而必至的结果是一定要到的。'子孙绳绳'又何是喜呢?灭亡自然较迟,但他们要住最不适于居住的不毛之地,要做最深的矿洞的矿工,要操最下贱的生业……"

也就在这样的时刻、这样的关头,所谓的"教授"者流,正与段祺端政府声气相投。

先生写道:"已不是写什么'无花的蔷薇'的时候了"……

为什么?因为这是一九二六年的三月十八日。

不仅仅是冷嘲

《忽然想到》(一九二五年,《华盖集》)

"大人"们也有禁忌,但小得多了,至少在"孩子"们看来是这样。因为禁忌往往来自长辈,所以那禁忌的规定者与制造者自身对于这禁忌也就方便得多了。"长辈的训诲于我是这样的有力,所以我也很尊从读书人家的家教。屏息低头,毫不敢轻举妄动。两眼下视黄泉,看天就是傲慢,满脸装出死相,说笑就是放肆。"

下一代往往不知道什么是禁忌,至少不全知道,所以回避的方法只能是装出一副"死相"。这种阴森而微妙的氛围之中,毕竟冷静多了。如此下去,"大人"们是高兴的。不说不笑是最完全的。不过久了,"孩子"们"有时心里也发生一点反抗。心的反抗,那些还不算什么犯罪,似乎诛心之律,倒不及现在之严。"

令人心惊的是"诛心"二字。"心"可诛之,即诛精神、思想之源,或说诛杀精神和思想本身。可见"诛心"是在"装死相"之后——外表装出一副"死相"似乎可以安全了,但又难保不被"诛心"。

更坏的是"孩子"们到后来终于发现"大人"们是怎样了:"他们自己就常常随便大说大笑,而单是禁止孩子。"于是"孩子"们生出的一个愿望、一个逻辑就是:快快长大吧。

长大后稍一放松,"抛了死相,放心说笑起来,而不意立刻又碰了正经人的钉子:说是使他们'失望'了。我自然是知道的,先前是老人们的世界,现在是少年们的世界了;但竟不料治世的人们虽异,而其禁止说笑也则同。"

这儿的"正经人"是谁?显然不仅仅是"大人"们和"老人们",因为"现在是少年们的世界了";可见"正经人"中一定包括尚未过时的"老人们"和已经成长起来的"少年们"。喜欢禁忌、继承和制造新的禁忌的人,原来不绝如缕。他们要"治世",就得"禁止说笑"。

先生总结道:"我想:暴君的专制使人们变成冷嘲,愚民的专制使人们变成死相。"

"愚民",即不约而同地以维护禁忌为荣、不断地掺与制造和延长禁忌的贱民。这部分人扩散在大地上,无处不在不处不生,那么结果也只能是让人们变成"死相"了。"暴君"是强大的,但"暴君"是单调的、高高在上的、使用衙役的,所以"暴君"之网大而疏,偶或留下了人们冷嘲的机会和权力。

看来"愚民"的专制甚于"暴君"的专制。

但如果"暴君的专制"再加上"愚民的专制"又会怎样？大概那就不仅仅是"冷嘲"，也不仅仅是"装死相"了，而会挤弄压制出一种奇特而可怕的社会气氛。可能是一会儿"冷嘲"一会儿"装死相"，也可能是"愚民"向"暴君"取媚邀宠：用"热嘲"对付人们的"冷嘲"。

"愚民"用"热嘲"对付人们，"暴君"当稍感宽慰了。

精神的丝缕

《〈呐喊〉自序》（一九二二年，《呐喊》）

"所谓回忆者，虽说可以使人欢欣，有时也不免使人寂寞，使精神的丝缕还牵着已逝的寂寞的时光……"

鲁迅先生文中"寂寞"两个字还是多次出现。可见先生无法不提到它。什么才是"寂寞"呢？先生这样界定："凡有一人的主张，得了赞和，是促其前进的，得了反对，是促其奋斗的，独有叫喊于生人中，而生人并无反应，既非赞同，也无反对，如置身毫无边际的荒原，无可措手的了，这是怎样的悲哀呵，我于是以我所感到者为寂寞。"

这"寂寞"原来是"无可措手的""悲哀"，是面对"毫无边际的荒原"。我就是从先生这儿，才得以理解"寂寞"为何物，从此可以划清"无聊"与"寂寞"的界限。"无聊"会呻吟，而呻吟者会苟且也说不定。"寂寞"产生悲愤，悲愤又会激起勇气，各种各样的勇气，追思的、反省的、战斗的……于是最终有了呐喊，从无边无际的荒原传达于铁屋。

这铁屋里的人要"从昏睡入死灭，并不感到就死的悲哀。"现在"大嚷起来，惊起了较为清醒的几个人，"——他们"既然起来，你不能说绝没有毁坏这铁屋的希望。"

希望既然有，就不能废止呐喊。"精神的丝缕"牵出了寂寞，但更牵引了勇气和希望。先生"未能忘怀于当日自己的寂寞的悲哀罢，所以有时候仍不免呐喊几声，聊以慰藉那在寂寞里奔驰的猛士，使他不惮于前驱。"

猛士在荒原上，会听到来自先生的呼应。这样猛士做前驱而不畏惧，猛士就可以前进了。

这"精神的丝缕"一旦断掉也就可怕了。一个活着的人不可以将其断掉。要有牵引，有希望。不然就形同死亡。"凡是愚弱的国民，即使体格如何健全，如何茁壮，也只能做毫无意义的示众的材料和看客，病死多少是不必以为不幸的。所以我们的第一要者，是在改变他们的精神……"

专制的暴君非但不畏惧国民的体格茁壮，而且还时有倡扬。茁壮的体格可以用来服劳役、兵役，但他们从来畏惧国民有个茁壮活泼的精神。他们于是也害怕国民的"寂寞"，总要使其不"寂寞"，使其断掉"精神的丝缕"……

好像……

《上海文艺之一瞥》（一九三一年，《二心集》）

一个时期，某一种社会精神支持下的文化界思想界，会涌现出自己的奇怪代表，而且可以大行其道。鲁迅先生发现三十年代初的上海滩上出现了一种《点石斋画报》，而"这画报的势力，当时是很大的，流行各省……""影响到后来也实在利害。"内容和手法特征，先生也有过概括："神仙人物，内外新闻，无所不画，"但由于战舰、外国人事，可能很不明白吧，总画走了形意："然而他画'老鸨虐妓'，'流氓拆梢'之类，却实在画得很好的，我想，这是因为他看得太多了的缘故"。它的影响到了无所不在的地步，结果那时"小说上的绣像不必说了，就是在教科书的插画上，也常常看见所画的孩子大抵是歪戴帽，斜视眼，满脸横肉，一副流氓气。"

当时出现那样一份画报和那样几个画家是不足为怪的。但这种"一副流氓气"的艺术竟然可以影响巨大，甚至左右和决定了一时的文化艺术趣味，倒着实令人惊讶。更为荒唐的是，教科书的插画上的"孩子"，也"大抵是歪戴帽，斜视眼，满脸横肉，一副流氓气"。可见风气之中总是蕴涵了极为粗暴的东西，也可以想见，当时如果不把"孩子"画成这般模样，在有的人眼里可能还算不得正经的、真实的孩子呢！当时有人对于正常一点的"孩子"大概躲避还唯恐不及呢。

这真是妙极了，太发人深思了。

先生接上写道："现在的中国电影，还在很受着这'才子加流氓'

式的影响,里面的英雄,作为'好人'的英雄,也都是油头滑脑的,和一些住惯了上海,晓得怎样'折梢','揩油','吊膀子'的滑头少年一样。看了之后,令人觉得现在倘要做英雄,做好人,也必须是流氓。"

假若创作者本身不是这样,又怎么解释呢?所以先生直接称呼那样的画家为"流氓画家"。

先生说一些热心"革命文学"者,也"中了才子加流氓的毒。"但是,"激烈得快的,也平和得快,甚至于也颓废得快。倘在文人,他总有一番辩护自己的变化的理由,引经据典。"先生愤怒地、一针见血地指出:"无论古今,凡是没有一定的理论,或主张的变化并无线索可寻,而随时拿了各种各派的理论来作武器的人,都可以称之为流氓。"

在有些"革命文学者"那儿,"革命"和"文学""好像两只靠近的船,""而作者的第一只脚就站在每一只船上面。当环境较好的时候,作者就在革命这一只船上踏得重一点,分明是革命者,待到革命一被压迫,则在文学的船上踏得重一点,他变了不过是文学家了。"这种脚踏两只船的文学人物,永远不会绝种。

谈到所谓的"艺术家"的"狗性",先生似乎特别想让人注意另一种狗:"狗也是将人分成两种的,豢养它的主人之类是好人,别的穷人和乞丐在它的眼里就是坏,不是叫,便是咬。然而这也还不算坏,因为究竟还有一点野性,如果再一变而为巴儿狗,好像不管闲事,而其实在给主子尽职,那就正如现在的自称不问俗事的为艺术而艺术的名人们一样……"

先生并非欣赏"有一点野性"的狗,而是指它毕竟还像一点狗的样子——靠近它的祖宗——狼的样子:不是叫便是咬,容易引起人的警觉和注意。可怕的是"巴儿狗",可怕之处在于它"好像不管闲事"、好像在"为艺术而艺术"。

其次还"好像"无害有益:好玩,可观赏性强,解闷子,等等。"巴儿狗"对人有极大的蒙骗性、欺骗性、麻痹性和腐蚀性。人们都沉浸在"巴儿狗"的游戏之中,在它的媚气和流氓气嬉戏中消沉下去,岂不危险之极。

它一方面对主人尽心尽力,另一方面又幻想自己做起主人。而"奴才做了主人,是决不肯废去'老爷'的称呼的,他的摆架子,恐怕比他的主人还十足,还可笑。这正如上海的工人赚了几文钱,开起小小的工厂来,对付工人反而凶到绝顶一样。""现在的统治者也神经衰弱……在出版界也布置了比先前更进步的流氓,令人看不出流氓的形式而却用着更厉害的流氓手段:用广告,用诬陷,用恐吓;甚至于有几个文学者还拜了流氓做老子,以图得到安稳和利益。"

在先生眼里,如上是现实;在我们眼里,如上则是值得记取的历史。

天才与泥土

《未有天才之前》(一九二四年,《坟》)

任何时代,对于"天才"的渴望都是可以理解的。但这渴望必须是真的渴望。民众渴望天才,犹如泥土渴望绿色。

而有时的呼唤"天才",说痛感眼下缺少"天才",倒是为了贬损眼下。人类的劣性中有"厌近"的毛病,这正类似嫉妒——"天才"总在古代和外国,至于本国的"将来",有人却认为不可能有了——"将来"的人是自己的儿子甚或孙子的孙子的一辈,怎么能承认其"天才"呢?于是我们不断听到这样可怜的预言:"产生天才的时代是一去不复返了!"

这是真诚的判断,还是恶意的、幸灾乐祸的念头?在有一部分人看来,未来的生命是不配有比他更好的命运的,当然是不应该再有"天才"了。

这真是一种垂死的心理。

先生说:"我看现在许多人对于文艺界的要求呼声之中,要求天才的产生也可算是很盛大的了,"那么"天才究竟有没有?"先生接着答:不仅据传闻"天才"没有,即便使"天才"得以生长的民众都没有。

没有这样的民众,又哪来"天才"?即便有了"天才",平庸的民众能发现和识别吗?既能发现和培育出自己的"天才"的,就绝不是平庸的民众。

"天才不是自生自长在深林荒野里的怪物,是由可以使天才生长的民众产生,长育出来的,所以没有这种民众,就没有天才。""所以我想,在要求天才的产生之前,应该先要求可以使天才生长的民众。——譬如想有乔木,想看好花,一定要有好土;没有土,便没有花木了;所以土实在较花木还重要。"

如果每个人都想自己做"天才",倒不如先甘愿做做泥粒。这样的泥粒组成的好土壤,绝不会是不毛之地,也绝不会寸草不生的。

一方面是呼求"天才",另一方面又唯恐有谁真的成了"天才"。内心里对"天才"不是盼念,而是恐惧,正像先生所指出的:"一面固然要求天才,一面却要他灭亡,连预备的土也想扫尽。"

原来有人的呼唤"天才",只是"扫土"的方法和计谋之一。先生愤慨地说:

"这样的风气的民众是灰尘,不是泥土,在他这里长不出好花和乔木来!"

有人对于"嫩苗"是绝不怜惜的,因为它有一天也许会长成参天大树。所以,"作品才到面前,便恨恨地磨墨,立刻写出很高明的结论道,'唉,幼稚得很。中国要天才!'"这其实是在长了嫩苗的大地上驰马,践踏掉"平常的苗和天才的苗"。

如此下去,"不但产生天才难,单是有培养天才的泥土也难。""天才大半是天赋的;独有这培养天才的泥土,似乎大家都可以做。做土的功效,比要求天才还切近"。"泥土和天才比,当然是不足齿数的,然而不是艰苦卓绝者,也怕不容易做"。

先生说得极是。

依靠与凌蔑

《二丑艺术》(一九三三年,《准风月谈》)

无论在生活中还是舞台上,人们对于三种角色——老仆、恶仆(小丑)和二花脸(二丑)——以及这三种倾向者,最喜欢的是老仆,他虽跟从主子,但毕竟忠心耿耿,似乎也"纯粹";比较容忍甚至多少喜欢二丑,因为他活络、有趣、有生存能力;最恨的是小丑,嫌其作恶多端,总巴望该类人物速速死灭。

其实人们对"二丑"的罪恶实在是忽略和轻视了。他不仅是恶主的智囊、提醒者、颂扬者和门人奴才，而且还是特殊的蒙骗者。他是人性类型中最不纯粹最不磊落的一种。"而二丑的本领却不同，他有点上等人模样，也懂些琴棋书画，也来得行令猜谜，但依靠的是权门，凌蔑的是百姓"。

一个"依靠"、一个"凌蔑"，"二丑"的本质就凸出了。

不是所有人想做"二丑"就可以做的，这类社会角色所要求的条件也算苛刻：要"有点上等人模样"，要"懂些琴棋书画"。这种角色在必要的时候，完全可以给恶主一点精神上的慰藉，给恶主最为关键的"点拨"，充当特殊而有效的"告密者"。

但这又并不说明他对恶主的忠，而只是一种"依靠"。先生生动地描述了"二丑"的卑怯与顽劣："有谁被压迫了，他就来冷笑几声，畅快一下，有谁被陷害了，他又去吓唬一下，吆喝几声。不过他的态度又并不常常如此的，大抵一面又回过脸来，向台下的看客指出他公子的缺点，摇着头装起鬼脸道：你看这家伙，这回可要倒楣哩！"

"装起鬼脸"，这就是"二丑"最重要的特征之一。先生指出："这最末的一手，是二丑的特色。因为他没有义仆的愚笨，也没有恶仆的简单，他是智识阶级。他明知自己所靠的是冰山，一定不能长久，他将来还要到别家帮闲，所以当受着豢养，分着余炎的时候，也得装着和这贵公子并非一伙。"

多么可怕与可恶的"二丑"。当其"分着余炎"的时候，是何等的气派。

人们对"余炎"当是非常熟悉的。

先生说:"世间只要有权门,一定有恶势力,有恶势力,就一定有二花脸,而且有二花脸艺术。"

当人们有一天一齐疏远"二丑"、伸手揭露"二丑"的时候,也正是理性增进的时候。"二丑"常以"帮闲"的面目出现,实则却会做最阴毒的"帮凶"。

纯 谨
《关于太炎先生二三事》(一九三六年,《且介亭杂文末编》)

当颂扬一个可颂扬的人、贬责一个可贬责的人时,要看侧重在哪一个方面。不然,同样是颂扬和贬责,内在的差异可就相距遥遥了。颂扬之中可能包蕴着扼杀、遮掩、歪曲,而不仅仅是一般的误识。

同是一个章太炎,官绅眼里的,民众眼里的,买办文人眼里的,价值和色泽完全不同。

革命前后的章太炎是不一样的。当年的章太炎极得鲁迅先生颂扬,先生怒斥那些在章太炎死后大加嘲弄的"文侩小人":"勾结小报,竟也作文奚落先生自鸣得意,真可谓'小人不欲成人之美'而且'蚍蜉撼大树,可笑不自量了!'"先生对章的评价是:"考其生平,以大勋章做扇坠,临总统府之门,大诟袁世凯的包藏祸心者,并世无第二人;七被追捕,三入牢狱,而革命之志,终不屈挠者,并世无第二人:这才是先哲的精神，后生的楷范。"

但革命后，章太炎"自藏其锋芒"，埋头于学问。他在亲自手定的《章氏丛书》中，将先前见于书刊的"斗争的文章"，多数刊落。后来刻印的《章氏从书续编》，所收的文章更是"不取旧作，当然也无斗争之作，先生遂身衣学术的华衮，粹然成为儒宗"。先生说太炎的著作看上去"更纯谨"，深以为惋惜。

但官绅和买办文人至为推崇的就是这"纯谨"。他们恨不能在当年就亲手重塑一个"章太炎"，亲手折其"锋芒"，让其变为单纯的"学者""学人""古文字学家"——可惜章太炎在世时，多半生是不合他们意愿的，即不那么"本份"和驯顺，时有激进之举。

这样一直到后来的"纯谨"，再到去世，重新诠释和塑造的机会也就来了，其重要的、也是唯一的方法就是择自己喜欢者大加颂扬，从而达到歪曲和割裂的目的。这是百试不废的一个成功之法——后人对待前人，往往乐于取此方法。

先生认为章太炎"战斗的文章，乃是先生一生中最大，最久的业绩"。当然不仅是文章，更重要的还有先生所说的"并无第二人"的行为。

官绅们所偏爱的，是变化后的章太炎。"太炎先生虽说先前也以革命家现身，后来却退居于宁静的学者，用自己所手造的和别人所帮造的墙，和时代隔绝了。"

从一个人的选择上看，章太炎是有做"宁静学者"的自由和权力的，也必须受到尊重。但鲁迅先生所要求和期望的，却是时代的、至高的，是真正的知识分子的意义，是执论于更高的理念、更坚实的道德基础之上的。而鲁迅先生所揭露的，是那些官绅和买办文人的"塑造"行为，是他们这一行为内在的恶意：拒绝和诽谤战士。

我们在任何时候当然都缺少"纯谨"。但"纯谨"也为了"求真"，也通向真理。所以为真理而呐喊、而斗争，当是远在一般的所谓"纯谨"之上的。

不绝之滓

《沉滓的泛起》（一九三一年，《二心集》）

沉滓沉在下端，隐于角落，一有运动，就会借力而起，而翱翔，使世界陡增混浊。运动、翻腾、急烈，这种情状是渣滓们最盼望的。当年的东三省沦陷，国难当头，民众愤激之时，沉滓们的机会也就来了。先生说这"恰如用棍子搅了一下停滞多年的池塘，各种古的沉滓，新的沉滓，就都翻着筋斗漂上来，在水面上翻一个身，来趁势显示自己的存在了。"

危难、巨大的灾难，在一些人滓那儿并非不是不可以利用和"玩"的东西。他们什么都敢玩，玩抗战，玩火，玩文艺，玩救灾……在这玩中取利和快意。这是人类中最丑恶最缺少德性的一拨生物。

当年战火蔓延，东三省失守，这边一片"国难声中"，有人却大搞所谓"爱国歌舞表演"，并说"是民族性的活跃，是歌舞界的精髓，促进同胞的努力，达到最后的胜利"。报上不断报道这类盛况，什么"文艺界的人……集会讨论……陆续到东亚食堂……略进茶点……看爱国的歌舞表演……"先生说这一来，"那么，中国就得救了。"

更有人在报上借抗战之机推销"德国警犬"、治肺痨的"益金草"——"余立行试服，则咳果止，兼旬而后，体气渐复……一旦国家有事，吾必身列戒行，一展平生之壮志……"真是拙劣之极。

先生归结道："他们要趁'国难声中'或'和平声中'将利益更多的榨到自己的手里的。"

"因为要这样，所以都得在这个时候，趁势在表面来泛一下，明星也有，文艺家也有，警犬也有，药也有……也因为趁势，泛起来就格外省力。但因为泛起来的是沉滓，沉滓又究竟不过是沉滓，所以因此一泛，他们的本相倒越加分明，而最后的运命，也还是仍旧沉下去。"

类似的"明星""文艺家""警犬"和"药"，仍将有下去。"国难"或许不会总以过去面目频频重演，但每一时世总有可惜之题目，有可趁之势，有潮头，有运动，有声势浩大的举国共赴的一些项目，所以那一类沉滓仍会不断泛起。历史真是给人"惊人相似"之慨。因为我们有不绝之滓……

余下的只是卑怯

《论'第三种人'》（一九三二年，《南腔北调集》）

在此，先生写出了被后人反复吟诵的名言，尽管太熟旧了，也还是有不熄的光辉："生在有阶级的社会里而要做超阶级的作家，生在战斗的时代而要离开战斗而独立,生在现在而要做给与将来的作品,这样的人,实在是一个心造的幻影,在现实世界上是没有的。"

最后一句是结论。许多年过去了,有人和当时一样,仍旧怀疑着。这从他们的实践和言论中可以看出。

他们的理论一如当年:"艺术永远是自由的,独立的""文学与艺术至死也是自由的民主的","艺术"自由于什么、独立于什么、民主于什么,问题的结症就在此——在于答案。笼统地谈"自由"与"民主"似乎永远是不会错的。但这等于没有谈。

做一个既不"左翼"又不"右翼"的艺术家当然是人生快事,既可以创作出长久的艺术品,又免去"无谓"的纷争,甚至可以避开各种横祸,包括"杀身之祸",何乐而不为?一个人这样"死抱住艺术不放",难道不是聪慧得可以吗?

这就是"第三种人"的艺术和艺术家。

好是好,只可惜不存在这样的机会,这只是个"心造的幻影"。

艺术是心灵的产物,艺术家的创作具有极大的非职业操作性,他的作品无一不在凸出和渗流灵魂的性质。而心灵总是有归属的:正义、非正义、污浊和清洁、贵族与贫民、美与丑、强者与弱小……心灵是横置于侵犯与被侵犯之间的。它必有反映、必有震颤。或屈服,或跟从,或坚毅和奋起,或颓丧萎缩。

一个"艺术家"的艺术可能既不"左翼"又不"右翼",那么余下的就只能是苟且,是卑怯。卑怯又是什么?卑怯必会走入污浊,会"帮闲",会自觉不自觉地归于"一翼",而且是隐蔽狡猾的、格外不光彩的"一翼"。

艺术追求真实和美，即走向"诗与真"。既然如此，就与为真理而殉的战士的品格是一致的。两者在本质上完全类似。离开这种追求，也就离开了艺术的本质，离开了现实的可能。

先生说："要做这样的人，恰如用自己的手拔着头发，要离开地球一样，他离不开，焦躁着，然而并非因为有人摇了摇头，使他不敢拔了的缘故。"

是的，这是"离不开的焦躁"，也是卑怯者的焦躁。

他们要做"第三种人"，只是不到那个时刻。历史一再地验证，凡是如此标榜者，一旦在合适的时机，几乎无一例外地要倒向邪恶。或者他们自己直接乘隙而出，伸手掠夺。这时他们再也不是超然的旁观者了。

沙漠中

《〈自选集〉自序》（一九三二年，《南腔北调集》）

F先生沉重而深切地回忆着、总结着。他参加了《新青年》所提倡的"文学革命"，而且"步调是和大家一致的"。那是一九一八年，已十余年过去，先生说自己"见过辛亥革命，见过二次革命，见过袁世凯称帝，张勋复辟，看来看去，就看得怀疑起来"。而现在有人提倡"民族主义文学"，先生说："我正在疑心这批人们也并非真的民族主义文学者，变化正未可限量呢。"

先生回顾当年为"革命文学"而提笔，"大半倒是为了对于热情者们的同感。这些战士，我想，虽在寂寞中，想头是不错的，也来喊几声助助威罢。首先，就是为此。"他并未将自己列为当时的"战士"之列，而只看成一个"助威者"。是"为达到这希望计，是必须与前驱者取同一的步调的"。"这些也可以说，是'遵命文学'。不过我所尊奉的，是那时革命的前驱者的命令，也是我自己所愿意尊奉的命令，决不是皇上的圣旨，也不是金元和真的指挥刀。"

十余年过去，《新青年》的团体终于散掉了。当年的那一拨人呢？先生说："有的高升，有的退隐，有的前进"。这就是当年成阵成形的队伍，是集起的"战士"。在一种声浪和潮头中做个"战士"也许是比较容易的，但漫长的坚持从来就更其困难。十余年的坎坷变幻中，当年冲锋不息的"战士"已经分化到令人难以置信的地步。先生"又经验了一回同一战阵中的伙伴还是会这么变化，并且落得一个'作家'的头衔，依然在沙漠中走来走去……"

当年先生并不自诩为"战士"。但在这个时刻，在纷纷离散的寂寞之中、沙漠之中，先生却自认自己是"荷戟独彷徨"的战士了。这是何等的坚毅和勇气。

一个人，在沙漠中走来走去。倾听的是远方的声息，看到的是苍茫流云。这种孤单和坚守才是真正的战士的行为。

漫长的时光对人的考验是至为严峻的。它与潮头推拥下展现的勇敢完全不同。这是销蚀，是磨损，是浸泡，是无边的绝望，是内火的炙烤和自燃……当年的"战士"同"英雄"也并非都能经受，倒是大部散去了，转向了，升迁了，前进着的只是小数。

历史总是如此。

一个人要真的得知他人的、社会的和自己心灵的奥秘，必得经受时光、叩问时光。这无声无响的流逝中，一切都在变化着，繁衍着，改造着。屑沫散去了，金石留下了，最坚硬的留下了。

先生追思观察，写道："不过我却又怀疑于自己的失望，因为我所见过的人们，事件，是有限得很的，这想头，就给了我提笔的力量。"

"'绝望之为虚妄，正与希望相同。'"

先生引用了自己《野草》集《希望》中引过的一句诗，那是裴多菲的。先生还引了自己《彷徨》一书扉页上的题词，那是屈原的诗句：

"路漫漫其修远兮，吾将上下而求索。"

干儿的严厉

《华德焚书异同论》（一九三三年，《准风月谈》）

"希特拉先生一上台，烧书，打犹太人，不可一世，连这里的黄脸干儿们，也听得兴高采烈，向被压迫者大加嘲笑，对讽刺文学放出讽刺的冷箭来——到底还明白的冷冷的讯问道：你们究竟要自由不要？不自由，无宁死。现在你们为什么不去拚死呢？"

先生将"黄脸干儿"与西欧的暴行并在一起写出——这是因了"黄脸干儿"的多情。压迫者自认为天下无论多么遥远，得势者总是他们"一伙的"，犹如自家亲戚得手了一般，所以先生为其取名"黄脸干儿"是最恰当不过了。没有什么血缘联结，两个大陆分割，而这边的几个又如此自觉亲切，那就除非是"干儿"的关系了。

压迫者自身的恐惧、胆怯和卑劣，在这种庆幸的表情中全部包含了。他们残忍，但是更愚昧无知。无奈与仇视中，唯一能做的就是举目四望，在天下寻觅他们的同类——更有"作为"的同类。这之后就是自娱、兴奋，是寻机效法的打算和决心。他们这些举动的含义就是：怎么样？我们虽还没有做，那边已经做了，明白了吧？害怕了吧？这一回该知道厉害了吧？

尽管遥远的天海的那一边对"黄脸干儿"们姓甚名谁都一概不晓，这儿的晚辈却已经幸福得意到不能支持，简直是夜不能寝。

类似的逻辑关系随时都能发现。小人得志便猖狂，不得志也可以猖狂；他们是自娱和联想的天才，并以此获得安慰，满足自己仇恨的心理。

一切向上的生命、求知的劳动者，在他们看来都是敌人。他们需要的只是驯民和奴才，是随意的吸吮和掠夺。一切妨碍这不义的，他们就会视为对手，在眼下或将来奸杀。

可惜历史并非总按"黄脸干儿"之类的意愿书写。不仅是他们周围的历史，即便是遥远处的"希特拉"，即便是几千年前的秦始皇，也要以自己的残暴始，以自己的灭亡终。他们是暴君，是真和美的死敌，劳动的死敌，他们的死灭、没有下场，都是非常正常的。

先生说："但是结果往往和英雄们的预算不同。始皇想皇帝传至万世，而偏偏二世而亡"；"希特拉"，则"不必二世，只有半年……" 又说："这真是一个大讽刺。刺的是谁，不问也罢，但可以讽刺也还不是'梦呓'，质之黄脸干儿，不知以为如何？"

"有效"与"有限"

《捣鬼心传》（一九三三年，《南腔北调集》）

早在三十年代初，先生即发现"中国人又很有些喜欢奇形怪状，鬼鬼祟祟的脾气"。这种特异的好奇心在表现上五花八门，如热衷于看"怪胎""两头蛇""古树发光"等等。

了解怪异是需要的，因为这也属于"求知"的一部分。但如此众多的人焦渴地等待和寻觅，以致误了正事，就是一种病态。这种病态并非由于现代生活进程的发展就会克服，而在一定的时刻里还会发扬光大。这一切概源于先生所揭示的那种"脾气"。

一种生命极为无聊和空虚、卑琐，就要用"捣鬼"来充实和满足。而且这种兴趣和脾气会相互感染。无数的人在同一个时空中奔忙于"怪力乱神"，不仅滑稽，而且可怕。这是否算得"国民性"之一种，先生没有说，只说这是"脾气"。但这可怕的"脾气"会断送整整一个时代，极可能是这样。

热衷于"捣鬼"，就要倾力于"术"，追逐于"效"，再结束于"限"。这即是三者的联结关系，绝不会变的。先生概括说："捣鬼有术，也有效，然而有限。"

但三者的关系在一次"捣鬼"的过程中是这样，在多次重复和漫长无边的历史中是否会发生变化和转移呢？在这变化和转移中，是否又会给"捣鬼"者留下"无限"的机会呢？

因为"有限"是被识别的结果，是真实凸显的结果；但真实和识别都依赖于时光。而时光对于生命而言，是极短暂的。真实的传递和普及需要时光，生命的感知需要时光；生命层出不穷，"捣鬼"者也层出不穷，"捣鬼"之效也就无穷地"有限"起来。这终究也是麻烦。所以这也给"捣鬼"者莫大的希望与信心。

先生把"捣鬼"者剖析得极为透彻："捣鬼精义，在切忌发挥，亦即必须含蓄。盖一发挥，能使所捣之鬼分明，同时也生限制，故不如含蓄深远，而影响却又因而模糊了。"生活中几乎所有的"捣鬼"者都深得精义，只使自己的运作神秘化，有时倾力于营造氛围，而故意将真实可见的东西隐住。在这氛围中弄得人心浮动，时聚时散，人人懂又人人不懂，高深莫测。这样鬼就捣得大了，一介草民可以拥有十万信徒，一个俗夫可以成为"超级大师"。

问题是人们的容忍力，竟然可以赞同或者默许。这大概都可以从先生所说的"脾气"中找到依据。这"脾气"是自血液中滋生的，"脾气"于是可以传染流淌，在土地上弥漫延长起来。"捣鬼"者要做的一个重要事情，就是要投投"脾气"。

结果百投百中，弹无虚发。

但是"捣鬼"者们的事业几乎无一例外地归于毁灭，这倒也是真的。这就是"大限"，就是鲁迅先生所说的"古来无有"。

"捣鬼"者可能会反问一句：世上有不毁的事业吗？当然有，这就是真实和真理、诗与美，它们将与日月同辉。

蔚蓝的野草

《答杨邨人先生公开信的公开信》（一九三三年，《南腔北调集》）

攻击着、嫉恨着先生的人，有时反而会有奇特的关切。当有人写到"先生老了"时，他们就反复咀嚼"老了"两个字，寻找着快意。那是多么特殊的快意。这还不够，还要直接把这快意写成文字送至先生面前，叫做"公开信"。先生蔑视道："我没有修炼仙丹，自然的规律，一定要使我老下去，丝毫也不足为奇的，请先生还是镇静一点的好。而且我后来还要死呢……"又说："这一节我敢保证，也请放心工作罢。"

他们放心地"工作"，也就是"放心地"卑劣下去。这里包含的不屑已达到了极点。

真正恐惧的恰是对方，不齿的小人，而不是被攻击的先生。先生也许真的衰老将至，身体也极为孱弱，但他的精神之火是不会熄灭的。这就是"巴儿狗"辈所真正畏惧的。

无耻之徒时拢时散，若近若远，有形无形，匿在水底，又不时泛上水面。最习惯的是施放暗箭，投靠或改换主子，绝不怕麻烦。他们造谣生事、诬陷、喷先生血污。这是担心先生"老了"吗？分明是期望先生早死，并且连同他的著作——精神，一起化为飞沫。只要这一天不到来，他们就没有休止。有战士就有苍蝇，这也是生命的必然。

苍蝇有时也激进得很，不仅扮演战士，而且还伪装"前卫"和"先锋"，俨若一场革命的"中坚"或"支柱"，"核心"和"领袖"。但他们转向也快,终归是旋来旋去的苍蝇。

先生面对"猹猹"之声怎样呢?"当时我一声不响。为什么呢?革命者为达目的,可用任何手段的话,我是以为不错的,所以即使因为我罪孽深重,革命文学的第一步,必须拿我来开刀,我也敢于咬着牙关忍受。杀不掉,我就退进野草里,自己舔尽了伤口的血痕,决不烦别人敷药。"又说:"先生们以'前卫'之名,雄赳赳出阵的时候,我是祭旗的牺牲"。

这些"革命者"和"前卫",先生在当时就充满了怀疑,现在则完全清楚了他们是些什么货色。但由于当时的不能肯定,所以先生为了"革命文学的第一步",一切都"咬着牙关忍受下来"。在"前卫"们"雄赳赳出阵"之时,先生做了"祭旗的牺牲"。然而先生今天是不会再这样下去了,文中明确指出这个要"做稳'第三种人'"的货色,"有些投机意味是无疑的"!

苍蝇仍在嗡叫。先生作为一个忍辱负重的战士,曾"退进一片野草里",自舔着伤口。那片蔚蓝色的野草,无垠辽远,与天空同色。它掩护了先生,帮助了先生,让先生喘息休养。

无边的蔚蓝之中,蓬蓬的生机之中,躺着一个流血的战士。

刺伤他的是谁?不是对阵的恶敌,而是身后营垒中人,他们大半是青年,而且标榜为"革命者",是"先锋"和"前卫"。

无边的野草在摇曳,蔚蓝的火苗在轻轻燎动……

力学和化学的方法
《答〈国际文学〉社问》（一九三四年，《且介亭杂文》）

先生答了"三问"，其中的第三问是："在资本主义的各国，什么事件和种种文化上的进行，特别引起你的注意？"先生答："我在中国，看不见资本主义各国之所谓'文化'；我单知道他们和我们的奴才们，在中国正在用力学和化学的方法，还有电气机械，以拷问革命者，并且用飞机和炸弹以屠杀革命群众。"

"文化"一词是含蕴甚丰的，有时在对应现实上，较难一一说出什么即是"文化"。先生那时候的人还不像现在的人一样人胆泼辣，动不动就"饮食文化""酒文化""商业文化"……先生朴实而干脆地答了，说他"看不见……所谓'文化'"。动不动把"文化"一词搬出，是非常可笑的。先生"看不见"是自然的。他们问的实际上是资本主义国家的科技在中国引起的生活上的改变之类。先生的"看不见"其实也包括了这些。

专制暴政，再加上古老的东方封建王朝遗风，在推广和使用西方先进科技时既非常可恶又非常有趣。这里不是急于将其推广和实行到生活当中，即人民最需要、民族最需要的方面去，而是将最新的科技之类先引进到拷问犯人、统治异类方面，在三十年代初拷问犯人已使用了"力学和化学的方法"。先生的回答中包含了多少愤怒和蔑视。

当时的农耕、工厂作坊、医院，尚使用极为原始的方式维持着，这加剧了中国劳苦大众的灾难和不幸。当时对于进步科技的渴望，犹如龟裂的土地盼念水流。但毕竟是以一个国家之广阔，不会与世界完全隔绝，所以先进的技术终于还是能看得见，但它仅仅装备在审讯室和监狱之类地方——当时如果就有微型窃听装置、窥监装置、电子警车之类，国人也肯定最舍得花钱。而与之形成尖锐对比的，当时农耕差不多仍用秦代传下的木犁翻土，医院里大抵还是一把草药一根针、多数城市连普通的盲肠手术都不能做。与此同时，监狱里的犯人却早在先进的电刑椅上受撕心裂肺的折腾了，拷问异党已动用了电子测谎仪、幻觉针剂、催眠术等等。

科学的发展可以在一个方面催化觉醒。科学所以也可以是专制的敌人。使民众愚昧和落后，使大多数人在痛苦中挣扎，从根本上讲，也是统治者的目的之一。

同一营垒中人

《答〈戏〉周刊编者信》（一九三四年，《且介亭杂文》）

先生说："我的一切小说中，指明着某处的却少得很。""假如写一篇暴露小说，指定事情是出在某处的罢，那么，某处人恨得不共戴天，某处人却无异隔岸观火，彼此都不反省，一班人咬牙切齿，一班人却飘飘然，不但作品的意义和作用完全失掉了，还要由此生出无聊的枝节来，大家争一通闲气"。

这是先生的认识。但"古今文坛消息家，往往以为有些小说的根本是在报私仇，所以一定要穿凿书上的谁，就是实际上的谁。"

"消息家"以为的"报私仇"一定是有的，但不是先生这样的人所为。先生"没有一个私敌"。"消息家"有些不过是"谣言家的毒舌"，是不值一驳的。

战士的品格，苍蝇断然不会理解。战士苍凉的心情、决绝的勇气，也绝非苍蝇之流、叭儿狗之流所能理解。他们盯住的只是"报复"和"隐私"，是"谩骂"和"出气"。他们不会明白人为什么可以"没有一个私敌"？

但有时也并非全部都是误解的缘故。先生洞察了个中情形，明确而坦然地、坚定地表示："但倘有同一营垒中人，化了装从背后给我一刀，则我的对于他的憎恶和鄙视，是在明显的敌人之上的。"

本来是"同一营垒"，却要"化了装"，阴险卑怯。也有这种情形：本是异己分子，却要装扮成同志模样。反过来，本是敌人，偏因其他缘故，暂时栖身于营垒中，机会到来时，就一定要端刀化装。他这行动的目的，不过是为自己的背叛取得资本而已。

他通常这样做——率先站出来斥责，表示自己的痛心、以及对"报复文学""影射文学"的不屑；同时还要怀了希望，期待对方的"悔过"与"转向"，希望对方能像过去一样、或比过去更加"博大起来"。

其实在这番恳切的背后，一定是心怀了一个主子。奴才的"谦逊"和"大度"需要格外警惕，先生对待这种人的方法就是："憎恶和鄙视"。

貌似"恳切"，其实在使用特殊的方式诬陷并进而告密，提醒恶势力如何围剿、怎样围剿。其恶劣作用，的确也在"明显的敌人之上的"。

厨房与筵席

《灯下漫笔》（一九二五年，《坟》）

先生在分析了历史上反复出现的事例之后，得出了一个惊人的结论："我们极容易变成奴隶，而且变了之后，还万分喜欢。"因为"奴隶"尚且是人，而更多的常常连牛马还不如的。正如俗语所说："乱离人，不及太平犬"。

元朝曾规定：打死别人的奴隶，赔一头牛。即便这样，还是令人心悦诚服，因为奴隶毕竟有了价格。"但实际上，中国人向来就没有争到过'人'的价格，至多不过是奴隶，到现在还如此，然而下于奴隶的时候，却是数见不鲜的。"

先生举例，说中国的百姓本来是中立的，可惜打起仗来时，连自己属于哪一面也不知道了，因为官来了要杀他们，他们仿佛属于土匪一边；而土匪来了又杀他们，他们仿佛又属于官一边了。"这时候，百姓就希望有一个一定的主子，拿他们去做百姓，——不敢，是拿他们去做牛马，情愿自己寻草吃，只求他们决定他们怎样跑。"

最黑暗时期的奴隶，做百姓不得，做奴隶不得，做牛马也不得。因为一切都乱了套，要做奴隶，连个"做奴隶的规则"都没有。奴隶等于一头牛，价格虽低，总算有了规则。于是有个"较强，或较聪明，或较狡猾，或是外族的人物出来，较有秩序地收拾了天下。厘定规则：怎样服役，怎样纳粮，怎样磕头，怎样颂圣。而且这规则是不像现在那样朝三暮四的"——这一来百姓就欢呼太平了。

先生指出，已有的中国历史不论怎么说，不过只有过两种时代而已，这便是：

"一，想做奴隶而不得的时代；

二，暂时做稳了奴隶的时代。"

别无其他奢求，百姓只求能把奴隶这一职分"做稳了"。这就是真实的历史。在这两种"时代"的反复中，中国历史演进着。那么现在呢？先生说："现在入了那一时代，我也不了然。"

先生真"不了然"吗？

先生"了然"的是眼下国学家在崇奉"国粹"，而文学家在赞叹固有文明，道学家正热心复古，他们主张不同，但都对现状不满，都想从过去的历史中寻找"太平盛世"。可是中国的历史只有那样"两种时代"，他们所能寻到的最好者，也必定是"暂时做稳了奴隶的时代"！

先生不满于现在，但说："无须反顾，因为前面还有道路在。而创造这中国历史上未曾有过的第三样时代，则是现在的青年的使命！"

即便"做稳了奴隶"，也不过是有个做奴隶的规则而已。这规则竟使无数的所谓"智识"者感到陶醉。

一个奴隶等于一头牛的规则，是吃人的规则。

"所谓中国的文明者其实不过是安排给阔人享用的人肉的筵宴。所谓中国者，其实不过是安排这人肉的筵宴的厨房。"

这罪恶的"厨房"大而牢固。可是有些"智识者"却在赞颂——这"厨房"、这"筵宴"，以及这"帮厨者"和"厨工"……先生愤怒地说："不知道而赞颂者是可恕的，否则，此辈当得永远的诅咒！"

怯者的愤怒

《杂感》（一九二五年，《华盖集》）

先生在此说，人世间至少有两种愤怒：勇者的愤怒和怯者的愤怒。在迁就忍让持久的时候，在一片苟且庸懒的岁月，人们就极渴望看到一点愤怒。没有愤怒哪有警醒和反抗？哪有痛快淋漓的力量？愤怒是必须的，是一种对应、一种支撑，是生活中适时而拨的沉重之弦。这根弦震动起来时，灰尘才能抖落。

可是正像先生所说，世上至少有两种愤怒，它们的结果是不同的。"勇者愤怒，抽刃向更强者；怯者愤怒，却抽刃向更弱者。"又说："不可救药的民族中，一定有许多英雄，专向孩子们瞪眼。"

是的，这一类"英雄"太多了，他们时时发怒，而一怒，手无寸铁的百姓就要遭殃。比如先生曾经在《灯下漫笔》中例举的农民起义领袖张献忠，"脾气更古怪了，不服役纳粮的要杀，服役纳粮的也要杀，敌他的杀，降他的也要杀：将奴隶规则毁得粉碎。"类似的残暴比比皆是，反正怯者一愤怒，更弱者就要遭受苦难。

其实这些"怯者"在"更强者"面前，即在比他们力量大得多的权贵、皇帝、主子面前，绝没有那么放肆，即便"愤怒"了，也忍得住，俯首称臣。但这时的"愤怒"会内火攻心，渴望发泄的欲望因此而强化了十倍。于是他们心里就开始盘算，寻找更弱者了。

当年的"第三种人"文学家是类似的"怯者"。他们的愤怒只向不能危害其身家性命的"持笔者"开刀，向他们身上泼污水、围剿，而对于真正的统治者、专制势力，是绝不冲撞的；非但不冲撞，还千方百计地邀宠。

他们对于更年轻者，或诱使或挞伐，如先生所说，"在嫩苗的地上驰马"。那是何等的"英勇"，可惜这种威声也都是加在更弱者身上。他们对于统治者乖巧非常，察言观色，自觉远离着各种禁忌。他们的"愤怒"有时简直是"暴怒"，但这是"向孩子瞪眼的时候"，"因为幼稚，当头加以戕贼，也可以萎死的。我亲见几个作者，都被他们骂得寒噤了。"

这造成了一种恶性循环。先生说："孩子们在瞪眼中长大了，又向别的孩子们瞪眼，并且想：他们一生都过在愤怒中。因为愤怒只是如此，所以他们要愤怒一些，——而且还要愤怒二世，三世，四世，以至末世。"

怯者的愤怒，是走向末世的愤怒。

这是一种"厌恶现世"的愤怒。"这都是现世的仇雠，他们一日存在，现世即一日不能得救。"

"现在的地上，应该是执着现在，执着地上的人们居住的。"所以，"仰慕往古的，回往古去罢！想出世的，快出世罢！想上天的，快上天罢！灵魂要离开肉体的，赶快离开罢！"

执着于现在，才有真正的愤怒，才有真正的爱。"纠缠如毒蛇，执着如怨鬼"——只有这没有终止的爱，才有希望，才有未来。

"我们听到呻吟，叹息，哭泣，哀求，无须吃惊。见了酷烈的沉默，就应该留心了；见有什么像毒蛇似的在尸林中蜿蜒，怨鬼似的在黑暗中奔驰，就更应该留心了；这在预告'真的愤怒'将要到来。"

"真的愤怒"，即勇者的愤怒。

小铃铎

《一点比喻》（一九二六年，《华盖集续编》）

一群群待杀的绵羊走在大街上，"挨挨挤挤，浩浩荡荡，凝着柔顺有余的眼色。"而每一群绵羊前边，都有一只山羊，与其他羊不同的是，它的脖子上挂了一枚"小铃铎"。

这就是先生为我们描绘的一幅图画。

因为北京通行吃羊肉，羊肉铺比比皆是，所以也就有了如上的情形。但北京的山羊不多，"听说这在北京却颇名贵了，因为比胡羊（绵羊）聪明，能够率领羊群，悉依它的进止，所以畜牧家虽然偶尔养几匹，却只用作胡羊们的领导，并不杀它。"

先生说他的确见过这样的山羊走在一群群绵羊的前边领队，而且真的挂了"小铃铎"。先生说脖子上垂挂之物其实是"作为智识阶级的徽章。"

统治者自比"牧人"，也一定以为自己不仅聪明过于绵羊，也过于那些山羊。所以他们有个阴毒的招数，就是寻找可以挂"小铃铎"的"智识阶级"。如此以来，不仅群众（绵羊）听从召唤役使，而且还有了重视"智识"阶级的美名。山羊脖子上有了垂挂之物，一路倾听叮当之声，自视甚高，感觉也会好极了。所以有没有"小铃铎"大不一样。先生说："袁世凯明白一点这种事，可惜用得不大巧"——但总还是用了，这比起那些只会自己乱打乱割的家伙高明得多。那样一来，"除了残虐百姓之外，还加上轻视学问，荒废教育的恶名。"

这是统治者的一忌。由此可以联想到秦始皇，那真是莽撞愚蠢得可以，他直接来了个"焚书坑儒"。"然而'经一事,长一智',二十世纪已过了四分之一,脖子上挂着小铃铎的聪明人是总要交到红运的,虽然现在表面上还不免有些小挫折。"

"表面上还不免有些小挫折"这一句包含了许多。

这种挫折的缘故,不外乎遇到了不敏的"牧羊人"。这时不仅"小铃铎"白挂一场,人家视而不见,而且更可怕的是粗心的牧羊人将其混入胡羊,一顿鞭子赶到屠场,一起流血。

这是挂"小铃铎"者最为寒心、最为恐惧之处。但它却绝不会因此而反抗或逃窜,绝不敢顶撞牧羊人,而是转而冲向胡羊,向它们身上泄恨发怨。

如果胡羊们咩咩几声,或偶有蹦跳,挂"小铃铎"者先怒、先惊,先惶惶不可终日。它如果在疏失中领错了路,那就注定了要遭殃,说不定当即被摘下"小铃铎",轰到胡羊群里去。

其实山羊不被杀是暂时的。它在力气使尽的时候,也难免那个结局。它如果早日掷还"小铃铎",也许会更好一些。但这是不可能的。

时间的流驶

《纪念刘和珍君》（一九二六年,《华盖集续编》）

……那凄惨的时刻过去了许久,先生好像未发一言。

先生沉默着。时间在流驶,先生注视着自己的沉默。"先生为刘和珍写了一点什么没有？"——先生在开追悼会的礼堂外徘徊时，有人这样问，先生答："没有。"

只是沉默。"我实在无话可说。我只觉得所住的并非人间。"

"四十多个青年的血，洋溢在我的周围，使我艰于呼吸视听，哪里还能有什么言语？长歌当哭，是必须在痛定之后的。"

可是之后呢？"几个所谓学者文人的阴险的论调，尤使我觉得悲哀，我已经出离愤怒了。我将深味这非人间的浓黑的悲凉"……这些所谓的"智识者"，竟然诬蔑参加请愿的爱国群众是"盲目地被人引入'死地'。"

他们想把罪责归于别人，并且让受害人自身也因"盲目"而领得一份。这的确是"阴险"，而且还有无耻。

先生更担心"时间的流驶，来洗涤旧迹，仅使留下淡红的血色和微漠的悲哀。"

先生是担心遗忘。而遗忘容易变得有罪。

究竟有什么能抵御"时间的流驶"带来的"洗涤"和"销磨"？我们将用什么来战胜遗忘？大概这就是先生沉默的原因。

呼喊，发声，这在当时并不难——愤怒的时刻，凄厉的时刻……可是以后呢？"仅使留下淡红的血色和微漠的悲哀"？这才是人类真正的不幸，真正的罪恶。

不能让血色"淡红"，不能让悲哀"微漠"。让其逼真而彻底地呈现于后世和将来，比什么都重要啊。

可怕的"时间的流驶"。

在漫长或不那么漫长的时光之后，"淡红"而且"微漠"，人们又必然"暂得偷生,维持着这似人非人的世界。"先生大声呼出:"我不知道这样的世界何时是一个尽头!"

难以抑压的回忆之潮涌来……"我向来是不惮于以最坏的恶意,来推测中国人的,然而我还不料,也不信竟会下劣凶残到这一地步。"

即便"以最坏的恶意""来推测",也仍然"不信"——"无端在府前喋血"的刘和珍君,是"始终微笑着的和蔼的"女孩子!

"但段政府就有令,说她们是'暴徒'!"

比这诬陷更卑劣的,是流言,"说她们是受人利用的。"

先生写道:"惨象,已使我目不忍视了;流言,尤使我耳不忍闻。我还有什么话可说呢?我懂得衰亡民族之所以默无声息的缘由了。沉默呵,沉默呵!不在沉默中爆发,就在沉默中灭亡。"

先生在此指出了"沉默"唯有两种结果:或爆发,或灭亡。

时间永远流驶,街市似乎依旧。"有限的几个生命,在中国是不算什么的,至多,不过供无恶意的闲人以饭后的谈资,或给恶意的闲人作'流言'的种子。至于此外的深意义,我总觉得寥寥,因为这实在不过是徒手的请愿。"

先生又说:"人类的血战前行的历史,正如煤的形成,当时用大量的木材……"多么可怕。然而这次尽管只是徒手,总是"有了血痕了,当然不觉要扩大。至少,也当浸渍了亲族,师友,爱人的心,纵使时光流驶,洗成绯红,也会在微漠的悲哀中永存微笑的和蔼的旧影。"

"苟活者在淡红的血色中,会依稀看见微茫的希望;真的猛士,将更奋然而前行。"

渺茫的悲苦

《淡淡的血痕中》（一九二六年，《野草》）

先生从造物主身上，看出了怯弱，也看出了"中庸"。造物主是怎样的？他什么用意？原来"他专为他的同类——人类中的怯弱者——设想，"造物主所做的一切，并显示不出多少勇气。他就让人类在"淡淡的血痕"中维持下去。

造物主需要人类的忍受，使人类处于遗忘和半遗忘、等待和半等待、忍受与半忍受之间。他让人尴尬、犹豫、卑琐而可怜着。他害怕人类，所以他是个怯弱者。

他多少次使天地变异，却不敢使其毁灭，这儿指的是"变异"。他使生物衰亡，却不敢堆积尸体，这儿指的是"衰亡"。他使人类流血，但要暗暗地流，并且不敢让血色永远鲜浓，这儿指的是"暗淡"。他使人类受各种苦难，却又要让其渐渐遗忘，这儿只于"受过"。

但造物主用什么办法达到这样的目的呢？原来是"用废墟荒坟来衬托华屋，用时光来冲淡苦痛和血痕；日日斟出一杯微甘的苦酒，不太少，不太多，以能微醉为度，递给人间，使饮者可以哭，可以歌，也如醒，也如醉，若有知，若无知，也欲死，也欲生。"

造物主的办法是百战百胜、行之必效的。造物主以怯弱者的需求为尺度，设计了一切，达到了一切。他眼中的怯弱者遍布四方，他们彼此需要；他需要怯弱者的证明，怯弱者则需要他的设计。在一个彼此顺应配合以至和谐的现世，即没有了新生的未来。

在半死不活、半怨不怒、半醉不醒的状态下，人们咀嚼着他人和自我的渺茫的悲苦。这悲苦因渺茫而可以忍受，而"究竟胜于空虚"。

人们就在这种咀嚼中，悚息和静待，因为新的悲苦总要到来——对于它，半是恐惧，半是渴望着相遇。

"这都是造物主的良民。他就需要这样。"

希望在哪里？在于对造物主的叛逆——这才是彻底的叛逆。"叛逆的猛士出于人间；他屹立着，洞见一切已改和现有的废墟和荒坟，记得一切深广和久远的苦痛，正视一切重叠淤积的凝血，深知一切已死，方生，将生和未生。他看透了造化的把戏；他将要起来使人类苏生，或者使人类灭尽，这些造物主的良民们。"

叛逆，指背叛造物主所设计、所赋予的一切。只有这样的叛逆，才能挣脱不变的命运之索，争取到人类的未来。

造物主是怯弱者，他潜于怯弱的人类自身。猛士的叛逆，即是叛逆自身的怯弱。

那个时刻，造物主就会羞惭地"伏藏"。于是，天地在猛士的眼中变色。

沙上之塔

《习惯与改革》（一九三〇年，《二心集》）

"体质和精神都已硬化了的人民，对于极小的一点改革，也无不加以阻挠"。先生的发现是源于历史的总结、更源于长久的体察。比如,即便是实行"阳历"一事,在当时的上海也受到了难以想象的困难:一方面日历牌上删掉了阴历,只存节气;另一方面报章上又登出了"一百二十年阴阳合历"广告。有人不是要变革、变掉阴历吗?那好,有人索性准备了一百二十年的阴历,"连曾孙玄孙时代的阴历,也已经给准备妥当了"。

这真是个绝妙的讽刺。

先生究其根源,认为一切的改革,必须触动"大层",即习惯,即文化。不然,这一切的变革都无成。非但无成,而且反复起来较前更厉,就如同禁一年,还一百二十年一样,旧制的恢复是相当猛烈的。因为旧制合着已存的旧文化,合着人民的习惯,再加上欲禁不止、变本加厉的任性。

"有志于改革者倘不深知民众的心,设法利导,改进,则无论怎样的高文宏议,浪漫古典,都和他们无干,仅止于几个人在书房中互相叹赏,得些自己满足。"

这"利导"和"改进"不是指改革的技术、手段,而更多的是指"利导""改进""民众的心灵",使这一"源泉"能有所变化。先生指出,在真正的革命者比如列宁看来,"风俗"和"习惯"都包括在"文化"之内,而要改革这些,那才是真正困难的。"风俗"与"习惯"不移,即文化上没有变革,其他的一切变化和改易,"不多久,就早被他们拉回旧道上去了。"

更多的是改革成果的名存实亡,或本质上的蜕变。在革新的名目下,有人可以恢复操作更陈旧、更荒唐的东西。这时的实际不是革新了,而是倒退了，是沉渣泛起，在改革的名目下得一次全面的展示。

也有的变革者对于群众——"多数人"——的心理倒是颇有研究，很能抓住一个大家都能共鸣的口号去集结、去鼓舞。这样也会有成功，有得手，有变革者起初要达到的目标。但也仅仅如此。由于更深层的东西没有触动，没有伤筋动骨，即"文化"没有改变，最后大致还是转向了旧路。诚如先生所列举的"排满革命"，当时由于提出了"光复旧物"，于是很得一些"复古"者之心。但后来，"竟没有历史上定例的开国之初的盛世只枉然失了一条辫子，就很为大家所不满了。"

先生归结道："以后较新的改革，就著著失败，改革一两，反动十斤"。

总之要有"文化"上的改革，"倘不将这些改革，则这革命即等于无成，如沙上建塔，顷刻倒坏。"

事实上历来的变革者往往忙于修建物质之塔，而不筑文化之基，于是正在欢呼长高起来的塔身时，塔就开始歪斜，旋即轰然坍塌了。

先生一再叮嘱："倘不深入民众大层中，于他们的风俗习惯，加以研究，解剖，分别好坏，立存废的标准，而于存于废，都慎选施行的方法，则无论怎样的改革，都将为习惯的岩石所压碎，或者只在表面上浮游一时。"

"即使要谈论这些，也必须先知道习惯和风俗，而且有正视这些的黑暗面的勇猛和毅力。因为倘不看清，就无从改革。仅大叫未来的光明，其实是欺骗怠慢的自己和怠慢的听众的。"

如上应大字抄录，并谨记。

"天地大戏场"

《宣传与做戏》（一九三一年，《二心集》）

"做戏"与"说谎"，在生活中究竟哪个危害更甚？

颇难辨析。"做戏"是为了"说谎"，是用言行制造假象的一个过程。由于在生活中做戏往往要更费时、费力、费钱，而由此说出的谎言、造成的欺骗更大，所以其危害当远在一般的"说谎"之上。

先生说，东洋人做文章，论及中国人往往有一条，是善于"宣传"。但又不是一般的"propaganda"，而是"对外说谎"之意。先生说，这并非没有影子，如教育经费早已用光，偏要办几个学堂装门面；全国大部文盲，却硬要派出几位博士，去对西洋人宣讲中国的精神文明；对人随便拷问、杀头，却总是支撑维持几个"模范监狱"……但把这一切说成"说谎"又不十分恰切，而应看成"做戏"。

"做戏"的目的显然在于"说谎"。但一般的"说谎"仅是动动嘴巴而已，信不信由人："做戏"就不同了，要大肆铺张，兴师动众，格外麻烦自不必说，单是浪费的时间就足以吓人——比如说维持和修建一座"模范监狱"、建几处学堂，都不是唾手可成之事。但"一分汗水一分收获"，既是下了如此大的功夫，效果也必然可观。这一来就不仅是张口说说，而是"言之有物"，这样"说谎"就有了底气，可以面不改色，振振有词。更为难得的是，做出的"戏"还可以常演下去，让其发挥长久的功效。

先生说这普遍的"做戏"比真的"做戏"坏多了。因为"真的做戏，是只有一时；戏子做完，也就恢复为平常状态的。"那些演"单刀赴会"

或"黛玉葬花"的,下了台就成了普通人,"倘使他们扮演一回之后,就永远提着青龙偃月刀或锄头,以关老爷,林妹妹自命,怪声怪气,唱来唱去,那就实在只好算是发热昏了。"

实际上中国正遭遇着这样的不幸。"做戏"之多、之众,简直可称为"天地大戏场",那些"普通的做戏者,就很难有下台的时候"。

"发热昏"者被看得久了、多了,看客也并不觉得他们有什么怪异。他们于是就可以将"戏"做下去,直到台子塌掉。

吟罢低眉

《为了忘却的记念》(一九三二年,《南腔北调集》)

两年多的时间流驶了,先生一直想写一点文字,来纪念几个青年。先生说不为了别的,只因为这两年以来,悲愤总时时袭来。"我很想借此算是竦身一摇,将悲哀摆脱,给自己轻松一下,照直说,就是我倒要将他们忘却了。"两年前他们遇害时,所有报章都不敢载这件事,"或者也许是不愿,或不屑载这件事"……

先生回忆着与他们的交往,一幕幕闪过脑际。他更多想起的是与几个青年作家的交往,一个个细节:来访,送书,谈稿,探问……他"穿着一件厚棉袍,汗流满面";"我有时谈到人会怎样的骗人,怎样的卖友,怎样的吮血,他就前额亮晶晶的,惊疑地圆睁了近视的眼睛";"她的体质是弱的,也并不美丽";"他的母亲已经失明了,要他多住几天"……

还有,"他的迂渐渐的改变起来,终于也敢和女性的同乡或朋友一同去走路了,但那距离,却至少总有三四尺的"……先生想必坐在枯夜里,一个人,默默吸烟,想这些。先生眼里没有泪。

自他们被捕后,可靠的消息不多。只有一回见过其中一人写给同乡的信,简介了狱中情形,"于昨夜上了镣";这封信的背面还写了"要二三只洋铁饭碗"……天气愈来愈冷。先生担心他们那里有无被褥?洋铁碗可曾收到?

后又忽然得到一个可靠消息,说他们已于二月七日夜或八日晨,与其他二十三人一起被枪毙了,其中一个"中了十弹"。

"原来如此!……在一个深夜里,我站在客栈的院子中,周围是堆着的破烂什物;人们都睡觉了,连我的女人和孩子。"

"……忍看朋辈成新鬼,怒向刀丛觅小诗。吟罢低眉无写处,月光如水照缁衣"。

后来,先生创办《北斗》时,选了一幅珂勒惠支夫人的木刻,名曰《牺牲》,是一个母亲悲哀地献出她的儿子——只有先生一个人心里明白,这是对死者的记念。

两年过去了。时光流驶。先生在这个夜里写道:"前年的今日,我避在客栈里,他们却是走向刑场了;去年的今日,我在炮声中逃在英租界,他们则早已埋在不知那里的地下了;今年的今日,我才坐在旧寓里,人们都睡觉了,连我的女人和孩子……我在悲愤中沉静下去了,不料积习又从沉静中抬起头来……"

先生又一次感到自己失掉了很好的朋友,中国失掉了很好的青年。

悲愤如潮,思念如涌……怎么写?写什么?如何写出自己的内心?难言的窒息,难言的今夜昨日……"要写下去,在中国的现在,还是没有写处的。年青时读向子期《思旧赋》,很怪他为什么只有寥寥的几行,刚开头却又煞了尾。然而,现在我懂得了。"

一切在不言之中。我们能否觉悟先生独守的那个长夜……先生最后叹道:

"不是年青的为年老的写记念,而在这三十年中,却使我目睹许多青年的血,层层淤积起来,将我埋得不能呼吸,我只能用这样的笔墨,写几句文章,算是从泥土中挖一个小孔,自孔苟延残喘,这是怎样的世界呢。夜正长,我不如忘却,不说的好罢。"

有理的压迫

《从盛宣怀说到有理的压迫》(一九三三年,《伪自由书》)

"压迫"是一个中性词吗?它包含的内容?先生从盛宣怀一族"两次'收复失地'的盛典",似乎发现了"有理的压迫"。

一个官僚买办,在清末任邮传部尚书,经办电信铁矿等工程,不义地成为当时中国有数的富豪。辛亥革命时逃亡日本,民国初年家产被没收。但不久,大约是二次革命之后,又发还了。做主的是袁世凯。这本来不算奇怪,因为"物伤其类",袁本人也算个查有实据的卖国贼。但时间到了民国二十二年,"革命的"国民政府却又一次宣布"全部发还"

盛氏家产。原因是民国十六年国民革命军初到沪宁时，没收了盛氏的财产。但这次罪名与过去没收时稍有不同："土豪劣绅"。再加上卖国之罪，没收是必然的。

因不同的罪名没收了同一个家族的财产；但不同的政府又同样地发还。这说明两个时代的政府似乎遵循了同一个"理"。于是那个"土豪劣绅"和"卖国贼"当年的"压迫"就变得"有理"了。

世上逻辑奇怪至此。一个政权总要有自己的"理"，但这"理"也会相互矛盾，错综复杂。比如袁世凯的"理"与国民革命政府的"理"，差异该是何等巨大。可令人吃惊的是，他们在发还一个"土豪卖国贼"的财产一事上，依据的"理"竟然毫无二致。

可见他们的性质有极相似之处。他们的"理"都倾向于当时、甚至是过去的"强者"，而绝非弱小民众。

先生说："学理上研究的结果是——压迫本来有两种：一种是有理的，而且永久有理的，一种是无理的。有理的，就像逼小百姓还高利贷，交田租之类；这种压迫的'理'写在布告上……无理的，就是没收宣怀的家产等等了；这种'压迫'巨绅的手法，在当时也许有理，现在早已变成无理的了。"

当时可以没收，现在可以发还。这其中是同一个政府，依据的是不同的"理"。政权的性质发生蜕变时，"理"也就相应改变。"昨日阶下囚，今日座上宾"，所说的就是"理"之变化。

本 分

《谚语》（一九三三年，《南腔北调集》）

"谚语""格言"之类，绝不能等同于定理和定律，"粗略的一想，谚语固然好像一时代一国民的意思的结晶，但其实，却不过是一部分的人们的意思。"先生所指出的是非常重要的，不可不有此一辩。先生举例说："各人自扫门前雪，莫管他家瓦上霜"这一句，就是压迫者教导被压迫者所用，被压迫者大概最好不要学舌。它"教人要奉公，纳税，输捐，安分，不可怠慢，不可不平，尤其是不要管闲事；而压迫者是不算在内的。"

百姓们守住了这句谚语，也就守住了本分，压迫者要治理他们，也就容易多了。压迫者的"本分"是什么？是压迫吗？是榨取和享乐吗？这原本也不需注释。

有人不断地劝告别人安于本分，自己却忙着帮闲。帮闲者自有帮闲者的"本分"。看来"各人自扫门前雪"也嫌含混，因为哪些才算"门前雪"还需厘定：有人是巨屋旷门，"门前雪"也就浩茫无边。还有，在一定的时刻，这谚语在一定的人物身上简直就常反过来使用——这样竟也没有觉得有什么不妥。好像觉得人家天生就是要干涉别人、辖制和规范别人。

问题变得棘手了。因为因人而异，遵守的规则大不相同。人要变，规则也要变。同一个"本分"，各守各的，也算"自扫门前之雪"了。可战士的"本分"与苍蝇的"本分"怎会相同？战士要战斗，要荷载，而苍蝇要逐臭，要嗡叫。先生指出，哪怕是同一个人，"被压制时，信奉着'各人自扫门前雪,莫管他人瓦上霜'的格言的人物,一旦得势,足以凌人的时候,他的行为就截然不同,变为'各人不扫门前雪,却管他人瓦上霜'了。"还说:"专制者的反面就是奴才,有权时无所不为,失势时即奴性十足。""做主子时以一切别人为奴才,则有了主子,一定以奴才自命:这是天经地义,无可动摇的。"

不断劝送这格言的,如果不是因为怯懦和糊涂,那就一定是卑劣。

中庸、苟且、怯弱、自私,这与尊重他人的自由、基本权力等等,是完全不同的两码事。

打诨的角色

《帮闲法发隐》（一九三三年,《准风月谈》）

"帮闲"者是繁衍不绝,代代相袭的。做个"帮闲"简直不用学习,血液里一旦有了那个因子,任其发展就成。任何时代的"打诨"者,主子喜欢,麻木的看客更会喜欢。

有人总以为"帮闲"者是主子一类才拥有、才欣赏和需要的,其实错了,起码是不全面。如果注意一下他们在众多看客面前怎么做鬼脸、怎么打趣,而众多的看客又怎么哄笑、鼓掌,就会明白,众多的看客也需要、也喜欢他们。而由此还会被启发,主子的喜欢"帮闲",起码也还多少因为他有取悦于看客的本领。

先生说:"……由此想到了帮闲们的伎俩。帮闲,在忙的时候就是帮忙,倘若主子忙于行凶作恶,那自然也就是帮凶。但他的帮法,是在血案中而没有血迹,也没有血腥气的。"

不是他能使"血案"没有"血迹"、没有"血腥气",而是他自己不会沾上。多么狡猾与可恶的"帮闲"和"帮凶"。

比如主子工作累了,想下下棋、打打牌,他们就陪;要散步、运动什么的,他们也陪。这时候是名符其实的"帮闲"。但闲中也有忙,比如趁机"建议"之类。然而主子总要发发脾气,发发火气,邪劲上来也必要使用暴力,不然就做不成主子。这时的"帮闲"必须赶紧敛起笑容,机警地一旁侍立,找机会提个醒,或干脆插上一手。这就是"帮凶"了。

因为"帮闲"的能够"帮凶",使主子分外器重。主子将其地位看得远远高于一般的仆人,更高于守门的武夫。那些莽汉除了抄家伙什么也不会。

文学界的"打诨"者、"帮闲"者是怎样的?先生说他们有个本领,就是把紧张的事件缓解个彻底,"以丑角的身分而出现了,将这件事变得滑稽,或者特别张扬了不要紧之点,将人们的注意拉开去,这就是所谓'打诨'。""而这'打诨'的脚色,却变成了文学者。"

当有人提出庄严的警告,向公众指出事件的严重时,"这时他就又以丑角身份出现了,仍用打诨,从旁装着鬼脸,使告警者在大家的眼里也化为丑角,使他的警告在大家的耳边都化为笑话。耸肩装穷,以表现对方之阔,卑躬叹气,以暗示对方之傲;使大家心里想:这告警者原来都是虚伪的。"

先生几笔即把文学界的"打诨"者、"帮闲"者的面目镂刻出来,酷似毕肖。先生蔑视地写道：

"幸而帮闲们还多是男人，否则它简直会说告警者曾经怎样调戏它，当众罗列淫辞，然后作自杀以明耻之状也说不定。"多么可怕、可怜，然而后果却是相当严酷的，正如先生指出："周围捣着鬼，无论如何严肃的说法也要减少力量的，而不利于凶手的事情却就在这疑心和笑声中完结了。"

至此，"帮闲"就完成了自己"帮凶"的任务。

平时，如果没有严重的事件、形势尚不那么紧迫的时候，"帮闲"们所要做的，就是"七日一报，十日一谈，收罗废料，装进读者的脑子里去，看过一年半载，就满脑都是某阔人如何摸牌，某明星如何打嚏的典故。开心是自然也开心的。但是，人世却也要完结在这些欢迎开心的开心的人们之中的罢。"

民众如果不懂得憎恶"帮闲"者"打诨"者，这个民族是不会有未来的。

不置一辞

《论秦理斋夫人事》（一九三四年，《花边文学》）

"这几年来，报章上常见有因经济的压迫，社教的制裁而自杀的记事，但为了这些，便来开口或动笔的人是很少的。只有新近秦理斋夫人及其子女一家四口的自杀，却起过不少的回声。"

"一切回声中，对于这自杀的主谋者——秦夫，虽然也加以恕辞，但归结却无非是诛伐。"

这使先生不安以至有些愤怒了。诛伐者说人生的第一责任是生存,那么自杀就是失职;第二责任是受苦,那么自杀就是偷安。还有的评论家说人生就是一场战斗,自杀者等于逃兵,虽死也不足以蔽其罪。这好像说得过去,然而也嫌太笼统了。先生就此归结道:

"人间有犯罪学者,一派说,由于环境;一派说,由于个人。现在盛行的是后一说,因为倘信前一派,则消灭罪犯,便得改造环境,事情就麻烦,可怕了。而秦夫人自杀的批判者,则是大抵属于后一派。"

先生没有直说的是,要追究环境,何止于麻烦和可怕,简直就是直接宣布自己的战士的立场,一般人有此勇气吗?

秦夫人只是一个弱者。她是被黑暗时世所吞噬。在这个"人肉筵席"的"大厨房"间活动的弱小女子,这种结局原可以理解。那些不想拆除这"厨房"者,纵然有满腹经纶,也不免可憎可厌,仅仅是个"帮凶",而且是个多嘴多舌的"帮凶"。

说人生是战斗,自杀就是逃兵者,也未免太轻松、太自夸了一点。对于弱者,一个旁观者大约没有多少权力说这样的话。先生说对于弱者,"我们固然未始不可责以奋斗,但黑暗的吞噬之力,往往胜于孤军,况且自杀的批判者未必就是战斗的应援者,当他人奋斗时,挣扎时,败绩时,也许倒是鸦雀无声了。"

是的,一个人不能同奋斗者、挣扎者同站一起,不是战斗的"反援者",也就失去了指责的资格。那样的漂亮话不仅不值一文,而且冰冷可憎。在别人挣扎时,奋斗时,并未听到这种振振有词:他们简直没有半点声响。

先生对无边的苦难，对于弱者，未死的和挣扎的、将死的与已死的，寄予了深深的同情："穷乡僻壤或都会中，孤儿寡妇，贫女劳人之顺命而死，或虽然抗命，而终于不得不死者何限，但曾经上谁的口，动谁的心呢？真是'自经于沟渎而莫之知也'！"

先生正告那些摇唇鼓舌之流："人固然应该生存，但为的是进化；也不妨受苦，但为的是解除将来的一切苦；更应该战斗，但为的是改革。责别人的自杀者，一面责人，一面正也应该向驱人于自杀之途的环境挑战进攻。"

如若不是如此，不仅仅如此，那么——先生怒斥道——"倘使对于黑暗的主力，不置一辞，不发一矢，而但向'弱者'唠叨不已，则纵使他如何义形于色，我也不能不说——我真也忍不住了——他其实乃是杀人者的帮凶而已。"

如上整整一段，先生都加了着重号。

谋隐与沦落

《隐士》（一九三五年，《且介亭杂文二集》）

一旦成为有名的"隐士"，他就成了人物。但不少人将"隐士"与沦落之士混为一谈，就大错特错了。"隐士"有了招牌，人人谈论，就不仅成了极有身份的人，不但丝毫不"隐"，还风光得远非常人所能比。一般人心目中的"隐士"，"是声闻不彰，息影山林的人物。但这种人物，世间是不会知道的。"一旦知道了某某是个"隐士",那么这个"隐士"从此也就大打折扣了。

看来做"隐士"是非常危险的,要经常处于两难的境地。因为"隐士","历来算是一个美名,但有时也当作一个笑柄。"尽管如此,仍然有不少人想当"隐士"。为什么?因为其中的绝大部分是谋官不成才谋"隐士",如果"谋官谋隐两无成","才是沦落"。先生说:"可见'隐'总和享福有些相关,至少是不必十分挣扎谋生,颇有悠闲的余裕。"

先生列举那些历史上有名的归隐者:陶渊明先生最赫赫有名,是个田园诗人,然而他有奴子。汉晋的奴子不但侍候主人,还要给主人种地或营商。"所以虽是渊明先生,也还略略有些生财之道在,要不然,他老人家不但没有酒喝,而且没有饭吃,早已在东篱旁边饿死了。"更有些文士诗翁,自称什么钓鱼的打柴的,"倒大抵是悠游自得的封翁或公子,何尝捏过钓竿或斧头柄"。

如果说"隐"大多是迫不得已,那么"沦落"就更是迫不得已。沦落就要挣扎,因为人是很不愿沦落的。沦落者与"隐者"处境不同,但他们的出发点是相似的,只不过一个"谋"而成,一个"谋"而不成,沦为下者。

"官"与"隐"都是可"谋"之物,唯沦落不必"谋"。

并非所有的"隐士"都是"谋官"不成的产物,也有真的"谋隐"者一开始就直取"隐"路,但这也与人们心目中的"隐者"无关。无论如何,挂了招牌的"隐士"还不那么简单,切不可被这招牌给蒙骗。正如先生所说:"隐士家里也会有帮闲,说起来似乎不近情理,但一到招牌可以换饭的时候,那时立刻就有帮闲的,这叫'啃招牌边'。"

先生对各种"隐士"有入木三分的描绘:"泰山崩,黄河溢,隐士们目无见,耳无闻,但苟有议及自己们或他的一伙的,则虽千里之外,半句之微,他便耳聪目明,奋袂而起,好像事件之大,远胜于宇宙之灭亡者"。

好个"隐士"。

帮闲的文采
《从帮忙到扯淡》(一九三五年,《且介亭杂文二集》)

心向庙堂的帮闲以至帮忙文人,并非永远是无聊和尴尬的。先生举例说《离骚》:"却只是不得帮忙的不平",还有宋玉,也是个"帮闲"。但"屈原宋玉,在文学史上还是重要的作家。为什么呢?——就因为他究竟有文采。"

先生在此说的是这些文学家的才华。不论对于"帮闲"和"帮忙"怎样评价、它的性质如何,但因文采而落成的艺术上的不朽价值,却难否定。他们所帮者,即主人的性质尚可讨论,那是另一个问题。不过像屈原这样的诗人,毕竟也忠贞纯粹,远非靠"帮闲""帮忙"的揩油之徒。他的文采自然也包含了这份纯粹吧。先生就此没有多说。屈子可投江,可见不是一般的苟且之徒,他有决绝之勇。

先生又谈到古代不同的君主和不同的"帮忙"和"帮闲"者。"开国的雄主，是把'帮忙'和'帮闲'分开来的，前者参与国家大事，作为重臣，后者却不过叫他献诗作赋，'俳优蓄之'只在弄臣之例。"这一分开，颇让具有雄心壮志的"弄臣"恼愤。他不甘于作为一个"俳优"而被君主"蓄之"，即不仅仅做个"帮闲"，而急于奋起"帮忙"。这样做的结果是不同的，弄不好会讨个没趣。再说"帮忙"者也未见得不排斥"帮闲"者，因为这一来等于后者抢前者的饭碗，也是最忌讳的"争宠"。

"但到文雅的庸主时，'帮忙'和'帮闲'的可就混起来了，所谓国家的柱石，也常是柔媚的词臣"。这一来"帮闲"者必定高兴，地位与"帮忙"者相同，起码也可以互置互替。而且"帮忙"者也无意见，因为他自己也分不清究竟是"帮忙"还是"帮闲"了。先生说："主虽'庸'，却不'陋'，所以那些帮闲者，文采究竟还有的，他们的作品，有些也至今不灭。"

正因为君主"庸"而不"陋"，所以能帮上闲者，也必定不"陋"。文采概从此出。但如果君主既"庸"且"陋"，那"帮闲"者也必定糟得可以，也不会高明，当然不会有文采，那就活该灭亡了。

所以先生据此道理，说做权门的清客也必需一身本领。"清客，还要有清客的本领的，虽然是有骨气者所不屑为，却又非搭空架者所能企及……必须有帮闲之志，又有帮闲之才，这才是真正的帮闲。"

反过来，有志而无才，乱来一气，就是先生说的"扯淡"了。

文人要"帮闲"，可见才华、文采之类至为重要。不然连做个"帮闲"都没有资格，何其悲哀。

"不配"与恐惧

《致台静农》（一九二七年，《鲁迅书信集》）

有人对先生言及提名诺贝尔文学奖一事，先生做此答："感谢他的好意，为我，为中国。但这很抱歉，我不愿意如此。"

这感谢是真诚的，因为对方是"为我、为中国"。先生在此丝毫没有贬低或卑视这个奖项的意思，倒能看出他对这个文学奖的尊重。他说自己"不配"，也不仅仅是谦辞，而是真实的看法。

这只能让人对先生更为敬重。

先生说的"我不愿意如此"一句，包含的意思颇多一些。"不愿意"主要原因是自觉得"不配"，其次主要是恐惧。

先生恐惧什么？一是怕仅仅靠着"中国"两个字受到格外优待，分配得一个。这样"反足以长中国人的虚荣心，以为真可以与别国大作家比肩了，结果将很坏。"二是怕自己的创作生命就此中止：因为当时先生发表作品已非常困难，时世正处于极为黑暗时期，今后能否再有作品问世，一直地写下去，还是个未知数。三是最主要的恐惧之点："倘再写，也许变了翰林文字，一无可观了。"

最大的恐惧是此奖带来的难言的压迫。盛名与官府一起摧毁一个作家，让其从底层浮出，将是非常可怕的。这当然是真正的毁灭，是劫难，是不能再生。所以先生说："还是照旧的没有名誉而穷之为好罢。"

先生所说的"不配"，今天的人会怎么看？果然，也真有人认为先生是不配的。他们的理由很多，作品的数量、规模，特别指出没有一部或数部长篇等等。

我鄙视这种判断。

先生如果列入诺贝尔获奖作家之林，只能给这个奖项增添光荣。以我的比较，先生若列入已有的、我所能理解的获奖作家中，定是个熠熠生辉的名字。先生的确最能代表中国和中国的文学。先生的笔不仅是真正的匕首投枪，而且是真正的如椽巨笔。比起这支笔来，其他的一些——无论是五四时期的或是当代的，就变细变轻、不足论了。诺贝尔奖在当今的中国作家缺席的事实，并未造成太大的遗憾。但在当年的缺席，却是个极大的遗憾。

文学是不能以数量论的。即便以数量论，先生那支多产的勤奋的笔，也足以让人吃惊了。他把生命献给了文学和战斗，他去世的前十天还写了一篇作品。

先生的杂文是世界上最华美的篇章之一，人类所能达到的美文的极限，先生已达到了。这些杂文是先生一生创作的辉煌，是另一种品格和质地的长篇巨著。

更有《呐喊》《彷徨》等小说集。

写出了长篇的作家太多了。这些长篇有多少能比得上先生的文章更沉？一架天平的一端叠上去，另一端再放上先生的文集，这架天平将怎样倾斜，不是很清楚吗？

真正的艺术，仅是从事艺术者本身——他即是一切。先生几乎使所有的作家羞愧。

"除去"与将来

《致韦素园》（一九三一年，《鲁迅书信集》）

"中国的做人虽然很难，我的敌人（鬼鬼祟祟的）也太多，但我若存在一日，终当为文艺尽力……无论如何，将来总归是我们的。"

先生那份悲悯和自信坦露着，令人慨叹。这就是一个大师、一颗噗噗跳动的知识界的良心，在当时的处境——心的处境。

"但在中国，却确是谣言也足以谋害人的，所以我近来搬了一处地方。"

因"谣言"而搬家，这在当代也并非罕见。先生携妻儿在冬月迁居，足可见被逼迫的情状。当时不仅有"叭儿狗"和它的"酷主""衙役"，更有"第三种人"，有"帮闲"们，有失了操守的无耻文人，有志大才疏的"文学家""天才"们，真是形形色色。围剿不断发生，在流血之夜，先生避入客栈，遥远星空，"吟罢低眉无写处"……

当年只有"中庸"之徒舒服一些。因为他们没有原则，没有血性，有笔而无良知，于是也无锋芒、无风险、那张"中庸的脸"就是世俗世界的通行证。他们在淡淡的血痕面前议论，发出苍蝇的嗡鸣。

先生的文章已成禁忌，在最黑暗的时世，大多数报刊已不敢发表先生的文章。南南北北谣传先生已被捕，而官府的确已将先生的名字列入通缉名单。先生说："……无时不被攻击，每年也总有几回谣言，不过这一回造得较大，这是有一些人，希望我如此的幻想。"

"无时不被攻击"——这就是当年的真实。一个战士的话，就是这般的艰辛与光荣。一个真的战士，可缠住、拖住多少庸敌和丑类。他们的确"鬼鬼祟祟"，在阴暗处蹿动溜走。庸敌和丑类是掩不去的自卑和绝望，于是常常把幻想扩展成为事实，放出谣言，求得自慰。他们巴不得"战士"早已"被拘"或"死去"，急于除去而后快。

那么"除去"之后呢？将来呢？他们似乎没有想过。

他们也许忘记了。战士之可畏，并非一个肉躯，而是他神威的灵魂。这灵魂会死灭吗？

一个肉躯的存活，即便有一百年，也仍然有限，仍然短暂。而灵魂就不同了。这灵魂，这精神，既不死灭，也就光焰长存，直照得鬼魅们心寒。

"以我为'绊脚石'，以为将我除去，他们的文章便光焰万丈了。其实是并不然的。文学史上，我没有见过用阴谋除去了文学上的敌手，便成为文豪的人。"

将勇士和战士除去，丑类们也不会拥有将来。因为"无论如何，将来总归是我们的。"

这就是一个战士的自信——这自信在黑暗时世里发出，就愈显得有力逼人。

师道与目前之益

《致曹聚仁》（一九三三年，《鲁迅书信集》）

谈起青年、学生，先生满怀深情。这可在先生留下的文字中常常见到，如《为了忘却的记念》《淡淡的血痕中》《无花的蔷薇》……但冷酷的现实让先生不得不从简单的进化论的角度和眼光走出。原来先生总以为时代和人会在"进化"中变得愈好起来，青年总不至于像老一辈人那般难测吧？在腥风血雨之中，先生痛苦地否定了自己的推断。

现在的先生写道："十余年来，我所遇见的文学青年真也不少了，而希奇古怪的居多。"

"希奇古怪"四字包含了无尽的内容。用这四个字包含青年中的"居多"，不仅准确、绝妙，而且透着无言的辛酸。在先生的经验中，他有过教训，所以不得不改变一些作法，并稍稍遮掩着对青年的火热心肠。他说："由于历来的经验，我知道青年们，尤其是文学青年们，十之九是感觉很敏，自尊心也很旺盛的，一不小心，极容易得到误解，所以倒是故意回避的时候多。见面尚且怕，更不必说敢有托付了。"

这想必是先生很内在的一些感触，轻易不会写出。正因为这种心情的真实，才让人分外感动，体会着先生那种难以表达的意绪。这与前面说过的"希奇古怪"是一致的。

在"文学"这块稍嫌阔大的幕布遮罩下，花花色色的生命实在太多了。不少人带着对艺术和艺术家的双重误解走入，结果既耽误了自己，又惊扰了文场。其实艺术事业是相当艰难和寂寞的，并没有太多世俗的热闹和荣耀。从事艺术，有时真的要以命相抵；文学，则是用生命之汁浸染稿纸。艺术在此真的是一场战斗。这样的场景中，那些因误解而倍感失望者会极端痛苦，也就难免不把这未名的痛苦发泄出来——向谁发泄？由于内心怯弱，不敢向"更强者"，而只得向同行——他认为的"更弱者"

发泄了。

先生回忆起一些青年的行径,难掩心中的痛楚。那些以师相称的"学生",在流驶的时光中已经走得太远,有时简直难以令人置信。先生写道:"……就说是青年,当然不免有错误,该当原谅的了。而变化也真来得快,三四年中,三翻四复的,你看有多少。"

先生并非奉行苛刻的"师道",而是极为平等地与青年相处,更多的是忍辱负重。"古之师道,实在也太尊,我对此颇有反感。我以为师如荒谬,不妨叛之。但师如非罪而遭冤,却不可乘机下石,以图快敌人之意而自救。"

"今之青年,似乎比我们青年时代的青年精明,而有些也更重目前之益,为了一点小利,而反噬构陷,真有大出于意料之外者,历来所身受之事,真是一言难尽,但我是总如野兽一样,受了伤,就回头钻入草莽,舐掉血迹,至多也不过呻吟几声的。只是现在却因为年纪渐大,精力就衰,世故也愈深,所以渐在回避了。"

对老师落井下石,反噬构陷,不能不说是人间奇丑。但可惜该丑类自"五四"至今,未曾绝迹。先生文中有"今之青年,似乎比我们青年时代的青年精明"一句。真是大有深意。先生嘲讽过"一代不如一代"的"九斤老太",如今倒说出类似的判断,可见也是世相所逼。不这样判断,就不是真正的判断。时代的变化的确也改变了世风,"今之青年"就是比过去的青年更重"目前之益",就是贪图"一点小利"。先生已没法为"今之青年"遮掩。

今天的环境更严酷,于是对人,特别是对青年的考验较过去严厉多了。

先生甚至认为"别国的硬汉比中国多,也因为别国的淫刑不及中国的缘故。"在超乎想象的淫刑之下,至死不屈者也就大大减少了。"不能受刑至死,就非卖友不可,于是坚卓者无不灭亡,游移者愈益堕落,长此以往,将使中国无一好人,倘中国而终亡,操此策者为之也。"

至此,先生怀着深长的悲凉和沉重,但仍未将主要责任推到青年身上。他将手中的匕首最终投向了"操此策者"。

"非真勇也"

《致榴花艺社》（一九三三年,《鲁迅书信集》）

在极为险恶的环境中,先生对青年、对艺术的后来者,总是给予真诚的关怀、再三的叮嘱。当时白色恐怖日甚,民权保障同盟的杨杏佛先生遭到暗杀,先生自己也在暗杀的黑名单上。"闻在计划杀害者尚有十余人。我也不能公然走路,所以和别人极难会面,商量一切。"这是先生致太原一文艺社的信中所说。

以暗杀相威胁的敌人,已到了极为虚弱的境地。但这样的时刻,需要的是沉静对策。被激怒,以至抛弃一切顾及的冲锋,必然招致牺牲。在敌人丧心病狂的时候,战士正是需要理智。不然代价就太大了,而且胜利不能巩固,损失也难以补救。先生因此而叮嘱对方:"新文艺之在太原,还在开垦时代,作品似以浅显为宜,也不要激烈,这是必须察看环境和时候的。别处不明情形,或者要评为灰色也难说,但可以置之不理,万勿贪一种虚名，而反致不能出版。战斗当首先守住营垒，若专一冲锋，而反遭覆灭，乃无谋之勇，非真勇也。"

对于战士、形势、有效和有力的斗争这三者，先生实在是做了极出色的概括。先生重视"营垒"，叮咛"当首先守住"。这种有立足、有根据的斗争，是最有效的斗争。"营垒"之上的枝蔓也是极珍贵的，尽管别处因这样那样原因或给予误解，"评为灰色""但可置之不理"。这就是理性和自信，对于战士是极为重要的。真正有力的战斗、真的猛士，不需要也不看重姿态化的行为。需要打扮甚至标榜的战士，其性质已经大打折扣了。先生非常明白这其中的奥秘，所以强调"万勿贪一种虚名"。

战斗为了什么？如果仅仅为了自己，或更多地为了自己，那就不值得投入有牺牲之险的战斗了。既然如此，误解也就不算什么了。当然，如此说说容易，人可以流血，可以交出生命，但来自内部的误解却无法忍受。先生正是从这一点上才特别发出叮嘱。

先生期望的是韧性的战斗，是"真勇"。

"没有说清的必要"

《致胡今虚》（一九三三年，《鲁迅书信集》）

先生正忍受常人所不能忍受的一切：暗杀的危险、叭儿狗的告密、战友的误解、青年的责难、失去挚友的悲伤、疾病的折磨、挣脱和流离的困苦……他生在一个至为动乱和昏暗的时刻，这个时刻时局的震荡是一回事,因新文化初兴而引起的文化界艺术界本身的分化又是一回事。二者相加,一个敏感而勇敢的文化战士是需要极大韧性、极大胸怀的。我们后一代有完全的理由认为:先生是那个时代最为英勇、最为沉着和最为宽容的人了。

"你说我最近二三年来,沉静而且隐藏,这是不确的,事实也许正相反"。先生回答文化界人士的询问,"不过环境和先前不同,我连改名发表文章,也还受叭儿的告密,倘不是'不痛不痒,痛煞痒煞'的文章,我恐怕你也看不见的。"实际上先生在《三闲集》之后,又出了一本《二心集》。先生是战斗不息的。

没有地方发表文章,没有一个安全的居所,甚至不能"公然走路",连和别人相会都成为一件难事,有人还指责先生"沉静而且藏"。他们似乎希望先生随同已有的烈士一起赴死才够完美。至为让先生伤心的还有:原在中山大学教过的一个学生,从广东避祸逃来,寄居在先生寓所,有一天竟忿忿地对先生说:"我的朋友都看不起我,不和我来往了,说我和这样的人住在一处……"

一个"避祸"的学生,眼下正受着先生的保护,却以此为耻,以至于"忿忿然"。先生无言。

剩下的就是伏身工作,一点一点做下去。这些工作在有人看来也许并非惊天动地,但却是必要的和可能的,是更为切近和真实的。有人只等待着惊天动地之役,平时却并无实干,但这样伟大的机会实在罕见,他也就一直清闲,并且可以一直有理,一直渺视那些实干者了。"现在所做的虽只是些无聊事,但人也只有人的本领,一部分人以为非必要者,一部分人却以为必要的。"

有人渴望做些"神"的事业,但可惜只能永远停留在幻念上。

那些更为偏激者,往往是极不纯粹、甚至是别有他意。先生在另一封致曹聚仁的信中曾揭露过那一类人:"有些这样的'革命'的青年,由此显示其'革命',而一方面又可以取悦于某方。这并不是我的神经过敏,'如鱼饮水,冷暖自知',一箭之来,我是明白来意的。"

有人责怪先生在原来的立场上"大大后退了""实际上是逃避了"之类,在先生看来非常清楚。这除了"显示",就是"取悦"。

但先生从内心里还是感谢那些真正期望着他的人,这期望只要是真诚的,先生也就真诚做答:"只要能力所及,我自然想做的。不过处境不同,彼此不能知道底细,……这须身临其境,才可明白,用笔是一时说不清楚的。但也没有说清的必要"。

先生的最后一句,才是关键。

解释总是有限的。对于一个战士而言,已经没有多少时间、更没有多少必要去解释了。

不悟……

《致郑振铎》(一九三四年,《鲁迅书信集》)

被压迫者的想入非非不但可笑,而且可怕可憎。许多被压迫者常在想象中把自己置于高位,置于另一阶层。这样如果仅仅是出于心理上的安慰，倒也无碍。但可怕的是久而久之将想象当成真实，认为自己的身份确是另一种，而且可以与某些人物平起平坐了，就会有大的跌宕；弄不好性命也会搭上。

"倾读《清代文学狱档》第八本，见有山西秀才欲娶二表妹不得，乃上书于乾隆，请其出力，结果几乎杀头。真像明清之际的佳人才子小说，惜结末大不相同耳。清时，许多中国人似并不悟自己之为奴，一叹。"

秀才读书误入歧途，竟忘记自己的本分，在想象中大概把皇帝——而且是个异族皇帝——当成了族亲长辈，求对方帮忙娶自己的二表妹，当然荒唐昏愦得可以了。这种极为放松的心态可能从另一方面刺激了固有天子之尊的皇帝，所以"几乎杀头"也是活该。不仅是皇帝，即便是再低一些的权贵人物，他们一时兴起走下来，与百姓同乐一下也不妨；但百姓如果牢牢记住那种"同乐"的感觉，有事无事想凑过去，就非常之危险。

这种蠢材吃亏在于没有悟力，所以悟不到自己与乾隆之流的实际距离，不明白自己"奴"的身份。不要说一个远在山西的秀才，即便是朝夕服侍皇上的人，还要口口声声"奴才不敢"。可见明确自己的身份是求安的第一要义。主子高兴了，也可以放一些，随便一些，但奴才万万不可当真，不可半点学他。

有些奴才不仅是想入非非，而且是自作多情地把自己看成是天下执掌者，这就不免要穷凶极恶。这时的奴才实际上自认为自己就是主子了。"因我在外国发表文章，而以军事裁判暗示当局者"……同是秀才，有人就可以自觉担当天下巡视的重任，发现问题，立即暗示当局。

奴才告密之后，仍是奴才。极少有因告密之功一跃而成为主子的。奴才往往多情，在情感上过分依赖主子，忧主子之所忧，乐主子之所乐。这样当然也能博得主子高兴。怕就怕这样日久，把握不住分寸，渐渐就放松起来，少不了就露出几分放肆。如此一来，灾难也就不远了。

所以，从奴才的角度而论，闲来多读读《清代文学狱档》第八本，是再好不过的。

使命与战叫

《中国无产阶级革命文学和前驱的血》（一九三一年，《二心集》）

"中国的无产阶级的革命文学在今天和明天之交发生，在诬蔑和压迫之中滋长，终于在最黑暗里，用我们的同志的鲜血写了第一篇文章。"

这是先生在《前哨》纪念战死者专号，以L.S.为笔名写下的第一段文章。当时政府颁布的出版法，规定了所有出版物送审删改的苛刻，而且有"危害民国"罪的警告、扣押、罚款和徒刑。所以先生指出，这是一部"恶出版法"。

文学能否属于穷人、属于低层人民？这是非常古老的命题。文学又通过什么方式，完成抵达底层的过程？文学的使命，还有创作者自身的性质，这都是争论持久的问题。

先生说："我们的劳苦大众历来只被最剧烈的压迫和榨取，连识字教育的布施也得不到，惟有默默地身受着宰割和灭亡。"这就是刺目的真实，是底层人与智识和智识阶级的关系。先生因此赞赏并热烈支持参预了"无产阶级革命文学"这一倡导和提法。这个口号闪着感人的光芒。

这种文学与底层人民的命运永运连结一起，今天如此，明天也还如此。因为底层人民像泥土一样博大而久远，所以也唯有这种文学才能够久远。

果真像一些理论家所言，艺术的多样品质可以共存共长的话，那么也可以断定，与底层人民的生命融为一体的文学正是最伟大的文学。除此而外还有上层阶级的文学，"第三种人"的文学，中产阶级的文学……有一种属于所有阶级阶层的文学吗？如有，那也只能是未来的文学——而只有底层人民的奋起才有未来，不然人类是不会有未来的，文学当然也就更没有未来。

"智识的青年们意识到自己的前驱的使命，便首先发出战叫。"这刺耳的"战叫"其实就是"劳苦大众自己的反叛的叫声"，它只能"使统治者恐怖"。那么除了统治阶级之外，在智识阶层内部呢？先生指出一个历史事实："走狗的文人即群起进攻，或者制造谣言，或者亲作侦探"。这都是先生目击的，决非言重。

结果前驱者流血不止，结果"我们的同志"用鲜血"写下了第一篇文章"。

历史上一再证明了统治者的另一翼——无耻的智识阶层的反动与卑劣。他们以极敏的嗅觉、特殊的"帮闲"和"帮凶"的手法，加入卑鄙的阴谋，有时正起到了统治者所不能起的作用。

世间的事物是复杂的，但复杂中又呈现着一种简单。即要不要正义，要不要投靠，要不要心向底层？"中庸"者说：都要，什么都要的。可是"正义"与"投靠"怎么可以并存?"中庸"者说,也可以并存,艺术嘛。可恶的"中庸"者其实最终还是一个"帮闲"。

我们不能将前驱者的血化为"淡淡的血痕",而要永葆记忆中的"鲜秾"。时光的流驶也不能战胜记忆,不能遗忘,不然就将走入灭亡的沉默,不再爆发。

有了使命,不忘记这使命,那么即便在"群起进攻"之中,"战叫"也仍将发出。因为,这"是同志的鲜血所记录,永远在显示敌人的卑劣的凶暴和启示我们的不断的斗争。"在"鲜浓"的血迹面前,那些"中庸"者的无聊与虚伪暴露无遗。

一九九五年七月

走出梦呓

一

每个时期都是这样：一类书非常行市，而另一类书却有点背运。所以我们长时间看不到一部使用另一种语调写成的著作。在同一个时期里，大家都趋向于同一种语言趣味。今天呢？好像缺少客观现实主义的作品。

新时期文学的复兴期，客观性的作品有许多；到了中期，这种作品就少了。而到了九五年之后，具有代表性的主流文学几乎全都是主观性非常强的作品。这对于中国文学而言，实在是一个了不起的历史性进步。但也的确有一大批文学作品就此走入了无聊的梦呓。

而一部书如果有勇气从梦呓中走出，就会从语言的黑夜走向语言的黎明。全书由亮闪闪的、明朗的语言组成，这该多好。

多年来炽热的文坛反而缺少某些题材的大制作。一部大制作是指其规模、力度，以及它所达到的诗性深度，而绝非它的大而无当的形式和外壳。

我们不难看到新出现的一些创作显示了非凡的才能。但往往也很可惜，它们都是过分被语言所牵引的作品；让心灵面对现实，并且丝毫没有因此而折损诗意的，可以说绝无仅有。

二

在人类社会的一些特殊时期，艺术家比起一般人来，并非就一定会有更多的勇气去坚持真理。误识可以形成一股非常强大的力量，它们只在无形中去改变你、左右你。你在思想上意识上，也许更为缺少独立的胆识。从事艺术探索之路上，盲从往往是一种非常愉快的事情。盲从有时也可以给人力量，给人极好的感觉。

一部书能在一个方面说出它自己的东西就很了不起；如果能在诸多方面表达出自己不同凡俗的见解，那简直就成了不朽的创作。一部引人注目的作品由于它在许多重要问题上的执拗、不妥协，而常常要忍受加倍的攻讦。有时候，一个时代里达成的所谓"共识"，却是非常可卑的东西。当艺术家，就是去当一个冲破"共识"的专门家。

一部好书也可能真的是颇有中庸之气的，但是你如果仔细辨析，却必会发现它贮于内里的一些不可多得的宝物。这就是它那掩在表层之下的冲撞之气、不愿屈服之气。

而反过来，有些书表面上看颇有新趣，也很能标榜新异，骨子里却乖巧得很。

三

现在往往对一本书的内向性做出机械的理解。这不应只看成是一种外部色彩，也不是形式，尤其不是什么语调。内向性是一个生命对客观世界做出的极其独特的思悟所造成的。这种思悟必是诗人的，而诗人必有其内向性。

口吐呓语的写作者就有了内向性吗？呓语就一定是独具别趣的吗？我们知道这是十分靠不住的。呓语与自语是不同的。今天应该指出这种不同。艺术家的大部分时间是自语的，而无能的伪艺术家却在大多数时间里喜欢呓语。

艺术家对于这个世界要做出表述，而只要是勇敢有力的表述，其声音无论传播得多么遥远，都不能耗损其内在的诗性。

一九九七年四月

阅读的烦恼
——关于 25 部作品的札记

阅读不一定就是幸福。折磨常常多于欣悦。当然这都需要。

L.B 的文本

走红的"文本"。虚假。它的"长处"就是虚假。可谓不成立的写作,但也恰恰因为这个理由获得"成立",获得"成功"。多么有趣。不是完全不成立,完全虚假,要害在于它正把极小的一点点东西加以夸大。无限地衍生、连缀,急于化无聊为有聊。结果就成了这样,像我们所看到的,满篇呓语、梦想、鬼话和荒唐之言。有时是故作惊人之语。

"画鬼容易画狗难",摆在眼前的,正是人世间画鬼的一个"范本"和"鬼本"。

他曾经画过狗,而且画得非常之好。总画狗是很累的。在 L.B 画狗的一本书里,我们看到了极为清晰和精彩的表述。那是不可多得的一本书,是进入二十世纪的紊乱和荒谬之后,凸出的一条红色的、清晰可辨的镂刻。

眼下的这个文本就完全不是这样了。它仅是奇怪的拼接、联想,若有其事的胡说八道,是得意忘形者交给一些附庸风雅者、虚荣者的一份奇怪礼物。面对它，我们简单的回答就是四个字：我不相信。

以前有人用这四个字做过很漂亮的回答，那回答在当年如果算是真勇的话，那么对于世纪末的类似"文本"，做出同样的回答也需要一种勇气。

于是我们在心里呼唤这种直截了当。二十世纪末的艺术走入萎靡，责任由谁来负？原因可以归结出多少？追究是颇为困难的一件事，可是又无法回避。

我们发现万事都有个原因，有个根由。面对十九世纪前的天才、智者，以及勤奋的劳动者循环往复的创作，他们留下的不可逾越的高山和屏障，剩下的也就只有自卑的呻吟了。

在这呻吟中，产生了各种各样的"文本"。

有些高明的、面目可憎的理论留下了一件小小的功绩，那就是从另一个方向开拓人们的希望和出路，尽管这个出路原不存在。它把一种假设的希望留在你的面前，让你徘徊，将你引入荒漠，最后渴死和失败。这是注定不变的命运。

人们像对待科学领域里某些偏僻然而却是重要的发现一样对待艺术本身，它的荒唐就在这里。艺术无所谓进步，也无所谓对错，它只有优劣，只有属于每个时代自己的那一份纯朴和真实。它永远属于一个时空里的生命的感知、感动。

我们否定这些"文本"的依据也源于艺术的依据。现代艺术领域确有各种各样的未知，可惜求证这些未知的纵横交织的数字、蛛网、形码，反而阻挡了求生的通路，缚住了人的手脚。这是一种非常卑劣的行径。

如果不是一个精神病患者，不是一个苟延残喘的人，是不会对类似的"文本"倾心和着迷的。因为这几乎可以说、大致可以说，全是一些骗人的把戏。

有骗子就有被骗者，有欣然前往的被骗者，有共同作弊的人，有自寻烦恼的人，有"文本"之外衍生出的另一些"文本"。不过幻想以制造类似的"文本"求得成功者，等待他的肯定是悲悯和怜惜。那些支离破碎的警句，故作惊人之语的胡扯八道，已经不能吸引别人的注意了。

M.K 的矫揉造作

M.K 是一个非常聪明的人，是一个世纪末变声变调的奇怪歌手。他吸引了众多的目光，我们概不例外。他是一条好汉，一个两鬓斑白、额头上刻满了深皱的睿智家伙。

他非常有意思，像一个手持雪茄烟的智者，总是侃侃而谈，条理分明。二十世纪的烟雾没有使他方向迷茫，相反，他在不停地吞云吐雾，制造着烟雾，使之更加神秘。

从另一个方面讲，他又是非常通俗的，通俗到令人惊讶的地步。不好懂吗？非常不好懂，深奥到令许多人摇头。可他又极易令人接受，他在用一些约定俗成的方法，灌输给我们很多奇怪的念头。

他用力摆脱过、终于摆脱掉的东西才是真正结实有力的。他要摆脱，那是因为他像任何一个好手曾经有过的经历一样：越到后来，越是没了力量。他已经无力贯彻下去了。

贯彻需要力量，它才真正使人疲惫。接下去的游戏倒可以代替呕心沥血的劳动，这就走入了L.B的文本之类。

毫不例外，他也走入了形式上的矫揉造作；刻意为之，无论如何也没法掩盖的苍白。它内容上的缺失，力量的缺失，竟是如此地显而易见。生命力并没有强大到将形式的桎梏完全融化和摧毁的地步，而是相反，它的框束将本来就苍白的内容又分成了许多格子，进一步囚禁了活的生命。这就像牢狱囚禁了囚徒一样。不过牢狱有各种各样的建筑样式，我们看到的是世纪末极为现代的牢狱建筑，又小、又别致，是一种即兴的格子。

这种不幸的命运引起了我们进一步的好奇心，使我们探头探脑地寻找着缝隙、通洞和窗户，试图去了解他——一个囚徒的隐秘。

M.K那么出色地利用了我们的求知欲，我们的窥视癖。

一些章节和段落的转换是极不自然的，只要稍微地正视一下这种转换就会得出这种结论。这种辨析本来是毫无问题的，但对这种矫揉造作的那批叫好者而言，他们对这些都会视而不见。因为他们只记住了手段而忘记了目标，忘记了这些方式的目的、它到底要通向哪里。而且有人宣称：艺术么，一切不过仅仅是方式而已。

是的，有时可以这样讲。但真正的方式必须纯朴自然。捏弄和造作，显然不是高贵的方式。

而这个人恰恰是这方面的"大师"。在这种矫揉造作面前，我们不断地感受到的就是：精锐倾尽。

花哨的东西总是引人注目，人们尽可以在眼花缭乱的炫技面前多少得到一点快感。

　　……也许这太苛刻了。然而这种苛评略有意义，因为我们总要设法穿越他为我们设计的这些迷宫、曲折的通道，走进它的"内核"吧。

　　作为一个读者，我想我们有权力这样去想、去要求。

失去天真的孩子

　　他们嫌一个七八十年代出生的孩子肤浅和模仿得还不够，要鼓励他（她）在这条路上越走越远。他们让他好好地模仿了一番，把最廉价的东西塞给他，而且注明这是一个"孩子"的表述。他们让他制造出一本书，然后大肆渲染，再寻找新的模仿者，造成所谓的"轰动"。

　　没有比这种游戏更残酷的了。

　　孩子的天真和率性才是可爱的，他的眼睛看到的真实，感觉到的真实，那样的一种描述才是可贵的。而他周围的世界恰恰害怕这些，他的制造者恰恰害怕这些。他们害怕真实，从来如此。他们制造出一个虚假的孩子。因为他们知道，一个孩子失去了天真和率性，对这个世界也就变得没有什么"害处"了。

　　他们的制作如果作为一种读物，那就不仅仅是浅薄和有害的。

　　孩子们能告诉我们什么？他告诉我们的只应该是一些孩子话，孩子的世界。我们有时真需要倾听这声音这世界。稚嫩的嗓音，黑白分明的眼睛，直率和勇敢。然而这里有吗？没有。孩子正被迫使用这个时代流行的假嗓来讲述。他们学会了编造，小小年纪就开始编造，毫无办法。然而多么可怕。情感的夸张和编造尤其可怕。而且，他们在模仿世纪末的洒脱和荒谬。这不仅是可笑，而且是可怖了。

大肆推销、渲染，即一个商业社会所能做到的最大残酷。这是在年轻生命身上所施加的一份残酷。

从这个"范本"上，我们应该学会怎样善待自己的孩子，只让他像个孩子。故作的天真、夸张的情感、娇嗔，过分膨胀的私欲、对名利的向往，这一切人类的恶习还是让他晚一些接近吧。

可惜我们没有这样做。在这个时代，我们越发没有这样的克制力了。没有人抗议，只有人嘉奖。这实在是我们所能看到的最坏最丑的事件之一。

意淫者

一个不太可爱的饶舌老人。我不能说他从来没有可爱过，我只是在说他的一个方面。

他正在做的，不是回忆，也不是劳动。这里没有汗水，没有劳作的精神，而只有一点点特殊的、仅仅是他个人才需要的某种满足。我们有时想欣赏的也仅仅是这个过程。很不幸，这个过程不好。

这些文字不仅造作拗口，而且非常琐碎，琐碎得毫无必要。看似老到的文字，其实非常空泛。这里丝毫看不出所谓的"知识分子性"，所谓的"立场"，所谓的"扑扑跳动的良知"。不仅如此，有时甚至连最起码的东西也没有，比如说它尚且做不到简明扼要的、通畅明了的表述，甚至做不到文从字顺。

这种胡言乱语、敷衍，似乎很能够说明这个时代的特征。它居然很投一部分人的胃口。

我们需要批评的声音。没有。更多的却是无形的手在娇惯和鼓励。

一个人对于时代而言是弱小的。人们好像不太忍心对一个弱小者给予指斥；而在有时候，对于真正的弱小者他们却是毫无顾怜、充满了扼杀的豪情和勇气。我们有时候能够容忍一个无聊者的意淫，允许他透过文字的栅栏向我们掷来一些脏物，做出各种各样的怪脸。

也许我们只是袖手，只是这样的一个人而已。可是，这样做的同时我们就会忘记自己在做什么、要做什么。

这种啰啰嗦嗦又哆哆嗦嗦的描述中，有什么美好的情愫被他阐发？没有。毫无道理。谁把特殊的权力赋予了这样的人和这样的一种方式？没有。许多时候他显然是把无聊当有趣，把可笑当炫耀。

不止一次听到有人这样评说：多么可爱的人哪！多么老到的文笔呀！

我们就是看不出。

那些伪装出来的"行家里手"总有一些非常特殊的发现。实际上是他们骨子里需要。因为他们本身就十分苍白，无所事事。用狂想和妄想维持的精神生活不仅不真实，而且还有害。在许多人无能为力的时刻，在这样一个世界上，它们就会越发有害。

匆忙的媚俗

许多人为他的失去、为他的那个时代感到惋惜和痛苦。他留下了很多文字，相当精致的、情感充沛的文字，这是他值得尊敬的一个方面。他的才情和才华无法掩饰，他的劳动精神也亲近感人。这一切都是真实的存在，不容抹杀。可在这些真实的后面还有另一种真实，那就是：匆忙的媚俗。

是的，他有时非但不那么从容，而且还相当匆忙；我们知道匆忙有时候与勤奋的劳动并无直接的关系。只有世俗的要求才能发出那样的一种召唤力，他迎合了它才会变得这样匆忙。我们看到，在不同时期，他总是令对方相当满意地做出了迎合。我们在评价一个作家时，更多的是从主题、从立场上去分析他是否媚俗。这当然是最重要的；可是我们忘记了更严格的一些要求。比如我们还会看到和感到一个写作者可以从其他方面满足世俗的要求：口气、氛围、色调，许多许多。只要他满足了世故也懂得世故，应和了一个时期某种卑微的集体的要求，他的倾向就可以称为"媚俗"。

一个艺术家对这样一种世俗力量的迎合是具有私心的，所以说不是一种磊落行为。这是一种窃窃的得意和满足，所以有必要在一个时期公开指出这一点。我们也许做得到。

无论对自我，对他人，对一个群体，个体，都可以做出类似的解剖。这种解剖非常有意义。为什么要写出许多所谓的"喜闻乐见"的作品？哪些人"喜闻"？又是哪些人"乐见"？如果是一个群体的要求，那么这个群体的趣味如何？它是否具有艺术的积极性和真理性？是否具有真正的现代意义？是否可以促成美好的生活？是否融入了向前的历史？比如说，我们面对一个群体，也仍然要分析一个群体的精神状态、心灵的质地。以未加分析的、仅仅以人数多少作为判定依据的，是相当荒谬和有害的。有时也是对艺术家的欺骗。

一个艺术家如果没有起码的分析的勇气，那么也就不成其为艺术家了。他在哪个时刻里失去了这种勇气，那么他起码在那个时刻里也就不配被称为艺术家了。

如果用这一标准去衡量，并由此得出一个结论，那么它将是公允和确切的。相反，我们常常看到的恰是没有必要的、毫无理由的所谓"宽容"。

就是建立在这样的分析的基础上，我们发现了并理解了：同一个写作者，为什么会在后期留下那么多让人惊讶的浅俗，简直是荒唐到不可思议的地步。他变得很能迁就，甚至是不遗余力地"配合"。

这就不仅是"媚俗"了。我们甚至来不及惋惜。

一个真正的艺术家不会因为多产而带来那种匆忙。好的劳动者也会偶尔草率、不够沉着，但却不会面对强权和世俗露出慌张的表情。

而我们看到的除了慌张，还有荒唐。慌张和荒唐是一对孪生兄弟，它们很容易并列出现。

……我不太喜欢这些文字的气质，有时甚至很厌恶。我们发现，一个纯粹的艺术家总是非常洁净和干练的，一些腻腻歪歪的趣味、一些烟火气，是不该属于他的。尽管失去了这些会失去许多人的喜欢。

所谓的"玩味性"，即允许别人去玩味，去津津乐道。这就是投其所好。

某些人的"所好"恰恰被另一些人所鄙视。人是多么不同啊。

他没有勇气背离他们，向着另一个方向孤行。他的背影没有消失在一个寂寞苍凉的远处，而是被许多庸人所包围，所喧闹。后来，那些嘈杂的人声常常把他淹没。

当然，后来他还是无法忍受地离开了，这就是那个结局。这个结局令人充满同情，也使我们回想起许多关于他的故事。所以我们的结论只有一个："令人同情地不幸"。

一个人如果要做到真正的沉着、不匆忙，就只有背过身走开。离开那些声音，无论它是诅咒、是谩骂、是欢迎、是召唤。它们的性质都是一样的。

谁需要这样的声音呢？那些非艺术家，那些试图凌驾于这些声音之上的各种野心家，是他们需要这些声音。

如果你不这样做，如果你背离了这些声音，那么你就背离了一个时期最强大的东西。这需要莫大勇气，它实践起来当然非常之难。

……他本来应该属于另一个家族，可惜没有。他成为那个家族的背叛者。所以在最后，如果我们把他放在这个家族成员当中，并让他占有一个显著位置的时候，就有些勉强，有些心亏。我们会发现他身上涂抹了非常滑稽的色彩，这对于他自己的灵魂而言也是很不自在的。

勤奋说明很多问题，可是有时候就是说明不了最重要的问题。在我们这个贫困的土地上，在任何一个领域里，或许不难寻到一个勤奋者；他可以让我们尊敬，但我们又不愿把最高的荣誉送给他。

一个杰出的艺术家除了勤奋，还需要许多许多，比如说血性、判断力、勇敢之类。

落 入

据说他以生命为代价，留下了这几部书。他留下了汗水和血渍浸泡的一些文字。我们小心地打开，满怀尊敬和激动。

但我们看下去就会自觉不自觉地陷入一个怀疑：这是真的吗？就是这样的一些文字吗？我们这样仔细地阅读值不值得……

这个结论也许要十分谨慎地做出。

必须这样才对得起一位逝者。

许多赞扬的话都已经让人说过了，不必再说了。我们需要加以辨析、需要去做的，就是冷静地做出自己的判断。可能我们最后会觉得若有所失，有些遗憾，进而又是更大的惋惜。我们期望找到的全新的天地，那个独立的世界，独属作者自己的那片风景，这儿没有；是的，几乎完全没有。

那么我们听到的那些溢满赞美的惊呼，它的根据又是什么？它们是色盲者在颜色（图画）面前的一片瞎嚷吗？

这种残酷的结论还是暂缓一些做出为好。

但我们如果继续看下去，更大的失望也就出现了。

是的，我们发现这些文字仍然落入了窠臼，时代的窠臼。

它的所谓机智的嘲讽、洒脱轻松的文字，都是这个世纪末所特有的一种方式。这并没有什么特别新异之处。这种"智慧"也泛泛常见，像许多人一样，他非常时髦，在渴望堕落之地堕落，在蔑视崇高之地蔑视。他在时潮和流向中，没有什么倔强的个人的声音。而众所周知，这种声音是任何一个真正的艺术家和思想者所必须具备的。

一种独立的声音不是独立于他人，而是独立于世俗，独立于一个时代的嘈杂。

在这个陷落一切的松软之地上，他同样地陷落了，他没有站起。所以他被淹没了。我们只能结论说，他也是一个跟随者。他想使用自己的声音，可是他喊出的内容与他人却是大同小异。他缺乏明晰的目光、辛辣的笔触，他没有能力在纵横交织的俗见之中开拓出自己的道路。据说他为了一种写作生涯放弃了许多，可他却没有勇气放弃一些约定俗成的集体见解。他融入某一种潮流，而不是背离和挣脱这种潮流。我们很难看到他的重要的、不可取代的价值。

他远远不是一个独立于世的歌手。

这种要求并不高，因为这从来都是一些起码的要求。对于这样的一个人而言，在遥远的旅程上应该经得住考验，尽管岁月的风暴阵阵猛烈。

可爱、不幸

他二十多岁就离开了我们，留下了这厚厚的、一本黑色的书。黑颜色，生命起步之地的色调。它像砖石一样压着我们的手和心。打开纸页，滚烫的句子在燃烧、呼号、撕裂。他正走在路上，正急匆匆地往前，焦渴一口甘泉。他热烈的眼睛望着大地。

这厚厚一册比起他的一生仍然显得单薄。可是它矗立在文字的丛林，是茁壮生长的、颜色黑绿的那种植株，而不是苍白的旱苗。而他在那一类人中间也是最可爱最真挚的一个生命。他不是一个匠人，他是一个行吟者，一个年轻的、纯粹的歌者，一个小小的流浪汉：大大的脑壳，矮矮的身躯，有一双神秘的眼睛。

这双眼睛直盯得同行有点羞怯。他除了十分喜欢谈论大地之外，再就是谈论死亡、梦寐、魔鬼、神祇，这是好的，正常的，很易于理解。

他在刚刚能够解读大地、耳廓刚刚能够捕捉大地之声的时候，路程也就结束了。很不幸，真正不幸。

我们说过他是一个走在路上的人。他的双耳透过层层海浪，捕捉的更多的是大洋彼岸的声音。他借助它的韵律，吟出了第一行诗。他的不幸除了他路途的短促之外，还有正在茁壮生长的过程——它的戛然而止。于是他还没有用自己的声音交织成一个苍然浑厚的声乐海洋。那嘈杂的、浑然庞大的声音的躯体，还没有在他的手下生成。

可是到处都是他建筑的工地，是台座，是基体。从那些巨大的台座上，我们可以看到未来建筑的雄伟。可惜这些只能从经验里去臆测和填补了。

但是，只要有他走在路上，我们就可以蔑视许多纸糊的桂冠。他告诉了我们什么是真实，什么是生命的力量，什么是燃烧。他告诉我们，吟唱所应付出的代价。他令人恐惧，他劳动的成果令人恐惧。在世纪末的阅读中，我们许久没有感受到这种恐惧的滋味了。

抚摸它，远离它，倾听和推敲。

有时候又故意把它挪得很远。因为我们真的害怕有什么令我们心惊肉跳的东西，隐藏在字里行间。

不再失去的自由

H.T.M开辟了一个时代。在那片茂长的丛林和草地上，在那个半岛，他让人想起一株不甘屈服的茁壮的杨树或松树。他带着野生植物的那种粗野和生猛的旺盛，以及不成音调的嗓音，大力嚎唱。

这粗倔的歌声一开始引起了许多人的反感，打扰了贵族的清宁。可是他毫不理会他们，因为他是自由的，他有权力这样做。这种自由在一个早晨好像就被他抓在了手中。

他的那个像木斗车一样的摇篮床啊，他是从那上面坐起来，然后开始寻找自己的自由的。自由，一旦将其抓到了手里，他就牢牢地抓紧，不愿放开。于是他一生都没有失去。

后来，他像许多人一样，患了半身不遂的毛病，脑血管方面的毛病。行动不便，笨重的身体显得有点大而无当了。可这生理上的阻碍也丝毫没有缩减他心灵上的自由。

由于他紧紧地拥有着，我们没有看到任何一个人比得上那片大陆上的虎虎生气——这种生气的代表者和体现者。他的这些粗倔、狂放、怒吼般的倾吐，是如此淋漓尽致。他歌唱自己的躯体，歌唱船长，歌唱草、海浪、树木,一个人完整的一生、隐秘、羞耻,等等一切。他蔑视所谓的羞耻和愧疚。他是一个无畏的、像电火一样在茫野里划亮的、一泻千里的生命之河。这份勇敢的收获可真是不易。

在更多的大文人和小文人那里,却是装饰,是小心翼翼的揩拭,揩拭生命所涂上的那一点污痕。纸页上的绅士越来越多,苍白而典雅的声音就这样流传下来,组成了一个不健康的家族。

而在这儿,我们看到的倒是另一种情形。它曾经使人们不快,曾经使人们有些忌讳,但大家最终还是接受了他。接着,他成了许多人的偶像,引起了巨大的共鸣,南南北北的雷声都迎合了他。这些雷声不断交织、奏响,终于引出了一场大的雷雨。

倾盆大雨冲涮着板结的大陆,迎来了一个全新的世纪。

与生命等值

我们是基于这样的前提:从一个人的所有创作品中去理解一个生命的性质。于是我们发现了完全不同的生命。拘谨的,豪放的,封闭的,敞开的……

他让我们所感到的是一个完全敞开的生命:向着世界,向着真实敞开。

这不仅是指他宏巨的劳动的数量,更重要的还是指这些劳动所体现出来的一种无与伦比的、特异的性质。

更多的时间,他比其他生命来得真诚、来得直截了当,来得朴素和大气。这种无所不在的率直使他成为一个劳动的巨人，精神的巨人。

我们几乎没有在这个家族里看到与他一样的人、可以匹敌的人。他的创造物竟然与他的生命等值，这正是一个不可思议的奇迹。因为我们知道，一个人可以在许多方面消耗自己的耐力，失去韧性，耗掉大部分创造力，所以一个人在某一个方面不可能完全凸现自己的能力。而在他这儿，这个神话被打破了。他的一生所绘出的这一条粗长的、激情的河流、生命的河流、文字的河流，如此和谐一致。它完全可以看作是他生命的剪影和倒影，他生命的每一寸都得到了真诚的挥发和张扬。

一个人的一生如果分成四季，那么他的春天有着稚嫩的生长，生气勃勃的初始；在茂长的夏季，却是尽心尽意的、毫无顾忌的一场蓬勃灿烂；到了秋季，则是一种普遍的成熟，沉甸甸的果实在这个季节坠弯了枝头，这个属于他一生里最主要的收获季节，可真是丰硕得不可思议。谁的丰收季节比得上他的季节呢？举重若轻，大道无法，驾轻就熟，一切的特征、令人嫉羡的特征，都在这个季节出现了。而他的冬季呢？那个冷酷而严肃的冬季，使他变得比过去冷静了；可是也更加坚实和坚硬；这一个季节几乎囊括和总结了以前的三个季节，并在此做出了最后的、尽情的表现。世界上几乎没有第二个类似的冬季，因为严酷的大自然的冰雪在他这儿，已完全无力压迫创造的生机。在这样的季节里，他显而易见还是一个胜者。

就这样，像所有人一样，他理所当然地经历了自己的四季，却度过了极其斑斓的一生。这差不多是独一无二的奇迹，这一奇迹无法表述，因为要表述只能是他自己。

丑

在那个扼杀精神的时代，他们只是一些可怜而丑陋的、拣食残渣剩饭的豺狗，凶恶、狡狯、渺小。他们心安理得地享用。猛兽经过之后，弱小者被撕碎，倒毙原野。猛兽吞食之后剩下的余渣就由豺狗一类来打扫和咀嚼了。

猛兽们在吃饱吮足之后舔着嘴唇，看着淫威笼罩的荒野，看着它们亲手制造的这场流血。豺狗们开始可怜巴巴地表演：它们弓腰拣食，兴奋得痴狂。

许多年过去之后，在那片被封锁和禁锢的荒野，豺狗们似乎真的长大了，长壮了，它们变得毛色油亮，膀大腰圆，带着十足的傲慢神情，夸耀自己是原野上最伟大的动物，威震一方。它们似乎才是真正的猎手，是搏杀者，是举世无双没有敌手的英雄。

那时候似乎真是这样。

当猛兽们一个个走开，当它们以不同的方式离开了这片大荒，大部分豺狗还在。他们可怜的倒影留在湖水里，湖水像镜子一样照出它们的丑陋。它们仍然直着嗓子嚎叫，诉说自己搏杀的英勇，战士的光荣。它们永远不承认，它们实际上只是一些拣食者。它们是靠吞食猛兽的余渣而得以生存的最可怜、最不磊落的丑类。

它们不敢承认这一点。比起它们的外形来，那种胆怯的心才是真正的丑，丑到了极点。

查无劳迹

他和黄皮肤的人可不一样。他有一双多么蓝的眼。

……数量巨大，泥沙俱下，一场冲涮，一场倾泻。急急匆匆，令人感叹。一个人在几十年的光阴中可以如此倾吐，真是叹为观止。但我不知道一个人在自己的文字生涯中这样是否合算，是否得体。"得体"不是一个好词儿，对于一个豪放的诗人而言就尤其不是一个好词儿。

可是诗人仍然需要呕心沥血，需要劳动的精神和态度。如果在一个人的全部文字汇成的河流中找不到一丝辛劳的痕迹，那是可悲的。这只会给我们一个印象，而不可能打动我们。

如果那种激动、过人的热情、深深的痛苦和牵挂、对底层艰辛无法忘却的牵挂，在这里全都没有，那么一切也就没有了意义。因为这样的牵挂者在这个时代里不乏其人，他们会打动我们，吸引我们，他们才是更重要的风景。

如果说任何东西都不能够取代一颗真挚诚恳的心，如果说在一个诗人和艺术家那里就尤其如此的话，那么我们的判断也就简单多了。文字和文字是不一样的，有一些文字仿佛是汗水和心血在不断滴落，又像是一下一下镌刻在大地上；而有的却像灰尘一样纷纷落下，阵风吹来，一切了无痕迹。这样的灰尘可以像雪粉一样落个不休，落个不停。如果没有风，它也可以积成一定的厚度，结成冰壳，在相当长的一段时间内蔚为壮观。可惜在漫漫时光中，风总要不断地吹起，烈日也常常要悬挂在空中。冰于是要溶化，灰尘于是要吹走。

一切不是靠想象和幻觉的安慰所能完成的，其中有坚实和坚硬的逻辑在。艺术不是为了回报，但回报总要来到。善良、诚恳、真挚，永远无法消除的同情心、怜悯，能够爱能够恨，能够摆脱那些故做深奥的饶舌的术语，能够有一点勇气，能够说出一点真实的、有批判力的话，并不那么容易。

但这种不容易对于一个诗人而言又是最基本的。

不可能全部否定一个人，面对这芜杂的、横七竖八的文字也是一样。

我们可以看到为数不多的几篇，它们尚是有趣的、丰腴的，相对真实和真切。只要一个人付出了心血和汗水，辛劳的痕迹留下来，也就可以打动我们了。可惜在这位蓝眼人这儿，这样的时候太少了。大部分时间不是这样，大部分文字显得轻飘飘的，没有重量，是一张口即出的、未经心灵过滤的微粒。

他感到了时间的匆促，可是他战胜时间的方法却远非行之有效。在匆促短暂的时光里，人的方法会有许多，比如说更认真地生活；比如说更扎实地劳动。

慌乱的逃窜，急躁的干嚎，心存侥幸的应付，都无济于事。一个又一个绝好的生长机会就这样被放弃了。生命是可以再生的，无数次的再生，凤凰涅槃般的再生。这些机会都被失去了，放过了。它们不再回返。而人就在这种不断的错失之间一路走下去。

人大概并不自信，惶惑，而只能求助于幻象。

色盲之哀

有一些能力不是学习和努力所能够获得的，这是原生的缺失，当然非常不幸。能够面对它，是战胜这不幸的最好办法。有时候能，有时候却完全做不到。对这缺失的漠视、无知，足可造成更大的悲哀。

比如对艺术品完全没有感悟力，完全不具备判断力，可又总是津津有词，总是有理，即相当于色盲者在评点彩色绘画。他们眼里的颜色是完全靠不住的，可是他们却在进行色调对比，在进行这种细密微妙的分析。这是让人同情的。在别人眼里，这种尴尬是无论如何也没法消除的。

可是他已经站在评述对象面前，似乎再无选择。这是一种哀痛和哀伤。

……一个狂躁的人，操着一些谁也听不懂的关于颜色的术语，发疯般地嚷叫、跺脚，但他指出的红色或绿色大多时候正好是一种颠倒。旁边的人额头上全是细小的汗粒，后来他自己也流出了汗水。更多的人摇头走开。可是也有一些人被那急躁的、颤颤抖抖指点的手指所吸引，不得不一次又一次揉揉眼睛，看看被颠倒了的颜色。他们大惑不解。

在好长一段时间里，他们甚至信以为真，以为绿色真的就是红色。

总之，在色盲的指点下，颜色更加紊乱，恍若一片乱七八糟的东西，最后大家什么也看不清了。

人们后来终于开始怀疑：混乱的、混淆的画面，这种结果，是否正是评说者、指点者所追求的效果？

他们笑了。

既然所有人都在迷茫中面面相觑，那么谁又能判断这个糟糕的评说者和判断者呢？

这时候南南北北都相传：有这么一个乐此不疲的颜色描述者和评点者。人们对他奇怪的语调、奇怪的术语、闻所未闻的癫狂，都感到有趣。有人甚至不辞劳苦，从遥远的地方赶来，只为了看一眼新鲜。色盲者愉快了。

没人向其指出这种源于生理方面的缺陷。主要是不好意思。但后来就不会是这个缘故了。因为色盲者令人眼花缭乱的评说本身也把别人弄得晕头转向，使他们开始怀疑自己的眼睛，怀疑自己以前对于颜色的确认。

这是非常滑稽的。

最后，色盲者把他们的评述、急躁和微笑时期写下来的各种各样的文字印成册子。于是他们的谬误、他们荒唐的名声也开始传开来。

只是一个早晨醒来，有人把这些册子翻来翻去，才对这些显而易见的颠倒黑白、这些荒唐感到困惑和厌恶。他再一次揉揉眼睛，在铺满霞光的窗前看着。后来他笑了。他很想对那几个人说点什么，但后来又觉得没有必要。他嘴里咕哝着："女怕嫁错郎，男怕选错行……"

是的，他们选错了行。他们如果身体强壮，尚有别的技能，那么完全可以去干别的事情么。

他叹息着，把小册子合上了。这时候太阳升得很高，真正的橘红色从窗棂上方射来，投在他迷惑的脸上。

蓬蓬与谦谦

这是两片不同的大陆，于是结出了不同的果子。一种来自一片刚刚复兴的、紊乱而生猛的大陆；而另一种果实却来自那个所谓"礼义之邦"，一个规范的文雅国度。于是我们读到了真正典雅的诗章和那些酣畅淋漓、不太规范、有些粗糙，却也散发出刺鼻的清生气的文字。

后者大半印在一些粗劣的纸上，是简装书。

这种装订印刷的形式与它的内容也多少有点吻合。是的，文字粗糙，逻辑不合，想象怪异，情节离奇。不过它们比起那些典雅诗章，却更能够吸引我们。我们可以放肆地读，随便地读，可以一边读一边做着多方假设，可以读几页抛却，也可以一口气读穿。

而那些非常规范的、有着良好传统的优美诗句，却让我们一再地踌躇。我们觉得它应该放在更好的环境更好的时刻，用更好的心情去读。那样才配得上它，才会有一种好效果。

就怀着这样的期待，我们反而荒废了时间，把它给忘了。

结果我们更多的时间是在读那种蓬蓬勃勃的、充满生命力的粗糙文字。谦谦君子的艺术反而被我们放弃了、忽略了、耽搁了。这是一种不幸还是有幸？

可是我真实地知道，我更喜欢"蓬蓬"而不喜欢"谦谦"。我认为"蓬蓬"对我更有意义。因为我懂得诗是生命的炫示，诗来自它的催发和推动，再高的技巧和修养也弥补不了生命力孱弱的致命缺陷。在我面前，"谦谦"就是这样失败的。当"蓬蓬"走向"谦谦"的时候，也许它会丧失许多的。

我像看一个奇迹一样看着那片大陆，那片激活的、呼号的、奋斗不停的大陆。那是一片更真实的大陆。

它与我四周的环境正有些接近。

而到了那片"谦谦"的大陆，我才真正像个外来人。

质木无文

这些大部头传记，比起它们的传主就显得无聊和单薄多了。不吸引人。而实际上，它们所记述的每个传主本人几乎都引人神往。他们常常是极为怪异、有趣，而不仅仅是"博大""伟岸""高尚"。总之，他们每个人都像是等待破解的一道谜语，在那儿诱惑我们。这就是我们常常急于阅读关于他们的文字的缘故。

令人失望的是，这些传记无论多么认真和耐心地积累和剖析材料，也仍然使我们觉得不得要领。他离理解那个主人公尚有极其遥远的距离。干巴巴的资料，干巴巴的文字。枯燥，没有真实情节。许多读者渴望了解的一些历史关节，一些人物和思想的切口，不知为什么都被相当简单和草率地处理掉了。也有的喜欢挖掘传主的隐秘，他们的一些不为人知的私事，甚至还不恰当地、几乎没有什么依据地假设和推论，进而煞有介事地确证。可惜，这种凭主观臆想制造出来的趣味性，也只能也从根上败坏我们的胃口。当然，这样做的结果是使读者进一步地疏远这些文字。

作者是一个平庸的人，所以他们没有能力去理解那些极为卓越的人，没有能力理解特别的心灵。尽管有时候作者积累和挖掘史料的精神也有些动人，但仅仅是这样也还不足以把我们打动。他没有激情，没有渴望了解世界上一切隐秘、溶化一切隐秘的那种巨大激情，所以也就没有魅力。好的传记作者需要一种禀赋，它会使写作者在字里行间涌现出不可思议的热情，这热情必会感染我们。

因为没有这样的热情，所以光芒四谢的天才在他们手中也变得暗淡起来。比起传主一生闪闪发光的事迹、他们的创造物，这些记录言与行的文字太平俗、太简单、太琐碎也太庸常。

似乎杰出的传记作家越来越少。更多的人都忙着自己的"创作"。其实一个真正杰出的人物才可以更好地写出另一个，而这种写作又绝不会损坏和剥夺他的至为可贵的东西：天才的创造力。我们想想那些脍炙人口的传记文字。在那里，一个真正的天才的确是找到了最好的展示自己的舞台。他们以自己过人的洞察力再现了另一个时代的人物，充分地展示其心灵的皱褶，洞察深处的隐秘，吐露大悲哀和大喜悦。

当然，他不是为了展示而展示，而完全是被另一个生命奇迹所打动。他出色的想象力、还原的能力，使其能够在一瞬间看到事物的真相，得悉它的全部、它栩栩如生的映象。于是他用颤抖的手记录了那个瞬间。

这种记录简直形同目击，怎么会让我们无动于衷？

相反，在另一类质木无文的传记文字中，我们所能得到的顶多就是一些资料，而这些资料又大多是被蹩脚地改造了、诠释了、理解了，所以这些资料非但没有使我们变得更清晰，非但没有满足我们的好奇心，而且还在不同程度上起到了遮盖的作用。有时候我们也许想通过传记作者的手去翻动尘埃之下的历史档案，可是传记作者的兴趣又和我们大不相同，他翻动的频率、方向、速度，与我们大异其趣。这又一次妨碍了我们的视线。

到处都是遗憾。没有办法。

我们遇到的作者是一个没法对话的人。一方面他离我们非常遥远，另一方面彼此的能力、兴奋点都各不相同。就是这样，无能为力。

安静赞

他们在记录自己的经历，包括心灵的经历。他们给人如此安静的感觉。娓娓道来，每一段文字都像砌好的砖石那样稳固安定。这种安静可不是出于一种特殊的风格，而是源于完全不同的心境。

当一个人走入一生的总结和回忆时节，才会有这样的心境。他们再没有了往日的焦躁，特别是没有了惯常人生的所谓竞技状态，所以才能超然物外地评说和回忆。在表述往昔的时候，他们变得更为客观和公正。他们能用这样一种口吻谈论自己的生涯，自己的追求和探索过程，在山川大地上游历的一些细节。他们已经从千般磨难的沮丧，或另一种狂喜中走出；那种坦然的目光绝不是一般人所能具备的。

两个大画家，成就卓著，两个东方人。他们几乎无一例外地经历了少年的贫困，青年的病危，还有在艺术道路上攀登挣扎、呕心沥血的艰苦。他们在总结自己对待贫困、病魔，还有艺术之路上的种种困厄。

他们没有忘记任何一个曾经帮助过他们的人，一一述说那些事件、情感，那些给予他们援助的温暖的手掌。

一个著作者的每一个文字，都受执笔那一刻的心境影响。匆促焦躁不会留下安宁的文字。这种从容不迫，达观和谅解，会有益于任何读者的身心。这种文字具有极大的滋养性，它使我们也一块儿沉静，得到放眼远望的机会。我们没有被那些焦躁的作者惯常所有的急促语气所胁迫。在那些滔滔的语势冲涮之下，我们有时会被裹挟到很远很远，身不由己，随着它的浪花而波动和跌宕。当然有时候也必需这种经历，以接受另一种淋漓痛快。但是如果在这个浮躁的时刻让我们选择，我们更多的时候还是需要一种安静和徐缓。我们知道这种安静来自不同凡俗的阅历，来自一个艺术家的卓越资质。他们的著作像宁静的秋野，天高气爽。

自然，安静可不是圆滑世故。安静也需要勇气，安静也具有深长的挑战性。

我从这种安静中，却能捕捉到批判之声。安静其实只是深沉的勇气，是无私无畏、胆识兼具之后的发力深长。

怀　疑

我们知道这是一部书中之书。如果有人试图对它进行挑剔，那是非常危险的。由于各种各样的原因，在漫长的阅读史上，它已经被彻底经典化了。

就连这个过程甚至也是不可剖析的。没有人敢于表示一点点保留，一点点不恭，而要及时表达自己的敬意和仰慕。它才是真正的高不可攀。它的特殊地位是很神秘的，后来人几乎要异口同声说它伟大，伟大到不可思议，简直非人力所及。

它是一个介于人神之间的特异生命的一场瑰丽梦境。也仅仅因为它是一场梦境，所以它可以进行无数次的研讨、诠释、拆卸、组合。到了现代，已经不知有多少位学者、研究者在毕生为它服务，而且感到无上光荣。当代人用了世界上最先进的科技手段，比如电脑，对其进行猜度琢磨。一代代人接力，力图解开它的特殊密码。

这让我们觉得有趣。而太有趣了总显出一些荒唐。对于这样一部神书，我们还有什么话可说？如果我们不是被现代生活纠缠得昏头昏脑，大概就不会伸出挑剔的手指。这是一部古老的秘籍，已经够我们这一代人、上一代人、上几代人，或是未来可以预见的许多许多代人消受的了。它是一种仪式、一种共同的寄托，是浓甜而苦涩的酒浆。

它强烈地吸引着我们，在许多方面确是无以伦比。可是它也有些浅薄的虚无，有些并非深刻的伤感，有一丝浮华气，才子佳人气。那时的小说套路仍然在侵蚀着它。有些地方的描述是相当腻歪的，除了对生活的写实部分，对于一个时代生活的曲折部位的展平和凸现，其余没有多少特别令人称奇之处。有人过分地将它的故事和人物关系加以引申，以此对应现代社会的生气勃勃，这不仅牵强，而且还非常无聊。

人是需要造神的，在书籍的丛林里需要造一本神书，道理不外乎此。我们不能够坦然平静地面对一本著作，就像不能这样对待一个人一样。

这说明人类的不健康和不成熟。

其实把它放在应该放置的地方是再好不过了。说那是一本卓越的书，生动的书，了不起的或者说是伟大的书，都可以。

我们没有必要围绕它衍生出无数的怪异。因为如此一来它已经不能像一件艺术品那样打动我们，不能被欣赏了。它已经丧失了这种基本功能，不得已地变成了神祇、咒语、魔怪，这对它是不利的。这实在是一次又一次的贬损，从根上将它伤害了。它变得不可亲近，不可玩味，不可学习，甚至不可以阅读。因为它不是一部阅读品，而是充满了神力的古怪符号。它的魔力一旦缠上了我们，我们就再也不能正常地干什么了。

封　闭

……这种被淹没感还将日益加重。各种各样的讯息轰炸不可避免。随着科技发展，各种各样传递讯息的手段将会成倍地花样翻新。人类创造出的真正奇迹不是成倍地增加，而传递工具和手段却在成倍增加。这多少算是一个悲剧。一个现代人如果没有能力去封闭自己，思想的触觉就终将折断。大多数明智的人不是没有封闭自己的愿望，而是没有这种能力。当然，更多的人愿意敞开，他们认为敞开才是一种智慧。

一度可以敞开，但敞开的那只手应随时做好关闭的准备。汹涌而来的讯息之河将把一切冲毁。这些讯息的绝大部分对于一个人而言是完全没有必要的，对它们悉数接受就是一种灾难。

讯息在更多的时候不是在刺激一个人的创造欲，增加他的创造力；相反，它常常只起到一种扼杀和击溃的作用。一个人也许用不了多久就会发现，现代世界在这种扼杀之下已变得处处疮痍；各方流言相加一起，纵横交错，覆盖了真实的土地。任何活鲜的、生机勃勃的东西都在这种覆盖之下变得苍白，直至死亡。因为它们见不到真实的阳光，再也没有机会面对天空和山脉。人类已经被各种各样虚假的、人造的幻象给纠缠得奄奄一息，他们的听觉、嗅觉、视力，一块儿被反复磨损，即将丧失最后的功能。比如说阅读，各种各样的文字垃圾会成吨地压在一件哪怕稍稍有一点真情实感的心灵记录之上。垃圾的制造者在各种现代讯息刺激下只会加倍疯狂。紊乱荒谬的讯息等于是助产士，是催化剂和兴奋剂。文字垃圾急速增长，堆山积岭。它们倾倒下来，毫不留情。各种各样的谎言制造者、骗子、野心家，丑恶的掠夺者，那些在阴暗角落里发出的诅咒和叮咬，都顺着一个个隐蔽的和敞开的管道，进入有限的空间肆意涌动。

有人甚至幻想在这种状态下努力取得自己的份额。这虽然难以做到，但事实证明也并非没有可能。只是在更大的时间和空间的坐标下，这种想法才显得荒谬。局促狭小的当代人已经不可能使用更大的坐标系。

如今，哪怕稍微质朴一点的文字、存有一点点真实的书，都很难寻觅了。一方面它要产生格外困难，另一方面它很容易被淹没掉。我们不得不费力地寻找，在时间上已经有点划不来了。它只是在极其偶然的机会才撞到我们眼上。那算我们的幸运。

可是我们还有最终的乐观，这就是：真正能够代表这个时代、能够留给未来的，还仍然是质朴真实之书，是这样的文字。任何的机巧、玄妙、狂吆以及吠叫，都将像泡沫一样随风吹散。

思想和情感的水流将一如既往地往前奔涌，这不会有个例外。而今，真正的勇者也许不是赴汤蹈火，而是下定决心封闭自己，真正地封闭。

尽管这种举止会带来很多指责，尽管这样做并非有理；但在大的取向上，或许还值得，或许是一种必然选择。

如果这时有人愤怒地砸毁自己所有的现代通讯工具，我们一点也不会惊奇。这是被迫的极端。太疲惫了。人需要休息，需要朴素和真实的生活。他明白，如果继续与这些东西为伍，继续被它们所纠缠，那么他连最后的一点声息都会失去，他将一无所有。

丧失了语言，还会剩下什么？

不仅是不会发声，而且还将不会走路，不会思想。他的灵魂也将被掏空。

就是这些可怕的结局把他逼到了最后。

极端的方式不值得效仿，却可以理解。在这种理解下我们还应该做些什么？偶尔看到一个炫耀自己的跟随能力，那样一个被技术弄懵了的黄口小儿，会觉得可怜。"这样的消息你都不知道吗？""不知道。""连这些你也不知道吗？""不知道。"他惊愕地看着你，而你却同情地看着他。

是的，我们什么也不知道。因为我们不需要知道。不知道我们可以活得更好。为什么要知道？为什么要让它来犯我？我们已经很累了，已经被窒息了，我们只需要一口新鲜空气。

封闭即是摈弃那些耗氧的东西，使它们不能挤入我们的空间。

率性的 D.L

真的，一篇随意文字就有如此魅力。率性、真实，从不苛求。看上去她对自己的读者要求不高，对自己也相当随和。

这是一个非常奇特的文学家，女性，衰老，或者也可以说从来年轻。她浸泡在酒里，浸泡在文学之中。她已经完全诗意化了，成了一个无所不能的人。没有人比她更放松，像她一样直截了当地写作。她的文字大都有一种"大盗不动干戈"的意味。当然，作为一个职业写作者，她的文字控制能力是超人的。所以她可以将一切都随便地缠绕笔端。她好像从不正襟危坐，也不那样工作。好像很自然，从她身上滋生出这么多奇迹。她可以无所顾忌地谈论一切：隐私、秘密、往昔情人、东方西方。她并非有意地设下很多迷宫，但却让人猜度。许多人不忍也不愿触碰的某些什么，在她那儿像水流一样奔涌而出。她几乎是在吸烟和闲谈之间就吐出了惊人之语。

很难忘她那本谈论自己东方情人的书。那种絮絮叨叨的语气时有琐屑，可这其间又隐藏着深刻的计谋，一种超凡脱俗的简洁。那种语气一以当十地表述了暮年的回忆。她不可能有另一种口吻，另一种思路。看起来似乎一件事情被叙说过了，可一会儿又重来一遍。这种重复并非遗忘造成。这种重复每一次都造成了新的效果。

她的可爱就在于她的随意，好像是非常自然地向你说着，一遍又一遍；而每一遍的确都有新的内容和意味滋生。可怕的语言魔术师。

还难忘那部随笔集。事无巨细，从服装到酒，到一个政治人物、一个作家,某地某人所滋生和激发而出的"性"。像闲聊,凸显的却是逼真的性情,人生的魅力,文学的魅力,诗的魅力。当然更多的还是思想的魅力。

她的这些文字无一不散发着岁月的芬芳,有着熏人的气息。这样的文字非她莫属,无人替代。

我相信所有的魅力都来自她那颗心灵的特异。她的心灵是非常之特殊的,而她的展现方式也非常之罕见。在写作生涯中,没有人会像她那么轻松自如,放松坦然。人们都知道,现代社会的放松与坦然是非常危险的一件事,这危险不是来自他人,而是来自后悔莫及的自伤。一个人在世俗社会里早已被规范、被固定,成为一种模式。人要突破它是非常难的。

而 D.L 好像从来就没有在这方面遇到什么阻障似的。

大玩家

他可以很认真地做,而且博学、睿智、多思,甚至有点"呕心沥血"。沉重的劳动使他白发苍苍,皱纹横生。他甚至弄得疾病缠身,眼睛里常带血丝。没有人敢于对他工作的意义、以及他工作的庄严性和远大的目标之类发生怀疑。但他凭此就可以是知识分子的代表、精神的代表吗?不敢说。

可他又的确是这一类的代表。他是深奥、偏僻、专注,一生如一日地忙于探索的代名词,一个象征。没有他,文字交织的那个世界就失去了重要一角,或者说半边。

他几乎有各种各样的才能,有幻想的能力,会打趣,会调侃,也不乏幽默。他具有不同的表述能力、构建能力。他会觉得"构建"这两个字很有趣。

他的专注性赢得了真正的尊敬,无论谁都不可对这一点发出嘲弄。可我们有时却觉得他同时也是一个"大玩家"。他不算一个精神漫游者。他是一个巧妙的、卓有成效的游戏者。有时候这与工作态度和工作负荷并无关系。他在承受,可是很少有人去问为什么承受。

大玩家可以赢,可以换来与他的初衷完全不同的收获。我们在说他的实质。

他没有强烈的批判性,没有知识分子的立场,没有为某一个主题所投入的激情,没有那样的激动。他只是在知识和技术的层面上辛劳不息。他的工作是有意义的,却不具有多少诗性。他是一个专家,但不是一个思想者。他是技术层面上的大匠,却不是精神领域的大师。文字和知识从属于某种技艺,在其手中弄得娴熟,让其津津乐道并乐此不疲。

当然,我们常常叹息:任何领域里都缺少这样的匠人、多能的匠人;我们在透视其"玩"的本质的前提下,仍然要发出我们的礼赞。

我们仅仅是不愿将事物的实质忽略或误解。因为那样,"大玩家"又会造成另一种危害。

干　净

　　与这个多产的时代所不同的是,他留下的文字很少,少得与他的名声、与他所付出的力气完全不成比例。我们为此而庆幸,并且对其产生了更多的尊敬。

　　一个人所拥有的创造力是大致固定的,这是上帝的一种设定,一个人的后来几乎没有能力改变多少。一个人只要安静下来想一想,就会明白。但是在生活中却没有多少人愿意承认这一点,不愿屈就或屈从这个"设定"。于是我们就看到了很多粗疏的表现,没有节制的倾吐,堆积,淡化和稀释。真正的思想、真正的见地反而被掩盖,被模糊。或者,它们早已被表述完毕,崭新的东西又没有生成。接下去会是不负责任的涂抹,这就必然会沾上不干净的东西,先污浊自己,尔后污浊周边。

　　而我们面前的这个人却是如此地干净。他先使自己的文字干净起来,每个字都被水洗过,洗去上边附着的一切粘浊。他使用了心灵的清水。他写很少一点长篇、短篇、中篇,写很少一点理论,还有极少的几行诗。就是这样。它们简洁,质地坚硬。当激情感染了自己,他就让其倾吐。可是并没有任其泛滥,没有令人失望的中空感。信任由此赢得。

　　"信任"两个字是很难换取的。

　　在打上了某种印记的文字面前,我们会先入为主地肯定。被肯定者多么光荣。这是靠何等矜持才换来的一种结果。他晚近的一些文字变得更干更硬,情感更为内敛,更为谨慎小心,几乎不多着一字。他从不给人慌张匆促、撒缰奔跑的感觉。他的目光冷静、沉着地面对这个世界,就像一个人站在深夜窗前。他安静，激动，目光悲凉。他在自己的角落，自信而又充满怀疑。

我们在此并没有将其与长河式的创作加以对立。后者是一些更为特异的生命，他们的一生就是一道巨川，流淌不止，奔向远方。这浩浩长河在大地上冲涮，直到汇向海洋。然而这样的生命是更为罕见的生命，它是人世间百年不遇的一个奇观。

我们不可能在自己的视野里，在近如眼前的这个时代里触摸他们。

更好更稳妥的方法，还是发出真实的赞叹。我们尊敬所有诚实而淳朴的、干净的诗人。

永恒的自语

……是这些文字让我们发出怀疑和质问：为什么要写出它们？为什么？我们没法替作者回答，就像我们没法回答自己一样。一个作者具有什么样的权力，一个读者又有什么样的权力，在这种质问面前常常无法回答。

我们从这些文字间也发现了一个人的自尊：拒绝对话的沉默。这是现代人常有的一种状态。

打扰别人的权力是没有的，而任何方式的打扰，其意义都一样。

如果说在五花八门的现代世界加入表演之列是浅薄的，那么我们面前这些文字能够摆脱干系吗？我们当然没法不去怀疑。一个写作者对于形式的追求，就没有炫耀的嫌疑吗？我们不知道。还有，你的故事是讲给谁的？你的情感是面向谁的？它走出心篱，这是必要和必需的吗？

在这个熟悉得不能再熟悉、或者是陌生得不能再陌生的城市街巷和乡村大道上，回头看一下这些文字，会有另一种感觉："有这必要吗？"你要怀疑自己。从功用的角度，你会更加怀疑。

说到功用，再没有什么比对它的怀疑来得更深刻的了。它并没有使你痛心，因为你觉得不能从世俗的、一般的意义上去谈论功用。你在寻找与一般写作行为的区别。这种寻找很重要，它将使你循着自己的理由工作下去。

你后来又发现这种寻找也是一种多余。因为早在许多年以前，在你一路走下来的这种辛苦之中，答案就已经具备了。你发现你在自语与宣示的夹缝当中徘徊。只是后来，随着年龄的增长，你才越来越多地停留在自语的状态下。

自己的声音回到自己的耳畔，就是这么简单的一个循环。你就停留在这样的一个世界里，其意义也在这里。

就在这种自语的呢喃之中，你走向了一个遥远，并且已经很难回返。现代世界的写作和现代世界的接受都不能离开自语。这是本真和实在的方式，离开了它，一个写作者将不可避免地走向俗浅。

其实我们发现在有文字记录的诗史上，简单一点讲，从来仅有两种写作方式：表演的和自语的。

前者远远没有后者更能够深入人性，没有一种难以挥发的、坚实的内力。有人可能指出两种状态在一个诗人那里完全可以交替出现，在不同的阶段、某一个侧面，完全可以在两个方向上移动和交汇，或者说互相矛盾。是的，可能是这样。但一个诗人给人的总体感觉却大致会是某一种，即自语的或表演的。

当一个诗人忘记了表演时，他会写出真正的、闪闪发光的诗句；而一个诗人一生都在自语的状态下，却会变成真正难以取代的独立个体。表演需要技法，从技法的角度看，它是可以承袭和转让的，这就背离了艺术的要旨。

一个人为什么要自语？因为他总是处在生的喜悦和困惑之中，他在这个世界上常常是被迫的、不自觉的。当他感到这一点时，就不得不发出没完没了的自语。这是他生的方式，必然的方式。这里面包含了他的抵抗，他的欢乐。

所以说这是永恒的。

暗 伤

每个写作者都有一个书斋。由于它敞开的窗户太大，各种声音涌进太多，加上斋主抵抗诱惑的能力又有限，或直接就有某些嗜好，所以他常常变得非常时髦。喜欢时髦的人多，所以这儿能吸引许多目光，赢来许多赞叹。而这种赞叹又足以刺激起时髦者的满足感和更大的欲望。

这是一种不自觉的炫耀情绪。它慢慢胀大，可以像茂长的茅草一样遮住收获。追求时髦和接受时髦的能力甚至会被视为一种天赋，进而又会被形容成天才、智者之类。实际上这一切与天才、智慧，与一个生命的创造力几乎风马牛不相及。

正在流动的时鲜，比起人类已有的宝贵积累，简直不成比例。可是人类进步的历史却是由一分一毫的探索沉淀下来的，它组成了人类漫长的发现史。

问题是时下的全部，它的总和，只有极少一点可以称之为新探索和新见解，其大部都是芜杂和浮躁。当人们对新的探索找不到一种表达时，芜杂的声音就会成倍地覆盖过来。这是找不到概念的焦虑。一个准确的概念常常需要知性和经验去加以巩固，这其间总有一个过程。

对于新鲜事物缺乏热情是生命力孱弱的表现。可过分的热情也往往是一个生命浅薄的表现。对新鲜事物应该是理解、知晓，同时也有某种距离感和矜持感。距离和矜持不是一种姿态，而是一种必需。没有这样的态度就会丧失理性，就会失去惯有的节奏和深度。

一个艺术家和思想者是不可能以贩卖和传递最时髦的术语和概念而得以生存的。相反，这往往是他变得中空、浮泛的开始。他慢慢变成了一个消息传递者，一种场合的描述者，是从乙地到甲地的义务传播员。

渐渐失掉悟想，失掉他对这个世界执拗而深邃的目光，这才是最不幸的事情。

一些著作，如果把那些时髦的泡沫拂去，必会闪射耀眼的光亮。可惜它们积成苔腻，越积越厚，终于变得锈迹斑斑、伤痕处处。有的只是暗伤，它不是浮在表面的疤痕，所以又常常被自己和别人所忽视。

肤浅而新奇的所谓最新知识、最新艺术方式、表达方式，往往是极有诱惑力和吸引力的。一个并非浅薄的写作者也乐于涉足,变得很能拾人牙慧。这种热情不可避免地要剥夺和侵蚀一个人的主观力量,遏制内心深处的激情;而这种激情在艺术创造中,在思想的表达和探索上,才是百发百中之物。

如果一部书是以非常朴素的方式,甚至是有些传统的方式写出,那么他的力量、真实感人的力量只会加倍增长。它会变得沉甸甸的,极有分量。而一个人煞费苦心设计的一些形式,获取极少,伤损却极多。

思想的表达

有时候,我们对于"思想"所表达出来的"思想"是非常怀疑的。的确,在许多时候,思想是不能够用"思想"去表达的。一切所谓的皇皇巨著,实际上充其量只是某些思潮、观念,以至某些思想的概括和传递、诠释和转述。它们有时候也试图用自己的"思想"做一些推导,试图在这些推导当中凸现出崭新的东西。可惜没有什么意外的成功者。他们大致仍在把不同的思想加以缝合,加以组连。

对眼前这个世界的真正发现,真正见解,必来自感悟,来自人的知性。从这个意义上讲,缺乏真正的诗人,就必定缺乏真正的思想者。诗是表达思想的最好形式,有时甚至是唯一的形式。

在这个无限曲折的、隐秘的世界面前,舍弃了诗情,我们将一无所知。思想的发现不需要运用数学方程加以严密论证,而思想的转述却需要这样。我们更多的时候是把思想的转述和整理,与思想的发现混为一团。

一个思想者应该是发现者,而不仅仅是一个转述者。多思的习惯取代不了思想的本质,多思是值得赞叹的,多思是思想者的特征,却不等于思想者。

在这个不求甚解的商业时代,即便在那些青灯黄卷的书斋,人们也很容易混淆和模糊所谓的"思想"。这非常不幸和荒谬。那些艰涩的读物,烦琐拗口的纸页,许多时候是非常苍白无力的。它们并没有告诉我们什么。不同民族交织传递的不同概念,关于它们的解释,一些变种的术语和术语的变种,正像地衣草一样,把真正的绿色绞缠和扼杀,使思想的青苗难以生长。思想在大多数时候是简单和朴实,生于我们眼前的泥土,而不是从天外来客的、魔怪一般的飞行器舱口抛洒的。真正的思想家和发现者必定是一个诗人,无论他是否使用诗的形式。

没有一句诗

印得非常精美,吸引人伸手把它打开。打开之后就失望了。无可奈何的笑。

从中看不到一句诗。大白话,巧言趣话,有时连巧言趣话也算不上。拙劣的叙述。多大的误解才造成了这样的写作和出版。

诗是一步一步丧失的,而不是在一个早晨、在某一本书里失去的。

它从我们热衷于形式的那一刻就在丧失,它丧失的是生命的感动。

只是互相较量智慧、聪明,以及对某种形式和技巧运用的娴熟;句子是否机智,是否机巧,是否华丽和多趣;至于其他,似乎全都无足轻重。

最重要的部分就在这种荒唐的游戏中被省略了。有时候我们还试图用那些长长短短的句子去表达人所共知的所谓"哲理",去发现一个常识性的原理,做一点大同小异的比喻,再不就是虚假的激动。它们与诗实在没有多大关系。

那种沉浸在一种意象、一种情感,那种被生的焦灼和生的狂喜给紧紧攫住、深深缠绕的人,才会有真的吟唱。有时他们的吟唱只是一种重复,简单、平易,完全没有华丽的表面。可它们是诗。它们来自一个生命与这个复杂的、至死都不能够穷尽一切奥秘的世界的摩擦,来自一个生命在此过程中所获取的感激、忧烦、不得不发出的欣悦和愤怒。一个生命感动的全部过程徐徐展现在我们面前,像一条河流,冲撞激越而去。它们总是在以不同的方式表达心灵底层的那些隐秘,它们是完全不同的、个体的、自我的。它们与一些巧言短句的堆积有什么关系?

谁能勇敢地从泡沫之中挣扎而出,投入澎湃的长河?那将有一场多么好的沐浴和搏击。

诗是某一个人,而不是某一首。

一九九七年十一月记
一九九八年十月订

流动的短章

也许真有那么一些好的短篇小说,它们一个一个放在那儿,很精致,很美或者很深刻,很隽永。反正它们很好,是好短篇。但它们很独立。有人说好的作品,当然包括好的短篇,都很独立。

我却渐渐产生了怀疑。因为后来我明白不能过分独立地去看一篇或一部了。一部非常好的作品,真正好的作品,如果没有连绵性,没有连粘性,它就会是刻制出来的半死之物。好作品应该在生命之河里流动:正在流动,而不是有可能流动。它们有可能是液体,但它们终会结成块状,有时会凝成很大的一块。这时候好作品就产生了。

一个短篇出生后仍在生长,一部长篇也是那样。甚至一篇散文也是那样。一首诗也是那样。不会生长的,即是脱离母体的:被时尚的浪头抛出了河床。它会阴干或晒干。

短章在小说中有特殊的地位。严格来讲,没有短篇哪有长篇;没有短篇小说哪有小说。没有找到短篇的年代,荒疏了短篇的年代,不会有真正严整的文学状态存在。新时期的文学从短篇开始,这恰是生气勃勃的表现。当代文学乃至于一个人的文学,都往往起自短篇并进而依靠短篇,而且依靠始终。这样的文学生命必是生气勃勃。

短篇的美与博大,它的永恒性,不是站在专业意义之外可以轻易领悟的。它与一个职业人士的耐力、态度，还有向上的韧性和某种"野心"，都暗暗地、紧紧地相扣。

一九九八年六月九日

八位作家待过的地方

我对他们这一类人很入迷。我不是说自己也属于这一类人，所以才有这样的癖好。我不敢界定自己是一位作家，特别是认真一点的时候，我不会说自己是一位作家。因为在我这里不是从职业的意义上谈论"作家"两个字的。而且我也不太希望别人从职业的角度去理解"作家"。

我对他们很入迷。只要到了一个地方，听说那里有他们生活的痕迹，就一定要去看一看。我想嗅一下那里的气息。因为那里总有一些隐藏、一些秘密，会被我给看出来。这是我的一种能力。真的，我并没有觉得这样讲是在夸张什么。

每个生命都有一些不可思议之处。他们逝去了，但他们也留下了。生命是难以消失之物。生命的怪异也就在这里。没有人对生命的这种现象完全忽视。只不过有的人能够很确定地认知这一点，而有的人不能。一个生命在一个地方徘徊得久了，会将至关重要的什么留下来，并在长久的岁月中挥发不尽。这是肯定的。一处居所往往成为一个人的象征，因为它盛满了他的精神。这是需要感知的。

在他的居所里，无论是墙壁、窗户，他坐过的椅子、用过的一支笔、翻过的一本书，都会散射出他的原子。这是一种能量，它左右你击中你，让你察觉那个生命。他原来还留在这个世界上，观望当代生活，参与我们的岁月。

有一些强大的生命要最后离去，真的很难很难。

苏东坡之波

第一次接触这伟大的、浪漫的作家，是在胶东海边。一想起"苏东坡"三个字，就马上想到了那片天色，那片海浪，那种清冷的气氛。这就是我心中的苏东坡，关于他的感觉的全部。

过去的登州府所在地即今天的蓬莱城。城西北有个蓬莱阁，阁里有苏东坡那块有名的石碑。那块石碑上的字据说越写越自由，畅美的苏家书法就这样留在了高高的阁上，供人瞻仰，发出无尽的慨叹。苏东坡只在登州待了极短一段时间。这是因为当年朝廷黑暗，不断地对年迈的苏东坡任任免免，故意让其在上任的路上折腾。往往苏东坡刚到任还没有几天，新一道改任的圣旨又到了；更有甚者，苏东坡正走在赴任的路上，新的任命就在后面"飞马来报"了。这是催命。

故意不让一个杰出的人物安定，而且企盼他在百般折磨中早夭。阴心之恶，古今皆然。

苏东坡尽管只在登州待了短短的一小段时间，传说中也还是为当地人民做了许多好事。站在阁上，凭海临风，想象他当年在这片大涌前的领悟。他的显赫与坎坷，大起大落，大概在古今文人当中也是十分罕见的了。对于世事的洞察力，他不会亚于当时和后来的所有智者。一个敏锐的南方人，多情的南方人，一个怀才知遇的诗人，一个常常倒霉的天才——就是这样一个人，做梦也想不到被一家伙支派到了这个海角。当然他后来还谪居海南，那里离死神只有一步之遥；但他毕竟是个南方人，往南，在我眼里并没有什么稀奇。让我稍稍吃惊的是他这一次竟然来到了我的家门口。我的出生地离这里可太近了。

我长时间注视着这个神秘的伟人流连之地，试图寻到他的脚印。

我站在阁上，迎着北风，看着浪涌把海底的沙子荡起。这浪涌一代一代荡个不停，人生也只能这样注视它。人的感悟力原来是无边地有限。比如现在，一个人如此地怀念一个既陌生又熟悉的先人。

后来我又去了杭州。杭州与苏东坡的名字连得更紧。作家在这儿待的时间长得多了，所以作为也多。他在这儿整修了西湖，留下了举世闻名的"苏堤"。

我去杭州的时间是一个秋天，菊花正好时节。记得那一天有些冷，和我同行的一位朋友不断地在身侧发出"嗤嗤"的声音，夸张地表达着捱冷的感觉。天要变了，天色已经不好，偌大一个西湖显出了灰暗阴沉的样子。风在隐隐加大，湖水已经在拍岸了。秋天的感觉非常强烈。

我又一次觉得苏东坡一生都是在这种秋冷里编织他的梦境。他是一个浪漫的人，一生无论怎样坎坷，都童心未泯，都要设法做一些梦。他至死都要追求完美。他这一生，从南方到京都，被贬，被宠，宦海沉浮，多少次死里逃生。可他仍像一个孩童那样纯洁无邪。

他也有幸，后来结识了一个叫"朝云"的女孩。

朝云好。朝云非常好。她小小年纪，却有能力理解博大的、命运多舜的诗人，理解顽皮的、以酒浇愁的诗人。她娇惯他如同娃娃，他厚待她如同小妹。他们相持相扶走完了一段奇妙的人生里程。

只从朝云死了之后，苏东坡就跌入了大不幸。命运对他一而再、再而三地击打，然而只有朝云之死，才是致命的一击。

水波扑扑，都是诉说。

歌德之勺

八七年，从北到南走了一趟德国。尽管是草草地走。

来的时候落脚波恩，走的时候去了法兰克福。那一天时间很充裕，我就和朋友在法兰克福大街上闲走。走着走着，突然想起了歌德。这儿不是与老诗人的名字连在一起的地方吗？这儿有他最重要的故居啊。

我和几个朋友立刻匆匆去寻。

这是一个奇特的人物。在文学的星云中，像他一样的文坛"恒星"大概不会太多。在中国，也只有屈原李白等才能和他媲美。然而屈与李离现在太久，他们的神秘有一部分是时间赠予的。歌德却离我们近多了，从时间上看，他显得亲切易懂。

第一次读《少年维特之烦恼》，扳指计算着作家当时的年龄，感受一个少年的全部热烈。那时觉得如此饱满的情感只会来自一种写实，而不需要什么神奇的技巧。现在看这种理解有一多半是对的。一件伟大的艺术品，究竟需要多少技巧？不知道。我们只知道它会是一位伟大的艺术家写的，它只要源于那样的一颗心灵。心灵的性质重于一切。

今天终于以另一种方式接近了你。今天来到了从小觉得神秘的这位艺术家生活过的实实在在的空间。多么不可思议，多么幸福。我们可以用手抚摸一下诗人触摸的东西，小心翼翼。我们试图通过逝去的诗人遗留在器物中的神秘，去接通那颗伟大的灵魂。

歌德故居是一幢三层楼房，当然很宽敞，很气派，与想象中的差不多。书房，卧室，客厅，最后又是厨房。我不知为什么，对这个宽大的厨房特别注意起来，在那个阔大的铁锅跟前站了许久。记得锅上垂了一个巨型排汽铁罩。所有炊事器具一律黝黑粗大，煎锅，铲子；特别是那把高悬在墙上的平底铜勺，简直把我吓了一跳。

我从来没见过这么大的一把炊勺。

这样的炊具有没有办法做出精制的菜肴，我不知道。但我可以想象出当年这里一定是高朋满座，常常让诗人有一场大欢乐大陶醉。可以想象酒酣耳热之时，那一场诗人的豪放。大厨房约可以让十几个厨子同时运作，他们或烹或炸，或煎或炒，大铁勺碰得哐哐有声。

诗人的一颗心有多么纤细。我难以想象他需要这样的一间厨房。为什么，想不出。这样一间厨房足可以做一家大饭店的操作间，太大、太奇怪。

主要是勺子太大。

从厨房中走出，到二楼，又到三楼——那里主要是一些关于诗人的各种图片，它们悬了满墙。我没有看到心里去。我好像还在想着那把大勺子。它是铜的，平底，勺柄极长。我就是弄不懂它是做什么用的……

人的一生无非是"取一勺饮",而对于像歌德这样的天才,其勺必大。

这样一想,似乎倒也明白了。

关于诗人的全部故事,我所知道的一些故事,都在这个时刻从脑际一一划过。回想他那两卷回忆录《诗与真》,还有他与那个年轻人的谈话录(爱克曼《歌德谈话录》),感受着一个长寿老人的全部丰厚。他在魏玛宫廷任过显赫的官职,一度迷过光学研究,七十多岁时还与一位少女热恋,激动得浑身灼热。长篇短篇戏剧样样皆精,一部《浮士德》写了几十年……是的,他像所有人一样,只是一个过客,只是"取一勺饮"。然而他的"勺子"真的比一般人大上十倍二十倍。

那天我坐在书房里,在一个非常精制的小桌前凝视。一排排漆布精装书,岁月已使其变得陈旧;它们有些褪色;为了保护书籍,一排书架一律加上了铁丝网。这些书既不允许触摸,也不允许拍照。但我忍不住心里的渴望,还是说服管理员拍了一张。

怎样评价歌德,有一段话我们是耳熟能详了。恩格斯曾这样说歌德的"两面性":"在他心中经常进行着天才诗人和法兰克福市议员的谨慎的儿子、可敬的魏玛的枢密顾问之间的斗争;前者厌恶周围环境的鄙俗气,而后者却不得不对这种鄙俗气妥协,迁就。因此,歌德有时非常伟大,有时极为渺小;有时是叛逆的、爱嘲笑的、鄙视世界的天才,有时则是谨小慎微、事事知足、胸襟狭隘的庸人。"

在法兰克福的歌德之家,我们能够很具体地理解恩格斯的这段话吗?

我却更多地站在诗人钟情的那个少女素描像前。她的眼睛一直望过来,既专注又茫然,好像随时都要与人展开一场永无终了的诉说和辩解。

在他的故居中，徘徊于诗人的物品之间。突然，上一个世纪的特异气息浓烈地涌来……

爱默生礼帽

爱默生在我们眼里够古旧的了。他是一位绅士，是在美国波士顿来来往往的大文人。由于他的作品离现在的潮流颇为遥远，所以人们一度把他视为很古典的作家。我们不太注意他的特立独行。他的确是美国的一位经典作家，那一茬一列几位，很让历史短浅的美利坚人自豪。他是当时"超验主义"的代表人物。至于什么是"超验主义"，现在讲起来已经颇费口舌了。

爱默生是一位极有名的演说家，常常去国外搞巡回演讲。那时的作家都是非常重视演讲的，他们的许多时间都花费在讲台上，花费在面对听众的这种方式上了。由于这样做的不是一位两位，所以我们必得考虑其中的原因。可能是视听技术没有像现在一样大面积普及，这样那些作家要将声音和形象直接送到大众面前，也只得以这种方式。再说当时的听众远比现在要多得多，他们的兴趣更容易集中，这就给了作家演讲的群众基础。

爱默生的一生基本上没有间断演讲，他的许多重要作品直接就是演讲稿。他常常举办"春季系列演讲""冬季系列演讲"。演讲而成"系列"，这在我们今天的作家看来大概是不可理解的。他的由于常常直接面对听众,而且又是个性情中人,所以免不了要得罪人。那时就有人坚决反对自己的孩子去听他演讲,并连续发动有力的抵制。但爱默生从不畏惧。这使我们想到,十九世纪的演讲者,不是或不完全是因为传播工具的不发达才大批涌现的。这也是时代风尚、个人勇气等诸种因素的综合结果。

无论如何,作家的品质在退化或改变。现代主义的一个重要特征,就是作家们更多地、纷纷地走向所谓的"自我",同时写作活动越来越走向职业化。他们再不屑或不敢像上一茬作家那样直接面向广大读者。大声疾呼者越来越少了;并且,一个"岗位"论者可以把退却和各种怯懦行为说得冠冕堂皇。

爱默生有太多的话要对人说。他是个多么不愿隐藏自己观点的人。当然,他觉得自己有这样的责任。这大概不错。一个优秀的作家当然不能太职业化,他如果说有自己的"岗位"的话,那就是永远站在牢记自己的责任、并始终要为这责任勇敢向前的"岗位"之上。非职业化的作家才是真正意义上的作家,才会融入精神的历史,他的思想才会织入时代的经纬之中。作家的最大行为就是写作,这样讲不错;可是一个作家的全部行为,他的一生,又会是一部大书:这样讲非但不错,而且还更为完整。

到了波士顿,立刻想到的就是爱默生。爱默生后来定居于一个美丽的小城,叫康科德。于是又去康科德。它离波士顿不远了。我很少见过有比康科德更漂亮的小城了,我相信像爱默生这样崇尚自然的人,才会毅然决然地定居在这样的静谧之地。

他的故居在小城西边一点,已经离那片有名的林子不远了。那片林子中有个极有名的湖,叫"瓦尔登",湖边上曾有个怪人、作家、爱默生的朋友:梭罗。故居是一座带阁楼的两层小楼,白色。同样是白色的木栅门围起的小院里,绿草茵茵。等了许久,从中午直等到下午四点,才是开馆时间。

门口已经有了三四个人,后来又是十几个。有人从远远的加拿大赶来;当然更远的还是我,从东方,从孔子的那个省来到这儿。美国人大多都知道孔子。他们很自豪地介绍着他们的爱默生。

我注意到这座小楼在作家生前得到了多么好的利用。楼梯的拐角、其他一些角落,都放了一些书架。与以前看到的作家和其他人物的故居不同的是,爱默生的书虽然也是精装的,但都是小开本的。这与我前几天刚刚看到的美国铁路大王故居的藏书就形成了鲜明的对比。那些书一律大开本,豪华,彤光闪闪。

屋角有一个衣架,上面放了一顶小小的礼帽;再不远处,就是他的那根手杖了。仿佛主人刚刚从外面回来,摘下礼帽放下手杖,就上楼歇息去了。于是我踩着吱扭作响的楼梯往上。一张简朴的床,床旁仍旧是小小的书架。墙上有夫人的照片。他一生有两个夫人,第一个夫人叫爱伦,与他成婚后一年左右就病逝了,年仅十九岁。他第一次结婚时二十七岁。到了三十二岁上,他才与一个叫莉迪亚的女子结婚。墙上悬挂了两个夫人的画像,一个端庄,一个美丽。

一种爱默生特有的气息阵阵袭来。我打了个冷战。四处寻找,不知这气息从何而来。我看着楼上沉默的床,后来又从另一侧的楼梯回到一楼。我一眼又看到了那个斜放在衣架顶端的礼帽。是的,是它在这儿重现一个栩栩如生的爱默生。

一八六六年他获得了哈佛大学荣誉博士学位。就是这一年,六十三岁的作家给儿子爱德华读了刚写成的一首诗(《终点》),其中写道:

"衰老的时刻来临了,／应该收帆减速"……

佐藤春夫馆

这位日本作家在中国虽然影响不大,但也算个知名人物。他最有名的书,那本晚年写成的《晶子曼陀罗》,我们一直看不到汉译本。他那些用梦幻般的笔触写成的短篇小说我们也看得不多。只有《田园的忧郁》和《都市的忧郁》,被收进一些散文选本中。

极少看到有一个人像他那么厌烦都市,像他那样感知着走向现代化前夕的都市之病。作家本人已经深中了都市之魅。他深刻地反省自己,在一个角落抒发着特异的情怀。

作为一个小说家、诗人和评论家,他一生的创作可谓丰富多彩。在如上三个领域内,他都留下了自己的代表性作品,并产生了广泛的影响。

和歌山县的新宫市是他的出生地。而他的主要活动和生活的地方是东京。我于十月份到了东京,由于匆忙,竟没能到他的纪念馆去。为此,心中一直存有不少的遗憾。而在新宫市,我的这一心愿却得到了满足。到一个作家的出生地来看一看,这会是非常之重要的。新宫市十分看重自己的作家,不惜花费巨大代价,将作家在东京的一座楼房原样不差地移建到了他的出生地来。屋内一切面貌摆设,一切皆依作家生前的样子;就连房子周围的景致,也尽可能一丝不差地"完全照搬"。

佐藤春夫与今天的日本作家差异何等巨大。走进他的居所,立刻会感受到一种强烈的"上一茬人"的特有情调。这是一处故居,更是一处纪念馆;以我的感觉看,没有哪一个人物的故居比这儿更像一个"馆"的了。什么才是"馆",这要具体地感受才回答得出。馆里的小桌、小椅子、小榻、小扇、小屏风、小画、小橱、小茶几,一律精细而规矩,圆润润油滋滋,一下就让人想起中国二三十年代的一些文人居所;还让人想起城里老人的一些"公馆"。

在这儿喝茶最好。

我觉得作为一个居所,这楼房的光线好,透气通风的窗子设计也合理。只是楼梯太窄太陡了,主人一上年纪就有危险。馆里陈列的几幅照片中就有一幅主人站在陡陡的楼梯上。那是主人六十岁左右的样子。而我现在扶着楼梯上上下下都感到困难,脚下的吱呀声太大了。像许多老式日本建筑一样,它的板壁很薄,一律木结构,一碰咚咚,共鸣性很强。

与以前看到的西方作家居所不同,这儿透着一位东方老人的别一种情怀。比如西方一些作家的居所,给人更多的是一种舒适和随意感;这里则让人觉得闲适,多有情趣,是对生活的玩味,爽而不腻,清淡。住在这样的地方,穿和服好,穿西装不好;穿中式服装也好。我说过,喝茶更好。

佐藤喜欢抽烟,墙壁上挂的好几幅照片上,他都手持一根长烟嘴,上面插了一支香烟。

一九九七年在日本作家佐藤春夫故居

那一茬的日本作家汉文往往很好，书法也好。佐藤春夫的书法作品就悬在墙上；他的手稿镶在镜框里，也是毛笔竖写，所用的纸也是红条竹纸。他的砚和笔都放在一个显要的位置展出，在那儿静静的，散发着汉文化的气息。

佐藤六十八岁那年获得了政府的一枚文化勋章。老作家高兴地在自己的寓所前摄影留念。大勋章垂在胸前，衬着作家肃穆的面容。

四年之后，作家去世了。好像当时他正在自己居所里搞什么录音，突然就逝去了。

两年后，新宫市民会馆前面，建起了作家的一座"笔冢"。

艾略特之杯

美国有这样一个去处：它不算现代，没有当代都会最摩登的建筑，看上去好像也不那么令人眼花缭乱地奢华繁荣，但确是一个极有名堂的地方。它有故事，有传统，有自己独特的历史。这就是纽约区的格林威治村。

一些老文人都在这里留下了他们的踪迹，这儿的一些著名街道上，至今还能隐隐听到他们脚步的回响。

比如说"费加罗咖啡馆"。这真是一个美国人怀旧的好去处。它的有名，主要是因为当年的一些艺术家经常光顾。最有名的是大诗人艾略特，他在这间咖啡馆品味、写诗或获取灵感，总是流连忘返。

艾略特的代表作《荒原》中出现过这样的句子："喝咖啡，闲谈了一个小时。"他有多少时候是在这间咖啡馆里度过的？我们不得而知。当年一个大脑袋、梳理着非常整齐的分头的人坐在桌旁，侍者走过来，面对这位老熟人微笑，为他端来一杯热腾腾的黑色饮料。他像是在这儿消磨并不太好消磨的时光，构思着他那奇妙的、不能预知的未来。

如今这间咖啡馆极力想挽留过去的时光，而拒绝走进二十世纪末。为了这个愿望，它已经用尽了办法。比如当年的旧报纸、图片，一张张都贴到了墙上；这里有非常多的老照片；当年墙上贴的老猫画，现在有增无减；当年使用的粗糙的老杯，现在依然在用。这是一种沉重的粗白瓷杯，样子极笨拙。这儿的咖啡又太浓，一般人都不加糖，所以成了真正的苦杯。

只有这种杯子才是正宗的艾略特之杯，我这样想。成功，极大的成功之前的杯子，都是这样的苦杯。这样的苦杯最耐品味。

不仅是杯子，就是桌子椅子，也都老旧。侍者穿了黑色圆领衫，朴素非常。他们都一律随和，微笑，看东方人的眼神让人觉得有趣。

整个格林威治村罩在夕阳温和的光线下，等着黄昏。这里的生活节奏仿佛突然变得缓慢了。在纽约，唯有这儿显得懒洋洋的。这就与纽约的百老汇、洛克菲勒中心、华尔街等地方形成了鲜明的对比。这儿没有什么高大逼人的建筑物，让人活得亲切、安适。在纽约，这样的地方就等于北京城里的"四合院区"了。看着街头的建筑，各种装饰，色调，即便是一个对此地毫无了解的人，也会有一种怀旧感从心头滋生出来。每个人怀的都是不同的旧，并不一定是格林威治村的往昔。比如艾略特，他当年走在这里的街道上，想的就是自己的心事。

这儿是老文人区，老艺术家流连之地，气氛特异，风俗不古。如今这儿有一些奇奇怪怪的角落，什么同性恋酒吧"查理叔叔"，著名的无政府主义者的定期聚会地，巨幅女性生殖器彩绘，所谓的前卫艺术；当然，这儿更有一些不错的画廊，有大大小小的书店，有东方才有的那种老古玩店。

这儿被称为"作家艺术家的圣地"。

圣地必有圣迹，费加罗咖啡馆算是一处。有人还会向你指指点点，讲述海明威，惠特曼，菲茨杰拉德……一串流光溢彩的名字。一个地方让一批、而不是一二位艺术家钟情，其中必有缘故。艺术家内心的向往在这里表达得多么清晰，这就是：他们可以远离奢华，但却不能没有为人的一份宁静、自由，以及蕴含了内在张力的那种创作的激情和欲望。

格林威治是一只满溢的杯，它盛了怀念，安怡，温情，激动，还有黄昏的光色。

梭罗木屋

多少人向我推荐梭罗的《瓦尔登湖》。几年前我看了。我得承认这是一本不会消失的书。不是因为它有什么惊心动魄的主题和思想，也不是耸人听闻的事件和故事，更不是令人沉迷炫目的才华。它的不可磨灭，是因为作者透过文字所表现出的那种怪倔异常的思路，那种执拗的不愿

二〇一〇年秋天在美国瓦尔登湖

苟同性，那种认真而非矫情的实验精神。

他在林中生活了一年左右，而且那片林子离人烟稠密的康科德镇很近，在当年步行也不过三十分钟；现在步行大概二十分钟即可。据许多人回忆，那一阵的梭罗时不时地到爱默生家饱餐一顿，并在回去时带走大量吃物。再说那里有一个美丽的湖泊，湖里有鱼，梭罗常常垂钓。

总之在那里住一年二载不是想象的那么困难。瓦尔登湖边也绝非蛮荒老林。这些我在去瓦尔登之前就已经知道了一些，并有了如上的判断。我还不是那么容易就在书本面前冲动起来的人。我没有那么天真，天真到顺着梭罗的指示去想象，一路越想越远，最后感动得热泪盈眶。我有我的经历和经验，我知道什么才叫难和苦。我见过真正的苦难。瓦尔登湖边的苦太不算什么了。这是一个书生之苦，多少有点"为赋新词强说愁"的意味。

他的动人，在于精神。一个没有出路的大学生，一个被人嘲讽的年轻人，采取了近乎极端的方式，给眼前的文明世界来了一家伙。这需要勇气、勇敢，需要敢为人先的那么一种倔气和拗气。这才不容易。在一个文明世界敢于放弃，自我流放，敢于自愿地走向所谓的落魄，这绝没有什么好事在等着他。谁如果不信，就破罐子破摔地来一次试试。生命的实验不是闹着玩的，它形成的缺损，破洞，大多数时候不可修补。

梭罗一去不回头。不是不从林子中回头，他很快就返回了；而是他在已经选择的人生道路上再不回头了。从林中，从瓦尔登湖边回来的人，已经不能再像过去一样地做个好孩子了。结果他也从不打谱去做。他因不纳税而遭捕，还在里面写了《论公民的不服从》，准备在放他的那一刻宣读，对抗他认为的坏政府。人的自由，包括对坏政府的不服从，在他看来是一个人的基本尊严。这儿值得注意的两个字有"公民"。"公民"长期以来被赋予了一种奇怪的逻辑，这就是"服从"，而且是无条件的"服从"。这真是荒唐到了极点。公民的真正权利是什么，包括哪一些，从梭罗的这篇文章可以了解。此文应该成为当代公民的必修读物。他的这篇文章现在已成经典。

其实一篇《论公民的不服从》，即可概括梭罗的全部精神。不服从，就是不服从，不服从既成的一切陈规旧习与偏见。人生需要许许多多的探索和实验，勇于投身进去的，就一定是真正的人，大写的人，堂堂正正的人。

梭罗去瓦尔登一场，其实不过是一次行动的宣言，这宣言不是写在纸上，而是写在大地上，写在了瓦尔登湖上。

人们都愿意用诗人式的偏激来原谅梭罗式的言行。这其实是一种对探索者的侮辱。原谅者摆出一副宽容的样子，只是不知道自己的平庸与恶劣。请听听梭罗在文章中是怎样说的吧：

"现实地以一个公民的身份来说，我不像那些自称是无政府主义的人，我要求的不是立即取消政府，而是立即要有一个好一些的政府。""我认为，我们必须首先做人，其后才是臣民。""我有权承担的唯一任务，是不论何时都从事我认为是正义的事业。"

说得多么好。我们是不是自问过：我们曾经要求过这样的权利吗？这种要求现在看是那么合情合理。

我来到了瓦尔登湖。

我不想夸张，而是实实在在地说，我极少看到过这么美丽的湖。它看上去既不过大又不过小，而是正好。在视野里，它正好。碧绿碧绿，无一丝污染，四周都是高山，山上被绿色全部覆盖。关于湖的大小、形状，以及它的水产和春夏秋冬四时的不同景致，它的一些基本情况，尽可以去看著名的《瓦尔登湖》，它把一切都记述得详而又详。

湖的南面就是那片有名的林子了，梭罗就在那里亲自动手盖了一幢小木屋。这座小屋吸引了多少人的注意，引出多少意趣，已经是人人皆知了。它必有其特别之处，这是肯定无疑的。当年梭罗费尽心思搭起的屋子早已坍塌。而且我还怀疑是被好事之人给拆毁了的。中国外国在这点上差不多，那就是都太愿意破坏了，而不太愿意建设。不过这个世界上的多情者，懂得事物价值者，也大有人在。所以后来林子里又建起了一幢小木屋，并且与当年的一丝不差。不仅如此，而且里面的陈设也一一依照原样。

现在与过去的不同处，除了人去屋空之外，再就是小屋前面添了一尊梭罗雕像。他在那儿伸着手，好像在继续向人们诉说倔犟的理由，不服从的理由。棕黑色的木屋和雕像，简朴得就像梭罗自己。从小窗上可以清楚地看到屋内的摆设：一床，一椅，一桌。这些都在他的书中写得明白。

这屋子太小了，屋里的设备也过于简单了。这是因为一切都服从了主人回归自然、一切从简的理念。他反复阐述道：一个人的生活其实所需甚少，而按照所需来向这个世界索取，不仅对我们置身的大自然有好处，而且对我们的心灵有最大的好处。一切的症结都出在人类自身的愚蠢和贪婪上。人的一切最美好的创造，无不来自简单和淳朴。

他的理念是美的，因为饱受现代病摧残的当代人，越来越明白过分地消耗资源所造成的不可挽回的恶果，明白我们自身与大自然和谐相处的重要性。

因此我得说，我在瓦尔登湖畔看到的小木屋，是人世间最美的建筑之一。它非常真实，就像梭罗那么真实。而我们知道，时下的世界上，有诸多东西都是谎言堆积起来的。

作为一个作家和诗人，梭罗并没有留下很多的创作；但是他却可以比那些写下了"皇皇巨著"的人更能够不朽。因为他整个的人都是一部作品，这才显其大，这才是不朽的根源。

一个用行动在大地上写诗的人，我们要评价他，也就必得展读大地。

他是一个如此放松的人，亲近自然，与周围的一切和善相处。他在当年出门时几乎从不锁门。他发现来光顾这间小屋的人也大致友好，他们既不破坏也不拿走这里的东西。他觉得一切既是大地所赐，那么他也就没有理由将这些东西据为己有。他把木屋向着世界开放。

而今我看到的却是一个锁闭的小屋。

他离我们远去了，于是后人就把他的小屋禁锢起来。

蒲松龄之道

我看过蒲松龄的画像，彩色的，坐在大圈椅子上，穿了官服，一绺胡须。

他希望留下一个官的形象,尽管一辈子求官不得。据说他的代表作《聊斋志异》就是刺向官府的,寓意极多。求官不得,又发现官坏,就刺官。

他离我们很近,所以关于他的行迹考证起来并不难。山东一带是他生活的地方,所以去的地方也比较多。他还曾到南方短期生活过。崂山上,太清宫面南大殿,左边的厢房就被指定为蒲先生当年写书的地方。这个厢房阴气甚重,方砖铺地,小桌卷边,很有些特色。

我已经去了崂山许多次,每一次都小心地探头看那个小厢房。里面有浓烈的香味和烧纸味。这气味传达的是一种说不清的感觉,但非常熟悉。我并不觉得有多么浓烈的宗教气息;相反,一种世俗的、底层的感觉,一种迷信状态,总是在烟火里环绕着。真正的宗教并不完全依靠迷信支撑,相反,它总是由求知的主体来确立。宗教离开了科学与思辨,也就开始变质。

蒲松龄的书总由极多的矛盾所交织,并不像一些研究者说的那么简单和纯粹。他们说他是借说鬼道妖来刺贪刺腐。其实他的兴趣分散得多,思想也芜杂得多。比如对待官场,他的态度就有羡与嫉,有恨与鄙,更有些不可割舍的情结在。他是一个迷信的人;而迷信,与我们现在讲的"宿命感"又有不同。迷信是一种更简单的、更浅直的思维。总之他是一个非常民间化、底层化,非常世俗化的文人。他是个文章高手,但又仅仅是个乡下秀才。他的境界还停留在乡间秀才的水平上,这又与他极高的文字技巧与修养不太相符。

其实这种现象古今皆同。当今文场也是这样。不少人在走"大俗大雅"的文路。这样做不是深得文章之道的结果,而是囿于各种条件走不出自身屏障的缘故。这样的道路也只能"大俗",并由此获得自身的生命力。但这样做到了极致,往往也只是第二流境界。因为这样做其实只是"民族唱法"与"通俗唱法"的混合物。而第一境界常常由"美声唱法"或"民族唱法"才能到达。因为手法本身也需要一种纯粹性。

蒲松龄之道,是松弛就便之道。

我从浓浓的烟火气中,真实地感到了这位说狐的高手。小桌冷清,冬天会格外艰苦。想一想这里的寒夜,烛光跳跃,老先生勉强握住一支毛笔,写出自娱的文字。一个失意的秀才如果没有自娱,简直就是要了他的命。

从崂山的写作厢房再回头看淄博故居。那里的陈设也像一个庙。那里面供的是蒲先生。

有这样的屋与人,才有那样的文字。这样的文字有别一种色彩。乡间隐秘都从他的笔底透露,各等传闻也都由他转述。他是一个民间故事的搜集者,也是一位整理者。他在记录和整理的时候并不那么忠实。因为他总顺着自己的心愿改写一二或大部。好在那些传说的精神仍然完好地保留了,这又构成了他的文章之魂。他的全部文字,其实正是以这样的民间魂魄来传世,来不灭。

中国民间喜欢迷信。如果想在民间畅通,一个文人就要装神弄鬼。蒲松龄的可贵处是他并不太装,而是真信鬼神。这又有了一份纯洁和简单。他的故事的魅力,自此也就滋生出来。这样,他既有了不平凡的一面,同时又有了民众喜欢的一面,二者得到了相当好的统一。

《崂山道士》一篇流传甚广,也是他的作品中较易诠释的一篇。故事生动,新鲜,而且发生在一个道教圣地,人们可以具体地指点言说,进一步地生动。还有一篇《香玉》,就是写太清宫的白牡丹和耐冬——它们变化的仙女。

我在崂山上看到了仙风道骨的人。他们就是道士。蓝衣,黑冠,白袜,裹腿。走路时双手轻甩,灵动生风,有些爽气。看着看着想起了蒲松龄笔下那个又荒唐又不走运的年轻道士,心中一笑。当年蒲翁真的在此写下了这个奇妙的传说吗?不敢轻信。不过他来过崂山,并多有流连,这大概是可以肯定的。

惠特曼的摇床

美国长岛出生了一位伟大的诗人,他就是写《草叶集》的惠特曼。以前觉得他非常遥远,远在天边。然而今天读他火热的诗章,随他一起歌唱"带电的肉体",于感动之中又多了一份亲近。他是一个脉搏扑扑跳动的、远在天边近在眼前的人。他的一生最重要的创作叫作《草叶集》,他永远难忘的正是长岛的蓬蓬绿草。"骑马围绕旧地,／观察沉思停留,／五十年前的景象,／我的童年……在我诞生的房子,／在一片丰腴的草地中。"

多么渴望看一眼他所独有的那片"丰腴的草地"。

这一年十月,一个最好的季节,我来到了长岛。从纽约乘火车到长岛不到半天时间。这儿风景如画,是美国人,特别是纽约人最为向往之地。

然而在当年，在惠特曼出生时节，亨廷顿小镇还到处是林密草深的野地，据记载当时不过是一条街，两排木房。他出生的屋子就在这样一个地方，在一片草地上。

这是一幢十分简朴的二层木楼，外墙皮披满了木板，已被时光之手漆成了棕黑色；这样墙上几个乳白色的门窗，倒显得特别白亮出眼。楼的四周都是草，浓绿浓绿的草。

一推门进去就是一条窄窄的过道，过道一旁是厨房，一旁是一间稍大一点的客厅。这儿陈列了当年家里的日常用具，如切肉的刀，烤肉的架子。客厅连接着卧室，里面一个不大的壁炉，炉边就是一个触目的大床。这个大床上铺了蓝白相间的布幔，极像中国的蜡染布。床的四角立着木杆，支起了幔帐。诗人就诞生在这张大床上。而床的一边，又放了一个独木舟似的小床——摇篮床，极小极小。这就是他一二岁时使用的卧床，一个可爱的人生之舟。

谁在当年想得到，这个平凡的娃娃将由此启程，驶向整个的世界。

踩着吱吱响的木楼梯登上二楼。这儿主要是两间：一间出售他的书籍和纪念品，一间悬挂了许多诗人的照片。有一幅黑白放大照片我以前从未见过，是诗人头戴礼帽、留着雪白大胡子、进入庄重的老境的一帧。这张照片特别令人感动，我在照片前默视了十几分钟。一旁有放大的诗人的手迹，这就是有名的诗句："船长，哦，船长／可怕的航程已经结束……"

当年林肯总统被刺，消息传到惠特曼家中，诗人立即写出了这首著名的诗篇。他在诗中称这位总统"脸极丑又极美丽"，说这位总统崛起于"木屋，林间的空地和树木"。这使我们想起诗人自己也是崛起在同一种地方。也正因为这种出身，这一类人才往往具有极强盛的生命力，这是其他人所无法比拟的。他们都是极普通的草叶，然而却永远不会消失。它们从天涯海角长到高山之巅，在天地之间燃烧。草，野性的草，织成无垠之海的草，在风中扬着波涌的草，永远都可以作为人民的象征。

而诗人从来都属于底层，是他们的一个不会屈服的，鸣叫的器官。

惠特曼曾在长岛当了一年左右的小学教师。有一幢红色的小房而今改成了私宅，它就是当时的小学校舍。从学校离开后，他又投身于报界，亲手创办了一份《长岛人报》。但这份报纸不过办了十个月，就被他出让了。他认为报纸的生命实在太短暂了，"报纸来得快，去得也快，生命和死亡几乎同时"。

这份报纸至今还在办着，并在上面印着创办人的头像，表达着它的非同一般的出身和渊源，也表达着后来人的永久的纪念。

办报结束后，他就只身一人去了纽约最繁华的曼哈顿。他在这个世界上最热闹的角落整整度过了十五个年头，据说至少在十家报纸做过，在印刷所当学徒，干过木匠，甚至做过房地产生意。这时候的诗人多半在为生计挣扎。他这一只航船在水面上徘徊，等待着一泻千里的机遇和时刻。

他从纽约曼哈顿出发，又去了布鲁伦。就在这儿，在朋友开设的一间印刷所里，他自己排字，印出了第一版《草叶集》。

我们仿佛看到诗人的小船正在起航，加速，船头顶起了微微的波浪。

然而这本书印出七年多了，诗人仍在为解决自己的生存问题而不停

一九九六年夏与美国出版索引协会主席罗伯特·鲍曼在惠特曼纪念馆

地劳碌。他一边补充这本心爱的书，不断地填进新的诗篇。接着第二版第三版出版了。它开始走向自己的完美。它的粗倔的声音响彻美国，英国，最后传遍了全世界。

我把长岛亨廷顿的草当成了绿色的海洋，我把诗人最初的摇床看作了一只航船。他从那里驶向四面八方，驶向我们。

北美洲的风雨日夜不停地冲洗着这间棕黑色的小屋。它默默不语。不，它在吟哦。

我们屏息静气倾听，听到了如海潮一般的呼啸。是的，这正是《草叶集》引来的咆哮，它已势不可挡。

一九九八年四月十日

远逝的风景
——读域外现代画家小记

怀斯（Andrew Wyeth，1917-2009）

他执守故乡，不去远方，而且能够在现代抽象艺术最为风行的时代坚持自己的写实主义。后来，在怀斯艺术越来越引人注目的时候，有人即多次指出他的作品中所蕴含的现代性——当然，一个优秀的艺术家活在现代，呼吸着现代的空气，与真正的现代主义原不会有什么根本性的隔膜。可是我们时下究竟被什么所感动？是艺评家所谓的"现代性"吗？不，不是这样，或不仅仅是这样。还有，这儿谈论的"现代性"又是什么？一种技法，一种现代人看取事物的观念和视角？一种艺术思潮？最后它到底是什么我们也不知道了。我们常常把一个时期最盛行的某种倾向，甚至是模式，作为它的同义语给接受下来了。其实真正的现代性之中所理应包含的一些要素，如一个时期所独有的深刻表达和发现，它的方向性和穿透力，对应时代而爆发的激情，却常常为我们所忽略。

怀斯的写实艺术在我眼里即是真正的现代艺术。只不过他不是采用惯常的另一种技法的现代艺术而已。像一切好的艺术家一样，他抓住的只是现代艺术的本质。是的，怎么会有一个动人的艺术家可能是思想陈旧、背时、意识老化的木头人呢？我根本不信。

　　我被他独特精到的表达给深深吸引了。他是这样的艺术家：一生好像只画故乡的两个村庄，而且是两个不大的村庄。画画邻居，房子，道路，鸟，树木和草，仅此而已。他一生着迷的就是身边这个世界，想穷尽它的无尽秘密。他的情感，好奇，热爱包括憎恶，也都在这里了。这样的艺术家，目光仅仅投射到方圆几公里或十几公里，真是奇特啊。他不仅不显得局促和偏狭，反而因此而有了深度和强度。他抓住了自己的感受和见解，也抓住了自己的认识。这就是他的非凡之处。一般的艺术家做不到，他们远没有这样的安静从容；一般的艺术家由于担心自己落伍或背运，总要及时大胆、稍稍有些莽撞地开拓自己的世界——外部和内部的世界。结果其中的一大部分在这样做的时候反而要丢失了自己，因而变得非常平凡，以至于平庸。

　　怀斯安心却又执拗地一路画下来。邻居的一个残废姑娘，从她的少女时代到她的老年，怀斯都画了。她的命运风霜能够牵动他一辈子，又怎么会不打动我们？对人如此，对物也如此。对一棵草，时常看到的草，几十年看到的草，他也是这样。这就很难没有命运感。所以，他就伟大了。

　　他眼里的房子，它的历史，它抵御风雨留下的深皱，都通过画笔传达给我们了。在艺术中，我就不信痛苦会背时，命运会背时；还有，我也不信深刻的怜悯会背时。真情，专注，坚定，不妥协，敏感，这些为人的品质在艺术家那儿一旦凸显，就必会长久存在。

　　从一般艺术的行情看——现代艺术是有"行情"的——那些长嘴多舌的所谓的大鉴赏家是不屑于谈论乡土艺术的。可是事物往往具有极大的讽刺意味,这就是:真正的艺术可没有什么寂寞的尴尬,也没有多少这样的痛苦。到头来是大鉴赏家自己忍不住寂寞,是他们过来凑热闹。真正的艺术是自为的,独立的,更是自信的。怀斯的自信和自足一开始就存在着,只不过越是走向成功的后来,就越是被人察觉。后来,许多人不仅可以从中看到特异的美,还可以看到他们曾一直为画家感到遗憾的现代性——至少是组成了这个国家最能引为骄傲的现代艺术的——一部分。

雷诺阿 (Pierre-Auguste Renoir,1841 – 1919)

他在生命的最后时节说道:"我才刚刚有成功的希望。"这使我想到了海明威的话:身体好的时候脑子不行,后来脑子刚训练得差不多了,身体又不行了。德拉克罗瓦也说过:"什么天赋才能,真是造化的残酷讽刺:它要等你精研多年,把需要用来进行创作的精力消耗净尽之后,才会降临于你!"

至爱艺术的痴迷者就是这样理解自己的生命与艺术。原来他们一切为了艺术、一切服从于艺术。身体也仅仅为他们的艺术而存在。他们的一生都被同一个精灵所引领,直到达一个最高点上,这时候的精灵才微笑说:就是这里,它是这样的。但这时也大半是艺术家的最后一段行程了。"朝闻道夕死可也"——但也毕竟是刚刚闻道,是不可挽回的遗憾,是大悟之中的大告别。

只有最勤奋最优秀的艺术家才有这样的感受和心理境遇。

他被美狠狠击中的时候，我们往往是知道的。许多大天才到了这个时候，都无法隐瞒。他总要通过画笔、文字、声音甚至是岩石泥土之类表达出来。雷诺阿眼中的女人，无论是少女还是妇人，都在感动陶醉他那一刻时变得不同凡响。他在这种情境中深深沉入，体味，特别是惊叹。他惊叹生命、人体的美，而且这种惊叹之声与其他人绝不相同。他的惊叹是无声的，却不是通常的叹息。他把倾诉隐藏得很深，看上去好像只是惊羡而已。

阳光，鲜花，女人，还有水与光，是这些在一起。天真，丰腴，单纯，是这样的品质。他一生主要画了女人，也画了许多儿童、男人。他画的许多裸女都有儿童的神气。这说明他非常疼怜她们。疼怜女子的艺术家——听来这毫不令人吃惊——其实不然。只有最优秀的艺术家才会这样。当然，这只能是一种深刻的疼怜。我们看到的常常相反：有人站在生存的高处，带着莫名的优越感去看女子。至于那些猥亵的目光，就更不值一提了。爱，带着微微的惊讶去爱，就必会抱有疼怜。

他用"丰硕"两个字去概括她们描绘她们，而又并未因此失去当代的审美感动。他认为是美的，那么受众也认为是美的——当代人给予的这种慷慨和宽容，真是令人惊讶。他爱的笔触深入了肌理，探寻了奥秘。她们像水果，像梦幻，像朝霞。他让她们一个个都慈爱和善良，生出美好的其他生命。这样的性质，这样的人，应该是丰硕的。她们是世界的结果，尽管这个世界也很不像样子。可是正因为这个世界是我们的生息之地，我们才要爱这个世界——于是也就爱了她们。

他与许多现代画家一样,在伟大完美到不可思议的传统艺术面前,感到了深深的不安和自卑。当这自卑稍稍消退一些的时候,他们就开始寻求时代的支持。他们在自己的土地上吸收力量,开始一生当中最为重要的一次突围。这就是传统的突破,是前所未有的崭新画派的诞生,比如雷诺阿和他们的印象派,再比如其他诸派。生命不息,则派生不止,这是用不着奇怪的。奇怪的只是艺术家们在同一种土壤上成长的不同结果,是其中某一个人所表现出的挺拔的力量,是他真正不同于别人的个性的魅力——这才是我们所谈论的意义,也是为我们所着迷的,如雷诺阿。

他心中的女性,她们天真烂漫的温厚,如此强烈地感染着我们。

雷诺阿的老年来到了。人人都有老年,雷诺阿的老年是一个纯粹艺术家的老年。不同就在这里。他的心灵永远活跃动荡,不安和激越。多少幻想,多少计划,多少展望,一直堆积到最后。他的心不会老,这让我们看看他在去世前三年为妻子塑的胸像就知道:多么甜美,憨稚,还戴着花。

卢梭（Henri Rousseau, 1844 - 1910）

他是这样一个艺术家,能够用自己的质朴和真实、朴拙和单纯让别人羞愧。艺术家既以洞察力、以强大的思维力见长,那么同时又可以是如此简单纯洁的吗?是的,卢梭的人和作品就说明了这一点——许多的艺术家也说明了这一点。而能够作出这种说明的,往往都是真正的、极其不凡的、卓尔不群的艺术家。那些在创作中用尽巧趣的，从来都不会是最优秀的。但是，单纯简洁的艺术对一般人而言，还会产生费解，还需要时间来帮助鉴别；而不需要时间帮助就能当即识别的，则会是另一些大慧眼，比如当时的毕加索和诗人阿波里奈尔等——他们当年就极为重视寂寥的卢梭。另一些为数甚多的人总被机巧小术给蒙住，这些人都是潮流和风头的势利眼，又哪里会有直取本质的能力。

看卢梭的画，会有微微的惊讶。他眼中手中的人树草虫——一切的动植物，都是那样充满了童趣。他画的动物的眼睛和人的眼睛一样，都是那么一副呆板而多情的样子，在脸孔上的比例都成问题。这样的眼睛总是睁得很大，很动情，直盯盯地望过来，然后也就让人害羞了。我们的经验中，只有儿童才用这样的方式和心情来作画，这是因为他们对于初来乍到的这个世界、对于诸多险情和阴暗还没有更深的体会，同时也没有被这个世界的污垢所玷染。儿童的深刻，也就在于其直接性和单纯性；儿童的可爱，也在这里。

卢梭画的一切事物，都色浓，鲜亮，丰满，壮硕。这就有个心情和视角的问题。他看取的是他心中的，是不受他人打扰的自我印象。而我们大家看取事物时，却要自觉不自觉地观察别人的眼色，所以最后得出的结果都大致差不多。这说明卢梭比我们更特别，也更爱这些事物，更愿意与这些事物交流。每一片叶子都被他画得很肥很厚，敦敦实实，好像他在那一刻一边画一边郑重地指出："叶子！叶子！"这是他在心中据为己有的一片片叶子。他画动物，人，所用的心力和耐性都无不如此。他要先在心上拥有了，然后再画出来。我们看到的，都是他拥有过的东西。

他这样的笔触，是极不利于用来谴责的。他太多情太纯洁，画不出坏人，也画不出内含恶意的事物。他把视野中的一切都单纯化了，朴拙化了。然而这也正是力量之所在：给物欲横流的现代世界来一个全然不同的提醒和诠释，立此存照。他的作品不可能不促进我们的反思，因为我们都从儿童时期走来，都或多或少保有一颗童心。

以简单对应复杂，以纯洁反衬污浊。这是艺术永恒的力量。他的表达之路多么直接多么切近，所以他对于我们是一种始料未及的深刻。他用最温暖的心情安慰了烦躁不宁的现代，所以我们不由自主地就要爱护他和他的艺术。

高更（Paul Gauguin，1848－1903）

他那么卓越，超凡脱俗，勇气和道路令人铭记。许多大艺术家有一个共同点就是：他们在人生之路上总有一些极大的动作。这里说的不仅是指高更告别闹市与家庭，前往土著人的小岛终其一生，更重要的还有其他：进一步冲破专业规范和禁忌，更大胆更不顾一切地、酣畅淋漓地表达自己的欲求和力量。

这让我们看看以前的画家和他们的画就可以明白。纵横交织的探求，成功与失败，不甘与妥协，踌躇，因袭，勉为其难的坚持……在新的时代，在金钱与性的压迫中，画布与颜色之下，到处都发出了吱吱尖叫。这样的时刻再也不能像以往那样使用画笔了。现代主义的抽象艺术愈走愈远，尽管方向不尽相同，号叫声却越来越大。高更在当年并不完全赞同他们，有时甚至是反感和绝望的。古典的药不能再服了，当下的无聊号叫也令人厌恶。他深切地感到必须重辟新路。他以自己的痛苦铺开通道，极力想抓住一种本质。他这样尝试了许久。

巴黎作为一个艺术的中心已经太久，这里不乏古典杰作，也充斥着变革的新音。一种饱和的挤压的痛苦，像森林一样茂长的颜色的丛林，难以寻觅自我的焦灼，这一切合并一起，会轻而易举葬送一个艺术家。然而高更却不失时机地找到了出逃之路，这就是众所周知的那个菩希提岛。

告别闹市并非有多么了不起。许多人都有过这种选择，这只是形式而已，并非一定反映出一个人对其选择的独一无二的深刻理解。所以说我们更要看其后来，看其行为的结果。代价既有，结局如何？行动者在通往终结之路上究竟做出了什么？如果仅仅是遁世，那也没有什么让人惊讶的——如果是新一轮冲刺的开始，那就要让人肃然起敬了。我们对每一个重要举动的背后，总是有着极大的期待。

高更以未被现代文明改造浸染过的土地为依据，理解着生命的性质和力量，体悟它强盛和茂长的本能。结果一种浑莽强悍的笔触出现了，他笔下的菩希提岛在阳光下放出强烈光芒，岛上的人个个都是野旺的生命，目光直接，动作淳朴，情感自然。这一切与当年的巴黎情调是多么不同，更与不计其数的所谓的当代绘画大异其趣。贫弱的绘画艺术又一次、并且是极为重要的一次，被注入了原始的生猛血液。高更作为一个人的不可重复的个性，他的态度和情感，他对整个世界的见解，以至于他的

二〇〇〇年在巴黎

某些怪僻，也都在此刻经历着一次全面的展示和袒露。

那样触目的大色块，那样率性酣劲的线条，显然正在表明一个不甘屈服的艺术家的奋力反抗。我们可以透过这些画面听到他粗长的呼吸，他不断的拼力声。他追寻的是健康、原生，是生育的机能，是强大不测的自然之子。只有一个对世俗物益放弃了追求，对一般意义上的生存贪欲能够冷眼相观的、非常放松的人，其目光才会有这样的穿透性，其笔触才会有这样的镌刻力。这其中渗透了画家的多少理想，多少向往。他急于融入其中的焦灼和痛苦总是一再地让我们感到了。我们可以得知，他画这种生活，他住在岛上，却不一定真正地融入了。这种痛苦的深度其实只有画家本人才能体味。因为无论如何他还是一个巴黎之子，他的血液让其发生了自觉的伤痛。就是这种伤痛才使他有了清晰的、深深透着惊讶的表达，才使他把这种表达变成了可能。

看看那些女人和男人的目光吧。这些目光你熟悉吗？这又究竟是什么目光？他们的注视当中包含了什么？所有这一切都那么费解，有时真有点似是而非。我们只被这目光纠缠、击中，久久不忘。这仅仅是土著人的目光吗？不，这是人的目光——它们有别于一般意义上的乡村和都市的目光；原来这是从自然深处投来的目光。还有，这目光为什么如此拗气如此陌生？他们当时在注视画家本人——这一点我们不要忘记——这目光肯定表明了他们与画家情感和理解上的某种关系，以及二者之间的多重距离。这距离是难以消融的。

当然，正因为有了这距离，我们才可以窥见一种特异的美。然而在当时，高更是因为这距离而痛苦过的。

马蒂斯（Henri Matisse，1869－1954）

绘画艺术由极端忠于表达对象到追求某种神似，走向抽象，有一个过程。在西方，照相术的发明可能极大地推进了这个过程——绘画要进一步与照相区分，就必得走向变形和写意。而在东方，写意作品的出现却要远远早于照相技术，这是颇为让人玩味的。既然照相技术可以逼真再现对象，那么一丝不苟的描摹就成为多余。这显然会进一步促使传统西方绘画艺术的衰落。印象派的出现，使西方美术加快了走向抽象的速度和节奏。而后来的毕加索和马蒂斯更是让这种艺术自由飞舞起来。所以可以说，他们是飞舞的精灵。

但我们这样谈，总有点陷入一个稍稍庸常的怪圈，即过分靠近了某些艺评家——那些从来都是依据形式创新而大发感慨的艺术啦啦队员——而不能更进一步地深入艺术生命的核心去理解艺术本身。是的，形式从根本上说无论如何也还是微不足道的，而我们在面对大艺术家于形式方面所做的不安而顽强的探求方面，也必须是着眼于他们艺术生命的演变和更新——他们的生命在形式的改变中极大地释放了，而不是相反，不是在一种游戏中的无谓消耗。那样将是可笑复可惜的。在真正有内容的艺术家那儿，这种情况当不会存在。他们在越来越自由的同时，也总是变得越来越有力。他们为了有力而变革，变革也使之更加有力。反过来，次一等的绘画者总是以形式的激变，以形式上的刺目与怪僻而招人议论，爆得虚名。除此而外，他们并没有在生命历程中真的抓住了什么奥秘，反而呈现出内在的虚弱，没有了充满张力的表达。

马蒂斯则始终专注，对自己的追求充满了燃烧般的热情。这是一个少见的孜孜不倦者，革新者，永远对绘画艺术保持了探险般的兴趣。他的强烈个性更多的不是依靠新的形式而生发，而是新的形式更加深入和便捷地表达了他的个性、他对世界独一无二的认识。他画的打牌者、读书者，其眼神的特异，简直让人过目不忘。你会从画幅之间领略一个真正有趣的、幽默的、对生活有着别一种理解的画家。这当然是一个奇特的生命，就是这样的一个生命，而不是其他，才使他的艺术走向了另一个峰巅。他对于自己的时代、对于历史，都是宝贵的。他不仅没有重复别人，而且始终都在努力创造，所以他也就永恒了。

像一切生命力极为旺盛的人一样，到了晚年，他以更加活跃和不安的灵魂，抵挡着背叛的肉体。只要一有可能他就显示出这种反抗性，开始多方尝试。他摆弄起剪纸，这看上去有点像小孩把戏——但我们知道在大艺术家那里总是能够点石成金，纸片在他的手中很快有了灵气生命，它们或飞舞或歌唱，在宇宙中再也不能安息，就像活着的马蒂斯一样。

达利（Salvador Dali，1904－1989）

人们愿说这是一个天才的浪子，一个罕见的怪杰，等等。他的特立独行，狂徒般的喧嚣，不仅没有使自己的艺术名声折损，反而因此大大加强。这是他的喜剧还是受众的悲剧，没有多少人给予剖析。我在西方曾亲眼看到拥挤的"达利展"——那时没有一点好奇，只觉得满心悲凉。

他曾自比毕加索，说像对方一样，都是不朽的西班牙人。好像真的不朽了，好像真的像毕加索那样，一生丰富斑驳，不可思议地怪异。其实一切还远没有那样简单。上一个世纪的艺术在心灵上的回荡还没有逝去，更没有从遥远的回音壁上折返；不仅如此，嗡嗡作响的现代机器正高速运转，冷静清澈的黎明还没有来临。但是，即便如此，即便在这样特别的时刻，我们也大致可以回眸，可以试着将艺术的水流沉淀一下，把漂浮的泡沫轻轻拂开。

大概没有人否认达利的能力，甚至也不能否认他的才华。你可以去看他的《窗边》，还有诉诸画笔的对于"漫无目标的化学师"的描述。他的能力和匠心，也完全可以从一些画作的局部写实中窥见。问题是这些能力是否足以支撑起一位伟大的艺术家，因为我们知道"能力"在"伟大"的构成中并不占有绝对的意义——甚至连"才华"也不能算做最重要的因素。除了"能力"和"才华"，一个真正伟大的艺术家还需要什么？什么才是最重要的条件？这样至大的问题从来都是难以回避的，而这时候却是必要回答的。

我们如果将达利对比一下"笨拙的"画家梵高，即可以强烈感知艺术家们的不同，并可明显地评定他们在质地上的差异和分量。还可以对比一下更为"笨拙"的画家卢梭——甚至连他也是沉甸甸的，能够在心灵上冲击我们。而达利既没有燃烧的热烈，也没有那种底层性和悲剧感——完全没有这样的特征和倾向。

原来天才的艺术还渴望一种灵魂去引领。到底是什么生命，一旦在先天和后天中注定，就必要在一生的劳作中显现。

艺术家在绝望中是要号叫的。不顾一切的号叫，以微小之躯对应无边的浩渺，真是痛苦。可一切都无济于事，一切都不过如此。痛苦并不因号叫而减少，古往今来的艺术之域宛如星汉宇宙，它的无垠之象会依然存在。个体的，一己的，短暂的，消失或记录的，一些区别，一些声音，一些画面，一点印象，仅此而已。达利属于号叫者，属于冒死一搏的角色。可惜他的号叫首先扰乱的是自己，是耽搁自己的创造，并深刻影响其艺术品质。这只能是一种不幸。

由于绝望和失去善意，就必然要失去美。他的许多作品都让人产生极不愉快极不舒服的感觉。有的作品不能不说是令人厌恶的，令人产生呕吐感。更多的是简陋，草率，空泛，耸人听闻，这些在达利那儿不仅完全不是禁忌，而且早已习以为常。可是，我们无论进入怎样的时代，有些道德上和伦理上，以及审美的基本原则是未曾改变的：我们仍然在追求完美，尽管她是各种各样的；我们仍然需要心灵的震撼和启迪；我们也不拒绝艺术中的"痛苦"和"悲剧"，但那会是我们乐于领受的诸多"不快"之一。

五花八门的现代，无序和无伦理的现代，使人类生活的一切方面都产生了幻觉和奢望。有人是极乐于与永恒的道德对立，与不变的伦理冲突，与几千年的人类经验抵牾，并且唯恐不炽唯恐不烈。而这与人类真正的勇气和抗争并无多大关系。争当艺术狂徒的幸福，许多人都想品尝。他们当中的一些人似乎真的品尝到了。他们好像得逞了。他们看上去差不多——不，他们俨然是或已经是个成功者了。他们的号叫战术已经成功，他们得计了。拒斥，狂吼，公然标榜大谬，立起反叛的大纛，语不惊人死不休——他们的战术几乎个个一样,都源于同一个师傅。

对于这一切,其实我们完全可以淡然漠视,而不必过于认真,不必相信。

我们只须还以平常心,只须相信其中固有的某一部分,这包括他们的能力和劳动,他们的汗水;还有,他们曾经有或确实有过的那份才华。其他的,大可忽略不计。因为即便在艺术领域,对于那些不劳而获和过分的贪求,我们也不能鼓励。

列宾（Ilya Efimovich Repin, 1844–1930）

看到这个名字,会首先想起《伏尔加河上的纤夫》,想起那幅托尔斯泰肖像画以及《哥萨克人写信给苏丹》……伟大的俄罗斯在十九世纪产生了两位巨人,这就是托尔斯泰和列宾。他们都拥有如椽大笔,都是一个时代最忠实的记录者和不朽者。

像一些伟大的艺术家一样,他总是在使我们深深惊讶的同时感到阵阵羞愧。他劳动的质量与数量,特别是他的劳动精神,更不要说渗透在这些劳动中的高贵灵魂,总让我们产生深刻的自卑。那个时代的空气与水土已经流失更移,那样的伟大孕育已经不再。列宾可以用长达十年的时间完成一幅巨画,可以在二十六岁的年纪里画出不朽的《伏尔加河上的纤夫》。我们感叹天才的同时还能说些什么?大概我们难以释怀的还有他那可怕惊人的耐性与顽强,他的不知疲倦,他的专心与痴迷的本性——整个生命都化为了艺术,他是为绘画艺术而存在的一个生命。

像托尔斯泰一样,他的爱盛大而广泛。同样,他比一般人更懂得厌恶。他就这样不可避免地将这些深刻的情感表达了一生,用一支画笔。当他表现爱的时候,我们会被一种感激之情、被一种源于生命的欣悦所笼罩。可是更多的时候他在表述一种复杂的意蕴——可能不仅有挚爱,还有深长的怜悯,有疼,甚至有说不出的遗憾和亏欠。他怀念着,思想着,往昔与今天交织一体。

像托尔斯泰一样,像所有伟大的艺术家一样,他无法忽略俄罗斯大地上的苦难。苍茫无边的原野上有无数挣扎的生命,他们是平民,是为生存而苦苦追求的人。他在感受他们的生活,他们的无望和沮丧。作为一个艺术家的他目击了,记录了,诉诸手中的画笔。他这时候也就产生了对自己的怜悯。这就是伟大心灵的特征。

他与那个时代的许多艺术家一样,常常关注巨大的历史场景。浩大的场面、一睹难忘的时代镜头,总是对他有特殊的吸引。这一茬艺术家有能力处理宏巨的题材和主题。而现代主义走到了死胡同的今天,艺术家们或者萎缩在自我一角,或者干脆把宏巨揉成渺小的碎屑。而列宾这样的艺术家无论表达巨大还是微小,都同样能显示出一种生命的执着力:一旦抓住就永久不可滑脱的坚定性。他的目光尖锐无障,足以穿透一切伪饰。

列宾与托尔斯泰的交往长达三十多年。两个巨人走近了,一起走向永恒。从他们身上我们可以领会大心灵与大时代的关系。这个时期与画家过往的还有高尔基、安德列耶夫、斯特列别娃这样一些杰出人物。

他身处一个动荡的岁月。这样的岁月往往也是英雄辈出。他用自己的艺术安顿了自己，完成了自己。他在不知满足的艰苦劳作中，经受了多少惊涛骇浪，同样也享受了多少幸福和温情。我们从他留下的瑰宝中读到了许多奥秘，这其中就写有坚持、热爱、悲怆、激越……这是怎样的人生，他的一生都在奋争的洪流之中。

米 勒（Jean Francois Millet，1814－1875）

一个出身乡间，一辈子都在专心描绘农民和田园的人，会给人另一种感动。米勒的质朴可爱从如下的生活细节中流露无遗：初到巴黎这个艺术中心时，由于自己在乡下长大，比一般人饭量大，竟然一时不敢多吃，一直饿着肚子；第一次去卢浮宫，因为不好意思找人问路，结果一直在大街上转悠了好几天时间。要知道当时他已是二十三岁的青年，竟是如此羞涩自知，忍耐，坚守内在。

这样一个人，正如我们通常所预料的那样，他一旦结识了许许多多的人，一旦在艺术的中心接受洗涤和陶冶，与各色各样大大小小的艺术家过往，打开了眼界，必会爆发出常人不可比拟的伟力。这是一个久居乡村外省的艺术家必需的一课，这一课对于他当然太重要了。这果然使他的技法大步前进，仅仅几年之后，就产生了《欧普琳画像》这样的杰作。进入巴黎不久，他的作品即开始经常参加当时的沙龙展。

从穷乡僻壤到闹市，如果这是必修的一门功课，那么在最聪慧最有定力的人那儿，还是要适时终止。他们将依靠自己的主见和悟性，最终知道自己要在哪里落脚，哪里才会让其茁壮成长，成为安身立命之地。所以米勒后来还是回到了乡下，住到了一个叫巴比松的小村。结果，这里成了他一生的恩惠之地，也成了许多优秀的画家如卢梭、柯罗等人的恩惠之地。他们在此寻到了安静，获得了力量和灵感。没有什么能够比得上大自然给予艺术家的滋养再大的了，最杰出的人物往往把这种滋养作为成功的基础。这里将是他们的安居之地，繁荣之地。对于米勒而言，好像巴黎的喧哗已经远逝，昨日绚丽统统忘个干净，一切都在重新开始。我们在后来极少看到他描摹繁荣闹市的作品，而进入他的情感世界、他的视野的，永远只是农民，是田野。他们的日常劳作，悲伤喜乐，都深深扎入记忆。他画的都是他们的日常生活情状，哺育，打柴，播种，收获；当然，还有出生和死亡。阳光，天空，土地，云彩，它们的变化让他分外敏感。他画了那么多动物，羊和牛，特别是羊。柔顺的、给人温暖和乳汁的羊让其难以割舍，他一再地画了它们的神情，就如同他一再地画了女人的神情一样。女人和羊，这二者的神情在他那儿多少有些相似：甜美，和煦，让人心生怜惜。如果没有对大地和生命的感恩，也就不会有这样的表达。作为一个伟大的艺术家，米勒的宗教感情，他的善良，让人一望而知。

他几乎一生贫穷。但是贫穷并没有折损他的才华。这很难，我们知道这常常有多么难：无论是贫穷还是富有，对于艺术家都是一个坎，一个不好通过的险峻考验，它们会构成一道道不好逾越的关口。不过这一切障碍对于最优秀的那一类呢？比如梵高，比如歌德？观察中我们会发现：倒像是这些困厄和阻障正好在帮助他们，一起成就了他们的伟业。伟大的艺术原来都是设身处地的艺术，是忠诚于土地，永远不会背离和偏移本性的追求，是与性命灵魂紧密所系之物。

贫穷让米勒更深刻地理解人生。所以他笔下的人都在为最基本的生存而斗争，这种斗争于是更加令人过目不忘。劳动的意义，在他这里更直接更可信，也更好理解。他关于劳动的解释一点也不晦涩，更不深奥。劳动在他那儿就是一种本能，一种必需，一种品质和道德。劳动也呼唤着他浓烈的宗教情怀。所以劳动不可能是不美的，因为没有劳动即没有一切。

他的画是如此地柔和，还有些谦卑，并且一律地优美，和谐，是真正的田园诗。但这一切却并没有让人忽略了辛劳和苦难。他的善良、他对原野的高声赞美，都是来自艰辛的乡间生活，是这种生活培育的结果。

杜 菲（Raoul Dufy，1877－1953）

在我们看来，杜菲一辈子的大部分时间都在画一种儿童画：稚拙的涂抹，过于鲜亮的颜色，堆积一起的不成形的小人儿。他好像还画了一大批未成品，一些草图，急就章——就是这样的一个画家。他如果生在上一个世纪，或者是生在了世纪初，他的劳动就要变成笑柄。可幸运的是他生逢其时——这个时代正等待一些不安分者，一些痛苦的另一种表达者。所以说是时代造就了他，他是时代的一个幸运儿。这个时期在发生转折，试图给予艺术家全新的命运。鼓励创新，试验，冒险和突破，以打破原有的艺术板块。因为这个时代正被上一个世纪的伟大和完美压得喘不过气来，早已经不耐烦了。艺术领域呼唤无数的尝试者，只要有足够的勇气，就先自具备了重要的条件。当然，要真正成功，最后还是需要才华，需要情感，需要刻苦——需要这一类通常永远不会改变的因素。杜菲具备了机缘和条件，所以他就成了。

我们从他的作品中不难发现其强盛的生命力，其源源不断的、频繁的艺术冲动。也就是说，他首先具有了一个优秀艺术家非同常人可比的巨大活力。

在艺术领域，一些人成功了，一些人失败了。这当中的原因不可尽说，但有一点是再清楚不过，这就是：生命力的强盛、它的非凡活力在极大的程度上决定了一切。艺术是需要不安的——深深的不安。就是这种不安才能让其行动，让其左冲右突，让其一次又一次去实践和试验。无数次变法的机缘产生了，勇气出现了。杜菲，以及许多在艺术潮流中领一代风骚的人物，都是变法的高手。我们在他们的作品面前，时常会听到一种焦虑的低吼。

终于，人们在眼花缭乱的创新面前，不得不把一切早已形成的清规戒律忽略掉。人们简直不再追究他们的错失。想当年心烦意乱的画家也是信笔乱涂，就像当年巴黎的作家们所试验的"自动写作"一样——想看看放弃了缰绳的脑子里到底能出来一些什么新奇玩艺儿。他们用潜意识理论给自己垫底，不停地"挖潜"……不能全部否定这样的艺术实验——从绝对的意义上，我们人类敢否定什么？可是我们也不得不承认，这一类工作的成果是复杂芜繁的，其中有生命深层的感动，还有许许多多的扯淡。他们的意义主要还是在于解放别人——那些真正意义上的大艺术家；他们往往只是给予未来的集大成者一个推助。他们本身仍然是牺牲者，是艺术史上的悲剧人物。

杜菲的一大部分创作，是肯定地牺牲掉了。他的成功之中的扯淡没有多少人愿意谈论，唯恐被人当成乡下佬和外省的老擀。这正像没人敢于谈论毕加索的扯淡一样。人们过多地谈论的只是这些处于艺术转折期的弄潮儿的奇异，是他们的革命和贡献，是艺术发展史上的标志性意义等等。好像离开谈"标志"也就空无一言。如果一个艺评家混到了只能谈谈"标志"的地步，那么也就真的可怜巴巴的了。

艺术始终需要悟想，需要深爱中的吟味，需要这个过程中的感动。这里面，也许真的不必在乎什么"标志"之类。好就是好，令人感动就是令人感动，至于"标志"嘛，可以到艺术史中的记载中去找，那里面总是不缺少"标志"，总是有许许多多的"标志"。

梵 高（Van Gogh，1853－1890）

我们终于谈到梵高了，神圣的梵高。在当代，他已经是不同艺术领域中的崇拜人物。他的作品在商人那儿已经化为金子，或者是远比金子还要昂贵十倍的珍奇。但是像他那样的心灵不仅用金钱无法沟通，就是用一般的艺术和精神也无法接近。他会在任何时候任何地点，拒绝那些流行的艺术热望者、大知音和中产阶级的高雅情调。因为他只是最平凡的人群中的一个灵魂,一个底层的感受者和传达者,一个不屈服者和抗争者,一个实践善良和使用决心的人。他是贫民的儿子,是他们痛苦而尖锐的眼睛。在这样的一双眼睛面前,我们往往只有在无可奈何的沉默中压住自己心底的惊叹才行。他的境界是高不可攀的,因为那是底层艺术家所守护的最后一道防线,也是权利。这其实也是人的防线与权利。梵高可以让我们明白,当一个人面对无情的外部世界时,顽强的精神会怎样迸溅出火花,直至燃烧为熊熊烈焰。

我走在慕尼黑、曼哈顿、巴黎等最著名的艺术博物馆里,在星汉灿烂之中,在无法穷尽的艺术、不同时代不同流派的大荟萃面前,常常有一种无可逃匿的眩晕感。在跨越时空而来的多角度多波次、频繁急促和陡然有力的各种撞击之下,那根本来敏感的神经已经麻木疲萎。可是,几乎是无一例外,只要一走近梵高,一走近他的展出单元,立刻就会感到一片辉煌之光扑面而来。就这样,最昂扬的音乐陡然奏响。世界马上改变了,双眼睁大了,一切又重新开始了。

这是怎样神秘的力量,这力量又从何而来?

当然,一切只能源于他的这个生命。他的生命仍然在持续不断地发散——首先是从源头,从他执笔之时,从那一刻的怦怦心跳开始震动我们,使我们至今不能安宁。他眼中的一切原来与我们有巨大区别,就是这区别让我们双眼大睁,心上一凛。这区别当然是来自他的目光,它有强大的剥落和穿凿的力量:世界上的所有事物都被我们的眼睛蒙上了一层庸常的布幔,但这布幔在梵高那儿马上被刺破,或被抽揭一空。世界裸露了，本真显现了，所以他让我们看到的就是强烈的光，是逼人的颜色，是疾旋与燃烧，是轰响和炸裂，是呼叫和奔突……我们每个人本来都拥有这种直视的能力，不幸的是，后来的生活给予我们每个人无尽的磨损，我们必要丧失。而只有神奇的梵高保留了。

梵高做过教师，画店营业员，传教士，书店店员，画家。这些职业是那么不同，可是在梵高那儿并没有人们想象那么大的差异。因为他在以同样的心情去做，同样用力，同样真实。他赋予任何工作的，都仅仅是一份生命的虔诚。也正是由于这种对于工作的非同常人的理解，他差不多把每一样工作都给做"砸了"。最后是作画——他现在被公认为最伟大的画家之一，可是当时却被看成是最不成功的画家，几乎没有卖出过一幅作品。他没有一般专业人士看好的技法，简直没有受到什么正规的、更不要说是深入独到的专业训练了。他的画被看成可笑的涂抹，形式上一塌糊涂。那些直接而强悍的笔触、生猛可怖的画面，能够毫不费力地逼退那些艺术沙龙的宠儿。其实比起梵高而言，许多人等于生活在温室中，他们没有经历真实的风雨阳光，当然也没有接受过催逼，没有倾听过号叫，没有接受过起码的人生打击。他们怎么具有理解梵高的能力呢？

真实的生活，底层的生活，有时候、许多时候都是刺目的。但是在漫长的人生旅途中，生活的真实面目还是要显现——最后总是要显现。这是一个顽强的规律。每到了这个时刻，人们也就开始理解了梵高，只不过稍微晚了些。

梵高的艺术，像许多真正的艺术一样，是直到最后才被接受下来的。

他留下了大量书信。人们阅读这些书信时，才知道他是多么热情、对生活多么挚爱的人。人们读得泪眼汪汪。其实他的画作已经再好不过地表达了这种热烈。他的巨大的慈爱并不需要直接说出，他的柔情也并不需要。因为他全部都画出来了。他正是为这种爱，而不是为这种艺术，交出了自己全部的生命。

马 奈（Edouard Manet，1832－1883）

马奈似乎是一个特殊的大画家，他往往让艺术评论家感到不知所措。他一度似乎不愿与后来的印象派为伍。但他又命中注定要做一个背离传统的人。尽管他在观念陈旧、极为刻板的老师身边待了许多年，可是他热情奔放的性格，追求自由独立的天性，却使他一步一步走到创新的前台，走到更加清新的天地里来。自由对于强盛的生命总是具有巨大的吸力。像许多真正有力的改革者一样，他也是从传统之路启程跋涉，所以他更可信，更沉着，有着更为坚实的基础，并对传统的两个方面都具备深刻的认识。与众不同的是，他更是一个自觉的变法者，一个对于绘画历史有着清晰洞察的人。这样的人往往走得扎实，有时虽略有拘谨，难免按部就班，但终会走得遥远，走进一个辉煌。

他没有莫奈那么粗犷，也没有德加那么勇敢，更没有后来晚辈那么狂放不羁。出身于贵族的马奈一生养尊处优，算得上一位绅士。他的典雅与柔弱是无法克服的某种阻障，但恰好也构成了不可重复的独特的艺术品质。这种特质或可反拨艺术转折期的某些倾向,如恣意发泄和形式至上。《瓦仑西亚的罗拉》《草地上的午餐》《露台》等四十岁之前的这些杰作,其色彩、构图,以及整个画幅流露的气质,每每让人想起传统大师。但它们比较传统绘画而言,的确变得更为简约,颜色上也更加明亮撩人。这就是印象派形成之初最大胆的创新,是这一重要流派的一声昂扬前奏。

直到晚年,他的那些使人双眼大睁、招来一片喝彩的作品,如《弗里·贝热尔酒店》和《推勒里宫花园音乐会》,尽管多了一些蓬勃生气,有着强烈逼人的效果,也仍然与后来以莫奈为代表的印象派画家有着极大的区别。这就是出身对人的决定力。他让人想起旧时中国那些无法脱下长衫的人。马奈这些既不同于自己前期、又不同于时代新潮的作品产生了奇特的魅力。它们斑斓华丽,显示出另一种高贵情调,也在更为广大的时间和空间里流传,受到更为广泛的理解。

他对于艺术上泼辣无忌的年轻一代是心存犹疑的。面对更无顾忌的冲决般的奔突,他不能不有所保留。他甚至有些畏惧和规避。但他的那颗永不安分的大艺术家的灵魂,对年轻一代充满生机和锐气的创作又不由得产生深长的共鸣。他们的一切对他都足以构成真正的诱惑。就是这种矛盾和吸引让其在原来的道路上不时地停留,欲前又止。这些,都自然而然地在创作中留下了痕迹。也许正因为如此,艺术史上总是将其作为一个过渡性的画家看待,直到今天,许多重要的画派选本竟然屡屡将其忽略。在此我们又一次看到,有人需要的永远只是刺目的标记,是关于"艺术"的某种"谈资"。但标记虽然属于成就的一部分,却并不能等同于成就。无论是过去还是现在，在一些人那儿，好像一个艺术家如果不加入某个流派，他们也就无话可说。比如辉煌若马奈者，竟然也常常遭此冷遇。

其实马奈对于印象派的犹疑和距离，正好表现了他自己的强烈个性。所谓的"卓尔不群"，就是在赞美一个人对于潮流和派别的怀疑，就是在描绘一种距离之美。血脉既然不同，道路也理应相异。这本来是情理之中，却长期以来处于理解之外。马奈的游离和矛盾，从另一个方面也恰好表明了他作为一个伟力长存的艺术家所具有的"自我中心"的性质。这在艺术史上是绝不鲜见的现象。一个艺术家之于流派，如果其足够伟大，那么表现出的情形只能有两种：或干脆直接就是执牛耳者，或仅仅是个启迪者和推动者。而马奈显然属于后者。

不幸的马奈只活了五十多岁，并且到了生命的最后还接受了痛苦的截肢手术。他死后，一些公允的声音出现了。德加说："他比我们所想的更伟大。"多少人都表达了类似的遗憾和悲伤。甚至有人为他痛苦而死。不出所料，他的画作标价开始上涨，一涨再涨；一个规模巨大的纪念画展也在举行……画家的声誉蒸蒸日上。

如果不谈论印象派的时候，人们对于马奈仍然津津乐道，那该多好。如果人们只是沉浸于他的作品，在他无与伦比的创造面前感动不已，那该多好。

莫 奈（Claude Monet，1840－1926）

作为印象派的代表人物，他需要户外光线，需要从阳光下获得强烈而准确的印象。他一生都坚持在野外作画，依赖自然光的启迪。这种极端化的要求使他不同于其他画家。他是一个对天色变幻、对物体在不同光照下如何发生神奇改变的最为敏感的人。光源是他的印象之源。令人目眩的强光，昏暗的幽光，它们所掩藏或彰明的奥秘都被他及时捕捉，并为此不倦地做了一生。他相信事物的深刻性蕴含于光色闪烁之间，他可以通过瞬间感受的真实记录，让无数片断连接和再现，以组成一个阔大逼真、生鲜不朽的彩色世界。

他的劳动建立在深刻反省的基础上。以往的一切不足以支持新时代的伟大艺术家，他必须寻找新的理解和新的依据。形式上的变革在他这儿又一次与精神内容血肉相连，成为一种必需，不可丝毫剥离。急遽变化的当代生活也不断发出呼唤，它们激活了一个艺术家的心灵。摆在他们面前的问题总是这么简单：或者回到原来，或者走向未来。但是那些不能在自己的时代发出积极回应的艺术，也必然是等待死亡的艺术。形式上的呼应，说到底也是心灵的呼应，是对于社会生活的一次又一次不安的洞察。

莫奈在现实生活中一度不能停息，他总是实行大幅度的迁徙跋涉，以寻找真实而确切的感受。世界的复杂和苍茫，决定了艺术家必要寻找，也由此提供给他们各种成功的机会。以前曾经有过一个画家像莫奈一样，如此专注痴迷于光线的方向及强弱这一类琐细的"小问题"吗？可以看出,在他那儿,无论是哪一张画作,都能够确切地回答"光从何来"。这好像是微不足道的——对于别的画家好像是的,然而对于莫奈就完全不同了——对于整个绘画史于是也就完全不同了。他对于光的执着探求,使他终于能够抓住全新的东西,这构成了他行为的意义。

他关于《浮翁大教堂》的一系列作品,即是专注于某种实验和理念的最好说明。他在正午、黄昏,在一天里的许多时刻去感受它纪录它,结果也就让我们看到了那么多的不同。他描绘它的角度没变,但它的面目却极大地改变了——有时睡眼惺忪,有时灿烂逼人;有时老态龙钟,有时又容光焕发。关于它,他同样没有给予过多的细部镂刻,而只为人们存个印象。

如许多画家一样,随着老年的到来,他笔下的事物变得越来越明媚越来越强烈。这既是一种生理上的反应,更是源于生命的企盼,他企盼眼前的世界变得更加明亮,以便让昏花的双目看得更清。视界里的东西开始模糊,他所以也就更加需要大色块和大光芒。给我浓重的颜色,大把的光线,巨响的声音,充足满盈的水和空气,让我再一次好好观察、体味和感受这个难以告别的世界。

为什么现代绘画比起传统绘画更亮更新更强烈?其中的一个原因就是人类面前的这个世界经历了五千年的文明,它的确比以往陈旧了。画家作为这个世界的描摹者,首先要做的一件事就是动手揩拭,不停地、一而再再而三地揩拭。他们终于让一幅幅现代画面变得新亮逼人了。时光是有灰尘的,时光的灰尘在无声地落下,如果一个艺术家没有足够的警觉,也会被埋掉。现代绘画,也包括各种艺术,如文学、电影、音乐、戏剧等等，都需要惊醒，需要擦拭，需要越来越多的光。

在这个意义上，莫奈是又一个自觉的先行者。他最为敏锐和直接地喊出了：我们需要光。他大把人把地使用了外光，到室外的炽烈阳光下——光的最富有之地去找光。就这样，他把世界绘画艺术裸露在阳光下，并由此进一步带进了现代。

我们看莫奈的画，有时会有一种被强光逼得几欲掩目的感觉。是的，画家本人真的被户外光灼伤了。他后来得了白内障，失明，不得不做手术。就在他完全失去光的时候，他还梦想着光，不停地画。

与一般的天才型画家不同的是，他是一个积累型的大艺术家。随着老年的到来，他将经验、艺术、财富、耐心，将所有这一切一并积累起来。他很好地安顿了自己。他需要大画室，需要户外光线，需要心目中的景物，需要行动不便时的艺术备用——这一切他都拥有了。他建起占地许多亩的园林画室，并且有了自己的桥、水潭和荷花、各种大树。他可以在自己的园林里大画不止，可以一遍又一遍地画睡莲，直画成惊人的巨幅。

勃拉克（Georges Braque，1882–1963）

勃拉克首先是艺术史家的宠儿。只要"立体派"这个词儿在绘画史上不能消逝，勃拉克就不能消逝。他来了，走到了现代艺术的长廊里，然后就再不离去。在他的启步之地，印象派和所谓的野兽派都辉煌过了。更为重要的是，前边已经有了伟大的梵高和高更，还有过莫奈，等等一切杰出的变革者。他最初的绘画未能避免地带有他们的余韵,也有那样的热烈和鲜浓的色彩,特别是有着一种朴拙和神秘的意味。但是到了后来,他越来越不安于这种状态。如果是一般的求索和努力,他将不可能走出他们的影子,无论怎么冲撞和奔突,也顶多撑出几个不为人注意的棱角。他深知这一点,于是无时不在谋划一种改弦更张——许多的艺术家都有这样的焦苦难耐,不同的是其中的大部分并没有勇气迈出第一步,因为那毕竟需要孤注一掷之心,需要更多的坚定不移和果决、倔犟和韧性。

就这样,勃拉克走向了自己的远方,直走进了矗立的"立体派"的丛林。他的革新受到了毕加索的决定性影响,但却远比毕加索简单和专一——他仅仅是沿着对方的一种发现和发展的可能性,往前不停地推进,直推到一个极端。从《大裸妇》开始,再往前,又到了《树》和《港口》,《葡萄牙人》,《有葡萄的静物》——他仍然有勇气往前,一直往前,终踏入一片令人瞠目结舌之地,令受众大呼小叫。至此,他本人,更不要说那些对艺术史比较敏感的人了——他和他们几乎同时意识到:勃拉克成功了。

然而这种成功的代价是巨大的。画家本人也许有些始料不及——在艺术之路上一直被围困堵截的艺术家许多时候是没有工夫瞻前顾后的,他们于是只剩下奋然前行这一条路。这里勃拉克与毕加索稍有不同的是,他没有像后者那样长久和持续不断地处于创造的不安之中。勃拉克在很长的一个时段里停顿下来,这个时段也就是"立体派"的成熟期和发展期。他全力完成和巩固了这个流派,无暇顾及其他。结果他在"立体派"的丛林中营建一生,耗去了主要的生命力。也许这就足够了。

像许多艺术的变革家革新家一样，他被作为某种标志记载了；然而他作为一个真正伟大的艺术家——这一生仅有一次的机会，却永远地失去了放弃了。艺术家的真正目的并非只是为了被当成一种现象记录下来，而是为了展示和释放一个生命的全部的雄心：感知，责任，欲求，诗情，创造和追求完美的能力，深入探究和追溯的品质……而勃拉克停留于形式与技法的冲突，内容相对贫弱单薄。他走入了一个自建的迷宫。这个迷宫让他人穿行和探求之时，会给予前所未有的启迪；然而亲手修建这迷宫的人，却是一个真正的苦力。

当然，他的艺术表达了那个时期的总体心事，正是时代情绪的一部分。每当艺术处于激变的时代，这个时代就肯定是人类精神处于空前不安的一种境况之中。战争，宗教冲突，灾难的威胁，综合一起的苦难，给许多人带来了无法回答的质疑和痛苦。没有现成的答案，已有的一切都显得单薄了，简略了。如何表达自己的感受和印象，如何把活生生的感性呈现出来，这一切都成了无法摆脱的大问题。一个艺术家在这样的总体境遇中能够有所超越，也就获得了最终成功的基础。

然而勃拉克没有这种超越的迹象。我从这些立体主义的代表性作品中感受不到旷世杰作的那种力量。我们难以被击中，也没有产生强烈的共鸣和震撼。它们甚至是不美的。零乱，草率，勉强的连缀和脆弱的组合，没有说服力的线条，无谓的晦涩和费解，过分的游戏，对受众与艺术同样的轻慢……我们常常得到的是这样的一些感觉。这正是我们的不易满足之处，是我们在感谢一个艺术开拓者的同时，所保留下来的一些遗憾。

柯 罗（Jean-Baptiste Camille Corot，1796 – 1875）

作为一个影响深远的风景画家，柯罗一生画了大约三千多幅油画，而其中的大部分都是风景画。他柔细多情的性格从这些大自然的讴歌中展放出来。他致力于捕捉田园之美，并将自然生长造化的一切与人工创建之物进行关照，寻找二者的和谐与共生。他一生的大部分时间都在古典之光的烛照下，探求不已，画面中总是渗流着悲剧性，呈现出忧郁的笔触。他的写实功力是无与伦比的，他把准确的描摹和镂刻视为一个画家最重要的功课，视为一生必须具备的能力。他曾要求自己的学生画出一丝不苟、生动逼真的人物肖像，并且认为：一个人只有具备了如此的条件，才能成为一个好的风景画家。这就使他无论使用怎样的笔法，追求怎样新颖奇特的表达，也仍然能够细腻再现自然。柯罗的经历表明，古典主义在优秀的艺术家那里往往是必走的一段里程，他们正是从此走向更为自由和阔大的表述天地。

柯罗在对大自然的忠实探索和倾心领会中，不拘一格地改变着自己的画风。大自然的诗章在心中合奏，激越非凡的旋律溢出了既定的疆界。柯罗在强烈的光线下感到了陶醉，在眩目的颜色中找到了共鸣。他用前所鲜见的类似于后来出现的印象派的技法，或以稍稍率性粗砺的画笔，画出了心中的企求和印证。这正是他对自己原有秩序和成规的一次次颠覆，是他的激情燃烧不息的结果。这些，构成了他与当时许多风景画家的区别。

与卢梭、米勒等画家一样，柯罗长期着迷于巴黎郊区的巴比松，成为巴比松画派最重要的代表人物之一。大自然所给予的安静,滋养的美感,是他一生取之不尽的财富。世界上只有一部分艺术家才会这样长久受惠于自然——而他们往往是最为卓越的那一类。

他画的人物楚楚动人,其笔下的女性差不多都是同一种眼睛。他画了十三幅裸女,她们大多躺卧在大自然中。令人感到奇怪的是,即便是没有其他景物的肖像人物,其形象好像也没有脱离自然,没有独立存在——他们只是大自然的一个组成部分,是它的附属品而已。他画的许多街道,古代的和现代的建筑,也好像是天生就存在的、大地上的萌发之物,它们如同树木和山峰,看上去仅仅有季节的区别和变化而已。

柯罗一生未婚,独自一人拥抱着绘画艺术。像所有将生命奉献于事业的伟大人物一样,他从来不知疲倦,勤奋过人,直到最后,直到死亡夺下他手中的画笔。

德 加(Edgar Degas,1834-1917)

在现当代画家中,伟大的德加是最能感动我的人之一。这首先是因为他这个生命的性质,他在一切方面所能引起的心底的强烈共鸣。就我所理解的人与艺术的关系而言,他所走过的道路成了最好和最透彻、也是最生动的一次诠释和展示。孤寂,内在,小心地介入和勇敢的探索,退避与观望,心底的热烈燃烧和外部的矜持冷漠,警觉,执拗……艺术成了他一生唯一的忠贞不渝者——这一切都源于一个激荡不安的、高尚的灵魂。

他的绘画有着淳厚而雄浑的色调与气势。一生的所有作品都处于一种明晰有力的状态，直到荣誉走向峰巅也不曾稍稍松弛和欺世，直到进入晚年也没有半点随意和轻率。他的生命越是接近尽头，燃烧得越是炽亮逼人。

他画了那么多浴女和舞女。这一类题材极容易做得俗套，或者流于艳丽泛浮，一味的性感。而德加却始终以一种柔善坚定的目光注视她们的美丽，画出了另一种客观和真实。她们在舞动，在洗浴，在擦干，在裸露胴体。她们是这个世界上最直露的美、最逼人的诱惑，同时又堪称永恒的纪念和回忆。这一切都是德加赋予的，他在教给世人怎样注视另一个世界。

难忘他的《烫衣女工》中那个打哈欠的姑娘：痴憨、简单、淳朴，一个我们都可以感觉得到的普通劳动者、女性。他的《擦干自己的女人》中的女人形象，其实就是最美的舞蹈，这个形象在浑然不觉中进入了一种感人的韵律。这时候已经不是体态之美而是一种音乐之美，是声音的回响和震动，是不息的萦绕。这时我们不由得会想到：没有什么能比得上他所给予的这种盛大的礼赞，这礼赞不仅送给了女性，而且送给了所有热爱生命的人。

与另一些画家看重的自然光、外光不同，德加着迷于室内光，留意于灯光下的温情，那另一种生活的本真与热烈。在相对狭窄的空间里，他笔下的人物显得凸出耀目，饱满丰腴。他让人的视线内收，心情敛起。夜生活的魅力、都市的热度，与他冷静的画笔之间形成了奇特的间离。

这种张力在他的整个绘画生涯中能够保持到底。他的非同常人的收敛与内在，使之走入冷静明晰，他从不曾美化什么，即便对于女性也是如此。但是他由此而形成的效果，却是无法比拟的持久和强烈。

　　与艺术界思想界一切自信自尊、独立顽强的卓越人物一样，德加对于挤成一球的名利场是从来鄙视的。这种名利场的性质中外古今皆然。德加尽可能地避免参加热闹的巴黎艺术活动，而且非常厌恶。他写道："我以为今天谁要想致力艺术并且有一些成就，或者最低限度想替自己保留最清白的人格的话，就必须再次过孤独的生活。实在太无聊了。"他对于自己所处的时代、对于这个时代艺术与商品的关系有多么清醒的认识。他接着写道："可以说，就跟证券的价钱一样，画幅是由有所获的人们的冲突所产生出来的；可谓需要别人的思想以求生产出合人胃口的东西，像商人需要人家的本钱以便好从投机中获利一样。这一切生意经使精神处于险境，并使评判变成假的。"我们都知道一个人的孤独生活意味着什么，然而这在德加看来仅仅是为了"最低限度"地替自己"保留清白的人格"。

　　晚年的德加视力不济，差不多成了盲人。这个时期他却产生了至为动人的创作，这就是大量的蜡泥雕塑作品。人，动物，所有的形象无不靠记忆和感受去创造，也无不在他深情的抚摸之下变得神采飞扬。这真是"只以神遇而不以目视"，大师的气脉在蜡泥之间游走不息，结果它们马上呼叫欢歌，成为不灭的生灵。这个时刻德加身上所发生的艺术超越，是艺术史上最值得细究的现象之一。炽烈的创造之火熊熊燃烧，直到把一切——连同自己的肉躯一起化为灰烬。他没有永恒的设想，而只有劳作的欲望。但是欲望化为过程,也即不朽了。随着艺术探索的深入和年龄的增长,他几乎越来越与世隔绝。他真正痴迷的只是工作,是深思默想,是自己的冥思所欲抵达的那个神境。结果他留下的创造物多到不计其数,但却不为人知,那么多油画、雕塑,都堆积在一个角落里,为灰尘所覆盖。艺术在这儿只成了生命的基本需要,成了对一己的安慰和记录,化为一时一地的想念。这就是我所理解的精神至上者,是他们的最高也是最后的处境。

康定斯基（Wassily Kandinsky, 1866 – 1944）

康定斯基的前半生与后来的创作几乎迥然不同,是不能同日而语的。他四十三岁之后的作品虽然同样是浓重刺激的色彩,同样的热烈,但质地已经大大改变了。我们知道,在艺术史家眼里更为看重的是他的后来,谈论的更多的也是他的后来,即是他进一步的激变、那些革命性的奇思怪想、形形色色的狂写纵涂——在他们看来只有如此才能给以往的艺术世界里增添点什么,才能对日益麻木的当代心灵给以惊悸和震荡。他们注重的是效果,是惊讶之声,是嘘叫和不安的神色,是各种声音的当代综合——至于是什么声音,那似乎倒并不重要。有时在他们看来是完全不重要的。这就是商业时代的游戏规则,在这种规则中,复杂的艺术要素几乎可以大大缩略,以至可以弄成几句简单到不能再简单的广告语——谁违背和忽略了这一规则,那就意味着世俗社会里的背运,意味着推销经营的失败。在现代社会，这已经成为一条不变的艺术/商业原则。

康定斯基是深谙此道的，所以他的后半生是不择手段的，更自由更果决，能够忘乎所以。他的确在商业上的成功率比以往高得多。

在现代，各种声音的交织作用之下，清晰的思辨和深入的悟想已经被淹没，有时即便不淹没也足以混淆不清：或者被涂改，或者被扭曲。现代的狂想曲是一首急速旋转嘶嚎一路奔驰而下、一直冲向未知悬崖的飞车。而艺术从来就是这种狂奔和疯癫的直接表达和伴奏，是作为一个时代的表征。所以艺术制品在方法以及目标上，本来就可以有各种尝试，有各种实现自己的方式——不言而喻，可以更加毫无忌惮地制作皇帝的新衣。一个艺术家如果能把无数这样的新衣在艺术的长廊里悬挂，且多到阻塞了通路和视听，也就来到了所谓的"成功之日"。在当代，这已经成为一条无情而现实的规律。

时下的商业时代，能够伸手指出这一皇帝新衣的，也只能是"当代儿童"——以儿童般的纯洁无私，以他们新鲜生命的勇气。除此，我们将没有任何办法，我们真的将无计可施。

一个对于当代世界做出如此强烈的反映、满目都是激越高歌与群弦和鸣的艺术家如康定斯基者，竟然也在愤怒绝望的艺术生涯的后半生穿起了皇帝的新衣。他没能超越自己的时代——他在那个关键之期，在艺术激变的分水岭上只要稍稍地超越，也就走向了真正的卓越。可悲的是，当代艺术史与商业之道始终是合而为一的，它们需要的永远只是简单明了，通俗易懂，是一望而知的"特征"和"标志"。舍弃了这些，即无法对匆忙急躁的现代人做出解释。无法解释即无法推销，当然也无法"著名"。然而在种种的"成功"背后也仍然充满了艺术家个人的辛酸。这儿有一个难以回避的简单事实即是:任何"著名"都是由不同的元素组成的,人们在分析种种"著名"的同时,首先要考察的还是这些元素,是它们固有的质地。

人们在冷静的时刻会请教那些振振有词的"里手",请他们指出那些抽象画如《研究的重要三角形》《无题》和《微光》之类的"伟大绝妙"——缘何"伟大"、又缘何"绝妙"?有人也许会无数次言说其"艺术的根据"——一个一生都忙于绘画的艺术家怎么会没有一点"艺术的根据"?问题是这些所谓的"根据"能否支撑并一直支撑下去?要知道它们全力顶起的是多么沉重的存在,它稍有不慎就会坍塌的。

我相信自己的疑虑并非陷入一种怪圈,也并非一定要回到古典主义或新古典主义,以至于印象派;并非为了把现代艺术创新下延到印象派为止,在此划上一道可笑的艺术底线。我所求证的只是艺术作为一种生命现象,它的深刻感与形式美,它源自心灵最终又要回到心灵的不变的规律——以及充斥其间的自娱心态与游戏性质、它的合理性与必要的限度——诸如此类。这大概既不算苛求,也不算复杂。

毕加索(Picasso Pablo,1881 – 1973)

面对这样一个不可思议的强悍茁壮、伟大狂放的艺术家,我们常常只有惊叹。其他都是惊叹之余,是曲终之后的惋惜与回味,或许还有细细的咀嚼——品咂之中的苦味和甘甜，以及咸涩。

在人类的历史上，有一些艺术家是难以超越的，他们本来就是这样一些强大特异的生命。这些生命仿佛有无穷无尽的创造力，一生可以纵横涂抹而不知疲倦，声域出奇地宽广，既可以放声嚎唱也可以浅唱低吟。当他停止创造的时刻，也就是他告别这个世界的时刻。他们几乎无一例外地拥有一个长长的生命、漫漫的创造的历史：从很早即开始起步，直到最后才缓缓终止。毕加索最早的作品是十岁左右画出的，如十四岁的《裸脚女孩》《老渔民》等杰出的作品——仅此一条就决定了这是一个非凡的绘画天才。这个稚嫩的生命竟然对人生和世界的苦难、对世间奥妙知道得那么多那么早，这难道仅仅是"学而知之"吗？面对这样的人物，我们使用惯常的和耳熟能详的、已有的那点儿知识和经验去加以解释，够用吗？

纵观他一生的无数作品，可以从中找到各种倾向各种情绪，这些奇迹领略不完也诠释不尽。它们本身即组成一个宇宙，其中繁星闪烁，风云变幻，既有风和日丽也有雷鸣电闪，更有惊涛骇浪。那种动人的美，让人过目不忘的最为独到的呈现与表达，简直比比皆是。我们可以一口气例举出《站在球上的孩子》《特技表演者的家庭与孩子》《奥尔嘉肖像》、《持扇的女子》……多到一时难以穷尽。最伟大的艺术家，他们的心底从来都是充斥了不安：怀疑自己的意义、自己的创造、自己的人生道路——他们似乎无时无刻不在怀疑。这种怀疑的结果就是艺术生涯中的无数次激变，是无头无尾的探求，大嬉戏和大玩笑，包括大绝望大痛苦；还有恶作剧，装傻与佯疯，傲世与自卑，欺世与自欺……是这一切综合一起，让后来人去清理和辨析,去极为困难地分拣。后来人常常是不知所措的,他们也过于认真:在这亘古未见的一大滩斑驳灿烂斓面前也大半只有叹息,而没有能力去鉴别——他们甚至在这样的生命面前连起码的冷静都要丧失,视听失灵。这就是艺术家和受众的双重悲剧。这种悲剧正没有个终止。毕加索的悲剧正没有个终止。

有人不止一次指出他是现代绘画史上的"巨灵",除了"野兽派"以外,几乎开创了所有潮流的先河。这似乎是一个事实。但所谓的"潮流"和"流派"就真的那么重要吗?是的,它们使当时和后来的艺术处于激活状态,它们也使各种尝试变得可信和可能。但这些就是无可置疑的成就,或者干脆就是最重要的成就吗?当我们面对一大堆千奇百怪、巧思百出,有时直接就是丑陋怪异到目不忍睹的东西时,难道不应该产生一些怀疑吗?

是我们错了还是当年的大师错了?追问的结果是:大概谁都没错。是时代错了。我们的确生活在这样一个没有秩序、道德混乱,一切都失去了标准的商业和技术的时代。人类正被物化、异化,正在走入失去自我的现代荒漠。作为个体,一个生命,你尽可以呼号,但没有回音,更没有应答……至此,我们或许可以稍稍窥见毕加索当年的伤痛。人类对于这个时代的最好最有力的反抗,大概也就是像当时的大师那样,做下这疯癫无忌、大喧哗和大游戏了。他要可意地尽情地嘲讽一番,既嘲讽自己,又嘲讽时代;既嘲讽去者又嘲讽来者。因为不如此就不足以表达心中的全部感触、百缠纠结无从摆脱的矛盾与痛苦。最盛的生命力,最深的牵挂,最长的忧虑,还有最强的悟性——就是这样的一个人,他一旦面对着捉弄人的上帝,又能怎样呢?

不仅如此，他还要面对一个颠倒黑白指鹿为马的时代，特别是一个虚荣的时代。看来一个艺术家被逼到了尽头，就偏要穿上皇帝的新衣，偏要以此为乐——他与另一些人的不同就在于他的自觉与清醒。毕加索兴之所至任意涂抹，像儿童一样嬉戏不休，上下游荡四方徘徊，进入化境般的流畅自如，实际上却是隐含了一个生命的全部悲凉无告。这儿有泪水，有傻笑，更有绝境的哀求；在他这儿等于是以歌当哭。一个天才的生命在大限面前，在那个残酷的必要来临的狰狞面前，也只有报以相同的狰狞——不，是鬼脸，是苦笑，是喜上眉梢的大快意。

就最后而言，就其背后的意义来说，毕加索是消极的。

他没有将一个人追求完美的努力、将这种生命的搏斗进行到最后。他以另一种方式表达了自己的屈服。我每一次看到他的不可征服的创造，就在心里发出悄悄叹息：伟大的毕加索，屈服的毕加索。

塞 尚 （Paul Cezanne，1839－1906）

对于受众来说，艺术上的机智小巧总是更容易招来喝彩，而那些浑重有力的笔触在当时往往是不被理解的。塞尚就属于后者。他在当年频繁的艺术探索和实践中是一个走在前面的人，一个真正的开拓者。作为一个古典大师的忠实临摹者，他具有雄厚的实力，高深的修养——而正是这样非同一般的基础，才有他后来岁月中的沉着发挥，才有真正意义上的创新与拓进。比如他的大胆走向写意，比起另一些率性涂抹者，其艺术根据要坚实得多。他之后的晚辈画家很少有不受其影响的人物——也正是因为这种异常艰辛和独自追求的意义，这种对于他人的恩惠，他迎来了后一辈艺术家的真诚敬礼。同时代的画家还极少有人能像他一样，敢于和能够推动创新之路上的一块块巨石，坚定不移地往前迈步。

他画了许多幅《大浴女》。入浴图，水果等静物，自画像和家人画像，这三者构成了塞尚的重要创作。这是最能拨动画家心弦的对象。同样是画入浴，他与德加是多么不同。他的浴女不仅成群，而且大多在野外，有山石林野相伴，有水光云汽衬托。这样的入浴图不太可能是画了实景，而更有可能是想象中的构思创作。他倾向于表现一种自然力，一种人与万物交融的统一性。他还对"自我"的探究坚持不懈，不断从正面和侧面画出自己在不同时期不同时刻的神态。他画自己，画身边的人，画亲人，特别是夫人的肖像。

在现代画家中，难得有人像塞尚一样，给人以大力内敛、大巧若拙的感受，在审美上呈现如此特别的气质。他几乎从来不取巧智，而总是全力以赴，下笔滞重。然而就在这种天真淳朴的笔下，蕴含着一种张力、一种别具深度的理解。一个艺术家的勤奋、自省和谦逊的品质，时常从塞尚的画作中渗流出来。这是可以持久的美，可以在时间的长河中历经反复淘洗而不会褪色的美。漫漫艺术之路，他的追问常常响起，但却总是沉着应对，不断尝试。我们知道，巧妙对于艺术家而言是一种难得的天资，但如果不擅于使用，过分依仗，不给予必要的阻遏和克制，就必会被机巧所害。而我们在塞尚这儿看到的正好相反，他不仅没有这种危险，反而与所有的机巧统统疏远、将其悉数搁到了一边。

在同一代画家中，他对外部世界的深切感受，他作为一个艺术家与自己时代的那种紧张关系，是最为明显的。大色块，深笔触，浓重夯实的基调——似乎只有这样才能表达出心灵的强烈回应。在此我们明白：优秀的艺术家回应的不完全是、或根本就不是这个时期的艺术风气，而直接就是时代本身。线条和色彩这一类东西当然也有声音：它们在塞尚这儿是钝响和闷震，是中国人常说的那种"大音"。

但就是这样一位杰出的画家，当年作品参加官方沙龙展出时却总是落选。许多人认为他是一个典型的"失败者"，而且无可救药。四十岁之后他回到了法国南部故乡，让更为自信和健康的艺术道路在眼前展开。此刻，那些闹市的浮华、可疑的潮流、追逐与攀附，更有不被人欣赏的寂寞与苦境，统统被驱到天外。它们一起消逝了。大地的力量，它的永久的安慰，时时涌现和源源不断的慈爱，最为可信地支持了一位卓越的大艺术家。

大约在四十岁与五十岁之间，他画了一幅《垂发的塞尚夫人》：夫人的神情很能让人想起画家本人。他与她在共鸣，她在这个时候只是他心灵的倒影。整个画面上人物占的比例很大，夫人的宽肩差不多占去整个画面的二分之一，像一座山。她成了一种难移的力量，一个依托。她的神情有一种陌生感，沉着，执拗，非常倔犟。这多像画家本人的某种写照。

蒙德里安（Piet Mondrian，1872－1944）

他作为几何抽象画派的先驱，"新造型主义"的提倡者，却对后来的建筑业、对工艺设计之类产生了很大影响——这个事实恰恰也是人们多次强调指出的。但是到了这个阶段，他作为一个画家，像《风车》和《花前少女》这一类杰作早已成为久远的回想了。人们等于在谈论另一个人。实际上他已经走向了装饰艺术，成了工艺师，而不是从前那样的纯粹的画家了。

早年的蒙德里安显然是一个才华横溢的人，这从他二十左右岁的作品，更从他的《风车》系列清楚地表现出来。他从十几岁开始画风车，一直画到下半生。他笔下的风车有的绛紫，有的灰蓝，有的火红，有的幽暗，有的漆黑。这是一些在广袤平原上的重要而巨大的存在，不可疏漏地、同时也是神秘地进入了画家的视野。这多少有点像梵高笔下的向日葵和丝柏。前一段最为引人注目的，还有画家留下的为数不多的人物画——画中人物的眼睛常常大大睁起，陌生地注视这个世界，充满了不信任感。

从四十左右岁起，画家起码是在某一方面疲惫或厌倦了——现代画家中的许多人都在重复类似的道路——他们没有耐心或没有兴趣在其一贯的道路上攀登了。他们真的厌倦了，烦腻了，不得不重新调度自己的画笔，并且无一例外地松弛下来。他们走入制作、拼接，或者是煞有介事的筹划。倾注心力的昨天真的已经逝去。西画源发于严格的解剖，有其坚硬的逻辑在，这就不同于东方艺术的大写意——所以后来的西方现代艺术家无一不从东方艺术中寻索灵感和根据。那种大笔一挥之中的便当和快意，真是对了他们这一刻的心情和胃口。当然，这样谈论和作比，也并非完全否认他们从东方写意中寻到的积极意义。比如说，西画由此而增强了感觉和印象，使之进一步抓住了艺术的本质，并催生了新的流派和技法。这是无法否认的。但是西方绘画从此也给自己留下了一线逃遁之路——一条松弛就便之路。总之蒙德里安也在退却，但他不是向着一般的写意和抽象方面走去，而是走向了进一步的边缘，搞起了几何图案和色块拼接之类。

像别的大画家一样，有了那样非凡的功底和才华，无论怎样抽象怎样拼接，怎样可意地折腾，最后总会搞出一些名堂来，并且总会有极其惊人的表现。这都是勿须怀疑的。他们这时候不仅是阵地在转移，而最令人惋惜的是心力在涣散。作为一个艺术家，其内心里至为宝贵的那种东西几经耗散，已然减少。这从毕加索到勃拉克再到康定斯基，几乎无一例外。令人遗憾的是，艺术史家在谈论现代艺术的时候，却很少从这个至为致命之处谈起。艺术史家面对不可尽数的怪异和斑驳，已经有些慌了。

蒙德里安的著名的四方形，他的那些彩色几何图形，真是透明得优美。不过作为一个真正意义上的现代绘画大师，他已经提前退休了。他转行做了一个出色的工艺美术师。

夏加尔（Marc Cha-gall，1887－1985）

夏加尔经历复杂、人生漫长。可是他一生童心未泯，顽皮了一辈子——这恰好也成为他现代绘画的不可缺少的助力。从传统绘画的角度看，他几乎没有"正经"画过一幅画。而在同时代的其他画家那里，无论怎么刁怪，总还能"认真"画上一两幅。夏加尔随心随意地画了一辈子，好像没有遭受什么精神上的巨创。当然这只是从形式上、从外部去看。真正有所作为的大艺术家，他们心灵上没有什么轻松者，几乎无一例外，他们必要历尽灵魂的痛苦和蜕变。夏加尔大概并不特殊。

不过至少看上去他的确是玩了一辈子。他二十一岁时画的《死者》和《乡村节日》，那么怪异多趣，真像半是游戏的儿童画。一般而言这种游戏状态要到了一个画家的晚年才会出现，可是在他这儿，一切都大大地提前了。除了游戏倾向，另有一种神秘气氛也是贯彻始终的——他曾以通达阳界与冥界的"灵媒画家"自居，即认为自己是一个可以从人间直接走入冥府、并且能够往返自如的人。他二十二至二十三岁之间画出了两幅动人的杰作：《艺术家之妹》和《诞生》。还有稍后的《士兵与民家女》《诗人马辛》。这些作品显示了多么强烈的个性，表现出画家对于人生极为深刻的理解。谁能忘记那个一手拿羽笔一手高举书本的姑娘、她的怪异的神情？还有那个正在喝水（酒）的诗人，额上一团光，双眼出神，面容敦厚多思……至于《诞生》，那只是画家无数复杂绘画作品中的一幅——他的作品常常是人物烦琐、头绪极多的，有时候甚至让人有画面拥挤到不堪重负之感：簇簇小人儿拥在床下、天空、腋下、窗外、幕后、屋顶、轮下……这让人想到画家的童稚状态，想到他非同一般的单纯性。

　　传统绘画发展到了夏加尔一代，非有巨大推力而不能突破。夏加尔的方法比起立体派印象派野兽派而言，其革新的意义则来得直接和便捷得多。他把绘画返回一种童趣状态，进一步走向平面化和单纯化，从事无巨细的烦琐中求得统一和简洁。这就使他走入了另一种自由，更加率性自为，心随手动，简直什么都可以画，怎样都可以画，从构图到取材，几无禁忌，更无风险。他可以尽心尽意地画一些怪人，更不用说情节的极其荒诞性。他刻意把自己的人与物推向极端，笔触越来越笨拙，也越来越夸张，越来越不拘小节——这似乎也是他成功的奥秘。

　　但是毋庸讳言，他的成功也包含了极大的风险。由于数量巨大的作品中不乏草率之作，也就失去了许多机会。一个大艺术家仅有才能、有强烈的个性还远远不够，因为这种伟大还要依赖几十年如一日的青灯黄卷的生活，还要计量成吨的汗水，还要投入无数的心力。而这后者，几乎成了许多现代派画家后半生的共同弱项。

　　夏加尔的老年是安顿得非常好的。大概正是有了这种安顿的原因，他的老年创作丰富，活力不减，仍然是那么多趣和幽默，那么顽皮。

米　罗（Joan Miro，1893－1983）

　　也许与一般的画家不同，从一开始，米罗的画笔就是那么自由奔放。

这大概显示了他的胆量和勇气,他的不安和必要冲撞的决心。这样他画到了大约二十四岁左右,好像才渐渐感知了一种局限——一种无法超越的疼痛。对于他所崇尚的大师,如塞尚、梵高、马蒂斯等,米罗只能心仪而不能攀越。他认为必须毅然决然,另辟道路。其实他一开始作品中的那种粗拙狂放难以驾驭,就显示了内心里的焦灼和痛苦。在他这儿,一场突围是迟早都要发生的,只是更早的时候其方向还无法预料。

这之前,另一些画家的突围方式我们已经了解,如马蒂斯,再如毕加索和梵高——现代画家的突围本来就多得不可胜数,现代绘画史其实也可以称之为一部"突围史"。他们当中的绝大多数能够在未来的道路上始终如一,倾注心力顽强探索,最终守住了一个底线——道德的和审美的。这期间他们偶有嬉戏也适可而止——如毕加索,皇帝的新衣偶尔试穿,但并不认真。另外,更重要的是由于他的量级、品质和才华所决定,即便是最嬉戏的作品,也总是流露出非凡的活力与激情,显示出不可超越不可复制的特异之美。而这后者,远不是米罗所能达到的。所以皇帝的新衣一旦被米罗穿上,也就永远脱不下来了。

像他的《无题》《集锦》,雕塑《人物》《女人》,以及无数的这一类作品,除非过量服用现代药的奇特艺术评论家,一般人是不能评析的。米罗像许多所谓的前卫艺术家一样,过分忽视了现代受众,忽视了他们的心智与常识。这种忽视有时当然是可以的,似乎也讲得过去——无数现象都将说明画家此举的合理性,说明有一大部分受众是不值得尊重的。但是米罗他们所犯的一个致命错误,是既淹没了创造中的热烈激情,又抛弃了冷漠的智慧。他们常常让受众走入这样的尴尬:不再相信艺术。

还有，从接受和鉴赏的角度看，他们至少是忽略了时间因素。时间的穿透力、它的智慧，是怎么估计也不过分的。受众尚有时间来帮助自己，时间会让他们中的大多数有能力伸手指出赝品。

当然，在艺术鉴赏方面，有人是极善于在荒唐可怕与无聊之间找出所谓"深意"来的。一切的质询和怀疑都会被指斥为简单粗暴，或者是对现代的懵懂。说白了，这些人不过是要合穿同一件皇帝的新衣，不过是些共谋者。

我们暂时还没有办法与这一类"杰出"和"当代最伟大的画家"达成共识。因为设若如此，我们就得摒弃从伦理范畴到审美理想中的绝大部分准则——那可都是一些最基本的准则啊。人类是有经验的，尽管有些经验被不断抛弃和筛选，但有些最基本的东西会像人类的历史一样长久。不是我们执意要维护这些经验和准则，而是相反，是这些经验化为了血液在我们身上流动。没有这些经验，也就没有今天的人类。

蒙 克（Edvard Munch，1863－1944）

我不知道怎样才能表达自己对这位艺术家的敬意。后来我想只有用一个人的名字作比，因为只有这样，一种准确的意思才稍稍得到了体现。我想把他比作——梵高。

初看起来他的命运似乎远好于梵高，比如寿命，再比如经济状况。但就其命运的本质、生命的本质而言，他们却非常相像。同样与世俗社会有一种极其紧张的关系，同样走向了绝望和贫困。在世俗社会里他们都一样没有希望，没有肯定，没有基本的赞许，甚至没有一点理解。但也正是他们，在精神与艺术两个方面都作出了真正令人难忘的贡献。他们非同凡响的创作中，跳动着伟大的良心。蒙克的一生都在《呐喊》——他的这幅名作曾被鲁迅援引过——呐喊，为人生的不幸，为可怕的黑夜。

他的最为当年艺术评论家所挞伐讥讽的《病中的孩子》，直到今天，只要让人触目就会悸动不安。这不仅是一幅表达痛苦的作品，甚至也不是简单再现苦难的作品。它的意蕴要复杂得多。画中母亲的疼痛悲哀、绝望，孩子的惧怕、等待和向往……是这些复杂难言、纠缠一起的东西让人不能解脱。艺术家心在底层，所以他才能有力地诠释自己的爱，有放不下的牵挂；所以他才始终不能与那些概念化的小艺人同日而语。小艺人和小市民从来都是结为一体，声气相投的，不过常常也是他们在毁灭一个天才，拒绝自己民族最优秀的儿子。我们不能忘记当时的小市民是如何不能容忍伟大的梵高，联合起来一齐上书，把梵高送进了精神病院。其实蒙克的一生，他的杰作，也并没有更好的遭遇。

源于底层的情感往往是最可信最坚实的。蒙克那些表达热爱和光明心情的作品，同样是动人心魄的。我们可以看他画的《柳条椅旁的模特儿》《妹妹英格尔》《波浪中的情人》……这时候光明在他心中，热烈在他心中。他把自己的温情注入其中，险些不能自拔。他深深地沉浸，这也让人想起梵高——他们此刻的状态多么相似。

对描绘对象的强烈感受，他与梵高也是一样的。这从他的《浪花冲击岩石》《回家途中的工人》《自画像》等一系列作品中可以看出。生活之弦与心弦一齐绷得紧紧,随时都能绷断——这就是蒙克和他的艺术。他对一些极端性的、给人以深刻刺激的场景多有表现,这与他的心身境遇是分不开的。如《送终》《病房中的死亡》《谋杀者》《马拉之死》《女凶手》《地狱中的自画像》《葬礼进行曲》《死之舞蹈》……这么多死亡,这么多黑颜色。他在生活中,真实而不祥的预感多于常人,这似乎也是某一类敏感的艺术家的一个显著特征。如同鲁迅所说:他们睁大了眼看。所以他们轻轻一瞥就能发现生活中的残酷与阴影。与此相对应的是,蒙克几乎很少去画欢娱的场面,也没有多少节令的纪录与渲染。既没有官方的庆典,也没有民间的焰火。他的心情属于另一种:源发于底层的真实。

像梵高一样,他给自己画了不少肖像。蒙克眼中的自己让人永远凝视。我们不会忘记他的眼睛和嘴角:一双大睁的、焦苦忧愤的眼睛,一张紧闭的、倔犟强忍的嘴巴。是的,这一类警醒的生命不可能有一副其他的表情了,比如说不可能是温情自得的样子,更不可能是油嘴滑舌的样子。

莫迪利阿尼(Amedeo Modigliani,1884－1920)

莫迪利阿尼二十二岁时,从意大利的乡下来到当时的世界艺术中心巴黎,开始与第一流的艺术家交往。这个出身名门的英俊青年从十四岁起开始学习绘画,锲而不舍,生逢其时,炽烈的创造之火熊熊燃起。他初到巴黎就能够与阿波里夺尔、毕加索等强盛的艺术生命相伴一起,渡过了幸福激越的一段人生之路。他仅仅活了三十六岁,但来巴黎之后的这十四年却充满了诗与爱。在各种艺术家云集的蒙巴纳斯街头，他是多么引人注目。他以极少有人可以比拟的巨大才能，还有俊美的容颜，这一切相加一起，被人称为"蒙巴纳斯的王子"。人们对他的回忆只停留在三十六岁的年华，以及这个年华所具备的热情、敏捷，还有浪漫与幻想。友情、爱恋，始终是这些人生最为美好的东西将他簇拥，一直到最后——看上去他拥有这么多，人人嫉羡的一切他几乎都具备了。可是他唯独没有钱，也没有健康。结果一直与之相伴的贫困和疾病把他折磨得奄奄一息，终于让其倒地不起。他从蒙巴纳斯街头消逝了，从巴黎消失了，像闪电一样划过天空。

人世间，好像总有些未知的神秘之物在嫉妒"王子"，暗中给予致命的作用。他的命运让我想起中国的王勃，俄国的普希金和法国的兰波。他们的幸与不幸往往连在了一起，一起让人怀念和遗憾，对其充满了不息的希望与假设。

令人惊讶的是，古往今来，陪伴这些"王子"的，一般总会有美酒、女人和贫困。莫迪利阿尼的艺术盛期正逢第一次世界大战，由于画市不畅，他作为一个新潮画家不可能有丰厚的收益。还有一个人们往往很能理解的原因，就是天才人物特有的命运：他们的创造在每个时代所必要遭逢的误解与贬损。他那些极其出色的画作难以唤起大多数人的共鸣，当然也很少有人购买。结局只能是他的贫穷困顿——长时间在巴黎街头艰难行走，借酒浇愁。爱情与友情成了他唯一的依靠，也是他的欣悦和激情、艺术冲动的重要源泉。看看他写给挚友的信件吧，那种激越亲切和率直真是让人感动。这样的信件可不是谦谦君子所能写出来的。"我正为强大的'能量'的产生与消失而烦恼。因为我愿人生伴随喜乐,就如我对布满丰沛河流的大地之向往。你今后是我无话不谈的知己了!我满怀创造之芽即将萌发,着手创作是势在必行的事。""走笔至此,我恍然发觉拥有兴奋是件多么美好的事!我或许能从这兴奋中解放!"

他一生最为庆幸的事情就是与珍妮的相识与爱。她给了他不再消失的灵感和温情。这之后就进入了他创作的全盛期。他笔下的女人有了更完美的长颈,就像珍妮的一样。他画出的所有女性都有长颈、修鼻,有漫长的脸庞,这一切也像珍妮。他们的爱充满坎坷,这好像也是预料之内的事情。还有,随着爱,肺结核也肆虐起来。然后就是更多的爱,更重的病,更严重的贫困;是酗酒,是对恶习的欲罢不能……一切的过程就像一串专门为艺术家设计的、颇为概念化的情节,然而这些却都是真实的。

他挚爱雕刻,但买不起石料,又不愿去偷,就只好到一些建筑工地上,利用工人们休息时直接蹲在石堆旁雕刻。除了石雕,他还热衷于做木雕,这样他就经常来到地铁站上,在那儿堆积的木料旁工作。因为材料和体力的限制,他只能雕刻一些头像。我们于是可以想见,工作之余,有的作品可以完成并带走,而有的却要永远遗下,被埋到地底。原来现存的那些美妙的莫迪利阿尼雕塑,仅是他全部创作的一部分。

这就是一个艺术家,一个被人呼唤和纪念、在当年就为那么多人喜爱的"王子"——当年曾有"莫迪利阿尼激活了蒙巴纳斯街"的说法——他的到来竟使一大群男男女女快活兴奋起来。然而这种喜爱并没有改变什么,尤其是没有改变他苦难的命运。他还是要贫困潦倒,仅仅是、也幸亏是在最后才扯上一位美丽纤弱的女子的手,走到终了。

不久前在巴黎,我从蒙马特一间地下室的诗歌朗诵会上出来,午夜里看着古老的街巷,踏着有铸铁扶手的石阶路,那个英俊的面容从脑海中倏然一闪。这儿走过莫迪利阿尼,安德勒·安特瓦街前就有他的画室。崭新而陈旧的时光,无情而有情的岁月。

诗人佛兰西斯·卡尔柯追悼说:莫迪阿利尼在贫困与苦难中度过多彩的波希米亚生活,坚持否定通俗的人生观。诗人考克多说:他是位美男子,他的素描典雅而优美,是我们的贵族;他的线条是灵魂的线……

我们特别会记住的是这样一句话:坚持否定通俗的人生观。

在最后的日子里,珍妮一直守在他的身边。天才画家去世的第二天,珍妮悲伤欲绝,竟带着九个月的身孕跳楼自杀。

让我们在莫迪利阿尼留下的大量作品面前,沉默和怀念吧。

劳特累克（Henri De Toulouse-Lautrec,1864－1901）

说到巴黎十九世纪末的繁华,如梦的夜生活,艺术家的朝圣之地,文学家常会想到海明威笔下的描绘,特别是那本回忆录:《流动的盛宴》。而另一种形式的、最直观最生动的呈现、至今仍散发着烤人热度的,大概就要算劳特累克为我们绘出的斑斓画卷了。

可能没有一个同时期的重要画家如此专注和痴迷于这一类场所:舞场、咖啡厅、酒吧和妓院。他沉浸其间,不能自拔。现在看,那个时期失去了他这些逼真的、洋溢着强大生命力的描绘，也就失去了一份重要记录，成为令人遗憾的损失和缺憾。他在歌舞宴饮中，在色彩与音乐中，与醉生梦死的巴黎同生共长。

他作为一个艺术家和普通人，留给我们的是那么多，至今让人费尽猜想。我们似乎可以看到他洒在画布背面的泪水，以及一些不能言喻的心灵隐秘。艺术家珍贵的埋藏，潜隐之物，一丝丝心绪，都在长达百年的时光中渐渐显露。凝视他的画，我们人所共有的那种自尊被拨动了；特别是他那种少见的谦卑，令人感动。他面对的女性一般是美丽而辛苦的，她们差不多个个活泼，生命力旺盛却又容易疲惫。可是画家在用一枝小心的笔接近她们，一点一点探究——到了最后总是忘情的热烈颂赞，是由她们而触发的不可收拾的悲伤。

劳特累克十几岁开始罹患残疾，再也长不高。他出身贵族，精神状态特异，对外部世界的要求与平民不同。不幸的经历使其心灵进一步改变，它变得愈加沉重，纠缠和矛盾，而且变得晦涩。还有，我们也可以想象，他变得更加敏感了。这过分的敏感将是他一生的艺术倚仗，也会招至特异的痛苦。他才华逼人，洞穿世相，在许多方面都超过了所谓的正常人。他理解这个物质世界，理解它所谓的丰饶是怎么一回事。他特别能够体味这个世界的宠幸与不幸、它的悲欣交集，还有它的多情与无情、火热与冷酷。他是那么热爱这个无望的世界、无可奈何的世界；这个世界对他更加不可思议。他甚至相信这个世界的全部悲喜都过多地纠集在一些特定的场所和特定的人物身上。他在舞女们那儿看到的是绵绵的情谊和生命的活力。他喜欢这个世界上一些活生生的花朵：她们能够说话和思想，颜色浓烈而富有表情。

　　他用空前热烈的方式遮掩了自己，那是失望和绝望，还有自怜。在看上去比自己要壮硕和强盛十倍的她和他们面前，他献上了不由自主的歌唱，留下了超乎常人的感悟和记录。他在用画笔书写一部关于生命的繁华戏剧，一部激越人心的历史。大红大绿的色彩，跳跃飞舞的人体。巴黎红磨坊，马戏，你方唱罢我登场的大舞台……所有这一切都成了可以触摸的梦幻。它们随时都会消失。

　　在炫目的声光与色彩前面，劳特累克时而狂热时而冷静。他并不总是跟上它们的舞步，而是停下来，时常还以艺术家的冷眼与真心。这时候的画家是凄凉的，孤单无靠，走在巴黎深夜长街，只有那根拐杖做伴。我们今天凝神于他的杰作《伊莲娜》《无题》《朱丽叶·派斯可小姐》，觉得它们的气氛和内容与名声大噪的"红磨坊系列"相距甚远。这时候的劳特累克庄严宁静，甚至是十二分地恭谨。他的礼赞之声暂时敛住，但却给人更为强烈的感觉。

　　他画了一幅梵高肖像。这时他才找到了真正的同类。多少同情与理解，支援，都从笔端不可遏制地流露了。在一般人看来他们都是畸形人，边缘人。可只有他们相互之间再清楚不过地知道，他们的内心有多么热烈。他们随时准备与这个热辣辣的世界长别。他们还有更为相同的一点，就是：他们的呼告之声都留在了这个世界上，并且不再消失。

克 利（Paul Klee，1879－1940）

这是一个深入二十世纪的艺术家。像这个时期许多不幸而大胆的画界人物一样，他也是一个热情勤奋的革新者、一个不倦的游戏者。他那有趣而怪异的线条，浮想联翩的图形，一开始是令人咋舌的。后来人们才渐渐习惯了，非常习惯。因为这之后，几乎没有一个时新的艺术家会放弃"反艺术"的大旗——他们非得如此而不能前行：往后看是无法逾越的巨匠，往前看则是无测的茫然，四周全是被现代技术和商业火炉烤得炽热烫人的空气。

在艺术生涯中，他们怀疑自己超过了怀疑时代。在有限的时间里，没有谁相信这一生的搏杀能够取胜。这就是问题之所在。还有，这个世界已是这般荒诞——怎样回应和表达这种荒诞倒也成为二十世纪艺术家的首要难题。这当中也包含了二十世纪的深刻、现代艺术的出路。仅仅将这个时期无数的艺术家称为颓废者和嬉戏者，是没有多少说服力、也是有失公正的。

他与同时期的画家如康定斯基、米罗、勃拉克等等一大批艺术的反叛者实属同道，算是艺术血缘上的近亲。他们当然也是不同的，如勃拉克的立体主义——他们起码有一望而知的外形上的区别。但他们深层的联结，精神上的联结，则无法分剥。他们当中的大部分即使在作品的外在形态上，也让人更多地看到了雷同：相差无几的线条，梦幻之笔，难以解释的图像，故作的笨拙与过分的游戏，甚至是精神自戕……这一切在二十世纪的前卫艺术中太常见了。它们已经了无新意，已经走到了反面，走到了现代艺术家自己深恶痛绝之地——公式化和概念化，千篇一律。多么尴尬。这就是一切先锋艺术的必然命运？

《突尼斯海岸的房屋》《一座花园的回忆》，这一类作品的颜色何等鲜艳夺目。它们灵动可人，引人亲近。它们更像稚童信手涂来，而非一个大师所为。是的，这正是那些现代巨匠们的拿手好戏：伪装婴孩，故作天真。可惜假天真从来都是先让人好奇，尔后使人不快，甚至是令人讨厌。现代艺术家在很大程度上已经不能平等待人——平等对待他的受众了。自虐，或者是极端的孤傲极端的自卑。这也是他们的救赎之路，艺术之路。

一个生活在二十世纪的人，无可逃匿地成为荒诞的一部分。他或许已经没有权利挑剔。但是与其做一次时代的共谋者，还不如做一次更勇敢的警醒者。坚韧的反抗与自嘲自虐不是一回事，含着眼泪的笑容也并非永恒。如果说克利早期的《画家的姐姐》《窗前的绘画者》一类作品曾经毫不含糊地、明白确定地显示了他的才华与能力，那么后来的变法就让人深长思之了。与许许多多同类画家一样，他们走得比东方的大写意更其遥远，远得没有边界。一切的禁忌全被打破，摈弃心力，更无耐性，并且干脆唾弃艺术和精神——它们关于高贵的永恒的追求。人们甚至有理由认为：这所有的所谓的"创作"人人皆可为之，并不需要专业技能和专业训练——或者说有了这种技能和训练只会更有趣一些。的确，他们玩得太过分了，以至于无聊。

在现代，时髦的艺评家可以对所有真正深邃的时代灵魂大动干戈，可就是不敢对任何一件皇帝的新衣伸一下手指。他们怕烫。而皇帝新衣的穿着者今天已经对那个久远的童话不以为然了,因为他们干脆有了另一种叫法:裸体主义者。凡事一有了"主义"的称谓也就立刻不好办了。这终于成为"一元",成为多元并存中不可偏废不可或缺者。人人都怕毁了艺术生态,小心翼翼到了极点。二十世纪是一个物种飞速毁灭的时期,于是,最好的受人呵护之方就是力争成为那个"唯一",而绝不需要考虑什么其他。

一个男子汉满脸胡须,一生乐此不疲画下去,直到生命的终了。这就有理由送给受众一个迷语。人们为了一个迷语而注目一个人,进而尊重一个人,这似乎已成常理。害怕失去破解现代迷语的机会而招致嘲弄,这更是虚荣的当代人所惧怕的。画一些几何图形,一些小人儿,再不就弄出一些谁也不认识的东西—— 一大笔糊涂账,谁愿结算谁就来动脑筋好了。

可是我们仍然要说,正是这些汇聚一起,才构成了二十世纪的精神——令人心碎的一个部分。它真的是"一元",一个"大元"。它在记录我们人类颓败的一页:最没有光彩、最绝望的一笔。是的,从这个意义上说,它又是内容坚实的,无畏的。

库尔贝(Jean-Desire-Gustave Courbet,1819 – 1877)

他是绘画艺术走向印象主义之前最重要的画家之一,而且无论从哪个角度看都可以称之为那个时代里的伟大人物。他是一个艺术家,变革者,一个深入关注和参与当时社会进程的激进人物。他把艺术与现实精神合而为一，其勇气一以贯之。当时可能极少有哪个画家具有他那样的生气，他那样的开拓能力。

在一个标榜美和崇高、崇尚华丽的时代，与他同期的安格尔正以超绝的精湛和完美征服了画坛。这时的主流艺术是远离现实的。大格局的绘画作品几乎不屑于表达现实生活的主题。史诗的气概只能用于表现宗教、征战，记录一些历史关节。而库尔贝像同时期的大画家米勒一样，敢于描绘生活的具体；但他却比米勒更进一步：直接用史诗的笔触描绘日常生活与底层民众。一种罕见的开阔意象、一种真实可感的蓬勃之气，从画面中满溢而出。

古典主义走向了巨变的临界点，于是在它的突破口上就诞生了屈指可数的大艺术家，比如库尔贝，如德拉克洛瓦，更有稍早的大卫。库尔贝非人能比的贡献在于他的底层性，在于他能够把宏巨之笔转向平民。他只描绘日常所见的"真实"，从而把彩笔拖拽出循环往复的神话和古代传奇，走向世俗的平凡的泥土。只有这样才能生长，才能让艺术闪现活鲜逼人的生命光泽。这对于绘画界习以为常的绅士精神是一次强烈冲击。《碎石工》《奥尔南的葬礼》《画家的画室》《在奥尔南晚餐之后》，它们是这样真实和具体，所表现的生活场景与意绪毫不陌生。对于画家而言，经历了绘画史上漫长的十八世纪和行程过半的十九世纪，古典气象已经画尽，宏大的题材也已经画尽。可是这个时刻的艺术既然不能原地徘徊，那么就要决意向前，走出原有的疆界，这就需要非同一般的果决，需要一份倔犟。

这种看起来仅仅是题材的转移，实际上却必定无疑要引发出更为重要的东西。挑战性，藐视与抗争，以及与之相匹配的更具现代意味的技法特征，在库尔贝的作品中一起出现了。他的《山中家屋》和《花束》，已俨然是后来的印象派大师才有的笔致。他的静物画，灼人的红色，丰茂的花束，这一切已经走向了空前的自由与畅放，是当时极少见的痛快淋漓的表达。

他的画笔进一步走向了自然的辽阔、无羁奔放。他的波涛汹涌的大海，广袤旷渺的荒野，高耸的危崖，无一不在表述巨人的胸襟和情怀，呈现出一种无阻无碍博大深长的气象。他强调写实，却有浪漫的性情。写实主义与浪漫主义在他这儿并非水火不容。他一笔一画中藏尽了怪倔，其内心世界的丰富性让人惊讶。随着暮年的迫近，他的笔风变得越来越锐利，越来越狂放；仿佛他在接近生命终点之时，更加用力地把手伸向了未知的后来者——援助他们，抓住他们，让二十世纪接踵而来的先锋人物与之结成一线。

这个不安的艺术家在生命之途的最后，遭受了无测的政治磨难。诚然，他的行为和他的艺术一起，表达了对这个世界的不安。他的勇敢与不间断的尝试，也表现在他对社会现实的干预上。他是表里统一的人，一个性情中人。他的冲动之美洋溢于作品之间的同时，还在更为广大的范围里表现出来。他对美的难以压抑的追逐之心，使他画了那么多完美的女性，如《泉边女人》《海浪中的妇人》。而他的豪气与狂热，又让其涂下了大浪排天的景象，如《浪潮》《秋之海》。

库尔贝一生心向底层，满腔热爱，晚年却不得不背井离乡，贫病交加，直到走完最后一程。他在艺术和其他方面倾注的热情是不朽的。

康斯太布尔（John Constable，1776–1837）

谈到十九世纪绚烂的风景画，人们就不能不想到康斯太布尔。一个人能始终迷恋大自然，并将这种情感化为生命的全部或主要部分，不能不令人景仰。他诞生于乡野，自小流连于父亲的老磨坊，这些终化为一个画家不灭的记忆。

儿时的水乡，一片片的涟漪，在他那儿变成了润湿终生的源泉。他所有的画几乎都给人一种湿漉漉的感觉。还有，自然的光色，它们每时每刻的变幻，也都在他的笔下得到了分毫不差的表现。一个人在这些画面跟前驻足，很快就会忘记其他，而被画幅中的色彩迷住。水气，雨丝，灼人的强光和浓雾，会让人觉得一切即在身边，一时难以从中解脱。

他一生的主要作品不仅画了野外，而且总要画水。他童年的磨坊是水动的，他一生的画笔也是水动的。从渠溏到江河，再到海洋，大水逐日漫开，最终涨满了他的艺术。《平津磨坊》当是他的记忆；他还画了许多关于它的景物，并且从不同的角度与方向来表现它的姿容。他画了父亲的菜园——《戈定·康斯太布尔的菜园》，结果成为一首令人心醉的田园诗。他画得一丝不苟，极端忠实，只寻求真切的印象。所有固定的章法与成规都被大胆的实践和勇敢的信念粉碎了。这在当时是一种革命行为，因为传统的风景画已陈陈相因，变得了无生气却又固执难易。

我们从画家的视角去感受那些画幅，总是被一种目光所打动。这温情的目光抚摸了童年景物，故地田园，水和房屋，还有树——一些经历了沧桑岁月的大树。他看它们时非常专注，一枝一丫都未放过。它们壮年的翁郁和老年的苍劲，在北风中的面色，在细雨中的欣然，都再明晰不过地被呈现和被记录。他的树不同于梵高的树：后者是绿色的火焰；他这儿却是兄长和老人，是岁月的见证。

他画出的一切总给人一种纯稚感——好像我们在倾听一个永久的童年的述说。满篇的单纯明净，洁净无污，热情而又好奇。这种感觉而且能够保持到底——即便到了后来，到了画家本人不再那么工于细节的时候，他画下的一切也仍然给人极少见的清新纯洁。这时候他像所有艺术大师的"后来"一样：更大胆更泼辣，更迅速更简明，直奔彼岸，然而却是那样坚定和准确。

这个终生不渝的大自然的歌手对艺术充满了信任。相信艺术，这是他那一代大师的重要特征，这使他们不会轻易嬉戏和嘲讽。他是二十世纪前夜最后一批立志夯实艺术的道德之基，不倦追求真善美的杰出人物。他的好奇心从未减弱，虽然在探求之路上也充满了怀疑和焦虑，但这些总是化为更大的勇气。对他和他那一代的画家来说，当时还没有充足的颓废的理由。

一个艺术家随着年龄的增长，不一定能够始终如一地守住心力。这是一个现实规律，是每个人都要遭遇的。问题在于能否坚韧，不致过分涣散。在有的人那里，掩饰这种涣散的方法就是创作风格的巨变，如凭借纯熟技法的惯性——恣意狂涂、故作笨拙、装疯卖傻等等。这也是每每奏效之方。西方艺术家常常到了老年就神往东方,开始了大写意。可是他们没有写意的东方文化做柢,其作品十有八九成了可疑之物。而一个东方迷总会不问青红皂白地嘘叫,好像发现了神奇。不仅西方,即便是东方艺术家,一般而言到了老年写意更狂——其本质也还是如上原因。心力,意志,信念,这一切其实是对一个艺术家最后的、也是最苛刻最艰难的考验。

谁能贯彻到底呢?

在作家队伍里,托尔斯泰和鲁迅能够;在画家那儿,列宾和大卫能够。当然,我们还可以一口气例举许多,比如现在我们正谈论的康斯太布尔。

大 卫(Jacques Louis David,1748-1825)

当一种艺术走向没落之时,反而会进一步呈现出表面的华丽与完美——内里却是双倍的软弱与轻浮。十八世纪中叶的法国绘画艺术即是如此。于是一场变革势所难免,"新古典主义"的代表人物大卫就崛起在这个时期。他像一切绘画史上的标志性人物一样,近乎于挽救了一个时代。实际上他们总是为当时的画坛注入了伟大的力量,从而使自己的艺术不朽。每个历史时期都在默默等待自己的激情,等待它的一次冲决和刷新。大卫就是这样的人物,他在属于自己的时代里表达得何等充分而彻底,毫不犹豫地抓住了自己的历史。

一个人的力量、意志、坚定性,特别是忘我的追求,都会在一种创造中得到真实记录。大卫与一般现代画家不同的是，他的作品几乎找不到一笔的嬉戏与草率，更没有那样的飘忽与犹疑。他的坚毅和生气，一往无前的气概，都是现代绘画史上鲜见的。他是十八世纪中叶至十九世纪初的一个巨人，其高大的身影几乎遮蔽了很大一片空间，成为一个时期内引人注目的向导。

《周济贝利萨留》《荷拉斯兄弟的誓言》《苏格拉底之死》《凡尔赛网球场上的誓言》《萨宾的妇女》《拿破仑的加冕礼》《马拉之死》……这个名单还可以开下去。它们全是光彩四溢的、非凡的杰作，真正意义上的鸿篇巨制。我们站在这样的画幅前，会感受被击中和被攫住的神秘力量。仿佛又回到了某一个瞬间，不灭的目光凝视过来，我们无形之中置身其间，身上落满历史的尘埃。多么神奇，这一切正是大卫的心灵所造就，而非其他。因为他所描绘的历史情节业已存在，仅仅是他如此再现。这就是历史的选择，是艺术家的命运。与同时期"洛可可风格"下辗转的众多画家不同，他具备了时代的冲动。他拥有了一种伟大感，心中产生了巨大的动议，这即是他的艺术生成的原因和造成的后果。伟大的关怀成就了史诗，铸造了一种永远激动人心的力量。由他而后，画家们可能再也无法靠近新古典主义画风了，只能另辟新路。这是一个令后来者自我怜悯和暗中羞愧的巨匠。

当一种艺术走到了极端的高度之后，艺术的历史就大步向前了。大题材大场景、明确无误的笔触，从此也就得到了回避——它催生了现代主义，加快了它的步伐。从某种意义上说，大卫也可以看作是现代主义的间接推动者：他，以及和他相类似的人物，逼紧了一场现代主义的操练。

新古典主义并非只是热衷于历史的大场景和大人物。它的要害是能够捕捉历史。众所周知，大卫身处法国大革命时期；但一个置身其间的人往往会忽略事实本身，将深刻的百年一现的伟大瞬间放走，所谓的擦肩而过。可是大卫当时不仅热心投入，而且直接就用一枝如椽巨笔记录了这场运动。仍然是史诗的笔法，恢宏的场景：广场，宣读誓言的国民公会总裁巴伊，热情洋溢、异常激动的雅各宾派首领伯斯比尔，这就是凡尔赛网球场上的一幕，数不清的人头攒动。

大卫说："我全无野心，只追求艺术的荣耀。"怀着这样的雄心与信念，他还画下了马拉被刺的骇人一刻、拿破仑的加冕……非凡的时代与新古典主义，重置乾坤的人物与雄心勃勃的艺术家，这二者在今天看来真是相得弥彰。

大卫的雄健，只有从古希腊古罗马时期的艺术才能找到源头。这是那个特定时期的特定支援。可是大卫并未简单复制古代，而是从自己的生活现实中汲取固有的精神。这就是他的神奇之处。一个艺术家挣脱时代精神而独具气质，这只会是一句空话和一种幻想。我们如果翻开那个时代之页，就会发现它们是由真正的巨人写就的，大卫只是其中一员。试想，有多少人可以亲睹拿破仑并画下他的行迹？又有谁会当面感受雄辩的伯斯比尔的口吻？在一个个气贯长虹的人物之侧，呼吸自然会有不同。

巨人远逝，椽笔归库，巧妙曲折的现代主义艺术即将走入纵心。在接下来的这个时期，画家们将在莫名的呻吟中画出一堆堆的小人儿，还要画下一些毛茸茸的图形和线条，一些绝妙空洞而又乏味无聊的几何体。

透 纳（Joseph Mallord William Turner, 1775 – 1851）

风景画走到了十八世纪，英国出现了一位印象派和抽象艺术的先驱——他与另一位风景大师康斯太布尔又有不同，虽然他们只相差一岁。康斯太布尔这样评价："透纳创造了一个绝好的、辉煌的、美丽的形象。"那么透纳比起康斯太布尔又有什么不同？他们同画自然，置身英伦三岛，其绘画个性却大异其趣。

他们都是风景画大师，称得上英国同一时期的双璧。但是透纳更注重光色变幻，他简直是以光为核心营建自己的绘画境界。还有，他是一个更加不知疲倦的艺术家，一生竟创作了两万多幅作品，激情滔滔。他不仅迷恋湖光山色，对纤细美妙的局部品味再三，而且专注于一些历史和现实的大场景，善于表现英雄主义和崇高精神。《埃及的第五个灾难》《埃及的第十个灾难》《迦太基帝国的衰亡》《从梵蒂冈眺望罗马》《使神莫丘利与赫司》《暴风雪：汉尼拔和他的军队穿越阿尔卑斯山》……这些古典主义的好材料被透纳用全新的方式表达了，从而焕发出新的生机。他在当代时空的光影变幻中感知着历史的瞬间，显示了一种深邃和博大。以前没有人像他那样画过暴风雪——军队——征战：太阳乌云山峰，风与光的旋动，云与雪的纠缠裹挟，林立的刀枪与士兵。这里的一切都表现出撼人的天怒人怨，鬼神共泣，命运无测。他把自然置于绝对强大的地位，而把人置于相对弱少的地位，于是进一步突出了人生无常、挣扎的残酷和生存的冷峻。

他特别擅长表现危急场景和灾难事变，这也与一般风景画家的田园风味不同。火山爆发，船难，怒涛，他都给予切实的记录。一种隐含于宇宙的力量被他感知，捕捉，让其怀着某种恐惧和敬畏画下来。他每每惊异于大自然的无穷伟力、它的喜悦和暴怒。大自然可以像少女一般和煦温柔，又会像雄狮那样撕碎一切。这儿，他的自然观远不是那么简明和单纯。他不仅徜徉和沉浸在一种田园诗的气氛之中，不仅是讴歌所谓的小湖乡路，田间茅舍。

显而易见，他的笔力与趣味都有些难测和特别：既有强烈的古典气韵，又有浓郁的田园情调；既能借助古典主义的余韵，又有下一个世纪的风尚——他特别惊人地画出了《东考兹堡音乐会》《甲板一景》《佩特沃斯屋内》这样一些现代意义上的杰作。在这里他把抽象艺术的意味和技法给予了丰盈透彻的表现。多么炫目的色彩，光线飞扬，大色块，模糊的轮廓，强光几欲融化一切。他的确站在了古典主义与现代主义的结合部上，成为横亘两个时代的大师。读他的画，既可以怀念远古，特别是古罗马古希腊的崇高伟岸，又可以将思维驰骋到无边无际的现代。在他这儿，风格几乎没有受到主题的冷酷约束，他似乎可以站在未来去遥望远古——在迷离的抽象与印象中，在正午的强光下，在清晨的霞光与雾气交织间，在黄昏的火焰里；没有刻板的戒律，挥洒意气，自由奔放。

《希洛与黎安德的分离》《海浪与防波堤》《狂浪中的海豚》，这些画风在十九世纪三四十年代是那样刺目。如果没有类似冲决的勇气，没有背向虚荣的信心，很难想象会有这种尝试。这种意念愈到晚年愈是强烈，简直一往无前。他的豪志与心情，单单是从题材的选择上也可窥见一斑。他把大量精力花在大海狂浪的描绘上，风暴，大雨，浑浑茫茫的天空。在这千变万化的世界里,他找到了艺术表达上无限可能的空间。随着年龄的增长,他进一步走入了一种开阔的大象,一种探究不宁的情绪。作为一个艺术家,他仍然在前往,而不是安息和退居。他在逝世的前一年还画出了梦幻般的《舰队的出击》——画面上有航道,有一群妇人,但是舰队在哪儿?它们至少没有清晰的具象。

除了画油画,他一生都坚持画水彩。大量的水彩画是透纳重要的创作部分。在他这儿,水彩泅湿了古典画幅上几百年的干燥与皲裂,而且最后将两种画法合而为一;他在水彩中找到的单纯和喜悦,让人明显无误地感到了。

德拉克洛瓦(Eugene Delacroix,1798－1863)

德拉克洛瓦少大卫五十岁,算是同时代稍晚的另一位雄心勃勃的人物,其豪志与气魄似乎足以与前者比肩。大卫是古典主义的旗手,而德拉克洛瓦则被称为浪漫主义的灵魂。我们知道,任何的"主义"都会对一位伟大的艺术家造成损伤,因为什么"主义"也无法概括一个特异的心灵。但是那些古往今来的艺评家们正是靠各种各样的"主义"来生存的,丢弃了这些,他们也就等于丢弃了语言。而在面对以全部生命奔赴自己艺术的巨人,我们理解力最好的时刻常常只是无言——无言的感悟,在沉默中压住一个怦然心动。

他是在过去和现在、在画坛内外都得到心仪的人物。他的《自由领导人民》的形象塑在了法国的凯旋门上，他的长达四五十万言的日记用各种文字在这个世界上大量印刷。他是一位真正的不朽者，一个时期引人注目的代表人物，同时又是一位在漫长的绘画史上永远使人翘首以望的偶像。从艺术史的角度看，他已经远远冲决了特色与风格的围篱，走向了大匠的旷远。激情，雄心，史诗气魄，高贵，这些用在他身上不仅毫不为过，而且还恰如其分。

《自由领导人民》这幅巨作被谈论得太多了。它当然是浪漫主义的代表作。当时是大革命时期，也许一个对革命并无多少热情的艺术家才能画出这样的唯美之作，才会迸发出这样的浪漫之情。画面上，一个肥嘟嘟的女神举着三色旗，率领一拨杀人如麻的暴民，这或许不够和谐。更不和谐的还有紧跟在女神身侧的手持双枪的少年，其模样很像拿了玩具手枪出来凑热闹的孩子。这种美女加玩闹少年的场面与情致，反衬了他们脚下堆积的尸体，血流成河，就显得有些别扭。但是整个画面又极具表演性，很好看，受众不需要太多的情感投入，足够用来欣赏。这时候，画家是用他的浪漫情怀来统领一切的，一切都在他的那种精神中找到了和谐。至此，我们也就容忍并谅解了他这幅画的夸张和过分戏剧性。

类似的画还有许多许多，它们都是夸张的，华丽的，夺人目光的。但也就是这些，融和化解了当时占有统治地位的古典主义，把绘画艺术猛力推进了一步。他笔下的宏大场景常常有一种强烈的旋转感，像是裹在一个气团里。这里，像大卫那样坚定不移的笔触不见了，代之以更为自由和奔放的涂抹。这些画面上总有一种呼啸之声，好像有充耳欲聋的吼叫，有奔突飞扬，有沙尘暴。

他像大卫一样专注于大题材大场面，但却没有大卫那样浓烈的古典气。他的主要作品基本上是在描绘古代，英雄，战争，神话。还有，他画了许多狩猎场面：那种搏杀惊心动魄，但没有多少当代气息。对古典的重新诠释，这一直是雄心常在的十九世纪艺术家们的特征之一。他们不能摆脱古典的、英雄的情结，正像他们在技法上不能摆脱古典艺术的约束一样。这是一个漫长的过渡期，就是这个过程中，产生了诸如大卫和德拉克洛瓦这样的巨人，以及写在一个长长名单上的人。他们是现代主义的先驱，是送往迎来者，更是承先启后的巨擘。

在艺术史上，任何的反叛如果没有实力垫底，就会成为一场闹剧。伟大是一种力量，是托举沉重的可能与方式。德拉克洛瓦像一切划时代的人物一样，能够首先从技术层面上极为主动地君临一切，将色彩解放出来，表现出罕见的心灵的自由，一种令人瞩目的舒畅感。他的所有画幅都给人精力满溢的印象。他画了不少狮子，这同时也让人想到他有狮子般的雄心。

他的古典题材作品再也没有安格尔式的华丽与安逸，而是充斥着激荡和喧嚣。一个完美却又陈旧的古典时期从他这儿消逝了，一个从头寻觅的岁月业已开始。他在处理与古典大师相类似的主题时，乍一看笔墨显得犹疑而琐碎，但实际上又产生了一种新的力量与自信。这正是一个不同凡响的艺术家才有的特征。在他超人的腕力之下，一切开始驯服。他的艺术对于逐渐走向动荡的现代，特别是急遽起伏的精神生活，可以算作一次大胆的预言。那些如同受飓风驱使一样的笔触，那些显得过于匆促的情绪和意象，都是即将降临的现代精神的暴雨狂涛的先兆。

人喊马嘶的德拉克洛瓦世界，激情冲荡的浪漫之神，已经永驻人类的精神和现实之中。

弗洛伊德（Freud，1922－ ）

我相信，任何一个人站在他的作品面前都不可能无动于衷。这本身就是一种现代奇迹。因为被现代艺术无始无终的轰炸弄得异常疲惫的受众已经麻木了。人们在各色行为艺术野兽派立体主义、神秘现实主义波普艺术，以及目不暇接的各派林立之中，变得一片茫然。可是那个伟大人物（精神病学家弗洛伊德）的后裔，他在艺术领域的发现和创造却是不同凡响。他可以让你在一浪高过一浪的喧嚣中猛然驻足，让你瞩目，进而让你全身悚栗。

他的早期作品完成于第二次世界大战前后。战争让他笔下的人物生出了那样一双眼睛：惊惧、震悚、惶恐，异样地大睁。他笔下的眼睛像一片被二十世纪初的战争和化学毒素污染过的湖水，成为一片不安的蓝色，不祥的蓝色。这也是一双双让我们陌生的眼睛，它们好像不是我们所熟悉的星球上的生命之窗，而显得过分怪异和生僻。如此警觉、冷漠、焦虑、惊悸，像是外星人突然降临，他们在把我们注视。

如果在深夜，我们必会更加恐惧于这样的目光。我们甚至会忽略真实，而一味陷于那种慌乱之中。当然，我们得折服于艺术家的魔力。这是怎样的洞察和怎样的灵魂，神秘无言，可是能够将我们深深击中。我们在审美经验中还难以从心灵、从记忆的深处找出相类似的痛苦和不安。画家在向我们言说二十世纪的最大痛苦，展示他关于人类不幸的一尊尊雕像。没有什么曾经让人这样绝望过。

人本来是美的，艺术的历史主要就是关于这种美的求证，是这样一部探求和审美的历史。弗洛伊德的这些画也在进行这种求证，不幸的是他无可奈何地失败了。他陷于了真正的沮丧。人是上帝的杰作吗？可是人如果失去了上帝的顾怜，又会怎样悲惨。那时的人既无法美，也无法真，甚至也无法善。他笔下的人的目光就是失去上帝之后的神色。

《穿白衣的少年》《穿黑上装的少女》《少女与绿叶》……许多的青春年少，人生最美好的时期，是这一切的描述。然而关于他们的逼真刻画打碎了诸如青春和梦幻之类的所有神话。冷酷的现实和无情的遭遇属于整个时代，而不是特殊的个体和特殊的人群。这些画幅的深刻性在于它的赤裸裸的揭示，它的一针见血的关于时代和人性的指控。他的笔下严格讲来已没有什么青春可言，人一生下来仿佛就走向了衰老。衰老的青春，苟活的生命，不情愿的降生，生逢乱世，生命在永远陌生的世界上流浪——就是这样一些比已知的一切痛苦还要难以忍受的东西。

人在这种苟活中不可能是真正美丽的。但艺术家又不愿断言人是丑的。他可能想说：人是无辜的。他们无辜，但是他们不美。到了七十年代，画家对于人和世界的认识好像有了一些改变。《头像》《画家母亲》《两个爱尔兰人》，这些作品中的人可能对自己的世界有了一丝丝亲近，但仍旧被不安所纠缠。他们仍然丝毫谈不上愉快和安怡。到了八十年代，画家关于人的痛苦和丑陋的表现又比比皆是了。《裸体男子与耗子》《裸体男子与他的朋友》《金发女郎》——到处都是令人失望和绝望的生存境遇。

整个来看，像《室内》《画家母亲》这一类作品太少了。在这为数很少的作品中，人的尊严、坚毅的品格，算是多少得到了认可。但这里还远不是那么乐观。永恒的痛苦一直在陪伴他们。生活对他们仍然是无解的，而他们自己则显得无助无告。

画家不是一个伟大的歌手，但却是一个伟大的解剖者和警示者，一个能够正视生存的勇者。他笔下毫无廉价的东西，毫无轻浮。而这些在现代，在时髦得过分的所谓的艺术家那里已经泛滥成灾。他始终关注和一直谈论的，是关于生存的严峻话题，并将它的细部拉近了让我们看。所有的画几乎全是近镜头，是特写，是局部放大，是写真。他的注意力几乎一直放在这个世界上最关键的部分——人本身。

画家笔下所展示的一切越来越让我们不安，进而让我们害怕。他凭着一个敏感的灵魂，随处都能发现生存的真相。他笔下的主角是人，可是他也画了《厨房里的洗涤槽》《废物场和房子》这一类"无生命"之物。它们是这个世界上人的创造物，因而与人有着同样特质，有着人的血缘。真是有幸也不幸，我们这个世界上有了弗洛伊德这样的目击者。当他指给我们真实的时候，就使我们从此不再安宁。

毕沙罗（Camiille Pissarro，1830－1903）

在印象派初期的苦苦奋斗中，有一个不可忘记的名字。但至少在中国的现代艺评家那儿，提到印象派，他们更多谈论的是莫奈，而不是另一个同等重要的人：毕沙罗。其实他与莫奈一直并肩行走在这场绘画革命的前列。莫奈是印象派始终不渝的实践者，而毕沙罗则是一个四方求索、眼界开阔的集大成者，一个循印象派画风走向自己艺术终点的人。他时而压抑自己的个性，但又总是凭借超人的理解力返回自我，巩固并进一步完美独特的艺术。他对于新生事物有特异的敏感性，能够在其萌芽的最初阶段发现并投入极大热情。他于是就成为一个时期新的艺术和潮流的推波助澜者。

他与莫奈是那个时期相互影响的两个印象派大师。有人甚至认为：没有他们之间的彼此鼓舞与肯定，也就很难设想会有莫奈的《印象·日出》这样里程碑式的作品。他的《红色屋顶，冬天乡村一角》《蓬图瓦兹货车停车场》等，都是早期印象派作品中成功的范例。在他的一生中，对新生事物的发现和热情首肯是令人感动的，他总能够从更年轻一代的叛逆中觉悟到蓬勃的生命力，体味到艺术于一个时代的不可更移的命运。他一生都在尝试和借鉴，在比较与领悟中，把握其中至为重要的东西。他最终能够在印象派的大道上走得坚实而遥远，并愈加自信和肯定。《蒙马特尔大街》《雨中的法兰西剧院广场·巴黎》《干草堆》，都称得上真正的杰作。这些作品把印象派推向了极致，它们愈加完美，气势恢宏，成为一个艺术家人生经验与艺术实践的综合表达。

毕沙罗在作品中所表现的慈悲与怜悯，对底层的情感，也是现代画家中最引人注目的一位。《悲惨的让内》《晒谷种的农妇》《被遗弃的自杀》，这些作品无一不反映出他的哀伤痛楚，他对整个人类不幸的关注。比起同期画家，他更能够被贫穷和哀痛打动。他有一颗大艺术家才具有的柔软心肠；也正是这一特质，才使他一直保有了过人的冲动与激情。这样的人是不会枯竭的，他只要一息尚存就会呼吁和叹息。他是一个时代的目击者和哀伤者，更是一个悲悯者。

比起现代艺术中的许多佼佼者，毕沙罗显得更为朴实率真。这一切都渗入了作品的一笔一画之间。他是一个勤奋的劳作者，而不是一个喧声大作的自我推销员。他脸上没有那么多招人议论的油彩。一个宽容的人，可爱的人，同时又是一个贯彻自己原则的人，这一切无论对于一个普通人还是一个艺术家，都是最为宝贵的东西。二十世纪之后，艺术家的谦逊与自卑几乎丧失殆尽，伴随他们的就常常是乖张的艺术，与情感风马牛不相及的艺术，言不及义的艺术。的确，我们所置身的这个世界上，现代艺术至少有一部分成了乖戾的同义语。在今天的绘画界，人们最熟悉的可能就是达利式的号叫了。他们也许因嚎叫而成功。

可是无论怎样，我们在情感上更能亲近毕沙罗。莫奈曾这样说毕沙罗："谦虚而伟大"。是的，这样谈论艺术和艺术家，不存在什么"艺术的道德化"，或"道德的艺术化"，而是在触及一个不变的原则，即艺术所呈现的生命——生命的质地最终决定着艺术的质地。

艺术的探索是无穷无尽的，而心灵的特质却会一以贯之。早在八十年代，毕沙罗笔下的《戴红头巾的妇女》《水井旁的妇女和小孩》，就有米勒式的安然淳朴。毕沙罗式的温情弥漫在整个画面上，它们健康真切，散发出难以言喻的美，成为阳光下的一曲礼赞。灿烂的原野，秀美的人物，这些都在映衬艺术家那颗明朗善良的心灵。

蔡 斯（William Merritt Chases，1849－1916）

作为一个出发到欧洲寻找艺术圣地的年轻人，蔡斯是一个令人羡慕的成功者。中年以前他基本上在欧洲国家渡过，并在那里受到了正统绘画的严格训练，汲取了丰富营养。当年的欧洲正处于艺术大变革时代，一批新锐人物正在动手撕裂传统。新的流派崛起，一场艺术大合唱中的多声部开始形成。欧洲贵族沙龙对这位身在异国的美国画家没有多少吸引力，而清新有力的写实主义却对其造成了深刻影响。

相对于美国那片新鲜广袤的土地，欧洲是太古老太精致了。欧洲的画风严谨深邃，结果整整一个多世纪以来的变革，或者迟缓难行，或者突兀惊人。而蔡斯中年以前一直是从欧洲艺术中寻找自己的典范，确立自己的参照。伴随这一进程的，也只能是一种异乡客的情感。这一段历程是极其特殊的——在一个艺术家最为关键的发展时期，他多多少少脱离了本土的支援——这种支援又常常是不可缺少的。欧洲的艺术传统比起北美大陆，当然是驳杂繁复历史悠久，会让人眼界大开。不过这往往也会给人造成另外一种情形：形障而实蔽。

艺术家是一种特别的生命，他必得需要与母语同行合唱，与老乡齐生共长；必得沾染一身原生的泥土。这种困苦不堪的心灵煎熬也许是不可省略的，一个"留洋者"失却了它，即便饮尽一片大洋也无济于事。在艺术家的精神之旅中，丢失根性即丢失一切。他可以不广博，但不可以不动心——深长的牵挂与忧思。他要与自己的民族同舟共济，随车颠簸，目睹和亲历新生与死亡。对于土地，不能仅仅止于想念——即便是刻骨铭心的怀念也嫌不够。艺术家的生命需要让故土从脚部埋起——一开始像栽树——最后一直让这土埋到梢头：至此，生命与土地融为一体，完结了也不朽了。

蔡斯的作品纯熟高雅，具有十九世纪欧洲绘画艺术的最新气息。他的艺术之路笔直而端正，令人尊敬。关于这个激变不息的现代艺术的奥妙，他一点也不陌生。他的勤奋实践传递和折射的，正是那个时代的全部信息。一个与大世界共舞的人，等于是自己民族出门闯荡的男儿。好在他走得不远，不过是从美洲新垦地回到了老家欧洲而已。但是，当时的那片北美大陆正是骚动不安的时期，决定整个民族命运的南北战争已经爆发。就在那样的一个时刻，画家身在异国。这当然会有代价。

《画室》《妇女肖像》这一类作品，看上去与欧洲画家并没有太大的区别。它们华丽典雅，隐隐呈现一种西方文化的纵深感。新大陆的野性，它的清新气质，直到《套圈比赛》《风景》《濒临海滨》这些作品中才渐渐增强。《中心公园》《对镜》等杰作的魅力，《远方的路》的畅美，都让人过目有心，不再遗忘。我们可以发现，与同期的一些欧洲现代画家相比，蔡斯显得更为内敛。他的冲动与狂热是隐而不彰的，只悄悄化进了一些不同凡俗的线条之中。

读他的画，我们不由得要想到另一个美国画家怀斯。他们在许多方面是那样不同。后者一生居于故地，艺术视野似乎谈不上广阔。他眼中的世界只有周围十几公里的范围，一生只画他的邻居、老屋和树林、草，还有一些动物。可是他的悲悯和体恤，他对生命的情感，他的底层性，却要有力得多。有一种深深勒进事物本质的力度，潜藏在他的作品中。这种比较也许是完全没有必要的，也许有点多余。但作为受众，类似的比较总会发生的。是的，比较怀斯，蔡斯的目光所投之处尽是雅致与安怡，有一种富足之美。即便是画了风景，也不见得会是穷人的流连之地。可它们仍然是美的。这当然是另一个问题。

中产阶级需要自己的艺术。但是一个大艺术家从本质上讲只会属于时间，属于历史。时间和历史讲来有些抽象，对于精神和艺术的判断它竟是这样无测和缓慢，简直无法量化。我们尝试着，把它理解为一条汪漫的大河，或者一片无际的原野：艺术家只有阔大的包容，只有随着时光的延续而生长的属性，或者是不可替代的强劲而独特的声音，才能在宏巨与浑茫中稍稍存在和显露。

蔡斯以他自己的方式在星空闪烁，那是一个光点，不够刺目，但可以由人寻找和指点。

恩斯特（Max Ernst，1891－1976）

他是一个活跃在二十世纪的德国画家，曾是这个国家"达达"运动的主角。后来他成为所谓的"超现实主义"代表人物,实属必然。说到底,"超现实"可以在艺术活动中作为一个无所不包的巨钵,似可装下一切芜杂怪异、一切难以诠释的艺术形态。有一种伴随着后工业社会大肆繁衍的特殊语汇,在一个不太固定的群体里流行通用。就像当年列宁所说,"无产者"凭着一曲国际歌可以在全世界找到自己的朋友和同路一样,那个群落仅凭着这种语汇即可以找到同类。这需要一种气味,口吻,音调,或许还倚仗一种体腺分泌物的挥发。

像一大批深受器重的现代主义画家一样,恩斯特具有毫不含糊的写实功力。而且正像他的同道们一样,他首先需要依靠这种显而易见的能力去说服和证明——尔后的漫长时间才能获得新的自由。这一点,当年的康定斯基如此,达利也如此。恩斯特的《城市全景》《生的渴望》,甚至是《十字架上的耶稣》和《大自然的绘画》一类,都表现了他作为一个艺术家的技能与敏感。这是一个底线,由此出发,那种狂放的想象与野性的行走就无边无际了。从此他超现实的生涯就变得通达四方,无所顾忌了。

人们每每惊异于超现实画家过人的联想能力,他们出神入化的想象和不可思议的随机性。其实在我看来这恰恰也是此类画作所缺少的,是其致命之伤。比起我们已知的现实主义和浪漫主义的杰作,比起印象派前后的一大批巨匠,抽象艺术家们缺少的正是想象力。比较之下他们显得太逊色了。他们所谓的联想大半显得浮浅和勉强,没有深度,并且形成了某种概念化的倾向——他们手中所有的怪异都被反复表现过了,成为一种不费心力的、千篇一律的惯常做法。从达利到恩斯特,他们的想象表面上也真够上天入地，但思维的方式还是那么多，它所能揭示的、呈现的寓意，一般而言都非常浅表，并且不再增加。这些想象以及表达，在有一定艺术实践与技能训练的人那里，并非有多么大的难度。

在恩斯特他们那儿，古典经验，神话与梦境，童趣和民俗，工业社会的机械思维，商品经济的催逼和幻觉，以及艺术家最后的武器——颓废，都一块儿来了一次大掺和。这里已经没有什么和谐与否的问题，更没有美与不美的问题："审丑"也是他们的拿手好戏。艺术到了这种地步，受众还有什么话可说？面对人人都无可奈何的所谓的"创作主体"，也只有任其折腾了。实际上，这种种后现代抽象艺术超现实主义以及其他，从某种意义上说，无不是后工业社会里有闲阶级制造的神话。有闲阶级在这个世界上已经腻了，口味愈加怪异刁钻，新的刺激正是必不可少的需求。这是非常自然的事情。他们与一部分艺术家形成了一种互动关系，一种循环往复的过程。

非常可惜的是，普通劳动者也被吸引进这个游戏之中。这就显得无聊甚至不幸了，也有些残酷。我们不能不正视现代艺术史上的一个事实：在艺术家们以各种方式发出精神抗议的同时，资产阶级和富有阶层也趁机鼓动了一场线条与色彩的荒唐游戏。

诚然，如果运用这种思维去否定一切现代艺术，那是过分简单了——很可惜，它不够真实也不够全面。问题当然比想象的还要复杂许多倍。首先是对于艺术家们而言，我们已有的全部艺术传统，它的全部资源，用来对付这个荒诞到难以想象的现代世界够不够用？其次是，当愤怒也显得多余的时刻，我们又会采用什么发言／存在的方式？最后我们或许会选择以退为进的策略,或许会有一些垂死的歌唱,或许还会有一些——彻底摈弃和放逐的快感、这之后的迟来的深刻……当然,富有阶层会感到满意甚至赞许,他们会继续鼓励这场游戏,让其走得更远。

于是我们只能以非常矛盾的心情对待恩斯特一类"大师"。

与这个世界上一部分人的大肆赞赏不同,我们这儿还有不安。

卡萨特（Mary Cassatt，1844 - 1926）

这位美国女画家当年在巴黎时,曾经是属于德加和雷诺阿、莫奈他们印象派中的一员。她一生差不多在巴黎待了三十年,足可见艺术之都对一个艺术家的吸引。中年之后的卡萨特属于故乡美国,正是在那儿她才受到了广泛的承认和尊重。她的艺术如同从巴黎回国的蔡斯一样,也投和了正在兴起的中产阶级的趣味;但稍有不同的是,她一直专注用情的是一些女性形象,是关于她们的某种理想的确立。女性一直处于画面的中心,光芒四射,这与其他男性画家笔下的女性又有不同。她们高贵,自尊,温情,悠闲。《剧院女郎》《蓝椅中的女童》《沐浴》《小嘉德娜和小艾伦》《揽镜母子》《树下嬉戏》,都是她典型的作品。

她的描绘渗透了自己关于女性的观念。对比当时和后来一些男性画家对女子的刻画就有许多差异。他们笔下的女子非艳即美,不可遏止地流露出钦羡之情——或许还有一些品味。这同样是动人的。他们会自觉不自觉沿着一个方向夸张起来,当然也由此形成了独特的审美。男性画家即便是描绘苦难艰辛的女性，心情仍然不能够平静。而卡萨特画出的女人非常自然和自在，她们个个有一种安然自如的神情。这样，无论是欢乐肃穆宁静或其他状态，都显得更加逼真，更具有客观性。这纯粹是一种女人视角。

卡萨特关于女人的观念既非来自古老的传统，又没有脱离它的渊源。这是深长而复杂的欧洲文化的一次现代综合，是可以普遍为欧洲人所接受的一种经验和尺度。对于欧洲人开拓的北美大陆，一种温馨的生活情状是颇有吸引力的。北美这片土地的驯化过程，不仅是人与自然的一场较量，更重要的还是欧洲文明与土著文化的一种较量。卡萨特以直观的绘画方式讴歌和肯定了一种"老家文明"，实际上隐隐拨动了美国主流社会的心弦。他们很容易在深深的共鸣里沉浸，做一次精神的畅游，获得满足。

女性在更大的程度上象征和代表了家庭和岁月。女人的姿态就是日常生活的姿态。认识和分析生活的方法有一个捷径，就是从女人开始。所以说卡萨特的作品对于生活有一种强大的分析性，并隐性地贯彻了她的日常逻辑，宣示了她的道德标准。这是渴望安居和幸福的开拓者的心情，并且是这种心情的美丽图解。说到底，这是一种移植到美国、并且经过了改造的欧洲中产阶级生活的描述。

卡萨特的作品不涉及痛苦之类。这里甚至没有死亡与分娩。最多的是母与子的相依，是少妇。成熟的、组成了家庭的女子，涉及许多方面。她们有可能是最丰富的，是生活中的枢纽，是联结点。画家所突出表达的强烈的母性，在其他画家那儿并不多见。

卡萨特是当年美国所能拥有的最好的艺术家了。她没有让人灵魂震悚的揭示，却有深厚的关心爱怜。这情感本身也属于经典。她画出的端庄和典雅温煦，会永远令人心向往之。

二〇〇〇年八月二十日至二〇一一年五月十日

白驹过隙

一部作品写完之后,就离开了创作者,变为一个独立的生命,去成长,去经历自己的过程。

一个真正敏感的写作者,即便有过三十多年或者更长的文字生涯,经历了无数风风雨雨,无数坎坷或荣誉,也还是不会变得疲沓和冷漠。他会一如既往地保持那份热情,认真地生活、目击和记录。这是善良和朴实的人生。

"白驹过隙"这个汉语词汇形容时间之快,讲出了时间的真相。时间究竟是怎样、真相到底是什么,或许因人而异。不同的人谈论时间,永远是不同的,因为他们的立足点不同,感受不同。

文学家有自己的时间,诗人们有自己的时间。

"白驹"指太阳,是一匹白色的小马驹,它却在窄小的缝隙前一闪而过。天空是表盘,太阳是指针,看时间就是看太阳。将太阳视为一匹小白马,透出了人类多少乐观和天真的想象。

但是人人都知道小马驹是急遽不羁的,它不是一匹老马,不会缓步悠游。

如果人类以小马一样的心态去看过隙之驹,只会觉得有趣,而不会发出太多悲凉的叹息。这里面包含了青春的奥秘。实际上随着年龄的增长,我们会回忆起很多事情——阅读者最难忘的当是看书的经历,因为这是他人,是另一个生命在记录时间,吐露时间的观感、各种印象和心得,以及种种复杂之极的感受。说得更贴近一点,那是在表述看到那匹"白驹"时的多种多样的瞬间。

其实这算是惊险的一瞬,尽管会以不同的心态呈现出来。生命正因为这惊险,也才足够刺激。

一个记录者在二十多岁的时候,他本人就是一匹典型的白驹。可是他会觉得自己早就经历了很多事情,什么都懂,成竹在胸。所以大人看到孩子们的那种骄傲,连父母都不如他的这股冲劲,就会联想到自己当年。"白驹"认为自己什么都懂了,天文地理无所不晓,精明透彻事事皆通。同时他们又足够好奇,这首先表现在阅读上:迅速地翻阅,迅速地记忆,迅速地消化,吞吐量巨大。

如果是一个作家,那么除了阅读还有写作,当年的情形如同眼前:在哪个地方铺上一张纸,写上第一份提纲,列好第一张人物表,一口气写了多久,写作过程中喝的什么饮料,有哪些朋友去拜访过,一切都历历在目。比如为了躲避干扰,曾搬到山区一座小房子里,这儿偏僻荒凉,壁虎到处乱跑。

几十年早已过去了,时间确实过得迅疾,"白驹"之喻实在不虚。每个人都在谈论时间的快速流失,但每个人的经历却大相径庭。

现在同样是一匹"白驹",却有可能在浩繁芜杂的阅读生活里提前变得苍老。网络时代的文字制品多如牛毛,大家的选择都会成为一大难题。谁来帮助我们?对大多数人而言,找不到一个权威,也找不到足以取信的论者,更是没有了标准。那些从事文字批评的人、文字工作的人,不能以自己的人格做出担保，像社会上从事某些工作的人一样，汲汲向利，早就不能让人信任了。

以当年阅读的国外作品为例，那些被翻译过来的作品大多都经历了成千上万人、几百年上千年的时间检验，是存留在时间长河里的真正杰作。翻译家们花费多年心血精心译出，他们是一丝不苟的艺术家，在译介的过程中极有耐心，劳动的品质让人充分信任。正是由于他们的持守和劳动，节省了读者大量的时间，使人们拿起作品就可以阅读，读完就有难忘的收获。

可是时至今日情况已经完全改变了：出版部门可以组织一个团队，在短短的时间内译出几十万几百万字的作品——只要卖得好，其他都不再顾虑。这在过去是不可思议的。所以在这样的情形之下，一个人如果只做一个勤奋的阅读者，这已经远远不够、已经有点傻了，我们将会被大量的垃圾淹没过顶，而且引不起别人的一点同情。

于是我们只能依赖个人的判断力，起码的定力，以便在这个极其浮躁、震耳欲聋的喧哗时代里稍得安稳，求得一种相对健康的阅读生活。

就许多人而言，一个最可靠的办法当然还是去读经典。有人希望他人在这方面提供一种灵丹妙药和诀窍，最后听到的却是一些关于经典的老生常谈。老生已经不是"白驹"了，也不再忧心忡忡地盯住那个时间的缝隙了，他们心里对时间早已没有什么奢望。他们只是垂首伏案，走向更加保守和踏实的古老的阅读。

经典作品很可能是让人皱眉的，因为许多时候它不是根据个人的兴趣去选择的，而是需要抱以学习的态度去获取的。它们具有娱乐性，我们读书往往就是为了获得快乐，获得阅读的快感。比如某个人很懒，什么都不愿意做，只愿意看小说。还有的人因为读小说而耽误了工作。一切都因为书本给人阅读的快感，有娱乐性。而今天我们面对的一些经典作品，通常却并没有很强的娱乐性，比它更吸引我们的读物实在太多了。

当我们为了专业的知识而去阅读物理学、数学、植物学等等，总是以学习的态度进入的。文学经典何尝不是如此，当拿到一部传统的杰作，先把它假设成一部物理学之类的著作，把它当作自己的学业专攻，也就不会那么强烈地要求娱乐性了——恰恰是这样的阅读，却使我们获取了最大的心灵愉悦，得到了更深刻的享受。

美好的阅读、激动人心的阅读，可以在任何时候发生。人生得意或坎坷都会与之相遇。那些名著几乎无一例外地写尽艰难曲折的人生历程，那是弱者的奋斗，个人的痛苦，对人生的执着追问。一个人身处逆境则感同身受，他人的文字也就进入内心，化入灵魂。

这些书中所描述的时间，在阅读中移植到另一个生命之中，自由地延伸下去。虽然两个时空实在是相距遥远，极可能是几百年或几千年的间隔，这会儿却能够在阅读者的心中无碍地、自然而然地交织一起，难解难分。时光匆促，但时光也会以这种方式留驻下来，投射到另一个生命身上。此刻时间显示了多么强大的绵延性。

经典作品几乎无一例外地表达了对自然，对人类母亲的依恋。当一个人脚踏大地，为自己的生存而奔波的时候，会对这种情愫有更为深长的触动。人在原野之夜，看到高远的星空，心中充满了异样的神奇。人在万籁俱静的夜晚，看到的星空不是黑色也不是蓝色，而是紫蓝色——深蓝、微微发紫的一种颜色，美极了。

人们或许会得出一个结论：最美好的阅读往往发生在人生最坎坷的奔波之期，于是也就不再以生活的繁忙、日常的困窘为由放弃阅读。我们在抱怨生活的同时也进行着自我检讨：是不是拥有最美好的阅读，是不是与另一个时空里的伟大心灵对话。

我们的阅读不过是在飞速流逝的时光中有所作为，去捕获属于我们自己的那头"白驹"。它正飞驰而去，我们从小小的间隙里望过去，绝望悲伤之余却要奋起一跃，设法揪住它的长鬃。飘飘的长鬃很美，它真的会被我们抓住。

原来这才是阅读的奥秘。读到了什么？那是另一个时空里的生命，是时间的痕迹，它们交错着，成为人世间最美丽最深奥、最神奇的事物。不然我们的一生会多有遗憾和不甘，我们不能容忍这一闪而过的"白驹"就此消失。

及时行乐的思想会毁掉真正的阅读，所以也就有了娱乐至上。而这些娱乐将使人上瘾，浅浅的没有深度和难度，享受一种懒散和滑行的快感。这种娱乐中没有多少像样的值得拆解和记取的瞬间，所以是一种最大的生命浪费。这个过程是对自己的掠夺。

经典作品的节奏常常是缓慢的，尤其是十八十九世纪前后的一些文字，它们跟网络时代的节奏大不一样，是经过了漫长的淘洗而留下来的精神钻石。时间的宝贵颗粒让后来的人一粒粒数下去，当然是一种很奢侈的事情。

这样的阅读者再加上写作者，二者合一就是作家。单是具备其中的一项不能算做作家。仅仅阅读当然不是作家，仅仅写作也不是。真正的作家是深谙时间的奥秘,并能通过阅读与那些惊心动魄的瞬间接通的人。

作家是使用全部的精力、生命的能量去完成自己对真理的追求,忍受和享用孤独的人。当然这里寂寞是不存在的,相反他的内心总是过于喧哗,充满了质询之声。几千年的潮声都汇集在他们的心里。

如果一个写作者放任自己,在物质主义时代趋向欲望的潮流,那就永远不会成为一个作家。

文字背后蕴藏了经历和隐秘,繁茂的思想,这正是他们用以抵抗滚滚时潮的致命武器——在似乎平实无奇的文字世界里,一定是披坚执锐的。一个人没有与时代形成如此紧张的关系,就不必走入这样的选择。他们需要时间的残酷警告和无数折磨,以接受时间的最大恩惠。

一切都交付于时间,消失于时间并成就于时间。随着时间的流动,年轮的转动,人生的底色也就显露出来了。生活中更冷酷更温暖的东西一并出现了。人生之路上最难以面对的就是那个将来,它是一生的颜色和回声。

我们只能一步一步丈量自己的命运,而不能跨越和超越。一个人才华枯竭了、体力不支了,好像停息下来了。不,他还在一步一步地丈量。生命还在继续,生命还没有终止。

那只"白驹"还在吗?

它当然还在,它一刻不停地奔向远方,消逝在遥远的地平线上。

二〇〇一年七月八日
二〇一二年十月再订

经典小记二题

《诗歌会消亡吗？》

这是典型的雨果式思辨：其势滔滔，一泻千里。文章指出那些预言诗歌将要消亡的人是多么可笑。他旁征博引，视野之开阔，联想之丰富，比喻之绝妙，都让人叹为观止。他的结论在消费主义物质主义盛行的今天真是振聋发聩：艺术的法则就是自然的法则；真正的杰作永存不朽；艺术既不前进也不后退，它甚至不会萎缩，为什么？因为它不会成长。艺术的潮水没有涨落，因为人类的天才永远盛开。艺术与科学的不同之处，在于艺术不会进步。

这就是一个浪漫主义大师对于艺术、对于诗的本质理解。在他看来，如果说诗歌消亡了，那就等于说太阳不再从东方升起，母亲不再爱孩子，没有玫瑰花了，天空暗淡，人心死亡……是的，艺术的法则就是自然的法则。

《荷蓧丈人》

这是一篇行文十分有趣，然而又是极能体现《论语》主旨的妙文。

文中正在耕作的老人语出惊人，一派傲然，显然不是一般的农人。所以当孔子的学生子路将其言论回头报告给孔子时，孔子立刻断定：这是一位隐者。他让自己的学生马上返回，再见隐者，无非是想进一步探究，听听对方的高见。然而那个隐者已经出门去了。子路并没有白跑一趟，他感悟道：有本事不出来做官，这算不得什么"义"——为了使自身清洁，却混乱了做人的大伦理。君子出来做官正是为了推行"义"。像自己的老师孔子，他所主张的道义行不能，也是早已知道的。

　　子路是真正理解孔子的好学生。他懂得"知其不可为而为之"的坚韧精神显示了更伟大的人格。古往今来，先当一个所谓的超脱者、一个隐士，再转而对奋斗者来几句冷讽热嘲，这不仅容易，而且还往往能博得他人的激赏。几千年后，我们就是一再地引用这位隐者的话，作为批判孔子的利器。其实文中的这位隐者，说白了不过是任何时代里都有的人物，他们聪明，但绝不会是第一流的人物。

　　需要说明的是，文中所说的"仕"，特指了有政治抱负的人，而不是一心往上爬的政客。

二〇〇三年六月

再思鲁迅

一

在中国，一个世纪以来鲁迅是唯一没有被中断阅读的作家。而这期间，许多作家的著作都从书架上消失过，他们的名字在长达三四十年的时间里对于大多数中国读者都是陌生的。鲁迅的著作却一直被阅读着强调着，直到现在仍然如此。在中国大陆，大概连通俗小说家统计在内，仅就印刷量而言，也没有一个作家超过鲁迅。在这几十年的时间里，没有一个作家像鲁迅一样在教科书中占有如此重要的位置。

即便在万马齐喑的"文革"时期，鲁迅的书也是影响力最大、印刷量最大的之一，超过他的大概只有红宝书了。而当时对于人的行为约束力最大的，除了红宝书之外，也就是鲁迅的书了。人们当年要背诵许多红宝书的篇章，对其中许多文字耳熟能详，并在行文中大量引用。对于鲁迅的书，许多中国人也能张口说出一些句子，也常常在行文中加以引用。"文革"时期能够印刷作品的作家虽然少而又少，但总还存在；特别是后期，总有十几种或更多一些的当代文学作品出现在书架上。不同的是，这些作品除了极个别的偶尔还会出现在记忆里之外，随着新时期的到来，改革开放的浪潮很快就将其淹没了。而在"文革"期间或后来的更长一段时间内，如果有人指责鲁迅的著作，肯定会被当成荒唐或疯狂的举动，因为这在政治上或通常的意义上都是不被允许的。

由此可见，鲁迅的书在当时所具有的无可比拟的地位。

时至今日，没有任何一个中国作家在海内外的各类文学评选中获得如此一致的崇高评价。无论是海峡两岸还是其他华语地区，在世纪末的文学大盘点中，鲁迅的书都是作为最出色的创作得到了首先肯定。仅就"五四"时期的作家来说，经历了新时期的拨乱反正之后，许多因为政治禁锢而与读者久违的作家，包括各种风格流派的作家在内，都一度得到了出土文物般的待遇。他们的作品在大陆风靡一时，影响空前。但所有这些作家和作品几乎都经历了一个从热烈到安静的阶段，慢慢退回到一个适当的位置上。与鲁迅和其作品相比，这些作家和作品没有确立一种超拔的地位，没有取得这样的不朽。毋庸讳言，鲁迅及其作品直到今天，仍然具有难以超越的意味。

鲁迅作为精神和艺术的双重象征，已经越来越不可动摇，尽管近百年来不断有人做出多方尝试，试图加以质疑和责难，甚至泼出了污水，结果最后总是无损于鲁迅。

鲁迅的作品没有长篇巨制，这曾经使许多人引以为憾。但是后来人们还是发现，这并未影响一个伟大作家的声名。人们意识到作为一个真正的文学家，越来越多的读者最后还是将其作为一个整体去理解和感受，一般意义上的量化分析已经没有了意义。也就是说，作为一个精神和艺术的巨人，他是高大和永远矗立的。

从文学史的角度来说，不可忽视的是鲁迅开创的杂文传统，因为在他以前中国多是闲适的小品文传统，与他同时期的作家也在沿袭这个传统。正因为有了鲁迅，从此杂文作为匕首和投枪才得到了肯定，并且延续下来，以至于成为新的传统。这个传统即便在建国初期，即便在改革开放的新时期，也得到了很好的继承。中国的杂文开始有了自己独有的讽刺和批判性，尖锐而富于勇气。

二

如果对鲁迅没有深入的领悟，只是片面强调其"战斗性"，则容易发生相当单调和生硬的理解。鲁迅精神不是今天一部分人所领会的那么简单和片面，更不是一般的"愤青"精神。当代文学中发生的一些对鲁迅失于粗率的批判、一些偏激的要求，大多与望文生义地理解鲁迅有关。

对鲁迅，各个时期总是存在着不同程度的误读。鲁迅在中国不可避免地被简单化和抽象化，无论是推崇还是贬损，常常只是将其当作一个符号来使用。正由于"文革"时期对鲁迅的极度推崇和利用，才引发了后来部分研究者的反弹。有人甚至将鲁迅等同于一种文化专制的象征来加以斥责。其实他们忽略掉的一个尖锐事实就是，鲁迅本身也是那种文化专制主义的牺牲品。正是由于当年不适当地、实用性和政治功利性地使用和引用鲁迅，才使围绕鲁迅先生的一场真正的文学阅读遭到了致命的破坏。

这正与当年鲁迅先生在世时的情形一样，右翼和左翼的两端都在攻击他。从几十年前的种种争执来看,误读不仅如此普遍,仇恨也渐渐有些莫名。一个深入和执着于真实的人,必然要遭受各种精神的折磨,这是从来如此的。

在当代,中国读书界对鲁迅的确有一个再认识的过程。人们经过了漫长的阶段,终于开始把鲁迅著作从意识形态的符号中解脱出来,开始有了从文学以及人性的基础之上加以理解和诠释的愿望和可能。

然而鲁迅的民间形象一直是相当清晰和朴素的,虽然也太简略:倔强、反抗、辛辣,甚至是"骂人",这就是鲁迅。于是学界和知识分子在深入探讨领会鲁迅的世界的同时,还有一个艰巨的任务,即向民众传播真正的鲁迅:丰富和真实的鲁迅。这个过程将是长期的、充满争执的,也是一个在讨论中不断深化和不断发现的过程,更是一个使鲁迅永远鲜活的过程。

今天仍然像过去一样,对鲁迅的争论起码来自两个方面:善意的未解和恶意的攻击。善意的未解,包含了所有因为学养和阅历的浅近、因为其他种种原因而没有能力走进鲁迅这个博大世界中的人群;恶意的攻击,即是指那些因为心灵的性质而与鲁迅发生天然对立的一部分人。后者远离鲁迅、对鲁迅愤愤然,都是非常自然的,这也是一个不会消失的过程。鲁迅在生前就说过,他之生,也是为了让一部分人的生之不悦。这就是鲁迅伟大的斗争性。

所以这种种争论将是永久的,没有消失的一天,因而鲁迅也是永恒的。

奇怪的是,当年的鲁迅并非为了永恒而写,他只是执着于当时,只是为了爱与恨而写,只是被迫为一些没完没了的前前后后的纠缠、一些似乎永远也无法澄清的是非曲直而写。但他没有一个私敌。他甚至希望自己的文字"速朽"，这就是他选择的道路。看来只有执着于当时，也才能获得未来和永恒。相反，那些只愿奔向高阔的永恒，却会更快地被人遗忘。

放眼"五四"以来的文学家，似乎没有一个像鲁迅一样，产生了这么多的歧义。个中原因当然特别复杂，但首先还是因为鲁迅本身所具有的丰富性：在同时期的作家中，没有谁的作品呈现出这样多侧面多角度的形态，如此温婉仁慈而又如此执着仇视。他是幽默的，更是辛辣的；他是嘲讽的，更是率直的。他似乎还有重重叠叠的矛盾存在着：一生致力于反传统，对传统深恶痛绝，将中国传统文化喻为吃人的文化，甚至厌恶中医和京戏；但却没有一个文化人像他一样延续和实践了儒学传统，其入世精神、知其不可为而为之的勇气，都罕有其匹。在后来，他甚至怀疑起文学家的意义和道路，并且舍弃了虚构作品的写作；可正是那些与现实纠缠不休的杂文和言论，将一个作家的纯粹和广博推向了一个极致。他在长达五十年甚至更长的时间里被各种政治力量所利用：出于不同目的的、不间断的诠释和解释，对作品的割裂和断取；与此种状况所并行的，却是时间和历史给予的顽强匡正，是无边无际的阅读中发生的热烈追求和固执的指认。

鲁迅是一个极其独特的灵魂，这个灵魂对于平凡的大众而言，太切近又太遥远；人们阅读鲁迅，总是要不断地发现和不断地惊讶，总是要在新的时代感受中不断地"重读"。

三

经过了一段相当长的精神历程之后,人们对鲁迅不再神化也不再简单化了。人们于是可以理解为什么一个作家既是"匕首"和"投枪",又是一个技艺高超的语言大师,一个立论严谨的学者,一个温和的父亲,一个宽厚的长者。他们开始看到了一个从来严厉肃穆的面孔的另一面:和煦的笑容,动人的怜悯。

二十世纪以来对鲁迅的阅读中所发生的一个最重要的转变,就是人们能够感知他的温暖了,能够面对和体味其才华、个性、仁慈、幽默,等等全部复杂的拥有以及情愫,特别是——巨大的悲悯。

在当代文明的大背景下,鲁迅作为一种文化的精神的资源,正被从未有过地大幅度开掘。一种陌生和新奇的发现渐渐扩大开来,鲁迅于是成为一座精神的富矿,一座含有多种元素的丰富贮藏。

在这个发掘的过程中,首先当然还是从真实地、人性化地理解鲁迅开始的。舍弃了这个基本的过程,一切都将无从谈起。无论是从艺术还是从思想的、人性的层面,后来者都发现了一个不断生长着的鲁迅。他随着时代的发展而延长而更新,并且不断营养了新的时代。

首先,他作为一个语言艺术大师所给人的巨大的艺术享受,他的不灭的个性的魅力,都是作为一个作家永远活着、生长着的理由。现代人口味粗糙思想浮浅,而鲁迅却是那么深邃和那么精微。他的独特性与他的深刻性高度一致,因为从来没有一个艺术家会脱离其个性而抽象地存在下去。鲁迅是在高阔的情怀、孤苦的心境、多趣的性格、渺茫的寻索、无边的忧思、迷人的韵致——这诸多交织和组合中生存的。那些伟大的、不可思议的创造与发现，就悉数蕴藏其中。

在二十世纪的现代艺术进程中，鲁迅不是一个旁观者，而是一个开拓者。他作为一种精神和艺术资源，正是中国整体现代主义进程的启动者和参与者，一个重要的组成部分。他的艺术表达中有象征、荒诞、隐喻，有意识流、魔幻，有二十世纪盛行在文学大陆上的许多技法的尝试和意识的冲动。从鲁迅这儿，我们可以看到伴随新的世纪所滋生的现代因子，怎样在一个敏感的天才那里得到了呈现。

我们于世纪末才得到尽情体验的物质主义的泛滥、商品时代的粗暴与专横、精神的没落与贬损、专制的文化基础和特殊传承，鲁迅早在世纪初就对其有过发见和预言。这至少给后来人提供了一个不断加深认识、从头寻索的精神脉络和依据。文化的土壤需要一个发掘者和鉴别者，一个从样品中不断提取和分析的清新而犀利的专门家。

时代经历了广泛的演变和孕育，我们却一直相伴着鲁迅的精神，并时时感到一种召唤和激励。这是一个深邃纯洁、甚至是特异和古怪的灵魂所独有的魅力。特别是在世纪末的焦思探求之中，对我们来说，很少有一个作家会像鲁迅一样意味深长，让人慨叹让人警醒，同时又让人陶醉；他作为心灵的标志，一个人在蜿蜒曲折的穿行中一旦触及即再也不会忘记。

四

每个作家、每个人，都会与自己的时代构成某种特定的关系。就一个时代与一个人的紧张关系上看，就作品和人的行为的刻记上看，当时还没有一个作家可以和鲁迅相比。时代变迁，人与客观社会的对应性质并没有改变。任何人都不可能一直在空中虚飘，不可能假设和虚拟自己的立场。而一个活跃在半个多世纪前的思想者留下的精神财富，却能活鲜地保留到今天，这无论如何不能不说是一个奇迹。

我们承认，在人类的思想史和艺术史上，有一些人作为现象虽然可以一直存在，但却要因为时过境迁而不同程度地陈旧和褪色；他们的价值一旦离开了自己的时代，也就大打折扣。但是鲁迅的思想和艺术却顽强地活在我们的时代，他的文字仍然真实确定地对应着当下。

这就是鲁迅留下的最了不起的一笔遗产。人性中最匮乏又是最普遍的精神，正是他当年执着的领域。他始终坚持知识分子独立判断的精神，从不人云亦云，从不屈服于金钱和权利的胁迫。对于在任何时代都能够造成广泛而强大的压力之源，他一直是一个韧性的反抗者，一个清醒的战士。

当年那些闲适的作家，帮闲文人，甚至也包括左翼，都不具有鲁迅的犀利和顽强，不具有这种坚韧和清醒的品格。他对国民性、对知识分子的批判、对生存现状的剖析、对不公平的愤慨、对罪恶的揭露，特别是他的不妥协性，自始至终都超越了一般的团体利益，而能够直指人类的痼疾。

他作品中的人物栩栩如生地活在当下。他所指斥过的嘴脸还摇晃在今天的街头。他的忧愤如在眼前，他的悲怆未曾平息，他两指中燃烧的辛辣的烟仍然呛得我们两眼泪花。彼时的悲情和黑暗、辛苦与艰难，更有无法度过的挣扎之夜，谁会感到陌生吗？

鲁迅之所以具有永远鲜活的现实意义，因为他对应的正是人类和生存。

我们尽管像重复一句套话一样絮叨着责任感——作家的责任感；可是望遍苍茫，真正杰出的作家无不承担起社会责任，无不哀疼民生。他们从未因各种理由而玩弄艺术和丧失良知。鲁迅的立场具有充盈确切的人性内容，当宏阔的时代主张脱离了人的生存，他即刻放弃的仍然是那些主张。在他那里，即便是最偏僻的人类灵魂的角落也得到了挖掘。为了疗救和生存，他是直面人生的、无可顾忌的、退到了绝境上的勇士。

责任的永存，就是人类的永存。我们从鲁迅的作品中感受到的，常常是焦灼和激愤的目光。往前看，未来有许多未知藏在苍茫之中，但我们知道苦难永远地横亘在那里。如果在此刻回头，我们会被一束目光又一次地照彻或激励，这就是鲁迅的目光。

二〇〇四年三月十九日

从沙龙到小屋

这次从中法文化年的"巴黎图书沙龙"离开,受马赛大学汉学家杜特莱先生邀请,与朋友一起去了南方。大学的学术活动安排不紧,这正好与巴黎的情形相反。我以前来法国时,只在巴黎和里昂、里尔几个地方转过,并未深入美丽的法国南部——普罗旺斯地区。这里的清新自然与繁闹的巴黎相比,真是另一个天地。有过几天图书沙龙上的经历,南方让人产生大舒一口的感觉。

法国图书沙龙虽然没有法兰克福书展浩大,但也够吵吵闹的。这里是张扬和卖的地方,一万个嘴巴在嚷,这对于安静一隅著书的作家来说实在不是个好地方。在书展期间,我们作为"主宾国"的被邀作家分批上场,有时每人一天要有两三个活动,演讲、座谈、解答、见面,累而无趣。思想和艺术之类一旦化为商品,最尴尬的又会是谁呢?

我在这二十年的时间里断断续续参加着一些"国际文学活动",邀请方大半是文学出版界和其他文化机构。即便在美好的交流中我也没有感受到多少真正意义上的"文学"。在西方,作家与出版者、出版者与读者之间,早就是卖方和买方的关系。一种成熟的文学商品市场以恒久不变的规律运行着。几个执着的作家,不要说弱势的东方作家,能够改变这种现状吗?西方与东方一样,南方与北方一样,最好卖的从来都是

二〇〇四年十月，在法国普罗旺斯依芙岛

同一种东西。这些是不会变的。世界上任何一个地方——不，在拥有长久资本主义传统的西方，在商品经济的发达之地，"卖"字只会叫得更加响亮。

杰出的作家迅速被市场接纳的机会少而又少，偶有接纳也不会让其幸福个半死。像我的朋友一样，他们在任何情形下都是平静的，市场只是他们的目击物。在物欲横流的世界上，杰出的作家在世界范围内都会是"异类"和"陌生人"，所以当一个民族的作家寄希望于另一个民族时，常常就会发生一些最无聊最幼稚的事情。世界上也许再也没有比让文学"走向世界"的呼号更可悲可笑的了。文学是心灵的激越和沉寂之物，是一部分人的生命冥思，有许多时候其境界和情致是难以言喻的，又怎么会变成体育赛事那么简便和易于操作？

在文学商品之河里，如果是出奇的下流与尖叫，也许一夜之间就会"走向世界"。

如果不是，如果哪怕稍稍含有一点真正的个性与美，那么就极有可能等到"一千零一夜"。

但在所有的夜晚里，写作只是作家本人的粮食和茶。他们不会大胆奢望自己的劳动会成为一个民族的粮食和茶，甚至连小点心都不是。但这仍然不会使写作者绝望，仍然会使他们感到幸福。然而也仅仅是拥有这种幸福的人，才有可能给未来和人类提供一点点食品。

美丽的普罗旺斯郊野上我们看到了什么？有不绝的绿色，起伏的山岭，有每个春天都适时而至的花团锦簇。但这会儿在我眼里最美的，是隐于山野的一幢幢小屋——它们大半很小，小到了不经指点就会被忽略的地步。可是啊，这些小屋一旦被指认就会让人怦然心动，就会发出奇异的光。

　　山坡上，丛林中，偶有褐色黄色的石屋，一问，是画家塞尚、毕加索，哲学家海德格尔……的故居。除了毕加索的居所是大的，其余都不太起眼。如今它们沉默地诉说，潜隐地炫耀，质朴地光荣。这些远离尘嚣的居所使他们在当年尽可能地保护了自己的生命力，伸长了对于整个世界的悟想，创造了无与伦比的思想和艺术。

　　这样的小屋多么适合享用自己的粮食和茶。塞尚当年怀着一个理想，从外省到了热闹的艺术之都巴黎。但他的作品从来也没有挤进过官方沙龙。四十岁上，塞尚干脆回到了南方，住进了这样的小屋之中。从此，那些闹市的浮华、可疑的潮流、追逐与攀附，更有不被人欣赏的寂寞与苦境，统统被驱到了天外。它们一起消逝了。

　　伟大的塞尚，今天我们从巴黎的图书沙龙跑出来，站在春风里注视你的小屋，竟忘记了你是一个享誉世界的人。

二〇〇四年四月九日

品咂时光的声音
——读日本散文小记

枕草子

这是多么有名的散文。清少纳言,宫内小女官,作者。她是天武天皇的十代孙。由于当时没有录音录像一类技术,我们对遥远的过去只有依赖文字去理解和感受了。然而这种感受是微妙的,需要感受者有相当的能力,有对于文字的敏感,特别是对于另一个时空的悟想能力。阅读需要会意,会意这存留于墨色的一颦一笑、一嗔一悦、一情一景。文字之细腻纤弱,宛如丝线者,往往出于女性之手。

女性之中的女性,大约要数清少纳言一类。当年,像枕头那么高的一沓好纸就能引起她的写作欲,于是她就想把这沓纸一点点写满。我们可以想象她那时的心气高远,并想象她的字迹也是好看的,而且对自己的记叙也是小有得意的。

多么琐屑的文字。她真是耐烦。不耐烦就没有了这样的贵族文学。下等人的文学是粗放的,有时甚至需要一点猥亵和血腥。清少纳言的文字当然是属于上等人的。她是皇宫里的女官,自有自己的雅趣。弱不禁风的人和文,清淡,寂寞,多情,也有很多无聊。

在无聊中吟唱，不停地吟唱，这也是人生的一种功夫。

对她和她们来说，最主要的事情就是宫中一些人的心情和消息。还有似淡还浓的爱情。在宫中，给她们的一剂猛药就是爱情。她们在爱情的边缘徘徊的痕迹，就是这些文字，是隐而不彰的心路。

她们常常从中发现一些针头线脑的小事。这些小事因为极为有心的人才能拾起，所以也成了深刻见地的一部分。应对俳句之类，竟也成了大事。那些歌在今天看来是何等简单。可是这些歌中有那么多清纯迷人的东西，以至于会让人神往和迷惑起来。

当然，离开了一个国度的情与境，特别是她们的情与境，我们无法完全理解和体味这些歌。和歌，俳句，真是一些古怪之物，它比日本清酒更清。

如果说我们对文字的造诣本身着迷，还不如说是对于那时的皇宫生活，那时的一位宫女的情怀和见闻更感兴趣。出土文物的价值是无形的，无法用更通俗明了的语言解说的。我们在回避一笔大到不可以估价的无形资产，比如这些很早以前的文字。

方丈记

鸭长明失意以后就出家了。这与中国过去的情形十分相似。人在两极中生活，大起大落，繁华之后的冷寂无边，也真是抵达了一种艺术境界。然而实践起来并不容易，所以身在其中的人就有了许多常人没有的感慨。

那一茬日本智识者与今天稍有不同的,就是他们更为依赖中国文化。离开了汉诗和典籍简直不行,那会在精神上无法腾挪。博尔赫斯说到日本文化和中国文化的关系时,用了一句妙比:中国文化就在一边,它是日本文化的守护神。只有读老一代日本文学家,特别是智识阶层的文字,才会深刻体味这种"保护神"到底意味着什么、它的深意。

但是中国文化移植于岛国,经过了千年的海风吹拂,其中有了更多的盐味。

被中国改造过的佛教思想,还有庄儒思想,在古代日本文人心灵中有不可移动的位置。他们的观念中常常有"无常"和"空",如同不停地读《红楼梦》中的那首"好了歌"一般。鸭长明记载了日本历史上一些有名的灾变,其惨烈令人惊怵。可是他也指出:经过了一些时日,也就是这样的大灾变,竟然在许多人的心目中了无痕迹,人们又照旧玩嬉享乐。他则是一个灾难的顽固指认者,所以他可以是智者和思想者。

他描述自己时下的状态和心境为:"知己知世,无所求,无所奔,只希望静,以无愁为乐"。如果这是一种能够达到的境界,当然是神仙一样的生活。可惜这往往是不得已而为之的,是一种特殊境遇下的悟想和慨叹,虽然难得,但其中总会打一些折扣罢。

蓑衣和拐杖,草庐,是这些与独居者为伴。他的无愁楚无欲望,是自我流放的必需,而不太像得意的清唱。这一点中国与岛国的士大夫们是一样的,即被迫告别奢华者居多。寄情于山水,这时候既有机会,又有这种相濡以沫的体会和情感。

一位六十多岁的老人独居山中,与猿为友,这当然是走得够远的了。

不仅如此，人们不可忘记的还有他先前的荣耀，于是也就更加增添了一些神秘。独居人的所有文字都简朴之极，没有什么修饰的兴致，极像顺手抓来的几把山土和草木，于是也就有了背向文章的平淡之美。

只是很少的一点文字留在这里，却可以长存。这其实仅是时光的秘密。人们还是不忍将那段时光抹掉。时光是属于所有人的，时光在文字里留下来，供后来人去品咂和玩味。

如果时光保存在一个人的无数文字中，那么只会有其中很少的一部分被珍视。

阴翳礼赞

没人会拥有如此独特的审美视角——可能除非是日本文人。谷崎润一郎对中国文化入迷，一生都不能走出这种迷恋。他是岛国上中国文化和艺术的真正意义上的专家，更是东方文明本质上的传承者和诠释者。在趣味上他是老派人物，是最懂得保存和玩味的那一类顽固者。然而无论是从历史还是从现实上看，往往也只有他这样的人才更懂得品咂生活，并且让我们听到品咂的声音。

他居然在礼赞"阴翳"——一种昏暗不明之美，即一种暧昧之美。这确乎是日本人才独有的趣味。后来的日本作家多次谈到了日本的暧昧，今天看真的不无道理。他反复玩味日本过去居室中模糊幽暗的情致，并且谈得十分入情入理。当年的日本还是无电时期，夜里照明要依赖灯烛，这在他看来是美得以保全的物质条件。而日本传统美的一部分，也随着电灯时代的到来而白白丧失了一大部分。

其实不仅是日本，就是中国，也有类似的趣味存在。那些轩敞明亮之所有时真的缺少一点情致，而需要将光线遮挡一下才更好。灯笼蜡烛之光的魅力并非全是来自怀旧，而实在是那种光色和润泽安慰人心。强烈的光会使人厌烦，而平和的光一般是反射光，是人类在长达几万年的时间里才适应的光源。

日本作家的细致口味却不是这个物质时代的人所能理解的。而我认为真正留意的生命正是应该如此的。一片秋叶，一只碗，一滴露，都有真切动人的心思在里面，而且绝无造作，这不能不说是一种生命的品质。

作者对于中国文化的留恋，既有强烈的民族性在里面，又早已模糊了民族性。因为中国文化是一种大陆文化，却也化为了那个岛国的母体文化，是同属于一个根柢的部分。所以那个时期的日本智识阶层人人能背汉诗，几乎没有一个博学之士不是精通汉文的。这种精细的寻思捕捉能力，其实与中国的佛道精神是相通的、一致的。

和泉式部日记

她们记录之下的生活竟是我们这个时代真正陌生的东西。也正是如此才让人分外企望和想象。那是怎样的一个时代，怎样的一种岁月，怎样的一群有闲之人和不能安分的灵魂。也唯有她们这群宫中女子才能做这样的事：与亲王、与贵族子弟以纸传情，由一个信差送来送去。那种等待和苦熬之情，一次次泄露出来。女子的羞涩和无奈，她们动荡如大海又隐蔽如平湖的情状，真是让人怜惜。

这是一首爱的长歌，绵绵无尽，火烈尽藏于内，看上去当然无非是一个安然温煦的和服女子，其实怀揣了能够烧尽千顷荒原的生命之火。等待复等待，为背弃而忧，为漫漫长夜而苦。没有人能替代也没有人能倾诉的经历，更没有大声张扬的空间。一个王子贵族可以和数个这样的女子周旋，而女子却独自用情。那边是荒唐的空虚，这边是孤寂的清苦。

和泉式部较其他女子直爽许多也大胆许多。她没有那么多含蓄和暧昧。在她眼里，亲王清雅秀丽，十分迷人。"谈话中我不由自主地总是意识到亲王的美貌"，就像那时的男男女女一样，他们在极特殊的时刻里也不忘吟唱一二首歌。那些歌词都是随口唱来的、最简易最普通的，然而却有一种清醇之美，淡淡的，长长的，缠缠绵绵，最后把两个人粘到一起。

这种爱情生活在全世界已经绝迹。现在都是用另一种方式表达出那种轰轰烈烈，有时还要伴以毒品和疯狂。可是我们沉醉在这些歌中，有时会享受到深刻的爱情之美和人性之美。我们还会偶尔涌起这样的想念：只有如此的生活才是人的生活啊。

我们在粗鄙中过得太久以致不知其鄙。我们是苟活的一个时代和一群人。真正精致的生活已经不被人认识，就像粗陋的汉堡包竟然把精美的烹饪艺术打败一样。

爱情生活是她们的全部，如果最终绝望了，也就只有一条去路：寺庙。

王宫里的女官,往往是情场和官场里的人,她们青春已去,也就削发为尼。从一极走入另一极,从大爱走向无欲,这真是东方一绝。这种实际故事,在中国古代当然是绝不缺乏的,在中国古典小说中也多次出现。

她们即使是在爱情炽热之时,也常常要在通往寺庙的路上奔走。为了祈祷,为了平安,也为了一条隐隐的归路。

和泉式部没有写她的真正结局,所以我们不得而知。其他女子的结局都像和歌一样凄凉。这使我们牵挂作者,牵挂一个多情多爱的女子。

蜻蛉日记

她以这样的口气开头:"有一位女性无所依赖地度过了半生。"于是一段第三人称的哀婉情事便一章接一章地展开。写到后来,"我"字便出现了。男方被称为"那一位",这很像中国乡间的羞涩女子的口吻。与和泉式部不同的是,这一位女子的爱情就显得痛苦多了,聚少离多,因为她找到的是一个放浪男儿,仕途上一帆风顺,据她说此人"英俊过人",那官场上的模样远远看去真是令人羡慕,用她的话说是:"光彩照人"。可是我们知道,往往所有热恋中的人都不能准确地说出对方。

确实无误的只是她的男人不断地送给她哀伤,最后这哀伤简直变得无边无际。一副十分真切委婉的笔触,几笔就写出一个多情女子的寂寞有多么深。她每一次都要给男子送上一首歌,而对方每一次都要让人捎回一首歌作答。如果男方差人送歌来了,那么送信人一定会待在门外等她作答。

歌与歌的送还,是一个循环往复、一时没有穷尽的过程,也是一个情趣盎然的过程。今天看,这样的事情的发生真是无处理解,无可救药。日本的男男女女,这里是指宫廷里的这一拨人,真是有多得用不完的闲情雅致。他们受过良好的教育,穿着华丽的衣裳,能随口吟哦。爱情这种事在他们中间是经常发生的,大致是女子苦恋衷情,男子英俊潇洒然而薄情。我们在读这些美妙但也痛苦的故事时,有时难免生出天真的想法:究竟有什么办法能让这些男子变得稍稍规矩一些呢?

她只好住到寺中。这是实在无奈的选择,往往也成为最后的选择。可是这一次"那一位"却设法把她从山上迎下来,仍然给她日常的欢乐和痛苦。就这样没有边际的消磨,等待,哀怨,泪水洒个不停。纤弱的女子,美丽的女子,后来最大的幸福和希望就是寄托在亲生的儿子身上。

她在这幸福中微笑着结束了自己的篇章,一丝长长的苦味却一直留下来。

紫式部日记

这就是写《源氏物语》的那个人。作者以不无得意的口吻引用"主上"的话,就是:"这一位是有才学之人"。她自幼熟悉汉文,遍读中国典籍,对白居易十分推崇。在古代日本女子散文中,从笔致的婉转多趣,从极为独特的表达能力上看,的确少有出其右者。许多论者将其与同时代的清少纳言并提，但现在看来，不说她那部高超的物语，仅有这部散文也显示了技高一筹。

极有趣的是，作者在这部随笔中也涉及清少纳言。"脸上露着自满，自以为了不起的人。总是摆出智多才高的样子，到处乱写汉字，可是仔细地一推敲，还是有许多不足之处。"这就是她对清少纳言的私议。她还说过更为刻薄的话："像她那样时时想着自己要比别人优秀，又想要表现得比别人优秀的人，最终要被人看出破绽，结局也只能是越来越坏。"

她评价当时的女才子们，用语都是极可议论的，写到和泉式部："曾与我交往过情趣高雅的书信。可是她也有让我难以尊重的一面。""在古歌的知识和作歌的理论方面，她还不够真正的咏歌人的资格。"说另一位擅长和歌的夫人："和歌并不是特别的出色。"

紫式部对于她人的预言是没有错的。但清少纳言晚年的寂寥和凄惨，不是因为其最终"被看出了破绽"，更不是因为"到处乱写汉字"，而是因为政治争斗：侍奉的主人政治上的失意。紫式部的结局也并不比清少纳言好到哪里。

多么可悲的才女之心。

紫式部的妙笔真是以一当十。她有赏读至美的情怀，有特别的玩味能力，多情而更会用情。她能从年长的道长（皇后的父亲）身上看出一种美，从小皇子的乳娘身上发现"这是一位很柔顺的美人儿"。她写中宫——皇后在小皇子出生前几天的样子："仪态娴雅，掩饰着临产前的诸多不适，故作安详"，写她产后："休息中的中宫妃面庞清瘦，带着些许疲劳，还看不出被尊为国母的尊严。比往日更加柔弱的美貌又年轻又惹人爱怜。""中宫妃美丽的肌肤娇嫩欲滴，飘柔的长发在休息时绾了上去，更增添了她的魅人姿色。"

值得一说的是她对于同是宫内服侍者的女官们的欣赏之情。当年群女汇聚于皇后身边，必是同性的寂寥和赏识，并结有深深的友谊。她这样观察一个叫宰相君的女官的午睡："头枕在砚台盒上，脸藏在衣袖下面，露出的额头柔美可爱，就像画上的公主一样。"一位叫大纳言君的宫女"是一位娇小的姝丽。白白美美，丰腴可爱……长长的秀发拖曳到地，比她自己的身长还要多出三寸。浓密的黑发滑落在衣裙上，美丽得天下无人可比。"写女官小少将君："有一股说不清的优雅风情。娇弱之状恰如早春二月里的垂柳嫩枝。"女官大小辅"身材小巧，面容有当世之风。""眉目生得紧凑，怎么看都是一位美人儿"。

最有意思的当是她与道长大人（皇后父亲）的交往。这位大人身居尊位，有闲而有趣，其多情可爱之态跃然纸上。比如作者写道：她正和一个宫女说话时，道长大人从外面进来，她就赶紧藏了，结果被大人捉住了袖子，老人非让她作一首歌才饶她。她作了，老人也作了一首。另一次写这位老人在女儿（皇后）那里看到了一部《源氏物语》，因当时正巧就在梅树下，于是就写了一首歌给作者："枝上青梅酸，诱人折枝繁，才女若青梅，酸色有人攀。"她看了马上回了一首："青梅无人折，怎知味若何，未见来攀者，谁人誉酸色。"这一老一少的对答多么有情趣、有意味。更妙的是下边一节紧接着记叙：她夜里正睡时有人敲门，因害怕，没有开门，一直不出声地待到天明，早上却有人送来这样一首歌："昨夜秧鸡啼，暗中声声急，泪敲真木门，心焦胜秧鸡。"她立刻写了一首返回：

"昨夜秧鸡啼，敲门非秧鸡，若迎门外客，后悔来不及。"

我们于是猜测作者没有明言的敲门者。那必是一位可爱的、多情的、想必是年纪已经不少的男人了。作者曾经在敲门之事发生不久这样写到了皇上的岳父："道长大人醉步出来……大人醺态可掬，脸色更加红润，灯火下映出的身姿光彩照人。好一位漂亮的公卿。"

更级日记

作者是在偏僻之地长大的，然而极其爱好物语。她甚至默默地跪着祷告：让我早一些去京都生活吧，听说那里有看不完的物语。当时她只有十岁多一点，却如此着迷于物语（小说）这一类东西。在十三岁这一年，她真的要随父亲去京都了。虽然她也是生于官宦人家，也在后来做了宫中女官，但实在是几个女散文作家中最清苦的一个。她的文字，有一种特别的哀伤透出来。而且她还有一种他人所不具备的意蕴，有多多少少的怪僻。

书中最有意思的是那个"竹枝寺"的故事。这个故事以及作者叙述的技巧，都高妙得很。

故事说一个边地小国的男子在皇宫中担任夜里点火取暖的卫士，有一天一边打扫庭院一边自语说：我们老家院里的大酒坛子总是一溜摆开，坛口上的葫芦瓢随风倒，东风倒向西，西风倒向东，今天呢，咱却在这里受这份苦，连酒坛和葫芦瓢也看不见了！这卫士自语时却被室内的公主听见了,她马上掀开玉帘说:你过来!他慌慌走过去,公主就说:你说的酒坛和瓢在哪?快带我去看!卫士只好背上她走了。谁知这一走就是七天七夜。

接下去最棒的一笔出现了:皇帝和皇后不见了公主,心急如火——有人禀报说:"那卫士背着一个很香的东西飞一样跑去了!"

再后面就是怎样寻找公主、公主怎样不归,皇帝于是封了卫士为边地王子,公主一生幸福,去世后豪华的宫殿改做了竹枝寺,等等。通篇皆妙,最妙的当是"一个很香的东西"这一句。无尽的滋味都在其中,它包括了朝与野、公主与平民,还有武士与娇女,这二者之间等等不可逾越之鸿沟在一瞬间消解的情状,以及由此产生的不可言说的幽默感。

卫士之憨,公主之稚,还有野人之勇猛,龙女之单纯,一切皆活龙活现。

如此妙笔不可能是一人之创作,而极有可能是一个民间传说。但由她如此一记,倒真是绚丽逼人。

她的文字总的来说是凄苦的:所记之事渐渐不那么让人欢欣了。由一个从小向往物语的天真烂漫的女子,到一个身边没有亲人的孤女,一个老大而缺少爱情的女子,这个过程是不那么轻松的。她的文笔也由轻快转向了滞重,有时还透出不忍卒读的悲苦。

当年,即她刚入京都进入宫中的日子,唯一的心愿简单明了,那仅是一个最好满足的愿望:多多地读一些物语,特别是要把以前没有机会全部读到的《源氏物语》读完——为此她竟然一次次祷告!文学竟能对一个女子构成这样的吸引,致命的吸引,这是多么可爱和美好的事情。

可是我们不得不在作者这样悲凄的句子中结束全书:"各自离散,

旧居惟我一人，悲戚不安，耽于思虑，夜不能寐。"

徒然草

这是一些节俭然而又能尽兴的文字。随意记来，常有教训，偶尔让人有不适之感。如果是一位老人，饱经沧桑，这样的姿态就会得到原谅。可是现在的读者连这样的老人也不愿意原谅了。这只能算是读者的堕落。教训人也是一种个性和见解，只要有知，姿态并不重要。这就是我在读《徒然草》一书时泛起的感触。

一些美好的笑话，一些奇闻，更有一些经验，一些彻悟，一些厌世和悲凉之情，都囊括其中。见解广博，体会深刻，自信而风趣，所以极为好读和耐读。有一些记录和议论是难以让人忘却的。书中写到这样一件事：有一家居士生了个极美貌的女儿，于是许多人前来求婚。但是这个女儿只食栗子，其他东西一概不吃。父母这样拒绝求婚的人："这样异样之人，不该嫁人。"就是这么一则短短的故事，戛然而止，却让人觉得趣味横生，并留下无穷的怀想和思索。

在那个岛国上为什么会有这样的女子呢？而且她是居士的孩子！我们会联想到一些高贵的不可思议的人，他们往往是不可接近的。但这只是想象，更多的是平庸者的矫饰和伪装，一旦切近了解之后反而感到厌恶。但也的确有寥寥的清纯异数，他们是生来的不凡和脱俗，但他们也往往不幸，因为不见容于世俗。这样的人一旦失去了强大的保护力，就会被恶俗吞食。

当然，只食栗子的女子是不会有的，顶多是偏嗜此物而已。但书中传递的是一种理想，一种强烈的反俗情绪。高高的树上结出的一种甘甜之果，以此为食，高人一等，出乎意料。这正像中国古代一些神仙之类只饮清露一样。

书中对于人的容貌与品性的关系，处世的庸常之相，还有一些微小的趣味方面的辨析，都说得极为透彻。在思想见地方面，在世界观认识论方面，主要还是来自中国的佛儒。所以本书与其说是深刻，倒不如说是具体和有趣。几乎大部分的日本随笔和散文都有这个特征。它的风物、日常琐屑的记录，留给我们一些认识的知识，一些想象的依据，更有独特的岛国情调给人的微醺，这才是其重要价值所在。

奥州小道

松尾芭蕉的大名，其实主要是雅名。这些文字因为更早，所以也就更好。这是文字的一条历史逻辑，不是一般的道理可以用来解释的。古老的色泽，古老的韵致，它所拥有的一切构成的境界，已非今人所能抵达——不是能力，而是因为文运的流逝。世道以及人心对于文字的顾恋之情正在变化，人群普遍变得恍惚，越来越没有了真意存留，而只是自作聪明地敷衍塞责。对于美和真，对于人生的一些个性化探求的理解和尊重，包括一些由衷的向往，已经不复存在。

松尾芭蕉被日本人誉为"俳圣",一生几乎都在旅行,不与世俗混淆,称得上真正的特立独行者。他的行止大有中国魏晋之风,在今天的商业时代,我们会由于不解和惊愕而将其视为疯子和神仙各占一半的奇怪的混合体。他的弟子各色各样,因为老师的行为就是这般特异。

一般人将旅程看作必经的一段道路,从一地到另一地的空间穿越;或是为了赏心悦目,即所谓的旅游者。而在《奥州小道》的作者这儿却是把旅程升华到了无人能及的高度。这是一场漫长的修炼,是精神的再造,是借此远离世俗之见的道场,是潜隐不彰的一次次精气的吸纳。伴随这个过程的,有一种最好的精神操练和思绪记录,这就是俳句的写作,还有旅行笔记。于是留下来,成为供后人摩挲的美文。

俳句这种文学形式在今天的中国文人看来似乎有点"小儿科",因为它的简洁和短小,也因为它从唐诗中脱胎而出后的苍白。可是在真正的文学研究者那里,在有文学深悟力的人士那里,却绝不会看得这样简单。这其实是岛国的清韵,是东方的精神水晶。它是晶莹剔透的,既可把玩,又可唤起惊奇的一悚。简洁不等于简单,明朗也不等于直白。禅味厚蕴,似直还曲,可吟可书,实在是一种风雅文事。

芭蕉做俳句当然再合适也没有。他不可能长篇累牍地大写其"物语",不能做第二个紫式部;也不能没完没了地记录那么多宫廷屑琐,成为清少纳言那样的人物。生活的清风停留在日本文人的舌尖上,他们品咂的功夫优于大陆人士。无论是清苦时刻还是悲凉之日,他们都不忘细细品味,并小声地说出种种滋味。芭蕉的书是一点点凑起来的,后来人读到的是一叠一束,其实它们仅是行动之中的边边角角,散漫碎小。也正因为如此,才有了特别的丰富和深邃。

读日本老一代文人的诗与文，会想起中国的典籍。还会想到中国文化的大陆架怎样延伸，一直抵达东瀛。

北越雪谱

这是一位北国乡间文人关于雪的专门记叙，乡情浓郁，知识奇特，有着别样的魅力。一个一生专注于乡情乡事的"土著"所能写出的文字，才有这般不朽的性质。

作者讲日本北越地区的雪之奇异，一开始却大用特用中国的阴阳理论，既让人哑然失笑，又让人笑过之后深长思之，觉得于滑稽中包含了特别的深刻。一切都是阴阳，这就是中国古典哲学。它既可以用来解决万物玄机，怎么就不可以用来分析雪呢？

老一代的日本文人若要深刻不凡，有一条道路就是大谈中国的阴阳之道。有时谈到了一些日常事物，比如我们人人熟悉的雪，就显得极为有趣。作者谈论的口吻和姿态，以及方式，活活像一位学问满腹的名老中医。

开头一二篇文字即最津津有味谈大雪与阴阳的部分，可谓全书的精华。这些文字想把最通畅的事物讲得晦涩，又想把最晦涩的道理讲得通畅，既别别扭扭又顺顺当当，让人着迷。一位雪地雅士、乡绅，要讲出一段动人心弦的故乡奇闻了，于是拿出了惊人的汉学功底。

作者铃木牧之还十分善画，于是文中常有一些关于雪地事情的插图，一门心思为了讲个周到明白。他的图与文，在中国人看来真是受用，因为文化一脉；这些东西如果到了西洋人那里，必会让他们瞠目结舌。

这一幅幅大雪图会让中国北方人心领神会，因为他们全不陌生。不知中国东北的情形，只论山东东北部的胶东，于四十年前就有这样的盛雪。只是时过境迁，一切都不再出现了。巨大的雪标志了一个不凡季节的隆重声势，也是自然界的一个奇迹。现代人少有关于大雪的记忆，也少有关于大雨的记忆。其实这些有关自然的记忆与人类社会的记忆一样，都是非常珍贵的，可惜人们很容易就全部遗忘了。

书中还有一些猎熊、灾变、特产、掌故等等记录，乍一看脱离了"雪谱"之范围，实际上更是锦上添花。这是雪国丰富图景的重要组成部分。一些奇闻事迹真是非雪国而没有，可让现代都市人大饱眼福。有些故事多么悲伤，但作者仍在娓娓讲述。关于一些可爱动物的处境，比如被称为"义兽"的熊，作者说它是"百兽之王，猛而知义"；接下去还写了一头白熊的憨态可爱，写了一则大熊救人的故事。作者写道：杀两三头一般的熊或杀一头老熊，整座大山一定会荒芜。

如此同时，书中也详细记录了一些猎人捕杀雪地大熊的过程，令人发指。

书中所写一些盲人急智、和尚风趣、北越土产，也增添了特殊的意绪，使人感到这是一部难得的民间文学。这样的书比起一般的虚构文字来，不知要胜出多少。

断肠亭记

读永井荷风的散文，让人想起二十世纪初出生的作家特有的一种情致，这里指东方作家——比如某些中国作家，他们风味相同。有些腻，烦琐，啰啰嗦嗦。可是他们在个人生活个人情感方面比较直爽，基本上是不担心羞惭的。他们往往不加节制地描写女人的肌肤之类，不断发出啊啊的声音。那个时期的中国作家和日本作家不知是谁感染了谁，反正都有一种不可理解的多愁善感的劲儿。如果过分地阅读他们，就会误解文学，以为其大半特征可能就是这种烦琐和哼叫。鲁迅留学东洋，也是那个时期的作家，但他丝毫没有这种俗腻的气息。

就像中国的徐志摩一样，永井荷风也在巴黎呆过，在西洋闯荡过，然后回国，在文章中不停地对照西洋事情。

不过他毕竟对生活有一些不凡的怪论，如他说：世上最变幻莫测的有三样——男人的花心、秋日的天空、政客的脸色。还说过：对都市自然风光损害最大的也有三样——浑身铜臭的资本家、没有常识的学生、发情期的野狗。

他喜欢"三"这个数字。谈到名胜古迹，他说引得万人拜谒的热闹或极为冷清的各有三处；还说，艺术家的作品与名胜古迹的遭遇是一样的，再也没有比大众喜欢更能伤害作品的品味了。

他晚年的作品要好于中青年时期。这时他变得简洁了一些，可能是因为没有过多的力量絮叨了。他一直未变的是热爱自然风光，懂得品味都市的历史，能够真诚地怀旧和伤感。一般来说，那些不停地描写女性之美的人，许多时候也是十分热爱自然的人。他在一个城市里生活，常要一个人出门寻找好看的树和路，有时就为了记忆中的一个小酒馆而到处徘徊。

千曲川速写

岛崎藤村是日本文学史上极有名的作家，是著名的诗人和小说家。这本书是确立他写生派散文家地位的作品。

"我在青麦浓郁的清香中出发了"，这是书中的一句话，写在比较靠前的地方，所以可视为全书由此出发。一种亲切的春天的气息扑面而来，那么安静和辽阔。在仅有一百多字的《天牛虫》一篇中，他开篇即写："在山上，我经常遇见一位长着没有光泽的茶褐色头发的姑娘。"他极善于用一句朴素的、极为具体的事物引出一大片情致，这是高超的文学家才有的能力。例如："我在这片土地上，曾遇见过野蛮的女人"；再如："我们穿过村外的田地，走出刚长出新叶的白杨林"——作者对生活中的一切感受极为敏感和新鲜，而且极为清新。在这里，清新是非常重要的，因为不清新，即没有了特别的淳朴和亲切。尤其是写乡间生活的作品，一切要像刚刚生出的草苗一样，带着嫩绿和青气才好。

他写牧人的生活，说他放工具的口袋叫"山猫"；记载牧人的话："牛角痒痒"；还说："听一听母牛的叫声，就可以知道（牛）是否来了月经"。我们在阅读中，就像作家本人一样，"穿过开着紫色木通花的山谷"，心情有一种非同一般的舒畅感。

作家十分佩服西方大画家米勒，多次引用其言论。"自然界的一切，不管多么微小，都是有性格的。那里的壁炉，窗台上的书，在我看来都有伟大的性格。""光亮的叶和暗影，使人激动、欢悦"。正因为这种认同，作家才写出了如此动人的文字。他真是从根本出发观察自然界的一切，其认真精神类似一个自然科学家。这一切再加上一份敏感多情的文学家的素质，也就成了一个非同凡响的艺术家。

他在当年曾经这样批评过日本民族，认为这个民族，"其国民性的缺点，是缺乏对自己的正确判断力和批判力"；还说，对于此，"是青年需要思考和努力的"。

自然与人生

德富芦花后来定居在农村，自己建了房子，种了树木和庄稼。因为他以前几乎每隔五六年就要换一个住所，有一种漂泊感，所以这一次要定居下来。他定居不久，东京的一位绅士来访，看到这居所的简陋就流露出一种轻蔑。但与此相反的是，一位教徒来看了却非常感动。德富芦花喜欢田园，却不一定舍弃城市。这本来是一个简单的道理，可是在今天，在我们这儿就不是这样，别人一谈到乡间生活的必要和美，有人立刻就要嘲笑，说这是"城乡二元对立"。城乡各自都有自己的美和不足，为什么一定要对立呢？

德富芦花平时坐在窗前写文章读书，一抬头就可以看到山上的白雪，这不是很美吗？无论是不是二元对立，他反正是看到白雪了。他还说，自己想用双手同时握住都市之味和田园之趣——有这样的一种"立场和欲望"。这使人感动。因为我们从中看到了一位智者的心情。人在这种两极化的视野之中，必有一个开阔的胸襟。

在一篇《都市逃亡手记》中，作者写了一个动人的故事。一个男人在寻访了耶稣死去的遗迹和当时仍然健在的托尔斯泰的乡居，回到日本后总想找一个乡村居住下来："要有个家，最好是草屋，更希望有一小块地，能自由耕种"。夫妇俩就一路向西而行，好不容易来到了一条小河边，看到了一幢装着玻璃拉门的漂亮的小草屋，旁边一种叫满天星的树上挂满了美丽的红叶。一打听，这是个叫"粕谷"的地方。他们就在此定居下来。

德富芦花的文字淳朴而轻快。在《草叶的低语》中，他讲了一个被侮辱与被损害的故事。故事发生在中国大连，一个极短的故事，却曲折委婉，中间还有利刃逼颈那样的险峻时刻——妻子的不贞，富人的淫欲，男人的屈辱，都在这短小的故事中表达得淋漓尽致。作者是怎样开始这个故事的呢？没有那么多议论，也没有什么铺垫，而是这样写道："一棵柞树果，扑哧一声落到地上，那幽微的声响尚未消失，只见一个人突然出现在廊檐下。"

德富芦花拜访过托尔斯泰，所以他在托翁逝世后写给了夫人一封动人的长信。这封信充满了对于伟大作家的敬爱和哀悼，同时对"敬爱的夫人"也有一些不无严厉的指摘。但他还是写道："夫人，请放心吧，凡是见过您的人，有谁不崇敬您那正直而勇敢的灵魂呢……正如先生是不朽的那样，您也是不朽的"。信的结尾是这样写的："祝愿您的晚年像俄罗斯夏天的傍晚那样温馨而美好。最后，我的妻子也对您所承受的种种重负，表示诚挚的同情。"

二〇〇四年六月十八日

那个时代的名著

作者想通过这部作品(《创业史》),回答"中国农村为什么会发生社会主义革命、这次革命又是怎样进行的"。小说出版后立即受到了极高的评价,认为它塑造了一批鲜明、深刻的人物形象,揭示了尖锐的社会矛盾,展现了平原地区的社会风情,从而成为一个时期最著名的作品。

由于作家的主观意念十分清楚,再加上对于人物及所有的矛盾关系都要依据当时的文件规定来表现,不可能突破时代的局限,所以小说仍然有相当严重的概念化倾向。比如在写到主人公、互助合作的带头人时,就未能摆脱过分理想化、完美化的弊端。在表现阶级冲突的尖锐性时,也过分趋于激烈化和严峻性,今天看未必十分令人信服。作家在描写和塑造人物时,好坏分明的对立性思维,也在一定程度上影响了进一步揭示人物的复杂性、生活的复杂性。在对社会道路和生活方式的选择上,作者完全服从了当时政治文件上的诠释,显然不可能有一个思想者、一个知识分子的更敞开更自由的想象和展望。这些,都是可以理解和显而易见的。所以书中最主要的人物、作家全力加强和肯定的人物,总是有形无形地传达着时代的概念和理念,反而不如中间人物和反面人物写得更成功,后者则要丰富厚重得多,更具有人性的深度。

但是,分析一个历史时期的重要作品,既要考虑到历史的局限性对其造成的损害，又要看到那个时期所给予作家的良性援助。从更长远的文学历史发展的角度看，这部作品仍然不失为建国初期最厚重最扎实、最有深度的作品之一。如果没有它，中国这个时期的文学版图就会有很大的遗憾和缺失。统观整部小说，它洋溢着当时的乐观气氛、坚定精神，一种积极向上的时代情绪，能够给人以崭新的感受。作者被人们改造生活、奋力进取的信心所感动，被建设新生活的毅力和希望所打动，所以就能够用一支真诚有力的笔触去描写和塑造人物。这部作品在描写刚刚得到土地的农民的心情和境遇、一片等待新的开掘的土地的景象时，给人特殊的审美满足。这种满足，也是后来，比如上个世纪八九十年代那些振聋发聩的作品都不曾具备的。一种清新的、向上的、信心十足的同时又是相对单纯乐观的气质和精神，让人十分感动。这也是那个时期的文学作品在留下很多遗憾的同时，给人的另一种喜悦。这种特殊的喜悦，在书中表现得十分充分，而在二十一世纪的中国文学中，在当下的作家作品中，几乎是荡然无存的。

另外，同样是受到时代局限的写作，作为一个作家的个人魅力，成为决定和改变一部作品的最重要因素，使其能够表达出与众不同的鲜明特点，从而奠定自己的独特地位。这些，也正是最能够吸引我们的方面。比如这部小说始终给人激情饱满的阅读感受，作家本人的感性把握十分有力。作品的人物语言极其生动形象，基本上采用当地的生活语汇；而叙述语言却是有别于人物的语言，简洁有力，笔势开阔，思辨性极强。这两种语言在全书中形成了表达张力，使其既有对农村生活的细致入微的体味，又有高屋建瓴的总体把握。在当时的一批长篇小说中，比较起来它的文学性显然是极为突出的。作家对于平原地区社会风尚、民间情怀的描摹，对于大自然的抒写，都成为全书有机的、色彩斑斓的画面。整部小说从内容到行文都特别严谨和扎实，这与作家的写作态度、身体力行的实践式写作方式是分不开的。

　　这启示我们，"正确的"历史观文学观有助于作品的成功，但却不是全部。有时候，一部作品的杰出和不可替代，在一定程度上对所处时代的超越，恰恰是由作家所拥有的特别才华、特别个性来决定的。该作正是在极左的时期、时代局限性特别严重的时期，所产生出来的不可多得的优秀长篇小说，它具备了较高的文学性，尽管它也有难以忽略的严重缺陷。

二〇〇六年三月

纯良的面容
——回忆罗伯特·鲍曼

前不久,一个平平常常的黄昏,电话响起来:传出的讯息让我怔在了那里。接下去有几句没能听清,不得不请对方复述一遍。这个电话来自大洋彼岸,是美国出版索引协会创会主席罗伯特·鲍曼的助手打来的,传达的是一个噩耗:罗伯特·鲍曼于前一天去世。电话同时转告了老人生前的一个遗愿:鲍曼先生要把工作中积累的图书以及研究资料,捐赠给中国的万松浦书院。

这个消息除了让我惊讶,一时有点回不过神来。我的思绪马上给牵到了哈德逊河畔的那个拥挤的城市,一幢独体楼房的二层:七八十平方米的空间里堆满了大小书柜和资料,一丛丛叠放的书刊簇拥起一位白发银须的老人;老人身材高大,稍胖,正在伏案专注地工作,对进来的客人毫无察觉……

就是这个老人,而今已经从那个茂密的书籍丛林里离开了,永远不再回转。可是他在这样的丛林里生活了一辈子,一直攀缘前行,不知疲倦。这就是他的世界。可以想见,在告别这个世界之前,他将目光投向了遥远的东方,那个寄予了厚望和诸多想象的万松浦书院。这真是一份沉甸甸的馈赠,它太重了,以至让人一时不知该如何接受:它是一位杰出学人的满腔热情和希望,是郑重的托付。

远在十四年前,我应邀访问美国时结识了罗伯特·鲍曼先生。当时我的长篇小说《古船》的一些章节正由耶鲁大学的一位教授译出,不久又有加拿大的汉学家和中国学者合译了《九月寓言》,它们的打印稿正巧在鲍曼先生手中。当年鲍曼先生已是年届七十的老人,他仔细读过了全部译文并留下了许多评点,当得知作者正在美国时,马上通过助手发出了热情的邀请。这就有了一次愉快的畅谈。我惊讶于他对中国现当代文学的熟悉与见地,更有学术情感的真挚和淳朴。在他的一长排书柜中,有几大箱子全是关于中国文学的研究资料。令我难忘的是,有几本中国现当代作家的书竟保存在了一个密码保险柜里:就因为老人家发现了它们的不同版本中,有几处经过了删节。他在灯下伸手指点那几行文字时,满脸的肃穆让我日后久久难忘。在我看来不同时期的出版物,因各种原因修改和删除是最常见的现象了,想不到会引起大洋这边的一位老人如此的关切和探究。

我那一次在美国待了两个月的时间。这期间与鲍曼先生又有过几次交谈,都给我留下了深刻的印象。他对我书中写到的河海以及周边生活极为向往,一再说着中国、中国。他长期以来养成了夜间工作的习惯,通宵不睡,通常只将中午当成了黎明。可是为了陪同我去大学、特别是远去长岛的惠特曼故居,他竟不惜改变作息时间,破例早起。在这些接触中我渐渐了解到一位杰出学人的品格:严谨质朴,追求正义。与另一些专家不同的是,他并没有一味钻进专业的螺壳中,而是对世界的不平耿耿于怀,关心公共空间,对美国当下一些经济文化现象时有尖锐批评。比如他每年都捐助公益电视台,对重要的社会问题能够直谏,并收到总统的亲笔答复。

一九九六年与美国出版索引协会主席罗伯特·鲍曼在一起

回国后我写了一封信,感谢鲍曼先生的热情接待和帮助。而后就是长达十余年的通信中断,是我在繁忙匆促中度过的写作生活。这期间偶尔还会想起那位老人,但由于远隔大洋和陷于日常琐屑之故,终于没能再写第二封信。这样直到二〇〇八年,经鲍曼先生的推荐和提议,由美国少数族裔委员会主席签发的一纸文学表彰,才让我得知老人家在长长的十年间里一直关注我的创作,甚至熟悉我刚刚出版的每一部作品。于是他又一次不无天真地表达了自己的"文化责任"。这种表彰本身另当别论,比起热爱中国文学的老人的那份热烈情怀,它已经变得不那么重要了。这一切经过是我于事后在网上看到他手持我的作品发言的照片,然后费尽周折找到他的助手、很花了一点时间才弄明白的——于是一种深深的歉疚迅速溢满了心头。我无法原谅自己在十余年的匆忙中,竟没有与老人联系过一次、没有一声问候、没有他的一点信息!而老人却一直没有忘记我和我的文学,在做过两次心脏搭桥手术的情况下,又接连读过我上百万字的作品。对比之下,我作为一个生活在"礼义之邦"的中国人,究竟是什么原因变得如此薄情寡义呢?

世界上有着许许多多的角落,有着各种各样的人。时下的中国正处于开放之机,我们在与各国的文化交流之中,不难遇到傲视和偏见的强势国家的学者,也一定会深恶某些弱势群体送上的一份媚态。但诚实和无私、友善与帮助,却永远是值得我们珍惜和尊敬的。就此而言,我怀念可爱的罗伯特·鲍曼,学习他感谢他,并会永远记住他严肃而纯良的面容。

二〇一〇年二月二十二日

图书在版编目（CIP）数据

从沙龙到小屋 / 张炜著. —济南：山东教育出版社，2016

（张炜文存）

ISBN 978-7-5328-9258-7

Ⅰ.①从… Ⅱ.①张… Ⅲ.①散文集—中国—当代 Ⅳ.①I267

中国版本图书馆 CIP 数据核字（2015）第 315568 号

总 策 划：刘东杰
出版统筹：祝 丽
特邀编辑：马 兵
责任编辑：苏文静 张彤彤
装帧设计：王承利 宋晓军
手稿摄影：曹清雅

张炜文存
从沙龙到小屋

张炜著

主　管：山东出版传媒股份有限公司
出版者：山东教育出版社
（济南市纬一路 321 号 邮编：250001）
电　话：（0531）82092664 传真：（0531）82092625
网　址：sjs.com.cn
发行者：山东教育出版社
印　刷：济南大邦印务有限公司
版　次：2016 年 3 月第 1 版 2016 年 3 月第 1 次印刷
规　格：720mm×1092mm 16 开本
印　张：38.25 印张
字　数：441 千字
书　号：ISBN 978-7-5328-9258-7
定　价：76.00 元

（如印装质量有问题，请与印刷厂联系调换）印厂电话：0531-88038616